HEYNE BÜCHER

Das Buch

Nur ungern unterbricht Thomas Pitt, Oberinspektor von Scotland Yard, seine laufende Mordermittlung, um in einem eleganten englischen Herrenhaus auf dem Land für die Sicherheit einer politischen Konferenz zu sorgen. Ein kleiner Kreis von Protestanten und Katholiken bemüht sich um eine Lösung für den schwelenden Konflikt um Nordirland. Gastgeberin auf Ashworth Hall ist Pitts Schwägerin Emily, die alle Hände voll zu tun hat, einen passenden gesellschaftlichen Rahmen zu bieten. Die Atmosphäre ist angespannt, denn es hat bereits einen Mordanschlag auf den hohen Ministerialbeamten gegeben, der die Konferenz leitet, und zudem erregt sich die Londoner Gesellschaft gerade über einen skandalösen Scheidungsprozeß, in den der irische Freiheitskämpfer Parnell verwickelt ist. Da erschüttert ein peinlicher Vorfall die geschlossene Gesellschaft: ein protestantischer Politiker wird mit der Ehefrau eines Katholiken in intimer Umarmung überrascht. Die Emotionen kochen hoch – und dann geschieht ein Mord.

»Krimispezialistin Anne Perry mixt große Politik und leidenschaftliche Liebe. Daraus entsteht ein spannend-schönes Bild der viktorianischen Zeit.«

Prima Carina

Die Autorin

Anne Perry wurde 1938 in London geboren und lebt heute in Schottland. Mit ihren spannenden Kriminalromanen aus dem viktorianischen England Ende des vorigen Jahrhunderts hat sie sich eine begeisterte und treue Lesergemeinde geschaffen.
Anne Perry im Heyne Taschenbuch:

Die roten Stiefeletten (01/9081), *Ein Mann aus bestem Hause* (01/9378), *Frühstück nach Mitternacht* (01/8618), *Die Frau in Kirschrot* (01/8743), *Die dunkelgraue Pelerine* (01/8864), *Schwarze Spitzen* (01/9758), *Belgrave Square* (01/9864), *Der weiße Seidenschal* (01/9574), *Mord im Hyde Park* (01/10487), *Der blaue Paletot* (01/10582), *Das Mädchen aus der Pentecost Alley* (01/10851)

ANNE PERRY

EINE GESCHLOSSENE GESELLSCHAFT

Roman

Aus dem Englischen
von K. Schatzhauser

WILHELM HEYNE VERLAG
MÜNCHEN

HEYNE ALLGEMEINE REIHE
Nr. 01/13109

Titel der Originalausgabe
ASHWORTH HALL

Umwelthinweis:
Dieses Buch wurde auf chlor- und säurefreiem Papier gedruckt.

Taschenbucherstausgabe 6/2000

Printed in Germany
Umschlaggestaltung: Hauptmann und Kampa Werbeagentur,
CH-Zug unter Verwendung des Gemäldes
»Knostrop Hall, Early Morning«
von John Atkinson Grimshaw, 1870
Satz: Leingärtner, Nabburg
Druck und Bindung: Ebner, Ulm

ISBN 3-453-16294-3

http://www.heyne.de

Für meine Mutter wegen ihres Mutes und Glaubens sowie für Meg Macdonald wegen ihrer Freundschaft, der guten Einfälle und ihrer stets fruchtbaren Kommentare.

KAPITEL EINS

In der grauen Dämmerung des Oktoberabends richtete Pitt seinen Blick auf den Toten, der auf dem Pflaster des Gäßchens lag. Die Straßenlaternen brannten schon, bleiche Monde in der zunehmenden Dunkelheit. Einige Schritte weiter tönte von der Oxford Street Hufgeklapper herüber. Die Räder der vorbeirollenden Kutschen und Droschken erzeugten auf dem nassen Straßenpflaster ein zischendes Geräusch.

Der Konstabler beleuchtete mit seiner Handlaterne das Gesicht des Toten.

»Das ist Denbigh, einer von unsern Leuten, Sir«, sagte er, wobei aus seiner Stimme deutlich der Zorn herauszuhören war. »Jedenfalls war er früher mal bei uns. Ich hab ihn erkannt und Sie deshalb persönlich kommen lassen, Mr. Pitt. Er arbeitete an einer besonderen Sache. Keine Ahnung, was. Aber er war 'n guter Mann. Das kann ich beschwören.«

Pitt beugte sich vor, um sich den Toten genauer anzusehen. Er hieß nach Aussage des Polizeibeamten Denbigh, schien etwa dreißig Jahre alt zu sein und hatte eine helle Haut und dunkle Haare. Sein Gesicht wirkte nicht entstellt, zeigte allerdings einen Ausdruck von Überraschung.

Pitt nahm die Handlaterne und ließ ihr Licht langsam über den Toten gleiten. Er trug zu einer billigen Hose ein einfaches kragenloses Baumwollhemd und ein schlecht geschnittenes Jackett. Seiner Kleidung nach zu urteilen, hätte er ohne weiteres Handlanger oder Fabrikarbeiter sein können, aber ebensogut auch einer der jungen Männer vom Land, die in London Arbeit suchen. Allerdings waren seine Hände sauber gewaschen und seine Nägel ordentlich gestutzt. Er war ziemlich mager.

Pitt fragte sich, ob der Mann wohl Frau und Kinder oder Eltern hatte – irgend jemanden, der um ihn trauerte, aus einem tiefen Gefühl der aus Liebe heraus, und nicht nur aus Achtung, wie sie der Polizeibeamte neben ihm empfand.

»Zu welcher Wache gehörte er?« fragte er.

»Battersea, Sir. Von daher kenn ich ihn. Er war nie auf der Wache in der Bow Street, deswegen ha'm Sie 'n auch nie geseh'n, Sir. Aber das ist bestimmt kein gewöhnlicher Mord. Man hat ihn erschossen. Straßenräuber ha'm keine Pistolen, die arbeiten mit 'm Messer oder 'ner Drahtschlinge.«

»Das ist mir bekannt.« Vorsichtig durchsuchte Pitt die Taschen des Toten. Außer einem sauberen und an einer Ecke sorgfältig geflickten Taschentuch fand er lediglich zwei Schillinge und neuneinhalb Pence. Die Taschen enthielten keinerlei Briefe oder Papiere, die etwas über den Mann ausgesagt hätten.

»Sind Sie sicher, daß es sich um diesen Denbigh handelt?«

»Ja, Sir, ganz sicher. Ich hab ihn ziemlich gut gekannt, wenn auch nur kurz. Aber ich erinner' mich an die Kerbe in sei'm Ohr. Die is' ungewöhnlich. Ich merk' mir die Ohren von Leuten. Wer nich' auffallen will, kann an seinem Aussehen viel verändern, aber die Ohren bleiben, wie sie sind. Das vergessen die Leute meistens. Man kann höchstens die Haare drüber wachsen lassen, um sie zu verdecken. Ich würd' gern sagen, daß es nich' der arme Denbigh is' – aber er is' es.«

Pitt richtete sich wieder auf. »In dem Fall war es richtig, daß Sie mich gerufen haben, Konstabler. Der Mord an einem Polizeibeamten ist auch dann eine ausgesprochen ernste Angelegenheit, wenn dieser sich nicht im Dienst befindet. Ich bezweifle, daß Sie Tatzeugen finden werden, aber fragen Sie trotzdem überall herum. Versuchen Sie es morgen zur gleichen Zeit noch einmal. Ein paar Leute kommen wahrscheinlich regelmäßig auf dem Heimweg hier vorbei. Fragen Sie die Straßenhändler, die Droschkenkutscher, erkundigen Sie sich in den nächstgelegenen Wirtshäusern und natürlich in allen Häusern, von denen ein Fenster auf diese Gasse geht.«

»Wird gemacht, Sir!«

»Sie wissen also nicht, für wen Denbigh in der letzten Zeit gearbeitet hat?«

»Nein, Sir. Aber sicher nach wie vor für 'ne Abteilung der Polizei oder 'n Ministerium.«

»Dann sollte ich mich wohl besser darum kümmern.« Pitt steckte die Hände in die Taschen. Er merkte, daß er vom langen Stillstehen zu frieren begann. Die Kälte des Ortes, den der Tod zu einer Insel im nur wenige Meter entfernten Lärm und Gedränge des Verkehrs gemacht hatte, drang ihm in die Knochen.

Der Wagen, der den Ermordeten ins Leichenschauhaus bringen sollte, war in das Gäßchen eingebogen und rollte jetzt auf sie zu. Als die Pferde das Blut und die Angst in der Luft rochen, wieherten sie auf und scheuten.

»Und suchen Sie die Gasse nach allem ab, was von Bedeutung sein könnte«, fügte Pitt hinzu. »Ich glaube zwar nicht, daß die Tatwaffe noch irgendwo hier in der Nähe ist, aber es wäre immerhin möglich. Ist die Kugel glatt durch ihn hindurchgegangen?«

»Sieht so aus, Sir.«

»Dann versuchen Sie sie zu finden. Zumindest wüßten wir dann, ob man ihn hier an Ort und Stelle erschossen hat, oder ob er bereits tot war, als man ihn herbrachte.«

»Ja, Sir. Sofort, Sir.« Die Stimme des Konstablers war nach wie vor rauh vor Wut und Schmerz. All das war zu nah, zu wirklich.

»Denbigh.« Der stellvertretende Polizeipräsident Cornwallis machte einen ausgesprochen sorgenvollen Eindruck. Die markanten Züge mit der übermäßig langen Nase und einem sehr breiten Mund verliehen seinem Gesicht einen ungewöhnlich trübseligen Ausdruck. Er war schlank, von durchschnittlicher Größe und hatte breite, eckige Schultern. Obwohl noch nicht besonders alt, war er bereits völlig kahl. Das aber paßte so natürlich zu seinem Wesen, daß es den Betrachter überraschte, wenn er es bemerkte. »Ja, er war nach wie vor im Polizeidienst tätig. Ich kann Ihnen nicht genau sagen, was er gemacht hat, weil ich es selbst nicht weiß, aber es hing mit der irischen Frage zusammen. Wie Ihnen bekannt ist, kämpft eine Vielzahl von Organisationen um Irlands Unabhängigkeit. Viele von ihnen sind gewalttätig. Die Fenier sind nur eine davon, wenn auch möglicherweise die berüchtigtste. Denbigh war Ire. Es war ihm gelungen, in eine der geheimsten Bruderschaften aufgenommen zu werden. Man hat ihn aber getötet, bevor er an uns weitergeben konnte, was er in Erfahrung gebracht hatte – immer vorausgesetzt, es war mehr als das, was wir ohnehin bereits wissen oder vermuten.«

Pitt sagte nichts.

Cornwallis verzog den Mund. »Das ist kein gewöhnlicher Mordfall, Pitt. Am besten übernehmen Sie die Ermittlungen selbst und ziehen Ihre besten Leute hinzu. Ich wüßte liebend gern, wer dahintersteckt. Denbigh war ein guter Mann, und er war tapfer.«

»Ja, Sir, das werde ich selbstverständlich tun.«

Doch bereits vier Tage später wollte der stellvertretende Polizeipräsident Pitt, der mit seinen Nachforschungen nur langsam vorankam, erneut sprechen. Begleitet von Ainsley Greville, der einen hohen Posten im Innenministerium innehatte, betrat er Pitts Dienststelle.

»Verstehen Sie, Pitt, es ist von äußerster Bedeutung, daß das Ganze so aussieht wie eine der üblichen Wochenend-Einladungen, wie sie im Spätherbst im ganzen Land auf Herrensitzen stattfinden. Nichts darf diesen Eindruck stören, und deshalb haben wir uns an Sie gewandt.« Ainsley Greville lächelte mit bezwingendem Charme. Er sah nicht besonders gut aus, machte aber einen außerordentlich vornehmen Eindruck. Er war hochgewachsen, hatte ein langes, recht schmales Gesicht mit regelmäßigen Zügen, und sein gewelltes Haar begann über der Stirn zurückzuweichen. Ungewöhnlich wirkte er vor allem durch seine Haltung und die Intelligenz, die aus seinem Blick sprach.

Erstaunt und verständnislos sah Pitt ihn an.

Mit ernster Miene beugte sich Cornwallis vor. Er bekleidete seinen Posten noch nicht lange, aber Pitt kannte ihn gut genug, um zu wissen, wie unbehaglich ihm die Rolle war, die man ihm aufgebürdet hatte. Ihm als einstigem Kapitän zur

See war die Denkweise von Politikern fremd. Er kam lieber ohne Umschweife zur Sache, doch war er wie Greville dem Innenministerium verantwortlich, und so blieb ihm keine Wahl.

»Es besteht durchaus eine gewisse Erfolgsaussicht«, sagte er ernsthaft. »Wir müssen alles in unserer Macht stehende dazu beitragen. Und Sie befinden sich dafür in der idealen Position.«

»Ich habe alle Hände voll mit dem Fall Denbigh zu tun«, gab Pitt zu bedenken. Er dachte nicht daran, diesen Fall einem anderen zu übergeben, nur weil ein neuer Auftrag aufgetaucht war.

Greville lächelte. »Ich würde Ihre Mitarbeit wirklich sehr zu schätzen wissen, Oberinspektor, und ich werde Ihnen die Gründe darlegen, warum nur Sie uns helfen können.« Er schürzte leicht die Lippen. »Zugleich bedaure ich zutiefst, daß wir so vorgehen müssen – aber wenn wir in dieser Sache auch nur einen einzigen Schritt vorankommen, wird die gesamte Regierung Ihrer Majestät in Ihrer Schuld stehen.«

Pitt fand, daß er übertrieb.

Als hätte Greville seine Gedanken gelesen, schüttelte er kurz den Kopf. »Bei dieser Zusammenkunft will man herausfinden, welche Ansichten es über bestimmte Reformvorhaben bei den in Irland für Grundbesitz geltenden Gesetzen gibt, ein weiterer Schritt auf dem Wege zur Gleichstellung der irischen Katholiken. Vielleicht begreifen Sie nun sowohl die Tragweite dessen, was wir zu erreichen hoffen, wie auch die Notwendigkeit zur Geheimhaltung?«

Pitt sah es nur allzu klar. Seit den Zeiten Königin Elisabeths I. hatte die irische Frage einer englischen Regierung nach der anderen Schwierigkeiten bereitet und mehr als eine zu Fall gebracht. Erst vier Jahre zuvor, im Jahre 1886, hatte der Streit über Irlands Selbstbestimmung zum Sturz des bedeutenden Premierministers William Ewart Gladstone geführt. Dennoch hatte für Pitt der Mord an Denbigh Vorrang, ganz davon abgesehen, daß er seine Fähigkeiten bei der Aufklärung dieses Falles weit besser einsetzen konnte.

»Ich verstehe«, sagte er, während es ihn kalt durchfuhr. »Aber –«

»Wohl nicht ganz«, fiel ihm Greville ins Wort. »Zweifellos ist Ihnen klar, daß jeder Ansatz zur Lösung des schwierigsten Problems, das es gegenwärtig in unserem Lande gibt, in völliger Verschwiegenheit erfolgen muß. Uns liegt nichts daran, unsere Fehlschläge öffentlich hinauszuposaunen. Wir wollen abwarten, ob und wieweit eine Lösung möglich ist, bevor wir darüber entscheiden, was wir der Weltöffentlichkeit mitteilen möchten.« Ein Schatten legte sich auf sein Gesicht, eine gewisse Besorgnis im Blick, die er nicht ganz verbergen konnte. »Es gibt einen weiteren Grund dafür, Oberinspektor. Da den Iren die geplante Zusammenkunft bekannt ist, dürfte es in niemandes Interesse sein, wenn Sie sich einer Teilnahme entziehen. Ich werde Sie persönlich über alles auf dem laufenden halten, was in bezug auf die Teilnehmer an jenen Vorgesprächen bedeutsam ist. Allerdings wissen wir nicht, inwieweit die Ankündigung bereits Wellen geschlagen hat. Es gibt nicht nur ineinander verflochtene Bündnisse, man muß auch mit Verrat und geheimen Beziehungen rechnen – unser ganzes Gesellschaftssystem wird von einem solchen Gespinst durchzogen. Trotz aller Sorgfalt, mit der wir vorgegangen sind, dürfen wir niemandem rückhaltlos vertrauen.«

Sein Gesicht nahm einen noch düsterem Ausdruck an, und um seinen Mund zeigte sich ein harter Zug. »Wir hatten einen unserer Leute in eine der Geheimgesellschaften eingeschleust und gehofft, auf diese Weise etwas über deren Informationsquellen zu erfahren.« Er stieß langsam den Atem aus. »Man hat ihn ermordet.«

Pitt spürte, wie sich die Kälte in seinem Inneren ausbreitete.

»Ich vermute, daß Sie den Fall untersuchen.« Greville sah Pitt unverwandt an. »James Denbigh. Ein guter Mann.«

Pitt sagte nichts.

»Auch ich habe Morddrohungen bekommen, und es hat sogar einen Anschlag auf mein Leben gegeben. Der Vorfall liegt zwar schon etwa drei Wochen zurück, war aber äußerst unangenehm«, fuhr Greville fort. Er sprach leichthin, aber Pitt bemerkte die Anspannung seines Körpers. Die langen, schmalen Hände Grevilles, von denen eine auf seinem Knie und die andere auf der Sessellehne lag, wirkten verkrampft. Obwohl der Mann seine Empfindungen geschickt verbarg, spürte Pitt, daß er Angst hatte.

»Ich verstehe.« Diesmal entsprach es der Wahrheit. »Sie wünschen also, daß die Polizei die Sache unauffällig im Auge behält.«

»Über alle Maßen unauffällig«, stimmte Greville zu. »Die Zusammenkunft soll in Ashworth Hall stattfinden …« Er sah, wie Pitt erstarrte. »Genau«, sagte er. Aus seiner Stimme klang so etwas wie Verständnis. »Der Landsitz der Schwester Ihrer Gattin, Mrs. Radley, verwitwete Vicomtesse Ashworth. Sie ist nicht nur die ideale Gastgeberin, ihr Gatte, Mr. Jack Radley, gehört auch, wie Ihnen zweifellos bekannt ist, zu den hoffnungsvollsten jungen Unterhausabgeordneten und wird uns in dieser Angelegenheit gewiß äußerst wertvolle Dienste leisten können. Da Sie zur Familie gehören, würde es niemand als ungewöhnlich ansehen, wenn Sie sich mit Ihrer Gattin gleichfalls dort aufhalten.«

In Wahrheit wäre es mehr als ungewöhnlich. Durch ihre erste Ehe hatte seine Schwägerin Emily eine gesellschaftliche Position weit über ihrer Herkunft eingenommen, während ihre Schwester Charlotte zum Entsetzen der Gesellschaft ebenso weit unter ihrem Stand geheiratet hatte. Es gehörte sich für eine junge Dame aus guter Familie nicht, einen Polizisten zu heiraten, nicht einmal dann, wenn er sich wie Pitt einer kultivierten Sprechweise bediente. Auch wenn Pitt, Sohn eines Wildhüters, auf Sir Arthur Desmonds ausgedehntem Landsitz aufgewachsen und zusammen mit dessen Sohn Matthew von einem Hauslehrer unterrichtet worden war, damit Matthew einen Gefährten und jemanden hatte, an dem er sich messen konnte, war er noch lange kein Mann von Stand. Gewiß war sich Greville trotz Pitts relativ hohem Dienstrang dessen bewußt … oder etwa nicht?

Auf keinen Fall durfte sich Pitt der Täuschung hingeben, Greville halte ihn für seinesgleichen, nur weil er hinter diesem eleganten Schreibtisch mit der ins Holz eingelassenen ledernen Schreibunterlage saß. Gewiß, sein Vorgänger Micah Drummond, der einstige Heeresoffizier, war ein Gentleman aus guter Familie gewesen. Das galt auch für Cornwallis, wenn er auch niedrigerer Herkunft als Drummond sein mochte – er verdankte seinen Aufstieg Verdiensten, die er sich in seiner aktiven Zeit erworben hatte. Sollte Greville meinen, auch Pitt gehöre in diese Kategorie? Die Vorstellung war schmeichelhaft ... doch traf sie wohl kaum zu. Vermutlich war er einfach deshalb auf Pitt verfallen, weil er jemanden brauchte, der die Zusammenkunft schützen konnte, ohne daß es auffiel.

»Und Sie glauben, daß diese gegen Sie ausgesprochenen Drohungen im Zusammenhang mit Ihrer Beteiligung an den Beratungen zur irischen Frage stehen?« sagte Pitt.

»Das weiß ich mit Sicherheit«, antwortete Greville und sah ihn aufmerksam an. »Vielen Menschen wäre es nur allzu recht, wenn unsere Bemühungen scheiterten, und es gibt viele Faktoren, die diesen Bemühungen entgegenwirken. Sieht man das nicht deutlich genug an der Ermordung Denbighs?«

»Bekommen Sie Drohbriefe?« fragte Pitt.

»Ja, von Zeit zu Zeit.« Greville tat das mit kaum wahrnehmbarem Achselzucken ab. Jetzt, wo er darüber gesprochen hatte, wirkte er offener. Er schien sich sogar ein wenig zu entspannen. »Man rechnet natürlich mit einem gewissen Maß an Widerstand und auch mit Drohungen. Gewöhnlich bleibt es dabei. Hätte es nicht bereits einen Mordversuch gegeben, würde ich annehmen, daß jemand seine Empfindungen einfach in besonders geschmackloser, wenn auch nicht ungewöhnlicher Weise geäußert hat. Wie Sie sicherlich wissen, ist Gewalttätigkeit im Umfeld der irischen Frage nicht unbekannt.«

Das war eine maßlose Untertreibung. Man konnte unmöglich abschätzen, wie viele Menschen in den Schlachten und Aufständen, durch Hungersnöte und Mord ums Leben gekommen waren, die alle in mehr oder weniger engem Zusammenhang mit den Problemen der irischen Geschichte standen. Pitt hatte von den Aufständen in Nordengland gehört, die ein fanatischer Protestant namens William Murphy ausgelöst hatte. Er war übers Land gezogen und hatte einen solchen Haß auf die Katholiken geschürt, daß es schließlich zu Plünderungen, Brandstiftungen und der Zerstörung ganzer

Straßenzüge kam, wobei eine Reihe von Toten zu beklagen waren.

»Es würde sich empfehlen, eine in jeder Beziehung vertrauenswürdige Person mitzunehmen«, sagte Cornwallis in ernstem Ton. »Selbstverständlich werden wir um den Landsitz und das Dorf herum Männer postieren«, fuhr er fort, »die als Wildhüter, Landarbeiter und dergleichen auftreten. Aber es wäre auch gut, jemanden im Herrenhaus selbst zu haben.«

»Als Gast?« fragte Pitt überrascht.

Cornwallis verzog den Mund zu einem andeutungsweisen Lächeln. »Als Dienstboten. Es ist durchaus üblich, daß Gäste bei einer solchen Wochenend-Einladung zwei oder drei Angehörige ihres Personals mitnehmen. Wir werden einfach einen unserer besten Männer als Ihren Kammerdiener mitschicken. Wen würden Sie vorschlagen – Tellman? Ich weiß, daß Sie ihn nicht besonders mögen, aber er hat Verstand, eine gute Beobachtungsgabe und schreckt notfalls auch vor körperlichen Auseinandersetzungen nicht zurück. Wir hoffen natürlich, daß es nicht dazu kommt.«

Es wäre Pitt lieber gewesen, wenn man an seiner Stelle einen anderen nach Ashworth Hall geschickt hätte, aber ihm war klar, daß er wegen der verwandtschaftlichen Beziehungen zu den Radleys die erste Wahl war. Zumindest aber hätte er es gern gesehen, wenn man seinen besten Mann, Tellman, nicht vom Fall Denbigh abziehen würde. Er empfand keine Abneigung gegen ihn, jedenfalls nicht mehr, seit er ihn besser kannte, nahm aber an, daß Tellman ihm gegenüber nach wie vor Vorbehalte hatte. Jedenfalls hatte er seinem Ärger über Pitts Beförderung unmißverständlich Luft gemacht. Immerhin war Pitt aus dem einfachen Dienst aufgestiegen, war also nichts Besseres als Tellman und andere Kollegen. Demnach gab es für ihn auch keinen Grund, seine Vorgesetzten nachzuäffen oder selbst den Vorgesetzten zu spielen. Der Posten eines Oberinspektors, den zuvor Micah Drummond innegehabt hatte, war Männern aus guter Familie vorbehalten, denn zur Führung von Untergebenen befähigte allein die Herkunft, nicht aber der Ehrgeiz. Tellman hielt Pitt für ehrgeizig.

Er irrte sich. Pitt wäre ohne weiteres in seiner früheren Position geblieben und dabei auch rundum glücklich gewesen, hätte er nicht eine Familie gehabt, die von ihm erwarten konnte, daß er sein Bestes gab. Das aber ging jemanden wie Tellman nichts an.

»Ich kann mir nicht vorstellen, daß er sich in diese Rolle fügen würde«, sagte Pitt zu Cornwallis. »Nicht einmal für eine Woche! Schon gar nicht als mein Kammerdiener... Gestatten Sie, daß ich ihn über den Fall Denbigh unterrichte?«

Belustigung blitzte in Cornwallis' dunklen Augen auf, aber er hütete sich zu lächeln.

»Nicht so rasch. Ich bin sicher, daß er alles tun wird, was in seinen Kräften steht, wenn ihm Mr. Greville erläutert, wie wichtig Ihr Auftrag ist. Angesichts seiner mangelnden Erfahrung als Kammerdiener werden Sie natürlich Nachsicht mit ihm haben müssen.«

Pitt verkniff sich eine Antwort.

»Und welche Gäste werden erwartet?« fragte er statt dessen.

Greville lehnte sich erneut zurück und schlug die Beine übereinander. Er brauchte nicht zu fragen, ob Pitt den Auftrag angenommen hatte. Ihm blieb keine Wahl.

»Um den Schein zu wahren, daß es sich um eine ganz und gar gewöhnliche gesellschaftliche Wochenendeinladung handelt, wird mich meine Frau begleiten, wie das in solchen Fällen üblich ist«, begann er. »Vielleicht ist Ihnen bekannt, daß der Riß in der irischen Politik nicht nur zwischen Katholiken und Protestanten klafft, auch wenn das die beiden Hauptparteien sind. Darüber hinaus besteht nach wie vor die Klassenschranke zwischen Grundbesitzern und Menschen ohne Grundbesitz.«

Er unterstrich diese Äußerung mit einer kaum wahrnehmbaren Handbewegung, in der Resignation und Bedauern lag. »Ursprünglich hing das unmittelbar mit der Religionszugehörigkeit zusammen. Jahrzehntelang war Katholiken jeglicher Grundbesitz verboten, und sie konnten lediglich Land pachten. Wie Ihnen vermutlich bekannt ist, haben manche Grundherren ihre Macht in äußerst brutaler Weise ausgeübt, andere wiederum waren das genaue Gegenteil. So haben sich in den vierziger Jahren während der durch die Kartoffelfäule ausgelösten großen Hungersnot viele Grundherren buchstäblich dadurch ruiniert, daß sie sich um ihre Pächter gekümmert haben. Aber vieles verzerrt sich in der Erinnerung, auch ohne die Propaganda der Nationalisten, durch die zusätzlich einiges verdreht wird, und die Überlieferung im Volk, die sich in Geschichten und Liedern niederschlägt.«

Fast wäre ihm Pitt an dieser Stelle ins Wort gefallen. Er hatte lediglich wissen wollen, wer erwartet wurde und auf wie viele Personen er sich einstellen mußte.

Aber Greville ließ sich von niemandem unterbrechen, wenn er das Wort hatte.

»Und jeden Standpunkt vertreten zugleich Gemäßigte und Radikale, deren Haß aufeinander gelegentlich ebenso leidenschaftlich ist, wie der auf die Vertreter der Gegenmeinung, wenn nicht noch größer«, fuhr er fort. »Ein Mensch, dessen Familie seit Generationen zum protestantischen Establishment gehört und der davon überzeugt ist, daß ihre gesellschaftliche Stellung Gottes Wille ist, läßt sich von seinen Ansichten noch schwerer abbringen als einer der frühen Blutzeugen der Kirche, das können Sie mir glauben. Es würde mich nicht wundern, wenn manch einer von denen nichts lieber sähe als eine Löwengrube oder sogar einen ordentlichen Scheiterhaufen, auf dem man die Gegner verbrennt.«

Pitt konnte die Verzweiflung in der Stimme Grevilles hören, der einen kurzen Augenblick zu erkennen gab, welche Enttäuschungen er in den Jahren seiner Friedensmission erlebt hatte. Zu seiner Überraschung empfand er Mitgefühl für den Mann.

»Es gibt vier Hauptunterhändler«, fuhr Greville fort, »zwei Katholiken und zwei Protestanten. Deren jeweilige Standpunkte brauchen Sie im Augenblick nicht zu interessieren, möglicherweise auch während der Konferenz nicht. Da ist einmal der sehr gemäßigte Katholik Padraig Doyle. Er kämpft seit vielen Jahren für die Sache der Gleichstellung der Katholiken und die Bodenreform. Er lehnt, soweit uns bekannt ist, jede Art von Gewalttätigkeit ab, doch er genießt allgemein Achtung. Er ist übrigens mein Schwager. Allerdings wäre es mir lieber, wenn die anderen Beteiligten das einstweilen nicht erfahren würden. Sie könnten mich sonst für voreingenommen halten. Das aber bin ich keineswegs.«

Pitt wartete, ohne Greville zu unterbrechen.

Cornwallis legte die Fingerspitzen aneinander und hörte aufmerksam zu, obwohl anzunehmen war, daß er bereits wußte, was Greville zu sagen hatte.

»Er wird allein kommen«, fuhr dieser fort. »Der andere Vertreter der katholischen Seite ist Lorcan McGinley. Er ist jünger und grundlegend anders geartet. Er kann außerordentlich charmant sein, zeigt sich aber meist ausgesprochen unwillig. Er hat einige Angehörige während der großen Kartoffel-Hungersnot verloren und Grundbesitz eingebüßt, der an das protestantische Establishment gefallen ist. Er bewundert Leute wie Wolfe Tone und Daniel O'Connell.« Tone, das wußte Pitt, war ein irischer Rebell des 18. Jahrhunderts, der der Fremdherrschaft der Engländer ein Ende machen wollte und während des Aufstandes von 1798 ein französisches Expeditionsheer ins Land geführt hatte. Den »Befreier« Daniel O'Connell kannte jedes Kind. Er war im 19. Jahrhundert der erste einer Reihe bedeutender Führer der Iren im Londoner Unterhaus gewesen, das zuvor keine irischen Katholiken als Mitglieder zugelassen hatte. »McGinley spricht sich für ein freies, unabhängiges Irland unter katholischer Führung aus. Gott allein weiß, was aus den Protestanten würde, wenn es wirklich dazu käme.«

Greville zuckte die Achseln. »Mir ist in keiner Weise klar, wie eng seine Beziehungen zu Rom sind. Es ist durchaus möglich, daß es zu einer Protestantenverfolgung käme, wenn die Katholiken die Oberhand gewinnen würden. Möglicherweise steckt aber in erster Linie Großsprecherei hinter diesen Ankündigungen. Das gehört zu den Dingen, die wir bei der Zusammenkunft herausfinden müssen. Ein Bürgerkrieg wäre das letzte, was wir wünschen – der aber, lassen Sie mich Ihnen das versichern, Oberinspektor, ist keineswegs ausgeschlossen.«

Es überlief Pitt eiskalt. Er erinnerte sich aus dem Geschichtsunterricht noch recht deutlich an die Darstellungen des

Bürgerkriegs, der unter Cromwell in England getobt hatte. Es hatte mehrere Generationen gedauert, bis die durch Tod und Verbitterung geschlagenen Wunden verheilt waren. Kriege aus ideologischen Gründen werden gewöhnlich mit größerer Brutalität ausgeführt als andere Kriege.

»McGinley bringt seine Gemahlin mit«, fuhr Greville fort. »Über sie weiß ich nur sehr wenig, außer daß sie anscheinend Dichterin mit einer nationalistischen Gesinnung ist. Wir müssen also mit einer romantischen Träumerin rechnen, einem dieser ausgesprochen gefährlichen Menschen, die sich Geschichten von Liebe und Verrat, heldenhaften Schlachten und verklärtem Tod ausdenken. Zwar ist nichts von all dem je geschehen, aber sie verstehen sich meisterhaft darauf und finden so eingängige Melodien, daß daraus Legenden entstehen, die das einfache Volk glaubt.«

Er verzog das Gesicht vor Zorn und Abscheu, aber vielleicht auch einer Spur Schwermut. »Ich habe einen ganzen Raum voller Männer Tränen über den Tod eines Mannes vergießen sehen, der nie gelebt hat, und im Hinausgehen haben sie seinen Mördern Rache geschworen. Jeden, der gewagt hätte, ihnen zu sagen, jemand habe sich die ganze Sache aus den Fingern gesogen, hätten sie auf der Stelle als Ketzer gehängt, denn wer so etwas sagt, ist ihrer Ansicht nach nicht bereit, Irland seine eigene Geschichte zuzubilligen!« In seiner Stimme lag Bitterkeit, und er kräuselte mißbilligend die Lippen.

»In dem Fall dürfte Mrs. McGinley gefährlich sein«, stimmte Pitt zu.

»Aber ja«, sagte Greville gelassen. »Die ganze Leidenschaft, mit der ihr Gatte die Sache vertritt, geht auf Geschichten von der Art zurück, wie sie sich diese Iona O'Leary ausdenkt. Ich bin mir nicht einmal sicher, ob den beiden klar ist, was da Dichtung und was Wahrheit ist. Die ganze Sache ist emotional so aufgeladen, daß ich nicht weiß, ob überhaupt noch jemand die Fakten hinter all der Tragik und unbestreitbaren Ungerechtigkeit kennt.«

»Und McGinley hat keine Vorbehalte gegen Gewaltanwendung?« fragte Cornwallis.

»Nicht im geringsten«, bestätigte Greville. »Außer vielleicht den, daß ein solches Unterfangen unter Umständen fehlschlagen könnte. Er ist bereit, für seine Grundsätze zu leben oder zu sterben, solange sie die Freiheit gewähren, die er sich wünscht. Ich weiß nicht, ob ihm bewußt ist, was für sein Land dabei herauskommen würde. Ich bezweifle, daß er so weit gedacht hat.«

»Und die Seite der Protestanten?« fragte Pitt.

»Da wäre einmal Fergal Moynihan«, antwortete Greville. »Er ist ebenso extrem. Sein Vater war einer dieser eifernden protestantischen Prediger, und er teilt dessen Überzeugung, daß der Katholizismus Teufelswerk ist und daß alle Priester Blutsauger und Verführer sind, wenn nicht gar Kannibalen.«

»Ein zweiter William Murphy«, sagte Pitt trocken.

»Holz vom selben Stamme.« Greville nickte. »Eine Spur kultivierter, jedenfalls nach außen, aber der Haß ist der gleiche, wie auch der unbeirrbare Glaube.«

»Kommt er allein?« fragte Pitt.

»Nein, seine Schwester, Miss Kezia Moynihan, begleitet ihn.«

»Und sie teilt seine Ansichten wahrscheinlich?«

»In geradezu extremer Weise. Ich kenne sie nicht persönlich, habe aber von Männern, deren Aussagen ich traue, gehört, daß sie auf ihre Weise eine außergewöhnlich fähige Politikerin sein soll. Wäre sie ein Mann, hätte sie ihrem Volk wohl große Dienste leisten können. Sie ist unverheiratet, was für die Sache der Protestanten äußerst bedauerlich ist, weil sie andernfalls als treibende Kraft hinter einem nützlichen Mann stehen könnte. Da sie aber ihrem Bruder eng verbunden ist, übt sie womöglich auch auf ihn einen nicht unbeträchtlichen Einfluß aus.«

»Klingt vielversprechend«, merkte Cornwallis an, ohne die Stimme zu heben. Er wirkte überhaupt nicht begeistert.

Greville gab keine Antwort.

»Dann wäre da noch Carson O'Day«, schloß er. »Er stammt aus einer äußerst vornehmen protestantischen Gutsbesitzerfamilie und ist wahrscheinlich der liberalste und vernünftigste von allen. Falls er und Padraig Doyle eine Art Kompromiß zustande bringen sollten, kann man die anderen vermutlich zumindest dazu bringen, sich die Sache anzuhören.«

»Außer Ihnen und Mrs. Greville sowie Mr. und Mrs. Radley sind das vier Herren und zwei Damen«, sagte Pitt nachdenklich.

»Außerdem Sie und Ihre Gattin, Mr. Pitt«, fügte Greville hinzu. Natürlich würde Charlotte mitfahren. Daran konnte nicht der geringste Zweifel bestehen. Demnach empfand Pitt heftige Unruhe bei der Vorstellung, in welche Gefahr sie sich bringen könnte oder welches Chaos sie auszulösen vermochte. Der Gedanke an das, wozu sie imstande war und wobei Emily sie sicherlich unterstützen würde, ließ ihn unwillkürlich ein Wort des Protestes ausstoßen.

»Und selbstverständlich das dazugehörige Personal«, fuhr Greville unerbittlich fort, ohne auf ihn zu achten. »Vermutlich wird jeder der Gäste zumindest einen persönlichen Bediensteten mitbringen – wenn nicht mehr – und außerdem einen Kutscher samt Pferdeknecht oder Lakai.«

Pitt begriff, daß die Sache alptraumhafte Ausmaße annahm.

»Das würde ja ein ganzes Regiment!« rief er aus. »Es wäre sinnvoll, dafür zu sorgen, daß die Gäste mit der Bahn anreisen und von Mr. Radleys Kutsche am Bahnhof abgeholt werden. Dann würde für jeden Herrn ein Kammerdiener und für jede Dame eine Zofe genügen. Mehr Leute können wir auf keinen Fall bewachen oder schützen.«

Greville zögerte, aber die Richtigkeit des Gedankens war nicht von der Hand zu weisen.

»Also gut, ich kümmere mich darum. Aber Sie nehmen Ihren ›Kammerdiener‹ mit?«

Es hatte keinen Zweck, länger zu zögern. Ihm blieb keine Wahl.

»Ja, Mr. Greville. Doch sofern ich Ihnen überhaupt von Nutzen sein soll, muß ich Sie bitten, jeden Rat zu befolgen, den ich Ihnen hinsichtlich Ihrer Sicherheit gebe.«

Greville lächelte, eine Spur verkniffen.

»Im Rahmen der Grenzen, die mir meine Pflicht setzt, Mr. Pitt. Ich könnte auch mit einem Polizeibeamten vor der

Tür zu Hause bleiben, dann wäre ich völlig sicher – nur käme dabei nichts heraus. Ich werde die Gefahr gegen den Nutzen abwägen und mich entsprechend verhalten.«

»Sie sprachen von einem Anschlag auf Ihr Leben, Sir«, sagte Pitt rasch, als er sah, daß sich Greville erheben wollte. »Wie ist das abgelaufen?«

»Ich war auf dem Weg von meinem Haus zum Bahnhof«, berichtete Greville betont gleichmütig, als wäre die Sache nicht besonders wichtig. »Auf dem ersten Stück führt die Straße durch offenes Gelände, danach kommt eine längere bewaldete Strecke, und anschließend ein etwa gleichlanges Stück durch Ackerland bis zum Dorf. Im Wald kam auf einmal eine sehr viel schwerere Kutsche als meine aus einem Seitenweg und folgte uns mit hoher Geschwindigkeit, fast im Galopp. Ich habe meinem Kutscher gesagt, er solle die Pferde antreiben, damit wir möglichst rasch eine Stelle erreichten, an der er gefahrlos an den Straßenrand fahren und den anderen Kutscher überholen lassen konnte, aber es zeigte sich bald, daß dieser nicht im geringsten die Absicht hatte, seine Fahrt zu verlangsamen und schon gar nicht, hinter uns zu bleiben.«

Pitt merkte, daß sich Greville leicht verkrampfte, während er den Vorfall schilderte. Obwohl er sich um Gelassenheit bemühte, hatten sich seine Schultern gehoben, und seine Hand lag nicht mehr locker auf dem Knie. Pitt dachte daran, wie sie Denbighs Leiche in jenem Londoner Gäßchen gefunden hatten, und begriff, daß Greville allen Grund hatte, um sein Leben zu fürchten.

»Mein Kutscher hatte die Pferde fast bis auf Schrittgeschwindigkeit gezügelt« fuhr Greville fort, »und war zur Seite gefahren. Das war nicht ungefährlich, weil das Bankett infolge der vielen Regenfälle tiefe Wagenspuren aufwies. Die andere Kutsche kam in voller Fahrt heran, doch statt auszuweichen, lenkte der Kutscher sie absichtlich in die Seite unseres Fahrzeugs, so daß es fast umgestürzt wäre. Ein Rad brach, und eines unserer Pferde wurde verletzt, glücklicherweise nicht lebensgefährlich. Kurz darauf kam jemand aus der Nachbarschaft vorbei und nahm mich mit ins Dorf, während sich mein Kutscher um das Tier kümmerte. Ich habe dann

Leute hingeschickt, die ihm helfen konnten, die Kutsche wieder fahrtauglich zu machen.«

Er schluckte etwas mühsam, als sei sein Mund ausgetrocknet.

»Wäre nicht in diesem Augenblick zufällig ein anderes Fahrzeug vorbeigekommen – ich weiß nicht, wie die Sache ausgegangen wäre. Jedenfalls ist der andere Kutscher einfach mit erhöhter Geschwindigkeit weitergefahren und war bald verschwunden.«

»Haben Sie herausbekommen, um wen es sich handelte?« fragte Pitt.

»Nein«, sagte Greville tonlos. Eine steile Falte bildete sich über seiner Nasenwurzel. »Selbstverständlich habe ich herumfragen lassen, aber niemand hat die Kutsche gesehen. Sie ist nicht bis ins Dorf gefahren und muß irgendwo innerhalb des Waldgebietes abgebogen sein. Das Gesicht des Kutschers konnte ich im Vorüberfahren sehen, denn er hatte sich mir zugewandt. Er hatte die Pferde vollständig im Griff, und es war deutlich zu sehen, daß er uns von der Straße drängen wollte. Ich werde den Blick in seinen Augen nicht so leicht vergessen.«

»Und sonst hat niemand die Kutsche gesehen, der zu ihrer Identifizierung oder zu der des Kutschers beitragen könnte, weder vorher noch später?« ließ Pitt nicht locker. Das allerdings tat er weniger, weil er damit etwas zu erreichen hoffte, sondern vielmehr um Greville zu zeigen, daß er ihn ernst nahm. »Man hatte sie nicht in der Nähe gemietet oder von einem Hof oder einem Herrensitz in der Umgebung gestohlen?«

»Nein«, antwortete Greville. »Wir haben nichts erfahren, was uns hätte weiterhelfen können. Kesselflicker und alle möglichen Händler kommen und gehen auf den Straßen. Ohne das Wappen des Eigentümers auf dem Schlag läßt sich eine Kutsche kaum von anderen unterscheiden.«

»Würde nicht ein Kesselflicker oder Händler ein offenes Fuhrwerk benutzen?« fragte Pitt.

»Ich denke schon.«

»Aber das war eine geschlossene Kutsche mit einem Kutscher auf dem Bock?«

»Ja ... so ist es.«

»Und saß jemand im Inneren?«

»Ich habe niemanden gesehen.«

»Und sie fuhr mehr oder weniger im Galopp?«

»Ja.«

»Dann waren es offenbar gute und frische Pferde?«

»Ja«, sagte Greville, wobei sein Blick unverwandt auf Pitts Gesicht lag. »Ich verstehe, worauf Sie hinauswollen. Sie können nicht von weither gekommen sein. Wir hätten der Sache nachgehen müssen und dann vielleicht festgestellt, wer die Hintermänner waren.« Er preßte die Lippen zusammen. »Dafür ist es jetzt zu spät. Aber wenn wieder etwas geschehen sollte, werde ich mich an Sie wenden, Mr. Pitt«. Er stand auf. »Vielen Dank, Mr. Cornwallis. Ich stehe auch in Ihrer Schuld. Mir ist klar, daß ich Ihnen wenig Brauchbares mitgeteilt habe. Dennoch haben Sie mich äußerst zuvorkommend behandelt.«

Auch Pitt und Cornwallis erhoben sich und sahen zu Greville hin, der sich verneigte, dann aufrecht zur Tür ging und den Raum verließ.

Cornwallis wandte sich an Pitt und sagte: »Tut mir leid«, bevor dieser den Mund öffnen konnte. »Ich haben selbst erst heute morgen von der Sache erfahren. Auch bedaure ich, daß Sie den Fall Denbigh abgeben müssen, aber uns bleibt keine Wahl. Es liegt auf der Hand, daß für Ashworth Hall niemand außer Ihnen in Frage kommt.«

»Ich könnte die Untersuchung des Falles Denbigh Tellman überlassen«, sagte Pitt rasch, »und einen anderen als meinen ›Kammerdiener‹ mitnehmen. Kaum jemand eignet sich weniger für diese Rolle als er.«

Ein flüchtiges Lächeln trat auf Cornwallis' Züge.

»Sie meinen, daß es kaum jemand weniger gern täte«, verbesserte er Pitt. »Aber er wird den Auftrag glänzend erledigen. Sie brauchen dort Ihren besten Mann, jemanden, den Sie gut kennen. Es muß überdies jemand sein, der sich veränderten Umständen rasch anpassen und selbständig denken kann, und außerdem genug Mut aufbringt einzugreifen, sollte es erneut zu einer Bedrohung von Grevilles Leben kommen. Übergeben Sie die Sache hier Byrne. Er ist ein guter und zuverlässiger Mann. Bestimmt kümmert er sich gewissenhaft darum.«

»Aber ...«, setzte Pitt erneut an.

»Wir haben nicht genug Zeit, einen anderen einzuarbeiten«, sagte Cornwallis mit Nachdruck. »Es hat politische Gründe, daß die Sache so eingefädelt wurde. Was die Lage in Irland betrifft, ist dies eine äußerst schwierige Zeit.« Er sah Pitt an, um festzustellen, ob dieser verstand. Er mußte zu dem Ergebnis gekommen sein, daß das nicht der Fall war, denn nach kurzem Zögern fuhr er fort: »Ihnen ist ja wohl klar, daß die Iren in ihrem Kampf um Selbstbestimmung seit vielen Jahren keinen einflußreicheren Führer hatten als Charles Stewart Parnell. Es wäre möglich, daß er sie einigen kann, denn ihm zollen fast alle Parteiungen Respekt. Viele Menschen sind überzeugt, falls es zu einem dauerhaften Frieden käme, wäre er der Mann, den ganz Irland als Führer anerkennen würde.«

Pitt nickte bedächtig. Er wußte, was Cornwallis als nächstes sagen würde. Die Erinnerung überspülte ihn jetzt wie eine Flutwelle.

Das Gesicht seines Vorgesetzten wirkte angespannt und ein wenig verwirrt. Er sprach nicht gern über Fragen der Moral, da sie seiner Ansicht nach in die Privatsphäre gehörten. Er war eher zurückhaltend und fühlte sich in Gegenwart von Frauen nicht wohl. Vermutlich war er wegen der vielen Jahre, die er auf See verbracht hatte, nicht an ihre Gesellschaft gewöhnt. Während er sie einerseits für edler und unschuldiger hielt, als sie waren und daher mehr verehrte, als es die meisten von ihnen verdienten, billigte er ihnen auf der anderen Seite kein großes Maß an Tüchtigkeit zu. Wie ein Großteil der Männer seiner Generation und seiner gesellschaftlichen Stellung war er davon überzeugt, daß Frauen zart besaitet waren und ihnen die Begierden abgingen, die einen Mann antrieben und bisweilen auch erniedrigten.

Pitt lächelte. »Die Scheidungsgeschichte Parnell-O'Shea«, nahm er Cornwallis das Wort aus dem Mund. »Vermutlich kommt die Sache jetzt doch vor Gericht. Wollen Sie darauf hinaus?«

»Ja«, stimmte Cornwallis erleichtert zu. »Eine äußerst geschmacklose Angelegenheit, doch scheint man entschlossen zu sein, sie bis zum bitteren Ende auszufechten.«

»Sie glauben, daß Hauptmann O'Shea dazu entschlossen ist?« fragte Pitt. O'Shea war kein besonders sympathischer Zeitgenosse. Man munkelte mehr oder weniger öffentlich, ihm sei nicht nur die ehebrecherische Beziehung zwischen seiner Frau Katie und Parnell bekannt gewesen, er habe die beiden sogar förmlich miteinander verkuppelt, um für sein eigenes Vorankommen daraus Vorteile zu ziehen. Als seine Frau ihn dann aber wegen Parnell verließ, klagte er auf Scheidung und beschwor damit einen öffentlichen Skandal herauf. Jetzt stand die Sache kurz vor der Verhandlung. Was das für Parnells Laufbahn als Unterhausabgeordneter und Politiker bedeutete, konnte man nur vermuten.

Ebenfalls unsicher war, welche Auswirkungen das Ganze auf Parnells Rückhalt in Irland haben würde. Er entstammte einer zum protestantischen Establishment gehörenden angloirischen Grundbesitzerfamilie. Auch Mrs. O'Shea war Protestantin, aber in England geboren und aufgewachsen. Ihre Mutter, die ein ausgesprochen kultiviertes Haus führte, hatte mehrere Romantrilogien veröffentlicht. Hauptmann William O'Shea hingegen, der wie ein Engländer aussah und sprach, war irischstämmiger Katholik, wovon er allerdings nicht viel Aufhebens machte. Diese Ausgangssituation konnte eine endlose Reihe von leidenschaftlichen Verwicklungen mit Verrat und Rache nach sich ziehen – der Stoff eignete sich in geradezu idealer Weise zur Legendenbildung.

Cornwallis fühlte sich von der ganzen Geschichte peinlich berührt. Am liebsten wäre er darüber hinweggegangen, denn seiner Ansicht nach gehörten Dinge, die so viel mit persönlicher Schwäche und Schande zu tun hatten, nicht an die Öffentlichkeit. Wenn sich jemand im Privatleben schlecht benahm, war es durchaus in Ordnung, daß er von seinesgleichen geächtet und vielleicht sogar auf der Straße geschnitten wurde. Man konnte ihn auffordern, die Mitgliedschaft in seinen Klubs aufzugeben, und falls er auch nur eine Spur von Anstand besaß, würde er dem zuvorkommen und aus eigenem Antrieb ausscheiden. Aber keinesfalls durfte er seine Schwäche dem Blick der Öffentlichkeit preisgeben.

»Besteht irgendeine Verbindung zwischen dem Fall O'Shea und der geplanten Zusammenkunft in Ashworth Hall?« fragte Pitt. Damit kam er wieder auf den eigentlichen Anlaß ihres Gesprächs zurück.

»Selbstverständlich«, gab Cornwallis mit vor Anspannung gerunzelter Stirn zurück. »Wenn Parnell öffentlich als schuldig gebrandmarkt würde und dabei Einzelheiten seiner Beziehung zu Mrs. O'Shea an die Öffentlichkeit kämen, die ihn in einem unvorteilhaften Licht erscheinen ließen, würde er als jemand dastehen, der die Großzügigkeit seines Gastgebers mißbraucht hat, und keineswegs als der Held, der in Liebe zu einer vernachlässigten und unglücklichen Ehefrau entbrannt ist. Das aber würde dazu führen, daß die einzige lebensfähige irische Partei ihren Führer verlieren würde. Jeder Ehrgeizling könnte sich dann an ihre Spitze stellen. Grevilles Worten entnehme ich, daß weder Moynihan noch O'Day abgeneigt sind, die Führung an sich zu reißen. O'Day bringt Parnell immerhin ein gewisses Verständnis entgegen, Moynihan hingegen ist ausgesprochen starrsinnig.«

»Und was ist mit den katholischen Nationalisten?« fragte Pitt verwirrt. »Ist nicht auch Parnell Nationalist?«

»Ja, natürlich. Keiner, der es nicht ist, könnte eine Mehrheit von Iren hinter sich scharen. Aber er ist Protestant. Auch wenn die Katholiken zum Nationalismus neigen, tun sie das wegen ihrer Hörigkeit gegenüber Rom doch unter völlig anderen Vorzeichen. In dieser Abhängigkeit von Rom liegt ein großer Teil des Problems, doch hat es neben der Frage der Religionsfreiheit auch mit alten Feindschaften zu tun, die auf die Zeit Wilhelms von Oranien zurückgehen – die Schlacht am Fluß Boyne und weiß der Henker, was noch alles. Denken Sie nur an die ungerechten Bodengesetze, die große Hungersnot und die Massenauswanderung. Möglicherweise steckt auch einfach ein Haß dahinter, der sich über Generationen hinweg weitervererbt hat. Greville zufolge ist die Forderung der Katholiken, an Stelle einer Gemeinschaftsschule für alle eine staatlich finanzierte Bekenntnisschule für die katholischen

Kinder einzurichten, ein weiterer strittiger Punkt. Ich gebe gern zu, daß ich das nicht verstehe, aber mir ist klar, daß die Androhung von Gewalt durchaus real ist. Unglücklicherweise lehrt uns die Geschichte nur allzu deutlich, wie es in der Vergangenheit damit ausgesehen hat.«

Wieder mußte Pitt an Denbigh denken. Viel lieber wäre er in London geblieben, um Jagd auf dessen Mörder zu machen, statt in Ashworth Hall Politiker zu bewachen.

Cornwallis lächelte spöttisch. »Möglicherweise kommt es ja zu keinen weiteren Anschlägen«, sagte er trocken. »Ich könnte mir vorstellen, daß die Gefahr für die Vertreter der jeweiligen Gruppierungen vor ihrer Ankunft oder nach ihrer Abreise größer ist als in Ashworth Hall selbst. Dort sind sie weniger angreifbar. Nebenbei gesagt gilt das auch für Greville. Wir werden mindestens ein weiteres Dutzend Männer im Dorf und um das Gelände des Herrensitzes herum postieren. Aber ich muß seinen Wünschen nachkommen, wenn er das Gefühl hat, daß er in Gefahr ist. Sicherlich brauche ich Ihnen nicht zu erklären, welch unermeßlicher Schaden daraus entstehen könnte, wenn es in Ashworth Hall zu einem Anschlag auf einen Vertreter der irischen Seite käme? Das könnte den Friedensporzeß um fünfzig Jahre zurückwerfen!«

»Gewiß, Sir«, bestätigte Pitt. »Das verstehe ich selbstverständlich.«

Cornwallis lächelte, und zum ersten Mal erreichte dieses Lächeln auch seine Augen.

»Dann sollten Sie besser Tellman von seinem neuen Auftrag in Kenntnis setzen. Es beginnt an diesem Wochenende.«

»Schon an diesem Wochenende!« Pitt war wie vor den Kopf geschlagen.

»Ja, es tut mir leid. Ich hatte Ihnen ja gesagt, daß es sich um eine kurzfristig anberaumte Sache handelt. Aber ich bin sicher, daß Sie es schaffen werden.«

Tellman war ein energischer und arbeitsamer, aber mürrischer Mensch, der sich unter keinen Umständen etwas schenken lassen wollte. Er war in bitterer Armut aufgewachsen und fest davon überzeugt, daß das Leben nur weitere Nackenschläge für ihn bereithielt. Kaum hatte er den Blick bemerkt, mit dem ihn Pitt betrachtete, als er mißtrauisch zu ihm hinsah.

»Ja, Mr. Pitt?« Er vermied die Anrede »Sir« nach Möglichkeit, betonte man damit seiner Ansicht nach doch nur die eigene Bedeutungslosigkeit und Unterwürfigkeit.

»Guten Morgen, Tellman«, gab Pitt zur Antwort. Er hatte ihn in einer Ecke der Wachstube gefunden, wo sie für die Vertraulichkeit dessen, was er zu sagen hatte, hinreichend ungestört waren. Außer ihnen war nur noch ein Wachtmeister anwesend, der etwas ins Wachbuch eintrug. »Mr. Cornwallis war hier. Er hat einen Auftrag für Sie. Wir werden am kommenden Wochenende gebraucht. Auf dem Lande.«

Tellman hob den Blick. Sein hohlwangiges Gesicht mit der Adlernase wirkte kummervoll, aber keineswegs unansehnlich.

»So?« fragte er zweifelnd. Er kannte Pitt zu gut, als daß er sich durch Höflichkeit hätte täuschen lassen. Er las in seinen Augen.

»Wir sollen bei einer Gesellschaft auf einem Landsitz einen Politiker schützen«, fuhr Pitt fort.

»Ach ja?« Tellman war bereits in die Defensive gegangen. Pitt konnte sich genau vorstellen, wie er vor seinem inneren Auge Bilder vermögender Müßiggänger heraufbeschwor, die von den Erträgen ihres Landbesitzes lebten und sich von Menschen bedienen ließen, welche ihnen zwar in jeder Hinsicht das Wasser reichen konnten, aber von der Gesellschaft aus reiner Habgier in Abhängigkeit gehalten wurden. »Ist jemand hinter dem Mann her?«

»Man hat ihm Morddrohungen ins Haus geschickt«, bestätigte Pitt gelassen. »Und es hat zumindest einen Anschlag auf sein Leben gegeben.«

Tellman zeigte sich unbeeindruckt. »Bei dem armen Denbigh war's mehr als ein ›Anschlag auf sein Leben‹, nicht wahr? Oder ist das jetzt nicht mehr wichtig?«

Im Raum war es so still, daß Pitt das Kratzen des Gänsekiels hören konnte, mit dem der Wachtmeister schrieb. Wegen der Kälte waren die Fenster geschlossen, so daß von der Straße kein Lärm hereindrang. Vom Gang hörte man das Stimmengemurmel zweier sich unterhaltender Männer. Durch die schwere Holztür konnte man nicht verstehen, was sie sagten. »Es handelt sich um denselben Fall, nur von der anderen Seite aus betrachtet«, sagte Pitt grimmig. »Auch der betreffende Politiker beschäftigt sich mit der irischen Frage, und am kommenden Wochenende soll der Versuch zu einer Lösung unternommen werden. Es ist von äußerster Wichtigkeit, daß es dabei zu keiner Gewalttat kommt.« Er lächelte zu Tellman hinüber, der ihn herausfordernd ansah. »Wie auch immer Sie persönlich zu dem Mann stehen mögen – sofern es ihm gelingt, Irland dem Frieden auch nur einen Schritt näher zu bringen, lohnt es die Mühe, ihn am Leben zu erhalten.«

Der Anflug eines Lächelns trat auf Tellmans Gesicht.

»Möglich«, sagte er unwillig. »Aber warum ausgerechnet wir, und nicht die Polizei am Ort? Die könnte das viel besser. Die Leute kennen die Gegend und die Menschen, die da wohnen. Die würden sofort merken, wenn jemand da nicht hingehört, wir nicht. Ich hab Erfahrung mit der Aufklärung von Mordfällen, und ich will den Dreckskerl fassen, der Denbigh umgebracht hat. Davon, wie man bei politischen Gesprächsrunden Attentate verhindert, versteh ich nix. Und bei allem Respekt, Sie auch nicht, Mr. Pitt!« Trotz der Worte »bei allem Respekt« war in seiner Stimme nichts davon zu hören. Seine nächste Frage zeigte, was er dachte: »Vermutlich haben Sie schon ja gesagt. Sie haben nicht womöglich darum gebeten, oder?«

»Natürlich nicht. Es war ein dienstlicher Auftrag«, gab Pitt mit einem Lächeln zurück, bei dem er seine Zähne teilweise entblößte. »Ganz wie Ihnen, Tellman, bleibt auch mir keine Wahl, als Aufträge auszuführen, die mir meine Vorgesetzten erteilen.«

Diesmal war Tellmans Belustigung ungekünstelt.

»Wir lassen also Denbigh sausen und drücken uns statt dessen auf dem Landsitz von irgend so 'nem Lord rum, um aufzupassen, daß keine Hausierer, Wegelagerer und sonstigen Eindringlinge in den Blumenbeeten lauern? Ist das nicht 'n bißchen unter der Würde des Chefs der Polizeiwache von Bow Street ... Sir?«

»Man ist auf mich verfallen«, gab Pitt zurück, »weil das Treffen auf dem Landsitz meiner Schwägerin stattfindet, in Ashworth Hall. Man erwartet von mir, daß ich dort als Gast unter Gästen auftrete. Lägen die Dinge anders, würde ich hier am Fall Denbigh weiterarbeiten und jemand anders abordnen.«

Betont langsam ließ Tellman den Blick über Pitts schlanke Gestalt gleiten, das gut geschnittene Jackett, das durch die zahllosen Gegenstände, mit denen er die Taschen vollzustopfen pflegte, ganz und gar außer Fasson geraten war, das saubere weiße Hemd, auf dem der Binder nicht ganz einwandfrei saß, und das etwas zu lange, gelockte Haar.

Seine Züge waren nahezu ausdruckslos. »Ach ja?«

»Und Sie sollen als mein Kammerdiener mitkommen«, fügte Pitt hinzu.

»Was?«

Der Wachtmeister ließ den Gänsekiel fallen und verschmierte Tinte über das ganze Blatt.

»Sie sollen als mein Kammerdiener mitkommen«, wiederholte Pitt mit sachlicher Stimme.

Einen Augenblick lang war Tellman geneigt, diese Mitteilung für einen Scherz zu halten, ein Beispiel für den ziemlich unberechenbaren Humor seines Vorgesetzten.

»Finden Sie nicht, daß ich einen brauche?« fragte Pitt lächelnd.

»Sie brauchen 'ne ganze Menge mehr als 'nen Kammerdiener!« stieß Tellman hervor, der nach einem Blick in Pitts Augen gemerkt hatte, daß er es ernst meinte, »nämlich 'nen verdammten Zauberer!«

Pitt richtete sich auf, straffte die Schultern und zog die Aufschläge seines Jacketts gerade.

»Bedauerlicherweise muß ich mich mit Ihnen begnügen. Das wird zwar als schwerer gesellschaftlicher Makel auf mir lasten, aber es ist denkbar, daß Sie für den betreffenden Politiker von größerem Nutzen sind. Zumindest, was den Schutz seines Lebens betrifft, wenn auch nicht seine Ansprüche an eine elegante Erscheinung.«

Tellman sah ihn wütend an.

Pitt lächelte munter. »Sie werden sich Donnerstag morgen um sieben Uhr in Zivil bei mir zu Hause melden. In einem gedeckten Anzug.« Er sah auf die Füße des Inspektors hinab. »Und besorgen Sie sich neue Schuhe, wenn die da alles sind, was Sie an Schuhen besitzen. Außerdem bringen Sie saubere Leibwäsche für sechs Tage mit.«

Tellman schob sein kantiges Kinn nach vorne.

»Ist das ein dienstlicher Befehl?«

Pitt hob die Augenbrauen, so hoch er konnte. »Gott im Himmel, glauben Sie, ich würde Sie andernfalls mitnehmen?«

»Was hast du gesagt, wann das sein soll?« fragte Charlotte ungläubig, als Pitt ihr Mitteilung von der bevorstehenden Gesellschaft machte.

»Am kommenden Wochenende«, wiederholte er und wirkte eine Spur verlegen.

»Das ist völlig ausgeschlossen!«

Sie standen im Wohnzimmer ihres Hauses an der Keppel Street in Bloomsbury, wohin sie nach Pitts kürzlich erfolgter Beförderung gezogen waren. Bis zu diesem Augenblick war es für Charlotte ein ganz und gar gewöhnlicher Tag gewesen. Diese Mitteilung aber brachte sie aus der Fassung. Konnte sich Thomas nicht vorstellen, wieviel Vorbereitungen für ein solches Wochenende erforderlich waren? Die Antwort darauf war einfach: natürlich nicht. Da er auf einem Herrensitz aufgewachsen war, kannte er solche Häuser und wußte wahrscheinlich auch, wieviel Personal zur Verfügung stand, welche Aufgaben jeder hatte und wie der Tag verlief, wenn Gäste im Hause waren. Aber wovon er keine Vorstellung hatte, war, was diese Gäste an Garderobe mitbringen mußten. Es kam ohne weiteres vor, daß eine Dame an einem bestimmten Tag ein halbes Dutzend verschiedener Kleider trug, und sie konnte sich unmöglich Tag für Tag im selben Abendkleid beim Dinner zeigen.

»Welche Damen kommen noch?« fragte sie, nach wie vor mit Entsetzen im Blick.

Sein Gesichtsausdruck machte deutlich, daß er noch immer nicht erfaßt hatte, welche Zumutung sein Ansinnen für sie bedeutete.

»Ainsley Grevilles Frau, Moynihans Schwester und McGinleys Frau«, gab er zur Antwort. »Emily ist die Gastgeberin. Alle Pflichten liegen bei ihr. Du brauchst dich um nichts zu kümmern. Du kommst nur mit, um meine Anwesenheit glaubwürdig erscheinen zu lassen. Weil du Emilys Schwester bist, wird es ganz natürlich aussehen, daß wir da sind.«

Enttäuschung kam in ihr hoch. »Ach, so ist das.« Sie stieß einen Wutschrei aus. »Was soll ich deiner Ansicht nach anziehen? Ich habe insgesamt vielleicht acht Herbst- oder Winterkleider! Davon sind die meisten Alltagskleider. Wie, zum Kuckuck, soll ich mir von jetzt bis Donnerstag noch zehn Kleider zusammenbetteln oder ausleihen?« Ganz abgesehen von Schmuck, Abendschuhen, Straßenschuhen, Abendtäschchen, einem Umschlagtuch, einem Hut für Spaziergänge und dutzenderlei anderen Dingen, deren Nichtvorhandensein sofort zeigen würde, daß sie nicht wirklich zum Kreis der Gäste gehörte, sondern eine arme Verwandte war. Cornwallis' Plan, die Gesellschaft wie jede andere erscheinen zu lassen, war zum Scheitern verurteilt, noch ehe die Sache begonnen hatte.

Dann sah sie den besorgten und unsicheren Ausdruck auf dem Gesicht ihres Mannes und wünschte sogleich, sie hätte sich auf die Zunge gebissen, statt mit ihren Gefühlen so gedankenlos herauszuplatzen. Es quälte sie, daß er jetzt annehmen würde, er hätte besser für sie sorgen müssen, damit sie mit Emily Schritt halten konnte. Gewiß, mitunter hatte sie sich nach solchen hübschen Dingen gesehnt, nach dem Glanz und dem Wohlstand, aber in diesem Augenblick lag ihr nichts ferner als der Gedanke daran.

»Ich beschaffe mir schon, was ich brauche!« sagte sie rasch. »Ich rufe Großtante Vespasia an, und bestimmt kann mir auch Emily aushelfen. Außerdem will ich morgen ohnehin einen Besuch bei Mama machen. Für wie viele Tage war es noch mal? Soll ich Gracie mitnehmen? Oder lassen wir sie besser hier, damit sie sich um Daniel und Jemima kümmert? Die Kinder nehmen wir ja wohl nicht mit? Glaubst du, daß wirklich Gefahr besteht?«

Pitt sah nach wie vor ein wenig verwirrt drein, aber allmählich schwand der Ausdruck der Besorgtheit aus seinen Augen.

»Gracie muß als deine Zofe mitkommen. Ist deine Mutter überhaupt zu Hause?«

Caroline hatte vor kurzem wieder geheiratet. Sie war ausgesprochen glücklich, obwohl Joshua in keiner Weise zu ihr paßte, denn er war nicht nur Schauspieler, sondern auch siebzehn Jahre jünger als sie. Zwar hatte sie dadurch einige ihrer Bekannten verloren, aber auch viele neue gewonnen. Sie reiste häufig im Lande herum, da ihn sein Beruf von Zeit zu Zeit an Theater außerhalb Londons führte.

»Ja«, sagte Charlotte rasch. Dann fiel ihr ein, daß sie seit über zwei Wochen nicht mit ihrer Mutter gesprochen hatte. »Glaube ich jedenfalls.«

»Ich denke nicht, daß eine wirkliche Gefahr besteht«, sagte Pitt ernst. »Aber sicher bin ich nicht. Die Kinder lassen wir auf jeden Fall hier. Wenn sich deine Mutter nicht um sie kümmern kann, müssen wir sie bei Emilys Kindern in ihrem Stadthaus unterbringen. Aber du könntest heute abend Tante Vespasia anrufen.«

Lady Vespasia Cumming-Gould war durch Emilys erste Ehe mit Lord Ashworth ihre Großtante geworden. Schon bald hatte sie sich mit beiden Schwestern angefreundet – und auch mit Pitt, in dessen Fälle sie sich häufig einschaltete, wenn es um Angehörige der Oberschicht oder um gesellschaftliche Fragen ging, die ihr am Herzen lagen. In ihrer Jugend war sie eine der hinreißendsten Schönheiten ihrer Generation gewesen, und noch im Alter war sie von zeitloser Eleganz. Sie verkörperte die würdevolle Haltung, die einer von Englands großen Damen zukam. Außerdem ließ ihr lebendiger Geist keine künstlichen Schranken gelten, und sie war der Ansicht, sie brauche ihre Zunge nicht mehr im Zaum zu halten, weil ohnehin nichts mehr ihrem Ruf schaden könne.

»Das mache ich am besten jetzt sofort«, stimmte Charlotte zu. »Was hast du gesagt, wie viele Tage es dauert?«

»Stell dich am besten auf fünf oder sechs ein.«

Sie verließ schwungvoll den Raum, in Gedanken bereits bei den häuslichen Problemen und den Einzelheiten und Schwierigkeiten der Vorbereitung.

Sie nahm den Hörer ab und stellte ohne Mühe eine Verbindung zu Tante Vespasias Haus in London her. Binnen drei Minuten sprach sie mit ihr selbst.

»Guten Abend, Charlotte«, sagte Tante Vespasia voll Wärme. »Wie geht es dir? Und den anderen?«

»Vielen Dank. Es könnte nicht besser sein. Wie sieht es bei dir aus?«

»Ich bin neugierig«, antwortete Tante Vespasia, und Charlotte konnte sie förmlich lächeln hören. Es war ihre Absicht gewesen, ihre Bitte taktvoll und nach einer angemessenen Einleitung vorzubringen. Sie hätte es besser wissen müssen. Tante Vespasia durchschaute sie mühelos.

»Worauf?« sagte sie munter.

»Keine Ahnung«, antwortete Tante Vespasia. »Aber du wirst es mir sicher sagen, sobald wir die höflichen Belanglosigkeiten hinter uns haben.«

Charlotte zögerte nur einen kleinen Augenblick. »Thomas arbeitet an einem Fall«, erklärte sie, »der es erforderlich macht, daß wir beide mehrere Tage in einem hochherrschaftlichen Haus auf dem Lande verbringen.« Sie sagte nicht, um welches es sich handelte – nicht etwa aus Mißtrauen Tante Vespasia gegenüber, sondern weil man nie sicher sein durfte, ob das Fräulein vom Amt nicht mithörte.

»Aha«, erwiderte Tante Vespasia. »Und jetzt soll ich dich in bezug auf deine Garderobe ein wenig beraten?«

»Das wäre natürlich großartig!«

»Nun, meine Liebe, ich werde gründlich darüber nachdenken. Du kannst morgen früh um elf Uhr vorbeikommen.«

»Danke, Tante Vespasia«, sagte Charlotte und meinte es aufrichtig.

»Nicht der Rede wert. Ich finde die Gesellschaft im Augenblick ziemlich langweilig. Alles scheint sich zu wiederholen. Die Leute gehen wie immer die gleichen katastrophalen Bindungen ein, und wer davon erfährt, gibt die üblichen sinnlosen und nicht besonders hilfreichen Kommentare dazu ab. Eine Ablenkung wäre mir willkommen.«

»Ich komme«, versprach Charlotte fröhlich.

Dann rief sie ihre Mutter an, die sich begeistert bereit erklärte, die Kinder zu sich zu nehmen. Charlotte legte auf und eilte munter nach oben, um Unterröcke, Strümpfe und Nachthemden herauszusuchen – außerdem mußte sie sich um Pitts Garderobe kümmern. Auch er mußte richtig ausstaffiert sein. Das war überaus wichtig.

»Gracie!« rief sie, kaum daß sie den Treppenabsatz erreicht hatte. »Gracie!«

Zumindest würde sie dem Mädchen sagen müssen, daß sie verreisen würden und ihr erklären, was von ihr erwartet wurde, auch wenn sie den Anlaß und die Hintergründe noch nicht preiszugeben brauchte. Hunderterlei war zu erledigen. Unter anderem mußte die Kleidung für die Kinder zusammengepackt und im Haus vor dem Aufbruch alles in Ordnung gebracht werden.

»Ja, Ma'am?« Gracie kam aus dem Spielzimmer, wo sie aufgeräumt hatte, nachdem sie Daniel und Jemima zu Bett gebracht hatte. Sie war nach wie vor so klein, daß man ihre Kleider kürzen mußte, aber zumindest hatte sie ein wenig zugenommen und sah nicht mehr ganz so verwahrlost aus wie damals, als sie mit dreizehn Jahren ins Haus der Pitts gekommen war. Die deutlichste Veränderung an ihr aber war ihre Selbstsicherheit. Inzwischen konnte sie lesen und schreiben und war in mehr als einem von Pitts Fällen ausgesprochen hilfreich gewesen. Gewiß hatte sie die interessantesten Dienstherren in der Keppel Street, wenn nicht in ganz Bloomsbury, und es war ihr anzumerken, daß sie sich dessen bewußt war.

»Gracie, wir alle werden am kommenden Wochenende aufs Land fahren. Daniel und Jemima bleiben bei meiner Mutter in der Cater Street. Mrs. Standish füttert die Katzen. Du kommst als meine Zofe mit.«

Gracie riß die Augen weit auf. Für diese Rolle war sie nicht ausgebildet. Eine Zofe stand gesellschaftlich mehrere Stufen über einer Haushaltshilfe, und sie war nur ein Mädchen für alles. An Mut hatte es ihr nie gefehlt, aber diese Aussicht war, gelinde gesagt, beängstigend.

»Ich sage dir schon, was du tun mußt«, beruhigte Charlotte sie. Als sie in ihren großen Augen die Besorgnis erkannte, fügte sie hinzu: »Es hat mit einem der Fälle meines Mannes zu tun.«

»Oh.« Gracie stand stocksteif da. »Ich versteh'. Dann bleibt uns wohl keine Wahl, was?« Sie reckte das Kinn ein wenig vor. »In dem Fall müssen wir uns gleich an die Arbeit machen.«

KAPITEL ZWEI

Die Kutsche, ebenso eine Leihgabe von Tante Vespasia wie die Kleider, traf am späten Donnerstag vormittag in Ashworth Hall ein. Charlotte und Pitt saßen in Fahrtrichtung, ihnen gegenüber Gracie und Tellman.

Gracie war noch nie in einer Kutsche gefahren. Wenn sie irgendwohin mußte, was äußerst selten vorkam, benutzte sie gewöhnlich den Pferdeomnibus. Erst ein einziges Mal war sie zu ihrem Entsetzen und ihrer maßlosen Verblüffung so schnell gefahren, und zwar in der Untergrundbahn. Dieses Erlebnis würde sie niemals vergessen, und sie würde es mit Sicherheit nicht wiederholen, wenn es nach ihr ging. Aber eigentlich zählte das nicht wirklich, denn der Zug war durch eine finstere Tunnelröhre gefahren, so daß man nicht sehen konnte, wohin man fuhr. Auf einem gutgepolsterten Sitz in einer vierspännigen Kutsche zu sitzen und schnell wie der Wind über die Straßen hinaus aufs Land zu fahren, auch wenn man dabei in die Richtung sehen mußte, aus der man kam, war wie ein Wunder.

Ohne den Polizeibeamten, der stocksteif neben ihr saß, anzusehen, war ihr klar, daß er das alles in höchstem Maße mißbilligte. Noch nie hatte sie eine so saure Miene gesehen. Seinem Gesichtsausdruck nach zu urteilen, hätte man annehmen können, er befände sich in einem Haus mit schadhafter Kanalisation. Er sagte kein einziges Wort.

Sie näherten sich über die lange, geschwungene, von Ulmen beschattete Auffahrt dem Herrenhaus und hielten vor der Freitreppe, an deren oberem Ende eine von zwei Säulen im antiken Stil eingerahmte prachtvolle Eingangstür offenstand. Ein Lakai eilte herbei und öffnete den Schlag, ein weiterer war den Gästen beim Aussteigen behilflich.

Selbst der Zofe Gracie wurde ein Arm gereicht, damit sie sicheren Tritts aussteigen konnte. Vielleicht fürchtete man, sie würde sonst fallen, und möglicherweise hatten sie damit auch recht. Sie hatte ganz vergessen, wie tief es bis auf den Boden hinab war.

»Danke«, sagte sie geziert und strich sich das Kleid glatt. Jetzt, da sie in der Rolle einer Zofe auftrat, hatte sie Anspruch darauf, als solche behandelt zu werden und mußte diese Art von Höflichkeit als ihr gebührend ansehen... jedenfalls für diese wenigen Tage.

Tellman stieg mit deutlich vernehmbarem Knurren aus und betrachtete den livrierten Lakaien mit unverhülltem Abscheu. Allerdings merkte Gracie, daß ihn trotz seiner Bemühung, gleichgültig zu erscheinen, die Pracht des großen Herrenhauses aus der Zeit König Georgs mit der Fassade aus glatten Quadersteinen, an der Schlinggewächse emporrankten, und der blitzenden Fensterfront tief beeindruckte.

Charlotte und Pitt wurden am Haupteingang willkommen geheißen. Tellman wollte seinem Vorgesetzten folgen, doch Gracie flüsterte ihm zu: »Dienstboteneingang, Mr. Tellman.«

Er erstarrte, und tiefe Röte überzog seine Wangen. Erst nahm Gracie an, er schäme sich wegen seines Schnitzers, als sie aber seine angespannten Schultern und geballten Fäuste sah, erkannte sie, daß er wütend war.

»Sie dürfen die gnädigen Herrschaften nicht dadurch bloßstellen, daß Sie einfach reingehen, wo's Ihnen nicht zusteht!« flüsterte sie.

»Pitt ist nicht mein gnädiger Herr!« gab Tellman streitlustig zurück. »Er ist ein Polizist wie jeder andere.« Dennoch wandte er sich auf dem Absatz um und folgte mit Gracie dem Lakaien, der sie um das Haus herumführte. Das bedeutete bei einem Gebäude dieser Größe einen beträchtlichen Fußweg.

Der Lakai führte sie durch den Nebeneingang und dann einen breiten Gang entlang, bis er vor einer Tür stehenblieb und klopfte. Eine Frauenstimme antwortete, er öffnete die Tür und winkte die Neuankömmlinge hinein.

»Tellman und Phipps, Mr. und Mrs. Pitts Kammerdiener und Zofe, Mrs. Hunnaker«, sagte er und zog sich zurück. Sie befanden sich in einem aufgeräumten, wohnlich eingerichteten Raum mit Sesseln, auf deren Lehnen saubere Schondeckchen lagen, einem hübschen Teppich und Bildern an den Wänden. Über dem mit bemalten Kacheln eingefaßten Kamin, in dem ein munteres Feuer brannte, hingen bestickte Tücher.

Die Haushälterin, Mrs. Hunnaker, war Mitte Fünfzig und machte einen liebenswürdigen Eindruck. Mit ihrem dichten grauen Haar sah sie aus wie eine kultivierte Gouvernante.

»Ich vermute, daß es Ihnen hier ein wenig sonderbar vorkommt«, sagte sie und betrachtete sie eingehend über ihre lange, gerade Nase hinweg. »Aber wir werden dafür sorgen, daß Sie sich wohlfühlen. Danny wird Ihnen Ihre Zimmer zeigen. Das männliche Personal benutzt die Hintertreppe, das weibliche die Vordertreppe. Vergessen Sie das nicht.« Bei diesen Worten sah sie vor allem Tellman an. »Frühstück für Sie wie für das übrige Personal um acht Uhr in der Leutestube. Haferbrei und Toast. Mittagessen gibt es zwischen zwölf und eins, das Abendessen vor dem Dinner für die Gäste. Sofern Ihre gnädigen Herrschaften Sie zu dieser Zeit benötigen, hebt Ihnen die Köchin Ihre Mahlzeit auf. Bedienen Sie sich nicht selbst, sondern bitten Sie, daß man Ihnen etwas gibt. Auch wenn Ihre gnädigen Herrschaften eine Tasse Tee oder eine Kleinigkeit zu essen wünschen, fragen Sie die Köchin, ob Sie es ihnen zubereiten dürfen. Wenn wir zulassen, daß jeder Dienstbote im Haus kommt und geht, wie es ihm paßt, schaffen wir es nie, eine ordentliche Mahlzeit auf den Tisch zu bringen. Die Wäsche wird im Haus gewaschen, aber bügeln müssen Sie für Ihre gnädigen Herrschaften selbst.« Dabei sah sie auf Gracie.

»Sehr wohl, Ma'am«, sagte diese gehorsam.

»Gewiß haben Sie Ihr eigenes Nähzeug, Bürsten und so weiter mitgebracht.« Das war eine Feststellung, keine Frage. »Wenn Sie aus Küche oder Keller etwas brauchen, sprechen Sie mit Mr. Dilkes darüber, das ist der Butler. Verlassen Sie das Haus nur, wenn jemand Sie ausschickt. Was die anderen

Gäste betrifft, sprechen Sie, wenn Sie angesprochen werden, aber lassen Sie sich von niemandem aus der Fassung bringen. Wenn Sie etwas, das Sie brauchen, nicht finden können, fragen Sie jemanden. Es ist ein großes Haus, und man kann sich leicht verlaufen. Ich hoffe, Sie werden sich hier wohlfühlen.«

»Danke, Ma'am.« Gracie deutete einen Knicks an.

Tellman sagte nichts.

Gracie trat ihn unauffällig, aber mit Nachdruck.

Er sog zischend die Luft ein.

»Danke«, sagte er knapp.

Mrs. Hunnaker zog an einer Klingelschnur, und auf der Stelle erschien ein Dienstmädchen.

»Jenny, das sind Tellman und Phipps, Mr. und Mrs. Pitts Kammerdiener und Zofe. Zeigen Sie ihnen die verschiedenen Hauswirtschafts- und Arbeitsräume und die Leutestube. Dann bringen Sie Phipps zu ihrer Kammer und sorgen Sie dafür, daß einer der Hausdiener Tellman zu der seinen führt.«

»Ja, Ma'am.« Gehorsam knickste Jenny und wandte sich zum Gehen.

Noch nie war Gracie mit ihrem Nachnamen angeredet worden. Vermutlich war das in so einem großen Haushalt üblich. Charlotte hatte sie darauf hingewiesen, daß man die Zofen und Kammerdiener der Gäste bisweilen mit dem Namen ihrer Herrschaft rief. Wenn also einer der höheren Dienstboten »Pitt!« riefe, gelte das ihr oder Tellman. Sicher würde es einige Zeit dauern, bis sie sich an all das gewöhnt hatte, aber es war ein herrliches Abenteuer, und auf Neues war sie stets erpicht.

Tellman hingegen sah immer noch so aus, als hätte er auf eine Zitrone gebissen.

Der Raum, zu dem Gracie gebracht wurde, war sehr angenehm, wenn auch etwas kleiner als ihr Zimmer in der Keppel Street und vor allem nicht annähernd so gemütlich. Es gab nichts Persönliches darin. Wahrscheinlich wurde er nicht besonders oft benutzt, und nie wohnte ein und dieselbe Person länger als eine oder zwei Wochen darin.

Gracie stellte ihre Taschen ab und begann, eine davon zu öffnen. Dann fiel ihr ein, daß sie selbstverständlich nach unten gehen und zuerst Charlottes Koffer auspacken, die Kleider aufhängen und dafür sorgen mußte, daß alles in Ordnung war. Dafür war eine Zofe schließlich da. Sie fragte sich, ob Tellman daran gedacht hatte, daß man auch von ihm Entsprechendes erwartete. Helfen konnte sie ihm nicht, da sie keine Ahnung hatte, wo sein Zimmer war.

Nachdem sie eines der Dienstmädchen aus dem Obergeschoß gefragt hatte, fand sie Charlottes und Pitts Räume im Hauptgebäude. Aus den hohen Fenstern des Schlafzimmers fiel der Blick auf eine große Rasenfläche mit hoch aufragenden Blaufichten. Links davon stand eine niedrigere Zeder, schöner als alles, was sie je zuvor gesehen hatte. Ihre ausladenden Äste wirkten vor dem stürmischen Himmel nahezu schwarzgrün. Die Vorhänge hatten ein üppiges Rosenmuster, auf das die herrlichen karmesinroten Draperien mit ihren Kordeln und Quasten genau abgestimmt waren. Den Boden des großen Raumes bedeckte ein rosenfarbiger Teppich.

»Ich werd' verrückt!« entfuhr es ihr. Sie nahm sich gerade noch rechtzeitig zusammen, denn sie merkte, daß nebenan jemand im Ankleidezimmer war. Sie ging um den runden Tisch herum, auf dem eine Schale mit Chrysanthemen stand, und schlich sich auf Zehenspitzen zur Tür. Gerade als sie anklopfen wollte, sah sie Tellman, der seelenruhig zusah, wie Pitt seinen Koffer auspackte und seine Anzüge eigenhändig aufhängte. Vermutlich hatte er noch nie Abendanzüge wie diese gesehen, und selbstverständlich hatte er nicht die leiseste Ahnung, wie man mit ihnen umging. Trotzdem erschütterte es Gracie zu sehen, daß sich Pitt in einem solchen Hause selbst um seine Kleidung kümmern mußte. Was sollten die Leute denken?

»Ich helf' Ihnen schnell, Sir«, sagte sie munter und stieß die Tür auf. »Sie müssen nach unten gehen und mit all den Leuten sprechen, um die Sie sich kümmern sollen.« Sie warf Tellman einen bedeutungsvollen Blick zu, für den Fall, daß er annahm, er könne ebenfalls gehen.

Pitt wandte sich um, zögerte einen Augenblick, sah zu Tellman hin und dann wieder zu Gracie.

Er lächelte gequält, nahm ihr Angebot mit einem »Danke« an, nickte Tellman zu und ging.

Gracie wandte sich Charlottes drei großen Reisekoffern zu und öffnete den ersten. Obenauf lag ein herrliches, mit Perlen besticktes und mit Seidenchiffon besetztes austernfarbenes Abendkleid. Ein flüchtiger Blick auf die Seitennaht des Oberteils zeigte, daß man es offenbar in aller Eile, aber äußerst geschickt ausgelassen hatte. Zweifellos gehörte es Lady Vespasia Cumming-Gould. Gracie kannte die wenigen Kleider Charlottes, und das hier gehörte bestimmt nicht dazu. Während sie es mit äußerster Sorgfalt herausnahm, empfand sie ein warmes Gefühl des Dankes, weil Lady Vespasia auf so großzügige Weise dazu beigetragen hatte, daß Charlotte ihre Selbstachtung in diesem Kreise wahren konnte – insbesondere vor ihrer Schwester, die eine so gute Partie gemacht hatte. Das galt zumindest in bezug auf irdische Güter. Wenn es darum ging, wer in der Welt wirklich etwas bedeutete, konnte niemand ihrem gnädigen Herrn Pitt, das Wasser reichen.

Sie nahm einen Kleiderbügel, hängte das Kleid ordentlich auf und drehte sich um, um es in den Schrank zu hängen.

Tellman sah ihr fasziniert zu.

»Was ist mit Ihnen los?« fragte sie munter. »Ha'm Se etwa noch nie 'n Abendkleid geseh'n? Hängen Se die Anzüge auf, dann könn' Se sich um die Bügeleisen kümmern, um den Herd zum Teemachen, das Bad und so weiter. Bestimmt wissen Se nich' mal, wie man Badewasser heiß macht?« Sie schnaubte verächtlich. »Vermutlich ha'm Se kein Bad. Und morgens heißes Wasser zum Waschen? Und Schuhcreme für die Schuhe des gnäd'gen Herrn? Die müssen jeden Abend gewienert werden.« Sie sah den Abscheu auf seinem Gesicht. »Dabei ha'm Se viel weniger viel zu tun als ich! Ein Herr zieht sich nur ein- oder zweimal am Tag um, eine Dame bis zu fünfmal. Aber Se müssen drauf achten, daß er immer 'n frisches Hemd hat! Ich mach' Ihnen die Hölle heiß, wenn Se unsern gnäd'gen Herrn mit 'm Hemd loszieh'n lassen, das nicht tipptopp ist.«

»Er ist nicht mein gnädiger Herr«, stieß Tellman zwischen den Zähnen hervor. »Und ich bin nicht sein Kindermädchen, verdammt noch mal.«

»Sie sind zu überhaupt nichts nütze, Tellman!« blaffte sie ihn an. »Und hier drin wird nicht geflucht, verdammt noch mal. Das gehört sich nicht. Ha'm Se mich verstanden?«

Er blieb reglos stehen und sah sie unverwandt an.

»Wenn Se zu eingebildet sind, Ihre Arbeit ordentlich zu tun, sind Se 'n Dummkopf«, sagte sie schneidend, wandte sich dem Koffer zu und nahm ein weiteres Abendkleid heraus. Es war aus herbstgoldenem Taft und weniger aufwendig als das erste. Es gehörte Charlotte und paßte wunderbar zu ihrem kastanienbraunen Haar. »Ge'm Se mir mal einen von den Kleiderbügeln«, forderte sie Tellman auf.

Er reichte ihn ihr mit einem Brummen.

»Seh'n Se, Mr. Tellman«, sagte sie, während sie das Kleid sorgfältig aufhängte und es ihm dann gab, damit er es in den Schrank hängte, während sie sich dem nächsten zuwandte. Unter einem Tageskleid aus feinem dunkelblauem Wollstoff lag eines für den Vormittag, und so ging es weiter. Der nächste Koffer enthielt drei weitere Abendkleider, verschiedene Kleider für den Vormittag und Nachmittag, sowie Blusen, außerdem natürlich zahlreiche Unterröcke und sonstige Unterwäsche. Die Dessous aber würde sie erst auspacken, wenn Tellman fort war. Es ging ihn nichts an, was eine Dame unter ihren Kleidern trug. »Seh'n Se ma'«, begann sie erneut. »Sie und ich sind hier, um dem gnäd'gen Herrn bei seiner Aufgabe zu helfen, Leute zu beschützen, die in Gefahr sind. Um das richtig zu machen, müssen wir so tun, als wenn wir's gewohnt wär'n, uns in solchen Häusern aufzuhalten, und keiner soll den Eindruck haben, daß wir unsre Arbeit nich' versteh'n.«

Sie gab ihm das nächste Kleid und sah ihn streng an.

»Wenn man so sieht, was für 'n Gesicht Se zieh'n, könnte man glauben, daß Se's für schrecklich unter Ihrer Würde halten, Kammerdiener zu sein ...«

»Ich halte überhaupt nichts davon, daß man sich von jemand anderem bedienen läßt«, sagte er steif. »Ich will Sie nicht kränken, denn Sie können ebenso wenig dafür, daß Sie arm auf die Welt gekommen sind wie ich. Aber Sie müssen sich nicht auch noch damit abfinden, als ob Sie es verdient hätten, oder andere Leute behandeln, als wären die was Besseres, bloß weil sie Geld haben. All dieses Geknickse und Gedienere dreht mir den Magen um. Es wundert mich, daß Sie so tun, als wenn das was ganz Natürliches wär.«

»Se nehm' sich zu wichtig«, sagte sie gleichmütig. »Sie sind ja stacheliger wie 'n Igel. Meiner Ansicht nach ha'm Se zwei Möglichkeiten: entweder machen Se Ihre Sache als Kammerdiener gut, und alles läuft wie geschmiert, oder Se machen se schlecht, und 's geht schief. Ich jedenfalls geb' mir Mühe, alles so gut wie möglich zu machen.«

Sie wandte sich wieder dem zweiten Koffer zu, nahm die Kleider heraus und legte sie behutsam auf das Bett, bevor sie sich nach weiteren Kleiderbügeln umsah.

Tellman dachte noch eine Weile über ihre Worte nach, dann schien ihm klarzuwerden, daß er zumindest im Augenblick keine rechte Wahl hatte. Also hängte er Pitts restliche Kleidungsstücke in den Schrank und legte seine Kleiderbürste, Hemdknöpfe, Kragen und Manschettenknöpfe sowie sein Rasierzeug – Seife, Pinsel, Rasiermesser und Streichriemen – heraus.

»Ich seh' mich mal im Haus um«, teilte er Gracie steif mit, als er damit fertig war. »Ich sollte mich auf jeden Fall auch um meine eigentliche Aufgabe kümmern. Dazu hat mich Mr. Cornwallis hergeschickt.« Er sah ein wenig auf sie herab, was ihm nicht sonderlich schwer fiel, da er einen guten Kopf größer war als diese halbe Portion. Da er außerdem vierzehn Jahre älter war, konnte er auf keinen Fall zulassen, daß sie sich mit ihren zwanzig Jahren Freiheiten herausnahm, bloß weil sie wußte, wie man einen Koffer richtig auspackt.

»Guter Gedanke«, sagte sie knapp. »Wenn Se das da erledigt ha'm« – sie nickte zu Pitts leerem Koffer hinüber – »sind Se hier sowieso zu nix mehr nütze. Was jetzt kommt, brauchen Se nich' zu sehen. Aber Sie können später wiederkommen und die leeren Koffer in die Abstellkammer bringen. Und passen Se auf, daß Se sich hier nicht wichtig machen«, fügte sie hinzu, als er schon an der Tür war. »Niemand muß wissen, daß Se sich für was Besseres wie 'n Kammerdiener halten. Immerhin sind Kammerdiener ziemlich angesehen. Vergessen Se das nich', und machen Se sich auf keinen Fall mit Hausdienern und Stiefelknechten gemein.«

»Woher wissen Sie das eigentlich alles?« fragte er mit gehobenen Brauen. »Sie sind doch ebenso wie ich gerade erst angekommen.«

»Ich steh' eben seit Jahren im Dienst«, sagte sie, nicht ohne Genugtuung. Er brauchte nicht zu wissen, daß sie in all diesen Jahren ausschließlich bei Charlotte gewesen war und ihr Wissen über das Leben in Herrenhäusern auf Bruchstücke zurückging, die sie aus Gesprächen aufgeschnappt hatte und auf Beobachtungen, die sie bei gelegentlichen Besuchen machen konnte. Offen gesagt, hatte sie es sich zum Teil auch einfach zusammengereimt. Sie sah ihn unverwandt an. »Wie lange woll'n Se noch da stehenbleiben wie einer von den Ständern, an die feine Herren ihre Schirme hängen?«

»Sie haben die Seele eines Dienstboten«, sagte er knurrig, drehte sich um und verließ den Raum.

»Das find' ich völlig in Ordnung«, rief sie ihm hinterher. »Mir geht's besser wie vielen andern! Ich hab's jeden Abend warm und gemütlich und krieg' jeden Tag zu essen. Außerdem bin ich in feiner Gesellschaft, nich' wie Sie!«

Er gab keine Antwort.

Gracie entleerte Charlottes Koffer vollständig, hängte alles sorgfältig auf und glättete die Röcke, damit sie faltenlos blieben. Dabei fuhr sie andächtig mit der Hand über die kostbaren Stoffe der geliehenen Abendkleider und genoß deren herrliche Farben. Sie berührte bewundernd die Perlen, die Spitze und den Seidenchiffon, der so hauchdünn war, daß man durch ihn ein Buch hätte lesen können.

Als sie mit der Unterwäsche fast fertig war, klopfte es. Sie war schon darauf eingestellt, erneut Tellman zu sehen und ihm zu sagen, was sie von ihm hielt, wenn er sich nach wie vor so störrisch gebärdete, aber an Stelle von Tellman kam eine recht gut aussehende, dunkelhaarige Frau von etwa dreißig Jahren herein. Zwar trug sie Dienstbotenkleidung, trat jedoch recht selbstbewußt auf. Daraus zog Gracie den Schluß, daß es sich um die Zofe einer der Damen handeln mußte. Nur eine Zofe oder Gouvernante gab sich so überlegen, aber Gouvernanten waren nicht im Hause.

»Guten Morgen«, grüßte die Frau zurückhaltend. »Ich bin Gwen, Mrs. Radleys Zofe. Willkommen in Ashworth Hall.«

»Guten Morgen«, gab Gracie mit einem zögernden Lächeln zurück. Diese Zofe verkörperte Gracies Idealvorstellung. Sie würde ihre Hilfe und ihr Vorbild brauchen, wenn sie Charlotte nicht schmählich im Stich lassen wollte. »Vielen Dank.«

»Mrs. Radley hat gesagt, daß Mrs. Pitt möglicherweise verschiedenes von ihr ausborgen möchte. Wenn Sie mitkommen, zeig' ich Ihnen die Sachen, und Sie können sie zu dem Übrigen hier hängen.«

»Sehr freundlich, herzlichen Dank«, sagte Gracie. Sie setzte zu einer Erklärung an, warum Charlotte Kleider leihen mußte, überlegte es sich dann aber anders. Wahrscheinlich waren Gwen die Gründe dafür genau bekannt. Kaum eine Dame hatte vor ihrer Zofe Geheimnisse. Also ging Gracie bereitwillig mit und ließ sich ein halbes Dutzend Kleider für den Vormittag und den Nachmittag sowie ein Abendkleid mit einem Muster in dunklen und hellen Rottönen geben, das ihrer Ansicht nach ohnehin überhaupt nicht zu Mrs. Radleys zartem hellen Teint paßte. Entweder hatte sie einen sehr schlechten Kauf gemacht oder es in der Absicht erworben, es irgendwann Charlotte zu schenken.

»Wirklich sehr schön«, sagte sie, bemüht, sich nicht anmerken zu lassen, wie tief beeindruckt sie war. Sie wollte nicht unbedarft erscheinen.

»Ich bin überzeugt, daß es Mrs. Pitt ausgezeichnet stehen wird«, sagte Gwen großzügig. »Wenn Sie möchten, zeig' ich Ihnen die oberen Räume und mach' Sie mit den anderen Zofen bekannt.«

»Ganz herzlichen Dank«, erwiderte Gracie. Es war sehr wichtig, daß sie möglichst viel in Erfahrung brachte und lernte. Man konnte nie wissen, wann man es brauchte. Und falls wirklich Gefahr bestand oder gar ein Verbrechen drohte, mußte sie das Haus und seine Bewohner kennen, ihr Wesen einschätzen können und wissen, wer zu wem stand. »Ich würde mich freuen«, fügte sie mit einem Lächeln hinzu.

Gwen erwies sich als äußerst umgänglich. Vielleicht hatte ihr Mrs. Radley einen Hinweis auf den wahren Hintergrund der Gesellschaft gegeben, zu der sie eingeladen hatte. Gracie merkte, daß ihr Gwen gefiel – und ebenso gefiel es ihr, den Wirtschaftstrakt des Hauses genauer kennenzulernen. Gwen zeigte ihr die Treppen, die dorthin führten, den kürzesten Weg zu den Küchen, zur Wäschekammer, zum Bügelraum und zum Vorratsraum, aber auch die Möglichkeiten, Hausdienern, Stiefelknechten und insbesondere dem Butler aus dem Weg zu gehen, der bei allem das letzte Wort hatte und dessen Laune schwer einzuschätzen war.

Charlotte hatte ihr bereits etwas über die Gäste gesagt, die erwartet wurden – jetzt lernte sie die Zofen der Damen kennen. Mrs. McGinleys Zofe war eine ältere Frau mit der Angewohnheit, den Kopf zu schütteln, als stehe irgendeine Katastrophe bevor, Miss Moynihan wurde von einer freundlichen, humorvollen Französin bedient und Mrs. Greville von der ausnehmend hübschen Doll, einer jungen Frau von etwa fünfundzwanzig Jahren. Doll war ziemlich groß, fast einen halben Kopf größer als Gracie, und hatte eine gute Figur. Bei ihrem Anblick mußte Gracie unwillkürlich daran denken, daß sie so aussah, wie man sich ein erstklassiges Stubenmädchen vorstellte. Nur wirkte sie ein wenig niedergeschlagen. Vielleicht handelte es sich um Zurückhaltung, aber um das entscheiden zu können, mußte Gracie sie erst besser kennenlernen.

Da Gwen noch etwas zu tun hatte, ging sie allein zurück. Auf dem Weg nach oben kam ihr ein junger Mann entgegen. Als erstes fiel ihr auf, wie entzückend er aussah. Sein Haar war so dunkel, daß man es für schwarz halten konnte, und sein Mund war so weich, als habe er den Kopf voller Träume.

Dann fiel ihr ein, daß sie aus Versehen auf die falsche Treppe geraten sein mußte. Sie blieb stehen und spürte, wie ihr das Blut ins Gesicht stieg. Natürlich lief ihr jemand wie dieser junge Mann über den Weg, wenn sie einen so dummen Fehler machte. Andererseits sah der Treppenabsatz über ihr genau so aus wie der, von dem sie gekommen war. Auf dem Tischchen standen weiße Chrysanthemen in einer grünen Vase vor einer grünweißgemusterten Tapete. Auch eine Gaslampe, deren Glühstrumpf ein Zylinder aus Mattglas umgab, gab es, genau wie die, die sie auf dem Weg nach unten gesehen hatte. Wie verwirrend, daß zwei Treppen so völlig gleich sein sollten.

Auch er war stehengeblieben.

»Entschuldigung«, sagte er mit irisch klingendem Zungenschlag, der deutlich weicher war als der von Miss Moynihans Zofe. Er mußte aus einem anderen Teil des Landes stammen. Er trat beiseite, um sie vorbeizulassen, wobei er sie lächelnd ansah. Sie hatte noch nie so dunkle Augen gesehen.

»Ich … ich glaub', ich bin auf der falschen Treppe«, stotterte sie. »Tut mir leid.«

»Die falsche Treppe?« fragte er.

»Ich … ich bin wohl aus Versehen auf der Männertreppe gelandet«, sagte sie und spürte, wie ihre Wangen glühten.

»Nein«, sagte er rasch. »Nein, bestimmt hab' ich mich geirrt. Ich hab' wahrscheinlich nicht aufgepaßt. Sicher sind Sie wie ich zu Besuch hier, sonst wüßten Sie es genau.«

»Ja. Ja. Ich bin Mrs. Pitts Zofe.«

Er lächelte erneut. »Und ich bin Mr. McGinleys Kammerdiener. Ich heiße Finn Hennessey und stamme aus der Grafschaft Down.«

Sie erwiderte sein Lächeln. »Ich bin Gracie Phipps.« Sie dachte nicht im Traum daran, ihm mitzuteilen, daß sie aus den finsteren Gassen des Armenviertels Clerkenwell kam. »Aus Bloomsbury.« Dort lebte sie jetzt, also sagte sie die Wahrheit.

»Nett, Sie kennenzulernen, Gracie Phipps.« Er deutete eine Verbeugung an. »Ich glaub', es wird eine prächtige Gesellschaft, vor allem, wenn das schöne Wetter anhält. Ich hab' noch nie so einen Park mit so vielen großen Bäumen gesehen. Ein herrliches Land.« Es klang, als sei er überrascht.

»Sind Sie zum ersten Mal in England?« fragte sie.

»Ja. Es ist ganz anders, als ich erwartet hatte.«

»Wie hatten Sie's sich denn vorgestellt?«

»Anders«, sagte er nachdenklich.

»Wie anders?« ließ sie nicht locker.

»Ich weiß nicht recht«, gestand er. »Anders als Irland, vermutlich. Aber zumindest das hier könnte ohne weiteres in Irland sein, mit all den Bäumen, dem Gras und den Blumen.«

»Ist es in Irland sehr schön?«

Sein Gesicht nahm einen träumerischen Ausdruck an und seine Augen leuchteten. Sein ganzer Körper schien sich zu entspannen, als er sich voll Anmut ans Geländer lehnte.

»Es ist ein schwermütiges Land, Gracie Phipps, aber das schönste Land, das Gott je geschaffen hat. Es ist von einer Wildheit und einem unbeschreiblichen Farbenreichtum, man spürt den Wind so angenehm auf der Haut, daß man es sich gar nicht vorstellen kann, wenn man es nicht selbst erlebt hat. Es ist ein sehr altes Land, in dem früher Helden, Heilige und Gelehrte gelebt haben. Noch heute bewahrt sich die Erinnerung an jene Zeiten in der Farbe der Erde, in den aufragenden Steinen, den Bäumen, die sich vor dem Himmel erheben, in dem Lied, das der Sturmwind singt. Doch herrscht dort kein Friede. Irlands Kinder frieren und hungern, denn das Land befindet sich im Besitz von Fremden.«

»Wie schrecklich«, sagte sie leise. Sie wußte nicht, inwiefern sich Härte und Armut, von der er sprach, von der unterschied, die überall auf der Welt herrschte, aber der Schmerz in seiner Stimme rief Mitgefühl in ihr hervor, und seine Worte beschworen das Bild eines verlorenen kostbaren Schatzes herauf. Schon immer hatte Ungerechtigkeit sie wütend gemacht, und das hatte sich verstärkt, seit sie für Pitt arbeitete, weil sie gesehen hatte, wie er dagegen ankämpfte.

»Natürlich ist es schrecklich.« Er lächelte ihr mit einem leichten Kopfschütteln zu. »Aber vielleicht ändern wir diesmal etwas daran. Eines Tages werden wir siegen, das versprech ich Ihnen.«

Gracie wurde einer Antwort enthoben, denn Mrs. Moynihans Zofe trat auf den Treppenabsatz über ihnen. »Ich bin bestimmt auf der falschen Treppe«, entschuldigte sich Finn Hennessey. »Es ist so leicht, sich in so 'nem riesigen Haus zu verlaufen. Ich bitte um Entschuldigung, Ma'am.« Nach einem raschen Blick auf Gracie drehte er sich um, lief die Treppe hinauf und verschwand. Während sie ihren Weg fortsetzte, schwirrte ihr der Kopf, und fünf Minuten später verlief auch sie sich und wußte nicht mehr, wo sie war.

Schon bald nach seiner Ankunft war Pitt zu Jack Radley gegangen, um mit ihm die Lage zu besprechen, in der sie sich befanden, und um Ainsley Greville wissen zu lassen, daß er und Tellman eingetroffen waren. Außerdem mußte er in Erfahrung bringen, welche Vorkehrungen die Ortspolizei getroffen hatte, inwieweit die männlichen Dienstboten von Ashworth Hall mit einbezogen werden sollten und was Greville über die besonderen Umstände und die damit verbundenen Gefahren gesagt hatte.

Charlotte ging sofort zu Emily, die bereits in ihrem Boudoir im Obergeschoß voll Ungeduld auf sie wartete.

Mit den Worten: »Ich freue mich ja so, daß du da bist!« umarmte die Schwester sie und drückte sie fest an sich. »Das ist meine erste wirklich wichtige politische Wochenendgesellschaft, und es wird bestimmt grauenhaft. Ach, eigentlich ist es das schon.« Sie trat einen Schritt zurück und machte eine besorgte Miene. »Man kann die Spannung richtig spüren. Sofern diese Leute typische Iren sind, kann ich mir nicht vorstellen, wie irgend jemand der Meinung sein kann, dort könne je Frieden herrschen. Sogar die Damen können sich gegenseitig nicht ausstehen.«

»Nun, sie sind eben genauso irisch wie die Männer«, erklärte ihr Charlotte lächelnd. »Außerdem sind sie im gleichen Maße wie die anderen Katholiken oder Protestanten. Man hat sie um ihr Eigentum gebracht, oder sie fürchten, das an Besitz einzubüßen, was sie sich erarbeitet haben.«

Emily sah sie überrascht an. »Weißt du etwas darüber?« Ihr blaßgrünes Vormittagskleid paßte hervorragend zu ihrem hellen Haar und Teint, so daß sie trotz ihrer Erregung äußerst anziehend wirkte.

»Nur, was mir Thomas gesagt hat«, erwiderte Charlotte. »Und das war nicht übermäßig viel. Natürlich mußte er mir den Grund für unsere Teilnahme an dieser Gesellschaft erklären.«

»Und was ist der Grund dafür?« Emily nahm in einem der wuchtigen Sessel mit den geblümten Bezügen Platz und forderte mit einer Handbewegung ihre Schwester auf, es ihr gleichzutun. »Natürlich seid ihr herzlich willkommen. Ich möchte auf keinen Fall ungastlich erscheinen, wüßte aber doch gern, warum man die Anwesenheit eines Polizeibeamten für erforderlich hält. Die Leute werden doch hoffentlich nicht aufeinander einschlagen, oder?« Sie sah Charlotte mit einem angedeuteten Lächeln an, doch lag unverkennbar echte Besorgnis in ihrer Stimme.

»Das bezweifle ich«, entgegnete Charlotte freimütig. »Wahrscheinlich besteht keinerlei Gefahr, aber da es Morddrohungen gegen Mr. Greville gegeben hat, hält die Regierung es für sinnvoll, jede erdenkliche Vorsichtsmaßnahme zu ergreifen.«

»Aber das war doch wohl keiner unserer Gäste?« sagte Emily entsetzt.

»Glaube ich auch nicht. Aber natürlich waren die Drohungen anonym. Ich nehme an, daß es sich um eine reine Vorsichtsmaßnahme handelt.«

»Jedenfalls bin ich sehr froh, daß du hier bist.« Emily entspannte sich ein wenig. »Das Wochenende wird bestimmt äußerst anstrengend, und mit deiner Hilfe ist es viel leichter, als wenn ich versuche, es allein zu bewältigen. Ich hatte selbstverständlich schon oft Gäste hier, aber die hatte ich selbst eingeladen, und es waren Menschen, die gut miteinander auskamen. Bemüh dich um Gottes willen, taktvoll zu sein.«

»Glaubst du, daß das einen Unterschied machen würde?« gab Charlotte mit breitem Lächeln zurück.

»Ja! Vermeide auf jeden Fall Themen wie Religion, Wahlrecht, Reformen irgendwelcher Art oder das Bildungswesen… Grundbesitz, Pachten, Kartoffeln… oder Ehescheidung…«

»Kartoffeln und Ehescheidung!« sagte Charlotte ungläubig. »Was, um alles in der Welt, könnte mich veranlassen, von Kartoffeln oder Ehescheidung zu reden?«

»Was weiß ich. Tu's einfach nicht!«

»Worüber darf ich denn reden?«

»Über jeden beliebigen anderen Gegenstand. Mode ... aber davon verstehst du vermutlich nichts. Theater – aber du gehst ja nicht ins Theater, außer mit Mama, wenn Joshua spielt – und das sag besser nicht, daß unsere Mutter einen Schauspieler geheiratet hat, der noch dazu Jude ist. Zwar sind die Katholiken vermutlich so sehr mit ihrem Haß auf die Protestanten und die Protestanten mit dem auf die Katholiken beschäftigt, daß sie sich über Juden keine Gedanken machen, aber wahrscheinlich sind sie gleichermaßen der Ansicht, wer zum Theater geht, sei zwangsläufig gottlos. Sprich über das Wetter und den Garten.«

»Man wird mich für einfältig halten!«

»Mach dir nichts draus, und tu's einfach.«

Charlotte seufzte. »Schön. Es sieht aus, als ob du recht behalten sollst – das wird wirklich ein schwieriges Wochenende«, stimmte sie zu.

Das bestätigte sich bereits am Mittagstisch. Im Eßzimmer war für zwölf Personen gedeckt. Jack Radley hieß die Schwägerin willkommen und stellte das Ehepaar Pitt den anderen Gästen vor. Dann nahmen alle Platz. Der erste Gang wurde aufgetragen.

Charlotte saß zwischen Carson O'Day und Fergal Moynihan, der blendend aussah. Allerdings fühlte sie sich nicht zu ihm hingezogen, was daran liegen mochte, daß sie wegen seines Rufs als unnachgiebiger Protestant voreingenommen war. Auf jeden Fall fand sie, daß sich auf seinem feingeschnittenen Gesicht kaum ein Anflug von Humor erkennen ließ.

Carson O'Day war kleiner als der etwas über mittelgroße Fergal Moynihan, mindestens fünfzehn bis zwanzig Jahre älter und schon ziemlich stark ergraut. Auf den ersten Blick erkannte man, daß es sich bei ihm um eine starke Persönlichkeit handelte. Er war angenehm im Umgang und höflich, doch dahinter verbarg sich unübersehbar ein gewisser feierlicher Ernst. Es war klar, daß er den Grund für diese Zusammenkunft keine Sekunde aus den Augen verlor.

Ihr gegenüber saß Padraig Doyle. Auch er war nicht mehr der Jüngste, vermutlich um die Mitte Fünfzig. Sein gütiges Gesicht konnte man nicht unbedingt als gutaussehend bezeichnen, da seine Züge zu ungleichmäßig waren, seine Nase war zu lang und leicht gekrümmt, aber er war umgänglich und lachte herzlich. Noch ohne mit ihm gesprochen zu haben, war Charlotte zu der Ansicht gelangt, er könne ausgesprochen unterhaltsam sein.

Auch wenn Emily die Gastgeberin war, überließ sie Ainsley Greville den Vorsitz an der Tafel, nachdem sie dafür gesorgt hatte, daß jeder seinen Platz eingenommen hatte und bedient wurde. Seine Gattin Eudora sah bemerkenswert gut aus und war wohl einige Jahre jünger als er. Sie hatte volles kastanienbraunes Haar, große braune Augen, hohe Wangenknochen und einen fein geschwungenen Mund. Ihr bescheidenes Wesen verstärkte den Zauber noch, der von ihr ausging.

Die beiden anderen Damen am Tisch konnte Charlotte nicht so gut sehen, warf aber unauffällig einen Blick zu ihnen hinüber, sobald sich die Gelegenheit dazu bot. Kezia Moynihan ähnelte ihrem Bruder Fergal ein wenig. Auch sie war hellhäutig und hatte wasserhelle Augen, und ihr blondes Haar war beneidenswert dicht. Doch sie machte einen muntereren Eindruck als er und schien von Natur aus die Gabe des Humors zu besitzen, war aber vielleicht auch ein wenig aufbrausend. Sie war Charlotte durchaus sympathisch.

Iona McGinley, deren schlanke Hände nervös über das weiße Tischtuch fuhren, war beinahe in jeder Hinsicht das Gegenteil. Ihr Haar war nahezu schwarz, der Blick ihrer großen tiefblauen Augen, hinter dem man Träume und geheime Gedanken vermuten konnte, wirkte verletzlich. Sie sprach nur wenig, und wenn, dann mit einer weichen Stimme, deren südliche Färbung sie fast wie Musik klingen ließ.

Außer diesen Personen war nur noch Lorcan McGinley anwesend, ein blonder Mann mit langem, schmalem Gesicht und großem Mund. Seine Augen waren von einem intensiven

Himmelblau, und sie musterten die Menschen in beunruhigend direkter Weise.

Die Unterhaltung begann mit Bemerkungen, die so harmlos waren, daß sie fast banal klangen, zumal die meisten Gäste schon seit dem Nachmittag des Vortags in Ashworth Hall waren und daher bereits mindestens zwei Mahlzeiten miteinander eingenommen hatten.

»Ja, wirklich sehr mild«, sagte Kezia lächelnd. »Es fällt richtig auf, wie viele Rosen noch blühen.«

»Manchmal haben wir bis Weihnachten welche«, erwiderte Emily.

»Werden sie durch den Regen nicht unansehnlich?« fragte Iona. »Bei uns zu Hause ist das so.«

»Bei uns im Osten regnet es nicht so viel«, meldete sich Carson O'Day zu Wort.

Mit einem Mal trat Stille ein, als hätte er damit eine Kritik geäußert.

Emily sah von einem zum anderen. »Doch, gelegentlich«, sagte sie in die Runde, ohne jemanden speziell anzusprechen. »Ich glaube, man muß einfach Glück haben. Es sieht ganz so aus, als würden wir in diesem jahr viele Hagebutten bekommen.«

»Manche sagen, daß das auf einen kalten Winter hindeutet«, bemerkte Lorcan, ohne von seinem Teller aufzusehen.

»Das sind Ammenmärchen«, gab Kezia zur Antwort.

»Ammen haben manchmal recht«, gab ihr Bruder zu bedenken, ohne dabei zu lächeln. Er sah zu Iona, wandte die Augen aber rasch wieder ab, allerdings erst, nachdem sich ihre Blicke getroffen hatten. Er beschäftigte sich weiter mit seiner Suppe.

Emily wechselte das Thema und nahm einen neuen Anlauf. Diesmal wandte sie sich an Eudora Greville.

»Ich habe gehört, daß Lady Crombie in diesem Winter nach Griechenland reisen will. Waren Sie schon einmal dort?«

»Vor etwa zehn Jahren, aber im Frühling. Es war ausgesprochen schön«, erwiderte Eudora. Sie nutzte die Gelegenheit, der Gastgeberin zu Hilfe zu kommen und beschrieb die Reise in allen Einzelheiten. Niemand hörte ihr wirklich zu, was ihr aber möglicherweise gleichgültig war. Jedenfalls war es ein harmloser Gesprächsgegenstand, und die Atmosphäre entspannte sich.

Charlotte hätte gern ebenfalls etwas zum Gespräch beigetragen, aber sie konnte an nichts anderes denken als an Politik, Ehescheidung und Kartoffeln. Es kam ihr vor, als führte alles, was ihr einfiel, auf die eine oder andere Weise zu einem dieser Themen hin.

Sie gab sich große Mühe, sich zu beteiligen und Interesse an Reisen an den Tag zu legen, und stellte immer dann eine Frage, wenn das Gespräch ins Stocken zu geraten drohte. Es hatte wirklich den Anschein, als werde es ein langes Wochenende. Fünf oder sechs solche Tage mit jeweils mindestens drei Mahlzeiten, ganz zu schweigen vom Nachmittagstee, würden sich so zäh hinziehen, daß sie ihr bestimmt wie Monate vorkamen.

Sie beobachtete die anderen am Tisch, während abgeräumt und der nächste Gang aufgetragen wurde. Ainsley Greville machte den Eindurck, als sei er in seinem Element, doch als sie sich seine Hände genauer ansah, merkte sie, daß sie nicht entspannt auf dem Tischtuch lagen. Lautlos trommelte er mit einem Finger auf dem Tisch, und bisweilen erstarrte das Lächeln auf seinen Zügen, als koste es ihn Mühe, diesen Gesichtsausdruck beizubehalten. Trotz all seiner Erfahrung lastete die Verantwortung für das Ergebnis der Zusammenkunft wohl schwer auf ihm. Einen Augenblick lang tat er ihr leid.

Eudora hingegen schien sich rundum wohlzufühlen. Sollte sie eine so viel bessere Schauspielerin sein? Oder war ihr nicht wirklich klar, worum es an diesem Wochenende ging?

Bei Padraig Doyle konnte man den Eindruck gewinnen, daß er das Mahl uneingeschränkt genoß. Er ließ sogar der Köchin durch Emily seine Komplimente übermitteln. Da er eine bedeutende Sache vertrat, mußte ihm jedoch klarsein, wieviel auf dem Spiel stand, und wie schwierig es sein würde, auch nur den Ansatz zu einer Lösung zu finden. Vermutlich war er ein glänzender Schauspieler. Charlotte sah ihn an, während der Nachtisch aufgetragen wurde, und meinte in seinen Zügen den wachen Geist des geborenen Anekdotenerzählers und die rasche Auffassungsgabe des Künstlers zu erkennen. Auf jeden Fall berichtete er in äußerst anschaulicher Weise von seinen Reisen in die Türkei und ahmte verschiedene Menschen nach, denen er begegnet war, wobei er ihre Kleidung und ihr Aussehen in treffend beobachteten Einzelheiten beschrieb. Mehrere Male brachte er die Tafelrunde zum Lachen.

Es fiel Charlotte auf, daß er so ungezwungen mit Eudora sprach, als seien sie schon eine ganze Weile miteinander bekannt.

Die leicht gereizte Stimmung zwischen Lorcan McGinley und Fergal Moynihan entging ihr ebenfalls nicht. Es sah so aus, als seien sie nicht einmal bei gänzlich belanglosen Themen einer Meinung, etwa, als es darum ging, wie unangenehm das Reisen bei schlechtem Wetter sein kann oder wie unverschämt teuer eine annehmbare Unterkunft im Ausland oft ist.

Bei Kezia und ihrem Bruder gelangte der Beobachter zu der Ansicht, daß sie auf sehr vertrautem Fuße miteinander standen. Sie unterstützte ihn in allem, was er sagte, bemühte sich aber zugleich, unter keinen Umständen O'Day offen beizupflichten oder zu widersprechen.

Mehrfach fing Charlotte Pitts Blicke auf, der die Gäste genau musterte, und sie merkte, wie beunruhigt er war. Auch Jack und Emily sahen einander hin und wieder in stummem Einverständnis und voll Mitgefühl an.

Kurz vor dem Ende der Mahlzeit trat ein Lakai zu Jack. Ein Mr. Piers Greville, erklärte er, sei eingetroffen. Ob er ihn einlassen solle?

Jack zögerte nur kurz. »Selbstverständlich.« Er sah erst zu Ainsley, dann zu Eudora hinüber und bemerkte die ehrliche Überraschung in ihren Gesichtern.

»Nanu«, sagte Eudora, »ich dachte, er ist noch in Cambridge. Hoffentlich ist nichts Schlimmes vorgefallen.«

»Aber natürlich nicht, mein Schatz«, beruhigte Ainsley sie, doch strafte sein Gesichtsausdruck diese Worte Lügen. »Wahrscheinlich war er zu Hause – schließlich sind es keine zwanzig Kilometer –, und als er erfahren hat, daß wir hier sind, hat er beschlossen, uns aufzusuchen. Er kann unmöglich gewußt haben, daß das nicht unbedingt angebracht ist.« Er wandte sich an Emily. »Es tut mir leid, Mrs. Radley, ich hoffe, es bereitet Ihnen keine Ungelegenheiten.«

»Nicht im geringsten. Ihr Sohn ist herzlich willkommen.« Es blieb Emily gar nichts anderes übrig, als das zu sagen; in diesen Kreisen tauchten bei Gesellschaften auf einem Landsitz häufig zusätzliche uneingeladene Gäste auf, denen selbstverständlich Gastfreundschaft gewährt wurde. Wenn der Gastgeber seinerseits irgendwann einen unangemeldeten Besuch machte, durfte er mit der gleichen Behandlung rechnen. Die Besucher kamen und gingen, wie es ihnen paßte, allerdings nicht mehr so häufig, seit es ohne Schwierigkeiten möglich war, bequem mit der Bahn von einem Ende des Landes zum anderen zu fahren. In früheren Zeiten sah man sich wegen der mit Reisen verbundenen Mühsal unter Umständen genötigt, den Besuch auf ein oder zwei Monate auszudehnen, vor allem, wenn der Regen die Wege aufgeweicht oder, was im Winter durchaus vorkam, völlig unpassierbar gemacht hatte. »Ich freue mich, Ihren Sohn kennenzulernen«, fügte sie hinzu.

Charlotte warf Pitt über den Tisch hinweg einen Blick zu. Er lächelte betrübt zurück. Das war eine der vielen unvorhersehbaren Wendungen, mit denen man rechnen mußte. Niemand hatte sich bei ihm erkundigt, ob der ungeladene Gast in seine Pläne paßte. Andererseits wäre mit einer solchen Frage die Rolle aufgedeckt worden, die er hier spielte, und er hätte seinen einzigen Vorteil eingebüßt.

Der Lakai verneigte sich und ging, um die Anweisungen seiner Herrschaft zu befolgen.

Schon kurz darauf trat Piers Greville ein. Er war nicht ganz so hochgewachsen wie sein Vater, ähnelte ihm aber in Teint und Haarfarbe. Seine Gesichtszüge erinnerten allerdings eher an seine Mutter. Er machte einen freudig erregten Eindruck. Seine Wangen waren gerötet, und ein munterer Glanz lag in seinen graublauen Augen. Zuerst richtete er das Wort an Emily: »Guten Tag, Mrs. Radley. Es ist wirklich sehr hochherzig, daß Sie mir gestatten, so bei Ihnen hereinzuplatzen. Ich weiß es aufrichtig zu schätzen und verspreche, daß ich mich bemühen werde, Ihnen so wenig Ungelegenheiten wie möglich zu bereiten.« Nach wie vor lächelnd, wandte er sich an Jack. »Und auch Ihnen, Sir, im voraus meinen verbindlichsten Dank.« Er sah sich rasch am Tisch um und nickte allen Anwesenden zu, von denen er wohl außer seinen Eltern niemanden kannte.

Alle erwiderten sein Lächeln, manche mit ungeheuchelter Wärme wie Kezia Moynihan, andere im Rahmen dessen, was die Höflichkeit gebot, wie ihr Bruder und Lorcan McGinley.

Piers wandte sich an seinen Vater: »Papa, ich mußte unbedingt kommen, weil das für mich in den nächsten beiden Monaten die einzige Gelegenheit ist, und ich mit meiner Mitteilung nicht länger warten wollte.« Er drehte sich um und sah seine Mutter an. »Mama ...«

»Welche Mitteilung?« fragte Ainsley gleichmütig und unbeteiligt.

Eudora sah verwirrt drein. Offensichtlich handelte es sich um eine unerwartete Neuigkeit. Dabei ging es wohl kaum um sein Studium oder irgendwelche Prüfungen.

»Nun?« fragte Ainsley mit hochgezogenen Brauen.

»Ich habe mich verlobt!« sagte Piers und sein Glück spiegelte sich auf seinem Gesicht und war in seiner Stimme zu hören. »Sie ist der großartigste und wunderbarste Mensch, den ich kenne, und wunderschön. Ihr werdet sie mögen.«

»Ich wußte gar nicht, daß du jemanden kennengelernt hast«, sagte Eudora. Ihre Stimme schwankte zwischen Überraschung und Besorgnis. Sie brachte ein Lächeln zustande, in dem allerdings eine Spur von Schmerz zu erkennen war. Charlotte dachte flüchtig an ihren eigenen Sohn Daniel und fragte sich, ob es sie auch so unerwartet treffen würde, wenn er sich verliebte. Oder stand sie ihm so nahe, daß er sich ihr anvertraute, ehe er einer jungen Frau einen Heiratsantrag machte? Der Gedanke an diesen möglichen Verlust versetzte ihr einen Stich.

Ainsley ging an die Sache pragmatischer heran.

»So, so. Dann darf man wohl gratulieren. Wir werden die Einzelheiten bei einer günstigeren Gelegenheit besprechen, und natürlich möchten wir die junge Dame und ihre Eltern gern kennenlernen. Zweifellos wird deine Mutter der ihren eine Menge Fragen stellen wollen und ihr viel zu erzählen haben.«

Ein Schatten legte sich auf Piers' Gesicht. Er sah sehr jung und mit einem Mal auch verletzlich aus.

»Ihre Eltern sind am Fieber gestorben, als sie noch ein kleines Mädchen war, Vater. Sie ist bei ihren Großeltern aufgewachsen, die leider ebenfalls nicht mehr leben. Es ist ein wahres Unglück.«

»Ach je!« Eudora sah verwirrt drein.

»Ein wahres Unglück, wie du sagst«, stimmte Ainsley zu. »Aber da kann man nichts machen. Außerdem haben wir ja noch viel Zeit. Bevor du deinen Abschluß und eine Praxis hast, kannst du an eine Heirat nicht denken. Selbst dann solltest du möglicherweise noch ein oder zwei Jahre warten.«

Piers' Gesicht verdüsterte sich, und der Glanz in seinen Augen erlosch. Die Vorstellung, so lange warten zu müssen, dürfte jedem verliebten jungen Mann schwerfallen, und daß er verliebt war, ließ sich deutlich erkennen.

»Wann können wir die junge Dame kennenlernen?« fragte Eudora. »Ich vermute, sie ist ebenfalls in Cambridge?«

»Nein ... nein, sie lebt in London«, sagte Piers rasch. »Aber sie kommt morgen hierher.« Er wandte sich erneut an Emily. »Vorausgesetzt, Sie gestatten es? Ich weiß, daß das ziemlich unverfroren von mir ist, aber ich möchte unbedingt, daß sie und meine Eltern sich kennenlernen, und das ist für die nächsten zwei Monate oder noch länger die einzige Möglichkeit.«

Emily schluckte. »Sie ist uns selbstverständlich willkommen.« Wieder blieb ihr keine andere Antwort übrig. »Und herzlichen Glückwunsch, Mr. Greville.«

Er strahlte. »Vielen Dank, Mrs. Radley. Sie sind wirklich ungemein großzügig.«

Nach der Mahlzeit zogen sich die Männer zurück, um ihre Gespräche zu beginnen, und Emily suchte ihre Haushälterin auf, um ihr mitzuteilen, daß sie ein Zimmer für einen weiteren männlichen Gast und außerdem ein Zimmer für eine junge Dame herrichten lassen solle, mit deren Eintreffen am nächsten Tag zu rechnen sei.

Anschließend gesellte sie sich zu den anderen Damen, die im Nachmittagssonnenschein einen Spaziergang durch den Park machten. Sie zeigte ihnen den Irrgarten, die Orangerie, die große, von Blumenrabatten voller Chrysanthemen und Herbstastern gesäumte Rasenfläche, die Teiche mit den Seerosen und den eher der Natur überlassenen, sogenannten englischen Teil des Parks, in dem unter Bäumen Farne und weißer Fingerhut wuchsen. Von dort führte ein Hainbuchengang in den Rosengarten zurück.

Der Nachmittagstee im grünen Salon bot die erste Gelegenheit zur Konversation. Bis dahin war es nicht nötig gewesen, mehr von sich zu geben als ein paar Bemerkungen über Stauden, Sträucher und Bäume. Emily war, von Eudora und Iona begleitet, vorausgegangen, ihnen folgten mit einigen Schritten Abstand Charlotte und Kezia. Insgesamt war bisher alles ausgesprochen harmonisch verlaufen.

Jetzt, im grünen Salon mit seinen Terrassentüren, vor denen sich der Rasen hinab zum Rosengarten senkte, konnte niemand dem Gespräch ausweichen. Das Mädchen hatte die Teetassen herumgereicht und dann den Raum verlassen. Auf dem Tisch standen Silbertabletts mit pikanten Häppchen, Teegebäck und kleinen warmen Butterpfannkuchen. Im Kamin knisterte ein Feuer. Charlotte hatte der Spaziergang Appetit gemacht, und sie fand die Pfannküchlein köstlich. Es war nicht leicht, sie zu essen, ohne daß ihr die geschmolzene Butter auf das Kleid tropfte. Diese damenhafte Art zu speisen verlangte ein großes Maß an Konzentration.

Kezia sah Emily an. »Mrs. Radley, glauben Sie, daß man morgen im Dorf eine Zeitung bekommen kann – und dürfte ich, falls es Ihnen nichts ausmacht, einen Ihrer Dienstboten hinschicken?«

»Wir bekommen die *Times* täglich ins Haus geliefert«, gab Emily zur Antwort. »Ich vermute, es wurde bereits veranlaßt, daß mehrere Exemplare geschickt werden, aber ich werde auf jeden Fall noch einmal nachfragen.«

Kezia schenkte ihr ein strahlendes Lächeln. »Ganz herzlichen Dank. Das ist wirklich sehr freundlich von Ihnen.«

»Ich kann mir nicht vorstellen, daß viel über Irland darin steht«, merkte Iona mit weit aufgerissenen Augen an. »Es sind bestimmt lauter Dinge, die England betreffen: Gesellschaftsnachrichten, Theater, Berichte über das Wirtschaftsleben und natürlich über gewisse Ereignisse im Ausland.«

Kezia erwiderte ihren Blick. »Sollte Ihnen etwa entfallen sein, daß das englische Parlament in Irland die Staatsgewalt ausübt?«

»Wie jeder wahre Ire denke ich sogar im Schlaf daran«, erwiderte Iona. »Nur Sie sind so versessen auf die Fremdherrschaft der Engländer, daß Sie vergessen, was das bedeutet, wieviel Schande und Kummer damit verbunden sind, wieviel Hunger, Armut und Ungerechtigkeit.«

»Ja, ganz England reitet auf dem Rücken des kleinen katholischen Landes, diese Vorstellung ist mir geläufig«, sagte Kezia sarkastisch. »Natürlich ist es kein Wunder, daß Irland diese Bürde zu schwer geworden ist! Bestimmt müssen Sie alle wie die Galeerensklaven schuften, um uns durchzufüttern.«

Emily beugte sich vor, um etwas zu sagen, aber Eudora kam ihr zuvor.

»Die Ursache der Hungersnot war die Kartoffelfäule«, sagte sie mit Nachdruck. »Die aber war weder katholisch noch protestantisch, sondern von Gott gesandt.«

»Der aber ist weder Katholik noch Protestant…«, fügte Emily hinzu.

»Zum Teufel eure beiden Häuser!« zitierte Charlotte aus *Romeo und Julia*. Gleich darauf hätte sie sich am liebsten auf die Zunge gebissen.

Alle sahen sie mit weit aufgerissenen Augen an.

»Bekennen Sie sich etwa zum Atheismus, Mrs. Pitt?« fragte Eudora fassungslos. »Sie sind doch nicht etwa eine Anhängerin Darwins?«

»Nein, ich bekenne mich nicht zum Atheismus«, beeilte sich Charlotte zu erklären. Sie spürte, wie ihr die Röte auf den Wangen brannte. »Aber wenn ich sehe, wie zwei angeblich christliche Völker einander wegen ihres jeweiligen Glaubens hassen, kommt mir der Gedanke, daß Gott einen heiligen Zorn auf uns alle haben muß. Das ist doch lachhaft!«

»So etwas würden und könnten Sie nicht sagen, wenn Sie eine Vorstellung von den wirklichen Unterschieden hätten!«

Kezia beugte sich voll Leidenschaft zu ihr hin, ihre Finger krallten sich in den bordeauxroten Stoff ihres Kleides. »Man lehrt die Menschen Böses: Unduldsamkeit, Stolz, Verantwortungslosigkeit, Unmoral in jeder Hinsicht und leugnet die erhabenen und schönen göttlichen Wahrheiten wie Reinheit, Fleiß und Glaube! Kann es ein schlimmeres Übel geben? Ist eine Sache vorstellbar, gegen die zu kämpfen lohnender wäre? Wenn Ihnen überhaupt an irgend etwas liegt, Mrs. Pitt, dann doch sicherlich daran? Was sonst auf der ganzen Welt könnte so wichtig und so kostbar sein, so sehr wert, daß man dafür lebt oder danach strebt? Und was bleibt an Werten übrig, wenn man das verliert?«

»Glaube, Ehre und Treue zu sich selbst«, gab Iona mit erregter Stimme zur Antwort. »Mitleid mit den Armen, die Fähigkeit zu vergeben und die Liebe zur wahren Kirche. All das sind Dinge, die Sie wegen Ihrer Hartherzigkeit und der Selbstgefälligkeit, mit der Sie andere so schnell verurteilen, nicht verstehen können. Wenn Sie auf jemanden treffen, der zusieht, wie die Armen verhungern und ihnen noch dazu sagt, sie seien selbst schuld daran, dann ist das bestimmt ein Protestant, höchstwahrscheinlich sogar ein protestantischer Geistlicher. Er redet von der Hölle und schürt dabei noch das Feuer. Nichts gefällt ihm so sehr, als sich beim Sonntagsbraten vorzustellen, wie ein katholisches Kind verhungert. Am besten kann er bei der Vorstellung einschlafen, daß wir alle in einem Straßengraben erfrieren, nachdem er uns aus unseren Häusern vertrieben und unser Land in Besitz genommen hat, das von Geburt an uns und von Anbeginn der Zeiten unseren Vorfahren gehört hat.«

»Das ist nichts als romantischer Unfug, und das wissen Sie auch!« sagte Kezia. Dabei glänzten ihre hellen Augen im Lichterschein fast türkisfarben. »So mancher protestantische Grundbesitzer ist bankrott gegangen, weil er während der Hungersnot versucht hat, seine katholischen Pächter am Leben zu erhalten. Ich weiß das, denn mein Großvater war einer von ihnen. Er hatte keinen Pfennig mehr, als alles vorüber war. Die Hungersnot liegt ein halbes Jahrhundert zurück. Das ist euer Problem: ihr lebt in der Vergangenheit. Ihr pflegt alte

Wunden, als hättet ihr Angst, sie heilen zu lassen. Ihr tragt eure Sorgen mit euch herum, als wären es eure Kinder! Schließlich sind die Katholiken den Protestanten mittlerweile gleichgestellt.«

»Unser Land wird nach wie vor von einem protestantischen Parlament in London beherrscht!« Iona sprach nur zu Kezia; es hätte ebensogut niemand außer den beiden im Raum sein können.

»Soll etwa die katholische Kurie in Rom diese Aufgabe übernehmen?« schleuderte Kezia zurück. »Wollen Sie, daß wir alle dem Papst Rechenschaft ablegen müssen? Ihrer Ansicht nach soll vermutlich die päpstliche Lehre das Gesetz des Landes werden, nicht nur für diejenigen, die daran glauben, sondern für alle. Das steckt doch dahinter! Nun, ich jedenfalls würde lieber sterben, als mein Recht auf Religionsfreiheit aufzugeben.«

Ionas Augen funkelten vor Spott. »Sie haben also Angst, daß wir Sie verfolgen werden, wenn man uns die Herrschaft über unser eigenes Land gibt – genau so, wie Sie uns verfolgt haben. Dann müßten Sie auf einmal für eine Gleichstellung der Protestanten kämpfen, damit Sie Herren auf eigenem Grund und Boden sein können, statt jahrhundertelang Grundherren auf Gedeih und Verderb ausgeliefert zu sein, oder um wie jeder andere Zugang zu akademischen Berufen zu haben und über die Gesetze abstimmen zu können, die in Ihrem eigenen Land gelten sollen. Haben Sie davor Angst? Wir haben gelernt, was Unterdrückung ist, denn wir haben, weiß Gott, gute Lehrer!«

Mit bleichem Gesicht und gequälter Stimme legte sich Eudora ins Mittel: »Wollen Sie denn auf alle Zeiten in der Vergangenheit leben? Wollen Sie die Aussicht zunichte machen, endlich dem Haß und dem Blutvergießen ein Ende zu bereiten und dem Land die Selbstverwaltung zu geben?«

»Etwa unter Parnell?« fragte Kezia schroff. »Glauben Sie, daß er diese Sache übersteht? Katie O'Shea hat dafür gesorgt, daß damit Schluß ist!«

»Seien Sie keine solche Heuchlerin«, erwiderte Iona. »Parnell trägt bestimmt ebensoviel Schuld daran wie sie. Der einzige Unschuldige bei der ganzen Sache ist Hauptmann O'Shea.«

»Wie ich das sehe«, unterbrach Charlotte, »hat er die beiden um seines politischen Vorankommens willen miteinander verkuppelt. Damit hat er sich genauso schuldig gemacht wie jeder andere, und aus weniger ehrenwerten Gründen.«

»Nicht er hat die Ehe gebrochen«, fuhr Kezia sie an, ihr Gesicht von Zorn und Empörung gerötet. »Das ist eine Todsünde, vergleichbar mit Mord.«

»Und wie nennen Sie es, wenn es jemand so einfädelt, daß sich ein anderer in die eigene Frau verliebt, sie ihm dann um seines eigenen Vorteils willen überläßt, und die beiden dann, wenn das nicht die gewünschte Wirkung hatte, in aller Öffentlichkeit an den Pranger stellt? Ist das etwa in Ordnung?« fragte Charlotte ungläubig.

Emily stieß einen tiefen Seufzer aus.

Eudora sah sich verzweifelt im Raum um.

Mit einem Mal verspürte Charlotte das Bedürfnis zu lachen. Die ganze Szene war widersinnig. Aber wenn sie ihrem Impuls nachgäbe, würden alle denken, sie hätte den Verstand verloren. Vielleicht wäre das gar nicht so schlecht, jedenfalls besser, als das, was jetzt ablief.

»Noch einen Pfannkuchen?« fragte sie Kezia. »Sie sind wirklich köstlich. Diese Unterhaltung ist widerlich. Wir haben uns eine wie die andere schrecklich unhöflich benommen und uns in eine Position manövriert, von der wir uns unmöglich mit Anstand und Würde zurückziehen können.«

Die anderen sahen sie an, als hätte sie in Zungen geredet.

Charlotte atmete tief ein. »Uns bleibt nur die Möglichkeit, so zu tun, als wäre das alles eben nicht passiert, und von vorne anzufangen. Sagen Sie, Miss Moynihan, wenn Sie über einen größeren Geldbetrag verfügen könnten und Zeit genug hätten, wohin würden Sie am liebsten reisen, und warum?«

Sie hörte, wie Emily die Luft ausstieß.

Kezia zögerte.

Das Feuer im Kamin sank mit einem Funkenschauer in sich zusammen. Im nächsten Augenblick würde Emily dem Hausknecht klingeln müssen, damit er es erneut in Gang brachte.

»Nach Ägypten«, antwortete Kezia schließlich. »Ich würde gern den Nil hinauf segeln und die großen Pyramiden und die Tempel von Luxor und Karnak besuchen. Und Sie, Mrs. Pitt?«

»Nach Venedig«, sagte Charlotte, ohne nachzudenken. »Oder ...« Sie hatte »Rom« sagen wollen und biß sich rasch auf die Zunge. »Oder nach Florenz«, sagte sie statt dessen. Sie spürte einen Anflug von Hysterie. »Ja, Florenz wäre herrlich.«

Emily entspannte sich und klingelte dem Hausdiener.

Gracie hatte zunächst einen sehr arbeitsreichen Nachmittag. Zwar half ihr Gwen immer wieder, aber die entscheidenden Ratschläge bekam sie von Doll, Eudora Grevilles Zofe. Diese zeigte ihr, wie sich Seidenstrümpfe der Hautfarbe angleichen ließen, indem man dem Waschwasser eine schwache Seifenlösung und ein wenig Rosenwasser zugab, die Strümpfe dann mit einem sauberen Tuch rieb und fast trocken drückte. Das Ergebnis konnte sich wahrhaft sehen lassen.

»Ganz herzlichen Dank«, sagte Gracie begeistert.

Doll lächelte. »Ja, da gibt es ein paar ganz gute Kniffe. Sicher haben Sie blaues Papier? Blaues Tuch geht auch.«

»Nein. Wozu braucht man das?«

»Weiße Kleidungsstücke soll man immer in eine blau ausgeschlagene Schublade oder Schachtel legen. So vergilben sie nicht. Nichts sieht schlimmer aus als vergilbtes Weiß. Und wissen Sie, wie man Perlen pflegt?« Sie sah es Gracie an der Nasenspitze an, daß sie keine Ahnung hatte, und erläuterte: »Es ist ganz einfach, aber wenn man es falsch macht, kann man sie verderben oder, schlimmer noch, zerstören. Essig wäre zum Beispiel ganz verkehrt!« Sie lachte. »Man kocht Kleie in Wasser auf, seiht sie durch, gibt 'n bißchen Weinstein und Alaun zu, so heiß man es vertragen kann, und reibt die Perlen zwischen den Händen, bis sie wieder weiß sind. Anschließend spült man sie in lauwarmem Wasser ab, legt sie auf weißes Papier und läßt sie in einer dunklen Schublade abkühlen. Danach sind sie wie neu.«

Gracie war tief beeindruckt. Wenn sie in den Tagen hier in Ashworth Hall gut aufpaßte, war sie auf dem besten Wege, eine richtige Zofe zu werden. Lesen und Schreiben konnte sie ohnehin.

»Vielen Dank«, sagte sie noch einmal und hob das Kinn ein wenig höher. »Das ist sehr freundlich von Ihnen.«

Doll lächelte und gab ein wenig von ihrer Zurückhaltung auf.

Gern wäre Gracie noch länger geblieben, um mit ihr zu reden und von ihr zu lernen, aber wenn sie ihren Mangel an Erfahrung zu deutlich zeigte, würde das nur zu der Frage führen, wieso Charlotte eine so unwissende Zofe hatte.

Mit einem gelassen vorgebrachten »Das merk' ich mir für später, wenn bei uns mal die Perlen stumpf werden oder ihre Farbe verlieren«, verabschiedete sie sich und kehrte nach oben zurück.

Doch langweilte sie sich dort bald, denn es gab für sie nichts Rechtes zu tun, und so beschloß sie, den Wirtschaftstrakt weiter zu erkunden. In der Waschküche unterhielten sich die Waschmägde kichernd nach einem mit harter Arbeit über dampfenden Laken und Handtüchern verbrachten Vormittag. Eines der Hausmädchen bügelte, während die anderen, wie man Gracie erklärte, Kohlen zu den Ankleideräumen brachten, um dort rechtzeitig die Feuer in Gang zu bringen, bevor sich die Gäste zum Abendessen umkleideten.

Sie sah Tellman, der mit finsterer Miene von den Stallungen kam. Sie empfand Mitleid mit ihm. Offensichtlich fühlte er sich in seiner Haut nicht wohl. Wahrscheinlich hatte er nicht die geringste Vorstellung, wie er seine Aufgabe erfüllen sollte, und das würde den gut geschulten Kammerdienern der anderen Herren zweifellos auffallen. Er machte ein Gesicht wie ein verzogenes, bockiges Kind. Von Charlottes Kindern wußte sie, daß so etwas, nachdem die Trotzphase der Dreijährigen erst einmal vorüber war, gewöhnlich damit zusammenhing, daß sie sich übergangen fühlten. Gutherzig, wie sie war, beschloß Gracie, ihm ein wenig unter die Arme zu greifen.

»Kleiner Inspektionsgang, Mr. Tellman?« fragte sie munter. »Ich war noch nie auf so 'nem großen Landgut, und dabei hab' ich außer dem Haus noch nix gesehen.«

»Ich schon«, sagte er schroff und machte ein sauertöpfisches Gesicht. »Wenn es Schwierigkeiten gibt, wird mich niemand dafür loben, daß ich Stiefel wichse und Kohlen schleppe!«

»Kohlentragen gehört auch gar nicht zu Ihren Aufgaben«, sagte sie rasch. »Sie sind kein Hausdiener. Als Kammerdiener steh'n Sie ziemlich weit oben. Lassen Sie sich also von keinem übervorteilen!«

Sein Gesicht verzog sich vor Abscheu. »Seien Sie nicht albern! Wer ständig anderen aufwartet und Befehle entgegennimmt, ist ein Dienstbote, da gibt's kein Oben und kein Unten.«

»O doch!« sagte sie entrüstet. »Das wäre genauso, als wenn 'n Polizist sagen würde, es macht keinen Unterschied, ob jemand 'n ausgebildeter, scharfsinniger Kriminalbeamter ist oder 'n einfacher Streifenpolizist, der mit 'ner Laterne in der Hand seine Runde macht und keinen Straßenräuber von 'nem Priester unterscheiden kann, solange niemand schreit ›Haltet den Dieb!‹«

»Aber Sie müssen anderen Leuten ohne Einschränkung zur Verfügung stehen«, sagte er.

»Sie etwa nicht?«

Er wollte es bestreiten, überlegte es sich dann aber angesichts ihres herausfordernden Blicks anders.

»Falls Se nich' wissen, was Sie machen müssen, krieg' ich das für Sie raus«, sagte sie großherzig. »Es soll nich' so aussehen, wie wenn Se Ihre Arbeit nich' versteh'n würden. Ich zeig' Ihnen, wie man 'nem feinen Herrn den Mantel richtig ausbürstet und Flecken rausmacht. Wissen Se zum Beispiel, wie man Fettflecken wegkriegt?«

»Keine Ahnung«, sagte er brummig.

»Mit 'nem heißen Bügeleisen und 'ner dicken Lage Packpapier. Das Eisen aber nicht zu heiß. Sie stell'n es zuerst auf 'n Stück weißes Papier. Wenn es das nicht versengt, ist die Temperatur richtig. Sollten die Flecken dann immer noch nicht rausgehen, reiben Se mit'm bißchen Weingeist auf 'nem sauberen Tuch nach. Wenn Se mal nich' weiter wissen, komm' Se ruhig und fragen mich. Lassen Se sich nich' anmerken, daß Se was nich' wissen. Ich krieg's für Sie raus.«

Sie konnte seinem Gesicht ansehen, daß ihm die Vorstellung zutiefst zuwider war, dennoch preßte er ein »Danke« durch zusammengebissene Zähne heraus. Dann wandte er sich um und ging ins Haus, ohne sich umzusehen.

Kopfschüttelnd setzte sie ihre Erkundung fort.

In der Vorratskammer stieß sie erneut auf Finn Hennessey. Sein dunkler Schopf und die schmalen Schultern waren unverkennbar. Er stand so anmutig da wie kein anderer.

Er wandte sich um, als er ihre Schritte hörte, und bei ihrem Anblick erhellte Freude seine Züge.

»Hallo, Gracie Phipps. Suchen Sie jemand?«

»Nein, ich seh' mich nur 'n bißchen im Haus um, damit ich weiß, wo ich finde, was ich brauch'«, gab sie zur Antwort. Obwohl sie sich über das Zusammentreffen mit ihm freute, fiel ihr nichts Rechtes ein, was sie hätte sagen können.

»Sehr klug«, stimmte er zu. »So mach' ich das auch. Schon komisch, da mühen wir uns tagelang mit den Vorbereitungen für die Reise hierher ab, und jetzt haben wir bis zum Abendessen fast nichts zu tun, jedenfalls heute.«

»Na ja. Zu Hause muß ich mich auch noch um die Kinder kümmern«, sagte sie. Dann fiel ihr ein, daß diese Äußerung sie als Mädchen für alles abstempelte, und sie wünschte, sie hätte geschwiegen.

»Machen Sie das gern?« fragte er interessiert.

»Eigentlich schon. Sie sind ziemlich gehorsam und sehr klug.«

»Auch gesund?«

»Ja«, sagte sie überrascht. Sie sah, wie sich ein Schatten auf sein Gesicht legte. »Sind da, wo Sie herkommen, die Kinder etwa nicht gesund?«

»Wo ich herkomme?« wiederholte er. »Das Dorf, in dem meine Mutter und davor ihre Mutter gelebt hat, ist verfallen. Die Leute haben es nach der Hungersnot verlassen. Früher haben da um die hundert Menschen gewohnt. Jetzt sehen die Trümmer aus wie die Grabsteine eines verschwundenen Volksstamms, die langsam zu Staub zerfallen.«

Sie war aufrichtig entsetzt. »Wie schrecklich! Ihre Mutter is' also nach ihrer Heirat weggezogen? Hatte sie keine Brüder, die dageblieben sind?«

»Doch, drei. Zwei hat man vertrieben, als das Land verkauft wurde und die neuen Besitzer Weideland daraus gemacht haben. Den jüngsten haben die Engländer aufgehängt, weil sie ihn für 'nen Fenier gehalten haben.«

Sie hörte den Schmerz in seiner Stimme, verstand aber die Zusammenhänge nicht. Armut war ihr von klein auf vertraut. Die Zustände in manchen Londoner Stadtteilen waren in jeder Hinsicht mit denen in Irland vergleichbar. Sie hatte miterlebt, wie Kinder verhungerten oder erfroren. Als junges Mädchen war sie selbst oft genug krank gewesen und hatte gefroren, bis das Ehepaar Pitt sie ins Haus genommen hatte.

»Was soll er gewesen sein?« fragte sie.

»'n Fenier«, erklärte er. »Das is 'ne geheime Bruderschaft von Iren, die Freiheit für Irland wollen, damit wir über uns selbst bestimmen können – die von uns, die es noch gibt. Gott weiß, wie wenige das sind. Habgierige Grundbesitzer haben uns vertrieben, bis im ganzen Westen und Süden nur noch Geisterdörfer standen.«

»Wohin vertrieben?« Sie versuchte, es sich vorzustellen. Es war der einzige Teil seiner Geschichte, der nicht ihrer eigenen Erfahrung entsprach.

»Nach Amerika, Kanada – überall hin, wo man uns haben will, wo wir ordentliche Arbeit, was zu essen und 'n Dach überm Kopf finden können.«

Ihr fiel nichts dazu ein. Sie fand es ungerecht und tragisch, und sie konnte seinen Zorn verstehen.

Er sah das Mitgefühl in ihrem Gesicht.

»Können Sie sich das vorstellen, Gracie?« fragte er leise. Es war kaum mehr als ein Flüstern. »Den Bewohnern ganzer Dörfer hat man das Land weggenommen, auf dem sie geboren waren und gearbeitet hatten, und die Häuser, die sie sich gebaut hatten. Man hat sie vertrieben, ohne daß sie wußten wohin, auch im Winter. Egal, ob alte Männer oder Mütter mit kleinen Kindern auf dem Arm und am Rockzipfel, man hat sie bei Wind und Regen auf die Straße gesetzt und ihrem Schicksal überlassen. Was für Menschen sind das nur, die ihren Mitgeschöpfen so was antun können?«

»Ich weiß nicht«, sagte sie betrübt. »Ich hab' noch keinen kennengelernt, der so was tut. Ich kenn' nur Vermieter, die gelegentlich 'ne Familie raussetzen. Es ist unmenschlich.«

»Da haben Sie recht, Gracie. Glauben Sie mir, wenn ich Ihnen von all den schlimmen Dingen erzählen würde, die in Irland passieren, wären wir noch lange nach dieser Wochenend-Gesellschaft hier, wenn die Politiker längst nach London, Dublin oder Belfast zurückgekehrt sind. Und das wäre nur der Anfang der Geschichte. Armut gibt es überall, das weiß ich. Aber das hier ist Mord auf Raten an 'nem ganzen Volk. Kein Wunder, daß es in Irland regnet, bis die Erde grün glänzt. Bestimmt sind das die Engel Gottes, die über das Leiden und den Jammer der Menschen weinen.«

Noch während sie sich die Situation vorzustellen und deren ganzes Ausmaß zu erfassen versuchte, kam Gwen herein, um verschiedene Zutaten für »Lady Conynghams Lippenbalsam« zu holen.

»Wie macht man den?« erkundigte sich Gracie, darauf bedacht, möglichst viel zu lernen.

»Man vermischt zwei Unzen Honig, eine Unze gereinigtes Bienenwachs und je eine halbe Unze Bleiglätte und Myrrhe und erhitzt das Ganze über einer kleinen Flamme«, erläuterte Gwen, die gern bereit war, ihr Wissen anderen mitzuteilen. »Dann gibt man einen beliebigen Duftstoff dazu. Ich nehm' immer Rosenmilch. Sie müßte da oben stehen.« Sie nickte zu einer Stelle unmittelbar über Gracies Kopf und lächelte Finn Hennessey zu, der rasch den Schrank öffnete und ihr das Gefäß gab.

Sie schenkte ihm einen warmen Blick des Dankes und machte keine Anstalten zu gehen. Zuerst war Gracie entschlossen, nicht von der Stelle zu weichen, doch dann kam ihr der Gedanke, daß das kindisch sei. Mit einer gemurmelten Entschuldigung verließ sie den Raum. Sie hätte zu gern gewußt, ob er ihr nachsah oder bereits ins Gespräch mit Gwen vertieft war.

Dort, wo der Gang abbog, konnte sie der Versuchung nicht mehr widerstehen. Sie sah sich um, und ihr Herz hüpfte vor

Freude, als sie seinem Blick begegnete und merkte, daß er sie noch nicht vergessen hatte.

Das Abendessen begann sehr steif und förmlich. Keine der Damen hatte die unangenehme Unterhaltung beim Nachmittagstee vergessen, und Charlotte und Emily fürchteten, es könne wieder zu einer ähnlichen Szene kommen.

Fergal Moynihan kam mit finsterer Miene herein, bemühte sich aber um förmliche Höflichkeit und behandelte alle auffällig gleich.

Iona McGinley war von hinreißender Schönheit. Sie hatte sich für ein wunderbares Abendkleid in einem rötlichen Blau entschieden, das ihren Hals und ihre Schultern so weiß und zerbrechlich wie Alabaster wirken ließ. Jemand hatte Charlotte gesagt, Iona verfasse Gedichte, und so wie sie jetzt dasaß, konnte Charlotte das ohne weiteres glauben. Iona, deren Lippen ein sonderbar entrücktes Lächeln umspielte, machte den Eindruck, selbst eine fleischgewordene romantische Traumdichtung zu sein. Sie sah so aus, als seien ihr Träume näher als die höflichen Banalitäten, die bei einer Abendgesellschaft üblicherweise geäußert werden.

Piers Greville schien auf seiner eigenen kleinen Insel des Glücks zu sitzen. Seine Eltern waren vollauf damit beschäftigt, so zu tun, als herrsche eine entspannte Atmosphäre, und plauderten über belanglose Dinge.

Auch Kezia sah auf ihre Weise bezaubernd aus. Es hätte Mühe gekostet, zwei Frauen zu finden, die einen stärkeren Kontrast bildeten als sie und Iona McGinley. Sie trug ein asymmetrisch besticktes, schimmerndes aquamarinfarbenes Abendkleid, das ihren Busen gut zur Geltung kommen ließ. Ihre milchweißen Schultern waren üppig und glatt, und in ihrem blonden Haar brach sich das Licht. Fast wirkte es, als glühe sie, so rosig überhaucht war ihr frischer Teint. Charlotte sah, daß Kezia von Ainsley Greville wie auch von Padraig Doyle anerkennend gemustert wurde, was sie keineswegs überraschte.

Charlotte selbst trug eins von Tante Vespasias Abendkleidern, und zwar ein streng geschnittenes dunkelgrünes Kleid, denn das aus austernfarbenem Satin wollte sie sich für die wichtigste Gelegenheit aufsparen. Es schmeichelte ihr weit mehr, als sie angenommen hatte, was in erster Linie am figurbetonten Schnitt des Oberteils und am Faltenwurf des Rocks an den Hüften und der winzigen Turnüre lag, die entsprechend der neuesten Mode sehr viel kleiner war früher. Sie registrierte bei mehr als einem der Herren bewundernde Blicke, und neidvolle bei den Damen, was sie noch mehr freute.

Fergal richtete irgendeine höfliche, belanglose Bemerkung an Iona, wobei ihm Lorcan ins Wort fiel. Padraig Doyle überspielte die Situation mit einer Anekdote über ein Abenteuer im amerikanischen Westen, über die alle – wenn auch nervös – lachten.

Der nächste Gang wurde aufgetragen.

Emily sprach irgendein unverfängliches Thema an, mußte sich aber größte Mühe geben, damit das Gespräch keine falsche Wendung nahm. Charlotte half ihr dabei nach Kräften.

Nach dem Ende der Mahlzeit zogen sich die Damen ins Gesellschaftszimmer zurück, wohin ihnen die Herren bald folgten. Jemand regte an, man könne ein wenig Musik machen – möglicherweise, um damit Iona zu schmeicheln.

Sie sang in der Tat vollendet. Ihre bemerkenswerte Stimme reichte weit tiefer, als man es bei einem so zerbrechlich wirkenden Geschöpf erwartet hätte, und Eudora begleitete sie mit erstaunlich lyrischer Ausdruckskraft auf dem Klavier. Selbst alte irische Volksweisen mit ungewöhnlichen Kadenzen, die sich deutlich von herkömmlicher englischer Musik unterschieden, schienen ihr leicht von der Hand zu gehen.

Anfangs genoß Charlotte die Musik sehr, und nach einer Weile merkte sie, wie sie sich entspannte. Sie sah zu Pitt hinüber, der ihr zulächelte. Allerdings entging ihr nicht, daß er nach wie vor kerzengerade dasaß und von Zeit zu Zeit seine Blicke von einem Gesicht zum anderen durch den Raum wandern ließ, als rechne er mit einem unangenehmen Zwischenfall.

Er kam aus einer Richtung, aus der sie es nicht vermutet hatte. Ionas Lieder wurden gefühlvoller, wandten sich zunehmend mehr der Tragödie Irlands zu, dem verlorenen Frieden, den durch Verrat und Tod getrennten Liebenden, den gefallenen Helden der Schlachten.

Unruhig rutschte Ainsley auf seinem Stuhl hin und her, die Kiefer fest aufeinandergepreßt.

Kezias Gesicht rötete sich immer mehr, und ihr Mund bildete nur noch eine dünne Linie.

Fergal nahm den Blick keine Sekunde von Iona, als seien ihm die Schönheit der Musik und die zugleich darin enthaltene Qual in die Seele gedrungen, als vermischten sie sich unauflöslich mit den Anschuldigungen gegen sein Volk und hinderten ihn daran aufzubegehren.

Dann setzte Emily zum Sprechen an, doch Eudora spielte weiter. Lorcan McGinley stand zwischen ihr und Iona. Es sah ganz so aus, als fesselten ihn die alten Balladen über verratene Liebe und den Tod durch die Hand der Engländer.

Schließlich meldete sich Padraig Doyle zu Wort: »Ein wunderschön trauriges Lied«, sagte er lächelnd. »Noch dazu über eine meiner Verwandten. Die Heldin, Neassa Doyle, war eine Tante mütterlicherseits.« Er sah zu Carson O'Day hinüber, der mit undurchdringlichem Gesicht dasaß und noch nichts gesagt hatte. »Der arme Held könnte ohne weiteres ein Verwandter von Ihnen sein, was?«

»Drystan O'Day«, stimmte Carson trübsinnig zu. »Eine von vielen Tragödien, diesmal aber durch Musik und Dichtkunst unsterblich geworden.«

»Und obendrein sehr schön«, pflichtete ihm Padraig bei. »Aber wollen wir uns nicht auf die guten Manieren besinnen, für die wir bekannt sind, und auch einige Lieder unserer Gastgeber zum besten geben? Wie wäre es mit einem etwas fröhlicheren Liebeslied? Wir wollen doch niemanden mit Tränen ins Bett schicken, was? Selbstmitleid ist nie besonders gut.«

»Halten Sie Irlands Klagen etwa für Selbstmitleid?« fragte Lorcan mit gefährlichem Unterton.

Padraig lächelte. »Unsere Klagen haben einen durchaus realen Hintergrund. Das ist allgemein bekannt. Aber der Mut kennt nicht nur traurige, sondern auch fröhliche Lieder. Wie wäre es mit ›Ein Paar blitzblanke Augen‹? Ist das nicht ein schönes Lied?« Er wandte sich an Eudora. »Ich habe früher schon einmal gehört, daß Sie das auswendig spielen können. Würden Sie es für uns spielen?«

Sie leitete zu der wunderschönen Melodie über, und er begann in irischer Singweise mit voller, lyrischer Tenorstimme zu singen. Sein Gesang war schwungvoll und freudig. Unwillkürlich summte Emily die Melodie mit. Er hörte es und ermutigte sie mit Gesten fortzufahren.

Binnen zehn Minuten sangen alle muntere Weisen aus den Operetten von Gilbert und Sullivan, und mindestens eine Stunde lang war von Zorn und Tragik nichts zu merken.

Trotz ihrer seelischen Erschöpfung schlief Charlotte nicht ruhig. Angstträume schreckten sie auf, und für eine Weile hielt sie den langgezogenen Schrei, den sie hörte, für eine Fortsetzung ihres Traumes. Keine Angst lag darin, wohl aber rasende Wut.

Während Charlotte langsam aus den Tiefen des Schlafes auftauchte, war Pitt bereits aus dem Bett gesprungen und eilte mit raschen Schritten auf die Tür zu.

Fast wäre Charlotte beim Aufstehen gefallen, weil sie über ihr langes Nachtgewand stolperte. Das Haar hing ihr in einem halb aufgelösten Zopf über den Rücken.

Pitt blickte vom Treppenabsatz aus auf die Tür des gegenüberliegenden Zimmers, vor der mit weit aufgerissenen Augen Kezia Moynihan stand. Von zwei hektischen roten Flecken auf ihren Wangen abgesehen, war ihr Gesicht völlig weiß.

Emily, die einen blaßgrünen Morgenrock über ihr Nachthemd geworfen hatte, stürzte mit aufgelöstem Haar und aschfahlem Gesicht aus dem Westflügel herbei. Jack, der offensichtlich vor ihr aufgestanden war, kam die Treppe vom unteren Stockwerk emporgeeilt.

Padraig Doyle tauchte aus einer Tür weiter hinten auf, und eine Sekunde später sah man auch Lorcan McGinley.

»Was, um Gottes Willen, ist passiert?« wollte Jack wissen und ließ seinen Blick von einem zum anderen gehen.

Fassungslos sah Charlotte an Pitt vorbei durch die nach wie vor von Kezia offengehaltene Tür. Auf einem riesigen Messingbett saß Iona McGinley und unternahm einen halbherzigen Versuch, unter die zerwühlten Decken zu schlüpfen. Das schwarze Haar fiel ihr über die Schultern. Neben ihr sah man Fergal Moynihan, dessen gestreiftes Nachthemd verrutscht war.

Die Szene bedurfte keiner näheren Erklärung.

KAPITEL DREI

Emily reagierte als erste. Es gab nichts zu beschönigen, denn die Situation war eindeutig. Sie trat vor, nahm Kezia bei der Hand und zog sie ziemlich grob beiseite. Dann griff sie nach dem Knauf der Tür und schloß sie.

Charlotte löste sich aus ihrer Erstarrung und wandte sich den anderen zu, die sich auf dem Treppenabsatz versammelt hatten.

»Was gibt es?« erkundigte sich Carson O'Day. Der Ausdruck der Besorgnis auf seinem Gesicht grenzte an Angst.

Charlotte verspürte das Bedürfnis, unbeherrscht herauszulachen. Sie hatte an einen Anschlag gedacht, an die Art von Gewalttat, die sicherlich jeder unterbewußt fürchtete und deretwegen Pitt hier war. Sie konnte ihre Empfindungen in seinen Augen gespiegelt sehen. Und jetzt war es etwas gänzlich anderes, geradezu Banales, eine Familientragödie oder Farce, wie sie überall vorkam.

»Es besteht keinerlei Gefahr«, sagte sie mit deutlicher und ein wenig lauter Stimme. »Niemand ist verletzt.« Dann sah sie Lorcan McGinleys bleiches Gesicht und bedauerte ihre Wortwahl. Mit einer Entschuldigung allerdings hätte sie alles nur noch schlimmer gemacht.

Emily hatte einen Arm um Kezia gelegt und bemühte sich erfolglos, sie zu ihrem Zimmer zurückzubringen.

Pitt bemerkte, welche Schwierigkeiten sie hatte und trat an Kezias andere Seite.

»Kommen Sie«, sagte er entschlossen, nahm ihren Arm und verstärkte die Vorwärtsbewegung durch sein Körpergewicht. »Sie holen sich hier im kalten Zug ja den Tod.« Zwar war das eine ziemlich sinnlose Bemerkung, denn es war im Haus nicht besonders kalt, und die junge Frau trug einen Morgenrock. Sie zeigte aber die beabsichtigte Wirkung, da es ihm gelang, trotz ihrer Wut einen Augenblick lang zu ihr durchzudringen. Gemeinsam mit Emily führte er sie fort.

Jetzt war nur noch Charlotte am Ort des Geschehens und mußte sich etwas einfallen lassen, was sie den anderen sagen konnte. Jack hatte unterdessen das obere Ende der Treppe erreicht, wußte aber noch nicht, was sich zugetragen hatte.

»Ich bedaure die Störung«, sagte sie, so gelassen ihr das möglich war. »Es ist etwas vorgefallen, das Miss Moynihan und zweifellos auch andere sehr aufgewühlt hat. Aber im Augenblick läßt sich nichts machen. Ich denke, es ist am besten, wenn alle in ihre Zimmer zurückgehen und sich ankleiden. Wir können hier nichts bewirken und werden uns höchstens erkälten.«

Damit hatte sie recht; Eudora Greville hatte sich einen Morgenrock übergeworfen, bevor sie auf Kezias Schreie hin herbeigestürzt war, alle anderen aber waren im Nachtgewand.

»Danke für den klugen Rat, Mrs. Pitt«, sagte Ainsley mit einem Seufzer der Erleichterung. »Ich denke, wir sollten ihn alle befolgen.« Mit einem trüben Lächeln auf dem bleichen Gesicht wandte er sich um und kehrte zu seinem Zimmer zurück. Nach einem Augenblick verwirrten Zögerns folgte ihm seine Frau.

Padraig Doyle sah besorgt zu Charlotte hin, begriff dann, daß man alles, ganz gleich, was es sein mochte, am besten ließ, wie es war, und ging ebenfalls. Die anderen folgten, bis nur noch Lorcan Charlotte gegenüberstand.

»Es tut mir leid, Mr. McGinley«, sagte sie leise, und es war ihr auf eine Weise ernst damit, die sie selbst überraschte. Auch wenn er ihr anfangs nicht besonders sympathisch gewesen war, war ihr Mitgefühl für ihn echt. Nichts in seinem bleichen Gesicht mit den tiefliegenden Augen gab zu erkennen, ob er etwas von der Affäre seiner Gattin gewußt hatte. Das Entsetzen, das sich jetzt darin abzeichnete, konnte auf Ungläubigkeit und der betäubenden Erkenntnis beruhen, oder seinen Grund einfach in der quälenden Peinlichkeit und Beschämung haben, daß nun vor den anderen Gästen im Hause alles offenbar geworden war.

Was auch immer es sein mochte, jedes weitere Wort hätte die ganze Sache noch schlimmer gemacht.

Er gab keine Antwort, und sie hatte Angst vor dem Blick in seinen Augen.

Das Frühstück war entsetzlich. Emily wußte beim besten Willen nicht, was sie hätte sagen oder tun können, um unter den Anwesenden wenigstens den Schein zivilisierten Benehmens zu wahren. Selbstverständlich war es nicht die erste Gesellschaft auf einem Landsitz, bei der es zu einem Ehebruch kam – vermutlich war dergleichen sogar gang und gäbe. Aber zweierlei unterschied diesen Fall von anderen: meist verhielten sich die Betreffenden dabei so diskret und vorsichtig, daß man sie nicht entdeckte. Sofern aber jemand zufällig auf eine unpassende Szene stieß, behielt er das für sich und tat, als habe er nichts gesehen. Auf keinen Fall schrie man sich in einem solchen Fall die Kehle aus dem Hals und weckte das ganze Haus auf. Außerdem wurde normalerweise sorgfältig darauf geachtet, daß man keine Gäste einlud, die nicht gut miteinander auskamen. Es gehörte zu den Haupttugenden einer Gastgeberin zu wissen, wer sich mit wem vertrug und mit wem nicht.

Bei Jacks erster Kandidatur für das Unterhaus hatte sie keine Vorstellung davon gehabt, was die Rolle der Gastgeberin bedeutete, die mit seiner Wahl auf sie zukommen sollte. Gewiß, die üblichen Fallstricke des gesellschaftlichen Lebens waren ihr vertraut. Sie hatte gewußt, wie schwierig es war, eine gute Köchin und überhaupt gutes Personal zu bekommen und zu halten, wie wichtig es war, sich richtig zu kleiden und die Hierarchiestufen des Adels genau zu kennen. Ihr war bekannt gewesen, wie man Menüs zusammenstellte, die von Einfallsreichtum zeugten, aber keinesfalls exzentrisch wirken durften, und für die Art von Unterhaltung sorgte, die allen gefiel, ohne langweilig zu sein.

Religiöser und nationaler Haß aber waren Neuland für sie. Wie man einen Menschen nur seiner Überzeugung wegen hassen konnte, überstieg ihr Verständnis. Am Vortag hatte die Katastrophe bereits ein- oder zweimal unmittelbar bevorgestanden. Der heutige Tag schien rettungslos verloren zu sein. Emily saß am unteren Ende des Frühstückstisches, während die Gäste einer nach dem anderen hereinkamen und sich an der Anrichte bedienten, wo dampfende Schüsseln mit Kedgeree bereitstanden, einem Gericht aus gekochtem Reis, Erbsen, Zwiebeln, Eiern und Butter, außerdem gebratene Nierchen, Rührei, Setzeier, Schinken, Würstchen, geräucherter Schellfisch, Bücklinge und gegrillte Pilze.

Padraig Doyle nahm sich reichlich. Sie hatte ihn mit Recht als jemanden eingeschätzt, der auf sein körperliches Wohlergehen achtete und dafür sorgte, daß er bekam, was er brauchte.

Auch Ainsley Greville sprach dem Frühstück kräftig zu, obwohl er es nicht besonders zu genießen schien. Er war offenbar in Gedanken verloren und seine Züge wirkten angespannt. Um ihn lag eine gewisse Stille.

O'Day aß nur wenig. McGinley rührte kaum etwas an, er schob lediglich die Speisen auf seinem Teller hin und her. Er sah elend aus und entschuldigte sich nach weniger als zehn Minuten, ohne mit jemandem gesprochen zu haben.

Fergal Moynihan war erkennbar unglücklich, blieb aber am Tisch, obwohl er kaum ein Wort sagte. Iona trank ein wenig Tee, ohne etwas zu essen, wirkte aber nicht so verzweifelt wie er. Es war, als besäße sie eine innere Sicherheit, die sie aufrecht hielt.

Piers, der von dem Vorgefallenen nichts ahnte, bemühte sich, eine Art Konversation in Gang zu bringen, und Emily erkundigte sich lebhaft nach seinem Studium in Cambridge. Dabei erfuhr sie, daß er kurz vor dem Abschlußexamen in Medizin stand. Natürlich würde es danach noch eine Weile dauern, bis er eine eigene Praxis einrichten konnte, doch er freute sich schon darauf.

Hin und wieder sah sie, daß Eudora leicht überrascht aufblickte, als sei ihr die Tiefe seiner Empfindungen nicht bekannt gewesen. Vielleicht sprach er zu Hause nicht so ausführlich über diese Fragen, in der Annahme, sie verstehe ihn ohnehin.

Die übrigen Gäste unterhielten sich stockend über Belangloses. Kezia kam nicht herunter, und Charlotte stand nach etwa einer halben Stunde mit einem Blick zu Emily auf, entschuldigte sich und verschwand. Emily war fast sicher, daß sie nach Kezia sehen wollte. Sie überlegte, ob das klug war. Vielleicht war es aber auch besser so, und sie lächelte dankbar.

Sie hatte recht. Charlotte tat es einerseits aus Besorgnis um Kezia, die ihr sympathisch war, mehr aber noch, um Emily und Pitt nicht im Stich zu lassen. Wenn sich niemand bemühte, Kezia zu trösten und zu beruhigen, damit ihre Hysterie nicht noch mehr zunahm, wenn sie sich völlig alleingelassen fühlte, war es ohne weiteres möglich, daß sie jegliche Beherrschung verlor und sich noch schlimmer aufführte. Sie stand offensichtlich unter einem Schock.

Oben angekommen, bemerkte Charlotte eine sehr gutaussehende junge Frau mit dichtem honigfarbenem Haar und guter Figur. Sie war so hübsch – das war das richtige Wort – wie ein Stubenmädchen, trug aber kein Häubchen. Außerdem würde sich ein Stubenmädchen nicht oben aufhalten. Also mußte sie die Zofe einer der Besucherinnen sein.

»Entschuldigung«, fragte Charlotte. »Können Sie mir Miss Moynihans Zimmer zeigen?«

»Gewiß, Ma'am«, antwortete das Mädchen bereitwillig. Sie hatte ein angenehmes Gesicht, aber in ihren Augen und um ihren Mund herum lag ein ernster Zug, fast eine Art Traurigkeit, so als lächele sie selten. »Es ist die zweite Tür links, wenn Sie an dem Tisch mit der Efeupflanze um die Ecke biegen.« Sie zögerte. »Ich kann es Ihnen gern zeigen.«

»Vielen Dank«, nahm Charlotte das Angebot an. »Sie sind aber nicht ihre Zofe?«

»Nein, Ma'am. Ich bin Mrs. Grevilles Zofe.« Sie ging voraus.

»Wissen Sie, wo sich Miss Moynihans Zofe aufhält? Es könnte nützlich sein, sie zu Hilfe zu holen. Bestimmt kennt sie ihre Gnädige gut.«

»Ja, Ma'am. Ich glaube, sie ist in der Waschküche und kocht Reis.«

»Wie bitte?« Die Antwort klang ziemlich unsinnig. »Sie meinen, sie ist in der Küche?«

»Nein, Ma'am. Sie macht Reiswasser.« Eine Spur von freundlicher Belustigung trat auf die Züge der Zofe. »Damit wäscht sie Musselin. Man muß die Stärke aber erst herstellen, und für diesen Zweck gibt es in der Waschküche Reis. Die Köchin würde wohl nicht zulassen, daß wir das Reiswasser in der Küche machen. Die bei uns zu Hause duldet es jedenfalls nicht.«

»Ach so«, sagte Charlotte. »Natürlich. Danke.« Sie hatten die Tür erreicht. Sie würde also ohne die Zofe zurechtkommen müssen.

Sie klopfte.

Es kam keine Antwort. Sie hatte auch nicht wirklich damit gerechnet und sich bereits überlegt, wie sie weiter vorgehen würde. Sie klopfte erneut, öffnete dann einfach die Tür, als wäre sie eine Zofe, und schloß sie hinter sich.

Es war ein wunderschönes Zimmer, in dem Blumenmuster in Narzissengelb und Apfelgrün mit einem Stich ins Blaue vorherrschten. Auf dem Tisch stand eine Vase mit weißen Chrysanthemen und blauen Astern. Daneben lag ein Stapel Papier. Jetzt fiel Charlotte wieder ein, daß es von Kezia hieß, sie beschäftige sich ebenso intensiv mit Politik wie ihr Bruder und sei mindestens ebenso begabt wie er. Lediglich weil sie eine Frau war und noch dazu unverheiratet, besaß sie nach außen hin nicht soviel Einfluß.

Kezia stand am hohen Fenster und sah hinaus. Das Haar fiel ihr lose über den Rücken, und sie war noch nicht angekleidet. Vermutlich hatte sie ihre Zofe absichtlich fortgeschickt.

Sie wandte sich bei Charlottes Eintreten nicht einmal um, obwohl sie gehört haben mußte, daß sich die Tür geöffnet hatte, selbst wenn die Schritte auf dem dicken Teppich beinahe lautlos waren.

»Miss Moynihan ...«

Kezia wandte sich betont langsam um. Ihr Gesicht war verquollen, die Augen gerötet. Sie sah Charlotte ein wenig überrascht und mit einem Anflug von Groll an.

Damit hatte sie gerechnet, schließlich war sie einfach bei Kezia eingedrungen.

»Ich muß mit Ihnen reden«, sagte sie mit zurückhaltendem Lächeln.

Kezia sah sie ungläubig an.

Ohne darauf zu achten, fuhr Charlotte fort: »Ich kann nicht einfach frühstücken, als wäre mehr oder weniger alles in Ordnung. Sie müssen sich schrecklich fühlen.«

Kezia atmete schwer, ihre Brust hob und senkte sich. Wechselnde Empfindungen zeigten sich auf ihrem Gesicht: Wut, Belustigung, sogar der Wunsch, sich in ihrer hilflosen Wut mit einer gewalttätigen Handlung Erleichterung zu verschaffen, aber auch maßlose Verachtung für Charlottes Unverfrorenheit und ihren völligen Mangel an Verständnis.

»Sie haben nicht die blasseste Ahnung«, sagte sie schroff.

»Selbstverständlich nicht«, stimmte Charlotte zu. Sie konnte ohne weiteres verstehen, daß die junge Frau entsetzt und peinlich berührt war. Ein gewisser Zorn war nur natürlich. Für die Wut aber, an der Kezia fast erstickte, gab es keine rechte Erklärung. Noch jetzt, während sie in ihrem herrlichen weißen Morgenmantel mit dem Spitzenbesatz dastand, bebte sie am ganzen Leibe.

»Wie konnte er nur?« entrüstete sie sich. Ihre Augen blitzten so hart und hell wie Diamanten. »Es ist unentschuldbar und verachtenswert.« Die Stimme schien ihr im Hals zu ersticken. »Ich dachte, ich hätte ihn gekannt. So viele Jahre lang haben wir für dieselbe Sache gekämpft, hatten die gleichen Träume, haben die gleichen Verluste erlitten. Und nun verhält er sich so!« Das letzte Wort kam fast wie ein Aufschrei.

Charlotte merkte, daß Kezia erneut die Beherrschung zu verlieren drohte. Sie mußte etwas sagen, mußte versuchen, mit Worten zu ihr durchzudringen, die den übergroßen Schmerz, an dem sie litt, lindern konnten. Sie sollte spüren, daß sie nicht ganz allein war.

»Wenn sich jemand verliebt, handelt er bisweilen töricht«, setzte sie an, »und tut dabei womöglich sogar Dinge, die nicht zu seinem sonstigen Wesen passen –«

»Verlieben?« schrie Kezia heraus, als bedeute das Wort nichts. »Jemand? Fergal ist nicht einfach ›jemand‹! Er ist der Sohn eines der bedeutendsten Prediger, die je Gottes Wort verkündet haben! Ein gerechter und rechtschaffener Mann, der alle Gebote gehalten und ganz Nordirland als Licht der Hoffnung vorangeleuchtet hat. Sein Leben lang hat er sich dafür eingesetzt, den Glauben und die Freiheit Irlands vor der Herrschaft und Verderbnis der Papisterei zu bewahren.« Fast anschuldigend wies sie mit dem ausgestreckten Arm auf Charlotte. »Sie leben in England. Sie haben nicht über Jahrhunderte hinweg diese Bedrohung gespürt. Haben Sie nichts über unsere Geschichte gelesen? Ist Ihnen nicht bekannt, wie viele Männer Ihre Königin Mary, die wir die ›Blutige Maria‹ nennen, auf den Scheiterhaufen geschickt hat, weil sie nicht bereit waren, den protestantischen Reformen abzuschwören? Weil sie nichts mit dem Aberglauben zu tun haben wollten, dem Ablaß und den Sünden, von denen die ganze Hierarchie von oben bis unten durchdrungen war?« Sie hielt nicht einmal inne, um Atem zu schöpfen. Ihr Gesicht leuchtete und war zugleich vor Wut verzerrt. »Das fängt mit einem überheblichen Papst an, der glaubt, daß er im Namen Gottes spricht, setzt sich bei der Inquisition fort, die Menschen zu Tode foltert, weil sie die Heilige Schrift selbst lesen wollen, und endet noch lange nicht damit, daß die Gläubigen dieser Kirche ihren schändlichen Götzendienst vor Gipsstandbildern leisten und der Ansicht sind, ihre Sünden würden ihnen vergeben, wenn sie der Kirche Geld zahlen und einige Gebete murmeln, während sie die Perlen des Rosenkranzes zählen!«

»Kezia …«, begann Charlotte, fand aber kein Gehör.

»Und Fergal hat nicht einfach mit einer katholischen Hure das Bett geteilt …«, fuhr sie fort, wobei ihre Stimme immer schriller wurde. »Sie ist nicht nur eine Ehebrecherin, sie zerreißt darüber hinaus Irland mit ihren Dichtungen voller Lügen, indem sie die Phantasie dummer, unwissender Menschen mit rührseligen und kitschigen Liedern über Helden befeuert, die es nie gegeben hat, und über Schlachten, die nie stattgefunden haben!«

»Kezia …«

»Und ich soll Verständnis für die Gründe seines Handelns aufbringen, soll darüber hinwegsehen? Soll ich –« Ihr versagte die Stimme mit einem Schluchzen, und sie konnte kaum weitersprechen. »Soll ich das etwa billigen? Das Ganze war nichts als eine menschliche Schwäche, die wir entschuldigen müssen? Nie im Leben!« Vor Charlottes Gesicht ballte sie ihre glatten weißen Hände, deren Knöchel glänzten, zu Fäusten. »Nie und nimmer! Es ist unverzeihlich!«

»Kann man dem, der bereut, nicht alles verzeihen?« sagte Charlotte leise.

»Verrat nicht.« Hochmütig hob Kezia den Kopf, während sie mit stockender Stimme sagte: »Er hat alles verraten! Er ist der schlimmste Heuchler. Er ist ganz anders, als er sich mir immer dargestellt hat.«

»Er ist fehlbar«, versuchte Charlotte zu vermitteln. »Natürlich gehört sich nicht, was er getan hat, aber ist das nicht eine der Sünden, die man am ehesten verstehen kann?«

In dem Licht, das golden durchs Fenster fiel, wirkte Kezias Haar wie ein leuchtender Heiligenschein um ihren Kopf.

»Heuchelei? Betrug? Lüge? Verrat an allem, was er einmal vertreten hat, an allen, die ihm vertraut haben? Nein! Ich jedenfalls kann das weder verstehen noch verzeihen.« Sie wandte sich ab und sah erneut aus dem Fenster. Ihre Schultern waren starr, ihr ganzer Körper signalisierte Widerstand.

Charlotte merkte, daß es sinnlos war weiterzureden. Damit würde sie Kezia in ihrer Entschlossenheit nur bestärken. Sie begann zu begreifen, wie tief der Haß in der irischen Frage verwurzelt war. Es sah ganz so aus, als liege er den Iren im Blut, sei Bestandteil ihres Wesens. Es gab kein Zurückweichen, niemand machte Zugeständnisse. Der Haß war stärker als die Liebe zu den Angehörigen oder der Wunsch, die Wärme und die Innigkeit der engsten menschlichen Bindungen und Beziehungen zu bewahren.

Dabei konnte sie sich noch gut erinnern, welch quälende Enttäuschung es für sie gewesen war, als sie vor langer Zeit dahinterkam, daß Dominic, der Mann ihrer älteren Schwester Sarah, lediglich ein Riese mit tönernen Füßen war. Sie hatte ihn bewundert – grundlos, wie sich erwies. Lange Zeit war ihr der Verlust dieses Traumes unerträglich erschienen. Dann hatte sie Dominic besser kennengelernt, und sie hatten zu einer Freundschaft gefunden, die auf Zuneigung und Vergebung gründete und sehr viel tragfähiger war als die frühere Beziehung.

Laut sagte sie: »Ich nehme nicht an, daß draußen im Park jemand ist, außer vielleicht einem Gärtner im Irrgarten, falls Sie allein sein und einen Spaziergang machen wollen.«

»Danke«, sagte Kezia, ohne auch nur den Kopf zu drehen. Sie hielt ihren Morgenmantel eng um sich gewickelt, als könne er sie schützen, und als fürchte sie, jemand werde ihn ihr entreißen.

Charlotte ging hinaus und schloß die Tür hinter sich.

Die Damen verbrachten den Vormittag mit dem Schreiben von Briefen, belanglosen Gesprächen über verschiedene außergewöhnliche Kunstgegenstände im Hause und damit, lustlos in Sammelbänden herumzublättern, die auf den Tischen des Gesellschaftszimmers und des Damensalons lagen. Sie enthielten Zeichnungen, Aquarelle, Radierungen, Scherenschnitte, Häkelmuster und anderes, was seiner Schönheit wegen aufbewahrenswert oder aus anderen Gründen interessant erschien. Damen der Gesellschaft pflegten derlei in ihren Mußestunden anzufertigen, und es bereitete ihnen große Freude, die eigene Geschicklichkeit und den eigenen Einfallsreichtum mit den Werken der anderen zu vergleichen. Emily hatte diese Art von Beschäftigung nie gemocht. Sie gab sich große Mühe, dafür zu sorgen, daß sie keine Zeit für so etwas hatte. Doch verschiedene Besucherinnen hatten ihr solche Bücher zum Geschenk gemacht, und sie war jetzt dankbar, sie im Hause zu haben.

Ohne Kezia ging zumindest alles ein wenig leichter. Ihre Anwesenheit hätte das friedliche Zusammensein unmöglich gemacht, und der Streit vom Vortag wäre im Vergleich dazu, womit man dann hätte rechnen müssen, nichtig erschienen.

Die Herren nahmen ihre Gespräche unter Ainsleys geschickter Leitung erneut auf. Es überraschte niemanden, daß die Atmosphäre ein wenig gespannt war, doch zumindest lachten O'Day und Padraig Doyle auf dem Weg zur Bibliothek einmal kurz auf. Jack, der ihnen mit Fergal Moynihan folgte, schien sich durchaus angeregt zu unterhalten.

Pitt fand Tellman im Stallhof, wo er mit finsterer Miene auf und ab schritt.

»Hier laufen viel zu viele Leute rum«, sagte Tellman, sobald er so nahe herangekommen war, daß ihn die Stallknechte und Kutscher nicht hören konnten. »Ich kenne nicht die Hälfte von ihnen. Da kann leicht jemand untertauchen.«

»Die meisten stehen schon lange im Dienst des Hauses«, erwiderte Pitt. Er war nicht in der Stimmung, Tellman in seinen Vorurteilen zu bestärken. »Sie sind seit Jahren hier und haben keinerlei Beziehung zur irischen Politik. Wir müssen auf Fremde achten.«

»Was erwarten Sie?« Tellman hob sarkastisch die Brauen. »Daß eine Armee von irischen Feniern mit Gewehren und Sprengstoff die Auffahrt entlangmarschiert kommt? Nach der Stimmung im Hause zu urteilen, wäre das verschwendete Zeit. Die bringen sich doch gegenseitig um!«

»Geben Sie Dienstbotenklatsch wieder?« wollte Pitt wissen.

Tellman warf ihm einen Blick wie einen Feuerstrahl zu.

»Es ergäbe keinen Sinn, wenn die Gäste hier übereinander herfallen würden«, erläuterte Pitt geduldig. »Es wäre viel zu offensichtlich. Damit würden sie nur das Opfer zum Märtyrer machen und sich selbst in einen schlechten Ruf bringen, ganz davon abgesehen, daß sie am Galgen enden würden. Keiner der hier anwesenden Herren ist so fanatisch, daß er etwas so Sinnloses im Schilde führte.«

»Glauben Sie?« Tellman ging mit gesenktem Kopf, die Hände in den Taschen vergraben.

Pitt sah etwa in dreißig Meter Entfernung einen Gärtner, der den Weg überquerte und zum Irrgarten hinüberging.

»Gehen Sie ordentlich«, sagte er rasch, »und nehmen Sie die Hände aus den Taschen.«

»Was?« Tellman sah ihn verständnislos an.

»Sie gelten hier als Angehöriger des Personals«, ermahnte ihn Pitt in scharfem Ton. »Verhalten Sie sich so, und nehmen Sie die Hände aus den Taschen.«

Leise fluchend gehorchte Tellman.

»Das ist doch Zeitverschwendung«, sagte er erbittert. »Wir sollten uns lieber in London dahinterklemmen, um rauszukriegen, wer den armen Denbigh umgebracht hat. Das ist wichtig. Niemand wird je die Probleme von den Leuten hier lösen. Die hassen sich gegenseitig, und das wird sich auch nicht ändern. Nicht mal die verdammten Dienstboten reden vernünftig miteinander.«

Mit zusammengezogenen Brauen wandte er sich an Pitt. »Wußten Sie schon, daß die Dienstboten noch mehr auf Rang und Status erpicht sind als ihre Herrschaften?« Seufzend stieß er die Luft aus. »Jeder hat seine Aufgabe, und eher käme das ganze Hauswesen zum Stillstand, als daß einer zuließe, daß ein anderer seine Arbeit tut – und wenn es nur darum ginge, 'nen Kohleneimer ein paar Schritt weit zu tragen. Kein Lakai faßt was an, was zu den Aufgaben eines Stubenmädchens gehört. Lieber steht er da und sieht zu, wie sich die arme Kleine abquält. Außerdem sind es so viele, daß mir völlig unklar ist, wie sie das Ganze in Gang halten.« Auf seinem schmalen Gesicht mit den fest aufeinandergepreßten Lippen lag Verachtung. »Wir essen alle in der Leutestube, bis auf die rangobersten zehn, die tragen ihre Mahlzeiten in den Aufenthaltsraum der Haushälterin. Ich hoffe, Ihnen ist klar, Oberinspektor, daß man Ihnen von allen Herren hier im Hause den niedrigsten Rang zuerkennt. Daher bin ich der unterste aller Kammerdiener.« Er sagte das mit einer Mischung aus Gehässigkeit und Verachtung.

»Ich sehe, daß Ihnen das zu schaffen macht.« Pitt schob die Hände in die Taschen. »Denken Sie einfach daran, wozu wir hier sind. Sie mögen ein schlechter Kammerdiener sein, aber mir ist wichtig, daß Sie ein guter Polizist sind.«

Tellman fluchte erneut.

Sie gingen um das Gebäude herum und überlegten, welche Möglichkeiten es gab, von außen dorthin zu gelangen und welche Art von Deckung Nebengebäude und Gebüsch boten.

»Wird das nachts alles abgeschlossen?« Tellman wies mit dem Kopf auf die Fassade mit den blitzenden Fensterreihen. »Eigentlich spielt das keine große Rolle, denn wer ein bißchen was von Glaserei versteht, würde einfach eine Scheibe zerschneiden und wäre drinnen, so schnell wie der Wind.«

»Das ist der Grund, warum der Wildhüter die ganze Nacht mit den Hunden die Runde macht«, antwortete Pitt. »Außerdem überwacht die Ortspolizei die Zufahrtsstraßen und behält auch die umliegenden Felder und Weideflächen im Auge. Das Personal von Ashworth Hall kennt sich hier sehr viel besser aus als jeder Außenstehende.«

»Weiß der Gärtner Bescheid?« fragte Tellman.

»Ja, ich habe außerdem mit den Lakaien, den Kutschern, den Stallknechten und mit dem Stiefelknecht gesprochen, für den Fall, daß jemand an die Hintertür kommt.«

»Sonst fällt mir auch nichts ein«, erklärte Tellman. Er warf einen Seitenblick auf Pitt. »Besteht Ihrer Meinung nach Aussicht, daß die sich über irgendwas einig werden?«

»Ich weiß nicht. Aber ich traue Ainsley Greville einiges zu. Es sieht ganz so aus, als hätte er wenigstens erreicht, daß sie vernünftig miteinander reden. Das ist schon sehr beachtlich, wenn man bedenkt, was heute morgen vorgefallen ist.«

Stirnrunzelnd fragte Tellman: »Und was ist heute morgen vorgefallen? Ihre Gracie ist vorhin runtergekommen und hat gesagt, daß jemand schrecklich gekreischt hat. Was los war, wollte sie aber nicht sagen. Ein sonderbares Mädchen.« Er wandte den Blick ab und schien aufmerksam den Kies zu betrachten, der laut unter ihren Schuhen knirschte. »Im einen Augenblick ist sie weich wie warme Butter und im nächsten so stolz und abweisend, daß es einem vorkommt, als hätte man in Brennesseln gefaßt. Ich werd nicht schlau aus ihr, aber sie hat Schneid, und für ein Dienstmädchen hat sie ziemlich viel Grips.«

»Unterschätzen Sie Gracie nicht«, sagte Pitt streng und zugleich ein wenig belustigt. Er kannte Tellmans Haltung Dienstboten gegenüber. »Sie ist auf ihre eigene Weise sehr klug, besitzt mehr praktischen Alltagsverstand als Sie und mindestens ebenso viel Menschenkenntnis.«

»Na, ich weiß nicht«, erhob Tellman Einwände. »Sie sagt, daß sie lesen und schreiben kann, aber –«

»Kann sie auch.«

»Aber trotzdem ist sie nur ein kleines Mädchen.«

Ohne sich weiter dazu zu äußern, ging Pitt die steinernen Stufen einer Treppe hinauf.

»Was hatte es denn nun mit dem Gekreisch auf sich?« kam Tellman, der ihm folgte, auf seine Frage zurück.

»Miss Moynihan hat ihren Bruder mit Mrs. McGinley im Bett ertappt«, gab Pitt zur Antwort.

»Was sagen Sie da?« Tellman war so überrascht, daß er neben die Stufe trat und fast der Länge lang hingeschlagen wäre.

Pitt wiederholte seine Aussage.

Erneut fluchte Tellman.

Zu Mittag gab es kalten Lachs, Fasan in Aspik, Wildpastete, Hasenpfeffer, frisches Gemüse und junge Kartoffeln. Der Butler kam diskret herein und teilte Emily leise mit, eine Miss Justine Baring sei angekommen. Er wollte wissen, ob er sie hereinbitten oder im Gesellschaftszimmer warten lassen und ihr dort eine Erfrischung anbieten solle.

»Bitten Sie sie zu uns herein«, sagte Emily rasch und sah sich am Tisch um, um zu sehen, ob jeder der Gäste mitbekommen hatte, worum es ging.

Mit strahlendem Gesicht stand Piers auf.

Eudora sah erwartungsvoll zur Tür, wie alle anderen. Es war unklar, ob aus Neugier oder Höflichkeit.

Die junge Dame, die der Butler hereinführte, war von durchschnittlicher Größe und sehr schlank. Manch einer mochte sie mager finden, denn sie wies keine der üppigen Rundungen auf, wie die Mode sie derzeit verlangte – ganz im Unterschied zu Kezia, die mit bleichem Gesicht am Tisch saß und nach wie vor zu erkennen gab, wie verbittert sie war. Was bei dieser jungen Dame auffiel, war das Gesicht. Ihr Haar war so dunkel wie das von Iona, doch wirkten ihre Züge gänzlich anders. Nichts an ihr sah keltisch aus, eher schon konnte man sie als südländisch, fast schon exotisch, bezeichnen. Ihre Stirn war glatt, der geschwungene Haaransatz bildete eine vollkommene Linie, ihre herrlichen Augen hatten lange Wimpern, ihre Wangenknochen saßen hoch, und ihre Lippen waren voll und üppig. Nur im Profil erkannte man, daß ihre Nase sehr lang und stark gekrümmt war. Es war das einzige, was nicht wirklich zu ihrem Gesicht paßte, doch ließ gerade das sie einzigartig und charaktervoll erscheinen.

»Willkommen in Ashworth Hall, Miss Baring«, sagte Emily voll Wärme. »Haben Sie bereits gegessen, oder wollen Sie sich zu uns setzen? Vielleicht darf ich Ihnen ein Dessert anbieten, oder zumindest ein Glas Wein?«

Lächelnd sagte Justine, wobei sie Emily ansah: »Vielen Dank, Mrs. Radley. Es wäre mir ein Vergnügen, vorausgesetzt, ich störe nicht.«

»Selbstverständlich nicht.« Emily nickte dem Butler zu, der bereits mit einem zusätzlichen Gedeck am Serviertisch stand. Er trat vor und deckte neben Eudora und Piers gegenüber für Justine.

»Darf ich Sie vorstellen?« sagte Emily. »Ich glaube, Sie haben Ihre künftigen Schwiegereltern noch nicht kennengelernt. Mr. Ainsley Greville...«

Justine wandte sich Ainsley zu. Auch wenn sie aus keiner bedeutenden Familie kam, fehlte es ihr offensichtlich weder an Geld noch an Geschmack. Sie trug ein hinreißendes rosafarbenes Wollkleid. Sie schien einen Augenblick lang in der Bewegung zu erstarren. Dann holte sie tief Luft und stieß sie ganz langsam wieder aus, als beherrsche sie sich mit großer Mühe. Ihre Wangen schienen ihre Farbe verloren zu haben, aber angesichts ihrer olivfarbenen Haut war das schwer zu beurteilen. Vielleicht war sie nur von der Reise erschöpft. Gewiß war es für eine junge Frau, die aus keiner der großen Familien des Landes stammte und über keinerlei gesellschaftliche Verbindungen verfügte, sehr schwer, den Eltern ihres Verlobten zum ersten Mal zu begegnen – in diesem Fall um so mehr, da es sich um eine wohlhabende Familie von Stand handelte und der Mann ein hohes Regierungsamt bekleidete. Emily hätte nicht in der Haut der jungen Frau stecken wollen. Sie erinnerte sich noch gut an ihre erste Begegnung mit Georges Vettern, Basen und Tanten, die schlimm genug gewesen war. Seine Eltern hatten damals schon nicht mehr gelebt. Ihnen gegenübertreten zu müssen hätte ihr gewiß noch mehr abverlangt.

»Guten Tag, Miss Baring«, sagte Ainsley nach längerem Zögern. Er sprach langsam und bedächtig. »Wir freuen uns, Sie kennenzulernen. Darf ich Ihnen meine Gattin vorstellen?« Ohne den Blick von Justine zu wenden, stieß er Eudora leicht am Ellbogen an.

»Guten Tag, Mrs. Greville«, sagte Justine mit leichtem Räuspern.

Eudora lächelte. Auch sie wirkte befangen. »Guten Tag, Miss Baring. Schön, daß Sie hergekommen sind. Ich hoffe, Sie können so lange bleiben, daß wir einander recht gut kennenlernen.«

»Vielen Dank…«, gab Justine zurück.

»Das hängt wohl von Mrs. Radley ab, meine Liebe«, wandte Ainsley rasch ein.

Eudora errötete tief.

Emily warf Ainsley einen aufgebrachten Blick zu, weil er sie derart bloßstellte. Das paßte in keiner Weise zu dem Diplomaten, für den sie ihn gehalten hatte.

»Ich habe bereits gesagt, daß uns Miss Baring willkommen ist, solange sie das wünscht und bleiben kann«, sagte sie mit Nachdruck. »Gewiß wird sie eine bezaubernde Bereicherung für unsere Gesellschaft sein.« Dabei lächelte sie Justine zu. »Es sind ohnehin zwei Damen weniger da als Herren, besser gesagt, drei. Wir können Sie also geradezu als Errungenschaft betrachten. Darf ich Sie jetzt mit den anderen Gästen bekannt machen?« Dann stellte sie rund um den Tisch einen nach dem anderen mit Namen vor. Fergal gab sich höflich, wenn auch distanziert, und Kezia brachte ein Lächeln zustande. Padraig war reizend, Lorcan neigte den Kopf ein wenig und hieß sie willkommen. Selbst Carson O'Day erklärte, es sei ein Vergnügen, sie kennenzulernen.

Piers unternahm selbstverständlich keinen Versuch, seine Gefühle für sie zu verbergen. Was sie für ihn empfand, war offensichtlich, als sich ihrer beider Augen trafen.

Er stand bereits und rückte ihr den Stuhl zurecht. Dabei berührte er sie sanft an der Schulter. Nachdem sie sich gesetzt hatte, kehrte er an seinen Platz zurück.

Alle, mit Ausnahme Kezias, schienen sich große Mühe zu geben, ihre gegenseitige Abneigung nicht zu zeigen. Das mochte ihnen als Schutzmechanismus einem Menschen gegenüber dienen, der keine Vorstellung davon zu haben schien, wer sie waren oder warum sie sich hier befanden. Vermutlich nahm die junge Dame an, sie seien aus den üblichen Gründen zusammengekommen, aus denen solche mehrtägigen Gesellschaften auf dem Lande stattfinden. Sofern ihr die ungewöhnlich große Zahl irischer Namen aufgefallen war, ließ sie sich das nicht anmerken.

»Wie haben Sie einander kennengelernt?« fragte Emily höflich.

»Ganz zufällig«, antwortete Piers, offensichtlich nur allzu bereit, über etwas zu reden, das mit Justine zusammenhing. Er konnte den Blick nicht von ihr wenden, und als sie das merkte, errötete sie ein wenig und senkte die Augen. Emily vermutete, daß das nicht aus Schüchternheit ihm gegenüber geschah oder weil sie im allgemeinen befangen gewesen wäre, sondern aus Scheu vor ihren künftigen Schwiegereltern, die ganz in ihrer Nähe saßen. Eine solche Haltung wurde von einer jungen Frau erwartet, und sie würde diese Erwartung auf jeden Fall erfüllen.

Emily hätte sich ebenso verhalten.

Alle schienen zuzuhören.

»Ich kam mit einigen guten Bekannten aus dem Theater«, fuhr Piers begeistert fort. »Ich weiß nicht mal mehr, was für ein Stück wir gesehen hatten. Es war irgend etwas von Pinero, glaube ich, aber ich habe es in dem Augenblick vergessen, in dem ich Justine sah. Sie kam ebenfalls aus dem Theater, mit einem meiner Professoren. Er ist ein brillanter Dozent, sein Spezialgebiet sind Herz- und Kreislauferkrankungen. Es war also durchaus in Ordnung, daß ich ihn ansprach, und ich nutzte die Gelegenheit, Justine vorgestellt zu werden.«

Er lächelte ein wenig, als spotte er über sich selbst. »Daß sie nicht seine Gattin sein konnte, war mir klar, denn da er im College wohnt, wäre das bekannt gewesen. Ich fürchtete, sie könnte seine Nichte sein, und es wäre ihm nicht recht, daß ein einfacher Student die Bekanntschaft mit ihr suchte.«

Justine hob den Blick zu Ainsley, der sie ansah. Sofort senkte sie den Blick wieder, sie schien sich unbehaglich zu fühlen.

»Und ist sie seine Nichte?« wollte Eudora wissen.

»Nein«, sagte Piers erleichtert. »Sie waren einfach miteinander bekannt. Er sagte mir, daß sie die Tochter eines seiner früheren Studenten sei, mit dem er in Verbindung geblieben war. Leider sei dieser schon sehr früh gestorben.«

»Wie betrüblich«, sagte Eudora und schüttelte leicht den Kopf.

»Und Sie haben also dafür gesorgt, daß es bei der Vorstellung nicht geblieben ist?« stellte Emily lächelnd fest.

»Ist doch ganz natürlich.« Padraig sah zwischen Justine und Piers hin und her. »Kein junger Mann, der etwas taugt, würde es anders machen. Wer der Frau seines Lebens begegnet, folgt ihr, wohin sie geht, durch Stadt und Land, über Berge und Meer, und wenn es nötig ist, bis ans Ende der Welt. Stimmt doch?« Die Frage galt der gesamten Tischrunde.

Piers lächelte breit. »Selbstverständlich.«

Iona nahm den Blick nicht von ihrem Teller.

»Wohin auch immer der Weg führt«, stimmte Fergal mit einem Mal zu und sah erst Padraig und dann Piers an. »Man nimmt das Herz in beide Hände und jagt alle Befürchtungen zum Teufel.«

Kezia stieß die Gabel tief in das letzte Stück Wildpastete auf ihrem Teller.

»Durch Himmel oder Hölle, ganz gleich, ob einen Ehre oder Unehre erwartet«, sagte sie mit deutlicher Stimme. »Man nimmt einfach, wonach einem der Sinn steht und fragt nicht, was es kostet oder wer den Preis dafür zahlen muß.«

Piers sah verwirrt drein. Er gehörte zu den wenigen, die keine Ahnung hatten, was am Morgen vorgefallen war, doch hatte ihn sein eigenes Glück nicht so blind gemacht, daß ihm der Schmerz in Kezias Stimme entgangen wäre – und niemand hätte die Wut überhören können, mit der sie gesprochen hatte, selbst wenn er nicht wußte, wem sie galt.

»So hab ich das nicht gemeint, Miss Moynihan«, sagte er. »Natürlich hätte ich mich nicht um sie bemüht, wenn das für sie oder mich unehrenhaft gewesen wäre. Aber Gott sei Dank war sie ebenso ungebunden wie ich, und sie scheint meine Gefühle zu erwidern.«

»Glückwunsch, mein Junge«, sagte Padraig aufrichtig.

Der Butler stellte einen Teller mit kaltem Lachs, Gurkenscheiben und Kartoffeln mit Kräutern vor Justine und schenkte ihr gekühlten Weißwein ein.

Jemand sagte etwas über eine Oper, die zur Zeit in London auf dem Spielplan stand, und jemand anders sagte, er habe sie in Dublin gesehen. Padraig machte eine Bemerkung, wie schwierig die Sopranpartie sei, und O'Day stimmte zu.

Emily sah zu Jack hinüber, der vorsichtig zurücklächelte.

Der Butler stand mit seinen Gehilfen bereit, den nächsten Gang aufzutragen, ebenso einige der Kammerdiener, unter ihnen Hennessey, nicht aber Tellman, und das war höchstwahrscheinlich auch gut so.

Die Herren kehrten zu ihren politischen Gesprächen zurück. Zumindest nach außen hin schien unter ihnen es kaum Bitterkeit zu geben. Sofern ein strittiger Punkt überhaupt angesprochen worden war, gab es keinen Hinweis darauf.

Die Damen beschlossen, einen Waldspaziergang zu machen. Es war ein freundlicher Nachmittag, am Himmel waren nur wenige Wölkchen zu sehen und ein leichtes Lüftchen wehte. Man durfte sich nicht darauf verlassen, daß das Wetter so blieb. Noch am selben Abend konnte ein Wetterumschlag Regen oder sogar einen Temperatursturz bringen, und es war durchaus möglich, daß der nächste Tag mit Sturm, Frost oder heftigem Schneeregen aufwartete – er konnte aber auch ohne weiteres wieder angenehm werden.

Die sechs Damen gingen über den Rasen, Emily mit Kezia voran. Sie bemühte sich, ein Gespräch in Gang zu bringen, doch zeigte sich sehr bald, daß Kezia nicht sprechen wollte, und so begnügte sich Emily mit höflichem Schweigen.

Eudora folgte ihnen mit Justine in wenigen Schritten Abstand. Sie bildeten einen deutlichen Kontrast zueinander: Eudora mit ihrer stattlichen Figur und dem kastanienbraunen Haar, das in der Nachmittagssonne schimmerte, ging mit erhobenem Kopf; die sehr schlanke, fast dürre Justine, deren Haar so schwarz war wie ein Krähenflügel, bewegte sich ausgesprochen anmutig, und sobald sie ihrer Nachbarin das Profil zuwandte, sah man ihre ungewöhnlich große Nase.

Charlotte begleitete Iona. Das verlangte sowohl die gesellschaftliche Pflicht wie auch das Gebot der Treue Emily gegenüber. Sie wünschte, sie hätte sich im Wald besser ausgekannt, weil sie dann einen Gesprächsgegenstand hätte finden können. Ihr ging Emilys warnender Hinweis nicht aus dem Kopf, auf keinen Fall über Politik, Religion, Ehescheidung oder Kartoffeln zu reden. Wieder schien fast alles, was ihr einfiel, mit dem einen oder anderen dieser Themen in Zusammenhang zu stehen. Aber ehe sie sich zu Äußerungen über das Wetter herabließ, schwieg sie lieber.

Sie konnte sehen, daß Eudora mit Justine sprach. Vermutlich stellte sie ihr Fragen, weil sie möglichst viel über diese Beziehung in Erfahrung bringen wollte, von der sie nichts geahnt hatte. Charlotte überlegte, warum wohl Piers seinen Eltern bisher nichts davon gesagt hatte.

Eine Bemerkung über Piers und Justine kam ihr auf die Lippen, sie schluckte sie aber herunter – zweifellos gehörten auch Liebesgeschichten zu den verbotenen Themen. Was, um Himmels willen, sagte man zu einer verheirateten Frau, die am selben Morgen mehr oder weniger öffentlich mit einem fremden Mann im Bett überrascht worden war? Kein Benimmbuch gab einen Rat für eine solche Situation. Vermutlich kam so etwas bei wohlerzogenen Damen nicht vor – falls aber doch, tat man, als wäre nichts geschehen. Allerdings war das unmöglich, wenn jemand bei einer solchen Entdeckung aus Leibeskräften Zeter und Mordio schrie.

Als sie das Ende der Rasenfläche erreichten, flog ihnen kurz vor den Rhododendren eine Elster über den Weg.

»Sind sie nicht herrlich?« rief Charlotte aus.

»Eine bringt Sorgen«, gab Iona zur Antwort.

»Wie bitte?«

»Es bringt Unglück, eine einzelne Elster zu sehen«, erklärte Iona. »Man muß mehrere sehen oder keine.«

»Warum?«

Iona sah verwirrt drein. »Das ... ist einfach so!«

Charlotte fragte höflich und interessiert: »Und wem bringt es Unglück? Sagen das Bauern, oder Leute, die Vögel beobachten?«

»Nein, wir sagen es. Es ist ein ...«

»Ein Aberglaube?«

»Ja!«

»Ach so. Entschuldigung. Wie dumm von mir. Ich dachte, Sie meinten es ernst.«

Iona runzelte die Stirn, sagte aber nichts. Mit einem Mal ging Charlotte auf, daß es ihr damit durchaus ernst gewesen war. Vielleicht war sie ebensosehr im mystischen Keltentum verhaftet wie im neuzeitlichen Christentum. Mit ihrer rücksichtslos vertretenen romantischen Haltung machte sie den Eindruck, als könne sie eine andere Welt hinter der physikalischen oder gesellschaftlichen Wirklichkeit sehen. Vielleicht beeindruckte das den eher nüchternen Fergal so an ihr. Möglicherweise sah er in ihr die Botschafterin eines Reiches aus Träumen und Vorstellungen, das er sonst nie entdeckt hätte. In gewissem Sinne war er durch sie zu einem neuen Leben erweckt worden. Charlotte fragte sich, was er wohl Iona geben mochte. Ihr selbst kam er ein wenig starr und unbeugsam vor. Unter Umständen lag gerade darin die Herausforderung. Konnte es sein, daß sie etwas in ihm sah, was in keiner Weise der Wirklichkeit entsprach?

Sie suchte nach einem anderen Gesprächsgegenstand. Das lange Schweigen war unbehaglich. Als sie in den Wald eintraten, fiel ihr die Unmenge von Hagebutten an den wilden Rosensträuchern auf.

»Das bedeutet einen strengen Winter«, sagte Iona und fügte mit einem plötzlichen Lächeln hinzu: »Volksweisheit, kein Aberglaube!«

Charlotte lachte, und mit einem Mal fühlten sich beide entspannter. »Ja, das habe ich auch schon gehört. Ich habe nie darauf geachtet, wie der Winter dann geworden ist, um zu sehen, ob es stimmt.«

»Ich auch nicht«, pflichtete ihr Iona bei. »Wenn ich die vielen Hagebutten hier sehe, kann ich nur hoffen, daß es nicht stimmt.«

Sie gingen zwischen den glatten Stämmen der Buchen hindurch. Der Wind fuhr durch die kahlen Äste über ihnen, unter ihren Füßen raschelte ein Teppich aus buntem Laub.

»Im Frühling blühen hier Sternhyazinthen. Wir sagen auch Blausterne dazu«, fuhr Charlotte fort. »Sie kommen heraus, bevor die Bäume grün werden.«

»Es ist, als ginge man zwischen zwei Himmeln...«

Während sie weitergingen, sprachen sie über Dinge, die mit der Natur zu tun hatten, und Iona erzählte von irischen Legenden über Steine und Bäume, von Helden und Tragödien aus der in mystischer Ferne liegenden Vergangenheit.

Auf dem Rückweg wechselten sie die Gesprächspartner, nur Eudora trennte sich nicht von Justine, sondern fragte sie weiter über Piers aus. Emily warf Charlotte einen dankbaren Blick zu, als sie Iona übernahm und ihr Kezia überließ.

Sie sahen leuchtend bunte Fasane, die auf den Feldern nahe dem Waldessaum nach Körnern suchten. Als Charlotte etwas darüber sagte, antwortete Kezia lediglich mit einem einzigen Wort.

Die Sonne stand rotgolden und flammend tief im Westen. Die Schatten auf den gepflügten Feldern zum Süden hin wurden länger, die dunklen Furchen zogen sich durch die sanft geschwungene Landschaft. Der Wind hatte aufgefrischt, Stare wirbelten wie treibendes Herbstlaub über den Himmel, zogen sich weit auseinander und kehrten im geschlossenen Schwarm zurück.

Die Farbe der untergehenden Sonne nahm an Intensität noch zu, und die offenen Himmelsflächen zwischen den Wolken wirkten nahezu grün.

Allmählich wurde der Gedanke an heißen Tee und Butterpfannkuchen am Kaminfeuer außerordentlich verlokkend.

Gracie war sehr besorgt, als sie Charlotte half, das austernfarbene Seidenkleid für den Abend anzulegen.

»Es sieht sehr schön aus, Ma'am«, sagte sie aufrichtig, und das Ausmaß der Bewunderung, die sie für ihre gnädige Frau empfand, spiegelte sich in ihren Augen. Gleich darauf fügte sie hinzu: »Ich hab' 'n bißchen mehr darüber gehört, warum die Leute heute hier sind. Ich hoffe, sie können wirklich für Frieden sorgen und Irland zur Freiheit verhelfen. Da ist schreckliches Unrecht geschehen. Wenn ich manche von den Geschichten höre, bin ich nich' besonders stolz, Engländerin zu sein.«

Sie legte letzte Hand an Charlottes Frisur und rückte den Perlenschmuck zurecht. »Natürlich glaub' ich das nich' alles. Aber wenn es auch nur zum Teil stimmt, sind in Irland scheußliche Sachen passiert.«

»Vermutlich auf beiden Seiten«, sagte Charlotte zurückhaltend und betrachtete sich im Spiegel. Dabei war sie mit ihren Gedanken zumindest zur Hälfte bei dem, was Gracie gesagt hatte, deren Gesicht sich vor Mitleid und Sorge verzog. »Sie geben sich große Mühe«, fuhr sie fort, um Gracie zu beruhigen. »Und ich halte Mr. Greville für sehr geschickt. Er wird bestimmt nicht aufgeben.«

»Hoffentlich.« Gracie gab es auf, so zu tun, als beschäftige sie sich mit dem Umschlagtuch, das sie in den Händen hielt. »Unvorstellbare Sachen passieren da allen möglichen Leuten, sogar Omas und kleinen Kindern, nich' nur Männern, die kämpfen können. Schon möglich, daß die Fenier und so unrecht ha'm, aber es würde sie bestimmt gar nich' erst geben, wenn wir nich' in Irland wär'n, wo wir von Anfang an nix zu suchen hatten.«

»Es hat keinen Sinn, zum Anfang zurückzukehren, Gracie«, sagte Charlotte gemessen. »Wahrscheinlich haben wir auch hier nichts zu suchen. Wen soll man als rechtmäßige Bewohner Englands ansehen? Die Normannen, die Wikinger, die Dänen, die Römer? Die Schotten kommen beispielsweise aus Irland.«

»Nein, Ma'am, die Schotten sind in Schottland«, verbesserte Gracie.

Charlotte schüttelte den Kopf. »Jetzt ja. Vorher aber haben dort die Pikten gelebt. Dann sind die Schotten aus Irland gekommen und haben sie vertrieben.«

»Und wohin sind diese Pikten gegangen?«

»Ich weiß es nicht. Möglicherweise hat man die meisten umgebracht.«

»Wenn aber die Schotten aus Irland gekommen sind und Schottland an sich gebracht ha'm« – Gracie dachte angestrengt nach –, »was für Leute sind das dann in Irland? Wieso kommen die dann nich' miteinander aus, so wie wir?«

»Weil einige der Schotten zurückgekehrt sind. Inzwischen aber waren sie Protestanten geworden, die anderen in Irland aber waren Katholiken. Sie hatten nicht mehr sehr viel gemeinsam.«

»Dann hätten sie nich' zurückkehren sollen.«

»Gut möglich. Aber dafür ist es jetzt zu spät. Man kann immer nur von da aus weitergehen, wo man gerade steht.«

Gracie dachte lange darüber nach und gab Charlotte schließlich recht, die inzwischen bereit war, nach unten zu gehen.

Sie traf Pitt am Fuß der Treppe und merkte ganz überrascht, wie sehr sie sich über die Bewunderung in seinen Augen freute. Ihre Wangen wurden heiß. Er bot ihr den Arm, sie nahm ihn und schritt zusammen mit Pitt ins Gesellschaftszimmer.

Auch das Dinner – es gab Lammschulter, Rindfleischpastete und Aal sauer mit Gurken und Zwiebeln – verlief recht unbehaglich, doch wurde die Stimmung zumindest teilweise durch Piers' und Justines Anwesenheit aufgelockert. Sie bot den übrigen Gästen eine Gelegenheit, über etwas anderes zu sprechen als ausschließlich ihre eigenen Angelegenheiten oder über Banalitäten von geradezu peinlicher Bedeutungslosigkeit.

Die Situation war der Alptraum jeder Gastgeberin, denn es saßen zu wenige Personen an der Tafel, als daß man alle, zwischen denen es Reibungspunkte gab, hätte voneinander trennen können. Für die Sitzordnung war die Rangfolge zu bedenken, weil sich sonst mit Sicherheit der eine oder andere gekränkt gefühlt hätte. Wenn es schon nicht nach Adelsprädikaten oder der beruflichen Position ging, war auf jeden Fall das Lebensalter zu berücksichtigen. Trotzdem konnte man

Fergal weder neben Lorcan McGinley noch ihm gegenüber setzen, und aus Gründen, die für die meisten nur allzu deutlich auf der Hand lagen – auch wenn sie anderen gänzlich unbekannt waren –, ebensowenig in Ionas Nähe. Aus denselben Gründen mußte Kezia in gewisser Entfernung von ihrem Bruder sitzen. Jeden Augenblick konnte ihre flammende Empörung erneut hervorbrechen.

Carson O'Day rettete die Situation. Er schien sowohl willens wie auch in der Lage, mit jedem unverbindlich zu plaudern, fand Gesprächsstoff auf vielfältigen und unverfänglichen Gebieten, vom letzten Ausbruch des Vesuv bis hin zu Entwürfen von Tafelsilber aus der Zeit König Georgs.

Padraig Doyle erzählte amüsante Geschichten über einen irischen Kesselflicker und einen Gemeindepfarrer, mit denen er alle zum Lachen brachte – bis auf Kezia, was ihn aber nicht weiter zu berühren schien.

Piers und Justine hatten eigentlich nur Augen füreinander.

Eudora wirkte eine Spur melancholisch, als hätte sie gerade den Verlust von etwas bemerkt, was sie glaubte, besessen zu haben, und Ainsley wirkte gelangweilt. Von Zeit zu Zeit fiel Charlotte der Ausdruck der Besorgnis in seinen Augen auf, dann schien er Schwierigkeiten mit dem Schlukken zu haben und nur mit Mühe verhindern zu können, daß seine Hand zitterte. Er bekam nicht mit, was man ihm sagte, so, als sei er mit seinen Gedanken ganz woanders, und er mußte bitten, das Gesagte zu wiederholen. Gewiß war es eine lastende Verantwortung, für diese Gespräche zuständig zu sein. Die Erwartung, das Unmögliche zu erreichen, hatte schon bedeutendere Männer als ihn zerbrochen, und minder bedeutende ohnehin.

Sofern er auch zu scheitern fürchtete, gab es dazu allen Grund. Nach wie vor mußte man mit Gewalttaten rechnen, und vielleicht erfaßten ausschließlich er und Pitt das wirkliche Ausmaß dieser Bedrohung.

Niemand hatte bisher die Scheidungsgeschichte Parnell-O'Shea angesprochen. Falls etwas davon in den Zeitungen gestanden hatte, erwähnte es keiner.

Der Streit begann nach etwas mehr als der Hälfte der Speisenfolge, und er ging von Kezia aus. Den ganzen Abend über hatte sie ihren Zorn kaum zu bändigen vermocht. Sie tat, als wäre Iona nicht anwesend, und konzentrierte ihre ganze Wut auf ihren Bruder. Allen anderen gegenüber benahm sie sich recht umgänglich.

Fergal machte eine stark verallgemeinernde Äußerung über das protestantische Ethos.

»Es hat zum großen Teil mit der Persönlichkeit zu tun«, sagte er und beugte sich ein wenig vor, weil er mit Justine sprach, die ihm gegenüber saß. »Es hängt mit der Verantwortung des einzelnen zusammen und damit, daß der Mensch unmittelbar zu Gott in Beziehung tritt und nicht durch die fortwährende Vermittlung eines Priesters, der letzten Endes sterblich und sündig ist, wie alle anderen Menschen auch.«

»Wobei man allerdings sagen muß, daß manche sündiger sind als andere«, kommentierte Kezia voll Bitterkeit.

Fergal verfärbte sich kaum wahrnehmbar, achtete aber nicht weiter auf sie.

»Der protestantische Seelenhirte geht lediglich seiner Herde voran«, fuhr er fort, den Blick unverwandt auf Justine gerichtet. »Das Wichtigste ist der einfache und unverrückbare Glaube. Bei diesem Glauben aber geht es nicht um Wunder und Magie, sondern er bezieht sich auf die Macht Christi, Seelen zu erlösen.«

»Wir glauben an schwere Arbeit, Gehorsam und ein Leben in Keuschheit und Anstand«, sagte Kezia und sah auf Justine, als hätte sonst niemand gesprochen. »Zumindest heißt es so.« Dann wandte sie sich an Fergal. »Das stimmt doch, Bruderherz? Keuschheit kommt gleich nach der Gottesfurcht. Nichts Unreines darf ins Himmelreich eingehen. Wir sind nicht wie die Mitglieder der römischen Kirche, die von Montag bis Samstag sündigen dürfen, solange sie dem Priester am Sonntag alles beichten, wenn er in seinem kleinen dunklen Kasten hinter einem Gitter sitzt und sich all die schmutzigen kleinen Geheimnisse der Menschen anhört und ihnen aufträgt, so und so viele Gebete zu sprechen, damit ihre Schuld von ihnen abgewaschen wird. Bis zum nächsten Mal, wenn man wieder von vorne anfängt. Ich möchte wetten, er könnte es für dich sagen, so oft hat er es schon gehört –«

»Kezia ...«, unterbrach Fergal sie.

Ohne auf ihn zu achten, hielt sie mit hochroten Wangen und funkelnden Augen den Blick nach wie vor auf Justine gerichtet. Messer und Gabel in ihren Händen zitterten.

»So sind wir nicht. Wir gestehen unsere Sünden niemandem außer Gott ... Als wüßte er sie nicht ohnehin! Als wäre ihm nicht jedes schmutzige kleine Geheimnis in unseren schmutzigen kleinen Herzen bekannt! Als könnte er nicht den Gestank eines Heuchlers über tausend Meilen hinweg riechen!«

Unbehagliches Schweigen senkte sich über die Anwesenden. Padraig räusperte sich, doch fiel ihm letzlich nichts ein, was er hätte sagen können.

Eudora stöhnte leise auf.

»Wirklich ...«, setzte Ainsley an.

Mit einem Lächeln sah Justine zu Kezia hin. »Ich denke, wichtig ist einzig und allein, ob man bereut oder nicht. Es ist unerheblich, wem man es sagt.« Ihre Stimme klang sehr sanft. »Wer einsieht, daß er etwas Häßliches getan hat und es nicht wieder tun möchte, muß sich ändern, und darauf kommt es doch letzten Endes an, nicht wahr?«

Kezia sah sie wortlos an.

Fergal verdarb alles, indem er sich hitzig zur Wehr setzte. Seine sonst eher bleichen Wangen waren gerötet, zum Teil wohl auch, weil ihm die Situation peinlich war.

»Die Vorstellung, daß man nicht Gott, sondern einem anderen Menschen Rechenschaft schuldet, daß er die Möglichkeit hat, seinen Mitmenschen zu vergeben, ohne sie zu verurteilen –«

Kezia wandte sich ihm zu.

»Das könnte dir so passen, was?« Sie lachte schrill und unbeherrscht. »Niemand darf über dich urteilen. Für wen, um Gottes willen, hältst du dich eigentlich? Wir urteilen über dich! Ich urteile über dich, und ich sage dir, daß du schuldig bist, du Heuchler!«

»Kezia, geh auf dein Zimmer, bis du dich beruhigt hast«, sagte er durch zusammengebissene Zähne. »Du bist ja hysterisch. Es ist...«

Seine Worte gingen unter, als sie ihren Stuhl zurückstieß, ihr halbleeres Glas vom Tisch nahm und ihm den Inhalt ins Gesicht schüttete. Dann lief sie aus dem Raum, wobei sie fast ein Serviermädchen umgerannt hätte, das mit einer vollen Soßenschüssel hereinkam. Zum Glück konnte das Mädchen aber im letzten Augenblick ausweichen.

Das Schweigen im Raum war bedrückend. Man konnte die Peinlichkeit der Situation geradezu mit Händen greifen.

»Es tut mir leid«, sagte Fergal schließlich unglücklich. »Sie ist... zur Zeit... leicht erregbar. Bestimmt tut es ihr morgen leid. Ich bitte in ihrem Namen um Entschuldigung, Mrs. Radley, meine Damen...«

Charlotte sah zu Emily hinüber und stand dann auf. »Ich denke, es ist das beste, wenn ich nach ihr sehe. Sie schien mir recht mitgenommen.«

»Ja, das ist ein guter Einfall«, stimmte Emily zu. Charlotte sah in ihren Augen ein wenig Neid darüber aufblitzen, daß sie sich aus der Affäre ziehen konnte.

Charlotte verließ das Eßzimmer und ging nach einem Blick über den menschenleeren Korridor nach oben. Der einzige Ort, an dem sich Kezia vermutlich ungestört fühlen würde, dürfte ihr Zimmer sein, überlegte Charlotte. Sie jedenfalls wäre auf ihr Zimmer gegangen, wenn sie eine solche Szene gemacht hätte, denn keinesfalls würde sie die Gegenwart anderer Menschen wünschen. Damit mußte man aber in einem Raum wie dem Wintergarten oder dem Gesellschaftszimmer rechnen.

Auf dem Treppenabsatz sah sie eine der jungen Aushilfsmägde, etwa ebenso jung wie damals Gracie, als sie zu ihnen ins Haus gekommen war.

»Ist Miss Moynihan hier vorbeigekommen?« fragte sie.

Das Mädchen, deren Haar in Strähnen vorwitzig unter dem Spitzenhäubchen hervorstand, nickte mit weit aufgerissenen Augen.

Charlotte kannte den Weg zu Kezias Zimmer bereits. Auch diesmal öffnete sie die Tür, ohne anzuklopfen.

Kezia lag mit hochgezogenen Schultern zusammengerollt auf dem Bett. Ihre Röcke bauschten sich um sie.

Charlotte schloß die Tür, trat zu ihr und setzte sich ans Fußende des Bettes.

Kezia rührte sich nicht.

Was auch immer Charlotte sagen konnte, nichts hätte etwas an dem geändert, was Kezia gesehen hatte und an dem einzig möglichen Schluß, der sich daraus ziehen ließ. Ändern konnte man höchstens Kezias Einstellung zu den Dingen.

»Sie sind sehr unglücklich, nicht wahr ...?« fragte Charlotte leise mit ruhiger Stimme.

Mehrere Minuten lang regte sich Kezia nicht, dann drehte sie sich langsam um, setzte sich auf, stützte sich auf die Kissen und sah Charlotte voll tiefer Verachtung an.

»Ich bin nicht unglücklich« – sie betonte das letzte Wort –, »ich kenne Ihre Moralbegriffe nicht, Mrs. Pitt. Vielleicht nimmt man es in Ihren Kreisen hin, daß jemand mit der Gattin eines anderen Unzucht treibt, obwohl ich das lieber nicht glauben möchte.« Sie zog die Schultern hoch, als ob sie friere, dabei war es im Raum warm. »Mir erscheint das verabscheuungswürdig. Bei jedem Menschen bedeutet es eine Sünde. Vollends unverzeihlich aber ist es bei jemandem, der die sittlichen Werte kennt wie mein Bruder und der von einem der aufrechtesten, ehrlichsten und mutigsten Prediger seiner Zeit in einem gottesfürchtigen Hause aufgezogen wurde.« Sie sagte das mit wutverzerrtem Gesicht, und in ihren vom Weinen rotgeränderten hellen Augen blitzte Zorn auf.

Charlotte sah sie unverwandt an und überlegte, mit welchen Worten sie durch diesen Aufruhr der Gefühle zu Kezia durchdringen konnte.

»Ich habe keinen Bruder«, sagte sie, um einen Einfall bemüht. »Aber wenn meine Schwester dergleichen täte, wäre ich unendlich verletzt und bekümmert. Ich würde mit ihr darüber reden wollen, sie fragen, warum sie soviel von sich wirft, um so wenig dafür zu bekommen. Ich glaube nicht, daß ich mich einem solchen Gespräch verweigern würde. Allerdings ist sie jünger als ich, und ich fühle mich als ihre Beschützerin. Ist Ihr Bruder älter als Sie?«

Kezia sah sie an, als hätte sie eine unsinnige Frage gestellt.

»Sie verstehen nicht.« Ihre Geduld begann sich zu erschöpfen. »Ich gebe mir die größte Mühe, mich Ihnen gegenüber einigermaßen höflich zu verhalten, nachdem Sie unaufgefordert in mein Zimmer gekommen sind und hier Plattheiten darüber verbreiten, was Sie an meiner Stelle tun würden, obwohl Sie nicht die leiseste Ahnung haben, wovon Sie reden. Sie sind weder an meiner Stelle noch sonstwie in einer vergleichbaren Situation. Sie besitzen keinerlei politischen Ehrgeiz oder Sinn für Politik. Sie wissen nicht einmal, wie das für eine Frau ist. Sie führen eine angenehme Ehe – vermutlich haben Sie auch Kinder. Offensichtlich mögen Sie Ihren Mann, und er mag Sie. Bitte gehen Sie, und lassen Sie mich zufrieden.«

Die Herablassung, mit der sie das sagte, erbitterte Charlotte ebensosehr wie ihre Anmaßung, aber sie brachte es fertig, ihre Zunge im Zaum zu halten.

»Ich bin gekommen, weil ich beim Gedanken an Ihren Kummer nicht einfach weiteressen konnte«, gab sie zur Antwort. »Vermutlich ist es unerheblich, was ich tun würde. Mein einziges Ziel war, Ihnen klarzumachen, daß Sie sich selbst am meisten Schmerzen zufügen, wenn Sie sich einem Gespräch mit Ihrem Bruder verweigern.« Sie runzelte die Stirn. »Überlegen Sie doch, was dabei herauskommen wird, wenn Sie sich von ihm zurückziehen.«

»Ich weiß nicht, wovon Sie reden.« Kezia lehnte sich zurück, ihre Miene wurde undurchdringlich.

»Glauben Sie, daß er sich dann nicht mehr mit Mrs. McGinley trifft?« fragte Charlotte. »Glauben Sie, ihm geht dann auf, wie sehr er im Unrecht ist, und er begreift, daß seine Handlungsweise gegen alles verstößt, woran er sein Leben lang geglaubt hat – und daß sie sicherlich auch politisch unklug ist, sofern er die Hoffnung hat, sein Volk zu vertreten? Liefert nicht Mr. Parnells Situation einen deutlichen Hinweis darauf?«

Kezia wirkte ein wenig überrascht, als hätte sie an diesen Scheidungsprozeß nicht einmal gedacht, in dem Hauptmann

William O'Shea den Führer der irischen Nationalistenpartei Charles Stewart Parnell bezichtigte, mit seiner Gattin die Ehe gebrochen zu haben. Ganz London sprach davon. Vielleicht hatte sie sich nicht eingestehen wollen, was es bedeuten würde, wenn O'Shea den Prozeß gewann.

»Ich denke, er wird sich weiterhin mit ihr treffen«, fuhr Charlotte fort. »Wenn sich Menschen Hals über Kopf ineinander verlieben, machen sie sich häufig nicht die Mühe, darüber nachzudenken, was es sie kosten würde, wenn die Sache an den Tag käme. Wenn ihn all das, was er verlieren könnte, nicht davon abgehalten hat, wird ihn dann Ihre Mißbilligung abhalten?«

»Nein«, sagte Kezia und lachte rauh, als fände sie diese Vorstellung auf seltsame Art zugleich belustigend und schmerzhaft. »Natürlich nicht! Ich mißbillige es auch nicht, weil ich erwarte, daß er etwas empfindet oder tut. Ich habe einfach eine… eine so große Wut auf ihn, daß ich nicht anders kann. Es geht nicht darum, daß er alle seine Grundsätze über Bord geworfen hat, seine Karriere aufs Spiel gesetzt oder die Menschen verraten hat, die an ihn glauben – was ich ihm nie und nimmer verzeihen kann ist einfach seine verdammenswerte Heuchelei!«

»Können Sie es wirklich nicht?« fragte Charlotte mit leicht erhobener Stimme. »Wenn ein Mensch, den Sie lieben, etwas Unehrenhaftes tut, ganz davon zu schweigen, daß es nicht im entferntesten seinem sonstigen Wesen entspricht, schmerzt das entsetzlich.« Sie erinnerte sich an die Schmerzen, die ihr einst zugefügt worden waren, an Entdeckungen, die sie lieber nicht gemacht hätte, an die Zeit danach, in der sie gelernt hatte, damit zu leben und in der sie sich bemüht hatte, das Schlimmste zu vergessen. Sie dachte auch an ihre ganz und gar nicht uneigennützige Bereitschaft zu verstehen – hatte sie doch wenigstens das behalten wollen, was ihr wertvoll und gut erschienen war. »Man ist wütend, weil man das Gefühl hat, es hätte nicht sein müssen. Aber vielleicht mußte es doch sein. Vielleicht mußte er dieser Schwäche erliegen, um sie überwinden zu können. Möglicherweise wird er später weniger eilfertig den Stab über andere brechen. Er –«

Kezia stieß einen Laut des Abscheus aus. »Halten Sie doch um Himmels willen den Mund. Sie wissen ja nicht, was Sie sagen!« Sie drehte sich herum und zog ihre Knie an sich, als wolle sie sich schützen. »Sie reden aufgeblasenen Unsinn. Ich könnte ihm ohne weiteres vergeben, wenn er einfach schwach wäre. Das ist weiß Gott jeder von uns.«

Ihr Gesicht mit den weichen Zügen war vor Qual und vor Erinnerung an das ihr zugefügte Leid verzerrt. »Aber als ich mich unmittelbar nach Papas Tod in einen Katholiken verliebt hatte, ihn mit allen Fasern meines Herzens liebte, war Fergal nicht einmal bereit, mich anzuhören. Er hat mir verboten, ihn zu sehen und nicht einmal erlaubt, daß ich es ihm selbst sagte.« Charlotte konnte ihre Worte kaum verstehen, so sehr setzte die Erinnerung an die erlittenen Qualen Kezia zu. »Er hat es ihm gesagt! Er hat Cathal gesagt, daß ich niemals die Erlaubnis bekäme, ihn zu heiraten. Ich würde mich damit gegen meinen Glauben versündigen. Auch mir hat er das gesagt! – Ich war noch nicht volljährig, und da er mein Vormund war, hätte ich ohne seine Einwilligung nicht heiraten können. Wenn ich durchgebrannt wäre, hätte ich auf den Segen der Kirche verzichten müssen. Ich habe Fergal gehorcht und Cathal aufgegeben.« Tränen füllten ihre Augen und liefen ihr über die Wangen. Mit einem Mal waren es nicht mehr Tränen der Wut, sondern solche der Erinnerung an die Süße ihrer Liebe und an die Schwere des Verlustes. »Jetzt ist er tot. Ich werde nie wieder mit ihm zusammen sein können.«

Charlotte schwieg.

Kezia sah sie an. »Sie sehen also, ich kann es Fergal unmöglich vergeben, daß er mit einer Katholikin ins Bett geht, die noch dazu verheiratet ist. Wie könnte ich Cathal das erklären, wenn ich ihm Blumen aufs Grab lege?«

»Ich bin auch nicht sicher, ob ich das verzeihen könnte«, gestand Charlotte, ohne sich von der Stelle zu rühren. »Es tut mir leid, daß ich mit meinem Urteil so rasch bei der Hand war.«

Kezia zuckte die Achseln und suchte nach einem Taschentuch.

Charlotte gab ihr eines, das auf dem Nachtkästchen lag.

Kezia schneuzte sich ausgiebig.

»Trotzdem stimmt es, was ich gesagt habe«, fügte Charlotte in entschuldigendem Ton hinzu. »Er ist doch Ihr einziger Bruder, nicht wahr? Wollen Sie wirklich zerschneiden, was Sie aneinander bindet? Würde Sie das nicht ebenso schmerzen wie ihn? Er hat etwas Entsetzliches getan. Früher oder später wird er dafür büßen, oder meinen Sie nicht?«

»Sprechen Sie von göttlicher Gerechtigkeit?« Kezia hob die Brauen. »Ich bin nicht sicher, ob ich daran glaube.« Sie preßte die Lippen fest aufeinander, aber eher aus Selbsterkenntnis als aus Bitterkeit. »Auf jeden Fall bin ich kaum bereit, darauf zu warten.«

»Nein, ich meine ganz gewöhnliches menschliches Schuldbewußtsein«, erklärte Charlotte. »Gewöhnlich dauert es nicht lange, bis es einsetzt, selbst wenn man es nicht sofort als solches erkennt.«

Kezia dachte schweigend nach.

»Wollen Sie wirklich eine Kluft zwischen ihm und sich schaffen, die Sie dann nicht mehr überbrücken können?« fragte Charlotte. »Nicht um seinetwillen, sondern um Ihrer selbst willen?«

Wieder dauerte es lange, bis Kezia antwortete.

»Nein ...«, sagte sie schließlich zögernd. Mit einem schwachen Lächeln fügte sie hinzu: »Sie sind wohl doch nicht ganz so aufgeblasen, wie ich gedacht hatte. Ich bitte um Entschuldigung, daß ich das gesagt habe.«

Charlotte lächelte zurück. »Gut. Aufgeblasenheit ist schrecklich langweilig und eine so männliche Eigenschaft, finden Sie nicht auch?«

Diesmal lachte Kezia sogar.

Der Rest des Abends verlief angespannt. Kezia kehrte nicht zu den anderen zurück. Das war vermutlich ganz gut, denn Lorcans Anwesenheit genügte, um den Gedanken an die Katastrophe im Bewußtsein aller lebendig zu erhalten. Die Erwähnung der Scheidungsgeschichte Parnell-O'Shea wurde betont vermieden, was bedeutete, daß auch ein Großteil der politischen Themen ausgespart bleiben mußte. Die Unterhaltung verkam zu Platitüden, und jeder war froh, als es Zeit war, sich zurückzuziehen, um Zuflucht im Zimmer zu finden.

Auf einem Hocker sitzend, sagte Charlotte: »Entsetzlich«, während sie sich mit einem seidenen Tuch über das Haar fuhr, damit es glatt blieb und glänzte. »In einer solchen Atmosphäre braucht man sich kaum noch Sorgen um Sprengstoffanschläge von Feniern oder Mordanschläge von draußen zu machen.«

Pitt saß bereits im Bett.

»Was hat Kezia Moynihan denn gesagt? Will sie das ganze Wochenende lang Szenen machen?«

»In gewisser Weise hat sie das Recht auf ihrer Seite.« Sie wiederholte, was ihr Kezia berichtet hatte.

»Vielleicht müßte ich Fergal beschützen«, sagte Pitt trocken. »Vor Kezia und vor Lorcan McGinley, der das Recht noch mehr auf seiner Seite hat; vor Iona, wenn sie miteinander in Streit geraten oder wenn er mit ihr Schluß macht oder sie Schluß machen möchte und er nicht... oder vor Carson O'Day, weil er die Sache der Protestanten gefährdet.«

»Oder vor Emily«, fügte Charlotte hinzu, »denn auf diese Weise wird aus einer ohnehin nicht besonders gelungenen Gesellschaft ein absoluter Alptraum.« Sie legte das Tuch beiseite und löschte die Gaslampe über dem Toilettentisch, so daß der Raum, abgesehen von den letzten glühenden Schlacken im Kamin, vollständig im Dunkeln lag. Sie kam ins Bett und kuschelte sich wohlig in die Kissen.

Am nächsten Morgen wurden alle wie am Vortag von einem schrillen Schrei geweckt.

Mit einem Fluch drehte sich Pitt um und vergrub den Kopf im Kissen.

Wieder ertönte der Schrei, laut und angstvoll.

Zögernd stand Pitt auf und stolperte zur Tür, wobei er nach seinem Morgenmantel griff. Er trat auf den Flur. Einige Schritte weiter stand die hübsche Zofe Doll in der offenen Tür zum Badezimmer der Grevilles. Ihr Gesicht war aschfahl, und sie faßte sich mit beiden Händen an die Kehle, als könnte sie kaum atmen.

Pitt ging zu ihr, legte ihr die Hände auf die Schultern, um sie beiseite zu schieben, und warf einen Blick ins Badezimmer.

Ainsley Greville lag nackt in der Wanne, Brust, Schultern und Gesicht unter Wasser. Es konnte nicht der geringste Zweifel daran bestehen, daß er tot war.

KAPITEL
VIER

Pitt drehte sich um und versperrte den Eingang. »Bring sie fort und kümmere dich um sie«, sagte er zu Charlotte, die inzwischen ebenfalls in den Flur getreten war. Damit meinte er Doll, die nach wie vor leicht schwankend dastand und nach Luft rang. Er sah Charlotte in die Augen. »Greville ist tot.«

Sie zögerte nur einen kleinen Augenblick. Ihr Gesicht spannte sich an, dann legte sie den Arm um Doll, die keinen Widerstand leistete, und führte sie fort.

Inzwischen hatten sich mehrere Menschen, die der Schrei aus dem Schlaf gerissen hatte, auf dem Flur versammelt. Zwar waren sie besorgt, dachten aber offenbar noch an den Vorfall vom Vortag.

»Was ist es denn diesmal?« Padraig Doyle schob sich an Piers vorbei, der mit erschrockener Miene und zerzaustem Haar am Treppengeländer stand. Einen Schritt hinter ihm stand Eudora. Sie wirkte besorgt, aber nicht verängstigt.

Fergal Moynihan trat aus seinem Zimmer, das dem der Pitts gegenüberlag. Er blinzelte, und die Haare standen ihm wirr vom Kopf ab, als sei er gerade erst wach geworden. Er ließ die Tür weit offen. Es war deutlich zu sehen, daß Iona nicht im Zimmer war.

»Was ist los?« fragte Padraig und ließ den Blick zwischen Pitt und Charlotte hin und her wandern.

»Ich fürchte, es hat einen Unfall gegeben«, sagte Pitt ruhig. Noch gab es keinen Anlaß, etwas anderes anzunehmen. »Im Augenblick können wir nichts tun.«

»Etwa ... einen tödlichen?« Padraig wirkte nur einen kurzen Augenblick verblüfft. Er neigte weder zur Panik noch ließ er sich aus der Fassung bringen. »Ainsley?«

»Ich fürchte.« Während Pitt das sagte, griff er nach dem Knauf der Badezimmertür, um sie zu schließen.

»Aha.« Padraig wandte sich überaus zartfühlend an Eudora. Er legte ihr den Arm um die Schultern, und diese bloße Geste beunruhigte sie.

»Was hast du, Padraig?« fragte sie. Sie riß sich los und sah ihn an.

»Ainsley«, sagte er, ihr in die Augen blickend. »Du kannst nichts tun. Komm, ich bring dich in dein Zimmer und bleib bei dir.«

»Ainsley?« Einen Augenblick lang sah es aus, als hätte sie nicht begriffen.

»Ja. Er ist tot, meine Liebe. Du mußt stark sein.«

Carson O'Day kam hinter ihnen durch den Korridor, und Iona näherte sich aus der Gegenrichtung. Sie trug einen schönen mitternachtsblauen Morgenmantel, der sich durch den Schwung ihrer Bewegung hinter ihr bauschte wie nächtliche Wolken.

Fergal sah verwirrt drein. Vielleicht hing das mit Padraigs Wortwahl zusammen.

»Mr. Doyle ...«, setzte Pitt an.

Padraig verstand ihn falsch. »Sie ist meine Schwester«, erklärte er.

»Ich wollte Sie bitten, Mrs. Greville in ihr Zimmer zu begleiten« – Pitt schüttelte leicht den Kopf – »und Mrs. Radleys Zofe zu ihr zu schicken. Ihre eigene Zofe dürfte ihr unter den gegenwärtigen Umständen kaum von Nutzen sein. Und würden Sie Tellman bitten, zu mir heraufzukommen?« Er sah sich um. Inzwischen war auch Emily da. Ihre Züge wirkten gequält. Offenkundig malte sie sich eine weitere gesellschaftliche Katastrophe aus. Jack war nirgends zu sehen. Vielleicht war er wieder früh aufgestanden.

Emily sah zu Pitt hinüber und begriff, daß es sich diesmal nicht nur um eine Liebesaffäre handelte. Sie holte tief Luft und gab sich Mühe, Haltung zu bewahren.

»Ich bedaure, sagen zu müssen, daß Ainsley Greville tot ist«, erklärte Pitt. Er sagte es so laut, daß jeder es hören konnte. »Man kann ihm nicht mehr helfen. Am besten kehren alle auf ihre Zimmer zurück, um sich wie gewöhnlich anzukleiden. Noch wissen wir nicht genau, was geschehen ist oder welche Schritte als nächstes unternommen werden müssen. Am besten sucht jemand Mr. Radley auf und teilt ihm mit, was vorgefallen ist.«

Padraig war bereits mit Eudora weggegangen.

»Das kann ich tun«, bot O'Day an. Er wirkte bleich, aber gefaßt. »Wie tragisch, daß es gerade jetzt passiert ist. Er war ein hervorragender Mann. Unsere größte Hoffnung auf eine Einigung.« Seufzend zog er den Gürtel seines Morgenmantels fest und ging nach unten. Seine Pantoffeln verursachten auf den hölzernen Treppenstufen kein Geräusch.

Piers trat vor. »Kann ich helfen?« fragte er mit zwar belegter, aber fester Stimme. Seine Augen waren weit aufgerissen, und er zögerte ein wenig, als hätte er das Ganze noch nicht richtig begriffen. »Ich bin mit meinem Medizinstudium fast fertig. Es würde sehr viel schneller gehen und wäre auch diskreter, als wenn nach jemandem aus dem Dorf geschickt würde.« Er räusperte sich kurz. »Danach würde ich gern meiner Mutter beistehen. Onkel Padraig ist großartig, aber ich denke, ich sollte ... und Justine. Es wird scheußlich für sie sein, wenn sie es erfährt. Vielleicht sage ich es ihr selbst –«

»Später«, fiel ihm Pitt ins Wort. »Zunächst muß sich ein Arzt Ihren Vater ansehen.«

Piers zuckte zusammen. »Ja«, stimmte er zu, und seine Züge spannten sich an. »Ja, natürlich.«

Pitt stieß die Tür zum Badezimmer auf und trat beiseite, um Piers vorbeizulassen. Die Leute auf dem Flur begannen sich zurückzuziehen. Bestimmt würde Tellman bald kommen.

Sobald Piers im Badezimmer war, schloß Pitt die Tür und sah zu, wie der junge Mann zu der fast bis zum Rand gefüllten Wanne mit dem nackten Leichnam seines Vaters trat. Er blieb dicht hinter Piers stehen, für den Fall, daß dieser bei dem Anblick ohnmächtig wurde. Gegen einen Schock ist auch ein noch so starker Wille machtlos. Wie viele Leichen er auch immer im Lauf seines Studiums gesehen haben mochte, bei dieser hier war es etwas ganz anderes.

In der Tat schwankte Piers ein oder zwei Augenblicke, dann aber beugte er sich vor, die Hände am Wannenrand. Langsam kniete er nieder und strich mit einer Hand über das Gesicht des Toten, dann über die Arme und die Hände.

Pitt sah zu. Auch er hatte sich nie daran zu gewöhnen vermocht, nicht einmal dann, wenn ein Toter so friedvoll aussah wie Ainsley Greville. Er hatte ihn gekannt, noch vor wenigen Stunden war er am Leben gewesen, eine starke Persönlichkeit, ein Mann von ungewöhnlicher Energie und Intelligenz. Die vom Wasser bedeckte leblose Hülle war zweifellos Greville, und zugleich auch nicht – in gewissem Sinne bereits niemand mehr. Der Wille und die geistigen Fähigkeiten waren daraus gewichen.

Pitt sah auf Piers' kräftige, schlanke Hände hinab, die vielleicht später einmal das Skalpell eines Chirurgen führen würden. Jetzt bewegten sie sich mit erlernter Routine, untersuchten die Verletzung, ohne den Leichnam zu bewegen. Was es den jungen Menschen wohl kosten mochte, sich so zusammenzunehmen? Ganz gleich, ob er diesen Mann geliebt hatte oder nicht, ob sie einander nahegestanden hatten oder nicht, es war sein Vater. Eine einzigartige Beziehung.

Pitt sah auf die Szene und prägte sich ein, was er sah, jede Einzelheit, jedes Merkmal. Das Wasser zeigte keine Verfärbung.

Wo, zum Teufel, blieb Tellman?

»Er ist schon seit gestern abend tot«, sagte Piers und richtete sich auf. »Ich denke, das ist ziemlich eindeutig. Das Wasser ist kalt. Wahrscheinlich war es heiß, als er in die Wanne gestiegen ist. Das hat das Eintreten der Totenstarre hinausgezögert, aber ich glaube nicht, daß es von Bedeutung ist.« Er richtete sich auf und trat einen Schritt zurück. Sein Gesicht war weiß, und das Atmen schien ihm schwerzufallen. »Man kann leicht erkennen, was geschehen sein muß. Er hat einen ziemlich schweren Schlag auf den Hinterkopf bekommen. Ich kann die Vertiefung im Schädel fühlen. Er muß ausgeglitten sein, als er in die Wanne gestiegen ist, oder möglicherweise, als er heraussteigen wollte.« Seine Blicke mieden die Wanne. »Unter Umständen auf einem Stück Seife. Ich sehe zwar keins, aber es hat sich

Seife im Wasser aufgelöst. Vermutlich ist dazu keine größere Menge nötig. Er hat sich den Kopf angeschlagen und das Bewußtsein verloren. Es ist ohne weiteres möglich, in einer Badewanne zu ertrinken. So etwas geschieht nur allzu oft.«

»Vielen Dank.« Pitt sah ihn aufmerksam an. Hinter dieser Gelassenheit konnten sich Empfindungen verbergen, die an die Grenze des Erträglichen gingen. Jeden Augenblick konnte der Schock einsetzen.

»Natürlich muß ein Arzt den Totenschein ausstellen«, fuhr Piers fort. »Ich dürfte es nicht einmal dann tun, wenn ich nicht ... sein Sohn wäre.« Er schluckte. »Ich bin ... ich bin noch nicht approbiert.«

»Ich verstehe.« Pitt wollte noch etwas hinzufügen, als es unsanft an der Tür klopfte. Er öffnete, und Tellman trat ein. Er warf erst einen raschen Blick auf Piers, dann auf den Toten in der Wanne. Danach wandte er sich an Pitt.

»Kann ich zu Justine gehen?« fragte Piers und sah mit einem Stirnrunzeln zu Tellman hin. Ihm wollte offenbar nicht in den Kopf, wieso ein Kammerdiener ohne weiteres eintreten konnte.

»Gewiß«, antwortete Pitt. »Und natürlich zu Ihrer Mutter. Habe ich richtig verstanden, daß Mr. Doyle und sie Geschwister sind?«

»Ja. Er ist ihr Bruder. Warum?«

»Ich vermute, daß er Ihnen bei allem helfen wird, was nötig ist, doch wäre ich dankbar, wenn Sie es mich wissen ließen, bevor Sie mit jemandem außerhalb von Ashworth Hall Verbindung aufnehmen.«

»Warum?«

»Ihr Vater war mit einer heiklen Aufgabe betreut, insbesondere an diesem Wochenende. Daher muß das Innenministerium offiziell informiert werden, bevor sonst irgend jemand etwas erfährt.«

»Ach so ... Natürlich. Daran habe ich nicht gedacht ...« Wenn sich der junge Mann fragte, wieso Pitt darauf solchen Wert legte, äußerte er diesen Gedanken nicht. Wahrscheinlich ging ihm die Sache viel zu nahe, als daß er auf solche Banalitäten geachtet hätte.

Kaum war er gegangen, als sich Tellman vorbeugte und die Leiche genauer betrachtete.

»Natürlicher Tod oder Unfall?« fragte er. In seiner Stimme lag Skepsis. »Sonderbar, nicht wahr, nach all unseren Befürchtungen und Vorsichtsmaßnahmen.«

Pitt nahm ein Handtuch vom Handtuchhalter und breitete es in einer schamhaften Geste über die Leibesmitte des Toten.

»Sieht so aus, als wäre er ausgerutscht und bewußtlos geworden«, sagte er nachdenklich.

»Und dann ist er ertrunken?« Tellman sah mit gerunzelten Brauen auf den Leichnam. »Möglich. Kommt mir allerdings merkwürdig vor, nach dem Mordanschlag.« Er trat an das kleine Fenster und sah es prüfend an. Er wußte, daß es sechs Meter über dem Boden lag. Die Scheibe maß etwa dreißig auf dreißig Zentimeter.

Pitt schüttelte den Kopf.

Tellman verwarf den Gedanken und kehrte zur Wanne zurück.

»Kann es schaden, wenn wir seine Lage verändern?« fragte er.

»Uns wird nichts anderes übrigbleiben«, sagte Pitt. »Auch werden wir bald einen Arzt aus dem Dorf rufen müssen. Ich muß Cornwallis anrufen, möchte aber vorher so viel wie möglich in Erfahrung bringen.«

Tellman schnaubte. »Wir können also mit dem albernen Versteckspiel aufhören?«

Pitt sah ihn mit einem spöttischen Lächeln an. »Wir sollten uns noch eine Weile in Diskretion üben. Heben Sie ihn hoch. Ich möchte mir die Wunde an seinem Hinterkopf etwas genauer ansehen.«

»Haben Sie einen Verdacht?« fragte Tellman mit einem raschen Blick auf seinen Vorgesetzten.

»Vorsichtig«, sagte Pitt. »Etwas höher. Fassen Sie ihn unter den Armen und ziehen Sie ihn möglichst noch ein bißchen weiter nach vorn. Er ist schon ziemlich steif.«

Tellman befolgte die Anweisung etwas ungeschickt, wobei zu seinem großen Ärger seine Manschetten naß wurden.

Pitt sah sich den Hinterkopf des Toten eingehend an und

fuhr dann mit den Fingerspitzen sehr vorsichtig durch das nasse Haar. Wie Piers gesagt hatte, ließ sich die Stelle, wo der Schädelknochen eingedrückt war, gut tasten. Ganz unten am Hinterkopf verlief in Querrichtung eine ziemlich breite Einkerbung.

»So?« fragte Tellman.

Pitt tastete erneut. Die Einkerbung verlief gerade, war ganz und gar regelmäßig und etwa so breit wie der hintere Rand der Wanne.

»Was ist los?« fragte Tellman ungeduldig. »Ich kann ihn nicht mehr lange halten! Er ist so steif wie ein Schüreisen und rutscht mir aus den Händen. Im Wasser muß Seife aufgelöst sein!«

»So ist das bei Badewannen oft«, stimmte Pitt zu. »Das läßt vermuten, daß Piers mit seiner Annahme recht hatte und er nicht beim Einsteigen ausgerutscht ist, sondern beim Verlassen der Wanne.«

»Was für eine Rolle spielt das?« knurrte Tellman. Er wurde immer nasser und begann an den Händen zu frieren.

»Wahrscheinlich keine«, räumte Pitt ein. »Das läßt die Sache nur noch ein wenig wahrscheinlicher aussehen. Die Seife, meine ich. Glitschig.«

»Er hätte sich in einer Schüssel waschen sollen, wie andere Leute auch!« murrte Tellman. »Darin kann man nicht ertrinken.«

»Sie hat nicht die richtige Form«, sagte Pitt ganz ruhig.

Tellman lag schon eine scharfe Antwort auf der Zunge, dann aber sah er aufmerksamer zu Pitt hin. »Was hat nicht die richtige Form?«

»Die Verletzung. Der hintere Rand der Wanne ist gekrümmt. Sehen Sie nur! Der Bruch verläuft aber in einer geraden Linie.«

Tellman sah ihn fragend an. »Was wollen Sie damit sagen?«

»Ich glaube nicht, daß er auf den Wannenrand gefallen ist.«

»Was dann?«

Pitt wandte sich langsam von der Wanne ab und sah sich nachdenklich im Badezimmer um. Der Raum war ziemlich groß, etwa drei mal viereinhalb Meter. Die Wanne stand in der Mitte, gegenüber der Tür. Außer zwei Handtuchhaltern gab es noch einen Waschtisch mit einer Schüssel und einer großen blauweißen Porzellankanne darauf. Auf einem weiteren, kleineren Tisch stand ein Blumenstrauß in einer mit Ornamenten verzierten Vase. Nahe der Tür lehnte zusammengeklappt eine spanische Wand, die als Schutz gegen Zugluft diente. Offensichtlich hatte Greville es nicht für nötig gehalten, sie zu benutzen. An einer der Wände hing ein großer Spiegel, ihm gegenüber stand ein Tisch mit Marmorplatte, auf dem Bürsten und Gefäße mit verschiedenen Badesalzen und -essenzen zu sehen waren.

»Ob es eines von denen war?« fragte Pitt. »Vielleicht das rosafarbene da. Die Größe könnte hinkommen.« Er stand auf und trat an den Tisch, während Tellman die Leiche weiterhin festhielt. Aufmerksam betrachtete er das Gefäß, ohne es zu berühren. Er konnte weder Fingerabdrücke darauf entdecken, noch Seifenspuren, die darauf hinwiesen, daß jemand es angefaßt hatte. Versuchshalber schloß er die Hand darum. Es lag sehr gut in der Hand und war schwer. Mit dem nötigen Schwung geführt, konnte es ohne weiteres als Waffe dienen.

Er ging mit dem Gefäß ans hintere Ende der Wanne und hielt es an Grevilles Kopf. Es hatte die richtige Breite, und es hatte eine gerade Form.

»Mord?« fragte Tellman mürrisch, die Lippen geschürzt.

»Vermutlich. Lassen Sie ihn langsam runter. Ich seh mal nach, ob der Wannenrand vielleicht doch zur Verletzung passen könnte.«

Tellman befolgte schwerfällig die Aufforderung, er hielt den schweren Körper Grevilles mit gekrümmten Schultern, wobei seine Ärmel immer nasser wurden. »Nun?« fragte er eindringlich.

»Nein«, antwortete Pitt. »Er ist nicht auf den Wannenrand gefallen. Es war entweder dieses Gefäß oder etwas sehr ähnliches.«

»Ist irgendwas darauf zu sehen?« fragte Tellman. »Blutspuren? Haare? Er hat ja einen ziemlich dichten Haarwuchs. 'n armer Kerl – auch wenn ich ihn nicht besonders gut leiden konnte.«

Pitt drehte äußerst bedächtig das Gefäß in den Händen hin und her und verzog bei Tellmans Äußerung das Gesicht.

»Nein«, sagte er schließlich. »Aber das hier ist ein Badezimmer. Es dürfte also nicht schwer gewesen sein, das Gefäß sauber abzuwischen. Und niemand würde sich über Seifen- oder Wasserspuren auf einem Topf mit Badesalz wundern. Es kommt oft vor, daß Leute mit nassen Händen danach greifen.«

Tellman ließ die Leiche los, und sie glitt steif zurück ins Wasser. Nur die Fußspitzen sahen heraus.

»Ist jemand reingekommen und hat ihm von hinten eins übergezogen?« dachte Tellman laut.

»Er hat mit dem Gesicht zur Tür gesessen«, merkte Pitt an. »Es müßte also jemand gewesen sein, von dem er nichts befürchtete. Er hat nicht geschrien, und er hat es zugelassen, daß der Betreffende das Gefäß mit Badesalz genommen hat und hinter ihn getreten ist.«

Tellman stieß einen spöttischen Laut aus.

»Kann ich mir nicht denken! Wer läßt schon jemand in sein Badezimmer kommen? Das ist nicht nur gefährlich, sondern auch unschicklich.«

»Feine Herrschaften sind nicht so prüde wie Sie«, sagte Pitt voll bitterem Spott. Er sah den ungläubigen Blick und die Verwirrung auf Tellmans Gesicht. »Was glauben Sie, wer heißes Wasser reinbringt, wenn es in der Wanne kalt wird?« fuhr er fort.

»Keine Ahnung. Ein Hausdiener? Ein Kammerdiener? Wollen Sie sagen, daß ihn einer vom Personal umgebracht hat?«

»Ich würde sagen, daß meistens die Dienstmädchen Wasser oder heiße Handtücher bringen«, erläuterte Pitt. Als er Tellmans Gesichtsausdruck sah, fügte er hinzu: »Mir nicht. Ich bin ebenso prüde wie Sie. Lieber würde ich im kalten Wasser sitzen. Aber vielleicht war Greville an die Anwesenheit von Dienstmädchen im Badezimmer gewöhnt.«

»Sie meinen, irgendein Dienstmädchen ist mit einem Eimer voll heißem Wasser reingekommen und hat ihm mit der Badesalzflasche eins auf den Kopf gegeben?« fragte Tellman mit unverkennbarem Zweifel in der Stimme.

»Niemand achtet auf die Gesichter von Dienstboten, Tellman«, sagte Pitt ernsthaft. »Für solche Leute sieht einer aus wie der andere, vor allem, wenn sie Livree tragen oder ein einfaches schwarzes Kleid mit weißer Schürze und weißem Spitzenhäubchen. In manchen Häusern bringt man den jüngeren Dienstboten sogar bei, zur Wand zu seh'n, wenn einer aus der Familie ihrer Herrschaft vorbeigeht.«

Tellman war so empört, daß ihm die Worte fehlten. Mit finsterer Miene preßte er die Lippen zusammen.

»Es hätte irgend jemand sein können, der wie ein Dienstbote gekleidet war«, faßte Pitt zusammen.

»Sie meinen, ein Mörder, der von außen gekommen ist?« Tellmans Kinn fuhr hoch.

»Das weiß ich nicht. Wir werden eine ganze Reihe Fragen stellen müssen. Zu der Zeit, da Greville in der Wanne saß, hätte das Haus eigentlich abgeschlossen sein müssen, und die Leute draußen haben das umliegende Gelände überwacht.«

»Ich werde mit allen reden«, versprach Tellman. »Sagen Sie denen, wer wir sind?«

»Ja.« Ihm blieb keine Wahl.

»Und es ist also Mord?« fuhr Tellman fort.

»Ja.«

Tellman straffte die Schultern.

»Wir müssen den Toten hier rausschaffen«, sagte Pitt. »Bestimmt gibt es auf dem Gelände ein Eishaus oder dergleichen. Bringen Sie ihn dorthin und lassen Sie sich dabei von einem der Hausdiener helfen.«

Als er die Tür öffnete, wartete Jack davor. Sein gutaussehendes Gesicht mit den großen Augen und den auffälligen Wimpern wirkte ungewöhnlich ernst, und der Ausdruck um seinen Mund war ein Zeichen seiner Anspannung.

»Ich werde im Innenministerium anrufen und um Anweisungen bitten müssen«, sagte er finster und nickte Tellman zu, als er an ihnen vorbeikam, um die Treppe hinabzugehen. »Vermutlich bedeutet dies das Ende der Gesprächsrunde. Damit wären alle Erfolgsaussichten dahin.« Leise fuhr er fort: »So ein verfluchtes Pech. Es sieht wirklich so aus, als ob in der irischen Frage der Teufel steckte. Gerade, als wir glaubten,

Anlaß zur Hoffnung zu haben.« Er sah Pitt aufmerksam an. »Greville war brillant, mußt du wissen. Immerhin hatte er Doyle und O'Day so weit gebracht, daß sie über wichtige Punkte miteinander redeten. Es gab wirklich Hoffnung!«

»Tut mir leid, Jack. Es ist noch schlimmer.« Spontan legte Pitt dem Schwager eine Hand auf den Arm. »Es war kein Unfall. Man hat ihn umgebracht.«

»Was?« Jack sah ihn an, als sei er unfähig, das Gesagte in sich aufzunehmen.

»Es war Mord«, wiederholte Pitt ruhig. »Es sollte aussehen wie ein Unfall. Die meisten hätten es wohl auch dafür gehalten, und vermutlich hat der Täter nicht damit gerechnet, daß die Polizei so rasch am Tatort erscheint – wenn überhaupt.«

»Was ... was ist passiert?«

»Jemand ist hereingekommen und hat ihm einen Schlag auf den Hinterkopf versetzt, möglicherweise mit einer Badesalzflasche, und ihn dann unter Wasser gedrückt. Es sollte so aussehen, als wäre er beim Verlassen der Wanne ausgerutscht und hätte sich den Kopf am Rand angeschlagen.«

»Und du bist sicher, daß es sich nicht so verhält?« fragte Jack eindringlich. »Ganz und gar sicher? Wie kannst du wissen, daß es nicht so war?«

»Weil der Knochen in einer geraden Linie gebrochen und der Wannenrand gekrümmt ist.«

»Ist das ein Beweis?« ließ Jack nicht locker. »Müssen die Verletzungen und der Gegenstand, der sie verursacht hat, genau übereinstimmen?«

»Nein, aber so groß darf die Abweichung auch nicht sein. Ein gekrümmter Gegenstand ruft eine gekrümmte Bruchlinie hervor, wenn er so fest aufschlägt, daß dabei ein Knochen bricht.«

»Und wer war es? Jemand hier im Hause?« Er fürchtete sogleich die schlimmste aller Möglichkeiten.

»Das weiß ich noch nicht. Tellman holt Hilfe, damit wir die Leiche ins Eishaus bringen können. Anschließend wird er feststellen, ob es möglich war, daß jemand von außen ins Haus gelangt ist. Wahrscheinlich ist es aber nicht.«

»Ich kann mir nicht vorstellen, daß ein Unbekannter zu Greville ins Badezimmer gekommen wäre, ohne daß dieser Alarm geschlagen hätte«, sagte Jack erbittert. »Unter welchem Vorwand könnte jemand denn einen anderen im Bad stören?«

»Nun, wenn ich das tun wollte, ohne Aufsehen zu erregen, würde ich mich als Dienstbote verkleiden«, sprach Pitt seine Gedanken laut aus, »und eine Kanne heißes Wasser oder ein oder zwei Handtücher reinbringen.«

»Natürlich. Es könnte also jeder gewesen sein.«

»Ja.«

»Was wirst du tun?«

»Mich anziehen, dann Cornwallis anrufen und anschließend vermutlich mit der Untersuchung anfangen. Wo habt ihr ein Telefon?«

»In der Bibliothek. Ich sehe wohl besser nach Emily.« Auf seinem Gesicht lag der Ausdruck schmerzlicher Besorgnis, und in seinen Augen bitterer Spott. »Großer Gott, und ich habe gestern noch gedacht, diese Gesellschaft könnte nicht mehr schlimmer werden.«

Darauf wußte Pitt keine Antwort. Als er in sein Zimmer zurückkehrte, war Charlotte nicht da. Er nahm an, daß sie wieder bei Kezia war, um sie zu trösten, vielleicht stand sie aber auch Emily bei. Er rasierte sich in aller Eile und zog sich an, dann ging er nach unten in die Bibliothek und meldete ein Gespräch nach London an, wo er sich mit dem Büro des stellvertretenden Polizeipräsidenten Cornwallis verbinden ließ.

»Pitt?« Cornwallis' unverkennbare Stimme klang bereits besorgt.

»Ja, Sir.« Pitt zögerte nur kurz angesichts der Notwendigkeit, ihm Mitteilung von dem Vorgefallenen zu machen. Immerhin war es ein Eingeständnis seines Versagens. »Ich fürchte, das Schlimmste ist eingetreten ...«

Am anderen Ende der Leitung herrschte Schweigen. Dann hörte er Cornwallis atmen.

»Greville?«

»Ja, Sir. Im Bad. Gestern abend. Wir haben ihn erst heute morgen gefunden.«

»Im Bad!«

»Ja.«

»Unfall?« Er fragte das in einem Ton, als wünschte er, daß es sich so verhielte. »Sein Kreislauf?«

»Nein.«

»Sind Sie sicher?«

»Ja.«

»Soll das heißen, jemand anderes hat seinen Tod herbeigeführt? Wissen Sie, wer?«

»Nein. Nach dem gegenwärtigen Stand unserer Erkenntnisse könnte es jeder gewesen sein.«

»Aha.« Er zögerte. »Was haben Sie bisher unternommen?«

»Den medizinischen Tatbestand festgestellt, soweit sein Sohn ihn mir mitteilen konnte –«

»Wessen Sohn?«

»Grevilles. Er ist vorgestern unerwartet hier angekommen, um seinen Eltern mitzuteilen, daß er sich verlobt hat. Die junge Dame ist seit gestern hier.«

»Tragisch«, sagte Cornwallis voll Mitgefühl. »Der arme Junge. Er ist also Arzt?«

»Fast. Noch nicht approbiert. Studiert in Cambridge. Es gab nicht viel zu sagen.«

»Todeszeit? Todesursache?«

»Der Zeitpunkt des Todes ist durch seinen Aufenthalt im Bad bestimmt. Die Todesursache ist ein Schlag mit einem abgerundeten, stumpfen Gegenstand, wahrscheinlich einer Badesalzflasche. Anschließend hat man ihn unter Wasser gehalten, bis der Tod eintrat.«

»Sie haben ihn unter Wasser gefunden?«

»Ja.«

»Aha.«

Wieder herrschte Schweigen.

»Sir?«

»Nun, Pitt«, sagte Cornwallis mit Entschiedenheit. »Übernehmen Sie die Untersuchung des Falles. Sie haben Tellman dort. Wenn möglich, sorgen Sie dafür, daß noch nichts davon durchsickert. Der Prozeß Parnell-O'Shea steht vor dem Abschluß. Sofern er gegen Parnell entschieden wird, könnte es das Ende seiner Karriere bedeuten. Dann sind die irischen

Nationalisten ohne Führer – bis sie einen neuen finden. Das könnte ohne weiteres einer der Männer sein, die sich zur Zeit in Ashworth Hall aufhalten. Was haben Sie den Leuten bisher gesagt?«

»Nichts. Aber ich werde ihnen etwas sagen müssen.«

»Wo ist Radley?«

»Bei seiner Gattin.«

»Sorgen Sie dafür, daß er mich anruft. Im Augenblick können die Gespräche nicht fortgesetzt werden, allein schon aus Gründen der Pietät. Aber wir dürfen sie auch nicht ganz abbrechen, sofern sich eine Möglichkeit zeigt weiterzumachen.«

»Ohne Greville?« Pitt war verblüfft.

»Ich spreche mit dem Innenministerium. Sorgen Sie dafür, daß niemand abreist.«

»Selbstverständlich.«

»Sie werden dabei wohl keinen Zwang ausüben müssen; eine Abreise zu diesem Zeitpunkt käme für jeden einem diplomatischen Selbstmord gleich. Sollten Sie aber Unterstützung durch die Ortspolizei brauchen, sind Sie ermächtigt, sie anzufordern. Sagen Sie Radley, er soll mich in einer halben Stunde anrufen.«

»Ja, Sir.« Er legte mit einem Gefühl der Leere und Einsamkeit auf. Seine Anwesenheit in Ashworth Hall hatte einzig und allein dem Zweck gedient, Grevilles Sicherheit zu gewährleisten. Er hätte kaum schlimmer versagen können, und er hatte nicht die geringste Vorstellung, wer der Täter sein könnte. Er wäre besser in London geblieben, um dort nach Denbighs Mörder zu suchen.

Er verließ die Bibliothek und ging wieder nach oben. Charlotte war nirgendwo zu sehen. Vielleicht ging sie immer noch Emily zur Hand und kümmerte sich gemeinsam mit ihr um die Gäste, denen zwar die Tatsache von Grevilles Tod bekannt war, nicht aber, daß es sich dabei keineswegs um einen tragischen Unfall handelte... außer vielleicht einem von ihnen.

Er sah, wie Lorcan McGinleys junger irischer Kammerdiener, einen Mantel über dem Arm und ein Paar Stiefel in der Hand, eine Zimmertür schloß. Er war sehr bleich.

»Wissen Sie, wo sich Mr. Grevilles Kammerdiener aufhält?« fragte ihn Pitt.

»Ja, Sir. Ich habe ihn vor wenigen Minuten gesehen. Er macht gerade Tee, zwei Türen weiter da hinten.« Er wies ihm die Richtung.

Pitt dankte ihm und ging zu dem kleinen Raum, in dem man auf einem Gaskocher Tee zubereiten konnte. Der Mann, der sich dort aufhielt, war um dic Mitte Vierzig und trug das dunkle Haar glatt nach hinten gekämmt. Seine Krawatte war ordentlich gebunden, aber er sah aus, als wäre ihm unwohl. Beim Klang von Pitts Stimme fuhr er hoch und hätte fast heißes Wasser aus dem Topf verschüttet, den er in der Hand hielt.

»Entschuldigung«, sagte Pitt. »Wie heißen Sie?«

»Wheeler, Sir. Kann ich etwas für Sie tun?«

»Ich bin Oberinspektor der Polizei, Wheeler. Der stellvertretende Polizeipräsident Cornwallis hat mich beauftragt, Mr. Grevilles Tod zu untersuchen.«

Wheeler setzte den Topf ab, um kein Wasser zu verschütten. Seine Hände zitterten. Er leckte sich die Lippen. »Ja... Sir?«

»Wann haben Sie Mr. Greville gestern abend das Bad eingelassen?« fragte Pitt.

»Um zehn Uhr fünfundzwanzig, Sir.«

»Und ist Ihnen bekannt, ob Mr. Greville das Badezimmer sofort aufgesucht hat?«

»Ja, Sir, nach wenigen Augenblicken. In einem so großen Raum wird das Wasser sehr schnell kalt, und er mag... er mochte kaltes Badewasser nicht.«

»Haben Sie ihn gesehen?«

Wheeler verzog das Gesicht. »Ja, Sir. Gibt es irgendwelche Schwierigkeiten? Soweit ich gehört habe, ist er ausgeglitten, als er die Wanne verlassen wollte.« Er ballte und öffnete die Fäuste. »Ich hätte dort sein müssen. Ich mache mir Vorwürfe. Er hat mich zwar nicht um Hilfe gebeten, aber wenn ich dort gewesen wäre, hätte er nicht ausgleiten können.«

Pitt zögerte nur einen Augenblick. Es war nichts damit zu gewinnen, daß er die Dinge beschönigte.

»Er ist nicht ausgeglitten. Jemand hat ihm einen Schlag versetzt.«

Wheeler sah ihn an, als verstehe er nicht.

»Wie lange blieb Mr. Greville gewöhnlich im Bad, bevor er herauskam oder noch einmal heißes Wasser kommen ließ?« fragte ihn Pitt.

»Was? Sie meinen… mit Absicht? Warum?« Wheelers Stimme wurde lauter. »Wer würde so etwas Entsetzliches tun? Nur einer von diesen verdammten Iren!« Er rang nach Atem, als ihm die Bedeutung von Pitts Worten klarwurde. »Man hat ihn ermordet! Was werden Sie tun? Sie werden die Leute doch festnehmen!«

»Erst, wenn ich weiß, was geschehen ist«, sagte Pitt ruhig.

»Diese Mörderbande! Sie haben es nämlich schon einmal versucht, das weiß ich genau!« Wheeler schien seine Stimme nicht mehr in der Gewalt zu haben, sie wurde lauter.

Pitt legte ihm fest die Hand auf den Arm.

»Ich werde den Täter finden und festnehmen«, versprach er. »Aber dazu brauche ich Ihre Hilfe. Sie müssen ruhig bleiben und genau nachdenken. Was Sie gesehen und gehört haben, kann von entscheidender Bedeutung sein.«

»Aufhängen müßte man solche Leute«, sagte Wheeler durch zusammengepreßte Zähne.

»Das wird man wohl auch tun«, gab Pitt mißmutig zurück. »Vorausgesetzt, es gelingt uns, sie zu fangen und es ihnen zu beweisen. Wie lange hat sich Mr. Greville gewöhnlich im Bad aufgehalten, bevor er herauskam oder mehr Wasser haben wollte? Hat er sich noch welches kommen lassen?«

Wheeler beherrschte sich. Es kostete ihn sichtlich Mühe.

»Das entsprach nicht seiner Gewohnheit, Sir, schon gar nicht, wenn er abends badete. Er pflegte sich jeweils höchstens eine Viertelstunde im Badezimmer aufzuhalten. Er hat nicht gern im Wasser gelegen und sich einweichen lassen, außer, wenn er geritten war. Nach einem harten Tagesritt hat er sich gern von der Wärme die Schmerzen aus den Knochen vertreiben lassen. Das kam aber nicht oft vor.«

»Das heißt also, es gab etwa eine Viertelstunde, während der man ihn allein im Bad antreffen konnte«, überlegte Pitt.

»In diesem Fall war das etwa zwischen fünf vor halb elf und zwanzig vor elf?«

»Ja, Sir.«

»Und Sie sind sicher, was die Zeit betrifft? Wie können Sie das so genau wissen?«

»Es gehört zu meinen Aufgaben, Sir. Es ist nicht möglich, sich ordentlich um seinen Herrn zu kümmern, wenn man keinen Zeitplan hat.«

»Aber Sie haben nicht gemerkt, daß er nicht aus dem Bad gekommen ist?«

Wheeler blickte zutiefst niedergeschlagen drein.

»Nein, Sir. Es war schon spät, und ich war müde. Ich wußte, daß ich Mr. Greville kein neues Wasser zu bringen brauchte, weil er nie welches haben wollte. Also bin ich nach unten gegangen, um für den folgenden Tag seine Stiefel zu putzen und seinen Überrock auszubürsten. Alles andere war schon bereitgelegt.« Er sah auf Pitt. »Als ich wieder nach oben kam, war es sehr viel später, als ich angenommen hatte. Ich konnte das Tablett nicht finden. Jemand mußte es weggenommen haben. In einem großen Haus voller Gäste kommt das vor. Die Zeit, zu der Mr. Greville das Bad normalerweise verlassen würde, war längst vorüber. Ich habe trotzdem an die Tür geklopft, bekam aber keine Antwort. Als ich ihn nicht in seinem Zimmer fand, nahm ich an...« Er errötete ein wenig. »Ich nahm an, daß er zu Mrs. Greville gegangen war, Sir.«

»Das wäre nicht unnatürlich«, sagte Pitt mit dem Anflug eines Lächelns. »Niemand würde von Ihnen erwarten, daß Sie der Sache weiter nachgehen. Wie spät war es da?«

»Etwa zehn Minuten vor elf, Sir.«

»Und wen haben Sie oben auf dem Gang gesehen?«

Wheeler dachte angestrengt nach. Pitt merkte ihm den Wunsch an, jemandem die Schuld geben zu können, aber so sehr er sich den Kopf zerbrach, ihm fiel niemand ein, und lügen wollte er offenkundig nicht.

»Ich habe Mrs. Pitts Zofe zur Treppe gehen sehen, die zu den Gesindekammern führt«, sagte er schließlich. »Und ich habe Mr. McGinleys jungen Kammerdiener Hennessey gesehen. Er stand vor der Tür eines der Zimmer dahinten.«

Er wies in die Richtung. »Ich glaube, es war Mr. Moynihans Zimmer.«

»Sonst niemanden?«

»Doch. Mr. Doyle hat gute Nacht gesagt und ist zu seinem Zimmer gegangen. Das waren jetzt alle.«

»Vielen Dank.« Pitt machte sich auf die Suche nach Jack. Er mußte ihm Cornwallis' Nachricht überbringen. Wahrscheinlich hatte sich Jack sehr bemüht, von den Gesprächen zu retten, was zu retten war, und Emily dürfte alle Hände voll damit zu tun haben, die Katastrophe zu bewältigen, die Grevilles Tod bedeutete – nicht nur hinsichtlich des schmerzlichen Verlustes, den Grevilles Familie erlitten hatte, sondern auch für sie als Gastgeberin.

In der Halle begegnete er Gracie. Sie war bleich, und obwohl sie den Kopf recht stolz gereckt hielt, wirkte sie verängstigt. Das mochte an ihren weit aufgerissenen Augen liegen. Unmittelbar hinter ihr sah er die schlanke Gestalt von Mr. McGinleys Kammerdiener. Pitt lächelte ihr zu, und Gracie zwang sich zurückzulächeln, als ob alles in Ordnung wäre und sie davon ausginge, daß er den Fall letztlich zur Zufriedenheit aller lösen würde.

Als er an der offenstehenden Tür des großen Eßzimmers, dessen Tisch ohne weiteres zwanzig Personen Platz bot, vorbeikam, warf er einen Blick hinein und sah Charlotte, die ruhig dastand, während Iona, die unruhig auf und ab schritt, eindringlich im Flüsterton auf sie einsprach.

Charlottes Blick fiel auf ihn, und sie schüttelte kaum wahrnehmbar den Kopf. Dann wandte sie sich erneut Iona zu und trat einige Schritte auf sie zu.

Pitt fand Jack in seinem Arbeitszimmer vor einem Stapel Papiere. Kaum hatte er die Tür hinter sich geschlossen, als sie sich wieder öffnete und Emily hereinkam. Sie wirkte aufgeregt, ihr Gesicht war gerötet und ihr schönes Haar hastig frisiert, als hätte sie nicht stillsitzen können, während sich die Zofe mit ihrer Frisur beschäftigte. Ihrem Gesichtsausdruck nach zu urteilen, hatte Jack ihr bereits mitgeteilt, daß Grevilles Tod kein Unfall war. Sie war sichtlich zwischen Mitgefühl und Zorn hin und her gerissen.

Jack wartete, bis Pitt zu sprechen begann. »Cornwallis hat mich mit der Untersuchung beauftragt«, setzte Pitt an und sah zu Jack hin. »Kannst du ihn in etwa einer Viertelstunde anrufen? Bis dahin hat er mit dem Innenministerium gesprochen. Wir müssen alle Gäste hier behalten …«

Emily stieß ein leises Stöhnen aus und trat zu Jack.

»Tut mir leid«, sagte Pitt entschuldigend. »Ich weiß, wie entsetzlich es für dich ist, aber ich kann niemanden gehen lassen. Sofern nicht jemand von außen ins Haus eingedrungen ist – diesen Punkt versucht Tellman gerade zu klären –, muß der Täter einer der hier Anwesenden sein.«

»Das könnte selbst dann der Fall sein, wenn jemand ins Haus eingedrungen wäre«, sagte Jack mürrisch. Er faßte Emily am Arm. »Uns bleibt nichts anderes übrig, Liebling, als alles in unserer Macht Stehende zu tun, um die Wahrheit so rasch wie möglich aufzudecken. Glücklicherweise sind Mrs. Grevilles Bruder und ihr Sohn hier, die sich um sie kümmern können. Es hätte schlimmer kommen können. Charlotte wird dir bestimmt mit den anderen Gästen helfen.« Er wandte sich an Pitt. »Ich vermute, daß keine weitere Gefahr besteht?«

Bei dieser Äußerung erstarrte Emily förmlich.

Pitt zögerte. Es gab nichts Bestimmtes, wovor man sich in acht nehmen mußte, und es war nicht sinnvoll, mit vagen Vermutungen die Leute kopfscheu zu machen.

»Zur Zeit wohl nicht. Wir werden alles tun, was wir können, um den Fall so schnell wie möglich aufzuklären.«

Emily sah ihn ungläubig an. »Weißt du überhaupt, wo du anfangen kannst?«

»Nun, aufgrund der Aussage von Grevilles Kammerdiener wissen wir, daß die Tat zwischen fünf vor halb elf und zwanzig vor elf geschehen sein muß.«

»Und das glaubst du?« unterbrach ihn Jack.

»Der Mann hat neunzehn Jahre lang in Grevilles Dienst gestanden. Aber ich werde seine Aussage durch Tellman überprüfen lassen. Bestimmt läßt sich leicht feststellen, wann das Badewasser hinaufgetragen worden ist. Länger als eine Viertelstunde konnte er bestimmt nicht darin bleiben, ohne nach mehr heißem Wasser zu verlangen.«

»Warum hat man den armen Kerl bloß in der Badewanne umgebracht?« fragte Jack mit betrübter Miene. »Ist doch eine ziemlich unwürdige Sache.«

»Es gibt keinen günstigeren Ort, um jemanden allein anzutreffen«, sagte Emily, die ihre fünf Sinne wieder beisammen zu haben schien. »Und obendrein in ziemlich hilflosem Zustand. An jedem anderen Ort hätte ein Dienstbote oder sonst jemand in der Nähe sein können, der etwas mit ihm besprechen wollte, oder er wäre mit Eudora zusammen gewesen. Es ist der einzige Ort, an dem jemand allein ist und die Tür nicht abschließt, damit die Dienstboten Wasser bringen können. Wenn man darüber nachdenkt, ist es einleuchtend. Es war ja wohl kein Einbruch, Thomas?« Sie sagte es mit dem Ausdruck der Gewißheit. »Es muß jemand gewesen sein, der den Zeitpunkt sehr geschickt gewählt hat.«

»Weißt du, wo du warst?« fragte Pitt.

»Ebenfalls in der Badewanne«, sagte Jack und erschauerte.

»Du weißt also nicht, wo sich die anderen aufgehalten haben?«

»Nein, tut mir leid.«

»Emily?«

»In meinem Schlafzimmer. Ich hatte die Tür verschlossen. Nach dem schrecklichen Tag...« Sie lächelte angespannt. Möglicherweise dachte sie an die Vorfälle der letzten vierundzwanzig Stunden. »Ich war erschöpft. Es tut mir leid, ich kann dir ebensowenig weiterhelfen.«

Jack sah zu Pitt hin.

»Vergiß nicht, Cornwallis anzurufen«, erinnerte ihn Pitt mit flüchtigem Lächeln und ging hinaus. Dabei wäre er fast mit Tellman zusammengestoßen. »Also kein Einbruch«, sagte er nach einem kurzen Blick auf Tellmans Gesichtsausdruck.

»Kein Einbruch«, stimmte dieser zu.

Pitt teilte ihm mit, was er in bezug auf den Todeszeitpunkt von Grevilles Kammerdiener erfahren hatte.

»Das ist doch wenigstens ein Anhaltspunkt.« Tellman sah etwas munterer drein. Immerhin ging er jetzt seiner gewohnten Beschäftigung nach und mußte nicht mehr so tun, als wäre er jemandes Kammerdiener. Pitt konnte ihm die Befriedigung darüber an den Augen ablesen.

»Mrs. Greville befragen wir als letzte, damit sie ein wenig Zeit hat, über das Schlimmste hinwegzukommen«, wies ihn Pitt an. Die Befragung der Hinterbliebenen gehörte bei der Untersuchung eines Mordfalls zu den unangenehmsten Aufgaben. Wenigsten brauchte er der Witwe diesmal die Nachricht nicht selbst zu überbringen. Außerdem war es eine politische und keine persönliche Angelegenheit, und so stand nicht zu befürchten, daß peinliche Beziehungen und Geheimnisse enthüllt wurden, von denen sie nichts gewußt hatte. Es würde in der Öffentlichkeit keine Anwürfe gegen die Ehre des Toten geben. »Versuchen Sie möglichst viel von den Dienstboten in Erfahrung zu bringen.«

Tellmans Kinnmuskeln spannten sich.

»Dann muß ich ihnen aber sagen, wer ich bin!« Mit herausforderndem Blick schien er darauf zu warten, daß ihm Pitt eine gegenteilige Anweisung erteilte.

Pitt nickte zustimmend, und offenkundig befriedigt ging Tellman davon.

Pitt machte sich auf, um die ersten Gäste zu befragen.

Als er am Eßzimmer vorüberkam, sah er, daß sich weder Charlotte noch Iona darin befanden.

Er ging langsam nach oben und klopfte an die Tür des Ehepaars McGinley. Als er Lorcans Stimme hörte, öffnete er und trat ein. Iona war zurückgekehrt und stand am Fenster, offensichtlich weit gefaßter als vor einer Weile im Eßzimmer. Lorcan saß vor einem Frühstückstablett, das auf dem kleinen Tisch in der Mitte des Raums stand. Nach dem leeren Teller zu urteilen, hatte er der Mahlzeit kräftig zugesprochen.

»Was können wir für Sie tun, Mr. Pitt?« fragte er eine Spur distanziert. Sein schmales Gesicht mit den tiefblauen Augen zeigte den Ausdruck nervöser Energie. Neben seiner Nasenwurzel waren Falten eingegraben, und zu beiden Seiten des Mundes verliefen feine Linien. Pitt hatte bisher weder daran gedacht, welch schwere Verantwortung auf jedem der Vertreter der jeweiligen Interessengruppen lasten mußte, noch welchem Ausmaß an Kritik sie sich würden stellen müssen, ganz gleich, ob sie etwas erreichten oder nicht. Und jetzt erwiesen sich mit Grevilles Tod alle Anstrengungen als vergebens, das ganze Unternehmen war ein Schlag ins Wasser, und es blieben nichts als enttäuschte Hoffnungen.

»Ich fürchte, es handelt sich um eine ausgesprochen unangenehme Nachricht«, sagte er und sah von einem zum anderen. »Ich bin von der –«

»Mir ist bekannt, daß Greville tot ist.« Lorcan stand auf. Er war so schmächtig, daß es fast aussah, als entfalte er sich. »Das bedeutet das Ende unserer Verhandlungen. Es geht nicht weiter. Wieder eine Niederlage. Wir müßten inzwischen daran gewöhnt sein, aber es schmerzt jedesmal aufs neue.«

»Die Entscheidung darüber obliegt nicht mir, Mr. McGinley«, antwortete Pitt. »Vielleicht wird man einem anderen den Vorsitz übertragen ...«

»Unsinn! Und seien Sie nicht so gönnerhaft, Mr. Pitt! Man kann uns jetzt nicht einfach einen anderen vor die Nase setzen, selbst wenn sich jemand mit dem Mut und dem Verhandlungsgeschick von Ainsley Greville finden ließe.«

»Was den Mut betrifft, könnte es schwierig werden«, pflichtete ihm Pitt bei. »Vor allem, wenn bekannt wird, was sich ohnehin nicht geheimhalten lassen wird. Mr. Greville wurde ermordet.«

Iona erstarrte mit weit aufgerissenen Augen. Sie wirkte mit einem Mal tief verängstigt.

Lorcan hob langsam den Blick zu Pitt, als suche er nach den richtigen Worten. »Woher wissen Sie das?« fragte er. »Und wer, zum Teufel, sind Sie, daß Sie einfach hier hereinschneien und so etwas behaupten?«

»Ich bin von der Polizei. Und gesagt hat es mir niemand. Ich habe es selbst entdeckt.«

Lorcan löste die Augen nicht von Pitt. »Sie sind ... tatsächlich?«

»Was werden Sie jetzt tun?« fragte Iona. »Ist jemand eingebrochen? Ich dachte, hier wären Männer, die dafür sorgen sollten, daß so etwas nicht passiert. Bestimmt waren es die Protestanten. Sie wollen verhindern, daß wir über uns selbst bestimmen dürfen. Es ist immer dasselbe! Wenn sie merken, daß sie mit Vernunft oder auf gesetzlichem Weg nichts erreichen können, bringen sie uns um. Gott weiß, der Boden Irlands ist mit dem Blut von Märtyrern getränkt –«

»Sei still«, sagte Lorcan unvermittelt. »Wenn Mr. Pitt Polizeibeamter ist, muß man es zwar als Schande bezeichnen, daß es ihm nicht gelungen ist, Greville zu beschützen, aber uns gibt das kein Recht, mit Schuldzuweisungen um uns zu werfen. Sei also bitte ruhig. Das zumindest kannst du tun ... es sei denn, du weißt etwas, was du ihm sagen solltest?« Er schürzte verächtlich die Lippen. »Beispielsweise über deinen Freund Moynihan?« Sein Ton war grausam und sarkastisch, doch das konnte ihm Pitt kaum verdenken.

Iona stieg die Zornesröte ins Gesicht, aber sie schwieg.

»Um wieviel Uhr sind Sie gestern abend zu Bett gegangen?« fragte Pitt.

»Ich habe nichts gehört«, sagte Lorcan.

»Niemand ist eingebrochen, Mr. McGinley. Einer der im Hause Anwesenden muß Mr. Greville getötet haben. Um wieviel Uhr sind Sie zu Bett gegangen?«

»Etwa um viertel nach zehn, ja, ziemlich genau.« Er sah Pitt kalt und herausfordernd an. »Danach habe ich mein Zimmer nicht mehr verlassen.« Er drehte sich zu seiner Frau um, als warte er auf eine Äußerung von ihr.

»Waren Sie allein?« fragte Pitt, obwohl er nicht wirklich damit rechnete, eine Antwort zu bekommen, die ihn weiterbrachte. Eine Ehefrau durfte nicht gegen ihren Mann aussagen, und eine nicht bestätigte Aussage war wertlos.

»Nein« sagte Lorcan schroff. »Mein Kammerdiener Hennessey war eine Zeitlang hier.«

»Wissen Sie, wann das war?«

»Etwa von Viertel nach zehn bis zehn vor elf«, antwortete Lorcan.

»Das ist eine ziemlich genaue Zeitangabe.«

»Auf dem Flur ist eine Standuhr«, gab Lorcan zur Antwort, »die ich von hier aus hören kann.«

»Für einen Kammerdiener ist das ziemlich lange«, merkte Pitt an. »Was hat er über eine halbe Stunde lang bei Ihnen getan?«

Lorcan wirkte ein wenig überrascht, antwortete aber recht bereitwillig. »Wir haben über einen Jagdrock gesprochen. Ich hänge an meinem alten, und er ist der Ansicht, daß ich einen neuen brauche. Außerdem haben wir uns über die jeweiligen Vorzüge von Hemdenmachern in London und Dublin unterhalten.«

»Aha. Vielen Dank.«

»Hilft Ihnen das weiter?«

»Ja, danke. Mrs. McGinley?«

»Das habe ich Ihnen schon gesagt.« Sie sah ihn kalt an. »Ich bin in meinem Zimmer geblieben. Meine Zofe war eine Weile bei mir. Sie hat mir bei den Zurichtungen für die Nacht geholfen und natürlich mein Kleid aufgehängt.«

»Wissen Sie, um wieviel Uhr sie gegangen ist?«

»Nein. Aber wenn ich etwas gesehen hätte, würde ich es Ihnen sagen. Ich habe nichts gesehen.«

Pitt ließ es auf sich beruhen. Im Augenblick gab es keinen Grund, an ihrer Aussage zu zweifeln. Aber er würde Hennessey fragen. Er dankte den beiden und suchte Fergal Moynihan auf.

Er fand ihn allein im Billardzimmer. Er wirkte ausgesprochen unglücklich und schien ziemlich schlechter Laune zu sein.

»Von der Polizei sind Sie?« sagte er wütend, als ihm Pitt die Situation erklärte. »Ich finde, Sie hätten uns gegenüber ein wenig offener sein können, Oberinspektor. Das Katz- und Mausspiel wäre nicht nötig gewesen.«

Pitt gab sich keine Mühe, das leichte Lächeln zu unterdrücken, das ihm auf die Lippen trat.

Fergal errötete, aber Pitt hatte das Gefühl, daß es mehr Ärger als Verlegenheit war. Es war ihm sicher nicht recht, öffentlich mit Iona McGinley ertappt zu werden, doch schämte er sich nicht der Gefühle, die er für sie empfand. Eher war er wohl stolz darauf und bereit, sie zu verteidigen. Das gehörte dazu, wenn jemand so leidenschaftlich verliebt war.

Er konnte nur für einen Teil der Zeit zwischen fünf vor halb elf und zwanzig vor elf ein Alibi beibringen. Er hätte die Möglichkeit gehabt, sein Zimmer unbeobachtet zu verlassen und bis zu Grevilles Badezimmer zu gelangen.

»Aber ich war es nicht«, sagte er mit Nachdruck.

Als nächstes ging Pitt zu O'Day.

Er fand ihn vor dem Kamin, die Hände in den Taschen. Auch wenn er sich zu Pitts mangelndem Erfolg nicht äußerte, war an seinem betont gleichmütigen Gesicht deutlich abzulesen, was er dachte. »Ich weiß nicht, wie ich Ihnen helfen kann. Sie sagen also, es war kein Unfall? Und daraus schließen Sie, daß es sich um Mord handelt?«

»Ja, ich fürchte.«

»Aha. Nun, ich habe keine Ahnung, wer ihn umgebracht hat, Oberinspektor. Das Motiv dürfte nicht schwer zu finden sein. Die Verhandlungen steuerten auf einen wirklichen Erfolg zu, und es gibt unter den radikaleren und gewalttätigeren Mitgliedern der nationalistischen Gruppen viele, denen das nicht recht war.«

»Meinen Sie den von Mr. Doyle oder den von Mr. McGinley vertretenen Flügel?« fragte Pitt. »Oder sind Sie der Ansicht, daß andere Gruppierungen deren Dienerschaft unterwandert haben könnten? Beschäftigt einer von ihnen möglicherweise ohne sein Wissen einen als Kammerdiener verkleideten Fenier?«

»Es gibt keinen Grund zu der Annahme, ein Kammerdiener könnte nicht zugleich Fenier sein, Oberinspektor.«

»Natürlich nicht. Und was wäre der Beweggrund für deren Wunsch, die Verhandlungen scheitern zu lassen?«

O'Day lächelte. »In politischen Dingen sind Sie offenbar recht naiv, Oberinspektor. Jede Übereinkunft ist zwangsläufig ein Kompromiß. Es gibt Menschen, in deren Augen schon ein einziges Zugeständnis an den Gegner Verrat ist.«

»Und warum sind all die Leute dann hergekommen?« fragte Pitt. »In diesem Fall würden doch gewiß ihre eigenen Anhänger sie als Verräter betrachten?«

»Stimmt«, räumte O'Day mit einer Spur Anerkennung ein. »Aber nicht jeder ist genau das, was er scheint oder als was er sich ausgibt. Ich weiß nicht, wer Greville umgebracht hat, aber falls ich Ihnen helfen kann, den Täter zu finden, werde ich alles tun, was in meiner Macht steht. Allerdings wüßte ich nicht, wie das geschehen soll, jetzt, wo die Verhandlungen praktisch am Ende sind.« Sein Gesicht war glatt, ein wenig grauer, als es im Lampenlicht erschienen war. Er wirkte müde und enttäuscht, als hätten ihn die Anstrengungen, die hinter ihm lagen, ausgelaugt.

»Sie sind nicht unbedingt am Ende«, gab Pitt zu bedenken. »Wir müssen noch hören, was die Regierung in London dazu sagt.«

Auf O'Days Züge trat ein bitteres Lächeln. Dahinter standen die Empfindungen eines ganzen Lebens, leidenschaftlich, unergründlich, komplex.

»Doch, Mr. Pitt, es ist vorbei. Sagen Sie: wann und wie wurde Greville getötet? Hieß es nicht ursprünglich, er sei ausgeglitten, als er aus der Badewanne steigen wollte?«

»Man hat ihm einen Schlag versetzt, als er sich noch in der Wanne befand«, erläuterte Pitt, »und ihn dann vermutlich unter Wasser gedrückt. Sein Kammerdiener Wheeler sagt, er hat das Wasser gegen zwanzig nach zehn einlaufen lassen, und Mr. Greville dürfte höchstens fünf Minuten gebraucht haben, um das Badezimmer aufzusuchen. Soweit ich erfahren habe, entsprach es seiner Gewohnheit, nicht länger als zehn oder fünfzehn Minuten in der Wanne zu bleiben, weil ihm danach das Wasser zu kalt wurde. Normalerweise hat er sich kein heißes Wasser nachfüllen lassen. Als Wheeler gegen Viertel vor elf von einer Besorgung wieder nach oben kam, hat er an die Tür zum Badezimmer geklopft und, da keine Antwort kam, angenommen, daß Mr. Greville zu Bett gegangen war. Inzwischen wissen wir, daß er da schon nicht mehr lebte.«

»Aha. Er wurde also zwischen Viertel nach zehn und Viertel vor elf getötet.«

»Eher näher an halb elf. Im Wasser war eine gewisse Menge Seife aufgelöst. Er hatte also Zeit, sich zu waschen.«

»Ich verstehe.« O'Day biß sich auf die Lippen, auf denen der Anflug eines Lächelns lag, mit dem er sich selbst verspottete. »Ärgerlicherweise kann ich zumindest für McGinley und seinen Kammerdiener gutsagen – was mir einigermaßen unangenehm sein müßte. Als ich den Gang entlangkam, habe ich den Kammerdiener gesehen. Er stand mindestens zwanzig Minuten lang in der Tür und sprach mit McGinley. Das weiß ich so genau, weil meine Tür offenstand und ich gehört habe, was er sagte. Sie sprachen über Hemdenmacher. Ich muß gestehen, daß ich mit einem gewissen Interesse zugehört habe, denn ich bewundere McGinleys Wäsche. Allerdings wäre es mir gar nicht recht, wenn er das wüßte.«

Pitt konnte seinerseits ein Lächeln nicht unterdrücken. Er begriff O'Days Zwiespalt durchaus. Da seine Angaben Lorcans Aussage bestätigten, verminderte sich die Zahl der Verdächtigen um drei. Es waren drei Personen, von denen man nicht unbedingt annehmen durfte, daß sie einander decken würden.

»Ich danke Ihnen«, sagte er aufrichtig. »Sie haben mir sehr geholfen.«

O'Day knurrte etwas und biß sich auf die Lippe.

Kezia war entsetzt, als ihr Pitt die Mitteilung machte. Sie gingen über den Kiesweg, wobei ihnen der feuchtkalte Wind ins Gesicht blies. In der Luft lag der Geruch von frisch gepflügter Erde, sowie zusammengerechtem nassem Laub und dem feuchten Gras des zweiten Heuschnitts. Sie wandte ihm das Gesicht zu, aus dem die gesunde Farbe gewichen war. Ihre Augen glänzten.

»Stimmt das, was Sie da sagen? Sind Sie sicher, daß Sie sich nicht irren?«

»Nicht, was die Verletzung betrifft, Miss Moynihan.«

»Aber Sie haben es ursprünglich für einen Unfall gehalten. Wer hat diesen anfänglichen Irrtum aufgeklärt und darauf hingewiesen, daß es sich anders verhalten könnte?«

»Niemand. Bei einer genaueren Untersuchung habe ich festgestellt, daß die Verletzung nicht durch einen Sturz und einen Aufschlag auf den Wannenrand verursacht worden sein konnte.«

»Sind Sie Mediziner?«

»Halten Sie Mord für unmöglich?«

Sie wandte sich ab. »Keineswegs. Aber ich würde es vorziehen, wenn es keiner wäre.«

Sie könne ihm nicht helfen, erklärte sie. Sie habe sich zu der fraglichen Zeit in ihrem Zimmer aufgehalten, und zwar allein. Lediglich ihre Zofe sei ein paarmal gekommen und gegangen.

Tellman trat zu ihm, als er zum Haus zurückkehrte.

»Hennessey sagt, daß er in McGinleys Tür gestanden und mit ihm über Hemden gesprochen hat«, sagte er säuerlich. »Er hat auch O'Day in dessen Zimmer gesehen. Die scheiden also wohl aus. Wheeler scheint sich da aufgehalten zu haben, wo er gesagt hat. Der Hausdiener und das Stubenmädchen haben ihn unten gesehen. Die Zeit hätte nicht genügt, um raufzulaufen und die Tat zu begehen. Sie bestätigen auch seine Angabe über den Zeitpunkt, zu dem er das Wasser nach oben gebracht hat.«

»Was ist mit den anderen Dienstboten?« Pitt ging neben ihm über den Kiesweg und die Stufen hinauf zur Terrasse.

Tellman sah starr geradeaus und hatte keinen Blick für den Schwung der steinernen Balustrade oder die eindrucksvolle Fassade des hochherrschaftlichen Hauses.

»Die Zofen waren natürlich oben. Sieht ganz so aus, als könnte sich keine von den Damen alleine ausziehen.«

Pitt lächelte. »Wenn Sie verheiratet wären, Tellman, wüßten Sie besser, worum es da geht, und warum es ausgesprochen schwierig ist, das selbst zu tun.«

»Dann sollten sie eben nur Sachen tragen, die sie ohne fremde Hilfe an- und ausziehen können«, gab Tellman zurück.

»Ist das alles?« Pitt öffnete die Tür, trat ein und ließ sie los.

Tellman fing sie auf. »Ihre Gracie war oben auf dem Gang. Sie sagt, daß sie gegen zehn nach zehn gesehen hat, wie Moynihan auf sein Zimmer gegangen ist. Sie hat auch Wheeler nach unten gehen sehen, zu dem Zeitpunkt, den er angegeben hat. Gegen halb elf hat sie heißes Wasser geholt und ist dabei an einem Hausmädchen vorbeigekommen, das Handtücher brachte.«

»Wer war das?«

»Das konnte sie nicht sagen. Sie hat nur ihren Rücken gesehen. Aber jedes der Hausmädchen hat ein Alibi. Alle waren da, wo man es von ihnen erwartete. Kein Außenstehender hat

Greville umgebracht, und es war auch keiner vom Personal des Hauses.«

Pitt gab keine Antwort. Es war das eingetreten, was er vermutet – und befürchtet – hatte. Jetzt konnte er das Gespräch mit Grevilles Angehörigen nicht länger hinausschieben. Er wies Tellman an, weiterhin möglichst viele Einzelheiten in Erfahrung zu bringen und die Aussagen der Kammerdiener und Zofen miteinander zu vergleichen, um zu sehen, ob sich daraus weitere Schlüsse ziehen ließen oder neue Hinweise ergaben. Dann ging er nach oben, um Justine aufzusuchen.

Sie saß im kleinen Salon, der zu den Gästezimmern des Nordflügels gehörte. Piers stand mit besorgtem Gesicht neben ihr. Bei Pitts Eintritt hob er fragend den Blick.

»Entschuldigen Sie die Störung«, begann Pitt. »Aber es gibt bestimmte Dinge, die ich Sie fragen muß.«

»Ich komme selbstverständlich gern mit.« Piers machte einen Schritt auf die Tür zu. »Es gibt keinen Grund, Miss Baring mit Einzelheiten zu belasten.«

Pitt blieb an der Tür stehen. »Es geht nicht um medizinische Fragen, Mr. Greville, sondern um Fakten. Und ich muß Miss Baring gleichfalls befragen.«

»Wozu das?« Piers sah ihn aufmerksam an. Er schien zu spüren, daß etwas nicht in Ordnung war. »Gewiß ...« Er hielt inne.

»Es tut mir leid, Mr. Greville, aber Ihr Vater ist nicht durch einen Unfall ums Leben gekommen«, sagte Pitt ruhig. »Ich bin Polizeibeamter.«

»Polizei!« Unwillkürlich fuhr Justine auf und schlug dann die Hand vor den Mund. »Entschuldigung, ich dachte –« Sie unterbrach sich und wandte sich an Piers. »Entschuldige bitte!«

Piers trat näher zu ihr. »Ich bin hier, weil ich den Auftrag hatte, ihn zu schützen«, fuhr Pitt fort. »Ich bedaure, daß mir das nicht gelungen ist. Jetzt muß ich wissen, was vorgefallen ist, damit ich herausfinden kann, wer der Täter ist.«

Piers war wie vor den Kopf geschlagen. »Wollen Sie damit sagen ... daß mein Vater ... mit Vorsatz ermordet worden ist? Aber wie? Er ist auf den Wannenrand gefallen. Ich habe die Verletzung doch gesehen.«

»Sie haben etwas gesehen, was aussehen sollte wie ein Unfall«, machte ihm Pitt klar. Er sah zu Justine hin. Sie wirkte sehr bleich und still, hielt aber den Blick auf Piers gerichtet, nicht auf Pitt. Sie hatte sich wieder vollkommen in der Hand und ließ nicht das geringste Anzeichen von Hysterie oder Schwäche erkennen.

»Sie haben damit gerechnet, daß es zu einem ... Mord kommen könnte?« Offenbar fiel es Piers schwer, das Wort auszusprechen. »Warum ist er dann überhaupt hergekommen? Warum haben Sie nicht ...«

Justine stand auf und legte ihm die Hand auf den Arm. »Niemand kann mehr tun, als ihm möglich ist, Piers. Mr. Pitt konnte ihn ja wohl nicht gut ins Badezimmer begleiten.« Sie sah zu Pitt. »Ist jemand ins Haus eingedrungen?«

»Nein. Der Täter muß sich unter den im Hause Anwesenden befinden. Mein Mitarbeiter hat das überprüft. Alle Fenster und Türen waren verschlossen, und das Gelände um das Haus herum stand Tag und Nacht unter Bewachung. Außerdem läßt der Wildhüter die Hunde frei laufen.«

»Jemand aus dem Haus?« Piers war aufgewühlt. »Sie meinen, einer der Gäste? Und damit haben Sie gerechnet? Jetzt fällt mir auf, daß es lauter Iren sind, aber ...« Erneut unterbrach er sich. »Hat die Zusammenkunft einen politischen Hintergrund? Wollen Sie sagen, daß ich da hineingeplatzt bin, ohne es zu ahnen?«

»Ich hätte es nicht so kraß formuliert, aber Sie haben recht. Wo haben Sie sich zum Zeitpunkt der Tat aufgehalten, Mr. Greville?«

»In meinem Zimmer. Ich fürchte, ich habe nichts gehört.« Ihm kam nicht einmal der Gedanke, daß Pitt ihn einer Beteiligung an der Tat verdächtigen könnte, und Pitt neigte auch dazu, die Unschuld des jungen Mannes als selbstverständlich vorauszusetzen. Er dankte beiden und machte sich auf den Weg, um das letzte und schwierigste Gespräch zu führen.

Padraig Doyle öffnete auf Pitts Klopfen an Eudoras Tür. Er sah müde aus, obwohl es kaum Mittag war. Das dunkle Haar stand ihm wirr um den Kopf, und seine Krawatte war ein wenig verrutscht. »Ich habe bisher noch niemanden angerufen, um etwas in die Wege zu leiten«, sagte er, als er Pitt erkannte. »Ich werde Radley bitten, daß er nach dem Arzt im Dorf schickt. Es hat keinen Sinn, Ainsleys Hausarzt herkommen zu lassen. Was geschehen ist, liegt in nur allzu betrüblicher Weise offen zutage. Allerdings werden wir dem Geistlichen seiner Gemeinde eine Mitteilung zukommen lassen, denn wir sind übereingekommen, daß er in der Familiengruft beigesetzt werden soll. Ich fürchte, mit den Bemühungen um einen Frieden für Irland ist es zumindest vorläufig vorbei. Wir müssen Vorkehrungen treffen, daß alle an den Verhandlungen Beteiligten abreisen können. Ich werde meine Schwester begleiten.«

»Noch ist es nicht soweit, Mr. Doyle. Ich fürchte, daß die Dinge anders liegen, als es anfangs aussah. Es handelt sich um Mord, und der stellvertretende Polizeipräsident Cornwallis hat mich mit der Untersuchung beauftragt.«

»Welche Befugnis haben Sie, um darüber zu entscheiden?« erkundigte sich Doyle. »Wer sind Sie, Mr. Pitt?«

»Oberinspektor der zentralen Polizeiwache in Bow Street«, gab Pitt zur Antwort.

Doyles Gesichtszüge spannten sich an. »Aha. Wahrscheinlich von Anfang an in amtlicher Eigenschaft hier?« Er unterließ jeden Hinweis darauf, daß Pitt keinen Erfolg gehabt hatte, doch war ihm an den Augen und den leicht herabgezogenen Mundwinkeln abzulesen, was er dachte.

»Ja. Tut mir leid.« Diese Entschuldigung galt seinem Versagen, nicht seinem Besuch.

»Ich nehme an, daß es an den von Ihnen ermittelten Tatsachen keinen Zweifel gibt?«

»Nein.«

»Ursprünglich haben Sie von einem Unfall gesprochen. Was hat Sie veranlaßt, Ihre Ansicht zu ändern?«

Sie standen nach wie vor im Eingang. Im Zimmer herrschte Dämmerlicht, weil die Vorhänge halb geschlossen waren. Eudora saß in einem der breiten Sessel. Jetzt erhob sie sich und kam auf die beiden Männer zu. Sie stand erkennbar unter Schock. Ihr Gesicht war weiß wie ein Blatt Papier, und die Augen lagen tief in ihren Höhlen. Sie wirkte, als ob sie das Unglück, das sie getroffen hatte, nicht zu fassen vermochte.

»Was gibt es, Padraig?« fragte sie. Offenbar hatte sie von dem Gespräch nichts mitbekommen.

Er wandte sich zu ihr um, ohne weiter auf Pitt zu achten. »Es sind schlechte Nachrichten, Liebes. Du mußt jetzt sehr stark sein. Mr. Pitt ist Polizeibeamter und hatte den Auftrag, uns während der Besprechung zu schützen. Er sagt, daß Ainsley ermordet worden ist. Es war kein Unfall, wie wir ursprünglich angenommen hatten.« Beruhigend legte er ihr beide Hände auf die Schultern. »Wir müssen uns dem stellen. Die Gefahr bestand immer, und das war Ainsley auch klar. Hier in Ashworth Hall haben wir allerdings nicht damit gerechnet.« Er wandte den Kopf zu Pitt. »Ist jemand von außen ins Haus eingedrungen?«

»Nein.«

»Sie sagen das so, als ob Sie Ihrer Sache sehr sicher wären.«

»Das bin ich auch.«

»Heißt das, es war einer von uns?«

»Ja.«

Eudora sah ihn mit einem schmerzerfüllten und zugleich furchtsamen Blick an.

Doyle verstärkte den Druck seiner Hände.

»Vielen Dank, daß Sie Ihre Pflicht getan und uns davon in Kenntnis gesetzt haben«, sagte er fest. »Sofern wir Ihnen helfen können, tun wir das selbstverständlich, aber im Augenblick wäre Mrs. Greville gern allein. Dafür haben Sie gewiß Verständnis?«

»Durchaus«, stimmte Pitt zu, ohne sich vom Fleck zu rühren. »Ich würde Sie bestimmt nicht stören, wenn es nicht unerläßlich wäre. Ich bedaure, Sie darauf hinweisen zu müssen, daß niemand das Gelände verlassen darf, bevor die Ermittlungen abgeschlossen sind, in deren Verlauf wir den Täter zu finden hoffen. Je früher uns das gelingt, desto eher kann Mrs. Greville nach Hause zurückkehren und sich dort in Ruhe ihrer Trauer hingeben.« Sie tat ihm wirklich leid, aber ihm blieb keine andere Wahl. »Es geht hier um mehr als den Tod Ihres Gatten, Mrs. Greville. Es handelt sich um einen politischen Mord mit weitreichenden Folgen. Aus diesem Grund kann ich Ihnen gegenüber leider auch nicht so rücksichtsvoll sein, wie ich das gern möchte.«

Sie hob den Kopf kaum merklich. In ihren Augen standen Tränen.

»Ich verstehe«, sagte sie mit belegter Stimme. »Ich habe immer gewußt, daß die Gefahr bestand, aber nicht geglaubt, daß es wirklich geschehen würde. Ich liebe Irland, aber manchmal hasse ich es auch.«

»Das geht uns allen so«, sagte Doyle fast flüsternd. »Das Land ist ein gestrenger Herr, doch der Preis, den wir inzwischen gezahlt haben, ist zu hoch, als daß wir es aufgeben könnten, noch dazu so nahe vor dem Ziel.«

»Was wünschen Sie von mir, Mr. Pitt?« fragte Eudora.

»Wann haben Sie Ihren Gatten zuletzt gesehen?«

Sie dachte einen Augenblick nach. »Ich weiß es nicht genau. Er liest abends oft noch ziemlich lange, während ich selbst recht früh zu Bett gehe. Aber ich denke, es war gegen zehn. Sie können gern meine Zofe Doll fragen. Vielleicht weiß sie es. Sie war hier, als Ainsley hereingekommen ist, um mir gute Nacht zu sagen.«

»Das werde ich tun. Vielen Dank. Und Sie, Mr. Doyle?«

»Ich bin in mein Zimmer gegangen, ebenfalls um zu lesen«, antwortete Doyle. »Wenn Sie sich erinnern, es war kein Abend, an dem jemand gern lange aufgeblieben wäre. Die Moynihan-Geschichte war über alle Maßen unangenehm.«

Pitt warf ihm einen Blick des Einverständnisses zu. »Ich wäre Ihnen zu großem Dank verpflichtet, wenn Sie einstweilen niemandem außerhalb Ashworth Hall berichten würden, was vorgefallen ist.«

»Ganz wie Sie wünschen.«

»War Ihr Kammerdiener bei Ihnen, Mr. Doyle?«

Eine Art trübseliger Belustigung blitzte in Doyles Gesicht auf. »Sie verdächtigen mich wohl? Ja, er war hier, jedenfalls einen Teil der Zeit. Er ist gegen halb zehn gegangen. Haben Sie eine Vorstellung, wann man Ainsley umgebracht hat?«

»Zwischen zwanzig nach zehn und zwanzig vor elf.«

»Aha. Wenn das so ist, kann ich nicht für den ganzen Zeitraum ein Alibi beibringen, Mr. Pitt.«

»Padraig... bitte!« sagte Eudora mit verzweifeltem Klang in der Stimme. »Sag so etwas nicht einmal im Spaß.«

»Ich meine es ernst, meine Liebe.« Er legte erneut fest den Arm um sie. »Ich denke, daß Mr. Pitt gewissenhaft sein wird, und das bedeutet zugleich schonungslos, nicht wahr?«

»Es bedeutet, peinlich genau, Mr. Doyle«, gab Pitt zur Antwort.

»Gewiß. Ich habe Ainsley nicht umgebracht. Wir waren häufig verschiedener Meinung, aber andererseits war er mein Schwager. Suchen Sie unter den selbstgerechten, fanatischen Protestanten, Mr. Pitt, die vom Zorn und dem Rachedurst ihres Gottes erfüllt sind. Da werden Sie seinen Mörder finden, der nicht im geringsten daran zweifelt, daß er Gottes Werk getan hat... Der arme Teufel! Daran krankt Irland – zu viele Menschen tun das Werk des Teufels und berufen sich dabei auf Gott!«

Emily hatte einen entsetzlichen Tag. Von Anfang an war ihr klargewesen, daß möglicherweise Gefahr für Ainsley Greville bestand, sie hatte aber angenommen, daß diese Gefahr fern sei und von außen kommen werde. Außerdem würden sich natürlich Pitt und die Dienerschaft darum kümmern. Als ihr Jack mitgeteilt hatte, daß Greville tot war, hatte sie wie alle anderen vermutet, daß es sich um einen Unfall handelte.

Ihr erster Gedanke galt dem Scheitern der Verhandlungen, und sie fragte sich, was das für Jacks Karriere bedeuten würde. Sie schämte sich sogleich ihrer Selbstsucht und dachte an den Kummer der Angehörigen, insbesondere den von Grevilles Gattin. Sie wußte nur zu gut, wie es war, wenn ein Mensch, der einem nahestand, einer Gewalttat zum Opfer fiel. Sie überlegte, was sie tun könnte, um ein wenig Trost zu spenden. Zum Glück zeigte sich, daß Padraig Doyle Eudoras Bruder war und diese Aufgabe bereitwillig übernahm. Warum nur hatte er diese Beziehung nicht gleich offen eingestanden? Vermutlich gab es dafür politische Gründe. Vielleicht hatten sie angenommen, Dritte könnten meinen, Greville werde seinem Schwager Zugeständnisse machen, die er anderen nicht einzuräumen bereit war. Möglicherweise hatte auch nicht alle Welt wissen sollen, daß Eudora aus Irland stammte, noch dazu aus dem Süden, und somit wahrscheinlich Katholikin war, wenn auch vielleicht keine besonders fromme. Emily hielt nicht viel davon, daß man Menschen auf diese Weise nach ihrer Religionszugehörigkeit einstufte und beurteilte.

Aber jedenfalls enthob Doyles Gegenwart sie der unmittelbaren Notwendigkeit, selbst Zeit aufzubringen, um einem Menschen Trost zu spenden, der unter einem solchen Schock und Kummer litt. Statt dessen mußte sie sich bemühen, unter dem Gesinde für Ruhe und Ordnung zu sorgen. Ganz gleich, was sie tat, in kürzester Zeit würde jeder wissen, daß es im Hause einen Mord gegeben hatte. Die Reaktionen darauf würden hysterische Ausbrüche, Tränen, Ohnmachtsanfälle und Streitereien sein. Es konnte gar nicht ausbleiben, daß wenigstens einer kündigen wollte, den man aber keinesfalls gehen lassen durfte, weil die polizeilichen Ermittlungen noch nicht abgeschlossen waren.

Es war wohl das beste, wenn sie es den Leuten selbst mitteilte. Zumindest konnte ihr dann niemand nachsagen, sie sei nicht aufrichtig und freundlich gewesen. Jack mußte sich darum kümmern, daß die Verhandlungen irgendwie weitergingen, und sie war ohnehin für das Personal zuständig. Sie hatte es von ihrem ersten Gatten mitsamt dem Anwesen und dem nötigen Einkommen zur Erhaltung von Ashworth Hall geerbt, und sie verwaltete das Ganze treuhänderisch für ihren Sohn aus erster Ehe. Alle Angestellten behandelten Jack achtungsvoll, wandten sich aber aus Gewohnheit an sie, wenn Entscheidungen in bezug auf den Haushalt oder den Besitz zu treffen waren.

Sie ging nach unten und teilte dem Butler mit, sie wolle unverzüglich im Zimmer der Haushälterin mit den ranghöchsten Vertretern des Personals sprechen. Sie kamen eilends und mit gebührendem Ernst zusammen.

»Ihnen allen ist bekannt, daß Mr. Ainsley Greville gestern am späten Abend im Bad verstorben ist.« Sie verwendete keinen der üblichen beschönigenden Begriffe für den Tod, wie sie das sonst zu tun pflegte. In einem Mordfall erschien es ihr unangebracht zu sagen, daß der Betreffende »dahingeschieden« oder »von uns gegangen« sei.

»Ja, M'lady«, sagte Mrs. Hunnaker ehrerbietig.« Sie redete Emily nach wie vor mit ihrem Adelstitel an, obwohl sie wegen ihrer erneuten Eheschließung keinen Anspruch mehr darauf hatte. »Das ist überaus bedauerlich. Stimmt es, daß die Gäste abreisen werden?«

»Vorerst nicht«, teilte ihr Emily mit. »Es tut mir leid, aber ich kann noch nicht sagen, wie lange sie bleiben werden. Das hängt von den Umständen ab – und in gewissem Maße auch von Mr. Pitt.« Sie holte tief Luft und sah beklommen in die aufmerksam und höflich auf sie gerichteten Gesichter. »Die meisten von Ihnen wissen wohl bereits, daß Mr. Pitt Polizeibeamter ist. Mr. Grevilles Tod war kein Unfall, wie wir zuerst angenommen hatten. Es handelt sich um Mord.«

Erbleichend griff Mrs. Hunnaker nach einer Stuhllehne, um sich festzuhalten.

Dilkes stieß keuchend den Atem aus und bemühte sich, etwas zu sagen, doch fiel ihm nichts ein.

Jacks Kammerdiener schüttelte den Kopf. »Deswegen also wollte Mr. Pitt wissen, wo sich alle aufgehalten haben, und deshalb hat sich Tellman alle Fenster angesehen.«

»Ist etwa jemand eingebrochen?« fragte die Köchin mit einer Stimme, die sich vor Panik fast überschlug. »Gott steh uns bei!«

»Nein!« sagte Emily scharf. »Niemand ist eingebrochen.« Dann begriff sie, daß die andere Möglichkeit noch schlimmer war und wünschte, sie hätte die Frage nicht mit solchem Nachdruck verneint. »Es handelt sich um einen politischen Mord«, fuhr sie fort. »Es hat nichts mit uns zu tun, sondern mit der irischen Frage. Mr. Pitt wird sich darum kümmern. Wir werden uns einfach ganz normal verhalten –«

»Normal verhalten?« stieß die Köchin empört hervor. »Jeder von uns könnte im Schlaf umgebracht werden! Ich bitte um –«

»Nicht im Schlaf – im Bad«, korrigierte die Haushälterin sie pedantisch. »Und wir baden nicht. Wir waschen uns in einer

Schüssel wie die meisten Menschen. Aus einer Schüssel kann niemand herausfallen.«

»Nun, mir kommt jedenfalls kein Ire mehr in die Küche oder in die Leutestube!« sagte die Köchin. »Das steht fest!«

Es kam nicht oft vor, daß Emily zögerte, wenn es um Entscheidungen ging, die das Personal betrafen. Schon seit langem wußte sie, daß man die Zügel aus der Hand gab und das Gesinde tat, was es wollte, sobald es merkte, daß sich die Herrschaft beeinflussen ließ. Doch falls Mrs. Williams sich gerade jetzt weigerte zu kochen, wäre das fatal. Jacks politische Karriere konnte Schaden nehmen, wenn Außenstehende den Eindruck gewannen, man könne sich auf das Personal seines Hauses nicht verlassen. Ihr war klar, daß es völlig bedeutungslos war, ob es Gründe dafür gab oder nicht. »Die werden keine Gelegenheit haben, in Ihre Küche zu kommen, Mrs. Williams«, sagte sie nach kurzem Zögern. »Und es bedeutet für Sie auch keine Gefahr, wenn Sie wie gewohnt für alle kochen. Ich bin sicher, daß Sie nicht die Absicht haben, Unschuldige mit den Schuldigen leiden zu lassen, sofern es Schuldige gibt –«

»Die sind alle schuldig, weil sie sich gegenseitig hassen«, sagte Mrs. Williams mit blitzenden Augen. Ihre Hände zitterten, und sie bebte am ganzen Leib. »In der Heiligen Schrift steht, daß das so schlimm ist wie Mord.«

»Unsinn«, wies Emily sie zurecht. »Wir sind Engländer und geraten nicht in Panik, nur weil sich ein Haufen Iren gegenseitig nicht leiden kann. So etwas wirft uns nicht um!«

Mrs. Williams wurde erkennbar ruhiger.

»Wir laufen unter keinen Umständen vor unseren Pflichten davon«, fuhr Emily fort, als sie merkte, daß sie damit das Richtige gesagt hatte. »Aber wenn Sie unbedingt wollen, daß die Dienstboten unserer Gäste getrennt sitzen, soll das von mir aus so sein. Aber nur im Interesse der jüngeren Zofen, die verständlicherweise sehr verstört sein werden«, fügte sie hinzu, »nicht etwa mit Rücksicht auf Sie, denn Sie sind auf so etwas nicht angewiesen. Sie werden sich aber um die Jüngeren kümmern müssen und dafür sorgen, daß sie sich nicht ängstigen oder den Kopf verlieren. Wir haben eine sehr wichtige Position zu vertreten.«

»Ja, M'lady«, sagte Mrs. Hunnaker und hob das Kinn. »Die Iren sollen auf keinen Fall denken, daß wir uns ins Bockshorn jagen lassen.«

»Auf keinen Fall«, stimmte der Butler zu. »Seien Sie unbesorgt, Ma'am. Wir werden dafür sorgen, daß alles wie gewohnt seinen Gang geht.«

Das aber überstieg die Fähigkeiten gewöhnlicher Sterblicher. Zwei der jüngeren Hausangestellten mußten wegen eines hysterischen Anfalls zu Bett gebracht werden, eine von ihnen, nachdem sie einen Eimer Wasser über die Haupttreppe ausgeschüttet hatte, so daß der Teppich in der Eingangshalle vollständig durchnäßt war. Fast hätte einer der Hausdiener die Bibliothek in Brand gesetzt, weil er, ohne es zu merken, immer mehr Kohlen im Kamin aufgehäuft hatte. Der Stiefelknecht brach eine Schlägerei mit Fergal Moynihans Kammerdiener vom Zaun, bei der beide ein blaues Auge davontrugen, und in der Spülküche gingen drei Schüsseln zu Bruch, woraufhin die Scheuermagd gleichfalls einen hysterischen Anfall bekam. Eine der Waschmägde ließ zu viel Wasser in den Waschkessel laufen, so daß er überkochte, und die Waschküchen-Aufseherin fuhr sie heftig an, was zur Folge hatte, daß das Mädchen kündigte. Niemand schälte Kartoffeln oder schabte Mohrrüben, die Pasteten für den Nachtisch wurden im Herd vergessen und verkohlten. Einer der Hausdiener betrank sich, stolperte in der Küche über die Katze und stürzte zu Boden. Die Katze nahm ihm das übel, blieb aber unverletzt. Mrs. Williams grollte kurze Zeit, kündigte aber nicht. Da keiner der Gäste dem Mittagessen sonderliches Interesse entgegenbrachte, merkte außer Emily niemand etwas vom Chaos, das in der Küche herrschte.

Charlottes Zofe Gracie bewahrte als einzige in diesem wilden Durcheinander einen klaren Kopf. Dennoch fiel Emily auf, daß sie unkonzentriert war und sich ganz gegen ihre Gewohnheit ungeschickt verhielt, sobald Lorcan McGinleys ausgesprochen gutaussehender junger Kammerdiener vorbeikam, was häufiger der Fall zu sein schien, als nötig war. Emily besaß genug Lebenserfahrung, um zu begreifen, was das zu bedeuten hatte.

Pitts Gehilfe Tellman war mürrischer denn je. Er befragte jeden, dessen er habhaft werden konnte und machte dabei ein Gesicht, als hätte es ihm die Petersilie verhagelt.

Am späten Nachmittag kam Cornwallis' Anruf. Er verlangte Jack zu sprechen.

»Was ist?« fragte Emily, kaum daß er den Hörer wieder aufgelegt hatte. »Womit hast du dich da gerade einverstanden erklärt?«

Sie befanden sich in der Bibliothek, wohin er das Gespräch hatte legen lassen. Sie war ihm gefolgt, als sie von Dilkes erfahren hatte, wer der Anrufer war.

Jack wirkte wie erstarrt, seine Augen waren unnatürlich groß. Er hob das Kinn ein wenig, als drücke ihn plötzlich sein Kragen.

»Was ist?« wiederholte Emily lauter.

Jack schluckte und sagte kaum hörbar: »Cornwallis hat gesagt, das Innenministerium wünscht, daß ich die Verhandlungen fortsetze.« Es war kaum lauter als ein Flüstern. Er räusperte sich. »An Grevilles Stelle.«

»Das kannst du nicht«, sagte Emily sofort, fast sprachlos vor Angst um ihn.

»Vielen Dank.« Er sah sie an, als hätte sie ihm einen Schlag versetzt. Sie öffnete den Mund, um ihm zu sagen, er solle nicht albern sein, dies sei der falsche Zeitpunkt für kindischen Stolz. Vor weniger als vierunzwanzig Stunden hatte man Greville in ihrem Hause ermordet. Jack konnte der nächste sein! Dann wurde ihr mit einem Mal klar, daß er annahm, sie habe damit sagen wollen, er sei nicht fähig, Grevilles Stelle einzunehmen. Bei dieser Erkenntnis überlief es sie kalt.

Befürchtete er das etwa selbst? Hatte sie ihn mit ihrem Ehrgeiz und ihren Erwartungen zu weit getrieben? Hatte sie, ohne das zu beabsichtigen, durch ihre Träume, durch ihre Bewunderung für andere stillschweigend mehr von ihm erwartet, als er zu geben vermochte? Ergriff er diese Gelegenheit, um sich ihr zu beweisen, ihr zu Gefallen zu sein, auf seine Weise all das zu sein, was George Ashworth seiner Ansicht nach gewesen war? George hatte Geld gehabt, ein Adelsprädikat, Charme, aber keine besonderen Fähigkeiten. Die hatte er nicht nötig gehabt.

Bemühte sich Jack, im politischen Leben zu glänzen, um zu zeigen, daß er den Ashworths ebenbürtig war?

Und hatte er den Eindruck, dazu getrieben worden zu sein, daß er sich mehr zumutete, als er leisten konnte?

Nahm er wirklich an, sie zweifele an ihm?

Sie sah zu ihm hin. Tiefer Ernst lag auf seinem gut geschnittenen Gesicht, dem er seine jetzige Stellung in der Gesellschaft verdankte. Mit weit geöffneten Augen erwiderte er ihren Blick.

Er nahm tatsächlich an, daß sie an ihm zweifelte!

»Ich halte es einfach für zu gefährlich«, sagte sie mit belegter Stimme. »Du mußt Cornwallis anrufen und ihm sagen, daß du das nicht tun kannst ... Nicht, bevor Thomas weiß, wer Greville ermordet hat. Sie können von dir nicht erwarten, daß du da weitermachst, wo er am Abend seines Todes aufgehört hat.« Sie trat auf ihn zu. »Jack, verstehen die denn nicht, was hier passiert ist? Das sind Mörder, mindestens einer von denen.« Sie legte ihm die Hände auf die Schultern.

Er ergriff ihre Handgelenke und löste ihre Arme von seinen Schultern, ließ sie aber nicht los.

»Das weiß ich selbst, Emily, und es war mir klar, als ich zugestimmt habe. Man verweigert sich einem Auftrag nicht, weil er gefährlich sein könnte. Was glaubst du, was mit unserem Land geschehen würde, wenn ein General in der Schlacht fiele und der im Rang folgende Offizier sich weigerte, das Kommando zu übernehmen?«

»Du bist kein Soldat!«

»Bin ich doch –«

»Bist du nicht! Jack ...« Sie hielt inne.

»Emily, streite nicht mit mir«, sagte er mit einer Entschlossenheit in der Stimme, die sie an ihm nicht kannte. Ihr war klar, daß sie ihn nicht überreden konnte, und es ängstigte sie, weil sie ihn wider Willen bewunderte. Ihre Selbstbeherrschung war ihr bis zu einem gewissen Grade entglitten, ihre Empfindungen überschlugen sich. Sie empfand wirkliche Furcht, und das war ein entsetzliches Gefühl. Es war in keiner Weise erregend, rief in ihr nichts als Übelkeit hervor.

»Danke«, sagte er liebenswürdig. »Du hast bestimmt viel zu tun. Das dürfte die schlimmste Gesellschaft sein, an der du je teilnehmen wirst, ganz zu schweigen davon, daß du selbst die Gastgeberin bist und dich um alle kümmern mußt. Es tut mir leid – ich werde dir dabei nicht helfen können. Du mußt dir schon von Charlotte unter die Arme greifen lassen.«

Sie zwang sich zu einem Lächeln. Sie fühlte sich schuldig. Sie hatte nicht gewußt, wie tapfer er war, hatte sogar angenommen, er sei der Aufgabe nicht gewachsen. Schlimmer noch, sie hatte zugelassen, daß er es merkte.

»Natürlich«, sagte sie mit mehr Zuversicht, als sie empfand. »Wenn du den Vorsitz bei den Verhandlungen führst, ist das mindeste, was ich tun kann, dafür zu sorgen, daß die Gesellschaft... erträglich verläuft. Spaß wird sie kaum machen, aber zumindest können wir weitere gesellschaftliche Katastrophen verhindern.«

Er lächelte ihr mit einem Anflug von Humor zu. »Iona McGinley in Moynihans Bett, Greville tot in der Badewanne – solange die Köchin nicht kündigt, haben wir alle Trümpfe in der Hand! Es sei denn natürlich, daß jemand beim Spielen mogelt.«

»Bitte nicht«, sagte sie mit heiserer Stimme. »Jack, sag das nicht einmal im Flüsterton!«

Es gelang ihr, während des Abendessens ihre tapfere Haltung zu bewahren und sich als souveräne Gastgeberin zu zeigen. Eudora hatte sich die Mahlzeit in ihrem Zimmer servieren lassen, aber alle anderen waren ins Eßzimmer gekommen, benahmen sich, wie es sich gehörte, und beteiligten sich mehr oder weniger aufmerksam am Tischgespräch. Erst als Emily nach der Mahlzeit in der Bibliothek mit Pitt sprach, verlor sie die Fassung, und all ihre Befürchtungen traten offen zutage.

»Was hast du herausbekommen?« fragte sie scharf.

Pitt wirkte erschöpft und zutiefst unglücklich. Sein Krawattenknoten löste sich, seine Jackettaschen waren mit Zetteln vollgestopft, und seine Frisur sah aus, als wäre er ein dutzendmal mit den Fingern hindurchgefahren.

»Der Täter könnte Padraig Doyle, Fergal Moynihan oder eine der Damen gewesen sein«, sagte er matt. »Oder Grevilles Sohn.«

»Doyle ist sein Schwager!« rief sie empört aus. »Und sein Sohn war es bestimmt nicht, überleg doch nur. Es ist ein politischer Mord, Thomas. Dann schon eher Moynihan. Warum eigentlich nicht McGinley oder O'Day?«

»Weil feststeht, daß sie zu der Zeit nicht am Tatort gewesen sein können.«

»Dann war es Moynihan. Wir haben ihn schließlich schon mit McGinleys Frau im Bett ertappt. Er würde wohl auch vor einem Mord nicht zurückschrecken, oder? Nimm ihn einfach fest! Dann ist zumindest Jack in Sicherheit.«

»Das geht nicht, Emily. Es gibt keinen Beweis für seine Schuld.«

»Du hast gerade gesagt, daß er es getan haben könnte!« rief sie aus. »Er muß es gewesen sein. Oder einer der Dienstboten. Was tut Tellman eigentlich die ganze Zeit? Kann er nicht feststellen, ob es einer von den Dienstboten war? Sie alle haben Pflichten. Sie müßten Rechenschaft darüber ablegen können, wo sie sich aufgehalten haben. Wo hast du dich eigentlich den ganzen Tag herumgedrückt?«

Pitt öffnete den Mund, um etwas zu sagen.

Hinter Emily knarrte die Bibliothekstür, aber sie sah nicht hin. Sie konnte an nichts anderes denken als an ihre Sorge um Jack.

»Wenn du schon nicht imstande warst, etwas für Greville zu tun, könntest du zumindest etwas zu Jacks Schutz unternehmen! Du hättest nicht zulassen dürfen, daß er diese Aufgabe übernimmt. Warum hast du Cornwallis nicht gesagt, wie gefährlich das ist? Nimm Moynihan fest, bevor du zusiehst, wie auch Jack noch umgebracht wird!«

Charlotte ging zu dem Tischchen, auf dem eine Vase mit Chrysanthemen stand, riß die Blumen heraus und nahm die Vase in die andere Hand. Mit hochrotem Gesicht, die Augen dunkel vor Wut, trat sie vor Emily hin.

»Halt sofort den Mund«, sagte sie leise mit mühsam beherrschter Stimme. »Sonst schütte ich dir das Wasser über den Kopf.«

»Wage es nicht«, keifte Emily zurück. »Jack ist in schrecklicher Gefahr. Thomas ist nicht bereit, auch nur einen Finger zu rühren –«

Charlotte goß den Inhalt der Vase über Emily aus, die vor Verblüffung nach Luft schnappte.

Pitt hob die Hand, als wolle er ihr in den Arm fallen, ließ sie dann aber mit erstaunt aufgerissenen Augen sinken.

»Hör auf, nur an dich zu denken!« sagte Charlotte. »Thomas kann niemanden festnehmen, solange er keine Beweise für dessen Schuld hat. Es könnte ohne weiteres jemand anders sein, und wie stehen wir dann da? Das muß dir doch der gesunde Menschenverstand sagen. Überleg und sieh um dich!«

Emily war vor Empörung sprachlos. Weil sie in Reichweite nichts fand, womit sie nach Charlotte werfen konnte, drehte sie sich brüsk um und stürmte hinaus. Sie rannte die Treppe hoch und eilte den Gang entlang zu ihrem Zimmer, dessen Tür sie mit lautem Knall ins Schloß schmetterte. Dort warf sie sich aufs Bett. Ihr war elend zumute. Erst hatte sie Jack ungerecht behandelt, und jetzt auch Pitt. Er mußte sich abscheulich fühlen. Er hatte ebensowenig wie jeder andere voraussehen können, daß einer der im Hause Anwesenden einen Mord begehen würde. Und sie hatte es sich mit Charlotte verdorben, auf die sie mehr als je zuvor angewiesen war.

Es war einer der schlimmsten Tage ihres Lebens. Und der morgige würde nicht eine Spur besser werden.

KAPITEL FÜNF

Pitt erwachte mit dröhnendem Kopf. Er lag im Dunkeln. Er hörte leise Schritte auf dem Gang. Vermutlich war es eines der Stubenmädchen. Es mußte also kurz nach fünf Uhr morgens sein.

Dann fielen ihm nach und nach die Ereignisse des Vortages wieder ein: das Kreischen, Ainsley Grevilles Leiche mit dem Gesicht unter Wasser. Irgend jemand im Haus mußte ihn getötet haben, einer der Gäste. McGinley hatte sich in seinem Zimmer aufgehalten und mit dem Kammerdiener Hennessey gesprochen. Da O'Day beide gesehen hatte, konnte man keinen der drei verdächtigen. Die erforderliche Körperkraft hätte jeder der Gäste aufbringen können, allerdings sprach die Wahrscheinlichkeit für einen Mann. Damit verengte sich der Kreis der Verdächtigen auf Fergal Moynihan, Grevilles Schwager Doyle und Piers. Die Waage neigte sich immer mehr zu Moynihan, auch wenn dieser für das Verhältnis mit Iona McGinley seinen fanatischen Protestantismus und alles, was damit zusammenhing, aufgegeben zu haben schien.

War es möglich, daß jemand so doppelgleisig dachte? Indem Fergal – noch dazu mit einer Katholikin – die Ehe brach, verstieß er gegen eins der strengsten Gebote seiner Kirche. War es vorstellbar, daß er sich auch über das allerstrengste Gebot hinwegsetzte und einen Mord beging, um seine Glaubensgemeinschaft vor dem fortgesetzten Einfluß des Papsttums zu bewahren?

Oder hatte der Eifer, mit dem er die Sache der Protestanten vertrat, gar nichts mit Religion zu tun? Ging es ihm einfach um Grundbesitz, Geld und Macht?

Es gab Faktoren, die Pitt noch nicht kannte, und gerade sie waren möglicherweise von großer Bedeutung.

Charlotte schlief noch, warm und zusammengerollt. Er hatte im Halbschlaf mitbekommen, wie sie sich in der Nacht unruhig im Bett wälzte und die Kissen hin und her schob. Er wußte, daß sie sich seinetwegen ängstigte. Zwar hatte sie nichts gesagt und so getan, als sei sie voller Zuversicht, doch er kannte sie gut genug, um sich davon nicht täuschen zu lassen. Sie hatte die Angewohnheit, die Ringe an ihren Fingern zu drehen und dabei die Schultern zu straffen, wenn sie sich Sorgen machte.

So wie Charlotte um ihn, hatte Emily Angst um Jack. Das konnte er ihr kaum verdenken. Möglicherweise schwebte Jack tatsächlich in Gefahr.

Pitt glitt aus dem Bett. Das Kaminfeuer war längst ausgegangen, und es war kalt im Zimmer. Von Tellman war kaum zu erwarten, daß er ihm heißes Wasser brachte, nachdem nun alle wußten, wer sie beide waren.

Er ging barfuß ins Ankleidezimmer hinüber, wo es ebenfalls bitterkalt war, und begann sich anzuziehen. Er mußte nachdenken. Das Rasieren konnte noch warten. Eine Tasse Tee würde ihm helfen, wach zu werden und einen klaren Kopf zu bekommen. Er wußte, wo im Obergeschoß die Teeküche lag und wo der Kessel stand.

Pitt war fast fertig, als Wheeler hereinkam. Draußen wurde es allmählich hell.

»Guten Morgen, Sir«, sagte Wheeler mit leiser Stimme. Er sprach nie mit normaler Lautstärke, solange noch Gäste schliefen. »Darf ich das für Sie übernehmen?«

»Danke.« Pitt trat zurück. Zwar war er durchaus imstande, sich seinen Tee selbst zu machen, doch hatte er den Eindruck, daß es Wheeler nicht recht war, wenn jemand anderes seine Arbeit erledigte.

Mit geschickten Händen richtete Wheeler das Tablett her, das Pitt eigentlich gar nicht hatte benutzen wollen. Der Mann bewegte sich nicht ohne Anmut. Pitt überlegte, was für ein Mensch sich hinter der Maske des Dieners verbergen mochte. Welche Empfindungen hatte er, welche Interessen?

»Möchte Mrs. Pitt ebenfalls ein Tablett, Sir?« fragte er.

»Nein, vielen Dank. Ich glaube, sie schläft noch.« Pitt lehnte sich an den Türrahmen.

»Ich freue mich, daß ich Gelegenheit habe, mit Ihnen zu sprechen, Sir«, sagte Wheeler, ohne den Blick vom Kessel zu nehmen, um den Zeitpunkt des Siedens nicht zu verpassen. »Sie wissen, daß vor vier oder fünf Wochen schon einmal ein Mordanschlag auf Mr. Greville verübt wurde?«

»Ja, das hat er mir gesagt. Sein Wagen wurde von der Straße gedrängt, aber er hat nie erfahren, wer dahintersteckte.«

»So ist es, Sir. Obwohl seine Leute da draußen sich die größte Mühe gegeben haben. Er hat aber auch Drohbriefe erhalten.« Er goß das heiße Wasser über die Teeblätter und sah Pitt dann offen an. »Diese Briefe befinden sich nach wie vor in Oakfield House, Sir. Sie liegen in einer Schublade von Mr. Grevilles Schreibtisch. Weder Mrs. Greville noch die Hausmädchen würden sie je anrühren.«

»Vielen Dank. Es könnte sein, daß ich heute noch hinüberreite und sie mir ansehe. Vielleicht findet sich etwas darin, was einen Hinweis auf die Täter gibt. Offensichtlich ist mehr als eine Person an der Sache beteiligt, denn Mr. Greville hätte mit Sicherheit den Mann wiedererkannt, der seinen Wagen von der Straße gedrängt hat. Er hat mir gesagt, der Mann habe auffällige Augen gehabt, weit auseinanderstehend und von einem sehr hellen Blau. Hier im Haus befindet sich niemand, auf den diese Beschreibung paßt.«

»Nein, Sir. Ich persönlich würde es ja den Feniern zutrauen, aber das hieße, daß Mr. McGinley der Täter ist, und nach dem, was Hennessey gesagt hat, kann er die Tat nicht begangen haben. Ich neige zwar dazu, Hennessey nicht zu glauben, doch andererseits hat Mr. O'Day seine Aussage bestätigt, und wenn man weiß, was Protestanten wie er von Katholiken wie Mr. McGinley halten, darf man annehmen, daß er das nicht gesagt hätte, wenn er nicht unbedingt müßte, um der Wahrheit die Ehre zu geben.«

Betrübt nickte Pitt zum Zeichen der Zustimmung und nahm den Tee dankend entgegen. Da Charlotte immer noch schlief, als er nach oben kam, ging er zu einem frühen Frühstück ins Eßzimmer. Da zunächst außer ihm nur noch Jack am Tisch saß, konnten sie offen miteinander reden.

»Meinst du, daß du etwas finden wirst, was dir weiterhilft?« fragte Jack, nicht ohne Skepsis in der Stimme. »Wenn die Drohbriefe auf jemand bestimmten hingedeutet hätten, hätte Greville sie dir doch sicher längst vorgelegt?«

»Gut möglich, daß es ein Schlag ins Wasser wird«, räumte Pitt ein. »Aber oft gibt es Hinweise, die für sich genommen nichts bedeuten, im Zusammenhang mit anderen Tatsachen aber einen Sinn ergeben. Ich muß mir die Sache ansehen. Unter Umständen springt dabei eine bessere Beschreibung des Kutschers heraus. Außerdem besteht die Möglichkeit, daß sich im Haus noch andere Dinge finden, Briefe etwa, oder Papiere. Einer der Dienstboten könnte etwas wissen oder sich an etwas erinnern.«

Er sah Jack über den breiten Tisch hinweg an. Auf den ersten Blick machte Jack einen ausgesprochen gefaßten Eindruck. Er sah gut aus, war gepflegt wie immer und wirkte auf zwanglose Art elegant. Seine grauen Augen wurden von langen Wimpern beschattet, sein Lächeln war munter und lebhaft. Nur einem sehr aufmerksamen Beobachter mochte auffallen, daß er alles andere als entspannt war. Gelegentlich zögerte er mitten im Satz, atmete dann tief ein und sprach rasch weiter, wobei er den Kopf ein wenig geneigt hielt, als lausche er auf ein Geräusch außerhalb des Raumes. Pitt nahm ihm nicht übel, daß er Angst hatte. Nachdem Greville bereits zum Opfer geworden war, bestand sowohl Gefahr für Leib und Leben, gegen die ihn Pitt und Tellman vielleicht schützen konnten, wie auch die Gefahr, bei der verantwortungsvollen Aufgabe zu versagen, mit der man ihn betraut hatte und die weit über alles hinausging, was er bisher in seiner neuen Laufbahn in Angriff genommen hatte.

Doyle kam herein und begrüßte sie mit einem Lächeln. Er schien einer der Menschen zu sein, die auch angesichts einer Tragödie oder einer schwierigen Situation nicht die Fassung verloren. So bewundernswert das mitunter sein mochte, gab es doch Gelegenheiten, bei denen diese Haltung andere aufbrachte. Pitt überlegte, ob sein Gefühlsleben von Natur aus eher oberflächlich war und es ihm an der Fähigkeit zu tiefen Empfindungen mangelte, oder ob er mutig und mit überlegener Selbstbeherrschung Rücksicht auf andere nahm, kurz, eine geborene Führernatur war und eine bestimmte Art Würde besaß, wie sie sich nur selten findet.

Als Carson O'Day hereinkam, entschuldigte sich Pitt und machte sich auf die Suche nach Tellman. Dieser kam gerade mit verdrießlichem und nachdenklich in Falten gelegtem Gesicht aus der Leutestube.

»Haben Sie etwas herausgebracht?« fragte ihn Pitt leise, weil gerade ein Hausmädchen mit einem Besen und einem Eimer voller feuchter Teeblätter für die Teppiche vorüberkam.

»Ja. Ich weiß jetzt, wie man silberne Messer putzt«, sagte Tellman angewidert. »Da unten geht es zu wie im Irrenhaus. Mindestens ein halbes Dutzend der Leute hat gedroht zu kündigen. Die Köchin trinkt den Madeira schneller, als ihn der Butler aus dem Keller heraufschaffen kann, und die Scheuermagd hat so große Angst, daß sie losschreit, sobald man nur das Wort an sie richtet. Nicht um alles in der Welt würde ich einen solchen Haushalt leiten wollen.«

»Ich will mich mal in Grevilles Haus umsehen«, sagte Pitt mit einem dünnen Lächeln. »Von hier bis Oakfield House sind es etwas mehr als fünfzehn Kilometer. Ich sollte einen Blick auf seine Papiere werfen, vor allem die Drohbriefe, die er in den letzten ein, zwei Monaten bekommen hat.«

»Meinen Sie, daß etwas von Bedeutung darin steht?« fragte Tellman zweifelnd.

»Denkbar. Selbst wenn es Moynihan ist, und ich bin mir da keineswegs sicher, hat er bestimmt nicht allein gehandelt. Ich möchte wissen, wer die Hintermänner sind.«

»Da muß es nicht unbedingt Hintermänner geben.« Auch Tellman sprach im Flüsterton. »Sein Haß ist groß genug, daß er von sich aus jemanden töten könnte. Allerdings kann er von Glück sagen, wenn ihm McGinley nicht etwas antut, bevor das Wochenende um ist. Die da unten beten gerade alle, jeder für sich.« Er wies mit dem Kopf in die Richtung, aus der er gekommen war. »Die Katholiken und die Protestanten durchbohren sich gegenseitig mit Blicken.«

Auf seinem Gesicht lag Abscheu und Unverständnis. »Am liebsten würde ich in der Küche ein großes Feuer machen, damit sie sich gegenseitig auf dem Scheiterhaufen verbrennen können. Dann wäre endlich Ruhe. Ich bringe ein gewisses Verständnis für Habgier, Eifersucht, Rachsucht und sogar für Verrücktheit auf, solange sie nicht übertrieben wird. Aber diese Leute scheinen geistig normal zu sein – jedenfalls mehr oder weniger.«

»Versuchen Sie, jede Form von Gewalttätigkeit zu verhindern, solange ich fort bin«, sagte Pitt und sah Tellman unverwandt an. Er wußte nicht so recht, ob er die Besorgnis, die er empfand, munter überspielen oder Tellman davon in Kenntnis setzen sollte. »Halten Sie sich in Mr. Radleys Nähe. Er ist gegenwärtig am meisten gefährdet.« Er brachte es nicht fertig, das mit völlig unbeteiligter Stimme zu sagen. »Sie können sich während der Verhandlungen natürlich nicht im Raum aufhalten, sollten aber vor der Tür Posten beziehen. Ich denke, daß ich kurz nach Einbruch der Dunkelheit zurück sein werde.«

Tellman straffte die Schultern, und die Kritik schwand aus seiner Stimme. »Ja, Sir. Seien Sie vorsichtig. Ich vermute, Sie können reiten.« Er sah besorgt aus.

»Ja, vielen Dank«, antwortete Pitt. »Ich bin auf dem Lande aufgewachsen. Wissen Sie das nicht mehr?«

Mit einem Grunzen ging Tellman davon.

Pitt suchte Charlotte auf, um ihr sein Vorhaben mitzuteilen. Er hatte sie seit der Ankunft in Ashworth Hall kaum einmal unter vier Augen gesprochen. Immer schien sie in Gesellschaft der einen oder anderen Dame zu sein, um Frieden zu stiften oder mit belangloser Plauderei die geradezu katastrophalen gesellschaftlichen Schwierigkeiten dieser Versammlung zu überdecken.

Er brauchte eine Viertelstunde, bis er sie schließlich im Aufwärmzimmer entdeckte, einem Raum, in dem die Speisen vor dem Auftragen warmgehalten wurden, denn von der Küche zum Eßzimmer war es ziemlich weit. Dort brannte ein kräftiges Feuer, der Raum enthielt neben einem dampfbeheizten Wärmeschrank eine Anrichte für Getränke und eine eindrucksvolle Auswahl an Geräten zum Öffnen und Dekantieren von Weinflaschen. Charlotte lauschte aufmerksam auf das, was Gracie ihr sagte. Sie unterbrachen ihr Gespräch in dem Augenblick, in dem Pitt eintrat. Eilends entschuldigte sich Gracie mit der Erklärung, daß sie noch etwas zu erledigen habe.

»Was treibt ihr hier?« fragte Pitt und sah der davoneilenden kleinen Gestalt nach.

Charlotte lächelte mit einem Blick, in dem sich Trauer und Belustigung mischten.

»Nur ein paar weibliche Geheimnisse«, sagte sie.

Pitt merkte, daß sie nicht bereit war, ihm mehr zu sagen. Er wäre nicht auf den Gedanken gekommen, daß Gracie weibliche Geheimnisse haben könnte. Vermutlich war das ein Fehler. Immerhin war sie inzwischen zwanzig Jahre alt, wenn auch nicht größer und kaum rundlicher als zu der Zeit, da sie mit dreizehn Jahren ins Haus gekommen war.

»Ich reite nach Oakfield House hinüber«, sagte er. »Zwar nehme ich nicht an, daß sich in Grevilles Briefen etwas findet, aber man weiß nie. Ich kann es mir nicht leisten, der Sache nicht nachzugehen. Ich komme so früh wie möglich nach Einbruch der Dunkelheit zurück.«

Sie nickte. In ihren Augen lag Besorgnis. »Sei vorsichtig«, sagte sie und fügte dann mit leicht schiefgelegtem Kopf hinzu: »Morgen bist du bestimmt wieder ganz steif.« Sie reckte sich auf die Zehenspitzen und küßte ihn sanft. Sie schien noch etwas sagen zu wollen, überlegte es sich dann aber anders. »Wie findest du dorthin?« fragte sie statt dessen.

»Ich lasse mir den Weg von Piers erklären. Ich brauche ohnehin Eudoras Einverständnis und Unterstützung.«

Sie nickte und begleitete ihn in die Eingangshalle.

Pitt fand Eudora oben im Damensalon mit Piers und Justine. Sie war nicht in Schwarz, denn natürlich hatte es für sie keinen Grund gegeben, schwarze Kleider mitzubringen. So trug sie ein herbstbraunes Kleid, und trotz ihres Kummers und des nachwirkenden Schocks war sie mit der Fülle kastanienbraunen Haares und dem Ebenmaß ihres Körpers immer noch schön.

Justine bildete einen starken Kontrast zu ihr. Auch sie hatte keine Trauerkleidung im Gepäck gehabt. Ohnehin würde sie in einem solchen Fall als junge, unverheiratete Frau erst gegen Ende der Trauerzeit Schwarz anlegen. Sie hatte sich für ein dunkles Jagdgrün entschieden, das ihr dichtes schwarzes Haar besonders gut zur Geltung brachte. Sie schien vor Lebenskraft zu sprühen, und sogar jetzt, während sie völlig ruhig neben Eudora saß, fiel Pitt auf, welche Intelligenz aus ihren Zügen sprach.

Piers stand mit einem Ausdruck hinter den beiden Frauen, als wolle er sie vor weiterem Leid bewahren, soweit das in seinen Kräften stand.

»Guten Morgen, Ma'am«, begrüßte Pitt Eudora förmlich. »Ich bedaure, Sie noch einmal stören zu müssen, aber ich benötige Ihre Erlaubnis, in Oakfield House Mr. Grevilles Papiere durchzusehen. Ich möchte versuchen, die Drohbriefe zu finden, die er bekommen hat.«

Eudora sah fast erleichtert aus, als hätte sie mit etwas Schlimmerem gerechnet.«

»Selbstverständlich. Natürlich, Mr. Pitt. Soll ich ein paar Zeilen schreiben?«

»Das wäre mir sehr recht. Und ich brauche alle erforderlichen Schlüssel.« Er überlegte, woran sie bei seinem Eintritt gedacht haben mochte … an irgendeine weitere Katastrophe? Oder hatten sie vermutet, er verdächtige eine bestimmte Person? Was sie betraf, war doch gewiß das Schlimmste, was geschehen konnte, schon eingetreten? »Außerdem wäre ich dankbar, wenn Sie mir den besten Weg dorthin erklären könnten«, fügte er hinzu. »Ich werde querfeldein reiten, weil es sonst zu lange dauert. Ich möchte gern vor Einbruch der Dunkelheit zurück sein.«

Piers sah zu Justine und dann zu Pitt. »Soll ich Sie begleiten?« bot er an. »Das würde Ihnen die Sache vermutlich sehr erleichtern. Es ist nicht einfach, Ihnen den günstigsten Weg zu beschreiben oder auch eine Skizze anzufertigen.«

»Vielen Dank«. Ohne zu zögern, nahm Pitt das Angebot an. Ganz davon abgesehen, daß es seinen Ritt in der Tat erleichterte, war dies auch eine willkommene Gelegenheit, weniger förmlich mit Piers zu sprechen und dabei vielleicht mehr über Ainsley Greville zu erfahren. Es war ohne weiteres möglich, daß Piers etwas Wichtiges wußte, ohne daß ihm das selbst klar war.

»Was könnten Sie aus seinen Papieren in Erfahrung bringen?« fragte Justine mit offenkundigem Zweifel. »Sind das nicht ohnehin vertrauliche Regierungsdokumente?« Sie ließ den Blick zu Piers und Eudora wandern und sah dann wieder zu Pitt hin. Sie senkte die Stimme. »Man hat ihn in diesem Hause umgebracht, und Sie haben gesagt, daß es einer der Anwesenden gewesen sein muß. Niemand ist eingedrungen. Sollten wir... sollten wir ihm nicht seine Privatsphäre lassen?«

»Außer Mr. Pitt wird niemand die Briefe sehen, meine Liebe«, sagte Eudora mit leichter Verwunderung, als könnte sie Justines Besorgnis nicht ganz verstehen. »Es gibt in Oakfield wohl keine wichtigen Regierungsdokumente; die dürften sich alle in London im Ministerium befinden. Vielleicht sind aber diese unangenehmen Briefe dort, von denen ich weiß, daß er sie bekommen hat. Sie könnten uns womöglich helfen herauszufinden« – sie holte tief Luft –, »wer dahintersteckt.« Sie sah Pitt aus großen, dunklen Augen an. »Das kann ja wohl kein einzelner Mensch gewesen sein, nicht wahr? Ich denke an den Zwischenfall mit der Kutsche.« Sie verschlang die Hände ineinander.

»So ist es«, stimmte Piers zu. »Auf jeden Fall müssen wir uns diese Briefe ansehen. Außerdem gibt es möglicherweise noch etwas anderes, wovon er nichts gesagt hat...«

Justine stand auf und nahm Piers' Arm. »Dein Vater kann sich und seine Privatsphäre nicht mehr selbst schützen«, sagte sie und wandte sich ein wenig von Pitt ab. »Möglicherweise gibt es private oder persönliche Papiere, die Geldangelegenheiten betreffen, oder auch andere Briefe, die besser kein Außenstehender sehen sollte. Als bedeutende Persönlichkeit des öffentlichen Lebens hatte er bestimmt viel mit vertraulichen Fragen zu tun. Sicher gab es Bekannte und Freunde, die ihm vertrauten. Sie könnten ihm in Angelegenheiten geschrieben haben, die nicht bekannt werden sollten. Im Leben eines jeden von uns gibt es ... Dinge, die ...« Ohne ihren Gedanken zu beenden, wandte sie sich Pitt zu und sah ihn offen an.

»Ich werde diskret sein, Miss Baring«, versicherte er ihr. »Auch ich nehme an, daß ihm viele Informationen zugänglich gemacht worden sind, die nicht weitergegeben werden sollten, aber ich bezweifle, daß sie sich in schriftlicher Form in seinem Haus befinden. Wie ich schon gesagt habe, dürfen wir diese Tragödie nicht als vereinzelten Vorfall betrachten. Es hat bereits vor einigen Wochen einen Mordanschlag auf Mr. Greville gegeben.«

Sie wandte sich an Eudora. »Bestimmt hatten Sie große Angst um ihn. Und dann so etwas. Ich nehme an, daß es sich einfach um die übliche Art von Drohung gehandelt hat, mit der manche Leute ihren Forderungen Nachdruck verleihen wollen, leere Drohgebärden.« Erneut sah sie zu Pitt hin. »Natürlich müssen Sie feststellen, woher die Briefe stammen. Ohne weiteres können dieselben Leute hinter der Tat stehen, da sie es vorher schon einmal versucht haben.« Sie sah auf Piers. »Was ist denn eigentlich geschehen?«

»Jemand hat versucht, ihn mit der Kutsche von der Straße zu drängen. Ich habe es nicht miterlebt, weil ich in Cambridge war, und Mama hat sich an dem Tag in London aufgehalten.« Er legte sanft den Arm um Justine und nahm den Blick nicht von ihrem Gesicht. »Kommst du hier zurecht, wenn ich Mr. Pitt begleite?«

Sie lächelte ihm zu. »Selbstverständlich. Ich kümmere mich um deine Mutter. Ich denke, daß Mrs. Radley angesichts der Spannungen hier im Hause froh um jede Hilfe ist, die sie von uns bekommen kann.« Eine leichte Belustigung, vielleicht auch eine Spur Mitleid, trat in ihren Blick, verschwand aber sofort wieder. »Ich habe gerüchteweise von den Unstimmigkeiten zwischen den Moynihans und den McGinleys gehört, werde aber so tun, als wüßte ich nichts davon. Wahrscheinlich ist es die einzige Möglichkeit, den Tag zu überstehen, der mir jetzt schon wie eine ganze Woche vorkommt.«

»Damit werden sie doch jetzt bestimmt aufhören?« fragte Piers mit erstauntem Blick. »Immerhin besteht Aussicht auf eine bessere Zukunft für Irland, sollte es Mr. Radley gelingen, die Verhandlungen in Gang zu halten. Wie kann jemand nach allem, was geschehen ist, noch so verbohrt –«

Sie lächelte ihm zu und strich ihm über die Wange. »Mein Lieber, der Mensch ist durchaus imstande, seinem privaten Groll nachzuhängen und seine persönlichen Gewohnheiten zu pflegen, während die Welt um ihn herum in Stücke geht. Vielleicht fällt es ihm leichter, in solchen Maßstäben zu denken. Ich habe keinen Zweifel daran, daß manche von uns selbst dann noch um den Preis eines Stückchens Stoff feilschen oder sich darüber zanken werden, wer vergessen hat, die Kerzen zu löschen, wenn die Posaune des Jüngsten Gerichts erschallt. Es sieht ganz so aus, als sei das Ende der Welt für viele nicht so recht faßbar.« Sie sah zu Pitt hinüber. »Machen Sie sich um uns keine Sorgen, Mr. Pitt, wir bringen den Tag schon hinter uns.«

Er merkte, daß ihm Justine besser gefiel, als er es für möglich gehalten hätte. Sie war keineswegs ein durchschnittlicher Mensch. Er überlegte, was sie an Piers anziehend fand. Verglichen mit ihrer Reife und ihrem ausgeglichenen Humor wirkte er noch sehr jung. Aber dieses Urteil stützte sich auf eine flüchtige Bekanntschaft, und sicherlich wurde er den beiden jungen Leuten damit nicht gerecht. Von Äußerlichkeiten abgesehen, wußte er kaum etwas über sie.

Er dankte Eudora. Bevor er ging, verabredete er mit Piers, daß sie sich in einer Viertelstunde im Stall treffen würden.

Es war kalt, aber nicht unangenehm, als sie sich auf zwei ausgezeichneten Pferden auf den Weg machten. Zuerst ging es im flotten Trab über die Weiden, dann folgten sie den Rainen gepflügter Felder bis zu einem schmalen Weg, der sich durch ein Stück Waldland zog. Obwohl Pitt schon seit Jahren nicht mehr im Sattel gesessen hatte, hatte er das Gefühl dafür nicht verloren. Das Knirschen des Lederzeugs, der Geruch, die rhythmischen Bewegungen, all das war ihm vertraut. Zugleich aber war ihm klar, daß er am nächsten Tag am ganzen Körper steif sein würde. Hier wurden Muskeln beansprucht, die er ein volles Jahrzehnt lang nicht bewegt hatte. Er konnte jetzt schon Tellmans hämische Außerungen hören und das angedeutete Lächeln auf Jacks Gesicht vor sich sehen.

Anfangs konnten sie während des schnellen Ritts nicht miteinander reden, doch als sie unter den Bäumen die Tiere in Schritt fallen lassen mußten, ergab es sich ganz natürlich. Piers ritt mit der Anmut eines Mannes, der an den Sattel gewöhnt ist und gut mit Pferden umgehen kann.

»Wollen Sie sich nach einer Praxis in London umsehen?« fragte Pitt, einerseits, um etwas Unverfängliches zu sagen, aber auch, weil es ihn interessierte.

»Nein«, antwortete Piers rasch und hob den Blick zu den kahlen Ästen. »Ich mag die Großstadt nicht besonders. Außerdem weiß ich, daß Justine gern auf dem Lande leben würde.«

»Vermutlich werden sich Ihre Pläne durch den Tod Ihres Vaters ändern?« Es ging jetzt ziemlich langsam über einen gewundenen Pfad. Piers ritt voran, während sie einen Bach durchquerten. Als die Pferde das andere Ufer erklommen, lösten sich unter ihren Hufen etliche Steine und fielen ins Wasser. Ein Windstoß fuhr in einen raschelnden Laubhaufen, und zur Linken bellte in der Ferne ein Hund.

»Darüber habe ich noch nicht nachgedacht«, sagte Piers offen. »Mama wird natürlich in Oakfield House bleiben. An dem Haus hängt nicht annähernd so viel wie an Ashworth, und es gibt keine Ländereien zu verwalten. Sie braucht mich also nicht. Justine und ich werden irgend etwas finden, vielleicht in der Nähe von Cambridge. Finanziell werde ich wohl etwas besser gestellt sein, nehme ich an.«

»Wahrscheinlich würden Sie es gar nicht nötig haben zu praktizieren«, gab Pitt zu bedenken.

Piers drehte sich rasch im Sattel um und sah ihn an. »Aber das möchte ich! Zwar hätte mein Vater es gern gesehen, daß ich mich um einen Unterhaussitz bewerbe, aber daran liegt mir nicht das geringste. Mein Interesse gilt der Gesundheit unseres Volkes.« Auf seinem Gesicht lag plötzlich Begeisterung, und seine Augen leuchteten. Mit einem Mal wirkte er wie verwandelt, er war nicht mehr der ziemlich farblose Jüngling wie noch vor wenigen Augenblicken. »Besonders den ernährungsbedingten Krankheiten. Haben Sie eine Vorstellung, wie viele Kinder hierzulande an Rachitis leiden? In der medizinischen Literatur heißt sie sogar ›die englische Krankheit‹! Und Skorbut – daran leiden keineswegs nur Seeleute. Und Nachtblindheit. Es gibt so vieles, bei dem wir kurz davor stehen, neue Behandlungsmethoden zur Heilung zu finden, den letzten Schritt aber noch nicht geschafft haben.«

»Sind Sie sicher, daß Sie nicht ins Unterhaus wollen?« fragte Pitt mit einem Anflug von gutmütigem Spott, während er neben ihn ritt, da sie nun wieder in offenes Gelände kamen.

Piers antwortete ernsthaft: »Gesetze kann man erst machen, wenn man gezeigt hat, daß sie nötig sind. Zuerst muß man erreichen, daß einem die Menschen glauben, dann müssen sie verstehen, um was es geht, und schließlich müssen sie bereit sein, etwas zu tun. Erst dann schlägt die Stunde des Gesetzgebers. Ich möchte mit Menschen arbeiten, die Hilfe brauchen, mich aber nicht mit Politikern herumstreiten und Kompromisse schließen.«

Pitt stieg ab, öffnete das Gatter am Rande eines Feldes und hielt es fest, während Piers beide Pferde hindurchführte. Dann schloß er es wieder und stieg diesmal etwas eleganter auf als vorher.

»Das klingt wohl ziemlich überheblich, was?« sagte Piers etwas gedämpfter. »Ich weiß, daß es ohne Kompromisse auf vielen Gebieten nicht geht. Ich bin aber dafür nicht begabt. Mein Vater war in dieser Hinsicht einfach großartig. Er konnte die Leute zu allem möglichen überreden. Wenn einer die Lösung der irischen Frage hätte herbeiführen können, dann er. Er hatte eine gewisse Macht und war fast unangreifbar. Im Unterschied zu den meisten anderen hatte er keine Angst vor den Menschen. Er wußte immer und in jeder Lage, was er wollte, und er wußte auch genau, welchen Preis er dafür zu zahlen oder wie weit er dafür zu gehen bereit war. Er war sich seiner Sache immer sicher.«

Pitt dachte darüber nach, während sie erneut über ein ausgedehntes Stück Weideland trabten. Er hatte diese Sicherheit in Greville gesehen. Er war ein Mann gewesen, der in sich ruhte, stets sein Ziel vor sich sah und es nie aus dem Auge verlor. Diese Eigenschaften waren in seinem Beruf zwar unerläßlich, aber nicht in allen Fällen sympathisch. Piers hatte das zwar nicht ausgesprochen, doch es hatte in seinen Worten mitgeschwungen. Er sprach nicht gerade mit großer Wärme von seinem Vater, und in seiner Stimme lag auch nur sehr wenig Bedauern.

Oakfield House war, ganz wie er gesagt hatte, deutlich kleiner als Ashworth Hall, aber immer noch ein ansehnlicher Besitz. Wenn man sich ihm von Westen näherte, konnte man außer dem großen Herrenhaus, das auf den ersten Blick gut und gern seine zehn oder zwölf Schlafzimmer haben mochte, Stallungen und weitere Nebengebäude sehen. Es war der geschmackvolle und keinesfalls protzige Landsitz eines Mannes in gehobener Stellung, dem beträchtliche Mittel zur Verfügung stehen.

Sie überließen die Tiere dem Stallknecht und gingen durch den Seiteneingang ins Haus. Pitt spürte bereits ein Ziehen in den Beinmuskeln. Morgen würde er seinen Ausritt bereuen.

Der Butler kam ihnen mit beunruhigtem Gesichtsausdruck und wirrem weißen Haar in der Halle entgegen.

»Der junge Herr Piers! Wir haben Sie nicht erwartet. Ich fürchte, Ihre Eltern sind im Augenblick nicht zu Hause, aber selbstverständlich...« Als er Pitt gewahrte, wurde sein Ausdruck kühler und formeller. »Guten Morgen, Sir. Kann ich etwas für Sie tun?«

»Thurgood«, sagte Piers leise. Er trat zu ihm und faßte ihn am Ellbogen. »Es tut mir leid, aber es hat einen tragischen Zwischenfall gegeben. Mein Vater ist tot. Mr. Doyle ist bei meiner Mutter, und es war notwendig, daß ich mit Mr. Pitt herkomme.« Er wies auf Pitt, während er den hin und her schwankenden Butler mit der anderen Hand stützte. »Wir wollen unter den Papieren meines Vaters nach den Drohbriefen suchen, die er kürzlich bekommen hat. Sofern Sie etwas wissen, was uns helfen könnte, sagen Sie es uns bitte.«

»Tot?« Thurgood sah betroffen drein. Er wirkte mit einem Mal älter und ziemlich hilflos.

»Ja«, fuhr Piers fort. »Aber bitte teilen Sie den Leuten mit, daß es keine Veränderungen geben wird, und daß sie alle weitermachen sollen wie gewöhnlich. Es darf auch noch nicht darüber gesprochen werden, denn wir haben den Zeitungen bisher keine Mitteilung gemacht, und auch die Verwandtschaft ist noch nicht informiert.«

Pitt hatte den Impuls, Thurgood zu bitten, überhaupt nichts zu sagen, aber bevor er den Mund auftat, wurde ihm klar, daß das unmöglich war. Es war nur allzu deutlich, wie sehr die Nachricht den Mann mitgenommen hatte. Andere würden ihm die Neuigkeiten entlocken, selbst wenn er von sich aus nichts sagen würde. Schon jetzt lag eine Aura von Tragik und Angst über dem Haus.

»Vielleicht könnten Sie uns einen Grog machen«, fuhr Piers fort. »Wir haben einen langen Ritt hinter uns. Und Lunch gegen eins. In der Bibliothek. Etwas kaltes Fleisch, eine Pastete, was Sie eben haben.«

»Ja, Sir. Mein herzliches Beileid, Sir. Ich bin sicher, daß ich es Ihnen auch im Namen des übrigen Personals aussprechen darf«, sagte Thurgood unbeholfen. »Wann dürfen wir die gnädige Frau zurückerwarten, Sir? Selbstverständlich werden wir ... Vorkehrungen treffen ...«

»Ich weiß noch nicht.« Piers runzelte die Stirn. »Ich bedaure, das sagen zu müssen, Thurgood, aber mit Rücksicht auf die Regierung darf zur Zeit noch nichts bekannt werden. Vielleicht wäre es am besten, wenn Sie es einstweilen niemandem außer der Haushälterin mitteilen würden. Behandeln Sie es als etwas, das in der Familie bleiben muß.« Er sah zu Pitt hin und lächelte ihm schief zu. »Etwa so, als hätten Sie von einer Sache erfahren, derer man sich schämen muß.«

Offensichtlich verstand Thurgood nicht, was Piers meinte, aber sein Gesicht gab zu erkennen, daß er gehorchen würde.

Als der Butler sich zurückgezogen hatte, führte Piers Pitt in die Bibliothek, wo sich in einer Ecke der große Schreibtisch seines Vaters befand. Es war kalt in dem Raum, aber der Kamin war vorbereitet, so daß Piers rasch ein Feuer entzünden konnte, ohne einen der Dienstboten bemühen zu müssen. Sobald er sicher war, daß es brannte, richtete er sich auf und holte die Schlüssel zu den Schubladen hervor.

Die erste enthielt persönliche Unterlagen. Pitt sah sie durch, ohne anzunehmen, daß er etwas von Belang finden würde. Es handelte sich um Rechnungen von Schneidern und Hemdenmachern; Quittungen für zwei Paar sehr teure Stiefel, Hemdknöpfe aus Onyx, einen Fächer aus geschnitztem Elfenbein und Spitze, ein emailliertes Pillendöschen mit dem Bild einer Dame auf einer Schaukel und drei Flaschen Lavendelwasser. Sie alle stammten aus dem vergangenen Monat. Pitt gewann den Eindruck, daß Greville ein sehr großzügiger Ehemann gewesen sein mußte, was ihn überraschte. Er hatte an ihm weder besondere Zuneigung zu seiner Frau noch Phantasie bemerkt. Eudora würde der Verlust gewiß sehr schmerzen. Offensichtlich war der Privatmann Greville weit einfühlsamer und gefühlvoller gewesen als der Politiker, den die Öffentlichkeit kannte.

Pitt stand da, die Papiere in der Hand, und sah sich in der gut eingerichteten Bibliothek um. Zwischen den Bücherregalen hingen einige hervorragende Gemälde an den Wänden, meist Szenen aus Afrika, Aquarelle, die den Tafelberg und den sich unendlich erstreckenden Himmel über dem baumlosen Grasland zeigten. Die Bücher in den Regalen waren vorwiegend Sammelwerke, alle einheitlich in Leder gebunden. Ein Schrank aber, der ganz in der Nähe des bequemen Sessels stand, schien Einzelwerke zu enthalten. Falls ihm Zeit bliebe, würde er sie sich ansehen. Jetzt, da Pitt einen Teil der menschlichen Seite Grevilles kennengelernt und erfahren hatte, daß jener Empfindungen durchaus zugänglich gewesen war, empfand er mit einem Mal Anteilnahme. Plötzlich schien der Verlust größer zu sein als zuvor.

Inzwischen ging Piers die Schubladen auf der anderen Seite des Schreibtisches durch. Er richtete sich auf, mehrere Briefe in der Hand.

»Ich glaube, ich habe sie«, sagte er mit finsterer Miene und hielt sie hoch. »Einige sind eindeutig Drohbriefe.« Er sah verwirrt und gequält drein. »Nur zwei sind anonym oder klingen, als gehe es um politische Fragen.« Er blickte Pitt an, offenbar unsicher, was er sagen sollte. Zweimal setzte er an, unterbrach sich und streckte ihm dann einfach die Hand mit den Papieren entgegen.

Pitt nahm sie und sah auf den ersten Brief. Er war in Druckbuchstaben verfaßt und verkündete eine ziemlich schlichte Botschaft.

> Verraten Sie Irland nicht, oder es wird Ihnen leid tun. Wir werden unsere Freiheit bekommen. Kein Engländer wird uns diesmal besiegen. Sie umzubringen, wird einfach sein. Vergessen Sie das nicht.

Es war nicht weiter überraschend, daß der Brief weder Unterschrift noch Datum trug.

Der nächste war von völlig anderer Art. Er war in einer kräftigen, deutlichen Handschrift abgefaßt, wies eine Absenderangabe auf und war datiert.

> 20. Oktober 1890
>
> Werter Greville,
> es erscheint mir äußerst abstoßend, mich in einer solchen Angelegenheit an jemanden Ihres Standes wenden zu müssen, aber Ihr Verhalten läßt mir keine Wahl. Die Aufmerksamkeiten, mit denen Sie meine Frau bedenken, müssen unverzüglich aufhören. Ich habe nicht die Absicht, ausführlicher zu werden. Ihr Vergehen dürfte Ihnen klar sein, und so brauche ich nicht in Einzelheiten zu gehen.
>
> Sofern Sie sich erneut mit ihr in einem anderen Rahmen als dem schicklicher gesellschaftlicher Anlässe und außerdem in der Öffentlichkeit treffen, werde ich die für eine Scheidung erforderlichen Schritte einleiten und Sie in diesem Zusammenhang als Ehebrecher benennen. Gewiß brauche ich Ihnen nicht zu erklären, was das für Ihre Karriere bedeuten würde.
>
> Seien Sie sicher, daß es sich hier nicht um leere Worte handelt. Durch das Verhalten meiner Frau Ihnen gegenüber, habe ich vor ihr jegliche Achtung verloren, und wenn ich sie auch nicht mit Absicht zugrunde richten möchte, würde ich das doch eher tun, als mich weiterhin auf diese Weise hintergehen zu lassen.
>
> In aller Offenheit, Ihr
> Gerald Easterwood

Pitt hob den Blick zu Piers. Das Bild, das er sich erst vor wenigen Augenblicken von Greville gemacht hatte, lag in Scherben.

»Kennen Sie eine Mrs. Easterwood?« fragte er leise.

»Ja. Zumindest dem Namen nach. Ich fürchte, ihr Ruf ist nicht... nicht so einwandfrei, wie Mr. Easterwood das vermutlich gern hätte.«

»War er mit Ihrem Vater bekannt?«

»Easterwood? Nein. Sie gehörten kaum den gleichen gesellschaftlichen Kreisen an. Mein Vater –« Er zögerte. »Mein Vater war mit Menschen befreundet, die er mochte oder als seinesgleichen ansah. Ich kann mir nicht vorstellen, daß er sich mit der Ehefrau eines anderen eingelassen hätte, auf keinen Fall, wenn er ihn gekannt hätte... ich meine, als Freund. Freundestreue war für ihn eine wichtige Tugend.« Er setzte an, als ob er es nochmals wiederholen wollte, merkte dann aber, daß er den Sachverhalt bereits hinreichend betont hatte.

Pitt sah sich den nächsten Brief an. Er enthielt eine weitere politische Drohung, in der es ganz offen um die Zukunft Irlands ging. Diesmal aber schienen eher die Belange der Protestanten und die Bewahrung der Landgüter im Vordergrund zu stehen, für welche die anglo-irischen Gutsbesitzer gearbeitet und bezahlt hatten. Auch darin wurden Vergeltungsmaßnahmen für den Fall angedroht, daß Greville deren Interessen verriete.

Der nächste Brief war privater Natur und trug eine Unterschrift.

> Mein lieber Greville,
> ich kann Ihnen nicht genug für die Großzügigkeit danken, die Sie mir in dieser Angelegenheit erwiesen haben. Ohne Sie wäre es für mich zu einer Katastrophe gekommen – die ich mir möglicherweise hätte selbst zuschreiben müssen. Ihr Eingreifen ermöglicht es mir jedoch, weiterzumachen. Ich versichere Ihnen, daß ich mich künftig umsichtiger verhalten werde.
>
> Ich stehe auf immer in Ihrer Schuld.
>
> Ihr zerknirschter und dankbarer Freund
> Langley Osbourne

»Kennen Sie ihn?« fragte Pitt.

Piers sah verständnislos drein. »Nein.«

Es gab noch drei weitere Briefe. Der erste davon wieder eine Drohung von irischer Seite, aber so voller Fehler, daß man kaum verstehen konnte, worum es im einzelnen ging. Es schälte sich dabei lediglich eine verworrene Vorstellung von Gerechtigkeit heraus. Im Gegensatz dazu war die Todesdrohung unmißverständlich, und es fand sich auch ein Hinweis auf eine alte Geschichte von Liebenden, an denen Engländer angeblich Verrat geübt hatten.

Der nächste Brief war ziemlich lang. Er stammte von einem offenbar guten Freund, der Greville schon lange zu kennen schien. Er war in einem Ton gehalten, in dem gesellschaftliche Überlegenheit, das Bewußtsein der Klassenzugehörigkeit, gemeinsame Erinnerungen und Interessen wie auch unbezweifelbares tiefes, persönliches Vertrauen und Freundschaft mitschwangen. Pitt empfand unwillkürlich eine Abneigung gegen den Verfasser, einen gewissen Malcolm Anders, und merkte, daß seine Einschätzung Grevilles darunter litt.

Der letzte Brief war ungeöffnet, obwohl der Poststempel schon fast zwei Wochen alt war. Offensichtlich hatte er den Empfänger nicht sonderlich interessiert. Vermutlich hatte er die Handschrift erkannt und sich nicht die Mühe gemacht, ihn zu lesen. Vielleicht war der Brief gekommen, als gerade kein Feuer im Kamin brannte, und Greville hatte ihn wohl nicht im Papierkorb liegen lassen wollen, wo neugierige Zimmermädchen oder Hausdiener ihn entdecken konnten, die womöglich auch noch gut genug lesen konnten, um den Inhalt zu verstehen.

Pitt öffnete ihn vorsichtig und las. Es war ein Liebesbrief von einer gewissen Mary-Jane. Darin ging es um eine intime Beziehung, die Greville den Worten der Verfasserin nach unvermittelt und ohne Erklärung beendet hatte, was sie zu der Vermutung veranlaßte, er sei ihrer überdrüssig geworden. Die ganze Sache kam Pitt so gefühllos vor, daß es ihn abstieß. Von Liebe war in dem Brief keine Rede, und er konnte nur raten, ob die Frau Greville geliebt oder sich seiner ebenfalls auf die eine oder andere Weise bedient hatte.

Er gab Piers die Briefe zurück.

»Ich verstehe, warum er der Ansicht war, die Drohungen seien nicht ernst zu nehmen«, sagte er nüchtern. »Sie konnten von jedem beliebigen Absender stammen und scheinen ja sowohl von katholischen Nationalisten wie auch von protestantischen Angehörigen der Union verfaßt worden zu sein. Es hilft uns überhaupt nicht weiter. Trotzdem sollten wir sie mitnehmen.«

»Nur ... die Drohbriefe?« fragte Piers rasch.

»Selbstverständlich. Schließen Sie die anderen wieder ein. Sie können sie später vernichten, wenn sich herausgestellt hat, daß sie mit dem Fall nichts zu tun haben.«

»Haben sie bestimmt nicht.« Piers hielt sie nach wie vor in der Hand. »Sie haben keinerlei politischen Bezug. Es handelt sich einfach um eine schmutzige Affäre ... beziehungsweise um zwei. Aber beide sind beendet ... waren beendet ... bevor das passiert ist. Können Sie die Briefe nicht einfach verbrennen und so tun, als wären sie nicht da gewesen? Meine Mutter leidet genug, ohne daß sie davon erfährt.«

»Schließen Sie sie wieder weg«, wies ihn Pitt an. »Und behalten Sie die Schlüssel. Sobald der Fall abgeschlossen ist, können Sie herkommen, alles durchgehen und vernichten, worüber man besser nicht spricht. Jetzt möchte ich mir die anderen Schubladen ansehen.«

Der Butler brachte den Grog. Er wirkte abgespannt und schien sie nach dem Erfolg ihrer Unternehmung fragen zu wollen, überlegte es sich dann aber offensichtlich anders und ging wieder.

Sie durchsuchten die ganze Bibilothek, fanden aber nichts, was irgendwie zur Klärung des Falles beigetragen hätte. Die Bücher und Papiere warfen ein gewisses Licht auf Grevilles Wesen. Offenkundig war er ein Mann von hoher Intelligenz und weitgespannten Interessen gewesen. Unter anderem fand sich der Entwurf einer Monographie über die Medizin der römischen Antike, und Pitt hätte sich gern die Zeit genommen, sie zu lesen, wenn er einen Vorwand gehabt hätte. Was er sah, war fesselnd geschrieben. Auf den Regalen standen Werke über so unterschiedliche Themen wie die frühe Renaissancemalerei in der Toskana und die nordamerikanische Vogelwelt.

Pitt überlegte, ob Eudora in diesem Raum einen Platz hatte, ob Greville irgendwelche Interessen mit ihr geteilt hatte, oder ob sie in getrennten geistigen Welten gelebt hatten, wie das in manchen Ehen der Fall ist. Viele Paare besaßen keinerlei Gemeinsamkeiten, die über den Haushalt, die Kinder, das gesellschaftliche Leben, den Status und die wirtschaftlichen Verhältnisse hinausgingen. In bezug auf alles, was mit Phantasie, Humor und den großen Themen des Herzens und des Geistes zu tun hat, blieben sie allein – sogar mit der Frage nach dem Sinn des Lebens.

Wie sehr Greville Eudora wohl fehlen mochte? Hatte sie eine Vorstellung davon, wie es wirklich um ihr Heim stand, oder sah sie nur, was sie sehen wollte? Das war häufig so. Es gab den Menschen die Möglichkeit, ihre Verwundbarkeit mit einem Panzer zu umgeben und auf diese Weise zu überleben. Falls Eudora zu diesen Menschen gehörte, konnte es Pitt ihr nicht zum Vorwurf machen.

Thurgood brachte den Mittagsimbiß in die Bibliothek. Sie aßen vor dem Kamin und sprachen wenig. Piers hatte in den letzten zwei Stunden bereits mehr über seinen Vater erfahren als in den zehn Jahren davor, und es veränderte das Bild, das er von ihm hatte. Es gab so vieles, das bewundernswert und das verachtenswert war, so vieles, das Empfindungen hervorrief und eine Trauer, die mehr war als nur der Kummer über die plötzliche Einsamkeit.

Pitt überließ den jungen Mann seinen Gedanken.

Nach dem Essen ging er hinaus, um den Kutscher nach dem Zwischenfall auf der Straße zu befragen. Immerhin hatte es sich um einen eindeutigen Mordversuch gehandelt.

Er fand ihn im Stall, wo er ein Pferdegeschirr auf Hochglanz polierte. Der Geruch nach Leder und Lederfett rief in ihm Erinnerungen an seine Jugend und an das Gut wach, auf dem er als Sohn des Wildhüters aufgewachsen war. Fast war es so, als wäre er wieder der Junge, der um Winteräpfel bettelte oder still in der Ecke saß und den Stallknechten und Kutschern zuhörte, wie sie über Pferde und Hunde redeten und sich gegenseitig den neuesten Klatsch und Tratsch berichteten. Ihm kam wieder ins Gedächtnis, wie er zum Abendessen ins Wildhüterhäuschen zurückgekehrt und danach in dem winzigen Kämmerchen gleich unter dem Dach zu Bett gegangen war. Oder wie er später, nachdem sein Vater in Ungnade gefallen war und sich sein hilfloser Zorn angesichts des ungerechten Vorwurfs der Wilderei ein wenig gelegt hatte, in seine Kammer oben im Herrenhaus gegangen war, wo Sir Arthur die Mutter und ihn aufgenommen hatte.

Jetzt aber würde er nach Ashworth Hall zurückreiten und neben Charlotte in einem der herrlichen Gästezimmer mit dem Himmelbett, der bestickten Bettwäsche und einem Feuer im Kamin schlafen. Er brauchte sich nicht rasch im eiskalten Wasser aus der Pumpe zu waschen, sondern konnte einem Hausdiener klingeln, damit ihm dieser Eimer auf Eimer dampfend heißen Wassers brachte – genug für ein Bad, wenn er es wollte. Er hatte ein vom Schlafzimmer getrenntes Ankleidezimmer, und zum Frühstück hatte er die Auswahl zwischen einem halben Dutzend verschiedener Speisen, und von allem war mehr da, als er essen konnte. Er benutzte Messer und Gabeln aus Silber und eine Leinenserviette, und er saß mit Menschen am Tisch, für die das die übliche und gewohnte Lebensweise war, weil sie nie etwas anderes gekannt hatten.

Anschließend würde er nicht ins Unterrichtszimmer gehen, das er mit Matthew Desmond hatte teilen dürfen, und auch nicht, unter der Anleitung oder Aufsicht eines Älteren, die zahlreichen kleinen Arbeiten auf dem Besitz erledigen. Statt dessen trug er die Verantwortung für die Aufklärung des Mordes an einem Minister, zu dessen Schutz man ihn ausgesandt hatte... ein Auftrag, den er nicht hatte ausführen können.

Er lehnte sich an die Wand des Pferdestalls, die Füße im vertraut riechenden Stroh und hörte, wie sich die Pferde auf der anderen Seite zufrieden in ihren Boxen bewegten.

Er hatte sich dem Kutscher bereits vorgestellt und ihm mitgeteilt, daß Greville tot war. Ursprünglich hatte er überlegt, ob es besser sei, dem Mann nichts zu sagen, war dann aber zu dem Ergebnis gekommen, daß dieser, sofern es sich um einen treuen Diener seines Herrn handelte, einem Fremden nur wenig Aufschlußreiches mitteilen würde, solange sein Herr noch lebte.

»Beschreiben Sie bitte den Zwischenfall, bei dem Sie von der Straße gedrängt wurden«, forderte er ihn auf.

Während der Mann zögernd sprach und nach Worten suchte, hielt er keinen Augenblick in seiner Arbeit inne. Seine wettergegerbten Hände rieben Fett ins Leder und polierten das Geschirr, bis es glänzte. Sein Bericht deckte sich in allen wesentlichen Punkten genau mit dem Grevilles. Auch er erinnerte sich an die Augen des anderen Kutschers.

»Ich würde sagen, daß der verrückt war«, sagte er kopfschüttelnd. »So hat er jedenfalls geguckt.«

»Hell oder dunkel?« fragte Pitt.

»Hell, wie Licht, das sich im Wasser spiegelt«, kam die Antwort. »So 'n Gesicht hab' ich noch nie gesehen, und hoffentlich seh' ich so eins auch nie wieder!«

»Aber es ist Ihnen nicht gelungen festzustellen, woher die Pferde kamen?«

»Nein.« Er sah auf das Geschirr, das er in den Händen hielt. »Wir haben es wohl nicht gründlich genug probiert. Andernfalls könnte Mr. Greville vielleicht noch leben. Die Iren sind verrückt. Kathleen war 'n braves Mädchen. Man mußte sie einfach gern haben. Es hat mir richtig leid getan, als sie gegangen ist.«

»Wer war Kathleen?« Vermutlich spielte es keine Rolle, aber die Frage konnte nicht schaden.

»Kathleen O'Brien. Sie hat hier als Dienstmädchen gearbeitet. Hat 'n bißchen wie unsere Doll ausgesehen, nur dunkler. So dunkel wie die Nacht, mit blauen irischen Augen.«

»Kam sie aus Irland?«

»Aber ja! Hatte 'ne Stimme weich wie geschmolzene Butter und konnte wunderschön singen.«

»Wie lange ist das her?«

»'n halbes Jahr.« Sein Gesicht wurde wieder verschlossen, und seine Schultern strafften sich.

Unwillkürlich dachte Pitt, daß sie vielleicht Verwandte –

Brüder oder sogar einen Geliebten – hatte, die voll Leidenschaft die Sache der Nationalisten vertraten.

»Mit Kathleen war alles in Ordnung«, sagte der Kutscher, ohne den Blick von der Arbeit zu heben. »Wenn Sie glauben, daß sie was damit zu tun hatte, irren Sie sich.«

»Gäbe es einen Grund, das anzunehmen?« fragte Pitt ruhig. »Ist sie im Groll geschieden?«

»Ich habe nichts dazu zu sagen, Mr. Pitt.«

»Haben Sie Mr. Greville auch gefahren, wenn er in London war oder nur hier in der Gegend?«

»Ich war schon oft in London. Hier gibt es nicht viel zu fahren, wenn die gnädigen Herrschaften in der Stadt sind. Das kann alles John tun. Da lernt er wenigstens was.«

»Und Sie haben also Mr. Greville in London gefahren?«

»Sag ich ja.«

»Kennen Sie Mrs. Easterwood?«

Eine Antwort war nicht nötig. Nicht nur sein Zögern verriet ihn, sondern auch die Haltung seines Körpers, die Art, wie er die Hände einen Augenblick auf dem Lederzug ruhen ließ und dann weiterpolierte, bis die Knöchel weiß hervortraten.

»Gab es viele Frauen wie Mrs. Easterwood?« fragte Pitt ruhig.

Wieder antwortete ihm Schweigen.

»Ich verstehe, daß Sie zu Ihren Herrschaften halten«, fuhr Pitt fort. »Und ich bewundere das sogar... ganz gleich, ob Ihre Treue Mr. Greville gilt oder seiner Witwe...« Er sah, wie der Mann bei dem Wort zusammenzuckte. »Aber man hat ihn ermordet, ihm einen Schlag auf den Kopf gegeben und in der Badewanne ertränkt. Dort hat er die ganze Nacht gelegen, bis ihn Doll am Morgen fand, nackt, mit dem Gesicht unter Wasser –«

Der Kopf des Kutschers fuhr hoch, seine Augen waren schmal. Wut blitzte aus ihnen.

»Ich will nicht, daß Sie mir das sagen. Es gehört sich nicht, daß die Leute wissen –«

»Die Leute wissen es nicht.« Pitt reichte ihm ein sauberes Tuch. »Aber ich möchte herausbekommen, wer es war. Dahinter steckt kein einzelner Täter, denn der Kutscher mit den irren Augen hält sich nicht in Ashworth Hall auf. Auch in London hat man jemanden ermordet, einen anständigen Mann mit Familie, damit dieses Geheimnis nicht ans Licht kommt. Ich will sie alle überführen, und ich werde nicht locker lassen. Wenn es nötig ist, dafür ein paar schmutzige Einzelheiten über Frauen wie Mrs. Easterwood in Erfahrung zu bringen und eine Menge über Mr. Greville, was die Öffentlichkeit nicht zu wissen braucht, werde ich davor nicht zurückschrecken.«

»Ja, Sir.« Es kam unwillig. Es war dem Mann nicht recht, aber er sah keine andere Möglichkeit. Seine Hände krallten sich in das Geschirr, und seine Schultern waren angespannt.

»Gab es noch mehr Frauen wie Mrs. Easterwood?« fragte Pitt erneut.

»'n paar.« Der Kutscher sah Pitt offen in die Augen. Er holte tief Luft und stieß den Atem mit einem Seufzen aus.

»Meistens in London. Aber nie die Frauen von Bekannten. Er würde denen nie was wegnehmen. Nur solche, die dazu bereit waren und die –« Mit einem Mal hielt er inne.

»Und die nicht zählen«, beendete Pitt seinen Satz. Er mußte an den Ton in Malcolm Anders' Brief denken.

»Jeder zählt, Mr. Pitt.«

»Auch Huren?«

Das Gesicht des Kutschers rötete sich. »Sie haben kein Recht, irgendeine Frau Hure zu nennen, Mr. Pitt. Es ist mir egal, wer Sie sind, ich höre mir das nicht an.«

»Auch nicht Mädchen wie Kathleen O'Brien? Die tun es doch mit jedem, um weiterzukommen –« Pitt unterbrach sich ebenfalls, als er die Wut und den Schmerz in den Augen des Mannes erkannte. Er war zu weit gegangen. »Entschuldigung«, sagte er. Es war ihm ernst. Er konnte sich die Geschichte vorstellen. Es dürfte sich um eine von einem Dutzend Variationen zu dem alten Thema handeln: ein hübsches Hausmädchen, ein Herr, der gewohnt war zu nehmen, was ihm gefiel und in dessen Augen Dienstboten keine Menschen waren wie er, die weder Feinfühligkeit, Menschenwürde oder ein Ehrgefühl besaßen, das man kränken konnte. Diese Unterscheidung wäre ihm nicht einmal bewußt gewesen.

»So war sie nicht.« Der Kutscher sah ihn böse an. »Sie haben kein Recht, so was zu sagen.«

»Ich wollte Sie reizen, damit Sie die Wahrheit sagen«, gestand Pitt. »Was war mit Kathleen?«

Der Mann war nach wie vor wütend. Pitt mußte an den Kutscher des Landguts denken, auf dem er aufgewachsen war, schweigsam, treu und von einer Wahrheitsliebe, die nichts beschönigte, Tieren und Kindern gegenüber aber von einer unendlichen Geduld.

»Sie ist wegen Diebstahl entlassen worden«, sagte er widerwillig. »Aber in Wirklichkeit war es, weil sie nicht angefaßt werden wollte.«

Pitt entspannte sich. Erst jetzt fiel ihm auf, daß er die Fäuste geballt hatte, und zwar so fest, daß sich die Fingernägel in die Handflächen gegraben hatten und seine Muskeln schmerzten.

»Ist sie nach Irland zurückgekehrt?«

»Weiß nicht. Wir haben ihr mitgegeben, was wir konnten, ich, die Köchin und Mr. Wheeler.«

»Gut. Aber Sie stehen nach wie vor treu zu Mr. Greville?«

»Nein, Sir«, verbesserte er ihn. »Zu meiner gnädigen Frau. Ich möchte nicht, daß sie über diese Sachen was erfährt. Manche Damen ertragen das und leben damit, andere ertragen es nicht. Ich glaub' nicht, daß sie eine von denen ist, die es ertragen könnten. Sie ist eine feine Dame. Sie werden es ihr doch nicht sagen, oder?«

»Nicht, wenn es nicht unbedingt sein muß«, antwortete Pitt, und er sagte es bedauernd, denn ihm war klar, daß das nicht viel zu bedeuten hatte. Er hätte dem Kutscher lieber die Zusicherung gemacht, die er hören wollte.

Sie ritten durch die zunehmende Dunkelheit des Herbstabends zurück. Pitt war heilfroh, daß er sich den Weg zwischen Hecken und durch Wälder nicht allein suchen mußte. Obwohl es fast windstill war, wurde es immer kälter, je mehr das Tageslicht schwand, und der scharfe Frost begann ihn in die Nase zu stechen. Zweige brachen unter den Hufen eines Pferdes, dessen Atem weiß vor der Dämmerung stand.

Nach mehr als eineinhalb Stunden sahen sie die Lichter von Ashworth Hall und ritten in den Stallhof ein, wo sie absitzen konnten. Früher hatte Pitt seinem Pferd den Sattel stets selbst abnehmen müssen, es herumgeführt, trockengerieben, gefüttert und ihm Wasser gegeben, und bisweilen hatte er dasselbe für Matthews Pferd getan. Es kam ihm richtig nachlässig und lieblos vor, das Tier jetzt einfach einem anderen zu übergeben und davonzugehen – ein weiterer Hinweis darauf, wie weit er sich von seinen Ursprüngen entfernt hatte. Piers tat das trotz seiner Jugend so beiläufig, wie sich jemand in seiner Wohnung das Jackett auszieht.

Pitt folgte ihm durch die Seitentür und reinigte an dem zu diesem Zweck dort angebrachten Kratzeisen seine Stiefel.

Im Haus war es warm. Sogar das Entree schien ihn nach der beißenden Kälte der Nachtluft willkommen zu heißen. Ein Hausdiener stand aufmerksam bereit. »Darf ich Ihnen etwas bringen, Sir?« fragte er Pitt zuerst, zu dessen Überraschung. Er hatte einen Augenblick lang nicht daran gedacht, daß er Gast des Hauses war, Piers hingegen uneingeladen gekommen und außerdem jünger war. »Ein heißes Getränk? Ein Glas Whisky? Glühwein?«

»Vielen Dank. Etwas Heißes zu trinken wäre mir sehr recht. Ist Mr. Radley schon aus der Sitzung herausgekommen?«

»Nein, Sir. Ich erlaube mir zu sagen, daß es besser gegangen ist, als erwartet.« Er sah auf Piers. »Darf ich auch Ihnen ein heißes Getränk bringen, Sir?«

»Gern, danke.« Piers sah zu Pitt hin. Er hatte ihn nicht gefragt, was er seiner Mutter sagen sollte. Er hatte ihn bereits einmal um Diskretion gebeten und wußte nicht, was ihm der Kutscher gesagt hatte. »Ich gehe nach oben und sehe nach Miss Baring.« Er sah erneut den Hausdiener an. »Wissen Sie, ob sie bei meiner Mutter ist?«

»Ja, Sir. Im blauen Damensalon.«

Mit einem kurzen Blick auf Pitt ging er nach oben und verschwand um die Geländerbrüstung im Korridor.

»Bitte servieren Sie mir das Getränk gleichfalls oben«, wies Pitt den Hausdiener an. »Ich denke, daß ich vor dem Abendessen noch ein Bad nehmen werde.«

»Ja, Sir. Ich werde veranlassen, daß man Ihnen Wasser hinaufbringt, Sir.«

Pitt lächelte. »Danke. Ja, tun Sie das bitte.«

Tellman brachte das Wasser. Er tat es äußerst griesgrämig. Er goß es wohl nur deshalb nicht über den ganzen Fußboden, weil er es anschließend selbst hätte aufwischen müssen. Bestimmt wäre er entzückt, wenn Pitt am folgenden Tag zu steif wäre, um sich ohne Schmerzen zu bewegen.

»Ich habe eine ganze Menge in Erfahrung gebracht«, sagte Pitt im Plauderton, löste seine Krawatte und legte sie auf den Beistelltisch. Er knöpfte sich das Hemd auf und trat dabei hinter die spanische Wand, die vor dem Zug schützen sollte, der von der Badezimmertür hereinkam.

»Worüber?« fragte Tellman knurrend.

Pitt zog sich weiter aus und teilte ihm mit, was er über Mrs. Easterwood und ihresgleichen erfahren hatte, über Kathleen O'Brien, was der Kutscher über ihre Entlassung gesagt und was er verschwiegen hatte.

Die Hände tief in den Taschen vergraben, lehnte sich Tellman mit finsterer Miene an den Waschtisch, auf dessen Marmorplatte ein Wasserkrug, Badesalz und Seifenschalen standen.

»Sieht ganz so aus, als hätte er sich Feinde gemacht«, sagte er nachdenklich. »Aber junge Mädchen, die von ihrem Herrn schlecht behandelt wurden, kommen nicht zurück, um ihn umzubringen.« Er stellte sich so, daß der Wandschirm zwischen ihm und Pitt blieb. »Andernfalls müßten sie wahrscheinlich die Hälfte der englischen Aristokraten umbringen.«

»Das würde deren Treiben schnell ein Ende bereiten«, sagte Pitt erschauernd, als er ins heiße Wasser stieg. Es tat wohl, und er hatte bis zu diesem Augenblick noch gar nicht gemerkt, wie sehr er fror und wie steif und müde er war. Es war schon lange her, daß er sich körperlich so angestrengt hatte wie auf diesem Ritt. Er ließ sich in den wohlriechenden, dampfenden Schaum sinken. »Ich bezweifle zwar, daß es etwas damit zu tun hat«, sagte er etwas ernsthafter, »aber wir dürfen die Möglichkeit nicht ausschließen, daß Angehörige von Kathleen O'Brien Nationalisten, wenn nicht gar Fenier sind, und sie ihnen nur allzu bereitwillig Informationen geliefert hat. Anlaß dazu hatte sie ja weiß Gott.«

»Ist das von Bedeutung?« Tellman öffnete eins der Gefäße mit Badesalz und schnupperte neugierig daran, verzog dann wegen des süßlichen Dufts angewidert die Nase. »Umgebracht hat ihn doch jemand, der sich hier im Haus befindet. Bestimmt war das kein aufgebrachter Ehemann und auch nicht Kathleen O'Brien. In beiden Fällen hätte er gewußt, mit wem er es zu tun hatte. Immerhin sind wir über den Hintergrund eines jeden der Anwesenden hier informiert.«

Es blieb Pitt nichts anderes übrig, als mit Eudora zu sprechen. Ohne Charlotte gesehen zu haben, die Emily dabei half, Kezia und Iona zu unterhalten, ging er, nachdem er sich wieder angekleidet hatte, zum Salon von Eudoras Suite und klopfte.

Justine öffnete. In ihren Augen lag ein Funke Hoffnung. Aufmerksam sah sie Pitt an, ohne recht zu wissen, was er mitzuteilen hatte. Doch daß es schmerzen würde, dürfte klar sein. Piers war nicht da. Wahrscheinlich war er noch im Bad oder kleidete sich zum Abendessen um.

»Kommen Sie herein, Mr. Pitt.« Sie öffnete die Tür weit und trat zurück. Sie trug ein blaues Kleid mit einem Stich dunklem Lila und war so schlank, daß man sie als zerbrechlich hätte bezeichnen können, wenn sie nicht zugleich so anmutig und zäh gewirkt hätte wie eine Tänzerin. Es war verständlich, daß Piers von ihrer Schönheit fasziniert war, die allein von ihrer einzigartigen Nase so unvermittelt und verblüffend gestört wurde. Pitt konnte sich nicht einmal entscheiden, ob er die Nase häßlich oder nur einfach ungewöhnlich fand.

Hinter ihr saß Eudora in einem der schweren Sessel nahe dem Kamin, als friere sie, obwohl es im Zimmer warm war. Unter der Fülle ihres schimmernden Haars wirkte ihr Gesicht sehr blaß. Sie sah Pitt zurückhaltend und teilnahmslos an, als sei ihr bereits alles bekannt, was er zu sagen hatte, und könne nur ermüdend sein.

Justine schloß die Tür hinter ihm; er setzte sich Eudora gegenüber, ohne eine Aufforderung abzuwarten. Er hatte während des langen, kalten Ritts zurück nach Ashworth Hall hauptsächlich darüber nachgedacht, wie er ihr diese schmerzlichen Mitteilungen machen sollte, ohne sie allzu sehr zu verletzen. Dabei hatte er genau überlegt, was er ihr nicht vorenthalten durfte. Ein Teil würde ohnehin bekannt werden, und dann war es besser, sie erfuhr es im privaten Kreise und bevor andere davon hörten.

Je länger er ihr vom Feuerschein erhelltes Gesicht mit den wunderbaren Augen und Lippen und den feinen Zügen betrachtete, desto tiefer verachtete er Greville dafür, daß er sie immer wieder hintergangen hatte. Es war ihm durchaus bewußt, daß dies ein sehr hartes Urteil war. Er hatte nicht die geringste Vorstellung davon, wie sie sich in einer engen Beziehung verhielt, wie kalt oder kritisch, wie grausam, herablassend oder distanziert sie war. Trotzdem verurteilte er Greville, weil ihm sein Instinkt und seine Beobachtungen etwas anderes sagten.

»Mrs. Greville, ich habe alle Briefe und Dokumente in Mr. Grevilles Arbeitszimmer gelesen und mit dem Kutscher über den Zwischenfall auf der Straße gesprochen. Mir ist klar, warum Ihr Mann uns die Briefe nicht gezeigt hat. Es sind anonyme Briefe, die uns nicht viel genutzt hätten; sie enthalten ganz allgemeine Drohungen und könnten von jedem Beliebigen stammen.«

»Sie haben also nichts gefunden?« Es klang, als sei sie unsicher, ob sie enttäuscht oder erleichtert sein sollte.

»Nichts, was diese Briefe betrifft«, ergänzte er. »Es gab allerdings noch andere Briefe und Vorfälle, wie ich den Gesprächen mit den Dienstboten entnehmen konnte.«

»So? Mir gegenüber hat er von keinen weiteren Drohungen gesprochen. Vielleicht wollte er mir Sorgen ersparen.«

Justine trat wieder ans Feuer.

»Bestimmt. Er wollte sicher nicht, daß Sie sich ängstigen, soweit es ihm möglich war.«

Eudora lächelte ihr zu. Es war deutlich zu sehen, daß sich die beiden Frauen in ihrem Kummer bereits einander angeschlossen hatten. Justine hatte Greville zwar kaum gekannt, schien den Verlust aber deutlich zu empfinden.

»Erinnern Sie sich an ein Dienstmädchen namens Kathleen O'Brien, das in Ihrem Hause tätig war?« fragte Pitt.

Eudora dachte einen Augenblick lang nach. »Ja, ja, ein sehr hübsches Ding. Natürlich Irin.« Sie runzelte die Stirn. »Sie glauben doch nicht etwa, daß sie etwas mit den Feniern zu tun hatte? Sie stammte zwar aus dem Süden, wirkte aber ausgesprochen freundlich und nicht im geringsten ... Ich nehme an, daß es widersinnig wäre, bei einem Dienstboten von politischen Interessen zu sprechen. Wollen Sie etwa sagen, daß sie Informationen über uns weitergegeben haben könnte?« Die Ungläubigkeit war ihr deutlich am Gesicht abzulesen.

»Vielleicht hatte sie Brüder oder einen Freund«, gab Justine zu bedenken.

Eudora sah nicht überzeugt aus. »Aber der Überfall geschah ziemlich lange, nachdem sie uns verlassen hatte. Sie hätte den Leuten nichts mitteilen können, was sie nicht selbst feststellen konnten, indem sie den Stallhof ausspionierten. Ich bin nicht bereit, irgendwelche Vorwürfe auf Kathleen sitzen zu lassen, Mr. Pitt, sofern es keine sehr guten Gründe dafür gibt. Außerdem war sie mit Sicherheit nicht hier. Ich habe Miss Moynihans und Mrs. McGinleys Zofen gesehen. Nein, das hat nichts mit Kathleen zu tun.«

»Warum hat sie Ihren Haushalt verlassen, Mrs. Greville?«

Sie zögerte. Er sah an ihren Augen, daß sie log, bevor sie den Mund auftat.

»Irgendeine Familienangelegenheit. Sie ist nach Irland zurückgekehrt.«

»Warum sagen Sie das?«

Sie sah ihn mit großen, unglücklichen Augen an.

»Man hat ihr Diebstahl vorgeworfen.« Er sagte, was zu sagen sie nicht bereit war.

Justine erstarrte, aber es war nicht zu erkennen, was sie dachte.

»Ich halte sie nicht für schuldig«, sagte Eudora, doch mied ihr Blick Pitts Augen. »Ich denke, daß da ein Mißverständnis vorlag. Ich wollte –« Sie sprach nicht weiter.

Wußte sie etwas? Spielte es überhaupt eine Rolle? War es nötig, sie noch weiter zu kränken, indem er die Erinnerung an ihren Mann befleckte? Lieber nicht. Sie sah bereits so niedergedrückt aus, so verletzlich. Vielleicht spielte es auch wirklich keine Rolle.

Justine war näher an Eudora herangetreten und sah Pitt an.

»Sie glauben doch nicht, daß das Mädchen etwas damit zu tun hat, oder?« fragte sie ganz ruhig. »Selbst wenn sie nach Irland zurückgekehrt ist und mit den Nationalisten sympathisiert hat, selbst wenn sie diesen Leuten erzählt haben sollte, daß sie in Oakfield House im Dienst gestanden hatte, kann sie ihnen doch nichts Wichtiges mitgeteilt haben. Mr. Greville ist hier umgebracht worden, und den Überfall auf der Straße konnte irgend jemand inszeniert haben – aber eine Frau war es nicht.« Sie sah ihn gelassen an.

»Das stimmt in der Tat«, räumte Pitt ein. So, wie sie es dargelegt hatte, klang die Sache völlig unbedeutend. »Mrs. Greville, kennen Sie eine Mrs. Easterwood?«

»Ja, flüchtig.« Ihr Gesichtsausdruck strafte ihren zurückhaltenden Ton Lügen. Sie mochte sie nicht. Entweder kannte sie Grevilles Beziehung zu ihr oder vermutete sie, oder sie kannte ihren Ruf.

Justine, die Eudoras Unruhe möglicherweise spürte, schob sich noch ein wenig näher an sie heran und legte beschützend einen Arm um die Sessellehne.

»Sind das Leute, die Informationen über Mr. Grevilles Tun weitergegeben haben könnten, Mr. Pitt?« fragte Justine. Obwohl ihre Stimme höflich klang, lag doch eine Andeutung von Schärfe darin. »Glauben Sie, daß Sie feststellen können, wer hier im Hause die Tat begangen hat, wenn Sie wissen, wer diese Leute sind? Bringt Sie das gegebenenfalls einer Antwort auf die Frage näher, wer den armen Mann in London getötet hat? Ganz gleich, was diese Leute aussagen mögen, sie werden es wahrscheinlich widerwillig tun, und vermutlich wissen sie ohnehin nicht einmal mehr, mit wem sie gesprochen haben.« Sie lächelte ganz schwach. »Der Täter ist nicht von außen in das Haus eingedrungen, hat Mr. Tellman bereits durch die Befragung der anderen Dienstboten ermittelt. Es handelt sich um eine politisch motivierte Tat, und sie hat mit dem Geschick am Verhandlungstisch zu tun, mit dem Mr. Greville auf den Frieden hingearbeitet hat. Offenbar gibt es jemanden, der den Frieden nur zu seinen eigenen Bedingungen möchte oder auf eine Fortsetzung der Gewalttätigkeit aus ist.«

»Das alles ist mir bekannt, Miss Baring«, gab Pitt zu. Er konnte ihren Wunsch, Eudora vor weiterem Kummer zu bewahren, verstehen und hieß ihn sogar gut. Möglicherweise ahnte sie, daß es für Eudora nicht unbedingt einfach sein würde, bestimmte Dinge aus Grevilles Privatleben zu erfahren. Pitt empfand ebenso.

Aber ein neuer und sehr häßlicher Gedanke war ihm gekommen, und er brachte es nicht fertig, ihn beiseite zu schieben. Sofern Eudora die Beziehungen Grevilles zu Mrs. Easterwood und anderen Damen kannte, sofern sie einen Verdacht hegte, warum Kathleen O'Brien wirklich entlassen worden war, hatte sie allen Anlaß, ihren Mann zu hassen. Unter Umständen war diese Sachlage auch ihrem Bruder bekannt. War es denkbar, daß Padraig Doyle darin einen weiteren Verrat der Engländer an den Iren sah? War es denkbar, daß er beschlossen hatte, dieses Unrecht unter dem Deckmantel einer politisch motivierten Tat persönlich zu rächen? War sie gar Bestandteil politischen Handelns? Niemand hatte sich in Ashworth Hall gewaltsam Zutritt verschafft. Hatte Doyle womöglich nur allzu willig im Dienst der Fenier den Part eines Vollstreckers übernommen? Ursprünglich hatte ihn Pitt aufgrund seiner engen Beziehung zur Familie Greville aus dem Kreis der Verdächtigen ausgeschlossen. Aber das ließ er jetzt nicht mehr gelten.

»Mrs. Greville«, sagte er ganz ruhig. »Die Briefe, die wir gefunden haben, wie auch das, was die Dienstboten durchaus gegen ihren Willen ausgesagt haben, weisen darauf hin, daß Mr. Greville zu verschiedenen Frauen enge, ja, intime Beziehungen unterhalten hat. Wenn Sie keine Einzelheiten darüber wissen wollen, werde ich sie Ihnen nicht mitteilen, aber eine andere Deutung ist nicht möglich. Es tut mir leid.«

Justines elegante Gestalt spannte sich, als hätte er Eudora geohrfeigt. Abscheu lag in ihren schönen großen Augen.

Eudora war sehr bleich, und es fiel ihr schwer, mit fester Stimme zu sprechen. Doch der Blick, mit dem sie Pitt ansah, zeigte weniger Schmerz als Angst.

»Männer haben Schwächen, Mr. Pitt«, sagte sie langsam. »Vor allem mächtige Männer in hoher Position. Womöglich liegt es daran, daß sie häufiger Versuchungen ausgesetzt sind oder daran, daß sie etwas brauchen, was sie für kurze Zeit ihre Verantwortung vergessen läßt. Beziehungen solcher Art sind flüchtig und bedeutungslos. Eine kluge Frau lernt rasch, ihnen keine Beachtung zu schenken. Ainsley hat nie zugelassen, daß mich das in irgendeiner Weise hätte peinlich berühren müssen. Er war diskret. Er hat mich nicht mit und vor meinen Freundinnen kompromittiert. Dieses Glück ist nicht jeder Frau beschieden.«

»Und Kathleen O'Brien?« Es war ihm zuwider, den Namen noch einmal nennen zu müssen.

»Sie haben selbst gesagt, daß sie ein Dienstmädchen war!« fiel ihm Justine voll Verachtung ins Wort. »Sie wollen doch nicht etwa andeuten, daß ein Mann von Mr. Grevilles Ansehen und Stellung mit einem Dienstmädchen tändelt, Mr. Pitt? Diese Vorstellung wäre kränkend.«

Eudora wandte sich ihr zu und sah sie an.

»Vielen Dank, meine Liebe, für Ihre Loyalität. Sie waren in diesen Tagen außergewöhnlich hilfreich. Vielleicht sollten Sie sich jetzt um Piers kümmern. Ihn muß das alles stark mitgenommen haben. Ich würde selbst gehen, aber mir ist klar, daß Ihre Gegenwart ihm lieber ist.« Ein flüchtiger Ausdruck von Bedauern trat auf ihre Züge. »Sie könnten dafür sorgen, daß er nach seinem langen Ritt etwas zu essen bekommt.«

Justine nahm ihre Entlassung mit Anmut hin und ließ Pitt mit ihrer künftigen Schwiegermutter allein.

Eudora beugte sich näher zum Feuer, als sei ihr trotz der inzwischen nahezu drückenden Hitze im Raum immer noch kalt. Der gelbe Schein der Flammen tanzte auf ihren Wangen und ihrem sanften Kinn und ließ die Schatten, die ihre Wimpern warfen, riesig erscheinen.

Pitt kam sich brutal vor, aber ihm blieb keine Wahl. Er beschwor vor seinem inneren Auge das Bild von Grevilles leblosem Gesicht im Wasser herauf und dachte an die würdelose Situation. Er erinnerte sich bewußt an Dolls Kreischen und an Denbigh, wie er tot in einem Londoner Gäßchen gelegen hatte.

»Hat Kathleen O'Brien gestohlen, Mrs. Greville?« fragte er.

»Ich glaube nicht«, flüsterte sie.

»Hat man sie entlassen, weil sie nicht bereit war, den persönlichen Wünschen Ihres Mannes zu willfahren?«

»Das ... das mag eine Rolle gespielt haben. Es war ... nicht leicht mit ihr.« Zu weiteren Aussagen in dieser Sache wäre sie nicht bereit, das konnte er an der Haltung ihrer Schultern erkennen. Unter dem dunklen Kleid war ihr Körper angespannt. Sie ähnelte in vielem Charlotte, bis hin zu ihrem kastanienfarbenen Haar, nur wirkte sie um vieles verletzlicher.

»Kannte Ihr Bruder, Mr. Doyle, die Neigungen Ihres Mannes und die Freiheiten, die er sich nahm?«

»Ich habe nie mit ihm darüber gesprochen«, antwortete sie sofort. Ihr Stolz ließ nur diese Antwort zu. Trotzdem klangen die Worte ausweichend. »Über derlei Dinge spricht man nicht. Es wäre peinlich ... und illoyal.« In ihrer Stimme schwang ein Vorwurf mit, und er hatte das Gefühl, sie könne jeden Augenblick in Tränen ausbrechen.

Er dachte an alles, was diese Frau in den letzten Tagen durchgemacht hatte, an den Druck, den es bedeutete, daß man von Greville erwartete, mit einer nahezu unlösbaren Aufgabe Erfolg zu haben, an ihre durchaus begründete Angst um sein Leben. Dann war Piers gekommen und hatte seine Verlobung bekanntgegeben, wobei seine Eltern offenkundig nichts von einer Beziehung gewußt hatten, ganz davon zu schweigen, daß er seine Zukunftspläne mit ihnen besprochen hätte. Am nächsten Tag war Greville ermordet worden. Jetzt drängte Pitt sie zu der Erkenntnis, daß ein großer Teil ihres Lebens auf falschen Voraussetzungen gegründet war und unter dem Schatten eines häßlichen Betrugs gestanden hatte, daß ihr Heim beschmutzt und ihre innersten Werte verraten worden waren. Der Kummer dieser Frau mußte geradezu unerträglich sein.

Trotz allem aber saß sie mit ausdruckslosem Gesicht am Feuer und blieb höflich. Eine weniger charakterstarke Frau hätte geweint, getobt, ihn wegen seiner Grausamkeit beschimpft. Es war ihm zuwider, ihr noch mehr Leid zufügen zu müssen. Aber es war keineswegs ausgeschlossen, daß Padraig Doyle seinen Schwager getötet hatte. Es war denkbar, daß er sich durch die Art und Weise, wie Greville Eudora behandelt hatte, von den Pflichten der Familientreue entbunden fühlte, die ihn normalerweise daran gehindert hätten. Er war Ire, er war Katholik, und er war Nationalist. Greville hätte keinem der Männer im Hause so viel Vertrauen entgegengebracht wie ihm. Es war ohne weiteres möglich, daß sie miteinander in Streit geraten waren, aber nie und nimmer hätte Greville damit gerechnet, daß Doyle gewalttätig werden könnte. Er hätte also bis zum letzten Augenblick völlig ahnungslos in der Wanne gesessen – und dann wäre es zu spät gewesen, um Hilfe zu rufen.

»Hat Ihr Bruder Sie in Oakfield House besucht?«

»Schon Jahre nicht mehr.« Sie sah ihn nicht an.

»In London?«

»Manchmal. Viele Leute haben sich in London bei uns aufgehalten. Mein Mann hat... hatte eine bedeutende Position.«

»Reisen Sie von Zeit zu Zeit nach Irland?«

Sie zögerte.

Er wartete. Die Kohlen sanken im Kamin in sich zusammen.

»Ja. Irland ist meine Heimat, und ich kehre gelegentlich dorthin zurück.«

Es war sinnlos, weiter in sie zu dringen. Alle Fragen, die sich in seinem Kopf drängten, standen zwischen ihnen. Sie würde verstehen, worauf er hinauswollte und wäre nicht bereit zu antworten.

»Es tut mir leid, daß ich das ansprechen mußte«, sagte er nach einer Weile. »Es wäre mir lieber gewesen, ich hätte die Briefe einfach verbrennen können.«

»Ich verstehe«, antwortete sie. »Zumindest glaube ich das.« Sie hob den Blick zu ihm. »Mr. Pitt? Hat Piers die Briefe gelesen?«

»Ja ... aber er war nicht dabei, als ich mit den Dienstboten gesprochen habe. Er weiß nichts über die Sache mit Kathleen O'Brien und auch nichts darüber, daß es in Londen andere Frauen gegeben hat.«

»Werden Sie ihm bitte nur sagen, was er unbedingt wissen muß? Ainsley war sein Vater ...«

»Selbstverständlich. Mir liegt nichts daran, Mr. Grevilles Ruf in irgend jemandes Augen Schaden zuzufügen, schon gar nicht in denen seiner Angehörigen ...«

Sie lächelte ihm zu. »Ich weiß. Ich beneide Sie nicht um Ihre Aufgabe, Mr. Pitt. Sie ist gewiß mitunter sehr bedrückend.«

»Ja, weil ich anderen damit Schmerzen bereite«, sagte er freundlich, »und zwar Menschen, die ohnehin schon viel zu sehr leiden.«

Sie sah ihn noch eine Weile an und wandte sich dann wieder dem Feuer zu.

Er verabschiedete sich, verließ den Raum und ging wieder nach unten, um zu sehen, ob Jack inzwischen frei war. Noch war er nicht bereit, Charlotte gegenüberzutreten. Sie war so tüchtig, bewegte sich mit größter Natürlichkeit in diesem erlesen eingerichteten, großen Herrenhaus mit den hohen Decken und dem geschulten Personal, das diskret seiner Arbeit nachging. Man konnte den Eindruck gewinnen, als sei sie ganz in ihrem Element. Nur allzu deutlich erinnerte er sich daran, daß einst auch er zum Personal gehört hatte und es nach wie vor nicht als selbstverständlich hinnahm, bedient zu werden. Im tiefsten Inneren würde er nie wirklich in diese Kreise gehören.

KAPITEL SECHS

Trotz ihrer Erschöpfung schlief Emily unruhig. Am Tag nach Pitts Ritt hinüber nach Oakfield House war sie schon vor den Hausmädchen wach, blieb aber, statt gleich aufzustehen, noch im Dunkeln liegen. In Gedanken ließ sie alle Katastrophen des Wochenendes vor ihrem inneren Auge Revue passieren und sah dem bevorstehenden Tag mit den schlimmsten Befürchtungen entgegen.

Als sie schließlich aufstand, spürte sie einen gleichmäßig dumpfen Kopfschmerz. Dagegen half weder die erste Tasse Tee, noch das heiße Wasser, das ihr die Zofe brachte, doch das Aroma des Lavendelöls, das sie ihr gab, empfand sie als sehr angenehm. Sorgfältig kleidete Emily sich an. Sie wählte ein entenblaues Vormittagskleid und bewunderte sich im Spiegel, wenn auch ohne besondere Freude. Sie fand, daß sie großartig aussah. Sie hatte wieder die gleiche Figur wie vor der Geburt ihrer Tochter Evangeline, die sich zur Zeit zusammen mit ihrem älteren Halbbruder Edward in der Obhut der Amme im Londoner Stadthaus befand, das Kleid war nach der neuesten Mode geschnitten, und die Farbe stand ihr, wie alle Grün- oder Blautöne. Ihr helles Haar mit den leichten Naturlocken, um die Charlotte sie immer so glühend beneidet hatte, war tadellos frisiert. Keine Zofe hatte je Schwierigkeiten damit.

Aber all das war unerheblich. Sogar die ihr eigentlich verhaßte Aufgabe, die Dienstboten mit gutem Zureden ihrer Pflichten anzuhalten, sie zu beruhigen, ihre Ängste zu beschwichtigen und ihnen zu versichern, es gebe im Hause keinen Verrückten und niemand werde umgebracht, gehörte zu den gewöhnlichen Pflichten einer guten Gastgeberin. Ihre

Angst um Jack ließ all das in den Hintergrund treten. Cornwallis hatte ihn gebeten, an Grevilles Stelle den Vorsitz bei den Verhandlungen zu übernehmen, und er hatte es getan, als ahne er nichts von der Gefahr, in die er sich damit begab. Falls es wirklich Menschen gab, denen so sehr daran gelegen war, einen erfolgreichen Abschluß der Gespräche zu verhindern, daß sie Greville umbrachten, waren sie höchstwahrscheinlich bereit, auch Jack zu ermorden.

Und das einzige, was Pitt zu seinem Schutz unternahm, war, daß er den erbärmlichen Tellman beauftragt hatte, ihn auf Schritt und Tritt zu begleiten... als ob das etwas nützen könnte! Er wußte nicht einmal, vor wem oder wovor er Jack beschützte. Das einzig Vernünftige wäre gewesen, die Verhandlungen abzubrechen, noch mehr Polizeibeamte herzuschicken und jeden zu verhören, bis der Fall aufgeklärt war. Cornwallis hätte selbst kommen müssen.

Sie spürte, wie ihre Panik zunahm. Vor ihrem geistigen Auge sah sie Jack mit bleichem Gesicht und geschlossenen Augen tot daliegen. Tränen traten ihr in die Augen, ihr Magen zog sich zusammen, und mit einem Mal war ihr unwohl. Es war sinnlos, sich in falscher Sicherheit zu wiegen und zu behaupten, es könne nicht geschehen. Natürlich konnte es jederzeit geschehen. Immerhin gab es bereits einen Toten. Eudora Greville war jetzt Witwe. Sie war allein, hatte den Mann verloren, den sie geliebt hatte. Sie hatte ihn doch wohl geliebt? Aber die Antwort war nicht von Bedeutung. Emily liebte Jack. An diesem Morgen, während sie, eine Brosche in der Hand, vor ihrer Frisierkommode saß, wurde ihr klar, wie sehr sie ihn liebte.

Sie grollte ihm, daß er den Vorsitz übernommen hatte – dabei hätte sie sich an seiner Stelle nicht anders verhalten. Sie war noch nie im Leben vor etwas davongelaufen, wenn es sich um etwas handelte, was sie sich vorgenommen hatte. Sie hätte ihn verachtet, wenn er den Auftrag abgelehnt hätte. Aber zumindest wäre er vor einem Anschlag sicher gewesen.

Sie mochte sich selbst kaum eingestehen, daß sie außerdem Angst hatte, er könnte versagen. Und nicht etwa deswegen, weil die Aufgabe wahrscheinlich gar nicht zu lösen war, sondern weil er kein so gewandter Diplomat war wie Ainsley Greville. Er war weder so erfahren noch so brillant wie Greville, besaß nicht dessen Kenntnisse, was die irische Frage betraf und auch nicht dessen Verhandlungsgeschick.

All das drängte sich am Rande ihres Denkens, und sie würde nicht zulassen, daß es vollständig Besitz davon ergriff. Sie würde sich nicht gestatten, ihre Empfindungen in Worte zu fassen. Es wäre illoyal, und es entsprach nicht der Wahrheit – möglicherweise. Sie liebte Jack, weil er liebenswürdig war, den Dingen eine heitere Seite abzugewinnen vermochte und nicht so schnell den Mut verlor, weil er bereit war, das Schöne im Leben zu erkennen und zu genießen – und weil er sie liebte. Ihretwegen brauchte er nicht wer weiß wie klug zu sein, berühmt zu werden oder viel Geld zu verdienen. Geld hatte sie bereits, das hatte sie von George geerbt.

Es war denkbar, daß Jack es um seiner selbst willen tat, es zumindest versuchen mußte, um seine Grenzen auszuloten, ganz gleich, ob das Ergebnis ein Erfolg oder ein Fehlschlag war. Am liebsten hätte sie ihn beschützt. Wenn sie an ihren Sohn Edward dachte, dessen Vater nicht Jack, sondern George war, empfand sie bisweilen ebenfalls den wilden Wunsch, ihn vor Unbill zu bewahren, ja, sogar vor den Schmerzen, die zwangsläufig mit dem Erwachsenwerden verbunden sind. Sie hatte sich nie für mütterlich gehalten. Der bloße Gedanke war lachhaft. Niemand war weniger mütterlich als sie. Sie war praktisch veranlagt, ehrgeizig, geistreich, hatte eine rasche Auffassungsgabe, konnte sich fast jeder Situation anpassen und verschanzte sich nie hinter bequemen Ausflüchten. Sie war eine gutmütige Realistin.

Trotzdem stritt sie an diesem Vormittag mit Jack, obwohl sie nichts weniger beabsichtigt hatte als das. Er kam fast im selben Augenblick in ihr Ankleidezimmer, in dem Gwen es verließ. Als er hinter sie trat, trafen sich ihre Blicke im Spiegel, und er lächelte. Er beugte sich vor und küßte sie flüchtig aufs Haar, ohne ihre Frisur durcheinanderzubringen.

Sie drehte sich auf dem Hocker um und sah ihn ernst an.

»Du wirst doch auf dich achtgeben, nicht wahr?« beschwor sie ihn.

»Behalte Tellman an deiner Seite. Ich weiß, er ist ein Miesepeter, aber ertrag ihn einfach, solange es nötig ist.« Sie stand auf, fuhr ihm mechanisch über die Jackettaufschläge, obwohl es nichts an ihnen zu richten gab und entfernte ein nur in ihrer Einbildung vorhandenes Stäubchen.

»Reg dich doch nicht unnötig auf, Emily«, sagte er ganz ruhig. »Niemand wird mir vor aller Augen etwas tun. Überhaupt bezweifle ich, daß es soweit kommen wird.«

»Wieso nicht? Glaubst du nicht, daß du fortsetzen kannst, was Ainsley Greville begonnen hat? Schließlich warst du von Anfang an dabei. Ich bin sicher, daß du ebensoviel bewirken kannst, wie er hätte bewirken können.« Dann begriff sie, was ungesagt in ihren Worten mitschwang, und sie fuhr fort: »Aber vielleicht würde es auch schon genügen, wenn du erreichst, daß keiner aufgibt. Die Gespräche können ohne weiteres zu einem späteren Zeitpunkt fortgesetzt werden, in London ...«

»Wo man einen neuen Vorsitzenden ernennen kann«, sagte er. Zwar lächelte er bei diesen Worten, als mache er sich über sich selbst lustig, aber an seinen Augen erkannte sie, daß er gekränkt war.

»Wo man besser auf deine Sicherheit achten kann«, korrigierte sie ihn, doch war ihr klar, daß er ihr nicht glaubte. Was konnte sie sagen, um die Kränkung zurückzunehmen? Auf welche Weise konnte sie ihm klarmachen, daß sie Vertrauen in seine Fähigkeiten hatte, ganz gleich, was andere denken mochten? Wenn sie es zu sehr betonte, würde sie alles nur noch schlimmer machen. Warum mußte er auch eine so schwierige Aufgabe übernehmen? Vielleicht überstieg sie seine Fähigkeiten doch?

Wie konnte sie ihn davon überzeugen, daß sie an etwas glaubte, dessen sie sich selbst nicht sicher war? Auf Schritt und Tritt meldete sich in ihr die krankhafte Angst um ihn, zermürbte sie, hinderte sie daran, einen klaren Gedanken zu fassen. Sie versuchte, sich einzureden, daß sie töricht sei, aber Ainsley Grevilles Leiche draußen im Eishaus zeigte in schrecklicher Weise, daß das nicht stimmte!

»Thomas wird alles Menschenmögliche für unsere Sicherheit tun«, sagte er nach kurzem Schweigen. »Es wimmelt im

Haus von Leuten. Quäle dich nicht. Sorge einfach dafür, daß Kezia und Iona nicht aneinandergeraten, und kümmere dich um die arme Eudora.«

»Selbstverständlich«, sagte sie, als sei das so leicht getan wie gesagt. Ihm war nicht einmal klar, daß die Hauptschwierigkeit darin liegen würde, das Personal bei der Stange zu halten und zu verhindern, daß es zu Streitereien und hysterischen Anfällen kam oder daß sie einfach davonliefen.

»Charlotte hilft dir sicher«, fügte er hinzu.

»Selbstverständlich«, stimmte sie zu und erschauerte innerlich. Zwar meinte ihre Schwester es gut, aber was sich Charlotte unter Takt vorstellte, war geeignet, Katastrophen heraufzubeschwören. Emily würde dafür sorgen müssen, daß sie auf keinen Fall in die Nähe der Küche kam. Wenn Charlotte und die Köchin aufeinandertrafen, würde das unweigerlich im Chaos enden.

So kam es, daß die Stimmung beim Frühstück ein wenig angespannt war. Dennoch verlief es im großen und ganzen ohne Störung. Die Herren waren darauf bedacht, möglichst bald ihre Gespräche wieder aufzunehmen und hatten schon fertig gefrühstückt, als die Damen nach unten kamen, so daß sich Kezia und Fergal aus dem Weg gehen konnten. Fergal und Iona bedachten einander mit glühenden Blicken, als sie an der Tür aufeinandertrafen, sagten aber nichts. Eudora befand sich noch in ihrem Zimmer. Piers und Justine waren nicht so munter wie sonst, doch bewahrte Justine Haltung und hielt zu Emilys Erleichterung ein angenehmes Tischgespräch über Nichtigkeiten in Gang, das jeden mit einbezog.

Die Führung des Haushalts war eine völlig andere Angelegenheit. Der Butler war gekränkt, weil die Dienstboten der Besucher nicht seiner Befehlsgewalt unterstanden, wie sich das seiner Ansicht nach gehört hätte. Sie aßen getrennt von den anderen, was Unstimmigkeiten hervorrief. Die Waschmägde waren überarbeitet, weil eine von ihnen krank im Bett lag und es viel mehr als sonst zu tun gab. Miss Moynihans Zofe, die etwas hochnäsig zu sein schien, war sich mit Mrs. McGinleys Zofe in die Haare geraten, wobei ein ganzer Eimer voll flüssiger Seife auf dem Boden des Waschhauses gelandet war.

Die Scheuermagd kicherte haltlos vor sich hin und war zu nichts zu gebrauchen – was nicht bedeutete, daß man sonst besonders viel mit ihr hätte anfangen können. Eudoras Zofe war so bekümmert, daß sie die halbe Zeit vergaß, was sie zu tun hatte, und die arme Gracie mußte ihr ständig hinterherräumen – wenn sie nicht gerade Hennessey bei dessen Verrichtungen zusah, ihm zuhörte, während er erzählte oder sich fragte, wann er wohl das nächste Mal käme.

Tellman wurde immer übellauniger, und Dilkes hatte genug von ihm. Er schien ihm zu nichts nütze zu sein. Vielleicht lag das daran, daß er Polizist war, was wohl auch der Grund dafür sein mochte, daß Pitt ihn ertrug.

Emilys Geduldsfaden riß endgültig, als die Köchin, Mrs. Williams, entrüstet erklärte: »Ich bin für die einfachen Küchenarbeiten nicht zuständig. Ich kümmere mich um das Besondere. Bestimmt wollen Sie doch heute abend Ihren Gänsebraten und Ihre Eisbombe haben? Die Küchenmädchen müssen mir zur Hand gehen. Es ist nicht meine Aufgabe, hinter denen herzurennen, weil sie sich irgendwo ausheulen oder im Verschlag unter der Treppe vor Gespenstern verkriechen. Außerdem laß ich mir in meiner eigenen Küche von keinem Butler vorschreiben, wie ich unter den Mädchen Zucht und Ordnung halten soll, Mrs. Radley. Das muß mal gesagt sein!«

»Wer hält sich im Verschlag unter der Treppe auf?« wollte Emily wissen.

»Georgina. Das ist doch kein Name für 'n Küchenmädchen! Ich hab' ihr gesagt, wenn sie nicht sofort rauskommt, kriegt sie mehr Ärger als mit jedem Gespenst, nämlich mit mir! Das wird ihr noch leid tun! Mich geht Gemüsekochen, Milchreis und Vanillesauce nix an! Ich muß mich um Wild, Steinbutt und Apfelkuchen kümmern, und um weiß Gott was sonst noch. Sie setzen da 'nen anständigen Menschen ganz schön unter Druck, Mrs. Radley, das muß mal gesagt sein.«

Am liebsten hätte Emily Mrs. Wiliams mit den entsprechenden sarkastischen Kommentaren postwendend vor die Tür gesetzt, doch das konnte sie sich in der gegenwärtigen Situation nicht leisten. Zugleich konnte sie es sich aber auch nicht leisten, ihr Gesicht zu verlieren, denn das würde sich beim Personal jeder merken, und es würde ihr in der Zukunft alle möglichen Schwierigkeiten eintragen. Im Augenblick blieb ihr deshalb keine andere Wahl, als sich auf die Zunge zu beißen.

»Wir alle stehen unter großem Druck, Mrs. Williams«, gab sie zur Antwort und zwang sich zu einer freundlichen Miene. »Wir alle haben Angst und machen uns Sorgen. Am meisten liegt mir daran, daß der Haushalt an diesem schrecklichen Wochenende mit Ehren bestehen kann, denn die Gäste sollen nicht nur mit unangenehmen Erinnerungen von Ashworth Hall abreisen, sondern auch das Gute im Gedächtnis behalten. Alles andere wird man nicht uns anlasten, sondern der irischen Politik.«

»Na ja...«, sagte Mrs. Williams und schnaubte durch die Nase. »Das stimmt wohl. Ich bin aber nicht sicher, was daran gut sein soll.«

»Das Essen ist mehr als gut, es ist köstlich«, erwiderte Emily, wobei sie ein wenig übertrieb. »Erst bei Katastrophen dieser Art zeigt sich, wer nur gut und wer erstklassig kochen kann. Eine wahre Feuerprobe, Mrs. Williams. Gute Arbeit können viele leisten, wenn alles glattgeht und weder Improvisationsgabe noch Mut oder besondere Disziplin erforderlich sind.«

»Na ja.« Mrs. Williams straffte sich sichtlich. »Da haben Sie wohl recht, Mrs. Radley. Wir lassen Sie nicht im Stich. Wenn Sie mich jetzt entschuldigen wollen. Ich sollte wohl besser an den Herd zurückkehren, falls Sie nicht noch was wünschen. Ich hab ja nicht nur meine Arbeit, sondern auch noch die von der bekloppten Georgina.«

»Selbstverständlich, Mrs. Williams, danke.«

Auf dem Rückweg nach oben suchte Emily das Damenzimmer auf, in dem ein wärmendes Feuer brannte. Dort unterhielt sich Justine mit Kezia und Iona. Es war zwar eine gewisse Reizbarkeit zu spüren, aber noch bewegte sich alles in einem zivilisierten Rahmen. Das mochte daran liegen, daß sich Kezia ihren größten Zorn für ihren Bruder aufsparte. Charlotte hatte Emily die Hintergründe erklärt, und sie kam zu dem Ergebnis, daß sie unter vergleichbaren Umständen wohl ähnlich empfunden hätte wie Kezia.

»Ich überlege, ob ich einen Spaziergang machen soll«, sagte Iona zweifelnd und sah durch die hohen Fenster auf den grauen Himmel. »Aber es scheint sehr kalt zu sein.«

»Ein glänzender Gedanke«, stimmte Justine zu und stand auf. »Das wird uns erfrischen, und wir sind noch rechtzeitig vor dem Mittagessen zurück.«

Iona machte ein überraschtes Gesicht und drehte sich zur Kaminuhr um, die zwanzig vor elf zeigte. »Bis dahin können wir den halben Weg nach London laufen.«

Justine lächelte. »Nicht gegen den Wind und nicht in unseren langen Röcken.«

»Haben Sie schon einmal Bloomers getragen?« fragte Kezia interessiert. »Diese türkischen Hosen unter dem kurzen Rock sehen sehr praktisch aus, wenn auch ein wenig unanständig. Ich würde das gern irgendwann einmal ausprobieren.«

»Fahren Sie Rad?« fragte Emily rasch. Radfahren war zweifellos ein unverfängliches Thema. Es war entsetzlich, vor jeder noch so harmlosen Äußerung immer die möglichen Konsequenzen bedenken zu müssen. »Ich habe schon verschiedene Räder gesehen. Ich stelle es mir wunderbar vor, damit zu fahren.«

Es war lachhaft, wie sie jedes Thema in die Länge zog. Sie hoffte inständig, daß Iona einen Spaziergang machte und Kezia im Haus blieb. Es durfte aber nicht so aussehen, als arbeite sie auf dieses Ziel hin. Noch nie in ihrem Leben hatte sie ein Wochenende verbracht, an dem alles so ungeheuer aufreibend war.

Sie unterhielten sich noch eine Weile über Fahrräder, dann übernahm Justine die Initiative und ging mit Iona hinaus, um Stöcke und Umschlagtücher für den Spaziergang zu holen. Emily blieb bei Kezia und bemühte sich, irgendeine Art von Gespräch in Gang zu halten.

Nach einer halben Stunde entschuldigte sie sich und machte sich auf die Suche nach Charlotte. Warum war sie nicht da, um ihr zu helfen? Sie mußte doch wissen, wie entsetzlich schwierig das alles war. Emily verließ sich auf sie, und sie war irgendwo anders. Vermutlich versuchte sie Eudora zu trösten – als ob das jemand könnte.

Doch als sie nach oben in Eudoras Salon ging, fand sie nicht Charlotte bei ihr, sondern Pitt. Eudora saß in einem der bequemen Sessel, und Pitt schürte, über den Kamin gebeugt, das Feuer. Das war nicht seine Aufgabe, dafür gab es Hausdiener.

»Guten Morgen, Mrs. Greville«, sagte Emily übertrieben munter. »Wie geht es Ihnen? Guten Morgen, Thomas.«

Pitt richtete sich auf, wobei er zusammenzuckte, weil ihn alle Muskeln schmerzten, und erwiderte den Gruß.

»Guten Morgen, Mrs. Radley«, sagte Eudora mit einem leichten Lächeln. Sie sah zehn Jahre älter aus als bei ihrer Ankunft. Ihre Haut wirkte stumpf. Die Lider ihrer nach wie vor wunderbaren Augen waren geschwollen. Sie hatte wohl wenig geschlafen, und ihr Haar hatte seinen üblichen Schimmer verloren. Es war bemerkenswert, daß Schock und Trauer das Aussehen ebenso schnell beeinträchtigen wie jede Krankheit.

»Haben Sie schlafen können?« fragte Emily aufrichtig besorgt. »Wenn Sie wollen, kann ich Gwen sagen, sie soll Ihnen etwas machen, was Ihnen beim Einschlafen hilft. Wir haben hier viel Lavendel, und das Öl hat eine sehr angenehme Wirkung. Oder vielleicht möchten Sie lieber heute abend vor dem Schlafengehen Kamillentee mit etwas Honig und Biskuit?«

»Vielen Dank«, sagte Eudora abwesend und sah kaum auf Emily. Ihre ganze Aufmerksamkeit galt Pitt.

Er trat vom Feuer zurück und wandte sich zu Emily um. Auch er sah angespannt aus, als sei ihm Eudoras Kummer nur allzu bewußt.

»Oder wie wäre es mit einen Tee aus Eisenkraut?« regte Emily an, »oder, falls wir den nicht im Hause haben sollten, Basilikum- oder Salbeitee? Ich hätte schon früher daran denken müssen.«

»Bestimmt kümmert sich Doll darum, vielen Dank«, entgegnete Eudora. »Sie sind sehr aufmerksam, aber Sie haben genug anderes zu tun.«

Sie meinte das nicht abweisend, sondern war mit ihren Gedanken woanders, nämlich bei Pitt. Auch ihre Blicke ruhten auf ihm.

»Kann ich irgend etwas für Sie tun?« Emily mußte es einfach noch einmal versuchen. Eudora sah so tief bekümmert drein, obwohl sich Pitt offensichtlich nach Kräften um sie bemühte. Er wirkte noch über das Maß seines üblichen Mitgefühls hinaus fürsorglich.

Eudora wandte sich an Emily und sah sie endlich an. »Entschuldigen Sie. Ich merke erst jetzt, wie sehr mich das alles erschöpft hat. Es gibt so viel –« Sie unterbrach sich. »Es sieht so aus, als könnte ich nicht richtig denken. So vieles ist anders geworden.«

Emily fielen andere Fälle ein, in denen Menschen eines gewaltsamen Todes gestorben waren und die Ermittlungen bis dahin gänzlich unbekannte Seiten ihres Lebens ans Licht gebracht hatten. Manches davon war anerkennenswert und mutig gewesen; das meiste aber unschön, und oft waren sogar Dinge in Frage gestellt worden, die man zuvor für unantastbar gehalten hatte. Es gab keine Zukunft mehr, und bisweilen war nicht einmal die Vergangenheit so geblieben, wie man sie in Erinnerung hatte. Hatte Pitt gerade mit Eudora darüber gesprochen? Lag darin der Grund für das Zartgefühl, das er ihr entgegenbrachte?

»Selbstverständlich«, sagte Emily leise. »Ich werde Ihnen einen Kräutertee heraufbringen lassen. Und einen leichten Imbiß. Sie sollten unbedingt etwas essen und wenn es nur eine Scheibe Brot mit Butter ist.«

Sie zog sich zurück und überließ die beiden sich selbst.

Die Herren saßen erneut in der Besprechung. Jack würde als Vorsitzender versuchen, irgendeine Art von Übereinkunft zu erzielen. Von der Treppe aus sah sie den Butler mit einem Tablett auf dem Weg zum Gesellschaftszimmer. Als er die Tür öffnete, hörte sie erhobene Stimmen. Dann schloß sie sich wieder, und der Lärm verstummte. Einer der in diesem Raum versammelten Männer hatte Ainsley Greville ermordet, ob mit oder ohne Hilfe von draußen. Wieso saß Pitt bei Eudora und tröstete sie? Mitgefühl war gut und schön, aber das war nicht seine Aufgabe. Darum hätte sich Charlotte kümmern müssen. Warum tat sie das nicht?

Emily ging die letzten Stufen hinab in die Eingangshalle und durchquerte sie auf dem Weg zum Wintergarten. Dabei wäre sie fast mit Charlotte zusammengestoßen, die aus dem

Park hereinkam. »Wo kommst du denn her?« fragte sie scharf.

Charlotte schloß die Tür hinter sich. Ihr Haar war zerzaust, als sei der Wind hindurchgefahren, und ihre Wangen waren gerötet.

»Ich habe einen Spaziergang gemacht«, sagte sie. »Warum?«

»Allein?«

»Ja. Warum fragst du?«

Emily verlor die Beherrschung. »Irgend jemand, der sich zur Zeit hier im Haus aufhält, hat Greville umgebracht, Jacks Leben ist in Gefahr, und Thomas sitzt oben und tröstet die Witwe, statt sich um Jack zu kümmern oder wenigstens nach Grevilles Mörder zu suchen. Während sich die Iren gegenseitig an die Kehle fahren und ich versuche, eine Art Frieden aufrechtzuerhalten, fallen die Dienstboten in Ohnmacht und heulen, streiten sich oder verstecken sich unter der Treppe – und du gehst in aller Seelenruhe draußen im Park spazieren! Und da fragst du noch? Bist du denn von allen guten Geistern verlassen?«

Die Farbe wich aus Charlottes Gesicht. Nur zwei rote Flecken brannten auf ihren Wangen.

»Ich habe nachgedacht«, sagte sie kalt. »Manchmal nützt ein bißchen Denken viel mehr, als wenn man wild in der Gegend herumrennt, um den Eindruck zu erwecken, man täte etwas –«

»Ich bin nicht wild herumgerannt!« blaffte Emily zurück. »Ich dachte, die Vergangenheit hätte dir gezeigt, wenn es schon die Gegenwart nicht tut, daß ein großes Maß an Geschick und Organisation nötig ist, um ein solches Haus zu führen. Ich hatte mich darauf verlassen, daß du dich um Kezia und Iona kümmerst, damit sie sich zumindest höflich miteinander unterhalten.«

»Das hat Justine getan –«

»Und daß sich Thomas bemüht, Jack zu beschützen, soweit das möglich ist. Er aber sitzt da oben« – sie wies mit dem Finger zur Treppe – »und tröstet Eudora.«

»Wahrscheinlich befragt er sie«, sagte Charlotte mit eisiger Stimme.

»Zum Teufel, das war kein Mord, der mit ihrer Familie zu tun hatte!« Emily bemühte sich, beherrscht zu sprechen. »Wenn sie etwas wüßte, hätte sie es ihm gleich gesagt. Es war einer von denen da drin.«

»Das ist uns allen klar«, pflichtete ihr Charlotte bei.

»Aber wer? Vielleicht war es Padraig Doyle – ist dir der Gedanke schon einmal gekommen?«

Emily hatte ihn bisher nicht verdächtigt und tat das auch jetzt nicht.

»Dann geh und rede wenigstens mit Kezia. Sie sitzt allein im Morgenzimmer. Vielleicht kannst du sie dazu bringen, ihre kindische Wut gegen Fergal aufzugeben. Damit hilft sie niemandem.« Nach diesen Worten straffte Emily die Schultern und ging in den Wirtschaftstrakt. Dabei hatte sie längst vergessen, was sie dort wollte.

Auch Gracie hatte an jenem Vormittag viel zu tun, allerdings nicht in erster Linie für Charlotte. An der mitgebrachten Garderobe gab es wenig zu tun, und die Kleider, die Emily ihr geliehen hatte, mußten nur an einigen Stellen ein wenig nachgebügelt werden. Zwar gab es Leibwäsche zu waschen, aber das war auch schon alles. Sie brachte sie durch die Gänge des Wirtschaftstrakts nach unten zum Waschhaus.

Dort fand sie Doll vor, die mit unglücklichem Gesicht auf die stumpfe Sohle eines Bügeleisens starrte und leise etwas vor sich hin murmelte.

»Wie geht's Mrs. Greville?« fragte Gracie mitfühlend.

Doll sah sie an. »Die arme Frau«, sagte sie seufzend. »Sie weiß nicht, wo ihr der Kopf steht. Bestimmt wird es eher noch schlimmer als besser. Haben Sie das Bienenwachs und den Putzstein gesehen?«

»Was?«

»Bienenwachs und Putzstein«, wiederholte Doll. »Auf dem Eisen ist zu viel Salz. Ich muß es putzen, bevor ich ein weißes Kamisol bügeln kann.« Sie hielt das Eisen mißbilligend hoch. Das andere, das auf dem Ofen stand, wurde allmählich heiß.

»Mr. Pitt ist ein kluger Mann. Bestimmt kriegt der raus, wer es war und packt ihn sich.«

Doll sah mit überschattetem Blick rasch zu ihr her. Ihre Hand hielt den Griff des Eisens fest umklammert.

»Der kann auch nicht alles wissen«, sagte sie, nahm dann das andere Eisen vom Ofen und schob es, ihr ganzes Körpergewicht einsetzend, auf dem weißleinenen Unterrock hin und her.

»Sie würden sich wundern«, vertraute ihr Gracie an. »Man muß nur so klug sein, alles zu sehen und zu verstehen. Er faßt den, ganz gleich, wer es ist. Machen Sie sich da keine Sorgen.«

Doll überlief ein leichter Schauer, und ihr Blick richtete sich in die Ferne. Ohne das Eisen loszulassen, hörte sie mitten in der Bewegung auf.

»Sie brauchen keine Angst zu haben.« Gracie trat einen Schritt auf sie zu. »Er ist sehr anständig. Er tut keinem was, der es nicht verdient hat, und er sagt auch nichts, was keiner wissen muß.«

Doll schluckte. »'türlich nicht. Ich hab' auch nie für möglich gehalten ...« Sie senkte den Blick und bügelte weiter. Dort, wo das Eisen gestanden hatte, war der Stoff versengt. Sie atmete tief ein, und Tränen traten ihr in die Augen.

Gracie nahm das Eisen und stellte es auf dem Ofen ab.

»Es muß doch 'ne Möglichkeit geben, den Fleck rauszumachen«, sagte sie mit mehr Sicherheit, als sie empfand. »Es gibt für alles was, man muß es nur wissen.«

»Mr. Wheeler sagt, daß Mr. Pitt gestern nach Oakfield House geritten ist.« Doll sah zu Gracie hin. »Was hat er da gewollt? Umgebracht hat man Mr. Greville doch hier.«

»Als ob ich das nicht wüßte«, erwiderte Gracie. »Wie kriegt man Brandflecken weg? Wir sollten das machen, bevor es zu spät ist.«

»Man nimmt 'ne Mischung aus Zwiebelsaft, Bleicherde, weißer Seife und Essig«, antwortete Doll abwesend. »Bestimmt haben die hier was fertig stehen. Seh'n Sie doch mal in den Topf.« Im Regal hinter Gracie standen Töpfe, die Kleie enthielten, Reis zur Herstellung von Reiswasser, Borax, Seife, Bienenwachs und gewöhnlichen Kerzentalg, mit dem man Tintenflecke beseitigte.

Gracie nahm den Topf, auf den Doll gedeutet hatte, mit beiden Händen herunter und gab ihn ihr. Er war schwer. Solche Brandflecken kamen beim Bügeln wohl ziemlich häufig vor.

Aber etwas an Dolls Elend schien über das Maß des Üblichen hinauszugehen. Gracie hätte gern den Grund dafür gewußt, nicht nur um Dolls willen, die sie mochte, sondern weil es wichtig sein konnte. Ein Mord war nicht immer so einfach, wie die Leute glaubten, vor allem, wenn es solche waren, die nicht über soviel Erfahrung wie Gracie verfügten.

Ihre Absichten wurden jedoch vereitelt. Eine der Waschmägde kam herein, um Tischwäsche für den Abend zu bügeln, und mit einem Mal drehte sich das Gespräch um den Stallmeister und das, was er zu Maisie gesagt hatte, was Tillie dazu zu sagen hatte und warum der Stiefelknecht es weitergetragen hatte.

Um die Mitte des Vormittags zog sich Pitt um. Gracie putzte ihm die Schuhe, denn Tellman war anderweitig beschäftigt. Außerdem machte er seine Sache ohnehin nicht besonders gut, nutzlos, wie er als Kammerdiener war! Auf keinen Fall hätte Gracie zugelassen, daß Pitt weniger gut gekleidet ging als irgendeiner der anderen Herren. Er zog einen Mantel an und setzte einen sehr eleganten Hut auf, den er von Mr. Radley ausgeliehen hatte. Anschließend ließ er sich zum Bahnhof fahren, wo er den Zug um zehn Uhr achtundvierzig nach London nehmen wollte. Ihr war klar, daß er die Fahrt auf keinen Fall genießen würde. Er würde in London mit dem stellvertretenden Polizeipräsidenten zusammentreffen, der wegen des Mordes an Mr. Greville vermutlich sehr aufgebracht war. Sie hätte ihm gern etwas Tröstliches gesagt, aber alles, was ihr einfiel, klang entweder hohl, oder es waren Dinge, die ihm zu sagen ihr nicht zustanden.

Und Mrs. Pitt war nicht da, um ihn zu verabschieden, wie es sich eigentlich gehört hätte. Sie hatte alle Hände voll mit Miss Moynihan zu tun, die sich richtig in ihre schlechte Laune hineingesteigert hatte. Wenn Gesellschaften auf Landsitzen immer so abliefen, war es ein Wunder, daß überhaupt noch jemand hinging.

Sie beschloß, die Blumen im Ankleidezimmer wegzuwerfen, denn sie ließen inzwischen die Köpfe hängen. Wahrscheinlich bekam ihnen die Hitze des Kaminfeuers nicht. Sie würde ein wenig Zeit damit totschlagen, daß sie den Gärtner suchte, um ihn zu fragen, ob sie frische Blumen holen durfte. Alles wäre ihr recht, sogar grüne Zweige, wenn sie nur etwas Farbe ins Zimmer brachten.

Sie bekam die Erlaubnis, sich im Gewächshaus Blumen zu holen, aber nicht mehr als ein Dutzend. Der Weg dorthin bot ihr eine Gelegenheit, den neuen Mantel anzuziehen, den Charlotte für sie gekauft hatte. Er hatte sogar die richtige Größe. Sie ging nach oben und holte ihn. Auf dem Weg durch den Küchengarten stieß sie auf Finn Hennessey. Sie erkannte ihn sofort, obgleich er mit dem Rücken zu ihr stand. Er beobachtete eine getigerte Katze, die sich auf der hohen Umfassungsmauer den Ästen eines Apfelbaums näherte. Aus der Art, wie sie sich heranpirschte, schloß Gracie, daß sie wohl einen Vogel entdeckt hatte.

Gracie reckte sich ein wenig, hob das Kinn und schwenkte, ohne es recht zu merken, die Hüften. Sie mußte Finns Aufmerksamkeit auf sich lenken, ohne daß er die Absicht dahinter erkannte. Sie war in solchen Dingen nicht besonders geübt, hatte aber gesehen, wie geschickt die anderen Zofen dabei vorgingen. Ihnen schien das Tändeln zur zweiten Natur geworden zu sein, allerdings hatten sie sonst ja auch nichts Vernünftiges zu tun und hätten nicht einmal dann ein Verbrechen aufklären können, wenn man sie mit der Nase auf die Lösung gestoßen hätte. Lauter alberne Geschöpfe, die bisweilen hemmungslos über nichts und wieder nichts kicherten.

Jetzt war sie auf einer Höhe mit Finn Hennessey. Sie würde schweigend an ihm vorübergehen. Es schmerzte sie innerlich, aber sie würde sich nicht zu Spielchen herablassen, die jedes kleine Kind durchschauen konnte.

Die Katze sprang in einem flachen Bogen fast drei Meter weit. Ihre Krallen kratzten über die Rinde des Baumes und fanden nach etwa einem halben Meter festen Halt. Gerade in dem Augenblick flog der Vogel davon.

»Ach je«, entfuhr es Gracie unwillkürlich.

Finn fuhr herum. Ein Lächeln trat auf seine Züge.

»Hallo, Gracie Phipps. Suchen Sie nach Kräutern?«

»Nein, Mr. Hennessey, ich möchte Blumen holen. Unsre sind schon ziemlich welk, deshalb hab' ich sie weggeworfen. Mir ist's egal, was ich krieg', wenn es nur frisch ist. Lieber ein Ast mit Laub, der schön in der Vase steht, wie Blumen, die schnell ihre Köpfe hängenlassen.«

»Ich trage sie für Sie«, machte er sich erbötig und trat neben sie.

Sie lachte. »Ich nehm nur'n paar. Der Gärtner hat gesagt, ich könnte mir 'n Dutzend aus dem Gewächshaus holen. Aber Sie können sie schon tragen, wenn Sie möchten.«

»Ich möchte«, sagte er mit einem Lächeln.

Sie gingen nebeneinander den Weg an der hohen Buchsbaumhecke entlang bis zu den ungeheizten Gewächshäusern. Das graue Licht des Vormittags spiegelte sich in unregelmäßigen Mustern auf den Scheiben. Die Erde war dunkel und feucht, gut gedüngt und bereit, um im Frühjahr bestellt zu werden. An den gestutzten Zweigen der Hecke glitzerten Spinnweben, und ein Gärtnerjunge schnitt die vertrockneten Stengel von Stauden ab und trug sie zu einer Schubkarre, die einige Schritte weiter weg stand. Es war kühl, und Gracie freute sich, daß der Mantel nicht nur hübsch aussah, sondern auch wärmte.

»Der Winter liegt in der Luft«, sagte Finn voll Vorfreude.

»Ich mag Feuer im Freien mit altem Laub, wenn der blaue Rauch hochsteigt und die Äste knistern. Wenn man ausatmet, hängt der Dampf weiß vor einem in der kalten Luft.« Er sah sie an, während er mit ihr Schritt hielt. »Stellen Sie sich mal vor: Es ist früher Morgen, der Himmel ist noch ganz blaßblau und das Licht so hell wie am Anfang der Welt. Rote Beeren leuchten in der Hecke, die Luft ist so kalt, daß sie einen in die Nase beißt, kahle Äste zeichnen sich vor dem Himmel ab, und man hat Zeit rumzulaufen, solange man will.«

»Sie haben wunderbare Träume«, sagte sie zögernd. Ihr gefiel die Art, wie er sprach, nicht nur seine ungestümen Gedanken, sondern auch der angenehme Klang seiner Stimme, der ein wenig sonderbar, aber sehr melodiös war. Doch sie verstand nicht im entferntesten, wovon er sprach.

»So was gibt's umsonst, Gracie, und keiner kann's einem nehmen. Aber man muß für seine Träume kämpfen und sie weitergeben, an seine Kinder und Enkel. Nur so können die überleben. Vergessen Sie das nie. Nur wer seine Träume kennt, weiß, wer er ist.«

Wortlos ging sie im Gleichschritt neben ihm her, glücklich, daß er bei ihr war.

Sie erreichten das Gewächshaus, und er öffnete ihr die Tür. Es war in seiner Gegenwart überraschend einfach, sich wie eine Dame zu benehmen, sich solche Höflichkeiten gefallen zu lassen.

»Danke.« Sie trat ein und blieb vor Staunen stehen. Wie viele Töpfe mit Blumen dort auf Tischen aufgereiht standen! Alle in leuchtenden Farben, wie Hunderte von Seidenstoffen. Mit Ausnahme der Chrysanthemen und einigen Arten von Herbstastern kannte sie keine der Blumen mit Namen. Sie seufzte vor Wonne auf.

»Wollen Sie ein Dutzend von der gleichen Sorte oder ein Dutzend verschiedene?« fragte er. Er stand unmittelbar hinter ihr.

»So was hab' ich noch nie gesehen«, sagte sie leise. »Nicht mal die Blumenhändler auf dem Markt haben so viele.«

»Sie werden bald alle verwelkt sein.«

»Ja, aber noch ist es nicht soweit. «

Er lächelte. »Manchmal, Gracie, sind Sie sehr weise.« Er legte ihr die Hand leicht auf die Schulter. Sie spürte ihr Gewicht und meinte auch ihre Wärme fühlen zu können. Zwar hatte er sie weise genannt, doch hatte dabei in seiner Stimme ein wenig Trauer mitgeschwungen.

»Denken Sie an den Winter?« fragte sie. »Vergessen Sie nicht, daß auch der Frühling wiederkommt. Es muß von allem etwas geben, sonst funktioniert es nicht.«

»Ja, bei den Blumen. Aber es gibt Winter des Herzens, die nicht nötig sind, und auch nicht die Winter für die Hungrigen. Nicht jeder erlebt das Frühjahr.«

Sie nahm den Blick nicht von den langen Blumenreihen. »Sprechen Sie wieder von Irland?« fragte sie. Sie wollte die Antwort nicht wissen, aber sie konnte auch nicht mit ihm dastehen und das Thema übergehen, als existiere es nicht. Sie hatte noch nie die Augen vor der Wirklichkeit verschlossen.

»Wenn Sie wüßten, wie todtraurig das ist, Gracie«, sagte er leise. »Wenn ich all diese Blumen sehe, muß ich zuerst an fröhliches Lachen und Tanzen denken und dann an Gräber. Manchmal folgt das eine so schnell auf das andere.«

»Das ist in London genauso«, erinnerte sie ihn. Sie wußte nicht, ob er es als Trost oder als Widerspruch auffaßte. Aber auch sie hatte nicht vergessen, wer sie war, und in Clerkenwell hatte es reichlich Hunger und Kälte gegeben, betrügerische und geldgierige Vermieter, Zinswucherer, Menschen, die andere tyrannisierten, Ratten, übergelaufene Abflußrohre und Cholera- und Typhusepidemien. Jeder kannte jemanden, der an Rachitis oder Tuberkulose litt. »In London ist auch nicht alles Gold. Ich hab' erfrorene Säuglinge in Hauseingängen gesehen und Männer, die so großen Hunger hatten, daß sie 'nem anderen für einen Laib Brot die Kehle durchgeschnitten hätten.«

»Tatsächlich?« Es klang überrascht.

»Nicht in Bloomsbury«, erläuterte sie. »Aber in Clerkenwell, wo ich gelebt hab', bevor ich zu Mrs. Pitt gekommen bin.«

»Armut gibt's wohl fast überall«, räumte er ein. »Die Welt ist so ungerecht, daß man weinen möchte.«

Es drängte sie, ihm zu widersprechen. Vieles machte sie wütend, traurig und erfüllte sie mit einer Hilflosigkeit, der sie nichts entgegenzusetzen hatte. Aber mit Finn Hennessey wollte sie nicht streiten. Sie wünschte sich, mit ihm gemeinsam all die Dinge tun zu können, auf die es ankam, sich die Blumen ansehen, die feuchte Erde riechen und über das Gute reden, über das Heute und das Morgen, nicht aber über das Gestern.

»Was für Blumen nehmen Sie?« fragte er.

»Weiß nicht. Ich hab' mich noch nich' entschieden. Was meinen Sie?« Sie drehte sich zu ihm um und sah ihn an. Er war schön mit seinem schwarzen Haar, das weich war wie die Nacht, und seinen dunklen Augen, die im einen Augenblick lachten und in denen man im nächsten Augenblick versank. Sie merkte, daß sie ein wenig außer Atem geriet und von verwirrenden Gefühlen erfüllt war.

»Wie wär's mit ein paar von den großen fransigen Chrysanthemen?« schlug er vor, ohne sich zu rühren.

Sie versuchte ihre Aufmerksamkeit auf den Raum zu konzentrieren, in dem sie stehen sollten. In ihrem Kopf wirbelte alles durcheinander. Sie konnte sich nur an die Blumenornamente erinnern. Es wäre wohl besser, sich auf wenige Farben zu beschränken.

»Ich nehm' die großen weißen«, sagte sie, ohne zu wissen, ob sie wirklich passen würden, aber etwas mußte sie sagen. »Sie scheinen gerade aufzublühen. Die roten sind schon zu weit.«

»Und was ist mit den goldbraunen?« fragte er.

»Die Farbe paßt nicht so gut. Ich nehm' lieber die weißen.«

»Ich pflück' sie für Sie.« Er ging um sie herum und betrachtete prüfend die Blüten, um die schönsten auszuwählen. »Schon sonderbar, daß Padraig Doyle und Carson O'Day hier sind«, sagte er und lächelte ihr zu, während er die erste Blume pflückte.

»Wieso? Sind das nicht die richtigen Leute für das, was hier getan werden soll?«

»Wahrscheinlich schon, wenn es überhaupt ›richtige‹ Leute dafür gibt. Das ist alles schon zigmal passiert, wissen Sie das?«

»Tatsächlich? Und es hat nicht geklappt?«

Er pflückte eine weitere Chrysantheme, sog seufzend ihren erdigen Duft ein und gab sie ihr.

Sie nahm sie und hielt die feuchten Blütenblätter an ihr Gesicht. Es war, als atme man den Himmel.

»Nein«, sagte er. Es war kaum lauter als ein Flüstern. »Es war eine Liebesgeschichte. Neassa Doyle war eine junge Katholikin, etwa neunzehn, so wie Sie.«

Sie verkniff es sich, ihm zu sagen, daß sie sogar schon zwanzig Jahre alt war.

»Voller Frohsinn und Hoffnung«, fuhr er fort und hielt die Blume reglos in der Hand, als hätte er sie vergessen. »Sie ist zufällig Drystan O'Day begegnet. Es hätte nie geschehen dürfen. Er war Protestant, so ungestüm wie der Nordwind im Januar. So war seine ganze Familie.« Er stieß ein freudloses

Lachen aus. »Der Papst war in seinen Augen der Teufel auf Erden, und die ganze katholische Kirche blutrot vor Sünde. Sie haben sich kennengelernt und ineinander verliebt, wie es zu allen Zeiten geschieht: die Erde war für sie voller Schönheit und Zauber gewesen, der Himmel voller Zärtlichkeit, sie haben gern die alten Lieder gesungen und getanzt, bis sie so müde waren, daß sie nicht mal mehr über sich selbst hätten lachen können.«

Er lehnte sich an den Türrahmen und sah zu ihr hin, suchte den Blick ihrer Augen, während er sprach. Sie wußte, daß er sie an dem teilhaben ließ, was ihm am meisten bedeutete, zum innersten Kern seines Wesens gehörte, zum Glauben, der ihn aufrecht erhielt. »Sie haben auf Frieden gehofft, auf anständige Arbeit«, fuhr er fort. »Ein kleines Häuschen und Kinder, die sie aufziehen konnten, so wie auch Sie das vielleicht hoffen oder ich. Lange gemeinsame Abende nach getaner Arbeit, Zeit, um miteinander zu sprechen oder einfach beieinander zu sitzen und zu wissen, daß der andere da ist.« Er gab ihr die Blume und machte sich auf die Suche nach der nächsten.

»Was ist passiert?«

»Als es zu spät war, sind sie dahintergekommen, daß sie auf verschiedenen Seiten standen. Für sie hat es da keine Rolle mehr gespielt, aber natürlich für alle anderen.«

»Ihre Angehörigen?« fragte sie betroffen. »Aber wie hätten die was dagegen machen können? Niemand kann einen zwingen, daß man aufhört, jemand zu lieben. Hat ihr Vater es ihr verboten?«

»Nein.« Er sah ihr in die Augen. »So weit ist es nie gekommen. Die Engländer haben Wind von der Sache bekommen. Damals hatten wir fast eine Einigung erreicht, aber sie wollten, daß Irland geteilt bleibt. ›Teile und herrsche‹, wie es heißt.« Sein Gesicht war vor Schmerz verzogen. Seine Stimme sank zu einem rauhen Flüstern. »Die Engländer haben die beiden benutzt.«

»Wie das?« flüsterte sie zurück.

»Es war vor allem ein englischer Offizier. Er hieß Alexander Chinnery. Er war Leutnant in einem der anglo-irischen Regimenter und hat so getan, als wäre er ein Freund von Drystan

O'Day.« Auf Finns jungem Gesicht lag Kummer und Haß, und er sah so verändert aus, daß es ihr fast angst machte. »Er trieb ein doppeltes Spiel«, sagte er mit rauher Stimme. »Niemand hat sich was dabei gedacht, daß er auch Neassa Nachrichten überbracht hat. Er hat den beiden versprochen, ihnen bei der Flucht auf die Isle of Man zu helfen. Er wollte ein Boot für sie besorgen. Es war Sommer. Drystan war ein guter Segler. Er hätte die Insel ohne weiteres erreichen können.«

Sie nahm die Augen nicht von seinem Gesicht. Sie hörte weder den Wind, der gefallenes Laub gegen das Glas des Gewächshauses trieb, noch sah sie es vorüberwehen.

»Was ist passiert?«

»Neassa war schön«, sagte er leise. »So wie Mrs. Greville, warm wie das Sonnenlicht auf den Bäumen im Herbst.« Seine Augen füllten sich mit Tränen. »Chinnery hat sich mit ihr getroffen, wie er es versprochen hatte. Weil sie ihm vertraut hat, ist sie mit ihm dorthin gegangen, wo Drystan auf sie warten sollte. Allein konnte sie nicht gehen, das war zu gefährlich.«

Er spie das letzte Wort aus, als hätte es seine Zunge versengt. »Eine Frau allein in der Nacht.«

Sie wartete, während er sich bemühte, die Fassung wiederzugewinnen und fortzufahren.

»Er hat sie dahin gebracht, wo angeblich das Boot zur Fahrt über das Meer bereit lag.« Seine Stimme brach. »Und er hat ihr Gewalt angetan ...«

Es kam Gracie vor, als hätte jemand sie geohrfeigt.

»Dann hat er ihr das schöne Haar abgeschnitten«, fuhr er fort, den Blick fest auf sie gerichtet, als existierten weder das Gewächshaus mit all seinen glänzenden Scheiben, den Reihen von Blumen und den hellen Farben noch der Wind draußen. »Danach hat er sie liegengelassen, damit ihre Leute sie finden«, endete er.

»Ach, Finn! Wie grauenvoll!« Sie war zu entsetzt, als daß sie die richtigen Worte gefunden hätte, um ihre Empfindungen auszudrücken. Sie fühlte sich benommen. Der Verrat war wie eine Düsternis, die alles verschlang. »Und was war mit dem armen Drystan?« Sie fürchtete die Antwort, aber sie mußte es wissen.

»Er hat sie gefunden«, antwortete Finn mit leiser Stimme, die Hand so fest zur Faust geballt, daß sie fast weiß war. »Er hat vor Kummer den Verstand verloren. Nicht mal dann hat der arme, vertrauensselige Bursche auch nur im Traum daran gedacht, daß Chinnery seine Hand im Spiel haben könnte.«

Ein Star hüpfte über das Glasdach, aber keiner der beiden hörte es.

»Was hat er getan?« fragte sie erneut.

»Er hat vollständig den Kopf verloren und ist gegen die Katholiken losgegangen, gegen jeden, den er finden konnte. Zwei von ihren Brüdern hat er umgebracht, und den dritten verletzt, bevor ihn die englische Armee stellen konnte und ihn erschossen hat.« Er holte tief Luft. »Das war vor dreißig Jahren am siebten Juni. Natürlich haben nach einer Weile beide Seiten begriffen, was los war. Die Engländer haben Chinnery nach Hause zurückgebracht und die Sache vertuscht. Niemand hat jemals wieder etwas von ihm gehört. Wahrscheinlich zu seinem eigenen Schutz«, fügte er bitter hinzu. »Wenn den irgendein Ire gefunden hätte, hätte er ihn umgebracht und wäre von beiden Seiten als Held gefeiert worden.«

»Das ist ja entsetzlich!« sagte Gracie. Ihre Kehle schmerzte und war wie zugeschnürt. In ihren Augen standen Tränen, und sie mußte schlucken. »Fürchterlich.«

»So ist Irland, Gracie.« Er brach eine weitere Blume ab und gab sie ihr. »Nicht mal die Liebe kann sich dagegen durchsetzen.« Er lächelte bei diesen Worten, aber der Schmerz in seinen Augen war ebenso groß wie der, den sie um die Menschen empfand, die vor dreißig Jahren umgekommen waren. Zeit spielte keine Rolle. Der Verlust war gegenwärtig. Es hätte irgend jemand sein können. Es hätten sie beide sein können.

Er beugte sich vor und kam ihr dabei so nahe, daß sie die Wärme seiner Haut spüren konnte. Dann küßte er ihre Lippen sanft und bedächtig, als wolle er jede Sekunde zählen und sich daran erinnern. Er nahm ihr den Strauß ab, legte ihn beiseite und umarmte sie, hielt sie sanft in den Armen und küßte sie erneut.

Als er sich schließlich von ihr löste, pochte Gracies Herz heftig, und sie öffnete Augen, um ihn anzusehen, in der Gewißheit, daß sie etwas Schönes sehen würde. So war es. Er lächelte.

»Bring deine weißen Blumen weg«, sagte er flüsternd. »Und paß gut auf dich auf, Gracie Phipps. In diesem Haus hat es ein Unglück gegeben, und man weiß nie, ob sich so was nicht wiederholt. Es würde mir mehr weh tun, als du wissen kannst, wenn dir etwas zustieße.« Er hob die Hand und strich ihr kurz über das Haar. Dann wandte er sich ab und verließ das Gewächshaus, während sie sich daran machte, noch ein paar Chrysanthemen zu pflücken. Als sie zum Haus zurückging, berührten ihre Füße kaum den Boden. Sie spürte den Geschmack seiner Lippen noch auf den ihren.

Charlotte lag eine Antwort auf Emilys Vorwürfe auf der Zunge, doch sie schluckte sie hinunter. Was sie Kezia Moynihan hatte sagen wollen, war durchaus gerechtfertigt, aber sie konnte es nicht gut aussprechen, nachdem sie gerade mit ihrer Schwester gestritten hatte. Außerdem wußte ihr besseres Ich genau, was dem Ganzen zugrunde lag. Emily hatte große Angst um Jack, fürchtete aber zugleich, daß er den Ansprüchen nicht gewachsen war, die sie an ihn stellte, oder die er selbst an sich stellte, als er den Vorsitz bei diesen Verhandlungen übernommen hatte.

Wie Emily gesagt hatte, fand sie Kezia im Morgenzimmer. Dort saß sie, ihre Röcke um sich ausgebreitet, auf einem Polster am Kamingitter. Charlotte gab sich ungezwungen, als sie das Zimmer betrat, und setzte sich in die Nähe des Kamins, als wäre ihr kalt. In Wirklichkeit war sie einfach ärgerlich.

»Glauben Sie, daß es besser wird?« fragte sie und warf durch das Fenster einen Blick auf den nahezu wolkenlosen Himmel.

»Meinen Sie das Wetter?« fragte Kezia mit leichtem Lächeln.

»Das auch«, gab Charlotte zurück und ließ sich tiefer in ihren Sessel sinken. »Es ist alles ziemlich verfahren, nicht wahr?«

»Ganz und gar.« Kezia zuckte die Schultern. »Und ich glaube ehrlich gesagt nicht, daß es besser wird. Haben Sie schon die Zeitungen gesehen?«

»Nein. Steht etwas Interessantes darin?«

»Nur die neuesten Kommentare zur Scheidungsaffäre Parnell-O'Shea. Ich kann mir nicht vorstellen, daß Parnell – einmal ganz davon abgesehen, wie das Urteil ausfällt – noch eine große Zukunft vor sich hat.« Ihr Gesicht verhärtete sich. Charlotte meinte zu wissen, was sie in bezug auf Fergal dachte, denken mußte. Er war ein über alle Maßen unvernünftiges Risiko eingegangen.

Als hätte Charlotte diese Gedanken laut ausgesprochen, ballte Kezia die Fäuste und starrte ins Feuer.

»Ich könnte ihn hassen, wenn ich mir überlege, was er von sich geworfen hat«, sagte sie voll Erbitterung. »Inzwischen begreife ich, warum Männer mit Fäusten aufeinander losgehen. Es muß eine große Erleichterung sein, mit aller Kraft zuschlagen zu können, wenn einen jemand bis auf Blut reizt.«

»Bestimmt«, pflichtete ihr Charlotte bei. »Aber ich vermute, daß diese Erleichterung nur von kurzer Dauer ist. Dann muß man dafür bezahlen.«

»Wie vernünftig Sie sind«, sagte Kezia ohne die geringste Spur von Bewunderung in der Stimme.

»Ich habe mir schon zu oft ins eigene Fleisch geschnitten, als daß ich es für besonders klug halten würde, so etwas zu tun«, sagte Charlotte, ohne sich provozieren zu lassen.

»Bei Ihnen kann ich mir das gar nicht vorstellen.« Kezia nahm den Schürhaken, beugte sich zur Seite und stieß ihn kräftig ins Feuer.

»Das mag daran liegen, daß Sie vorschnell über andere urteilen und es Ihnen schwerfällt, deren Empfindungen nachzuvollziehen«, antwortete Charlotte, die jetzt ihrer schlechten Laune mit beträchtlicher Befriedigung nachgab. »Es kommt mir fast so vor, als wäre die Schwäche, die Sie an Ihrem Bruder kritisieren, genau die, an der Sie selbst leiden.«

Kezia erstarrte und drehte sich dann betont langsam um. Ihr Gesicht war gerötet, doch ließ sich unmöglich sagen, ob vor Wut oder von der Hitze des Feuers.

»Das ist das Dümmste, was Sie bisher gesagt haben! Er und ich sind ganz und gar gegensätzlich. Ich bin meinem Glauben gefolgt und habe meinen Leuten um den Preis des einzigen Menschen, den ich je geliebt habe, die Treue gehalten, so wie es mir Fergal befohlen hatte. Aber er hat alles von sich geworfen und alle verraten, hat die Ehe mit einer verheirateten Frau gebrochen, die zu allem Überfluß Katholikin ist und damit im Lager des Feindes steht!«

»Ich meinte ganz grundsätzlich die Unfähigkeit, sich in die Lage eines anderen zu versetzen und sich vorzustellen, wie er empfindet«, erklärte Charlotte. »Fergal hat damals nicht begriffen, daß Sie Cathal wirklich lieben. Für ihn ging es dabei lediglich um Gehorsam gegenüber dem Glauben und um Treue zur Lebensweise Ihres Volkes. Er hat Ihnen ohne jedes Mitgefühl befohlen, ihn aufzugeben.«

»Und das habe ich getan! Gott verzeih mir.«

»Vielleicht hatte er bis zu diesem Augenblick nie wirklich bedingungslos und leidenschaftlich geliebt, so wie Sie damals?«

»Würde ihn das entschuldigen?« fragte Kezia mit blitzenden Augen.

»Nein. Es erklärt den Mangel an Verständnis. Er scheint ja nicht einmal den Versuch unternommen zu haben, sich Ihre Situation vorzustellen«, antwortete Charlotte.

Kezia war überrascht. »Was sagen Sie da?«

»Wenn Sie so geliebt haben, wieso können Sie sich dann jetzt nicht vorstellen, was er für Iona empfindet, auch wenn Sie es nicht zu billigen vermögen?«

Schweigend wandte sich Kezia wieder ab. Der Widerschein der Flammen lag warm auf ihren Wangen.

»Wenn Sie sich selbst gegenüber rückhaltlos ehrlich sind«, fuhr Charlotte fort, «müßten Sie sich die Frage beantworten können, ob Sie jetzt ebenfalls so erbittert und wütend wären, wenn Sie nicht Cathal geliebt hätten und man Sie gezwungen hätte, ihn aufzugeben. Geht ein großer Teil Ihrer Wut nicht in Wirklichkeit auf den Schmerz zurück, den Sie empfinden?«

»Und wenn?« Noch immer hatte Kezia den Schürhaken in der Hand, sie hielt ihn wie ein Schwert. »Ist das nicht gerechtfertigt?«

»Doch. Aber was wird dabei herauskommen?«

»Wie meinen Sie das?«

»Was wird dabei herauskommen, wenn Sie Ihrem Bruder nicht verzeihen?« erläuterte Charlotte. »Ich meine damit nicht, daß Sie sagen sollen, die Sache sei in Ordnung – das stimmt natürlich nicht. Iona ist verheiratet. Aber dafür ist ein Preis zu zahlen, den nicht Sie einzufordern brauchen. Ich meine damit, daß Sie sich von Fergal lossagen.«

»Ich ... ich weiß nicht ...«

»Würde Sie das glücklich machen?«

»Nein, natürlich nicht. Wirklich, Sie stellen einem die sonderbarsten Fragen.«

»Würde es irgend jemanden glücklich machen, oder klüger, tapferer, gütiger oder sonst etwas, woran Ihnen liegt?«

Kezia zögerte.

»Nun ... nein ...«

»Und warum tun Sie es denn?«

»Weil er ... so ungerecht ist!« sagte sie wütend, als müßte die Antwort jedem klar sein. »So nachgiebig gegen sich selbst! Er ist ein absoluter Heuchler, und Heuchelei ist mir zuwider!«

»Sie gefällt niemandem. Obwohl sie manchmal lustig ist«, gab Charlotte zurück.

»Lustig!« Kezia hob die Brauen sehr hoch.

»Ja. Haben Sie keinen Sinn für das Lächerliche?«

Kezia sah sie verständnislos an. Schließlich trat ein leichtes Funkeln in ihre türkisfarbenen Augen, und ihre zu Fäusten geballten Hände öffneten sich.

»Sie sind der merkwürdigste Mensch, den ich je kennengelernt habe.«

Charlotte zuckte die Schultern. »Ich nehme an, daß ich mich damit zufrieden geben muß.«

Kezia lächelte. »Ich gebe zu, daß das kein uneingeschränktes Kompliment ist, aber zumindest liegt keine Heuchelei darin.«

Charlotte warf einen Blick auf die Zeitung, die auf dem Tisch liegengeblieben war. »Sofern Mr. Parnell seine Führungsposition einbüßt, wer wird ihm dann nach Ihrer Ansicht nachfolgen?«

»Vermutlich Carson O'Day«, antwortete Kezia. »Er besitzt alle erforderlichen Qualitäten. Außerdem stammt er aus der richtigen Familie. Sein Vater war zu seiner Zeit ein bedeutender politischer Führer, ein brillanter Kopf und ohne jede Fucht. Jetzt aber ist er alt.« Sie entspannte sich und zog sich in die Erinnerung zurück, beschwor Bilder aus der Vergangenheit herauf. »Ich weiß noch, wie mein Vater Fergal und mich zu einer politischen Versammlung mitgenommen hat, um die Rede von O'Day zu hören. Papa war einer der besten Prediger im Norden. Wenn er auf der Kanzel stand, rollte seine Stimme über einen hinweg wie die Meeresbrandung mit ihren weißen Schaumkronen, die Strömung war so stark, daß es einen von den Füßen riß.« Ihre Stimme hob sich, mit einem Mal lag Empfindung darin. »Er konnte seinen Zuhörern Himmel und Hölle ausmalen, die Herrlichkeit Gottes, seine Engel, die immerwährende Freude und den Gesang der Ewigkeit; aber auch die Finsternis und das Feuer, das alles verzehrt, den Schwefelgestank der Sünde, der einem den Atem nimmt.«

Charlotte unterbrach sie nicht, merkte aber, daß sie das Bedürfnis hatte, näher ans Feuer zu rücken. Diese Art von Leidenschaft erschreckte sie. Sie ließ keinen Raum für das Denken, schon gar nicht für die Überlegung, ob man möglicherweise etwas falsch verstanden hatte. Wer in der Öffentlichkeit eine solche Position vertritt, kann nie von ihr abrücken, ganz gleich, was er später an Neuem erfährt. Man hat sich keinen Raum für Veränderungen gelassen, keinen Platz zum Rückzug oder zum Wachstum.

»Er war ein großartiger Mann«, wiederholte Kezia, vielleicht ebenso sehr zu sich selbst wie zu Charlotte. »Er hat uns mit zu Liam O'Day genommen, dessen Bruder Drystan, wie es hieß, die Engländer wegen seiner Liebe zu Neassa Doyle erschossen hatten.«

»Wieso? Wer war sie?«

»Eine Papistin. Es ist eine alte Geschichte. Sie und Drystan O'Doyle hatten sich ineinander verliebt. Das liegt dreißig Jahre zurück. Ein britischer Soldat namens Alexander Chinnery, der mit Drystan befreundet war, hat ihn verraten,

Neassa vergewaltigt und getötet und ist dann nach England geflohen. Daraufhin hat Drystan ihre Brüder aufgesucht, und es ist zu einem entsetzlichen Kampf gekommen. Zwei der Brüder wurden getötet, und natürlich haben die Engländer Drystan umgebracht, um Chinnerys Tat zu vertuschen. Keine der beiden Seiten hat je der anderen verziehen. Die Familie Doyle war sicher, daß es Drystan war, der Neassa verführt hatte und wird niemals bereit sein, es anders zu sehen. Die O'Days ihrerseits waren ebenso fest davon überzeugt, daß sie ihn verführt hatte. Alle O'Days hassen die Nationalisten. Carson ist zwar der nachgeborene Sohn, aber Daniel, der älteste, der ursprünglich an die Spitze der Bewegung treten sollte, hat Tuberkulose und ist Invalide. Daher ist diese Aufgabe jetzt Carson zugefallen. Er hat nicht soviel Feuer wie Daniel.« Sie lächelte. »Ich habe Daniel als jungen Mann gesehen, bevor er krank wurde. Er sah genauso gut aus wie sein Vater. Aber vielleicht ist Carson trotzdem der bessere Mann. Er ist ausgeglichener, ein guter Diplomat.«

»Aber Sie stimmen nicht in jeder Hinsicht mit ihm überein, nicht wahr?«

Kezia lächelte breit. »Natürlich nicht. Wir sind Iren! Aber immerhin so weit, daß ich mich an seiner Seite den Papisten stellen kann. Gegeneinander kämpfen werden wir anschließend.«

»Sehr klug«, stimmte Charlotte zu.

Kezia warf ihr einen raschen Blick zu und lachte dann unvermittelt. »Ich verstehe, was Sie meinen.«

Etwas später stand Charlotte nicht weit von Jack entfernt auf der Terrasse vor dem Gesellschaftszimmer, als von der Balkonbrüstung eine der schweren steinernen Dekorvasen herunterfiel. Sie zerschellte einen knappen Meter neben ihm auf den Platten der Terrasse, wobei Erde und Efeu meterweit verstreut wurden.

Jack war bleich geworden, versuchte aber den Vorfall zu verharmlosen und untersagte Charlotte nachdrücklich, das Geschehene ihrer Schwester gegenüber zu erwähnen.

Das versprach sie, doch als sie ins Haus ging, merkte sie, daß sie trotz der Sonne, die am späten Vormittag kräftig schien, zitterte und mit einem Mal entsetzlich fror.

Pitt saß im Zug nach London. Unter normalen Umständen hätte er die Fahrt genossen. Er sah gern vom Zug aus die Landschaft vorüberfliegen, erfreute sich am Dampf und den Geräuschen der Lokomotive, ließ den Rausch der unglaublichen Geschwindigkeit auf sich wirken. Aber heute überlegte er, was er Cornwallis sagen sollte. Er wollte das Gespräch so rasch wie möglich hinter sich bringen.

Es gab keinerlei Entschuldigungen. Es war ihm nicht gelungen, Ainsley Greville zu beschützen, und drei Tage nach der Tat fehlte ihm immer noch jeglicher Beweis, um den Täter zu überführen. Da einige der Anwesenden nicht in Frage kamen, sah es so aus, als hätte entweder Doyle oder Moynihan die Tat begangen, aber er hatte keine Ahnung, welcher von beiden der Täter sein konnte.

»Guten Morgen, Pitt«, sagte Cornwallis in unpersönlichem Ton, als der Oberinspektor in sein Büro geführt wurde.

»Guten Morgen, Sir«, erwiderte Pitt und nahm in dem ihm angebotenen Sessel am Feuer Platz. Es war ein Akt der Höflichkeit von Cornwallis. Statt Pitt auf den Stuhl vor seinem Schreibtisch sitzen zu lassen, schuf er eine Situation, in der sie einander von gleich zu gleich gegenüber saßen. Das erleichterte Pitts Gewissen allerdings in keiner Weise und nahm ihm auch keineswegs das Gefühl, das in ihn gesetzte Vertrauen nicht erfüllt zu haben.

»Was ist geschehen?« fragte Cornwallis, beugte sich ein wenig vor und legte, ohne es zu merken, die Fingerspitzen gegeneinander. Der Feuerschein glänzte auf seinen Wangen und dem Schädel. Die Kahlköpfigkeit brachte seine wie gemeißelt wirkenden Gesichtszüge erst richtig zur Geltung.

Pitt teilte ihm alles mit, was er wußte, soweit es den Fall betraf. Es schien eine ganze Menge zu sein, und doch war nichts dabei, was ihn einer Lösung näher gebracht hätte.

Als er geendet hatte, sah ihn Cornwallis nachdenklich an.

»Es könnte also Moynihan gewesen sein, aus politischen Gründen. Sein Vater war jedenfalls ein fanatischer Protestant. Möglicherweise glaubt er, daß eine Einigung den Einfluß der Protestanten verringern würde, was vermutlich auch den Tatsachen entspricht. Aber sie würde zugleich zu mehr Gerechtigkeit führen und damit zu Frieden, mehr Sicherheit und Wohlstand für alle.« Er schüttelte den Kopf. »Der Haß sitzt tief, tiefer als die Vernunft oder die Moral, oder selbst als die Hoffnung auf die Zukunft.« Er biß sich auf die Lippen und sah Pitt unverwandt an. »Es könnte aber auch Padraig Doyle gewesen sein, entweder ebenfalls aus politischen Gründen oder wegen der Art, wie Greville seine Schwester behandelt hat.« Er sah zweifelnd drein. »Halten Sie das wirklich für so schwerwiegend, daß jemand deshalb einen Mord begehen würde? Viele Männer behandeln ihre Frauen schlecht. Er hat sie weder geschlagen, noch knapp gehalten oder öffentlich gedemütigt. Er war immer äußerst diskret. Sie sagen, daß sie von all dem nichts ahnte?«

»So ist es ...«

Cornwallis lehnte sich zurück, schlug die Beine übereinander und schüttelte kaum wahrnehmbar den Kopf. »Wenn sie ihn mit einer anderen im Bett ertappt hätte, von der sie hätte annehmen müssen, daß sie ihr gefährlich werden konnte, hätte sie ihn möglicherweise im Affekt umgebracht, auch wenn Frauen das nicht oft tun, schon gar nicht solche mit Eudora Grevilles Hintergrund. Sie hatte viel zuviel zu verlieren, Pitt, und nichts zu gewinnen. Es sei denn, Sie sind der Ansicht, daß sie ihre Freiheit wollte, um einen anderen zu heiraten. Aber Sie haben ja wohl nichts herausgefunden, was in diese Richtung weist ...?« Er ließ es als Frage stehen.

»Nein«, sagte Pitt rasch. Eudora hatte er nie der Tat verdächtigt. Er traute ihr so etwas einfach nicht zu. »Sie ist ... Sie kennen sie doch?«

Cornwallis lächelte. »Ja. Sehr schön. Aber auch schöne Frauen können starke Gefühle entwickeln, wenn man sie betrügt. Eigentlich vor allem solche Frauen, weil sie es für unvorstellbar halten, daß ihnen so etwas passieren könnte. Die Empörung ist um so größer.«

»Aber in Ashworth Hall hat er nichts dergleichen getan,« sagte Pitt mit Nachdruck. »Wir haben ausschließlich über die Vergangenheit gesprochen, und nichts hat sie in ihrer Stellung als Ehefrau bedroht. Wie Sie sagen: das hatte nichts mit Liebe zu tun. Er hat es ausschließlich zu seinem Vergnügen getan.«

»Warum sollte Doyle dann Greville um ihretwillen getötet haben?«

Darauf hatte Pitt keine Antwort.

Cornwallis zog die Augen zusammen. »Was ist, Pitt? Bestimmt gibt es noch etwas anderes, sonst hätten Sie den Punkt nicht angesprochen. Sie sind ebenso wie ich imstande, die Schwäche dieses Arguments zu erkennen, wahrscheinlich sogar besser.«

»Ich glaube, sie befürchtet, es war Doyle«, sagte Pitt langsam. Er faßte diesen Gedanken damit zum ersten Mal in Worte. »Aber vielleicht irre ich mich, was das Motiv betrifft. Möglicherweise stehen politische Gründe dahinter ... Irischer Nationalismus, wie alles andere.«

»Nicht alles.« Cornwallis zuckte die Schultern. Er wirkte ein wenig peinlich berührt. Auf seinen eingefallenen Wangen zeigte sich eine leichte Röte. »Das Urteil im Scheidungsprozeß O'Shea wird heute verkündet.«

»Wissen Sie, wie es ausfallen wird?«

»Streng juristisch gesehen, denke ich, daß man Hauptmann O'Sheas Klage stattgeben wird. Seine Frau hat sich zweifellos über einen längeren Zeitraum hinweg des Ehebruchs mit Parnell schuldig gemacht. Die Frage ist nur, ob Willie O'Shea seine Finger dabei im Spiel hatte oder man ihm tatsächlich Hörner aufgesetzt hat.«

»Und wie war es in Wirklichkeit?« Pitt kannte den Fall kaum. Er hatte keine Zeit gehabt, ihn in den Zeitungen zu verfolgen, und er hatte sich bisher auch nicht sonderlich dafür interessiert. Er war nach wie vor nicht sicher, wie sich diese Sache auf die Vorgänge in Ashworth Hall auswirken konnte.

»Gott sei Dank brauche ich darüber nicht zu entscheiden«, erwiderte Cornwallis unglücklich ... »Wenn ich es müßte...«, er zögerte. Solche Geschichten waren ihm äußerst unangenehm. Seiner Ansicht nach gab es Dinge im Leben eines Menschen, die man besser für sich behalten sollte. Es berührte ihn peinlich, wenn der Teil eines Lebens, der in die Privatsphäre gehörte, an die Öffentlichkeit gebracht wurde.

»Es würde mir schwerfallen, irgend jemanden für so leichtgläubig zu halten, wie er sich gibt«, endete er. »Obwohl das, was da alles vorgebracht worden ist, teilweise an eine Boulevard-Komödie erinnert.« Seine Lippen zuckten in einer sonderbaren Mischung aus Spott und Abscheu. »Über die Feuerleiter das Haus zu verlassen, während der Ehemann zur Haustür hereinkommt, und sich dann ein paar Minuten später anmelden zu lassen, als wäre man gerade erst gekommen, ist unter der Würde eines jeden, der den Anspruch erhebt, an der Spitze einer nationalen Einigungsbewegung zu stehen und sein Volk im Londoner Unterhaus zu vertreten.«

Pitt war verblüfft. Cornwallis mußte es ihm angesehen haben, denn er lächelte ein wenig. »Es ist nicht einmal so, daß der Mann einen besonderen Sinn für Humor hat und als charmanter Halunke bezeichnet werden könnte, der mit so etwas durchkommt. Er hat es mit scheinheiligem Gesicht getan und ist dabei ertappt worden.«

»Wird es ihm den Hals brechen?« fragte Pitt und sah Cornwallis aufmerksam an.

»Ja«, gab dieser unmißverständlich zur Antwort. Dann fügte er nach kurzem Nachdenken hinzu: »Doch, da bin ich mir fast sicher.«

»Das heißt, die nationalistische Bewegung muß sich einen neuen Führer suchen?«

»Ja. Zwar vielleicht nicht sofort, aber schon innerhalb verhältnismäßig kurzer Zeit. Er macht unter Umständen noch weiter, solange er kann, aber seine Macht hat er eingebüßt... vermute ich jedenfalls. Andere sehen das wohl ebenso, sofern Sie das interessiert. Aber so oder so bedeutet der Fall einen Rückschlag für die Bemühungen um die Einheit Irlands, es sei denn, die Gespräche in Ashworth Hall führen zu einer Einigung. Das liegt in erster Linie bei Doyle und O'Day, denen Moynihan und McGinley Unterstützung bieten oder Knüppel zwischen die Beine werfen können.«

Pitt holte tief Luft. »Am Morgen nach meiner Ankunft ist Moynihans Schwester zu ihm gegangen, um mit ihm die gemeinsame Strategie zu besprechen – allem Anschein nach ist sie ein ebenso politischer Kopf wie er –, und da hat sie ihn mit McGinleys Frau im Bett überrascht.«

»Was?« Cornwallis sah aus, als hätte er nicht richtig verstanden. Pitt wiederholte seine Aussage.

Nachdenklich blickte Cornwallis ins Feuer und fuhr sich mit der schmalen, kräftigen Hand über den Schädel. Dann wandte er sich wieder um und sah Pitt an.

»Es tut mir leid, aber ich kann Ihnen keine weiteren Leute zur Verfügung stellen«, sagte er ruhig. »Wir halten Grevilles Tod einstweilen noch geheim. Ich hoffe, wir können sagen, daß wir auch seinen Mörder gefunden haben, wenn wir es bekanntgeben müssen.«

Pitt hatte damit gerechnet, daß er das sagen würde, dennoch spürte er, wie bei diesen Worten der Knoten in seinem Inneren fester wurde, und er bekam das Gefühl, in einem immer kleiner werdenden Raum eingesperrt zu sein.

»Haben Sie irgendwelche neuen Erkenntnisse im Fall Denbigh?« fragte er.

»Nicht viel.« Jetzt war das Bedauern auf seiten Cornwallis. »Wir sind der Frage nachgegangen, wo er sich in den letzten Tagen vor seiner Ermordung aufgehalten hat und haben erfahren, daß er an jenem Abend die Gaststätte *The Dog and Duck* in der King William Street aufgesucht hat. Man hat ihn mit einem jungen blonden Mann sprechen sehen. Später hat sich ein älterer, breitschultriger Mann zu ihnen gesellt, der ein wenig sonderbar geht. Der Beschreibung nach dürfte er O-Beine haben.« Er sah Pitt an. »Der Mann am Tresen hat gesagt, er hätte seltsam stechende Augen von sehr intensivem Blau gehabt, weit auseinanderstehend.«

»Der Kutscher, der Greville umbringen wollte...« Seufzend stieß Pitt den Atem aus. »Ein weiterer Grund für mich, den Teufel aufzuspüren.«

»Für uns, Pitt«, verbesserte ihn Cornwallis. »Wir werden ihn hier in London finden. Konzentrieren Sie sich darauf herauszufinden, welcher der vier Iren Ainsley Greville auf dem Gewissen hat. Wir müssen das herausbekommen, bevor die Leute Ashworth Hall verlassen, und wir können sie höchstens noch ein paar Tage da festhalten.«

»Gewiß, Sir.«

KAPITEL
SIEBEN

Gracie arrangierte die weißen Chrysanthemen in der Vase, stellte sie auf den Tisch im Ankleidezimmer und ging in einem herrlichen Tagtraum befangen wie auf Wolken nach unten. In der Eingangshalle hatte sie weder Augen für die Ahnenporträts der Ashworths, noch für die Holztäfelung; sie sah Licht, das sich in Scheiben brach, roch Erde, feuchte Blätter und Blumen, die in endlosen Reihen angeordnet waren. Im einen Augenblick wollte sie sich jedes Wort ihres Gesprächs ins Gedächtnis rufen, im nächsten spielte das, was gesagt worden war, die geringste Rolle. Was allein zählte, war die Art ihrer Empfindung, ihrer Wärme, die sie durchflutet hatte. Man durfte nicht zu intensiv darüber nachdenken, sonst schwand das Gefühl dahin, so, als zerlege man eine Melodie, deren schwarzen Noten man auf dem Blatt sieht, ohne daß sie etwas bedeuten. Der Zauber war dahin, die Musik war verhallt.

Über dem Arm trug sie das Kleid, das Charlotte am Abend anziehen wollte. Es fiel ihr schwer, es so hoch zu halten, daß die langen Röcke nicht über den Boden schleiften.

»Gracie!«

Sie hörte die Stimme wie von ferne.

»Gracie!«

Sie blieb stehen und drehte sich um.

Doll kam ihr über die Treppe nachgerannt, ihr Gesicht zeigte einen besorgten Ausdruck.

»Was gibt's?« fragte Gracie.

»Was tun Sie hier?« sagte Doll und nahm sie beim Arm. »Kleider müssen über die Hintertreppe getragen werden! Wie sähe das aus, wenn ein Besucher an die Tür käme! Diese

Treppe dürfen wir nur benutzen, wenn uns jemand in einen der vorderen Räume schickt!«

»Ach je. Natürlich.« Zwar war ihr das bekannt gewesen, sie hatte aber nicht daran gedacht.

»Wo haben Sie nur Ihren Kopf?« fragte Doll etwas freundlicher. »Man könnte glauben, Sie wollten Löcher in die Luft starren.«

»Was?«

»Na ja, wenn man lange genug vor sich hinstarrt, so wie Sie jetzt, gibt es bestimmt Löcher in der Luft.«

Ohne es zu merken, ließ Gracie die Arme sinken, und das blaue Kleid schleifte über den Boden.

Doll nahm es ihr ab. Für sie war das nicht schwer, denn sie war einen halben Kopf größer als Gracie.

Sie schüttelte den Kopf. »Wollen Sie das bügeln? Falls Sie nicht die Absicht hatten, wird Ihnen jetzt nichts anderes übrigbleiben ... Außerdem müssen Sie den Rocksaum säubern.« Mit Kennermiene betrachtete sie die Seide. »Hübsche Farbe. Ich hab' mir immer vorgestellt, daß das Meer um einsame Inseln herum so aussieht.«

Gracie hatte keine Zeit für einsame Inseln. Die angenehmsten Dinge geschahen im Glanz der Herbstsonne in englischen Parks. Grün und Weiß waren die schönsten Farben. Gehorsam folgte sie Doll durch die mit grünem Filz bezogene Tür, welche die Wohnräume vom Wirtschafts- und Dienstbotentrakt trennte. Sie wandten sich nach links, gingen vorbei am Vorratsraum, dem Aufenthaltsraum der Hausdiener, an der Kammer zum Abhängen von Fasanen und anderem Wild und am Kohlenbunker und erreichten schließlich die Waschküche und den Bügelraum.

Doll hängte das blaue Kleid auf einen Bügel, begutachtete es sorgfältig und schnippte ein paar Stäubchen fort. Dann wrang sie ein nasses Tuch aus, bis es kaum noch feucht war und säuberte damit die Stellen des Saumes, die Gracie unachtsam über den Boden hatte schleifen lassen.

»Sieht wieder ganz gut aus«, sagte sie mit leicht erhobener Stimme. »Lassen Sie es ein oder zwei Minuten trocknen, bevor Sie es bügeln. Mrs. Pitt wird nichts zu beanstanden finden. Sie haben es mit Ihrer Herrschaft gut getroffen. Sie haben Glück.«

Gracie verbannte fürs erste Finn Hennessey aus ihren Gedanken und dachte an die Betrübnis, die sie mitunter auf Dolls Gesicht gesehen hatte, die bittere Einsamkeit und die tiefe Qual, die Doll offenbar unausgesetzt empfand und die von Zeit zu Zeit zum Vorschein kamen.

»Sie nicht?« fragte sie leise. Fast hätte sie sich erkundigt, ob Mrs. Greville an ihr herummäkelte, aber das konnte wohl kaum der Grund für ihre Trübsal sein. Es erschien Gracie zu oberflächlich und unerheblich. Zwar konnte man aus der Art, wie ein Mensch in der Öffentlichkeit auftrat, keine Rückschlüsse darauf ziehen, wie er sich seinen Dienstboten gegenüber verhielt, doch hatte sie nicht den Eindruck, daß Eudora ihr Personal schlecht behandelte. Beherrscht erledigte Mr. Wheeler nach wie vor seine Aufgaben, auch wenn ihn der Tod seines Herrn tief getroffen hatte und ihm zumindest teilweise klar war, was dieser Mord bedeutete. Doch das war etwas anderes, und er ließ in keiner Weise nach außen hin erkennen, daß es ihn aufwühlte.

Doll stand stocksteif da, sie wirkte angespannt.

»Und Sie nicht?« wiederholte Gracie. Sie mußte es wissen; es spielte mit einem Mal eine große Rolle.

Doll löste sich aus ihrer Erstarrung und griff zu den Stellagen hinauf, als suche sie nach Stärke oder Waschbläue oder irgendeinem anderen Mittel. Das aber war wohl nur eine Verlegenheitsgeste, denn obwohl alles in ordentlich beschrifteten Töpfen griffbereit dastand, nahm sie keinen davon herunter.

»Sie waren sehr freundlich zu mir«, sagte Doll, wobei sie sich jedes Wort genau zu überlegen schien. Dennoch klang es so, als wäre es völlig bedeutungslos. »Es wäre mir nicht recht, wenn jemand Sie verletzen würde.« Ziellos schob sie einige der Töpfe hin und her und kehrte dem Raum dabei nach wie vor den Rücken zu. »Verlieben Sie sich bloß nicht, Gracie. 'n bißchen rumknutschen ist gut und schön, aber gestatten Sie es bloß keinem, weiter zu gehen. Für unsereinen bringt das nur ungeahnten Kummer ... Ich möchte Sie damit nicht kränken. Es geht mich nichts an. Das weiß ich wohl.«

»Ich fühle mich nicht gekränkt«, sagte Gracie leise. Sie merkte, daß ihr das Blut heiß in die Wangen stieg, so peinlich war ihr das Ganze. Wenn Doll ihr schon so deutlich ansah, wie es um sie stand, konnte das möglicherweise auch jeder andere – unter Umständen sogar Finn! Sie mußte sich zusammennehmen. Eigentlich wußte sie doch, wie sich ein Detektiv verhält, schließlich hatte sie das häufig genug miterlebt. »Haben Sie sich denn verliebt?«

Doll lachte bitter auf; es klang aber eher wie ein Schluchzen.

»Nein … nie. Ich hab' nie einen … nie einen kennengelernt, für den ich … so viel empfunden hab, keinen, dem was an mir lag.«

»Warum sollte denn keinem was an Ihnen liegen?« fragte Gracie offen heraus. »Sie sind eine der hübschesten jungen Frauen, die ich kenne.«

Dolls starre Körperhaltung schien sich ein wenig zu lockern.

»Danke«, sagte sie ruhig. »Aber das genügt keinem Mann. Eine Frau muß auch achtbar sein und Charakter haben.«

»Sie meinen, 'nen guten Ruf?« fragte Gracie. »Ja, das stimmt wohl. Aber immer zählt es nicht.«

»Doch.« Doll sagte es mit ausdrucksloser Stimme. Sie duldete keinen Widerspruch, als hätte sie diese Hoffnung auch einmal gehabt und damit Schiffbruch erlitten.

Gracie war fast sicher, daß Doll einen bestimmten Mann meinte. »Bleiben Sie deshalb, wo Sie sind, obwohl es keine besonders gute Stellung ist?«

Doll wurde eisig. »Das hab' ich nicht gesagt.«

»Ich trag' das schon nicht weiter«, begütigte Gracie. »Vielleicht ändert es sich ja jetzt, wo Mr. Greville tot ist. Da wird sicher alles anders. Die arme Seele.«

»Von wegen – der und arm!« Fast wäre Doll an ihren Worten erstickt.

»Ich hab' die gnäd'ge Frau gemeint. Sie sieht schrecklich bleich und verängstigt aus, als wüßte sie, wer es war.«

Doll wandte sich sehr langsam um. Ihr Gesicht war weiß. Sie hielt sich am marmornen Rand des Waschbeckens fest, als würde sie andernfalls umsinken.

»Na, na!« Gracie eilte auf sie zu. »Sie werden mir doch nicht ohnmächtig?« Sie sah sich suchend nach einem Stuhl um, fand aber keinen. »Setzen Sie sich auf den Boden. Immer noch besser, als wenn Sie hinfallen. Sie könnten sich auf den Steinen böse verletzen.« Obwohl es Doll sichtlich nicht recht war, umschlang Gracie sie und versuchte, sie mit ihren schwachen Kräften zu stützen, so daß sie sich langsam setzen konnte.

Doll sank auf den kalten Steinboden und riß Gracie mit sich.

Gracie nahm sie tröstend in den Arm, wie sie es bei einem der Kinder getan hätte. »Sicher wissen Sie auch, wer's war, hab' ich recht?« drang sie weiter in sie. Eine solche Gelegenheit konnte sie unmöglich ungenutzt verstreichen lassen.

Doll schüttelte den Kopf und stieß keuchend hervor: »Nein! Nein, nichts weiß ich!« Sie faßte Gracies Hand und hielt sie fest. »Sie müssen mir glauben, ich weiß es nicht! Nur, daß ich es nicht war – das weiß ich!«

»Natürlich waren Sie es nicht!« Gracie hielt sie nach wie vor im Arm. Sie spürte Dolls Zittern, ihre Angst schien den ganzen Raum zu erfüllen.

»Unmöglich wäre es aber nicht«, sagte Doll und klammerte sich mit gesenktem Kopf an Gracie, wobei sich ihr blondes Haar löste und unter dem Häubchen zum Vorschein kam. »Gott weiß, daß ich ihm oft genug den Tod gewünscht habe!«

Gracie überlief es kalt, als sei etwas, das sie befürchtet hatte, Wirklichkeit geworden. »Tatsächlich?« Sie mußte das einfach fragen, mußte es für Pitt in Erfahrung bringen, der in großen Schwierigkeiten steckte. Außerdem konnte es Doll ohnehin nicht länger für sich behalten. »Und warum?«

Statt einer Antwort begann Doll, lautlos zu weinen. Es war, als würde ihr das Herz brechen.

Gracie dachte an das Stubenmädchen, das sie auf dem Gang unweit des Badezimmers der Grevilles gesehen hatte. Der Wunsch, es möge nicht Doll gewesen sein, und ihre Angst, daß sie es doch war, verursachten ihr fast körperliche Schmerzen. Sie wollte nicht daran denken; auf der anderen Seite konnte sie nicht die Augen vor der Tatsache verschließen, daß sie das Mädchen gesehen hatte. Außerdem hatte sie Pitt ihre Beobachtung bereits mitgeteilt. Bestimmt würde er das nicht einmal dann vergessen, wenn Gracie es wollte.

Obwohl sich alles in ihr dagegen sträubte, sich das Geschehene deutlich vor Augen zu führen, mußte sie es versuchen.

Doll sagte immer noch nichts, sie saß einfach zusammengesunken auf dem Boden und schien vor Angst und Qual zu vergehen.

Gracie gab sich große Mühe, das Bild vor ihrem inneren Auge wiedererstehen zu lassen. Vielleicht gab es ja etwas, das bewies, daß es sich nicht um Doll handelte? Aber es gelang ihr nicht – nichts kam. Je mehr sie sich bemühte desto mehr entzog es sich ihr. Sie holte tief Luft.

»Und warum haben Sie ihm den Tod gewünscht, Doll?« fragte sie mit weit weniger Furcht in der Stimme, als sie empfand. »Was hatte er Ihnen getan?«

»Mein Kind ...« sagte Doll leise und gequält. »Mein Kleines.«

Gracie dachte an all die Kinder, die sie gekannt hatte, ob lebend oder tot, Kinder, die unerwünscht waren oder mit Liebe überschüttet wurden, aber dennoch krank wurden oder Unfälle hatten. Sie dachte an die Kinder, um die sie sich zu Hause in Bloomsbury kümmerte. Jetzt waren sie eigentlich keine Kleinkinder mehr, nur manchmal noch, wenn sie müde waren, Angst hatten oder Schmerzen. Vielleicht waren alle Menschen in einer solchen Situation Kinder.

Sie hielt auch Doll wie ein kleines Kind. Es spielte keine Rolle, daß Doll größer, älter und hübscher war als sie. In diesem Augenblick war Gracie diejenige, die über die nötige Kraft und Vernunft verfügte.

»Was hat er mit Ihrem Kind gemacht?« flüsterte sie.

Wieder herrschte lange Schweigen. Doll brachte es nicht über sich, es auszusprechen. Gracie aber hatte bereits begriffen, bevor Doll es schließlich herausbrachte.

»Er hat mich ... gezwungen ... es töten zu lassen ... bevor es zur Welt kam.«

Gracie wußte nichts, was sie Doll hätte sagen können. Sie konnte sie lediglich fester an sich drücken, in den Armen wiegen, ihren Kummer besänftigen. »War es von ihm?« fragte sie nach ein paar Augenblicken.

Doll nickte.

»Hatten Sie ihn denn geliebt?«

»Nein! Nein! Aber ich wollte meine Stelle nicht verlieren. Wenn ich mich ihm verweigert hätte, wäre ich sie los gewesen, und wenn ich das Kind hätte bekommen wollen, hätte er mich ohne Zeugnis hinausgeworfen. Ich wäre auf der Straße gelandet oder in einem Bordell, und das Kleine wäre höchstwahrscheinlich trotzdem gestorben. Das zumindest ist ihm erspart geblieben. Aber ich hab' es geliebt. Es war meins – genau so, als wenn es zur Welt gekommen wäre. Es war ein Teil von mir.«

»Natürlich«, sagte Gracie. Die eisige Kälte in ihrem Inneren hatte sich in eine Wut verwandelt, die ihr hart wie ein Stein im Magen lag. »Wie lang ist das her?«

»Drei Jahre. Aber es tut immer noch genauso weh wie damals.«

Das war ein kleiner Trost. Wenigstens war es nicht erst vor kurzem gewesen. Es war unwahrscheinlich, daß sie Greville jetzt aus Rache umgebracht hatte, denn dazu hatte sie bereits drei Jahre Gelegenheit gehabt, ohne etwas zu unternehmen.

»Wer weiß außerdem davon?«

»Niemand.«

»Nicht mal Mrs. Greville oder die Köchin? Köchinnen kriegen oft unheimlich viel mit.« Fast hätte sie hinzugefügt: »Hat man mir jedenfalls erzählt.« Damit hätte sie aber verraten, daß Charlotte keine Köchin hatte. Das fiel ihr gerade noch rechtzeitig ein.

»Nein«, gab Doll zur Antwort.

»Aber die anderen müssen sich doch irgendwas gedacht haben? Bestimmt haben Sie damals doch fürchterlich mitgenommen ausgesehen. Das tun Sie ja jetzt noch.«

Der Seufzer, mit dem Doll darauf antwortete, ging in Schluchzen über, und Gracie drückte sie fester an sich.

»Die haben einfach gemeint, ich hätte mich verliebt«, sagte Doll und schniefte heftig. »Wäre es doch nur so gewesen. Es hätte auf keinen Fall so weh tun können wie das andere.«

»Ich weiß nicht«, sagte Gracie leise. »Aber wenn nicht Sie ihn umgebracht haben, wer war es dann?«

»Ich habe keine Ahnung, das schwöre ich. Sicher einer von den Iren.«

»Na ja, wenn ich an Mrs. Grevilles Stelle wär' und das wüßte, was Sie mir g'rade gesagt haben, hätte ich ihn selber umgebracht«, sagte Gracie freimütig.

Doll wand sich aus ihren Armen und setzte sich auf. Ihre Augen waren gerötet, ihr Gesicht tränenüberströmt.

»Sie hat nichts davon gewußt!« sagte sie mit Nachdruck. »Wirklich nicht, Gracie! Das hätte sie niemals verbergen können. Ich weiß das. Schließlich war ich jeden Tag mit ihr zusammen.«

Gracie sagte nichts. Doll hatte recht.

»Ich bitte Sie«, sagte Doll eindringlich. Sie schien ihre eigene Angst im Augenblick ganz vergessen zu haben. »Sie als Zofe wissen alles, was in Ihrem Haus vorgeht oder etwa nicht? Sie wissen alles über Ihre Gnädige, kennen sie besser als jeder andere. Sogar besser als ihr Mann oder ihre Mutter!«

Zu diesem Thema schwieg Gracie lieber, denn das Haus, in dem sie diente, ließ sich nicht mit dem der Grevilles vergleichen, und Charlotte war ganz bestimmt nicht wie Eudora.

»Wird schon stimmen«, sagte sie aufseufzend.

»Sie sagen es doch keinem weiter?« Doll faßte sie beschwörend am Arm. »Nicht wahr!«

»Wem sollte ich es denn sagen?« Gracie schüttelte leicht den Kopf. »Das kann jeder passieren, wenn sie hübsch genug ist.«

Dennoch ließ die Sache Gracie den ganzen Tag keine Ruhe, und sie konnte weder ihr Mitleid vergessen, noch den Zorn, den sie empfand. Das Vertrauen, das Doll in sie setzte, brachte sie darüber hinaus in einen Konflikt mit ihrer Loyalität gegenüber Pitt. Sie war zu dem Ergebnis gekommen, daß sie nichts von dem erzählen konnte, was Doll ihr gesagt hatte. Sie glaubte wirklich nicht, daß Doll Greville umgebracht hatte, und sicherlich hätte sie es gewußt, wenn Eudora erfahren hätte, was zwischen ihrem Mann und ihr vorgefallen war. Wie könnte eine Frau dieses Wissen für sich behalten und es ausgerechnet vor dem Opfer verbergen? Falls Charlotte jemals ein solch entsetzliches Geheimnis bewahrt hätte, hätte Gracie das sicherlich gespürt.

Pitt kam nach Einbruch der Dunkelheit zurück. Die lange Bahnfahrt hatte ihre Spuren an seiner Kleidung hinterlassen. Er war nach wie vor schrecklich steif von seinem Ritt über Land und jetzt obendrein so müde, daß er aussah, als würde er sich viel lieber gleich schlafen legen, anstatt sich umzuziehen und dem Gebot der Höflichkeit folgend wieder ins Eßzimmer hinunterzugehen. Dort mußte er dann aufmerksam auf alles achten, was gesagt wurde und auf jede Gefühlsäußerung. Er machte einen ziemlich niedergeschlagenen Eindruck. Gracie konnte sich recht gut vorstellen, was er sich in London hatte anhören müssen.

Charlotte war bereits zum Dinner nach unten gegangen. Tante Vespasias blauseidenes Abendkleid stand ihr ausgezeichnet. Sie war überzeugt, daß es das beste sei, Augen und Ohren offenzuhalten, denn immerhin war es möglich, daß es etwas Auffälliges zu bemerken gab. Ihr blieb gerade noch Zeit, ihren Mann flüchtig zu begrüßen und ihn besorgt zu fragen, was Cornwallis gesagt hatte.

Nur Gracie wußte, wie schwer ihr das gefallen war. Charlotte war so angespannt gewesen, daß Gracie alle Kräfte hatte aufbieten müssen, um sie fest genug zu schnüren. Außerdem hatte sie Rückenschmerzen und ein Kopfweh, gegen das weder Lavendelöl noch Mutterkraut-Aufgüsse halfen. Jedesmal, wenn sie glaubte, es habe aufgehört, kehrte es eine halbe Stunde später wieder zurück. Aber darüber sagte Charlotte nichts.

Gracie stand in der Tür zum Ankleidezimmer und sah zu, wie sich Pitt mit seinen Kragenknöpfen abmühte. Eigentlich war das Tellmans Aufgabe. Der Mann war wirklich völlig unbrauchbar.

»Ich mach' das für Sie, Sir«, bot sie an und trat vor.

»Vielen Dank.« Pitt gab ihr das Hemd, sie nahm die Knöpfe und steckte sie mit flinken und geschickten Fingern an Ort und Stelle.

»Sir?«

»Ja, Gracie?« Er wandte sich ihr aufmerksam zu.

Eigentlich hatte sie es ihm nicht sagen wollen. Doch die Worte kamen von selbst heraus, und es war ihr unmöglich, so zu tun, als hätte sie Doll nicht noch weiter ausgefragt.

Sie hatte ein schlechtes Gewissen. Aber es war zu spät, etwas zurückzunehmen. Aber gesetzt den Fall, Mrs. Greville hatte ihren Mann selbst umgebracht? Dafür hatte sie gute Gründe, sofern sie wußte, was er getan hatte. Gracie brachte es nun einmal nicht fertig, Pitt die Unwahrheit zu sagen. Ihm ihr Wissen zu verschweigen, wäre aber gleichbedeutend mit einer Lüge gewesen. Ihm und Charlotte schuldete sie weit mehr als das. Sie würde es sich nie verzeihen können, wenn sich herausstellte, daß sie die Wahrheit gewußt hatte, ohne etwas zu sagen, während sich Pitt Vorhaltungen wegen seines Versagens machen lassen müßte.

Auch Pitt blieb keine Wahl. Das ganze Abendessen hindurch beschäftigte er sich in Gedanken mit Gracies Worten. Er bekam nur am Rande mit, worum sich das Tischgespräch drehte, und er merkte kaum, daß Emily mit vor Unruhe flackerndem Blick jeden der Gäste und Dienstboten gleichzeitig im Auge zu behalten versuchte, daß Jack sich unendlich viel munterer gab, als er sich vermutlich fühlte und daß Charlotte ein wenig bleich wirkte, kaum etwas aß und sich die größte Mühe gab, keine Gesprächspausen entstehen zu lassen.

Obwohl Speisen auf den Tisch kamen, von denen er normalerweise höchstens träumen konnte, wollte es ihm nicht recht schmecken. Gracies Worte ließen ihn nicht zur Ruhe kommen und vertrieben alles andere aus seinen Gedanken. Es war eine der erbärmlichsten Geschichten, die er je gehört hatte. Als sie bei den Stachelbeertörtchen mit Eis angekommen waren, stellte er zu seiner Überraschung fest, daß er keine Sekunde lang angenommen hatte, Doll könnte nicht die Wahrheit gesagt haben. Mit einem Mal ging ihm auf, daß sich seine eigene Einschätzung von Ainsley Grevilles Charakter mit dem deckte, was sie Gracie erzählt hatte. Das Ganze sah dem Mann, den er durch die im Arbeitszimmer von Oakfield House gefundenen Briefe kennengelernt hatte, nur allzu ähnlich. Er sah darin Überheblichkeit und Gefühlskälte Frauen gegenüber. Sicherlich hatte Greville Doll als sein Eigentum betrachtet, auf das er mit seinen Lohnzahlungen einen Anspruch erworben hatte. Es war schlimm genug, wenn auch nicht so ungewöhnlich, wie man es sich gewünscht hätte, daß er sie benutzt hatte, doch daß er sie gezwungen hatte, zwischen einer Abtreibung und dem Leben auf der Straße zu wählen, war unverzeihlich.

Er konnte den Vorfall nicht einfach außer acht lassen oder vergessen. Immerhin hätte Doll ein starkes Motiv gehabt, Greville aus dem Wege zu schaffen. Dieser Sache mußte er auf jeden Fall nachgehen.

Er entschuldigte sich, bevor der Portwein herumgereicht wurde und suchte den Wirtschaftstrakt auf. Wheeler würde die Mitteilung hart treffen, falls er bis jetzt nichts davon gewußt hatte. Aber Mord war eben hart, genau wie die Angst und das Elend von Menschen, die man grundlos vedächtigte und deren Leben man aufs genaueste unter die Lupe nahm, wobei jedes noch so unbedeutende, persönliche Geheimnis ans Licht der Öffentlichkeit gezerrt wurde.

»Ja, Sir?« fragte Wheeler mit gerunzelten Brauen, als ihn Pitt in den leeren Anrichteraum führte. Dildes war gerade im Gesellschaftszimmer beschäftigt.

Pitt schloß die Tür. »Es tut mir leid, daß ich Ihnen nochmals ein paar Fragen stellen muß«, begann er. »Leider ist es unumgänglich, aber ich versichere Ihnen, daß ich die Sache nicht weiter verfolgen werde, als unbedingt nötig.«

Wheeler sah besorgt aus. Er machte auf Pitt eigentlich einen sehr freundlichen Eindruck und war wohl jünger, als er bei ihrer ersten Begegnung am Vormittag nach Grevilles Tod angenommen hatte. Er wirkte ernsthaft, zugleich aber lag auf seinem Gesicht eine gewisse Sanftheit. Wahrscheinlich konnte er genauso tanzen oder lachen wie andere Menschen auch, wenn die Umstände danach waren.

»Bestimmt kennen Sie Mrs. Grevilles Zofe Doll?«

Wheelers Ausdruck änderte sich kaum wahrnehmbar, als ob sich lediglich seine Gesichtsmuskeln leicht angespannt hätten.

»Doll Evans? Ja, Sir, natürlich. Ein braves Mädchen. Sie tut ihre Arbeit, versteht ihre Sache und macht nie Schwierigkeiten.«

Pitt spürte die Abwehr, die von Wheeler ausging. Die Antwort war zu eilfertig gekommen. Hatte er eine Schwäche für sie, oder wollte er einfach den eigenen Haushalt decken?

»War sie vor etwa drei Jahren krank?« fragte Pitt.

Wheeler war auf der Hut. Pitt erkannte das an einer gewissen Schärfe, die in seine Augen trat. Offensichtlich wußte er, was damals vorgefallen war.

»Ja, Sir, sie war eine Weile krank.« Er fragte nicht, warum Pitt das wissen wollte.

»Wissen Sie, woran sie litt?«

Eine leichte Röte trat auf Wheelers Wangen. »Nein, Sir. Es stand mir nicht zu, mich danach zu erkundigen, und sie hat nichts gesagt. Solche Dinge sind privater Natur.«

»Wirkte sie nach ihrer Gesundung irgendwie verändert?« ließ Pitt nicht locker.

Wheelers Züge nahmen einen beinahe trotzigen Ausdruck an, aber die angelernte distanzierte Höflichkeit fiel nicht von ihm ab.

»Nun?« forschte Pitt nach.

Wheeler sah ihn mit seinen grauen Augen kühl – und ausgesprochen zurückhaltend – an.

»Es hat seinerzeit lange gedauert, bis sie wieder auf die Beine kam, Sir. Sie muß wohl ziemlich krank gewesen sein. So ist das mitunter.« Er hielt kurz inne, holte tief Luft und sprach dann weiter. »Für jemanden, der darauf angewiesen ist zu arbeiten, weil er damit seinen Lebensunterhalt verdient, kann eine ernsthafte Krankheit sehr schlimm sein, Sir. Niemand kümmert sich um Menschen wie Doll, wenn sie nicht arbeiten können, das ist allgemein bekannt. Man bemüht sich, an eine solche Möglichkeit nicht zu denken, aber bisweilen lassen die Umstände das nicht zu.«

»Das weiß ich«, sagte Pitt ruhig, und es war ihm ernst damit. »Ich glaube, Sie vergessen, Mr. Wheeler, daß ich Polizeibeamter bin und keiner der feinen Herren hier im Hause. Ich verfüge über keine Kapitaleinkünfte und muß mein Gehalt ebenso verdienen wie Sie.«

Wheeler errötete kaum wahrnehmbar. »Ja, Sir. Das habe ich wohl außer acht gelassen«, entschuldigte er sich, ohne von seiner Position auch nur einen Zoll abzurücken. »Ich weiß nicht, warum Sie sich nach Doll erkundigen, aber sie ist ehrlich und anständig, Sir. Sie würde nie etwas anderes tun, als die Wahrheit sagen oder schweigen. Lügen würde sie unter keinen Umständen.«

»Doch, das würde sie«, sagte Pitt freundlich. »Entweder aus Rücksicht auf Mrs. Grevilles Empfindungen und wenn sich der Schaden nicht mehr gutmachen ließe.«

Wheeler sah ihn wortlos an. Pitt merkte an seinem Gesichtsausdruck, daß er es auf keinen Fall zugeben würde, falls er etwas wußte. Vielleicht stand dahinter seine Ergebenheit Eudora gegenüber, Pitt glaubte jedoch, daß es eher um Dolls Willen geschah. Die leichte Röte auf Wheelers Wangen zeigte ihm, daß Gefühle im Spiel waren. Pitt brauchte nicht weiter in ihn zu dringen. Er wußte, was er wissen wollte, und das hatte Wheeler wohl auch erkannt.

»Vielen Dank«, sagte Pitt mit leichtem Nicken und öffnete die Tür.

Er wählte den Weg über die Dienstbotentreppe, um in den Wohntrakt zu gelangen. Auf keinen Fall wollte er auf der Haupttreppe jemandem begegnen, der ihn hätte fragen können, wohin er wollte. Er mußte sein Vorhaben ausführen, obwohl es ihm zuwider war. Doch wie Gracie ließ ihm das, was er bereits wußte, keine Wahl.

Er klopfte an Eudoras Tür. Da sie das Eßzimmer schon vor ihm verlassen hatte, durfte er annehmen, daß sie sich in ihren Räumen aufhielt. Hoffentlich war sie allein. Vermutlich würde Doyle noch mit den anderen Herren beim Portwein sitzen, und sofern Piers ihnen nicht ebenfalls Gesellschaft leistete, dürfte er bei Justine sein.

Auf Eudoras Aufforderung hin trat er ein.

Sie saß wieder in dem bequemen Sessel am Kamin und ihre Gestalt in dem dunklen Abendkleid zeichnete sich deutlich vor den leuchtenden Pastelltönen des Raumes mit den Blumenmustern auf den Vorhängen ab.

Bei seinem Anblick verhärteten sich ihre Züge. Er spürte, wie ihn Schuldbewußtsein beschlich. Er schloß die Tür.

»Was gibt es, Mr. Pitt?« fragte sie. Das Zittern in ihrer Stimme war unüberhörbar. »Haben Sie etwas in Erfahrung gebracht?«

Er nahm ihr gegenüber Platz. Am liebsten hätte er mit ihr über irgend etwas anderes geredet. Sie hatte Angst. Vielleicht dachte sie an Doyle. Oder etwa gar an Piers? Warum nahm sie an, Doyle könnte ihren Mann getötet haben? Zu welcher Art von Gewalttat konnte ihn sein irischer Nationalismus treiben? Auf den ersten Blick sah es so aus, als sei er der Vernünftigste der vier, Argumenten und Kompromißvorschlägen auf jeden Fall eher zugänglich als Fergal Moynihan oder Lorcan McGinley.

»Mrs. Greville«, begann Pitt ein wenig verlegen. »Es kommt vor, daß man nach dem Tode eines Menschen vieles über ihn erfährt, was man vorher nicht gewußt hat. Mitunter sind das sehr schmerzliche Dinge, die dem Bild widersprechen, das man von ihm hatte und liebte.«

»Ich weiß«, sagte sie rasch und hob die Hand, als wolle sie ihm Einhalt gebieten. »Das brauchen Sie mir nicht zu sagen. Ich weiß Ihr Feingefühl zu schätzen, aber mir ist bereits bekannt, daß mein Mann Beziehungen zu Frauen unterhielt, von denen ich nichts wußte. Auch jetzt würde ich lieber nichts davon wissen. Bestimmt wird mir im Laufe der Zeit noch so manches zu Ohren kommen, doch jetzt im Augenblick bin ich dafür zu... verwirrt...« Sie sah ihn erst an. Ihr schien viel an dem zu liegen, was er dachte. »Vermutlich sehen Sie das als Schwäche an, aber ich weiß einfach nicht mehr, wer der Mensch war, den ich verloren habe. Ich habe entsetzliche Dinge erfahren.« Sie biß sich auf die Lippe und hob den Blick zu ihm. »Aber fast noch entsetzlicher ist, daß ich nichts davon geahnt habe. Warum habe ich es nicht gewußt? Habe ich bewußt die Augen vor der Wirklichkeit verschlossen oder wurde sie mir tatsächlich vorenthalten? Wer war der Mann, den ich zu lieben glaubte? Warum hat er mich geheiratet, und warum habe ich all die Jahre nichts gesehen?« Sie öffnete und schloß die Augen einige Male, als wolle sie ein Bild loswerden, nur um zu merken, daß sie es in sich trug. »Hat er mich je geliebt, oder war auch das eine Lüge? Falls er mich aber geliebt hat – wann ist dieses Gefühl erloschen? Und warum?« Sie sah mit suchendem Blick zu Pitt hin. »War es meine Schuld? Lag es an etwas, das ich getan... oder nicht getan hatte? Habe ich ihn im Stich gelassen?«

Er wollte zu einer Antwort ansetzen, aber sie machte eine abwehrende Handbewegung. »Nein, sagen Sie nichts. Vor allem aber ersparen Sie mir gut gemeinte Lügen, Mr. Pitt. Eines Tages werde ich mich der Wahrheit stellen müssen. Lassen Sie mir Zeit... bitte. Meine Fragen kann ich mir selbst beantworten. Natürlich habe ich ihn im Stich gelassen. Ich habe ihn überhaupt nicht gekannt. Er war mein Mann. Ich hätte ihn kennen müssen. Ich habe ihn geliebt... vielleicht nicht gerade leidenschaftlich, aber ich habe ihn geliebt. Dieses Gefühl kann ich nicht von einem Augenblick auf den anderen abschalten, ganz gleich, was ich über ihn erfahre. Immerhin steckt darin die Gewohnheit, die Art, wie ich mehr als mein halbes Leben lang gedacht und empfunden habe. Ich habe so vieles mit ihm geteilt... ganz gleich, ob er es mit mir geteilt hat oder nicht. Im Laufe weniger Tage hat sich alles, was ich zu kennen glaubte, in ein einziges Chaos verwandelt.« Sie lächelte trübselig. »Bitte, Mr. Pitt, sagen Sie mir nicht noch mehr. Ich weiß nicht, wie ich das alles so rasch verarbeiten soll.«

Sie wirkte ausgesprochen verletzlich. Trotz ihrer über vierzig Jahre lag auf ihrem Gesicht noch die Weichheit der Jugend. Ihre Lippen waren voll, ihre Wangen gerundet, Kinn und Halsansatz bildeten eine von keinen Falten unterbrochene Linie. Vermutlich war sie etwa so alt wie Pitt. Wahrscheinlich war sie noch nicht einmal zwanzig Jahre alt gewesen, als sie Piers zur Welt gebracht hatte.

Er mußte sich daran erinnern, warum er hier war: um die Wahrheit aufzudecken. Er konnte es sich nicht leisten, alle Menschen zu schonen, die darauf angewiesen waren oder es verdienten. Ganz gleich, wie es um seine eigenen Gefühle stand, hatte er kein Recht zu entscheiden, wen er schützte und wen nicht, und er konnte auch nicht voraussehen, was dabei herauskommen würde.

»Mrs. Greville, Ihnen ist bereits bekannt, daß Ihr Mann zu bestimmten Frauen intime Beziehungen unterhalten hat, die nichts mit irgendeiner Art von Zuneigung zu tun hatten.« Wie konnte er das nur formulieren, um ihr damit so wenig Kummer wie möglich zu bereiten? Sie war eine Frau, in deren Gegenwart man nicht einmal über die roheren Aspekte des täglichen Lebens sprach, und schon gar nicht darüber, wie skrupellos manche Menschen ihren persönlichen Neigungen folgten, selbst wenn es sich dabei um einen Fremden und nicht um ihren Ehemann handelte. Pitt hatte ein schlechtes Gewissen, weil er sie zwang, sich einer so widerwärtigen Wirklichkeit zu stellen. Er stand im Begriff, ihre Erinnerungen und ihre Welt in immer kleinere Scherben zu zerschlagen, die sich nicht mehr zusammenfügen lassen würden.

»Ich weiß, Mr. Pitt. Sagen Sie es mir bitte nicht. Ich möchte lieber nicht daran denken.« Sie sprach durchaus offen darüber, versteckte sich nicht hinter ihrem Stolz, so als vertraute sie ihm als Freund, als der er ihr erschienen war, bevor sie erfahren mußte, wer er wirklich war.

Er zögerte. Mußte sie wirklich von der Sache mit Doll erfahren? Ja – ihm blieb keine andere Möglichkeit, als ihr nachzugehen. Sie konnte das Motiv für den Mord sein. Grevilles sonstige Affären wären im Normalfall für niemanden Grund gewesen, ihn umzubringen, nicht einmal, wenn es um die eigene Schwester ging. Hier aber verhielt es sich anders. Auf jeden Fall konnte es ein Motiv für Doll gewesen sein oder für jemanden, der ihr nahestand. Vielleicht sogar Wheeler? Er hielt es zwar nicht für wahrscheinlich, aber unmöglich war es nicht.

»Ihr Mann ist ermordet worden, Mrs. Greville. So gern ich das täte, ich kann nicht davon absehen, jeden zu überprüfen, der ein einleuchtendes Motiv für diese Tat hatte.«

Unwillkürlich richtete sie sich auf. »Aber Sie kennen doch das Motiv? Es war ein politisches Attentat.« Sie sagte das, als könnte daran kein Zweifel bestehen. »Ainsley war als einziger imstande, beide Seiten in einer Art Kompromiß zusammenzubringen. Manche der irischen Extremisten wollen aber keinen Kompromiß.« Sie schüttelte den Kopf, ihre Stimme wurde kräftiger und überzeugender. »Sie würden lieber weiter morden und sterben, als auch nur einen Zollbreit von dem abzuweichen, was sie für ihre Ansprüche halten. Das reicht Jahrhunderte in die Vergangenheit zurück und ist Teil der nationalen Identität der Iren geworden. Sie haben sich so oft und so lange eingeredet, ihnen sei wer weiß wie großes Unrecht geschehen, daß sie von dieser Vorstellung nicht mehr loskommen.«

Sie sprach immer rascher.

»Es gibt zu viele Männer und Frauen, die ganz darin aufgehen, für eine große Sache zu kämpfen. Falls dieser Kampf zu Ende ginge, wären sie wieder niemand. Was tut ein Kriegsheld im Frieden? Wie beweist man seine Größe, wenn es nichts mehr gibt, wofür man sterben kann? Wer ist man in einem solchen Fall, wie kann man dann noch weiter an sich glauben?«

Ganz unabsichtlich, vielleicht auch ohne überhaupt an sich selbst zu denken, hatte sie über ihre eigene Verwirrung und ihren Kummer gesprochen, den Verlust dessen, was sie als Inhalt ihres Lebens und als ihre Werte angesehen hatte. Im Verlauf weniger Stunden war all das zunichte geworden und hatte eine neue und entsetzliche Gewalt angenommen. Was hatte sie mit ihrem Leben erreicht? Gewiß wäre sie nicht offen genug, ihm das zu sagen, nicht etwa, weil ihm das peinlich gewesen wäre, aber es gehörte sich nicht. Er sah es ihr an den Augen an, und ihr war klar, daß er sie verstand.

Es drängte ihn danach, ihr Kraft und Trost zu bieten, ihr den Schutz zu geben, den sie brauchte, doch er konnte es nicht. Er stand im Begriff, das genaue Gegenteil davon zu tun und ihr nahezu unermeßliches Leiden zuzufügen. Vielleicht würde er ihr auf diese Weise sogar noch den einzigen Menschen nehmen, an den sie glauben konnte und der ihr beistand, ihren Bruder. Selbst bei Piers konnte sie nicht mit wirklichem Verständnis rechnen; was er tat und sagte, geschah hauptsächlich aus Pflichtgefühl. Er war zu sehr in Justine verliebt, als daß er Augen für einen anderen Menschen gehabt hätte und zu jung, als daß er imstande gewesen wäre, ihren großen Kummer zu begreifen. Er wußte noch nicht wirklich, wer er war, seine Persönlichkeit war noch nicht gefestigt genug. Möglicherweise wäre er daran zerbrochen, wenn man ihm seine Illusionen genommen hätte.

Pitt begann mit der einfachsten Frage, um den ersten Punkt ausschließen zu können.

»Als Ihr Mann im Badezimmer war, befanden Sie sich hier in Ihrem Zimmer, nicht wahr?«

»Ja.« Sie sah verwirrt drein. »Das habe ich Ihnen doch bereits gesagt, als Sie mich danach gefragt haben.«

»Und Ihre Zofe, Doll Evans, war bei Ihnen im Zimmer?«

»Ja. Jedenfalls die meiste Zeit. Warum fragen Sie das?« Ihr Blick war umschattet. »Ich hätte es nicht einmal dann fertig gebracht, Hand an Ainsley zu legen, wenn ich von seinem Treiben gewußt hätte.« Sie lächelte. »Ich hatte angenommen, daß Sie mich besser verstehen, Mr. Pitt.«

»Ich verdächtige Sie nicht, Hand an ihn gelegt zu haben, Mrs. Greville«, sagte er. Er meinte es ehrlich. »Ich möchte wissen, wo sich Doll aufgehalten hat.«

»Doll?« Ihre fein geschwungenen Brauen hoben sich ungläubig. Fast hätte sie gelacht. »Warum, um Himmels willen, sollte sie ihm etwas antun wollen? Sie ist ebenso englisch wie Sie, und mir völlig treu ergeben. Sie hat keinen Grund, uns schaden zu wollen, Mr. Pitt. Wir haben uns um sie gekümmert, als sie krank war, und ihr die Stelle freigehalten. Sie wäre der letzte Mensch, der einem von uns beiden etwas zuleide getan hätte.«

»War sie während der ganzen Viertelstunde bei Ihnen, die sich Ihr Mann im Bad aufgehalten hat?« wiederholte er.

»Nein. Sie ist weggegangen, um etwas zu holen. Ich habe vergessen, was es war. Vermutlich eine Tasse Tee. Ja, ich glaube, es war eine Tasse Tee.«

»Und wie lange war sie fort?«

»Das weiß ich nicht mehr. Nicht lange. Aber die Vorstellung, sie könnte meinen Mann im Bad überfallen haben, ist absurd.« Ihrem Gesicht war deutlich anzumerken, daß sie nicht fürchtete, es könne sich in Wahrheit doch so verhalten. Ihr kam der Gedanke ganz offenkundig grotesk vor.

»Hat Mr. Doyle Sie in London oder Oakfield House oft besucht?«

»Wieso? Worauf wollen Sie jetzt wieder hinaus, Mr. Pitt?« Sie verzog ärgerlich das Gesicht. »Ihre Fragen ergeben keinen Sinn. Erst erkundigen Sie sich nach Doll und jetzt nach Padraig. Warum?«

»Welcher Art war Dolls Krankheit? Wußte Mr. Doyle davon?«

»Daran kann ich mich nicht mehr erinnern.« Sie verkrampfte die Hände im Schoß. »Warum halten Sie das für wichtig? Ich weiß nicht mehr, um was für eine Krankheit es sich gehandelt hat. Welche Rolle kann das spielen?«

»Doll war schwanger, Mrs. Greville –«

»Bestimmt nicht von Padraig!« entfuhr es ihr spontan. Pitt sah, wie entsetzt sie war.

»Nein, von Mr. Doyle nicht«, bestätigte er. »Wohl aber von Mr. Greville. Allerdings war sie die Beziehung nicht aus freien Stücken eingegangen, sondern dazu... gezwungen worden.«

»Sie... sie hatte ein Kind!« Sie hatte Mühe, Luft zu holen. Unbewußt fuhr ihre Hand zur Kehle, als würde ihr Seidentuch sie ersticken.

Er hatte den Impuls, sich über sie zu beugen, ihre Hand zu nehmen und sie zu beruhigen. Das aber hätte zu vertraulich, wenn nicht sogar aufdringlich gewirkt, und diese Freiheit durfte er sich nicht herausnehmen. Er mußte daran denken, wo er war, weiter kühl und teilnahmslos seiner Aufgabe nachgehen, aufmerksam ihre Regungen beobachten, um abschätzen zu können, ob sie das bereits gewußt hatte oder nicht.

»Nein«, gab er zur Antwort. »Er hat auf einer Abtreibung bestanden, und Doll hatte keine Möglichkeit, sich ihm zu widersetzen, weil sie sonst damit rechnen mußte, ohne Geld und ohne Zeugnis auf der Straße zu stehen. Soweit konnte sie es nicht kommen lassen.« Er formulierte es mit voller Absicht so scharf. Er sah, daß alle Farbe aus ihrem Gesicht wich und ihre Augen vor Entsetzen dunkel wurden. Sie sah ihn an, versuchte zu begreifen, worauf er hinauswollte, hoffte, daß er ihr sagte, dies alles sei nicht wahr.

»Sie hatte sich... verändert... als sie wiederkam«, sagte Eudora stocken, mehr zu sich selbst als zu ihm. »Sie war sehr... niedergeschlagen. Sehr still, wie gelähmt. So, als hätte sie keinen Willen mehr. Sie lachte nicht mehr wie früher. Ich habe es damals darauf zurückgeführt, daß sie noch nicht vollständig wiederhergestellt war.«

Als sie begriff, daß Pitt ihr die Wahrheit gesagt hatte, widersetzte sie sich der neuen Erkenntnis nicht mehr. Sie blickte in die Vergangenheit, versuchte sich an Dinge zu erinnern, die seine Behauptung hätten widerlegen können, fand aber nichts. Es war fast, als untersuche sie eine Verletzung. Ein Teil von ihr dachte immer noch nüchtern, genau und folgerichtig, während sie zugleich mit ansehen mußte, wie ein anderer Teil ihres Ichs starb.

»Das arme Geschöpf«, sagte sie flüsternd. »Die arme, arme Doll. Die Vorstellung ist so entsetzlich, daß ich den Gedanken daran kaum ertragen kann. Was könnte einer Frau Schlimmeres widerfahren?«

»Ich hätte es vorgezogen, Ihnen das nicht sagen zu müssen.« Es klang lahm, wie eine Bitte um Verzeihung, wo es keine Verzeihung geben konnte. Er war sicher, daß Eudora nichts davon gewußt hatte, aber er merkte, daß sie auch nicht daran zweifelte. Was aber war mit Doyle? Hatte er davon gewußt, und wäre es ihm wichtig gewesen? Natürlich nicht um Dolls willen – sie gehörte zum Personal. Es kam oft vor, daß solchen Mädchen uneheliche Kinder angehängt wurden.

»Wer hätte sonst davon wissen können?« fragte Pitt. Wheeler hatte es offenbar gewußt. Sofern die Grevilles nicht noch einen Kutscher mitgebracht hatten, war er außer Doll als einziger von ihrem Personal mit nach Ashworth Hall gekommen. Er hatte gar nicht danach gefragt. Dabei wohnten die Grevilles so nahe, daß sie nicht mit der Bahn zu fahren brauchten. »Sind Sie mit der Kutsche gekommen?«

Sie verstand sofort. »Ja, aber... sonst hat niemand davon gewußt. Wir hatten damals angenommen, Doll sei krank... ein Fieber... Ich fürchtete schon, es könnte Tuberkulose sein. Tuberkulosekranke haben bisweilen so gerötete Wangen und so glänzende Augen. Sie sah so...«

»Wheeler wußte Bescheid.«

»Wheeler?« Auch diesmal zeigte sie keine Angst. Sie erwog nicht einmal die Möglichkeit. »Nie im Leben hätte er...«

»Was?«

»Er hätte Ainsley nie etwas zuleide getan.«

»Was wollten Sie eigentlich sagen, Mrs. Greville?«

»Daß ich ein oder zwei Mal das Gefühl hatte, er könne meinen Mann nicht leiden. Aber er ist natürlich viel zu gut geschult, als daß er das zu erkennen geben würde.« Sie schüttelte den Gedanken ab. »Es war einfach ein flüchtiger Eindruck. Wheeler wäre auch keineswegs auf die Anstellung bei uns angewiesen. Er könnte jederzeit eine andere finden. Er leistet hervorragende Arbeit.«

Pitt überlegte, daß sich Wheeler vermutlich um Dolls willen überwunden hatte, im Hause eines Mannes zu bleiben, den er verachtete, vielleicht sogar haßte, sagte aber nichts. Tellman würde feststellen müssen, ob Wheelers Alibi so einwandfrei war, wie sie bisher angenommen hatten.

Es klopfte.

»Herein«, sagte Eudora zögernd.

Justine trat ein, unmittelbar gefolgt von Charlotte. Beider Wangen waren gerötet, und beide wirkten erschöpft. Vermutlich hatten sie im Gesellschaftszimmer zu nahe am Kaminfeuer gesessen und die gezwungene Konversation sehr anstrengend empfunden. Aber selbst in diesem Zustand – einige Strähnen der von Gracie kunstvoll aufgetürmten Frisur hatten sich gelöst – sah Charlotte in dem blauseidenen Abendkleid hinreißend aus. Wie gern hätte Pitt seiner Frau solche Kleider gekauft wie diese Leihgabe Tante Vespasias. Wieder einmal mußte er daran denken, mit welcher Selbstverständlichkeit Charlotte in den Rahmen von Ashworth Hall paßte. Ein solches Leben hätte sie haben können, wenn sie einen Mann aus ihrer eigenen Schicht geheiratet hätte oder gar, wie ihre Schwester Emily, durch die Ehe gesellschaftlich aufgestiegen wäre.

Justine merkte sofort, daß Eudora bleich und angespannt war, und sie trat voller Sorge zu ihr. Charlotte blieb an der Tür stehen. Sie hatte das Gefühl, daß sie und Justine ungelegen kamen. Dazu bedurfte es keines besonderen Hinweises. Ihr genügte Pitts Gesichtsausdruck und eine gewisse Mattigkeit in den Zügen Eudoras, die mit im Schoß verkrampften Händen dasaß. Sie schien Pitt einen bedauernden Blick zuzuwerfen, bevor sie mit Justine sprach.

Später, als sie schlafen gingen, fragte ihn Charlotte, so beiläufig wie möglich, nach seiner Unterhaltung mit Eudora.

Wie üblich war er vor ihr fertig geworden. Gracie war bereits gegangen, und Charlotte bürstete sorgfältig ihr Haar, damit es am nächsten Morgen nicht so verfilzt war. Danach mußte sie noch ihre Haut mit Rosenmilch einreiben – auch wenn es nichts helfen mochte, genoß sie zumindest das herrliche Gefühl.

»Eudora kam mir heute irgendwie bekümmert vor«, sagte sie und mied Pitts Blick im Spiegel. Er hatte ihr bereits das Wenige berichtet, das bei seinem Gespräch mit Cornwallis in London herausgekommen war, doch war ihr klar, daß seither etwas geschehen sein mußte, was ihn weit stärker aufgewühlt hatte. »Was hast du inzwischen herausgefunden?« fragte sie.

Er wirkte abgespannt. Tiefe Ringe lagen unter seinen Augen, und er setzte sich schwerfällig auf, wobei er sich auf die Kissen stützte. Er war noch immer ganz steif.

»Greville hat sich an Doll herangemacht und sie unter Druck gesetzt, als sie von ihm schwanger wurde«, sagte er leise. »Er hat auf einer Abtreibung bestanden. Wenn sie sich geweigert hätte, wäre ihr der Stuhl vor die Tür gesetzt worden und sie hätte völlig mittellos auf der Straße gestanden.«

Charlotte erstarrte. Sie hörte den Zorn in seiner Stimme, aber das war nichts im Vergleich mit dem Entsetzen, das sie wie eine eisige Wunde in ihrem Inneren spürte. Sie dachte an ihre eigenen Kinder, erinnerte sich an das erste Mal, als sie die kleine Jemima im Arm gehalten hatte, so zart, so unermeßlich wertvoll, ein Teil ihrer selbst und doch nicht sie selbst. Sie hätte, ohne eine Sekunde nachzudenken oder zu zögern, ihr Leben gegeben, um ihre Kinder zu schützen. Falls Doll Ainsley Greville umgebracht hatte, würde Charlotte alles tun, was sie konnte, um sie zu retten – mochte das Gesetz zusehen, wo es blieb.

Sie wandte sich langsam auf dem Hocker vor der Frisierkommode um und sah Pitt lange an. »Hat sie ihn umgebracht?«

»Meinst du Doll oder Eudora?« fragte er und erwiderte ihren Blick.

»Natürlich Doll!« Dann ging ihr auf, daß es aus demselben Anlaß, wenn auch aus anderen Motiven, ohne weiteres auch

Grevilles Gattin hätte sein können. Hatte Pitt Eudora deshalb so mitfühlend angesehen? Verstand er sie und hatte Mitleid mit ihr? Sie war schön, verletzlich, brauchte so dringend eine Stütze und einen Halt. Ihre Welt war in Scherben gegangen. Das betraf nicht nur Gegenwart und Zukunft, sondern teilweise auch die Vergangenheit. Binnen weniger Tage hatte man ihr alles genommen. Kein Wunder, daß sie Pitt leid tat. Sie appellierte an seine edelsten Eigenschaften, seine Sanftheit, die Fähigkeit zu sehen, ohne zu urteilen, das Bedürfnis, der Wahrheit zum Sieg zu verhelfen – und die Bereitschaft, die Schmerzen zu ertragen, die damit verbunden waren.

Er hatte eine gewisse Ähnlichkeit mit einem fahrenden Ritter. Ihn erfüllte der Wunsch, gebraucht zu werden, zu kämpfen und zu retten, seine Kräfte mit den Drachen des Bösen zu messen. Eudora war die vollkommene bedrängte Unschuld. Für Charlotte galt das nicht, nicht mehr. Sie war auf andere Weise verletzlich, tief in ihrem Inneren. Für sie bestand keine Gefahr, sie hatte lediglich das undeutliche Gefühl, nicht ganz einbezogen zu sein, jedenfalls was die Tiefe der Empfindungen anging.

»Nein, das glaube ich nicht«, beantwortete er ihre Frage, ob er Doll verdächtige.

»Hat das Ganze mittelbar oder unmittelbar etwas mit Grevilles Tod zu tun?«

»Ich weiß nicht... Hoffentlich nicht.«

Charlotte war noch nicht ganz fertig und wandte sich wieder zur Frisierkommode um. Sie griff nach dem Tiegel mit der Rosenmilch, verrieb sie mit sanften Bewegungen auf ihrem Gesicht, dann auf dem Hals, danach noch einmal auf dem Gesicht. Dabei preßte sie die Hände gegen die Schläfen, ohne darauf zu achten, ob etwas von der Rosenmilch in die Haare gelangte. Nach weiteren zehn Minuten löschte sie die Gaslampe und legte sich neben Pitt. Als sie ihn zart berührte, merkte sie, daß er bereits schlief.

Das Frühstück war außergewöhnlich strapaziös. Ganz bewußt war Charlotte früh aufgestanden, obwohl sie nicht die geringste Lust dazu hatte. Allerdings konnte sie unmöglich zulassen, daß die ganze Last auf den Schultern ihrer Schwester ruhte. Sie betrat das Eßzimmer als erste, aber fast auf den Fersen folgte ihr Padraig Doyle. Sie begrüßte ihn, sah zu, wie er sich von den auf der Anrichte bereitgestellten Platten bediente und am Tisch Platz nahm, auf dem eine weißleinene Decke mit dem Ton in Ton eingesticktem Wappen der Familie Ashworth lag. Wie gewohnt war er tadellos gekleidet und hatte das glatte dunkle Haar so sorgfältig gebürstet, daß es glänzte. Abgesehen von einem leichten Lächeln, das die Augen und den Mund umspielte, war sein Gesicht vollkommen beherrscht.

»Guten Morgen, Mrs. Pitt«, sagte er aufgeräumt. Sie war nicht sicher, was dieser muntere Klang bedeutete – war es Gleichgültigkeit gegenüber dem Kummer im Hause, war es Entschlossenheit, diesen Kummer zu überwinden, das natürliche Bedürfnis, gegen Verzweiflung anzukämpfen und den Blick in die Zukunft zu richten, oder lag es einfach an der melodischen irischen Sprechweise? Unwillkürlich hob sich ihre Laune. Was auch immer Padraigs Beweggründe sein mochten, man fühlte sich gleich viel besser. Menschen wie er waren ihr viel lieber als Fergal Moynihan mit seinem düsteren und nahezu verdrießlichen Wesen. Sie an Ionas Stelle hätte sich viel eher in Padraig Doyle verliebt, ungeachtet dessen, daß zwanzig Jahre zwischen ihnen lagen. Er war viel interessanter und weitaus lustiger als Fergal Moynihan.

»Guten Morgen, Mr. Doyle«, antwortete sie mit einem Lächeln. »Haben Sie gesehen, wie blau der Himmel heute ist? Da wird ein Waldspaziergang die reinste Freude sein.«

In der Art, wie er ihr Lächeln erwiderte, lag nicht nur Freundlichkeit, sondern auch Einverständnis.

»Gott sei Dank«, stimmte er zu. »Es ist ziemlich mühsam, einen Regentag herumzubringen, wenn sich bei Gesprächen so viele schwierige Situationen ergeben wie hier bei uns.«

Sie gestattete sich ein leichtes Lachen, dann nahm sie sich etwas Toast und Aprikosenmarmelade.

Iona kam herein, grüßte und nahm Platz. Wie gewöhnlich verschmähte sie die Köstlichkeiten auf der Anrichte und begnügte sich mit Toast und Honig. Sie trug ein Kleid in einem romatischen Dunkelblau, das ihre Augenfarbe hervorhob. Solange sie aß, sagte sie kein weiteres Wort. Sie wirkte bemerkenswert distanziert. Ihre Schönheit war eindrucksvoll, nahezu überwältigend, aber zugleich von einer Entrücktheit, die Charlotte kalt erschien. Hatte sie so viel mit ihren eigenen Schwierigkeiten zu tun, daß dies all ihre sonstigen Empfindungen auslöschte? Wie sehr liebte sie Fergal Moynihan wohl? Und warum? Hatte sie ihren Mann je geliebt, oder war die Ehe aus anderen Gründen geschlossen worden? Charlotte wußte nicht, wie alt Iona zur Zeit ihrer Heirat gewesen war. Womöglich erst siebzehn oder achtzehn Jahre, zu jung, als daß sie hätte wissen können, welche Frau sie fünfzehn Jahre später sein würde oder welche Bedürfnisse im Laufe dieser Zeit in ihr erwachen würden.

Liebte Lorcan sie? Bei der schrecklichen Szene im Schlafzimmer hatte er eher den Eindruck gemacht, wütend und peinlich berührt zu sein als aufgewühlt. Auch später hatte er in keiner Weise niedergeschlagen gewirkt. Hätte Pitt Charlotte auf diese Weise hintergangen, wäre die Welt für sie zusammengebrochen. Allerdings trugen nicht alle Leute ständig ihre Empfindungen offen zur Schau, so daß jeder sie sehen kann. Warum auch? Vielleicht gehörte Lorcan zu den Menschen, die diese Art Kummer vor anderen verbergen, um besser damit fertig zu werden. Es wäre durchaus natürlich. Den meisten Menschen war ihr Stolz wichtig, vor allem Männern.

War es möglich, daß Iona auf der Suche nach Gesellschaft, nach Leidenschaft oder einer gemeinsamen Begeisterung, von einer Katastrophe zur nächsten taumelte, ohne je zu finden, wonach sie suchte? Hatte sie ihren Mann eifersüchtig machen, in ihm ein längst erkaltetes Bedürfnis wecken wollen? Oder war sie einfach der Lockung des Ungeheuerlichen erlegen, hatte getan, was sonst niemand getan hätte, damit man über sie sprach, ihr Name wie ein Lauffeuer von einem zum anderen getragen wurde und Unsterblichkeit erlangte – eine neue Neassa Doyle, mit dem Unterschied, daß sie noch lebte?

Während Charlotte noch überlegte, kam Fergal herein, wünschte den Anwesenden höflich einen guten Morgen und sah dabei einen nach dem anderen an. Alle murmelten eine Erwiderung, Iona hob nur kurz den Blick.

Fergal nahm eine Portion Rührei mit Schinken, Pilz, Tomaten und Nieren und setzte sich möglichst weit von Iona entfernt ans andere Ende des Tisches, doch so, daß er sie sehen konnte – genauer gesagt so, daß er kaum umhin konnte, sie anzusehen. Im klaren Licht des Morgens wirkte sein Gesicht weich. Lediglich um die Augen herum liefen kaum wahrnehmbare Linien und von der Nase zum Mund eine etwas tiefere Kerbe. Er machte einen selbstzufriedenen Eindruck und sofern ihn irgendwelche Gefühle quälten, verbarg er das äußerst geschickt. Unter seinen Augen lagen leichte Schatten, doch war ihm keinerlei Anspannung anzumerken. Er schien nicht unter der Art von Schlaflosigkeit zu leiden, die Charlotte in einer vergleichbaren Situation zweifellos heimgesucht hätte.

Entsprach das, was Iona in ihm sah, ihren Bedürfnissen? Fand sie eine Herausforderung in seiner Kälte, die sie mit der Glut ihrer Träume zum Schmelzen bringen wollte, ein Herz von Eis, an dem sie ihren Zauber erproben konnte?

Oder urteilte Charlotte ungerecht, weil sie Fergal nicht leiden konnte? Sah sie ihn deshalb durch Kezias Augen? War ihr Urteil von Zorn und Schmerz getrübt?

»Sieht ganz so aus, als ob es wieder schön würde«, merkte Padraig mit einem Blick zum Himmel an. »Vielleicht haben wir nach dem Mittagessen Gelegenheit zu einem kleinen Spaziergang.«

»Schon möglich, daß es eine Weile nicht regnet«, stimmte ihm Fergal zu.

»Ein paar Tropfen Herbstregen stören mich nicht«, sagte Padraig lächelnd. »Es ist schön, wenn er auf das Laub fällt und man die feuchte Erde riecht. Besser als die ganze Zeit im Besprechungszimmer zu sitzen!«

»Den Verhandlungen entkommen Sie trotzdem nicht«, gab Fergal zu bedenken. Er sah nicht zu Iona hin, aber Charlotte hatte den Eindruck, daß er sich ihrer Gegenwart nur allzu deutlich bewußt war und seine ganze Willenskraft aufbieten mußte, um sie nicht anzusehen.

Iona beschäftigte sich so hingebungsvoll mit ihrem Tee und Toast, als hätte sie einen Bückling voller Gräten auf dem Teller.

Niemand hatte daran gedacht, die Morgenzeitungen zu holen. Lag das daran, daß das Urteil im Scheidungsfall Parnell-O'Shea darin stehen würde?

Die Atmosphäre war so steif wie zu sehr gestärkte Wäsche. Fast meinte man es knistern zu hören. Charlotte war sich unschlüssig: sollte sie etwas sagen, auch wenn es gezwungen klänge, oder würde sie damit die Situation nur verschlimmern?

Justine kam herein und grüßte freundlich. »Guten Morgen. Wie geht es Ihnen heute?« Zögernd wartete sie einen Augenblick auf das stumme Nicken und angedeutete Lächeln der anderen.

»Vielen Dank«, gab Padraig zur Antwort. »Und Ihnen, Miss Baring? Sie konnten ja bei Ihrem Eintreffen kaum mit dem rechnen, was Sie hier vorgefunden haben.«

»Nein, natürlich nicht«, sagte sie freundlich. »Auf eine Tragödie ist man nie gefaßt. Aber wir müssen einander beistehen.« Sie bediente sich von der Anrichte und setzte sich dann mit einem Lächeln Charlotte gegenüber. Es hatte offensichtlich nichts mit bloßer Höflichkeit zu tun, denn es lag Verständnis und auch ein gewisser Humor darin.

»Ich habe hinter den Buchen auf der Westseite des Geländes eine wundervolle Weißdornhecke gesehen«, sagte sie, fast ausschließlich zu Charlotte. »Dort muß es im Frühling herrlich sein. Ich mag den Geruch, den sie ausströmen. Bei Sonnenschein ist er geradezu betäubend.«

»Ja, das ist wirklich schön«, stimmte Charlotte zu. Zwar hatte sie keine rechte Vorstellung davon, weil sie im Frühjahr noch nie hier gewesen war, aber das war jetzt unerheblich. »Und die Kastanienblüten«, fügte sie hinzu, um die Sache abzurunden. »Gibt es das bei Ihnen in Irland auch?« Sie sah Iona an.

Diese wirkte überrascht. »Ja, ja, natürlich. Ich finde es immer schade, daß man sie nicht als Strauß mit ins Haus nehmen kann«, fügte sie hinzu.

»Wieso nicht?« Fergal nutzte den Vorwand, um sie anzusprechen.

»Weil das Unglück bringt.« Sie sah ihn mit ihren leuchtendblauen Augen an. Es schien, als sei er nicht imstande, sich von ihr abzuwenden.

»Inwiefern?« fragte er leise.

»Das hat wohl damit zu tun, daß die Dienstmädchen Hunderte und Aberhunderte von Blütenblättern aufsammeln müßten... Dazu kommen noch die kleinen schwarzen Flecken von was weiß ich...«

»Insekten«, half Justine lächelnd aus.

Padraig zuckte zusammen, aber nicht vor Ekel.

Mit einem Mal lief die Unterhaltung besser. Charlotte merkte, daß sie sich ein wenig entspannte. Als Lorcan und Carson O'Day zu ihnen stießen, erfüllte bereits leises Gelächter den Raum, und es erstarb nicht einmal, als Piers hereinkam.

Jack, Emily und Pitt trafen bald darauf ebenfalls ein, und jeder wurde zumindest ansatzweise in das Tischgespräch mit einbezogen.

O'Day war entweder besonders zuversichtlich gestimmt oder zumindest entschlossen, so zu tun, als wäre er es.

»Waren Sie je in Ägypten?« fragte er Jack. »Ich hab' da kürzlich ein paar äußerst spannende, ziemlich alte Briefe gelesen. Ich weiß gar nicht, wieso ich nicht schon früher darauf gestoßen bin.« Er lächelte erst Emily und dann Charlotte zu. »Sie stammen von Frauen. Einer ist von Florence Nightingale; den Namen kennen Sie ja alle. Aber es hat auch noch ein paar andere außergewöhnliche Frauen gegeben, die so weit gereist sind und von ihren Erlebnissen tief aufgewühlt wurden.« Dann machte er sich daran zu wiederholen, was er von Harriet Martineau und Amelia Edwards gelesen hatte, und alle schienen interessiert zuzuhören. Vor allem Justine war sichtlich gefesselt. Normalerweise wäre es Charlotte genauso gegangen.

Als letzte kam Kezia in einem blaßgrünen Kleid mit geblümter Seidenbordüre. Es waren Emilys Farben, wenn auch nicht ihr Stil, und mit ihrem ähnlich hellen Haar und

Teint sah Kezia ausgesprochen hübsch aus. Charlotte überlegte, wie wohl ihre Zukunft aussehen mochte. Sie war deutlich näher an die Dreißig als an die Zwanzig und hochintelligent, zumindest auf politischer Ebene. Sie hatte sich einmal leidenschaftlich und rettungslos verliebt, doch da ihr die Erfüllung dieser Liebe durch Familie und Religionszugehörigkeit versagt worden war, hatte sie ihr Herz ihren Überzeugungen geopfert. Sie hatte einen hohen Preis gezahlt und meinte jetzt vielleicht, daß dieses Opfer nicht umsonst gewesen sein durfte. Oder war sie der Ansicht, Fergals Verrat habe sie von ihrer eigenen Verpflichtung entbunden?

Charlotte, die ihr gegenübersaß, spürte in Kezias Bewegungen noch deutlich den Zorn nachwirken. Voll Anspannung und mit verkrampften Schultern griff sie nach der Gabel, und obwohl sie mit fast jedem der Anwesenden freundlich sprach, richtete sie das Wort weder an ihren Bruder noch an Iona.

Die Unterhaltung hatte sich von Ägypten, dem Nil und seinen Tempeln und Ruinen, den Hieroglyphen und Königsgräbern, Verdis jüngst uraufgeführter Oper *Othello* zugewandt.

»Ein sehr finsterer Charakter«, sagte O'Day anerkennend, während er Charlotte die Orangenmarmelade reichte. »Dafür braucht es eine wahrhaft heldische Stimme und ein gewaltiges Stehvermögen.«

»Der Sänger müßte wohl auch ein guter Schauspieler sein«, fügte Justina hinzu.

»Unbedingt«, bestätigte O'Day nickend und goß sich noch etwas Tee ein. »Der Jago aber auch.«

Kezia warf einen Blick zu Charlotte hinüber, als wolle sie etwas sagen, zögerte dann aber. In ihren Augen war deutlich zu lesen, daß sie an Ehebruch, Verrat, Eifersucht und Schurken ganz allgemein dachte.

»Eine ebenbürtige Baritonpartie«, sagte Justine lächelnd und sah nach links und rechts. »Ich vermute, daß der Othello von einem Tenor gesungen wird.«

»Was sonst?« sagte Padraig und lachte. »Die Heldenrollen sind immer den Tenören vorbehalten.«

»In *Rigoletto* ist der Tenor abscheulich!« warf Emily ein und errötete dann vor Zorn auf sich selbst.

»Stimmt«, gab ihr Kezia recht. »Ein gefühlloser, heuchlerischer Schürzenjäger ohne moralische Werte und Ehrgefühl.«

»Aber er singt wie ein Engel«, gab Padraig zu bedenken und fiel ihr damit fast ins Wort.

»Falls Engel singen«, merkte Fergal trocken an, »tanzen sie vielleicht auch oder malen Bilder.«

»Gibt es im Himmel Farbe und Leinwand?« fragte Lorcan. »Ich hatte immer gedacht, daß da alles körperlos ist ... keine fleischlichen Begierden, keine Leidenschaften und niemand muß eine Rolle spielen?« Er warf einen Seitenblick auf Fergal und dann auf Iona. »Mir kommt das vor wie die Hölle ... zumindest für manche.«

»Die Engel übermitteln Botschaften«, sagte Charlotte, um das Thema zu beenden. »Das wäre wohl sehr schwierig, wenn sie dabei tanzen müßten!«

Justine platzte vor Lachen heraus, wie auch fast alle anderen, und sei es nur, weil Charlottes Bemerkung die Spannung löste. Sie führte zu aberwitzigen Vorstellungen, und einer oder zwei versuchten zur allgemeinen Erheiterung, ihnen Gestalt zu geben. Nachdem sich alle wieder etwas beruhigt hatten, erkundigte sich O'Day bei Jack nach Merkmalen der Umgebung von Ashworth Hall.

Charlotte überlegte währenddessen, ob O'Day als nächstes an die Spitze der irischen Nationalistenbewegung treten würde, wenn Parnell zum Rücktritt gezwungen würde.

Er schien weit mehr von Vernunft geleitet und auch eine gewisse Einfühlsamkeit zu besitzen. Dabei wartete nicht nur ein schweres Erbe auf ihn, wie auf sie alle, er mußte außerdem noch in die Fußstapfen eines mächtigen Mannes treten. Sein älterer Bruder, der normalerweise die Tradition der Familie fortgeführt hätte, litt an einer unheilbaren Tuberkulose, und daher mußte Carson die schwere Bürde übernehmen.

Sie sah zu ihm hinüber. Sein kantiges Gesicht mit den glatten und ziemlich schweren Wangen und den geraden Augenbrauen unterschied sich in jeder Hinsicht von dem

Padraig Doyles. Es zeigte Vorstellungskraft, nicht aber Witz oder die Bereitschaft zu lachen. Vielmehr wirkte es konzentriert und klar, wie das Gesicht eines Mannes, der freimütig sagte, was er meinte. Es war sicher nicht leicht, mit ihm befreundet zu sein, doch sie hatte den Eindruck, daß jeder, der es war, auf seine unverbrüchliche Treue zählen durfte. Sie hätte es verstanden, wenn Iona der Herausforderung nachgegeben hätte, ihn für sich zu gewinnen. Allerdings war eine solche Herausforderung nur dann reizvoll, wenn man überzeugt war, daß eine – wenn auch noch so geringe – Aussicht auf Erfolg bestand. Charlotte konnte sich nicht vorstellen, daß sich Carson O'Day von jemandem manipulieren ließ. Er gehörte wohl zu den Menschen, die unbedingt ihren Überzeugungen folgten.

Auch Pitt fand das Frühstück anstrengend, aber aus anderen Gründen als Charlotte. Er sah seine Aufgabe nicht darin, Schwierigkeiten auf gesellschaftlicher Ebene aus dem Weg zu räumen, auch wenn ihm Emily wegen ihrer mißlichen Lage leid tat. Er hätte ihr unter keinen Umständen von sich aus Ungelegenheiten bereitet. Seine Gedanken kreisten nur um die Frage, wer Ainsley Greville getötet hatte, und er kam nicht von seiner Befürchtung los, daß Eudora mehr wußte, als sie zugeben wollte – unter Umständen sogar vor sich selbst.

Allerdings konnte er ihr keine Vorwürfe deswegen machen. So tief wie sie verletzt worden war, wäre es leicht zu verstehen, wenn sie ihren Bruder decken wollte; und sei es unbewußt.

Nachdenklich sah sich Pitt am Tisch um. Doyle sprach beredt und unterstrich mit den Händen das Gesagte.

Fergal Moynihan hörte ihm scheinbar interessiert zu, doch wanderte sein Blick immer wieder zu Iona hinüber. Er schien gänzlich außerstande zu sein, seine Gefühle zu verbergen.

Vorausgesetzt, daß Lorcan McGinley das mitbekam, verhielt er sich wesentlich klüger. Die fast kobaltblauen Augen in seinem schmalen, ausdrucksstarken Gesicht waren in die

Ferne gerichtet, doch immer wenn Padraig etwas besonders Bemerkenswertes sagte, lächelte er, wobei sein Gesicht förmlich aufleuchtete und Leben gewann. Anschließend tauchte er wieder in seine eigene Welt ein, die aber weniger von Qualen als von Träumen erfüllt zu sein schien, und die mißfielen ihm offenbar nicht im geringsten.

Mehrfach sahen Pitt und Charlotte einander an. Das klare Licht des Herbstmorgens ließ Charlotte liebreizend erscheinen. Ihre Haut hatte die warme Farbe von Honig, ihre Wangen waren leicht gerötet, in ihren Augen spiegelte sich Besorgnis. Jeder einzelne schien ihr am Herzen zu liegen. Oft sah sie zu Kezia hinüber. Vermutlich fragte sie sich, was diese in ihrem immer noch anhaltenden Groll von sich geben mochte. Sie versuchte Emily nach Kräften zu unterstützen, lenkte das Gespräch, bemühte sich um Fröhlichkeit und war darauf bedacht, jede Art von Auseinandersetzung im Keim zu ersticken.

Es war Pitt nur allzu recht, als er die Runde mit einer glaubwürdigen Entschuldigung verlassen und sich auf die Suche nach Tellman machen konnte. Zwar war dieser kurz angebunden und nach wie vor aufgebracht wegen der Rolle, die man ihm zugedacht hatte, empört über den unübersehbaren Reichtum, den Prunk des Herrenhauses und darüber, daß vier Fünftel seiner Bewohner Dienstboten waren. Aber zumindest konnte Pitt ihm offen sagen, was er dachte; ihm gegenüber brauchte er aus seinem Herzen keine Mördergrube zu machen.

Da Jack ihm fast auf dem Fuße aus dem Eßzimmer folgte, blieb er unten an der Treppe stehen und wartete auf ihn.

Jack lächelte ihm ein wenig kläglich zu. Er wirkte müde. Aus der Nähe konnte Pitt die feinen Linien um Augen und Mund des Schwagers erkennen. Er war nicht mehr der elegante, vornehme junge Mann, in den sich Emily einst verliebt hatte und den sie wegen seines stets sonnigen Wesens für oberflächlich gehalten hatte. Seine Augen waren schön wie eh und je, die Wimpern so lang und schwarz wie einst, aber er hatte an Format gewonnen. Früher hatte er keine irdischen Güter besessen, nichts als seine Redegewandtheit, einen wachen Geist und die Fähigkeit, aufrichtig zu schmeicheln und andere zu unterhalten, ohne daß ihn das erkennbare Mühe gekostet hätte. Er war von Herrenhaus zu Herrenhaus gezogen, überall ein willkommener Gast. Er hatte es sich zur Aufgabe gemacht zu gefallen, ohne daß er irgendeine Verantwortung hätte übernehmen müssen.

Jetzt mußte er sich nicht nur um Ashworth Hall kümmern und seinen Wahlkreis im Unterhaus vertreten, sondern, wichtiger noch, den Maßstäben gerecht werden, die er sich selbst für sein Leben gesetzt hatte. An diesem Wochenende merkte er zum ersten Mal, wie anspruchsvoll sie waren, dennoch hatte Pitt ihn noch kein einziges Mal über die Bürde klagen hören – ganz im Gegenteil hatte er sie mit Würde und Anstand auf sich genommen. Sofern ihn die Aufgabe ängstigte, ließ er sich das nicht anmerken, doch als Pitt ihn jetzt ansah, lag in seinen Augen ein Schatten, etwas, das er wohl sogar vor sich selbst verbarg.

»Mein Kragen ist zu eng«, sagte Jack mit gespielter Ironie. Er fuhr mit dem Finger hinein und versuchte ihn zu locken. »Kommt mir fast so vor, als würde er mich erwürgen.«

»Ist es bei den Verhandlungen ebenso schlimm wie vorhin am Eßtisch?« fragte Pitt.

Jack zögerte und zuckte dann die Achseln. »Ja. Man braucht die Geduld eines Hiob, um sie überhaupt dazu zu bringen, über irgend etwas Wesentliches zu reden. Ich weiß nicht, was Greville auf diese Weise zu erreichen hoffte. Jedesmal, wenn ich glaube, ich hätte sie irgendeiner Art Übereinkunft näher gebracht, ändert einer von ihnen die Richtung, und alles geht wieder von vorne los.« Er legte die Hand auf den Endpfosten des Treppengeländers und lehnte sich leicht dagegen. »Mir ist zuvor nicht klar geworden, wie mächtig alte Haßgefühle sind und wie tief sie wurzeln. Sie stecken diesen Leuten im Blut und in den Knochen. Es ist Bestandteil ihres Wesens, und man könnte glauben, sie würden ihre Persönlichkeit verlieren, wenn sie den alten Streit begraben. Was tu ich nur dagegen, Thomas?«

»Wenn ich das wüßte, hätte ich es dir längst gesagt«, gab Pitt ruhig zur Antwort. Er legte Jack eine Hand auf den Arm. »Ich glaube nicht, daß Greville seine Sache besser hätte machen können als du. Nicht einmal Gladstone hat das geschafft!« Eigentlich hatte er etwas Ermutigendes sagen wollen, etwas, was Jack zeigte, welch hohe Achtung er seiner Leistung zollte, aber keiner der Sätze, die ihm durch den Kopf gingen, schien angemessen zu sein. Sie waren zu nichtssagend angesichts des allgegenwärtigen Hasses und des Eindrucks der Vergeblichkeit, der im Besprechungszimmer herrschte und gegen den Jack ganz auf sich allein gestellt jeden Morgen und jeden Nachmittag ankämpfen mußte.

Pitt löste seine Hand und steckte sie in die Tasche.

»Ich weiß auch nicht, wie ich weiterkommen soll«, gestand er.

Jack lachte unvermittelt. »Da versuchen wir beide also, in einem Meer des Wahnsinns den Kopf über Wasser zu halten«, sagte er. »Und wahrscheinlich schwimmen wir obendrein noch in die falsche Richtung. Ich muß mir einen besseren Kragen besorgen. Deiner hat übrigens einen Knick. Aber laß ihn ruhig, wie er ist, das ist wenigstens etwas Vertrautes in einer erschreckend fremden Welt. Laß auch ruhig deine Manschetten heraushängen und nimm bloß den Bindfaden nicht aus der Jackentasche.« Jack lächelte flüchtig, wie das schon immer seine Art gewesen war, und bevor Pitt etwas auf seinen freundschaftlichen Spott erwidern konnte, eilte er die Treppe empor, immer zwei Stufen auf einmal nehmend.

Pitt ging weiter. Gerade als er sich der Tür zum Wirtschaftstrakt zuwenden wollte, hörte er auf den Dielen der Eingangshalle rasche Schritte hinter sich. Dann rief jemand seinen Namen.

Als er sich umwandte, sah er, daß Justine auf ihn zugeeilt kam. Auf ihrem Gesicht lag Besorgnis. Sogleich fürchtete er, daß es etwas mit Eudora zu tun hatte. Sie war nicht beim Frühstück gewesen, allerdings hatte auch niemand mit ihr gerechnet.

Jetzt hatte Justine ihn erreicht. »Mr. Pitt, könnte ich Sie einen Augenblick sprechen?«

»Selbstverständlich«, sagte er. »Was gibt es?«

Sie wies auf den Damensalon, der auf der gegenüberliegenden Seite der Halle neben Jacks Arbeitszimmer lag und auch vormittags geheizt war, damit man es darin gemütlich hatte.

»Können wir da hineingehen? Ich glaube nicht, daß sich um diese Stunde schon jemand dort aufhält.«

Er nickte und ging ihr voraus, um ihr die Tür aufzuhalten. Sie hielt den Kopf hoch, den Rücken sehr gerade und bewegte sich dennoch geschmeidiger als die meisten Frauen, so, als würde sie manchmal aus reiner Lust zu tanzen beginnen. Ihm fiel erneut ihre einzigartige Anmut auf.

»Was gibt es?« wiederholte er, als die Tür geschlossen war.

Sie stand ihm gegenüber, sehr ernst. Zum ersten Mal erkannte er an ihr Zeichen einer starken Anspannung: ein kurzes Zögern, ein leichtes Muskelzucken an ihrer Wange. Die Situation mußte für sie entsetzlich sein. Auf Einladung des Mannes, den sie heiraten wollte, war sie ins Haus ihr fremder Leute gekommen, um seine Eltern kennenzulernen. Dabei war das junge Paar in eine äußerst brisante politische Zusammenkunft geraten und hatte am nächsten Morgen kurz nach Aufwachen erfahren, daß Greville getötet worden war. Dann war ihnen die lange und kräftezehrende Aufgabe zugefallen, Eudora zu trösten und ihr Halt zu geben, während Justine doch eigentlich im Mittelpunkt der Aufmerksamkeit und des Glücks hätte stehen müssen.

Er bewunderte außer ihrem Mut und ihrer Selbstlosigkeit auch, daß sie all das nicht nur mit Würde bewältigt hatte, sondern auch mit beträchtlichem Charme. Piers hatte eine bemerkenswerte Frau gefunden. Es wunderte Pitt nicht im geringsten, daß er entschlossen war, sie zu heiraten und seine Eltern lediglich davon in Kenntnis gesetzt hatte, statt um ihre Einwilligung zu bitten. Er merkte, daß er Piers deshalb höher schätzte als zu Anfang.

»Mr. Pitt«, begann Justine ruhig. »Mrs. Greville hat mir gesagt, was Sie ihr über ihre Zofe Doll Evans haben mitteilen müssen.« Sie holte tief Luft. Er sah, wie sich der Stoff ihres Kleides spannte. Sie schien ihre Worte sorgfältig abzuwägen, noch immer unsicher, ob sie sprechen sollte oder nicht.

»Ich wollte, es wäre nicht nötig gewesen«, sagte er. »Es gibt vieles, wovon ich wünschte, daß sie es nicht hören müßte.«

»Das kann ich mir denken.« Der Anflug eines Lächelns trat auf ihr Gesicht. »Es gibt viele Wahrheiten, die man besser verborgen hält. Das Leben kann schon schwer genug sein mit dem, was wir unbedingt wissen müssen. Manches läßt sich leichter wieder ins Lot bringen, wenn wir nicht alles zerstören, bevor wir die Kraft haben, uns der Aufgabe in ihrem ganzen Umfang zu stellen. Es ist gut möglich, daß es uns zu viel erscheint, wenn wir das ganze Ausmaß erkennen. Dann fehlt es uns an Mut, es auch nur zu versuchen, und wir geben auf, bevor wir überhaupt damit begonnen haben.«

»Was wollten Sie mir sagen, Miss Baring? Ich kann nicht zurücknehmen, was ich ihr gesagt habe. Ich hätte nichts dergleichen getan, wenn ich mich nicht vergewissert hätte, daß es der Wahrheit entspricht.«

»Das verstehe ich. Aber sind Sie Ihrer Sache auch wirklich sicher, Mr. Pitt?«

»Doll hat es Mrs. Pitts Zofe berichtet. Zwar wollte Gracie das Vertrauen nicht mißbrauchen, das sie ihr damit bewiesen hat, andererseits aber war ihr klar, daß hier der Schlüssel zu dem Verbrechen liegen konnte. Es ist ein durchaus plausibles Motiv für einen Mord. Das können Sie doch sicher begreifen?« fragte er.

»Gewiß.« Ihr Gesicht war vor innerer Bewegung angespannt. »Falls er ihr das wirklich angetan hat, kann ich ... könnte ich es verstehen, wenn sie zu der Ansicht gekommen wäre, daß er den Tod verdient hatte. Und so wie es aussieht, hatte er ja ... Beziehungen zu anderen Frauen, Bekanntschaften ... Aber von denen ist keine hier im Haus! Kommt es nicht ausschließlich darauf an, wer sich hier befindet und Mr. Greville hätte töten können? Können Sie nicht all diese unschönen Dinge aus der Vergangenheit um Mrs. Grevilles, um

Piers' … und um der armen Doll willen mit ihm begraben sein lassen? Schließlich war Doll fast während der ganzen Zeit, um die es geht, bei Mrs. Greville. Und …«

»Und was?«

Erneut versteifte sie sich, ihr Gesicht zeigte besorgten Eifer.

»Und Sie wissen auch nicht, ob ihre Geschichte wahr ist. Ich bezweifle nicht, daß Doll schwanger war, und so abscheulich es ist« – hier wurde der Blick ihrer Augen hart vor unterdrückter Wut –, »sie hatte kaum eine andere Wahl, als das Kind abtreiben zu lassen. Das war ein besserer Tod als jeder andere, der ihm gewiß war. Aber Sie wissen nicht, ob wirklich Mr. Greville dafür verantwortlich war.«

Er sah sie einen Augenblick verblüfft an.

»Aber sie hat es doch selbst gesagt. Wer … was sagen Sie da? Daß sie ihm die Sache untergeschoben haben soll, während es in Wirklichkeit ein anderer war? Warum? Ainsley Greville ist tot … ermordet. Mit ihrer Anschuldigung hat sie sich verdächtig gemacht. Hätte sie geschwiegen, wäre niemand auf den Gedanken gekommen, sie hätte die Tat begehen können. Das ergibt keinen Sinn.«

Sie sah ihn erneut mit großen und fast schwarzen Augen an. Ihr Körper war angespannt wie der eines kampfbereiten Tieres. Liebte sie Piers so sehr, daß sie seinen Vater mit dieser Wildheit und Entschlossenheit verteidigen mußte? Er bewunderte sie dafür. Es war kein Zufall, daß ihr Gesicht so einzigartig wirkte, es zeigte mit einem Mal Kraft, wo man nur Schönheit vermutet hatte.

»Doch«, widersprach sie ihm. »Sofern sie schon früher behauptet hat, Mr. Greville sei der Vater des Kindes gewesen, kann sie das jetzt nicht gut zurücknehmen. Und es war auf jeden Fall besser, daß sie es selbst gesagt hat, bevor jemand anders das tat. Also hat sie es Gracie gesagt, da sie damit rechnen konnte, daß Sie es auf diese Weise erfahren.«

»Das konnte sie nicht wissen. Gracie hätte es mir fast verschwiegen.«

Justine lächelte belustigt. »Wirklich, Mr. Pitt! Gracies Ergebenheit Ihnen gegenüber würde aus einem Dutzend Gründen jederzeit die Oberhand behalten. Wenn ich das weiß, hat Doll das sicher auch gewußt.«

»Aber sie hat nicht gewußt, daß ihre Tragödie anderen bekannt war«, gab er zurück.

»Hat sie das gesagt?« Ihre Augenbrauen hoben sich fragend.

»Vielleicht stimmt das nicht«, räumte er ein. »Zumindest einer der Dienstboten hat davon gewußt, obwohl ich bezweifle, daß sie es ihm gesagt hat.«

»Ihm?« sagte sie rasch. »Nein. Eher hat sie sich einer anderen Frau anvertraut, oder andere Frauen haben es vermutet. Das gehört zu den ersten Dingen, an die eine Frau denken würde, Mr. Pitt. Eine Frau hätte damals, als sie vergewaltigt wurde, gewußt, daß etwas nicht in Ordnung war ... vorausgesetzt, es war eine Vergewaltigung. Vielleicht wurde sie verführt, was wahrscheinlicher ist. Frauen sind sehr aufmerksame Beobachter, müssen Sie wissen. Uns fällt an anderen Menschen die kleinste Veränderung auf, und wir bekommen sehr genau mit, wie es um unsere Geschlechtsgenossinnen steht. Es sollte mich überraschen, wenn nicht zumindest die Köchin und die Haushälterin auch darüber Bescheid wüßten.«

»Und denen hat Doll gesagt, es sei der Herr des Hauses gewesen, statt zu sagen, wer es wirklich war?« Die Vorstellung bereitete ihm nach wie vor Schwierigkeiten, andererseits klang Justines Erklärung plausibel. »Warum? Wäre das nicht äußerst gefährlich gewesen? Wenn man ihm das nun hinterbracht hätte?«

»Wer hätte das tun sollen?« fragte sie. »Falls es einer der männlichen Dienstboten im Hause war, wären die anderen Angehörigen des Personals doch sicher bereit gewesen, ihn zu decken? Schließlich hatte Doll außerhalb des Hauses keinem etwas gesagt. Mr. Greville selbst hat es nie erfahren, und mit Sicherheit weder Mrs. Greville noch Piers.«

Pitt dachte eine Weile über ihre Worte nach. Unmöglich war es nicht.

Sie sah die Unentschlossenheit auf seinen Zügen.

»Glauben Sie wirklich, daß ein Politiker und Diplomat von Mr. Grevilles Format ein Mädchen in seinem eigenen Hause verführen würde?« fuhr sie fort. »Mr. Pitt, hier handelt es sich um einen politischen Mord, ein Attentat. Mr. Greville war ein brillanter Unterhändler. Zum ersten Mal seit einer Generation sieht es so aus, als könnte es in der irischen Frage einen Fortschritt geben, und das hat er bewirkt. Dieser Erfolg ist allein seinem diplomatischen Geschick, seiner Überlegenheit am Verhandlungstisch zu verdanken. Das war an ihm einzigartig. Meinen Sie nicht auch, daß man ihn deshalb getötet hat... hier und... zu diesem Zeitpunkt?«

Ihr Gesicht wurde mit einem Mal geradezu feierlich. Ihr Körper wirkte noch angespannter als zuvor. »Womöglich hat Mr. Radley Ihnen nichts gesagt, weil er die anderen nicht noch mehr ängstigen wollte – aber es hat gestern nachmittag einen sehr unangenehmen Zwischenfall gegeben. Nur einen Schritt neben ihm ist eine steinerne Vase von der Balkonbrüstung auf die Terrasse gestürzt. Wenn sie ihn getroffen hätte, wäre er zweifellos tot gewesen. Der Grund dafür kann nur darin gelegen haben, daß er an Mr. Grevilles Stelle getreten ist. Die Angelegenheit hat politische Hintergründe, Mr. Pitt. Geben Sie doch Mr. Grevilles Angehörigen die Möglichkeit, sich von ihrem Kummer zu erholen und um ihn zu trauern, ohne die Erinnerungen an ihn zu stören.«

Er sah auf ihr ernstes Gesicht. Sie meinte voll Leidenschaft, was sie sagte, und ihre Beweggründe waren leicht zu verstehen. Er selbst hätte Eudora gern geschützt.

»Sie haben eine hohe Meinung von Mr. Greville«, sagte er mit Nachdruck.

»Selbstverständlich. Ich weiß viel über ihn, Mr. Pitt. Immerhin werde ich seinen Sohn heiraten. Suchen Sie nach dem Menschen, der Mr. Greville den Erfolg nicht gönnte und fürchtete, daß er die irische Frage einer Lösung nahebringen könnte.«

»Miss Baring –« Weiter kam er nicht. Man hörte ein Donnern wie von einer Detonation. Die Wände bebten, der Boden schwankte. Der Spiegel über dem Kaminsims zerbarst in tausend Stücke, und mit einem Mal war die Luft voller Staub.

Die Zylinder der Gaslampen zersprangen und klirrten in Scherben zu Boden. Draußen in der Eingangshalle schrie eine Frau durchdringend und so anhaltend, daß sich ihre Stimme überschlug.

KAPITEL
ACHT

Der Lärm erstarb. Sekundenlang konnte sich Pitt nicht rühren. Er war zu benommen, um sofort zu erfassen, was geschehen war. Dann begriff er. Eine Bombe! Eine Dynamitladung war hochgegangen! Er wandte sich um und stürmte zur Tür hinaus.

Die Eingangshalle war voller Rauch und Staub. Er wußte nicht, wer da so ohrenbetäubend schrie, sah aber, daß die Tür zu Jacks Arbeitszimmer nur noch in einer Angel hing und das Tischchen, das davor gestanden hatte, zersplittert am Boden lag. Der Staub begann sich zu senken. Die kalte Luft, die durch die geborstenen Fensterscheiben hereinkam, trieb ihn in dichten Wolken durch die Tür. Finn Hennessey lag bewußtlos und verkrümmt auf dem Boden.

Die Frau kreischte immer noch.

Jack!

Voll böser Vorahnung drang Pitt an den Resten der Tür vorbei in den Raum ein. Überall lagen Holzsplitter, es roch nach Gas und verbrannter Wolle. Wie Segel blähten sich die am unteren Rand mehrfach eingerissenen Vorhänge in den Raum hinein und sanken dann kraftlos in sich zusammen. Bücherhaufen bedeckten den Teppich. Er glomm. Wahrscheinlich hatte der Druck der Explosion die Kohlen aus dem Kamin geschleudert.

Hinter dem verwüsteten Schreibtisch lag mit ausgebreiteten Armen ein Mann auf dem Boden. Ein Bein war unter dem Körper angewinkelt, Brust und Unterleib mit leuchtendrotem Blut bedeckt.

Kaum brachte Pitt es über sich, durch Schutt und Trümmer von Möbeln und Zimmerschmuck bis dorthin vorzudringen, wobei er immer wieder auf Bücher, herumliegende Papiere, Holzsplitter und knirschende Scherben trat.

Der Unterkiefer des Mannes war gebrochen und seine Kehle aufgerissen, aber das Gesicht war erstaunlicherweise kaum entstellt. Er erkannte Lorcan McGinley. Auf seinen Zügen lag Überraschung, aber weder Furcht noch Entsetzen. Er hatte den Tod offenbar nicht kommen sehen.

Pitt erhob sich langsam und wandte sich wieder der Tür zu. Einer der Vorhänge, die sich in einem erneuten Windstoß bauschten, verfing sich in einem Bild, das nur noch lose an einem Haken hing, und riß es herab. Das Glas zersplitterte.

Emily stand mit aschgrauem Gesicht und am ganzen Leibe zitternd in der Tür.

»Es ist McGinley«, sagte Pitt, während er zu ihr trat.

Ihr Zittern verstärkte sich. Sie rang nach Atem, als müsse sie ersticken. Sie schien nicht zu merken, daß sie zu schluchzen begann.

»Es ist McGinley!« wiederholte Pitt und faßte sie bei den Schultern. »Es ist nicht Jack!«

Sie hob die Fäuste und schlug wild und in blindem Entsetzen auf ihn ein. Es war zu erkennen, daß sie ihm weh tun wollte; er sollte etwas von dem unerträglichen Schmerz in ihrem Inneren fühlen.

»Emily! Es ist nicht Jack!« Er hatte nicht so laut schreien wollen. Seine Kehle war voll Staub und Rauch. Irgendwo hinter ihm begannen Flammen aus dem Teppich zu züngeln. Er nahm seine Schwägerin bei den Schultern und schüttelte sie mit aller Kraft. »Es ist Lorcan McGinley! Schluß jetzt, Emily, hör auf! Ich muß das Feuer löschen, bevor das ganze verdammte Haus in Flammen steht!« Er rief mit lauter Stimme, wobei er heftig husten mußte: »Jemand soll einen Eimer Wasser holen! Schnell! Sie da!« Er wies auf eine im Staubnebel kaum zu erkennende Gestalt. Endlich hatte das Dienstmädchen aufgehört zu schreien. Leute kamen herbei gelaufen, angstvoll, ohne zu wissen, was sie tun sollten. Einer der Hausdiener stand wie gelähmt da, seine Livrée war verschmutzt. »Holen Sie einen Eimer Wasser!« schrie Pitt ihm an. »Der Teppich da drin brennt.«

Eilig setzte sich der Mann in Bewegung und verschwand, als wollte er fliehen.

Emily zitterte und weinte noch immer, hatte aber aufgehört, auf Pitt einzuschlagen. Ihr Haar hatte sich gelöst, und sie sah aschfahl aus.

»Wo ist Jack?« fragte sie mit rauher Stimme. »Was hast du mit Jack getan? Du solltest dich um ihn kümmern! Wo ist er?« Sie holte aus, als wollte sie erneut nach ihm schlagen.

Dann hörte man Schritte und laute Stimmen.

»Was ist los?« wollte O'Day wissen. »Großer Gott! Was ist passiert? Ist jemand verletzt?« Er wandte sich um. »Radley?«

»Ich bin hier.« Jack schob sich an Doyle und Justine vorbei. Durch die mit grünem Filz bezogene Tür am anderen Ende der Eingangshalle wie auch über die Treppe kamen immer noch mehr Leute angelaufen.

Emily hörte Jacks Stimme nicht einmal. Sie war nach wie vor wütend auf Pitt, und es kostete ihn alle Kraft zu verhindern, daß sie sich erneut auf ihn stürzte.

Ein Hausdiener hielt Hennessey, der allmählich wieder zu sich zu kommen schien.

Jack trat vor und erbleichte nach einem Blick auf sein völlig verwüstetes Arbeitszimmer.

»McGinley«, sagte Pitt und sah ihn an. »Es hat eine Explosion gegeben – ich vermute Dynamit –«

»Ist er … tot ?«

»Ja.«

Jack legte den Arm um Emily und drückte sie an sich. Während sich ihre Angst allmählich löste, ging ihr Schluchzen in leises Weinen über.

O'Day trat mit finsterem Gesicht vor und stellte sich zwischen Pitt und das Paar. Mittlerweile mußten alle den Brandgeruch bemerkt haben.

»Wo, zum Teufel, bleibt der Mann mit dem Wasser?« rief Pitt. »Soll das ganze Haus abbrennen?«

»Hier bin ich, Sir.« Der Diener tauchte unmittelbar neben ihm auf und schwankte ein wenig unter der Last zweier voller Eimer. Er ging an Pitt vorbei dorthin, wo der Luftzug den Vorhang leicht hob. Man hörte, wie heftig Dampf aufzischte, als er die Eimer leerte. Nochmals quoll Rauch auf, dann verzog er sich allmählich. Rußverschmiert und mit von der Hitze gerötetem Gesicht trat der Diener aus dem Arbeitszimmer.

»Wir brauchen noch mehr Wasser!« stieß er hervor, und zwei weitere Hausdiener eilten zum Wirtschaftstrakt.

Pitt stand in der Tür und verdeckte die grausame Szenerie hinter sich. Inzwischen schienen alle zugegen zu sein. Auf ihren schreckensbleichen Gesichtern lagen Angst und Entsetzen. Tellman trat vor.

»McGinley«, sagte Pitt erneut.

»Dynamit?« fragte Tellman.

»Vermutlich.«

Suchend sah Pitt sich um. Iona McGinley stand zwischen Fergal Moynihan und Padraig Doyle. Vielleicht hatte sie sich aus seinem Gesichtsausdruck und daraus, daß Lorcan nirgends unter den Anwesenden zu sehen war, bereits zusammengereimt, was geschehen war.

Eudora trat zu ihr.

Iona stand wie erstarrt und schüttelte nur leicht den Kopf. Padraig legte einen Arm um sie.

»Was ist passiert?« fragte Fergal mit gerunzelten Brauen und versuchte, an Pitt vorbei ins Zimmer zu sehen. »Brennt es? Ist jemand verletzt?«

»Großer Gott, haben Sie etwa den Knall nicht gehört?« fragte O'Day ärgerlich. »Das war eine Explosion! Klang mir ganz nach Dynamit.«

Fergal sah verwirrt drein. Jetzt erst fiel ihm auf, daß Iona Angst hatte. Er wandte sich um und sah Pitt mit finsterem Gesicht fragend an.

»Mr. McGinley ist bedauerlicherweise tot«, teilte dieser ihm mit. »Ich weiß noch keine Einzelheiten, vermute aber, daß die Sprengladung in unmittelbarer Nähe von Mr. Radleys Schreibtisch detoniert ist. Das Feuer ist wohl entstanden, weil die Druckwelle der Explosion die Kohlen aus dem Kamin auf den Teppich geschleudert hat.«

Noch während er sprach, brachte ein Hausdiener Wasser, und er trat beiseite, um den Mann vorbeizulassen.

»Sind Sie sicher, daß ich nichts für Mr. McGinley tun kann?« erkundigte sich Piers besorgt.

»Ganz sicher«, erwiderte Pitt. »Vielleicht könnten Sie Mrs. McGinley beistehen.«

»Ja. Ja, natürlich.« Er ging auf Iona zu und sprach beruhigend auf sie ein, als wäre sonst niemand da. Seine Stimme zitterte kaum wahrnehmbar.

Padraig Doyle trat mit beunruhigtem Gesicht zu Pitt.

»Eine üble Geschichte, Pitt. Wer, in drei Teufels Namen, hat die Sprengladung, die den armen McGinley erwischt hat, in Radleys Arbeitszimmer angebracht?«

»Und was hatte der, in drei Teufels Namen, da drin zu suchen?« fragte O'Day grimmig, an Doyle gewandt. Dann sah er nacheinander jeden der Anwesenden an, als glaube er, einer von ihnen könne ihm eine Antwort geben.

Iona ballte wortlos die Fäuste und öffnete sie wieder. Fergal war näher zu ihr getreten und hatte ihr einen Arm um die Schultern gelegt.

»Vielleicht hat er Radley gesucht?« schlug Padraig vor. »Oder er wollte sich etwas holen – Papier, Tinte, Siegelwachs, was weiß ich?« Er wandte seine Aufmerksamkeit Finn Hennessey zu, der mit Hilfe des Hausdieners, der ihn vorher gestützt hatte, allmählich wieder auf die Beine kam. »Haben Sie eine Ahnung, warum sich Mr. McGinley in Mr. Radleys Arbeitszimmer aufgehalten hat?« fragte ihn Padraig.

Finn war immer noch benommen. Sein Gesicht war schmutzig und ebenso mit Staub bedeckt wie seine Kleider, und es schien ihm schwer zu fallen, den Blick geradeaus zu richten.

»Ja, Sir«, sagte er mit belegter Stimme. »Das Dynamit ...« Er drehte sich und schaute auf die zersplitterte Tür, die Staubwolke und die Rauchschwaden.

»Soll das heißen, er wußte, daß das Dynamit da drin war?« fragte Padraig ungläubig.

»Ist er ... tot?« brachte Finn mühsam heraus.

»Ja«, sagte Pitt. »Leider. Wollen Sie damit sagen, McGinley wußte, daß sich eine Dynamitpackung im Arbeitszimmer befand?«

Unsicher blinzelnd wandte Finn sich ihm zu. Es war deutlich zu sehen, daß er noch ziemlich verwirrt war und unter Schock stand. Er nickte bedächtig und befeuchtete die trockenen Lippen mit der Zunge.

»Wieso wußte er davon, und warum, in Gottes Namen, hat er dann nicht um Hilfe geschickt?« fragte O'Day durchaus vernünftig.

Finn sah ihn an. »Das weiß ich nicht, Sir. Er hat nur gesagt … ich soll vor der Tür stehenbleiben und keinen reinlassen. Er wüßte mehr über Dynamit als alle anderen hier und könnte das daher am besten in Ordnung bringen.« Er sah erst O'Day und dann Pitt an.

»Und wer hat das Zeug dahin getan?« fragte Kezia mit schriller Stimme und bedachte jeden der Anwesenden mit einem durchdringenden Blick.

»Derselbe, der Mr. Greville auf dem Gewissen hat«, antwortete Justine mit bleichem und angespanntem Gesicht. »Offensichtlich war es für Mr. Radley bestimmt, weil er den Mut aufgebracht hat, an dessen Stelle zu treten. Offenbar ist dieser Jemand entschlossen, dafür zu sorgen, daß die Gespräche erfolglos bleiben. Um sein Ziel zu erreichen, ist er bereit, einen Mord nach dem anderen zu begehen.«

Mittlerweile war der Brand im Arbeitszimmer gelöscht. In der Luft, die der Wind vom Fenster herüberblies, hing kein Rauch mehr, wohl aber der Geruch nach Wasserdampf und angesengter Wolle. Der Staub hatte sich immer noch nicht vollständig gelegt.

»Natürlich galt der Anschlag Mr. Radley«, sagte Eudora stockend. »Wir werden nie erfahren, ob der arme Lorcan mit eigenen Augen gesehen oder auf andere Weise erfahren hat, wie jemand das Teufelszeug versteckt hat. Jedenfalls ist er hineingegangen und hat versucht, die Bombe zu entschärfen, bevor sie explodieren konnte … hat es aber nicht geschafft.«

Iona hob ruckartig den Blick. Ihre weit aufgerissenen Augen füllten sich auf einmal mit Tränen.

»Man hat ihn verraten, wie uns alle! Er ist einer der unsterblichen Iren, die ihr Leben im Kampf um den Frieden und beim Versuch, ihn zu verwirklichen, verloren haben.« Sie sah zu Emily und Jack hin, die dicht aneinandergedrängt standen. »Auf Ihnen ruht eine entsetzliche Verantwortung, Mr. Radley. Sie dürfen uns nicht im Stich lassen und müssen jetzt eine mit Blut und Opfer besiegelte Ehrenschuld einlösen.«

»Ich werde mein möglichstes tun, Mrs. McGinley«, sagte Jack und hielt ihrem Blick stand. »Aber mein Gewissen läßt sich mit keinem Opfer erkaufen. Wäre doch Lorcan McGinley der einzige, der für den Frieden Irlands das Leben geben mußte! Tragischerweise ist er nur einer von vielen Tausenden. Wir haben noch viel vor uns. Oberinspektor Pitt muß sich jetzt mit der Aufklärung eines weiteren Verbrechens beschäftigen –«

»Beim vorigen hat er ja nicht viel erreicht«, sagte O'Day plötzlich mit einer Bitterkeit, die man bisher an ihm nicht bemerkt hatte. »Vielleicht sollten wir weitere Hilfe anfordern? Die Sache wird immer schlimmer. Das ist jetzt schon der zweite Todesfall in drei Tagen –«

»Der dritte in einer Woche«, fiel ihm Pitt ins Wort. »In London hat man einen Mann ermordet, weil es ihm gelungen war, sich Zugang zu den Feniern zu verschaffen und etwas über ihre Pläne zu erfahren –«

O'Day fuhr herum. Sein Gesicht rötete sich, seine Augen blitzten. »Davon haben Sie bisher nichts gesagt! Sie haben uns verschwiegen, daß die Fenier dahinter stecken. Wenn Sie das wußten … warum haben Sie es dann nicht verhindert?«

»Damit tun Sie ihm unrecht!« meldete sich Charlotte zum ersten Mal zu Wort. Sie trat aus dem Schatten, wo sie neben Emily und Jack gestanden hatte. »Die Fenier sind nicht in dies Haus eingebrochen. Wer auch immer das war –«, sie wies auf die offene Tür und den Trümmerhaufen im Arbeitszimmer – »es ist einer von uns, einer der hier Anwesenden hat den Mord ins Haus getragen!«

Jemand schrie leise auf. Es war unmöglich zu sagen, wer. Der Raum war mit einem Mal mit ebenso viel Furcht und Kummer erfüllt wie von Staub und Brandgeruch.

»Sie haben recht«, lenkte O'Day ein, den es sichtlich Mühe kostete, sich zusammenzunehmen. »Ich bitte Sie um Entschuldigung, Mrs. Pitt, und auch Sie, Oberinspektor. Ich hatte so große Hoffnungen auf diese Zusammenkunft gesetzt. Wenn solche Träume in Scherben gehen, neigt man unwilllkürlich dazu, jemandem die Schuld daran zu geben. Aber das ist ungehörig.« Er sah sich um und ließ seinen Blick auf Padraig ruhen. »Kommen Sie. Ich denke, wir alle sollten Mr. Pitt seiner traurigen Pflicht überlassen und uns wieder an die Arbeit machen. Am besten können wir der Gewalttätigkeit dieses Unzurechnungsfähigen damit entgegentreten, daß wir uns nach Kräften weiterhin um eine Lösung bemühen.«

»Bravo«, lobte ihn Padraig und hob die Hände, als wollte er ihm applaudieren. Dann wandte er sich um und ging.

»Gewiß«, stimmte Jack zu, nachdem er einen Blick auf Pitt geworfen hatte. »Ich schlage vor, wir gehen ins Morgenzimmer, denn dort ist geheizt. Dilkes soll uns einen heißen Punsch mit einem Schuß Branntwein bringen. Das können wir sicher alle brauchen. Emily ...«

Zwar war sie immer noch geisterhaft bleich, bemühte sich aber zu reagieren.

»Ja ... ja ...«, sagte sie zögernd. Sie ging an Iona vorbei. Ihre Schritte wirkten, als sei sie unsicher, ob sie festen Boden unter den Füßen hatte. Justine nahm Iona am Arm und bot ihr an, sie nach oben zu bringen, ihre Zofe zu suchen, ihr einen Kräutertee hinaufzuschicken – sofern sie es wollte, mit etwas Weinbrand –, und bei ihr zu bleiben. Charlotte stand neben Finn Hennessey, sprach leise und freundlich mit ihm und versuchte, ihm über seinen Schock und die Verwirrung hinwegzuhelfen. Er sah sich immer noch um, als wisse er kaum, wo er sich befand und könne nicht begreifen, was geschehen war oder was er hier tat. Auch Gracie war da. Ihr Gesicht war kreideweiß.

Pitt sah mit plötzlicher und sonderbar schmerzlicher Bewunderung zu Charlotte hinüber. Sie war so tüchtig, so stark. Sie schien niemandes Hilfe zu brauchen. Falls sie Angst hatte, zeigte sie das nicht. Sie hielt sich aufrecht und trug den Kopf erhoben. All ihre Sorge galt Hennessey und Gracie.

Pitt wandte sich wieder den dringlichen Aufgaben zu. Daß Tellman in der Nähe der Tür des Arbeitszimmers neben ihm stand, war ihm noch gar nicht aufgefallen.

Außer ihm und Eudora waren alle anderen Jack ins Morgenzimmer gefolgt. Eudora sah unverwandt auf Pitt. Ihr Gesicht war bleich, eine Wange war von Staub bedeckt.

»Es tut mir so schrecklich leid, Mr. Pitt«, sagte sie mitfühlend. »Was Mr. O'Day gesagt hat, war unverzeihlich. Niemand kann uns vor Angriffen aus den eigenen Reihen bewahren. Das ist entsetzlich, aber es hat durchaus den Anschein, als gebe es dort nicht nur Böses, sondern auch wahrhaft Gutes. Bei dem Versuch, die Bombe zu entschärfen, hat Lorcan sein Leben geopfert. Vielleicht haben wir immer noch den Willen, die Sache zu einem glücklichen Ende zu führen ... sofern Sie in Erfahrung zu bringen vermögen, wer die Bombe dort angebracht hat.« Sie wandte den Blick nicht von ihm. »Können ... können Sie das? Ich meine, ist überhaupt noch etwas da? Kann man anhand der Reste etwas feststellen?«

»Nicht anhand der Spuren im Arbeitszimmer«, gab er zur Antwort. »Jeder im Hause hätte die Tat begehen können, doch werden wir die Dienstboten und alle anderen befragen und ermitteln, wer sich hier aufgehalten hat und wo alle zur fraglichen Zeit waren. Es ist gut möglich, daß wir auf diese Weise etwas in Erfahrung bringen.«

»Aber ... aber jeder von uns hätte doch durch die Eingangshalle kommen können«, gab sie mit angestrengt klingender Stimme zu bedenken. »Das beweist doch nicht ... ich meine ...« Sie hielt inne. »Ich meine ...« Rasch schüttelte sie den Kopf und folgte den anderen. Ihr dunkler Rock wirkte hell, so dick lag der Staub darauf.

Seufzend sah Tellman ins Arbeitszimmer und bahnte sich nach kurzem Zögern einen Weg durch den Schutt dorthin, wo der Schreibtisch gestanden hatte. Vor dem toten Lorcan McGinley ging er in die Knie, betrachtete ihn nachdenklich und nahm dann die Reste des Schreibtischs in Augenschein.

»Ich vermute, daß sich das Dynamit links in der obersten oder zweitobersten Schublade befunden hat«, sagte Pitt, der ihm gefolgt war.

»Sieht ganz so aus«, gab ihm Tellman recht und biß sich auf die Lippe. »Jedenfalls danach zu urteilen, wie die Splitter und die Trümmer verteilt sind. Was für ein Chaos. Wer immer die Sprengladung da angebracht hat, wollte auf jeden Fall Mr. Radley ans Leben. Ich möchte kein Politiker sein, der da Ordnung schaffen soll.« Er wandte seine Aufmerksamkeit wieder dem Leichnam zu. »Der arme Kerl muß direkt davor gestanden haben.«

Pitt stand mit gefurchter Stirn da, die Hände in den Taschen vergraben. »Wahrscheinlich wurde der Zünder durch irgendeinen Draht und nicht durch eine Uhr ausgelöst«, sagte er nachdenklich. »Niemand konnte sicher sein, wann Jack hier hereinkommen würde. Unser Täter mußte verhindern, daß die Ladung hochging, wenn niemand da war, oder wenn er sie unter Büchern und Papieren auf der Tischplatte versteckt hätte, daß ein Dienstbote beim Aufräumen des Schreibtischs den Mechanismus auslöste.«

»Glauben Sie denn, daß sich so einer darüber Gedanken machen würde?« fragte Tellman bitter. »Was bedeutet dem ein englischer Dienstbote mehr oder weniger?«

»Möglicherweise nichts«, stimme Pitt zu. »Aber eine solche Greueltat wäre sinnlos. Einmal davon abgesehen, daß sie die Leute ihrem Ziel nicht nähergebracht hätte, würde sie eine zusätzliche Gefahr bedeuten. Nein, der Sprengsatz hat bestimmt Jack gegolten, und man hatte ihn in eine der Schubladen gelegt, die normalerweise niemand außer ihm öffnete.«

Er suchte unter den Trümmern nach den Überresten der Schubladen. Er fand eine und untersuchte sie. Ergebnislos. Dann nahm er sich eine zweite vor, deren Reste er sehr sorgfältig mit den Fingerspitzen betastete. Eins der Bruchstücke bestand aus einem Seitenteil, an dem noch ein Teil des Bodens hing. Er sah darunter. Eine gerade Linie von Reißnägeln verlief über die Fläche. Unter einem Nagel entdeckte er ein Stückchen Draht.

»Ich glaube, wir wissen jetzt, wo sich der Auslösemechnismus befunden hat«, sagte Pitt ruhig. »Man hatte die Leitung, die zu ihm führte, mit Nägeln unter dem Boden der Schublade befestigt, damit der Sprengsatz hochging, sobald sie geöffnet wurde. Diesen Zündmechanismus anzubringen, muß eine ganze Weile gedauert haben: der Täter mußte die Schublade herausnehmen, die Nägel in den Boden drücken und das Ganze wieder an Ort und Stelle bringen.«

Tellmans Augen weiteten sich. Als er aufstand, knackte es in seinen Knien. »Wirklich schade, daß McGinley tot ist«, sagte er gedehnt. »Er könnte ein paar sehr wichtige Fragen beantworten.«

»Er war außerordentlich mutig.« Pitt schüttelte den Kopf. »Ich wüßte für mein Leben gern, welche Schlüsse er gezogen hatte, zu denen wir noch nicht gelangt sind.«

»Der verdammte Trottel hätte uns Bescheid sagen sollen«, sagte Tellman wütend. »Das ist unsere Aufgabe!« Dann verfärbte er sich ein wenig. »Allerdings stehen wir bisher nicht besonders gut da. Ich verstehe übrigens nichts von Dynamit. Sie?«

»Ich auch nicht«, räumte Pitt ein. »Bisher hatte ich noch nichts mit einem Mond durch eine Dynamitladung zu tun. Aber irgend jemand hat sie hier angebracht und den Zünder so eingestellt, daß sie hochgehen mußte, sobald jemand die Schublade öffnete. Wir müßten imstande sein festzustellen, wer das war. Immerhin ist McGinley dahintergekommen.«

»Es war derselbe Täter, der Mr. Greville auf dem Gewissen hat«, gab Tellman zur Antwort. »Und wir wissen, daß das weder McGinley, noch O'Day noch der Kammerdiener Hennessey war – ansonsten aber könnte es mehr oder weniger jeder sein.«

»Dann sollten wir in Erfahrung zu bringen versuchen, wann die Sprengladung dort angebracht worden ist. Offensichtlich, nachdem Jack die Schublade das letzte Mal benutzt hat. Sprechen Sie mit allen Dienstboten – den Hausmädchen, den Hausdienern, dem Butler, wer auch immer hier drin war oder sich in der Nähe der Eingangshalle aufgehalten hat. Stellen Sie fest, wo jeder den Vormittag verbracht hat, wer die Aussagen bestätigen kann, wen sie gesehen haben und wann – vor allem Finn Hennessey. Ich werde mit Mr. Radley und den anderen Gästen sprechen. Aber zuvor sollten Sie sich von jemandem dabei helfen lassen, den armen McGinley ins Eishaus zu schaffen.« Er wandte sich um. »Sie können ihn auf dem Türblatt tragen. Es hängt sowieso nur noch in einer Angel. Anschließend sollten wir dafür sorgen, daß jemand den Eingang zumindest mit einem Vorhang verschließt, damit der Anblick die Leute nicht noch mehr verstört. Außerdem müßte das Fenster zugenagelt werden, für den Fall, daß es regnet.«

»Verdammte Schweinerei …«, sagte Tellman und runzelte die Brauen. So sehr ihm übermäßiger Reichtum gegen den Strich ging, noch mehr war es ihm zuwider, wenn er sah, daß etwas Schönes verunziert wurde.

Wie fast jeder im Hause hatte auch Gracie die Detonation gehört. Einen Augenblick lang hatte sie an einen häuslichen Unfall gedacht. Dann wurde ihr klar, daß etwas ganz und gar nicht in Ordnung war. Sie stellte den Wasserkrug, den sie in der Hand hielt, auf der marmornen Arbeitsfläche im Hauswirtschaftsraum neben der Küche ab, wo sie Gwen gerade bei der Zubereitung eines Mittels gegen Sommersprossen half, weil sie sonst gerade nichts zu tun hatte.

»Was ist das?« fragte Gwen voll Unruhe. »Das klingt nicht, als hätte jemand ein Tablett oder einen Topf fallengelassen.«

»Keine Ahnung, aber ich geh' mal nachsehen«, erwiderte Gracie ohne zu zögern. Sie rannte fast hinaus, durch den langen Gang am Kohlenbunker und dem Silberputzraum vorbei zur grünen Tür, die den Wirtschaftstrakt vom Wohntrakt trennte.

Tellman kam mit bleichem Gesicht und aufgerissenen glänzenden Augen aus dem Stiefelputzraum. Er lief ihr nach, holte sie kurz vor der Tür ein und faßte sie am Arm.

»Halt, Gracie! Sie wissen nicht, was passiert ist.«

Die Kraft, mit der er sie gepackt hatte, riß sie herum.

»Ich weiß, daß ich hier nix zu suchen hab'«, sagte sie atemlos. »Bestimmt ist was Schlimmes passiert. War's 'n Pistolenschuß?«

»Dafür war es zu laut«, sagte er, ohne ihren Arm loszulassen. »Das klingt eher wie Dynamit. Sie warten hier. Ich sehe nach, was los ist.«

»Ich will nicht warten. Mr. Pitt könnte verletzt sein!«

»In dem Fall könnten Sie nichts für ihn tun«, sagte er knapp. »Warten Sie einfach hier. Ich sag' Ihnen Bescheid.«

Sie riß sich los und stieß die Tür auf. Sogleich sah sie den Staub und die zersplitterte Tür zum Arbeitszimmer. Bei dem Anblick blieb ihr fast das Herz stehen. Dann sah sie Pitt, und die Erleichterung überwältigte sie so sehr, daß sie glaubte, ersticken zu müssen. Ihr wurde schwindlig. Wenn sie nicht aufpaßte, würde sie in Ohnmacht fallen wie irgendein alternes kleines Dienstmädchen. Einen Augenblick lang mußte sie sich an einem Tischchen an der Wand festhalten.

Wieder ertönte ein lautes Geräusch, und sie fuhr zusammen. Dann merkte sie, daß es lediglich Glas war, das zu Boden gefallen und zerbrochen war. Ein entsetzlicher Geruch lag in der Luft, und überall war Staub, ganze Wolken von Staub. Es würde Wochen dauern, bis die letzten Spuren beseitigt wären.

Aus allen Richtungen kamen die Leute angelaufen. Gott sei Dank war auch Mr. Radley unter ihnen. Mrs. Radley stürmte auf Mr. Pitt zu und schrie ihn an. Das mochte verständlich sein, trotzdem hätte sie es nicht tun sollen.

Tellman stand dicht hinter Gracie. »Fehlt Ihnen auch nichts?« wollte er wissen.

»Natürlich nicht!« versicherte sie ihm. Es kostete sie eine gewisse Überwindung. Pitt war nichts geschehen, und Charlotte kam gerade in diesem Moment mit bleichem Gesicht, aber wohlbehalten durch die Eingangshalle. »Vielen Dank«, fügte sie hinzu.

»Sie können hier nichts tun«, fuhr er fort. »Später gibt es eine ganze Menge aufzuräumen, aber im Augenblick müssen wir wissen, was geschehen ist, und es darf nichts bewegt werden.«

»Weiß ich doch!« sagte sie hitzig. Hielt er sie etwa für dumm?

Jemand nannte den Namen McGinley.

Doyles Kammerdiener stand in der Nähe der Treppe.

Es roch verbrannt. Jemand rief nach Wasser.

Mit einem Mal sah Gracie, daß Finn, von einem Hausdiener gestützt, halb aufgerichtet auf dem Boden saß. Charlotte stand in seiner Nähe. Ihr Magen krampfte sich zusammen. Sie schlüpfte an Miss Moynihan und Miss Baring vorbei zu Charlotte.

»Was ist passiert?« fragte sie, so laut sie es wagte. »Ist er ... ihm fehlt doch nichts?« Sie sah auf Finn.

»Nein, ihm fehlt nichts«, flüsterte Charlotte zurück. »Mr. McGinley ist ins Arbeitszimmer gegangen und hat dabei irgendwie eine Dynamitexplosion ausgelöst.«

»Ist er tot?«

»Ich fürchte ja. Die Druckwelle muß ihn voll getroffen haben.«

Gracie hielt den Atem an und wäre am Staub in der Luft fast erstickt.

»Das ist ja gräßlich. Die Iren sind verrückt! Wem soll das was nützen?«

»Niemandem«, sagte Charlotte leise. »Hennessey sagt, daß Mr. McGinley Kenntnis von der Sprengladung hatte und sie entschärfen wollte. Aber der Zünder muß so fein eingestellt gewesen sein, daß sie gleich hochgegangen ist.«

»Der arme Mann.« Gracie war aufrichtig betrübt. »Vielleicht war er so tapfer, weil Mrs. McGinley mit Mr. Moynihan zusammen war? Vielleicht hat ihn das so tief getroffen –« Sie hielt inne. Das hätte sie nicht sagen dürfen. Diese Vermutungen standen ihr nicht zu. »Er war sehr tapfer«, fügte sie hinzu. Sie sah erst auf Charlotte und dann auf Finn.

Charlotte stieß sie leicht an.

Gracie ging zu Finn hinüber und kniete sich neben ihn. Er machte einen benommenen Eindruck und schien nicht so recht zu wissen, wo er war. Sein Gesicht und seine Kleidung waren mit Staub und Rauch beschmutzt, und die Haut unter dem Ruß war aschgrau.

»Tut mir schrecklich leid«, sagte sie leise. Sie legte eine Hand auf seine, und er ergriff sie dankbar. »Sie müssen tapfer sein, wie er«, fuhr sie fort. »Er war ein richtiger Held.«

Er sah sie mit Augen an, die vor Entsetzen und Betroffenheit weit aufgerissen waren.

»Ich versteh' das nicht«, stieß er verzweifelt hervor. »Es hätte nicht passieren dürfen! Er kannte sich mit Dynamit aus! Er hätte ...« Er schüttelte den Kopf, als könne er auf diese Weise klarere Gedanken fassen. »Er hätte imstande sein müssen, es ... es hinzukriegen.«

»Wissen Sie, wer es dahin getan hat?« fragte sie.

»Was?«

»Wissen Sie, wer die Sprengladung angebracht hat?« präzisierte sie.

»Nein. Natürlich nicht«, gab er zur Antwort. »Sonst hätte ich das ja wohl gesagt, oder?«

»Und woher wußte der arme Mr. McGinley davon?«

Er wandte sich ab. »Keine Ahnung.«

Plötzlich schämte sie sich. Sie hätte ihm diese Fragen nicht stellen dürfen, sondern ihn statt dessen trösten müssen. Es war deutlich zu sehen, daß er unter Schock stand, verletzt und außerordentlich bekümmert war.

»Tut mir leid«, flüsterte sie. »Natürlich verstehen Sie auch nicht, was da los ist. Vermutlich versteht das niemand außer dem, der es getan hat, und vielleicht nicht mal der. Sie sollten besser mitkommen und sich 'ne Weile hinsetzen und ausruhen. Mr. Dilkes hat sicher nichts dagegen, wenn Sie 'nen Schluck von seinem Weinbrand trinken. Das würde Ihnen bestimmt gut tun. Jeder braucht 'n bißchen Zeit und 'nen Tropfen Weinbrand, um sich wieder zurechtzufinden.«

Er sah sie wieder an. »Sie sind sehr freundlich, Gracie.« Er schluckte, holte tief Luft und schluckte erneut. »Ich weiß einfach nicht, wie das passieren konnte.«

»Mr. Pitt wird es feststellen«, antwortete sie und versuchte sich damit selbst zu überzeugen. »Kommen Sie in Mrs. Hunnakers Zimmer und setzen sie sich 'ne Weile hin. Es wird bald genug zu tun geben.«

»Ja ...«, stimmte er zu. »Sicher.« Er ließ es zu, daß sie ihm aufhalf, und ihn, nachdem er dem Hausdiener gedankt hatte, aus der stauberfüllten Eingangshalle durch die grün bezogene Tür zu Mrs. Hunnakers Zimmer führte. Dort war niemand, der ihnen den Eintritt gestatten oder verwehren konnte, und so wies Gracie ihn an, sich hinzusetzen. Da der Butler nicht zu sehen war, den sie um Weinbrand hätte bitten können, nahm sie ein ordentliches Glas Sherry aus dem Vorratsschrank in der Küche. Mochte die Köchin später darüber schimpfen. Gracie setzte sich Finn gegenüber. Sie sah ihn aufmerksam an, betroffen von seiner Verwirrung und seinem Verlust, und versuchte, ihn zu trösten.

Als Tellman kam, um beide zu fragen, wo sie sich während des Vormittags aufgehalten und was sie gesehen hätten, hatte sich Finn schon fast wieder vollständig erholt.

Tellman stand mit angespannten Schultern in der Tür. Er verzog mißbilligend das Gesicht, als er sah, daß Gracie im zweitbesten Sessel der Haushälterin Platz genommen hatte, während Finn es sich im besten bequem gemacht hatte.

»Tut mir leid, Mr. Hennessey«, sagte er finster. »Jetzt, wo Sie jemanden verloren haben, der Ihnen so nahe stand, stelle ich Ihnen nicht gern meine Fragen, aber wir müssen wissen, was vorgefallen ist. Irgend jemand hat das Dynamit im Arbeitszimmer versteckt. Vermutlich ist es dieselbe Person, die Mr. Greville getötet hat.«

»Gewiß ...«, stimmte Finn zu und hob den Blick zu ihm. »Aber ich weiß nicht, wer es war.«

»Vielleicht nicht auf Anhieb, sonst hätten Sie das sicher gesagt.« Tellman hielt Papier und Bleistift bereit, um niederzuschreiben, was Finn sagte. »Aber vielleicht ist Ihnen mehr aufgefallen, als Ihnen im Augenblick klar ist. Was haben Sie seit sieben Uhr heute morgen getan?«

»Warum sieben Uhr?«

»Antworten Sie einfach auf meine Fragen, Mr. Hennessey.« Tellman war nicht besonders guter Laune, wollte aber nicht, daß man ihm das anmerkte. Ein Muskel zuckte an seiner Schläfe, und seine Lippen waren bleich. Mit einem Mal ging Gracie auf, welche Verantwortung auf ihm lastete, und was für große Sorgen er sich machen mußte. Er wußte genau, wie weit er und Pitt von einer Lösung entfernt waren, wie wenig Erfolg ihrer beider Arbeit bisher beschieden gewesen war, und daß das nicht besser wurde, während die Zeit verrann. Sie mußte ihm helfen. Das war ihre eigentliche Aufgabe. Immerhin war er Pitts Mitarbeiter. Auf keinen Fall durfte sie sich von seiner schroffen Art abstoßen lassen.

»Sie wollen doch sicher wissen, wer Mr. McGinley das angetan hat?« fragte sie Finn eindringlich. »Jeder von uns kann etwas gesehen haben.« Sie wandte sich wieder an Tellman.

»Ich bin erst lange nach sieben runtergekommen. Zuerst bin ich natürlich aufgestanden und hab' mich angezogen, dann hab' ich im Ankleidezimmer von Mrs. Pitt Feuer gemacht. Anschließend hab' ich heißes Wasser für sie geholt. Ich hab' sie gefragt, ob sie 'ne Tasse Tee will, aber sie wollte keine. Dann hab' ich eine für Mr. Pitt geholt, weil ich geseh'n hab', daß sein Kammerdiener seine Pflichten vernachlässigt.« Sie warf Tellman einen bedeutungsvollen Blick zu, den dieser finster erwiderte. Doch er verkniff sich jeden Kommentar, obwohl sie ihm die Antwort an den Augen ablesen konnte.

»Und ...?« drängte er.

»Dann hab' ich Mrs. Pitt beim Ankleiden und beim Frisieren geholfen.«

»Wie lange hat das gedauert?« fragte er. Sie war sicher, eine Spur Sarkasmus herauszuhören.

»Ich seh' dabei nicht auf die Uhr, Mr. Tellman. Aber weil ich für zwei arbeiten mußte, hat es länger gedauert als sonst.«

»Sie haben doch nicht etwa auch dem Oberinspektor beim Anziehen geholfen?« fragte er ungläubig.

»Natürlich nicht! Aber ich hab' Wasser geholt, seine Schuhe geputzt und das Jackett ausgebürstet, weil sein nichtsnutziger Kammerdiener nirgends zu sehen war. Dann hab' ich die Wäsche nach unten gebracht und bin dabei auf der Treppe Doll begegnet, also Mrs. Grevilles Zofe. Wir ha'm 'n bißchen geplaudert –«

»Das nützt mir nichts«, fiel ihr Tellman ins Wort.

»Gegen Viertel vor neun bin ich zu Mrs. Pitt gegangen, um sie zu fragen, welches Kleid sie zum Abendessen anziehen will. Dabei hab' ich Miss Moynihan die Vordertreppe runterkommen und ins Morgenzimmer gehen sehen. Mrs. McGinley war mit Mr. Moynihan im Wintergarten. Sie haben für das, was sie gemacht haben, viel zu nahe an der Tür gestanden ...«

Tellman verzog verächtlich das Gesicht.

Finn lächelte, als hielte er diese Liebesgeschichte für einen bitteren Witz.

»Weiter«, sagte Tellman scharf. »Haben Sie noch jemand gesehen?«

»Ja. Mr. Doyle ist durch die Eingangshalle zur Seitentür gegangen.«

»Wohin wollte er?«

»Natürlich in den Park.«

»Wann?«

»Keine Ahnung. Vielleicht zehn vor neun?«

»Sind Sie sicher, daß es Mr. Doyle war?«

»Sehen Sie mich nicht so komisch an! Ich würde das ja wohl nicht sagen, wenn ich nicht sicher wär. Vergessen Sie nicht, daß ich in Mr. Pitts Haus arbeite und über manche seiner Fälle ebensoviel weiß wie Sie.«

»Unsinn«, sagte er spöttisch.

»Doch! Immerhin weiß ich, womit sich Mrs. Pitt und Mrs. Radley beschäftigen ... Das ist mehr, als Sie wissen.«

Er sah sie durchdringend an. »Es steht Ihnen nicht zu, sich in die Angelegenheiten der Polizei einzumischen. Dabei richten Sie bestimmt mehr Schaden als Gutes an und geraten zu allem Überfluß in Gefahr, Sie dummes Geschöpf.«

Gracie war zutiefst gekränkt. Ihr fiel nichts ein, womit sie die Kränkung auch nur annähernd hätte vergelten können, würde sie sich aber merken und es ihm heimzahlen, sobald sich eine Gelegenheit bot.

Dann wandte sich Tellman an Finn. »Mr. Hennessey, würden Sie mir bitte sagen, was Sie und jeder, den Sie gesehen haben, ab etwa sieben Uhr getan hat und wann Sie die betreffenden Personen gesehen haben. Vergessen Sie dabei Mr. McGinley selbst nicht. Auf diese Weise erfahren wir vielleicht, wie er Kenntnis von der Dynamitladung erhalten hat, ohne daß sonst jemand davon erfuhr.«

»Ja ...« Finn wirkte immer noch ein wenig wackelig auf den Beinen. Es kostete ihn sichtlich Mühe, mit beherrschter Stimme zu sprechen. »Wie Gracie bin ich erst einmal aufgestanden. Dann hab' ich mich rasiert und angezogen. Anschließend hab' ich in Mr. McGinleys Ankleidezimmer nachgesehen, ob das Hausmädchen Feuer gemacht hatte. Das war der Fall, und alles war sauber und aufgeräumt. Die Dienstboten hier im Hause machen ihre Arbeit sehr gut.«

Er merkte nicht, daß Tellman verächtlich die Lippen kräuselte, tief Luft holte und sie seufzend wieder ausstieß.

»Ich hab' den Waschständer hergerichtet, Haarbürste, Nagelbürste und Zahnbürste bereitgelegt und mit der Kanne heißes Wasser geholt. Anschließend habe ich Mr. McGinleys Morgenmantel und die Hausschuhe zum Anwärmen in die Nähe des Feuers gelegt und sein Rasiermesser auf dem Streichriemen gewetzt. Er rasiert sich am liebsten selbst, und deswegen hab' ich alles für ihn vorbereitet.«

»Um wieviel Uhr war das?« fragte Tellman sauertöpfisch.

»Um viertel vor acht«, antwortete Finn. »Das hab' ich schon gesagt.«

Tellman schrieb die Antwort nieder. »Wissen Sie, wann Mr. McGinley sein Zimmer verlassen hat?«

»Zum Frühstück?«

»Wozu auch immer.«

»Er dürfte gegen viertel nach acht zum Frühstück nach unten gegangen sein. Ich kann dazu nichts weiter sagen, weil ich unmittelbar zuvor den Raum verlassen hab', um seine besten Stiefel zu putzen. Ich mußte noch Wichse machen.«

»Wichse machen? Kaufen Sie so was nicht wie andere Leute?«

Auf Finns Gesicht legte sich ein Zug von Mißbilligung. »In gekaufter Schuhwichse ist Schwefelsäure, und die verdirbt das Leder. Jeder Kammerdiener, der sein Geld wert ist, weiß, wie man sie selbst macht.«

»Da ich keiner bin, weiß ich es auch nicht«, antwortete Tellman.

»Man nimmt je zwölf Unzen Elfenbeinschwarz und Sirup und je vier Unzen Pottwalfett und weißen Weinessig und vermischt sie gründlich miteinander«, gab ihm Finn hilfreich Auskunft.

»Und wo haben Sie das getan?« Tellman war offenkundig nicht beeindruckt.

»Natürlich im Stiefelputzraum.«

»Und Sie sind über die hintere Treppe für die männlichen Dienstboten gegangen?«

»Selbstverständlich.«

»Haben Sie jemanden gesehen?«

»Wheeler, Mr. Doyles Kammerdiener, Butler Dilkes und zwei Hausdiener, deren Namen ich nicht kenne.«

»Waren Sie überhaupt im vorderen Teil des Hauses?« ließ Tellman nicht locker.

»Ich bin durch die Eingangshalle gegangen, als ich die Zeitungen geholt hab', um sie zu bügeln.«

»Was?«

»Ich bin durch die Eingangshalle gegangen, als ich die Zeitungen geholt hab', um sie zu bügeln«, wiederholte Finn. »Ich wollte sehen, ob was über Mr. Parnell drinstand. Ich hab' Mr. Doyle die Treppe runterkommen sehen.«

»Allein?«

»Ja.«

»Und wohin ist er gegangen? Ins Eßzimmer?«

»Nein, in die andere Richtung, aber ich weiß nicht, wohin. Ich bin dann mit den Zeitungen durch die grüne Tür gegangen.«

»Und dann?« Tellman hielt den Stift schreibbereit. Seine Augen ruhten auf Finn.

Dieser zögerte.

»Sie müssen es ihm sagen!« drängte ihn Gracie. »Es ist wichtig.«

Finn sah niedergeschlagen drein.

Am liebsten hätte sich Gracie vorgebeugt und wieder seine Hand genommen, aber vor Tellman konnte sie das unmöglich tun.

Dieser befeuchtete die Spitze seines Bleistifts.

»Mr. McGinley hat nach mir geschickt«, sagte Finn kläglich.

»Von wo? Wo war er?« fragte Tellman.

»Was? Ach so, vermutlich in seinem Zimmer. Ja, in seinem Zimmer. Aber ich bin ihm oben auf dem Gang begegnet. Er hat mich aufgefordert, ihn zu begleiten und in der Eingangshalle zu warten, während er in Mr. Radleys Arbeitszimmer ging. Er hat gesagt, jemand habe dort eine Dynamitladung angebracht, und er wolle ... er wolle sie entschärfen.«

»Aha. Vielen Dank.« Tellman atmete tief ein. »Das mit Mr. McGinley ist bedauerlich. Sieht ganz so aus, als wäre er wie ein Held gestorben.«

»Irgendein Schweinehund muß ihn umgebracht haben«, stieß Finn durch die Zähne hervor. »Ich hoffe, daß Sie den erwischen und so hoch aufhängen wie die Nelsonsäule in London.«

»Ich denke schon, daß wir ihn kriegen.« Tellman sah zu Gracie hin, als wollte er noch etwas sagen, überlegte es sich aber anders und ging hinaus. Gracie wandte sich wieder Finn zu. Wie gern hätte sie ihm geholfen. Sie konnte sich gut vorstellen, welchen Kummer und welchen Schmerz er litt. Schon bald würde die Angst um seine Zukunft hinzukommen. Jetzt, da Mr. McGinley tot war, hatte er keine Stellung mehr. Er würde sich eine neue suchen müssen, mit allen Schwierigkeiten und Sorgen, die das mit sich brachte. Zögernd lächelte sie ihm zu, ohne damit etwas Bestimmtes ausdrücken zu wollen, einfach zum Zeichen, daß sie ihn verstand und sich um ihn sorgte.

Er erwiderte das Lächeln und streckte die Hand aus, um die ihre zu berühren.

Eine Stunde später stieß Pitt im Chaos des Arbeitszimmers auf Tellman.

»Was haben Sie herausbekommen?« fragte er ruhig. Die Tür war noch nicht ersetzt.

Tellman berichtete, was Finn ihm mitgeteilt hatte.

»Das deckt sich im großen und ganzen mit dem, was wir wissen«, nickte Pitt. »Sonst noch etwas?«

»Das Dienstmädchen ist kurz nach sieben hereingekommen und hat Feuer gemacht«, las Tellman aus seinem Notizbuch ab. »Sie hat den Schreibtisch abgewischt, das Tintenfaß aufgefüllt und nachgesehen, ob genug Papier, Siegelwachs, Streusand, Kerzen und so weiter da waren. Sie hat die Schublade auf dieser Seite geöffnet, weil das Material darin aufbewahrt wurde. Zu dem Zeitpunkt dürfte alles in Ordnung gewesen sein. Sie war schon im Hause, als Lord Ashworth noch lebte.«

»Dann hat man also die Sprengladung heute morgen nach sieben Uhr angebracht. Hochgegangen ist sie etwa um fünf nach halb elf. Dazwischen liegen rund dreieinhalb Stunden.«

»Alle Dienstboten waren entweder oben oder haben in der Leutestube gefrühstückt«, erwiderte Tellman. »Manche haben sich auch in der Wäscherei, im Hausarbeitsraum oder weiß Gott wo aufgehalten, um ihre Arbeit zu tun. Ich wäre nie auf den Gedanken gekommen, daß ein so großer Aufwand nötig ist, um ein halbes Dutzend Damen und Herren nach ihren Vorstellungen auszustaffieren, zu beköstigen, unterzubringen und bei Laune zu halten.« An seinem Gesicht war überdeutlich abzulesen, was er davon hielt.

»Hätte einer von denen die Möglichkeit gehabt, herzukommen und das Dynamit hier zu verstecken?« erkundigte sich Pitt, ohne Tellmans Seitenhieb auf die große Zahl an Dienstboten zu kommentieren.

»Nein. Es würde ziemlich lange dauern, eine Sprengladung und die dazugehörige Vorrichtung anzubringen, die den Zünder auslöst, sobald jemand die Schublade öffnet. Man kann die Sachen da nicht einfach reinlegen und wieder verschwinden.«

»Es sieht ganz so aus, als wären alle Damen entweder in Gesellschaft ihrer Zofen oder beim Frühstück und damit in Gesellschaft der anderen Damen gewesen«, sagte Pitt nachdenklich. Er hatte mit allen gesprochen, obwohl er nie ernsthaft angenommen hatte, daß eine von ihnen die Sprengladung in Jacks Arbeitszimmer angebracht haben könnte. »Mit Ausnahme von Mrs. Greville. Es ist durchaus verständlich, daß sie sich nach wie vor ein wenig von den anderen fernhält.«

Tellman sagte nichts.

»Damit bleiben die Herren«, sagte Pitt mit finsterer Miene. »Das heißt, entweder Moynihan oder Doyle. Piers Greville war mit Miss Baring zusammen.«

»Moynihan hat sich in Gesellschaft von Mrs. McGinley im Wintergarten aufgehalten«, sagte Tellman kopfschüttelnd.

»Ihre Gracie hat die beiden da gesehen. Natürlich hätten sie es gemeinsam tun können, um McGinley aus dem Weg zu schaffen, damit sie heiraten können … immer vorausgesetzt, daß solche Leute überhaupt heiraten.«

»Das würden sie sicher tun«, sagte Pitt trocken, »wenn sie sich darauf einigen könnten, in welcher Kirche … falls eine von beiden sie haben will. Soweit ich weiß, sprechen sich beide Religionsgemeinschaften mit großem Nachdruck gegen Mischehen aus.«

Tellman verdrehte die Augen. »Bestimmt ist er so verrückt nach ihr, daß er ihren Mann hätte umbringen können, und ich bin nicht bereit zu beschwören, daß sie ihm nicht dabei geholfen hätte. Außerdem haben wir noch Doyle«, fuhr er fort. »Er wurde zweimal in der Eingangshalle gesehen, einmal von Hennessey und einmal von Gracie.«

»Dann sollte ich mich wohl besser mal mit Mr. Doyle unterhalten«, sagte Pitt zögernd. Er wußte, daß Eudora seit Grevilles Tod Angst um ihren Bruder hatte. Dieses Gefühl hatte sich jetzt nach McGinleys Tod vermutlich eher noch verstärkt … Unter Umständen hatte sie allen Grund dazu. Zwar hätte Pitt diese Möglichkeit lieber ausgeschlossen, denn der Mann war ihm sympathisch, aber da McGinley – vom Täter abgesehen – als einziger gewußt hatte, daß sich das Dynamit im Arbeitszimmer befand, sprach immer mehr für eine mögliche Täterschaft Doyles. Befanden sich die beiden etwa in Streit darüber, wie sie ihr gemeinsames Ziel erreichen konnten? Und war Doyle zu größerer Gewalttätigkeit bereit gewesen, und McGinley hatte das erraten?

Pitt fand Padraig Doyle im Boudoir seiner Schwester. Eudora stand am Fenster und sah zu ihnen herüber, ihr Blick wanderte vom Gesicht des einen zum anderen und wieder zurück.

»Ja, ich war in der Eingangshalle«, räumte Padraig ein, wobei seine Augen wütend aufblitzten. »Aber ich bin nicht ins Arbeitszimmer gegangen, sondern vom Haupteingang zum Seiteneingang, um zu sehen, wie das Wetter ist, und dann wieder nach oben.«

»Das entspricht nicht den Tatsachen, Mr. Doyle«, sagte Pitt leise. »Man hat Sie in der Eingangshalle gesehen, nachdem Hennessey die Zeitungen geholt hatte, um sie zu bügeln.«

»Was?« fragte Doyle.

Entsetzen trat auf Eudoras Gesicht. Sie stand da wie ein in die Enge getriebenes Tier, als wollte sie am liebsten fliehen, wenn es nur einen Weg an den beiden vorbei gegeben hätte. Sie sah erst zu Padraig hin, dann zu Pitt, und er spürte die Inständigkeit ihrer Bitte um Hilfe, obwohl sie kein Wort sagte.

»McGinleys Kammerdiener hat die Zeitungen zum Bügeln gebracht, bevor die Zofe meiner Frau Sie in der Eingangshalle gesehen hat«, erklärte Pitt. Er blickte zu Eudora und dann wieder zu ihm. »Sie haben uns etwas anderes gesagt... Überlegen Sie noch einmal genau, Mr. Doyle. Waren Sie in Mr. Radleys Arbeitszimmer?«

Padraig sah ihn wortlos an.

Einen Augenblick lang dachte Pitt, er würde die Antwort verweigern. Das Blut schoß ihm heiß ins Gesicht.

»Ja... und ich schwöre bei Gott, daß nichts in der Schublade war, als ich dort war. Wer auch immer die Sprengladung angebracht hat, muß das getan haben, nachdem ich den Raum verlassen hatte. Ich habe mich nur etwa eine Minute lang darin aufgehalten. Ich wollte mir ein Blatt Papier aus der Schublade holen, um mir Notizen für die Besprechung zu machen. Mein eigenes hatte ich aufgebraucht.«

Eudora trat neben ihren Bruder und schob ihren Arm unter seinen. Dabei zitterte sie, und es war Pitt klar, daß sie ihm nicht glaubte, auch wenn Doyle das möglicherweise nicht bewußt war. Sie war so erschöpft, daß sie nicht einmal mehr die Kraft hatte zu weinen. Wie gern hätte ihr Pitt geholfen, aber die einzige Möglichkeit bestand darin, daß er beharrlich weitersuchte, um festzustellen, ob es etwas gab, das Padraig von dem Verdacht entlastete.

»Sind Sie am Wintergarten vorübergekommen?« fragte Pitt.

Ein bitteres Lächeln trat auf Pedraigs Züge. »Ja, warum?«

»Haben Sie Fergal Moynihan und Iona McGinley gesehen?«

»Ja. Nur bezweifle ich, daß sie mich gesehen haben. Sie waren ausgesprochen intensiv miteinander beschäftigt.«

»Inwiefern?«

»Mann. Um Himmels willen!« brach es aus Padraig heraus. Er legte den Arm fester um Eudoras Schultern.

»Was haben sie getan?« wiederholte Pitt. »Erzählen Sie jede Einzelheit. Wenn Sie meinen, daß das nichts für Mrs. Grevilles Ohren ist, wird sie uns sicher gern allein lassen.«

»Ich bleibe«, sagte Eudora mit einem entschlossenen Blick zu Pitt, wobei sie Padraigs Arm fest drückte.

»Als ich auf dem Weg zum Arbeitszimmer vorbeikam, hatten sie einen ziemlich heftigen Streit«, sagte Padraig und sah Pitt mit zusammengekniffenen Augen an.

»Worum ging es dabei?« fragte Pitt. »Was haben Sie gesehen?«

Endlich verstand Padraig. »Moynihan stand leicht vorgebeugt vor der Kamelie und hatte beide Arme ausgebreitet. Ich konnte nicht hören, was er sagte, er schien aber ziemlich wütend zu sein. Er sprach sehr betont, so wie jemand, der kurz davor steht, die Geduld zu verlieren. Als er mit den Armen herumgefuchtelt hat, ist ein Zweig abgebrochen. Er hat ihn wütend aufgehoben und hinter eine der Kübelpalmen geworfen. Iona McGinley hat ihm gegenüber gestanden. Weiter habe ich nichts gesehen.«

»Und auf dem Rückweg, nachdem Sie das Blatt Papier geholt hatten?«

»Da haben sie sich offensichtlich schon wieder vertragen. Sie lagen einander in den Armen und küßten sich... sehr intim. Iona McGinleys Kleidung war ziemlich in Unordnung geraten, vor allem ihr Mieder.« Es kostete ihn sichtlich Überwindung, das zu sagen, er sah rasch zu Eudora hin und gleich wieder weg. Vielleicht meinte er, dieses Thema sei für sie zu schmerzlich. »Ich habe nicht die Absicht, noch ausführlicher zu werden.«

»Danke«, sagte Pitt. Als er Eudora lächeln sah, hoffte er aus vollem Herzen, daß Fergal Moynihan Padraigs Aussage bestätigen würde.

Er fand ihn im Morgenzimmer in Carson O'Days Gesellschaft. Die ganze Sache schien ihm zwar äußerst peinlich zu sein, aber er stand Pitt kampflustig Rede und Antwort.

»Ja, ich habe den Kamelienzweig zufällig abgeknickt. Wir hatten eine… leichte Meinungsverschiedenheit. Sie hat nur einen Augenblick lang gedauert. Es war wirklich nichts.«

»Das heißt, Sie haben sich rasch wieder vertragen?« fragte Pitt

»Ja, warum? Woher wissen Sie das überhaupt? Wen, zum Teufel, interessiert schon ein abgeknickter Kamelienzweig?«

»Mich, Mr. Moynihan. Sie haben sich also rasch wieder vertragen? Wie lange nachdem Sie den Zweig abgebrochen hatten? Fünf Minuten? Zehn?«

»Ach was! Eher zwei oder drei. Warum wollen Sie das so genau wissen?« Er wurde immer wütender, weil er den Grund der Fragen nicht verstand und weil es ihm offenkundig in keiner Weise recht war, sich in O'Days Gegenwart rechtfertigen zu müssen. Sein Gesicht verfärbte sich mit jeden Augenblick mehr, und er bewegte sich ruckartig, als wäre sogar sein Körper darauf bedacht, der Situation zu entkommen. Pitt gelangte zu der Überzeugung, daß er Padraigs Bericht glauben konnte. Es mußte schrecklich peinlich sein, in einer solchen Situation beobachtet zu werden – und sie sich später ausgerechnet von einem Polizeibeamten beschreiben zu lassen.

»Würden Sie mir bitte sagen, auf welche Weise Sie sich versöhnt haben, Mr. Moynihan?« fragte Pitt mit einer gewissen Genugtuung. Die überhebliche Art des Mannes gefiel ihm nicht.

Moynihan sah ihn wütend an. »Also wirklich, Mr. Pitt! Ich denke nicht daran, Ihre Lüsternheit zu befriedigen.«

Pitt sah ihn unverwandt an. »Dann bleibt mir keine andere Möglichkeit, als Mrs. McGinley zu fragen, was natürlich weit peinlicher ist. Ich hätte gedacht, daß Sie ihr das aufgrund Ihrer angeblichen Zuneigung ersparen würden.« Ohne auf Moynihans haßerfüllten Gesichtsausdruck zu achten, fuhr er fort: »Zumal, da man gerade ihren Mann getötet hat, ganz gleich, ob ihr etwas an ihm lag oder nicht.«

»Sie sind widerwärtig!« sagte Fergal.

Pitt hob die Brauen. »Weil ich Sie, um andere von einem Mordverdacht zu entlasten, bitte, mir zu beschreiben, was Sie getan haben? Liegt Ihnen nicht ebensoviel daran wie uns, die Wahrheit zu erfahren?«

Moynihan stieß halblaut einen gemeinen Fluch aus.

»Wie bitte?« fragte ihn Pitt lächelnd.

»Wir haben uns geküßt«, stieß Fergal hervor. »Ich... ich glaube, ich habe... ihr das Mieder... geöffnet.« Seine Augen schossen Blitze.

»Sie glauben?« fragte Pitt erstaunt. »Heißt das, Sie erinnern sich nicht?«

»Doch!« Er warf O'Day, der die Situation sichtlich genoß, einen wütenden Blick zu.

»Vielen Dank«, sagte Pitt. »Aufgrund der anderen Beschreibung, die ich bereits gehört habe, scheint festzustehen, daß sich McGinley nicht lange genug im Arbeitszimmer aufgehalten hat, um die Sprengladung mit einem Zünder versehen zu können.«

»Ich hoffe, Ihnen ist klar, daß auch mich unter diesen Umständen kein Verdacht trifft?« fragte Fergal sarkastisch.

»Selbstverständlich.« Pitt lächelte nach wie vor. »Das ist äußerst wichtig. Sie waren natürlich als allererster verdächtig. Immerhin haben Sie ein geradezu klassisches Motiv.«

Fergal wurde blutrot.

»Das gilt auch für Mrs. McGinley.« Das Lächeln verschwand aus Pitts Gesicht. »Es ist vielleicht eine Spur ungalant, Sie daran zu erinnern, daß auch sie damit von jedem Verdacht befreit ist.«

Fergal war fassungslos. »Sie können doch unmöglich geglaubt haben..., daß sie...«

»Sie wäre nicht die erste Frau, die den ihr lästigen Ehemann umbringt, um mit einem anderen durchzugehen«, machte ihm Pitt klar. »Oder die zu diesem Zweck mit ihrem Geliebten eine Verschwörung anzettelt.«

Entweder war Fergal zu wütend für eine Antwort oder ihm fiel nichts Passendes ein, doch sein Gesicht sprach Bände.

»Und wer war es dann?« fragte O'Day mit gehobenen Brauen. »Sie scheinen sich in eine Sackgasse manövriert zu haben, Mr. Pitt.«

Das stimmte, obwohl es nicht gerade angenehm war, sich von O'Day darauf hinweisen zu lassen.

Zum ersten Mal lächelte Fergal.

»Wir werden einfach noch einmal jeden einzelnen Schritt aller im Hause Anwesenden überprüfen«, gab Pitt zur Antwort. »Offensichtlich haben wir irgendwo einen Fehler gemacht.« Mit diesen Worten ging er hinaus, um Tellman zu suchen.

Als Charlotte den Ort des Schreckens verließ, merkte sie, daß sie am ganzen Leibe zitterte und ein wenig benommen war. Nicht nur biß ihr der Staub in die Augen, sie hatte auch etwas davon in den Hals bekommen und mußte husten. Einen Augenblick lang drehte sich die Eingangshalle um sie, und sie fürchtete umzusinken. Sie griff nach der Lehne eines großen Holzsessels, setzte sich und beugte sich mit gesenktem Kopf vor.

Als das Unwohlsein nachließ, richtete sie sich langsam wieder auf. Tränen standen ihr in den Augen. Sie kam sich lächerlich vor. Wäre doch Pitt mit seiner Wärme und Stärke da! Er würde sie trösten und sich besorgt erkundigen, ob sie alles gut überstanden hatte. Dann wären Angst und Verzweiflung wie weggeblasen. Aber natürlich mußte er seine Arbeit tun und konnte sich nicht gut um seine Frau kümmern. Von ihr konnte man mit Fug und Recht erwarten, daß sie Kraft genug hatte, das selbst zu tun. Im Umgang mit Tod oder Todesangst durfte es nichts geben, was eine Frau nicht ebensogut konnte wie ein Mann... selbst wenn es um gewaltsamen Tod und die Zerstörung eines Raumes durch eine Sprengladung ging. Dazu war weder Körperkraft noch Spezialwissen nötig, sondern nichts als Selbstbeherrschung und das Bestreben, sich mehr um andere als um sich selbst zu kümmern. Sie hätte Pitt helfen und zur Seite stehen müssen, statt zu hoffen, daß er ihr beistehen würde.

Und Emily. Eigentlich müßte sie überlegen, auf welche Weise sie ihre Schwester trösten konnte, die offensichtlich verängstigt war und auch allen Grund dazu hatte. Schließlich hatte die Dynamitladung ihrem Mann Jack gegolten. Nur durch einen ganz außergewöhnlichen Zufall hatte Lorcan McGinley das Arbeitszimmer aufgesucht und die Schublade geöffnet, ohne um Erlaubnis zu fragen.

Oder hatte er etwa gewußt, daß sich das Dynamit dort befand und, wie sie heute bereits hatte sagen hören, den Sprengsatz zu entschärfen versucht – und dabei sein Leben eingebüßt?

Die arme Iona. Sie mußte sich entsetzlich schuldig fühlen. Schlimmer noch – womöglich fragte sie sich, ob Fergal etwas damit zu tun hatte.

Am meisten könnte Charlotte Pitt helfen, wenn sie herausbekäme, wer Greville getötet und Jack nach dem Leben getrachtet hatte. Aber sie hätte nicht gewußt, wo sie anfangen sollte. Pitt hatte ihr diesmal ungewöhnlich wenig anvertraut. Das mochte zum Teil daran liegen, daß er noch nicht viel herausgefunden hatte, mit dem sich etwas anfangen ließ, eher wohl aber daran, daß sie ihn so selten gesehen hatte – und auch dann immer nur kurz –, weil sie so sehr darauf bedacht gewesen war, Emily bei dieser entsetzlichen Wochenend-Einladung zu helfen.

Sie hatte Pitt nicht nach den näheren Umständen von Grevilles Tod gefragt und wußte lediglich, daß man ihm im Badezimmer einen Schlag auf den Kopf versetzt und ihn in der Wanne unter Wasser gedrückt hatte. Das war inzwischen allgemein bekannt. Ebenso wußte sie, daß aufgrund der Aussagen Carson O'Days, Lorcan McGinleys und des Kammerdieners Finn Hennessey, von dem Gracie mehrfach gesprochen hatte, keiner dieser drei Männer als Täter in Frage kam. Eudora schien zu fürchten, daß Padraig Doyle die Tat begangen haben könnte, und da Charlotte inzwischen wußte, wie sich Greville seiner Frau gegenüber verhalten hatte, hätte es sie nicht besonders überrascht, wenn ihr Bruder ihn deshalb verabscheut hätte. Allerdings hätte er dadurch, daß er ihn umbrachte, seiner Schwester das Leben weder unbedingt erleichtert, noch sie glücklicher gemacht. Aber wie oft denken Menschen, die zur Gewalttätigkeit neigen und sich nicht beherrschen können, schon an so etwas?

Außerdem wirkte Eudora so weiblich und verletzlich, daß sie in Männern einen ausgeprägten Beschützerinstinkt zu wecken schien. Natürlich gab es auch Frauen, die imstande waren, diesen Eindruck hervorzurufen, obwohl sie sich ohne weiteres selbst zu schützen vermochten. Aber Charlotte zweifelte weder an Eudoras Aufrichtigkeit, noch daran, daß sie wirklich litt und Angst empfand. Es wäre einfacher gewesen, wenn sie daran hätte zweifeln können.

Eudora brauchte Trost, das stand fest, und Pitt reagierte auf dieses Bedürfnis, wie er es in einem solchen Fall immer tat. Das war einer der Gründe, warum ihn Charlotte so sehr liebte. Hätte er diese Fähigkeit nicht mehr, wäre es ihr vorgekommen, als hätten sich Kälte und Finsternis über ihr Leben gelegt, die alles überschatteten und ihr Glück zunichte machten.

Pitt hatte das Bedürfnis zu geben, zu schützen, anderen zu helfen und ihnen beizustehen. Von ihrem harten Holzsessel aus sah sich Charlotte in der stauberfüllten Eingangshalle um und bemerkte Besorgnis auf seinem Gesicht, als er Eudora ansah. Obwohl das zu seinen besten Eigenschaften gehörte, wünschte sie, er würde nicht Eudora trösten, sondern sie. Aber er hatte wohl den Eindruck, daß sie das nicht brauchte. Und in Wahrheit stimmte das auch. Doch war es ein Unterschied, ob man etwas brauchte oder wollte.

Sollte sie so tun, als ob sie ohne seinen Trost nicht leben könnte? Wäre er glücklicher, würde er sie mehr lieben, wenn sie sich schwächer und abhängiger gab, als sie war? Stieß sie ihn mit ihrer Unabhängigkeit etwa ab? War Eudora zerbrechlicher als sie, oder nur raffinierter – und war sie deshalb liebenswerter?

Aber etwas vorzutäuschen war unaufrichtig. Gewiß würde Pitt sie verachten, wenn sie den Eindruck erweckte, ihn zu brauchen, während sie in Wirklichkeit ohne weiteres auf eigenen Füßen stehen und ihm nützlich sein konnte, statt ihn zusätzlich zu belasten?

Vielleicht konnte sie beides tun, wenn sie es nur richtig anstellte? Eudora schien das immer zu schaffen... Der Gedanke deprimierte Charlotte.

Aber sie mußte sie selbst sein, zumindest im Augenblick. Sie war zu unsicher, als daß sie etwas anderes hätte ausprobieren können. Könnte sie doch nur dazu beitragen, dieses elende Verbrechen aufzuklären! Dann kämen die Dinge sicher wieder ins Lot. Eudora Greville würde verschwinden, Pitt hätte ihr geholfen, und sie würde ihn nicht mehr brauchen.

Wie gern hätte Charlotte mit jemandem darüber gesprochen! Aber Emily schien sie nicht einmal gesehen zu haben, als sie an ihr vorbeigegangen war. Sie hatte keine Zeit, sich um ihre Schwester zu kümmern oder auf deren Empfindungen einzugehen. All ihre Gedanken drehten sich um Jack. Charlotte hätte sich an Emilys Stelle ebenso verhalten.

Niemand trachtete Pitt nach dem Leben, aber dieser klägliche Fehlschlag würde seiner Karriere schaden. Man würde es ihm anlasten, daß er Grevilles Tod nicht verhindert hatte, obwohl niemand dazu imstande gewesen wäre. Kein Polizeibeamter auf der Welt, wie brillant er auch immer sein mochte, wäre Greville ins Badezimmer gefolgt, um jemanden daran zu hindern, hereinzukommen und ihn zu ertränken. Das Ganze war einfach grenzenlos ungerecht!

Wäre doch nur Großtante Vespasia da! Aber die war natürlich in London.

Pitt war am Vortag mit der Bahn nach London gefahren. Eigentlich gab es keinen Grund, daß sie nicht heute noch selbst hinfuhr. Sie erhob sich und ging zur Bibliothek, um zu telefonieren.

KAPITEL NEUN

Nachdem Charlotte beschlossen hatte, nach London zu fahren, traf sie unverzüglich alle nötigen Vorbereitungen und teilte Pitt mit, daß sie Vespasia besuchen werde.

»Jetzt?« fragte er ungläubig.

»Ja. Es gibt Dinge, bei denen sie gegebenenfalls helfen kann.« Unmöglich konnte sie ihm sagen, worum es dabei ging. Falls er in sie drang, würde sie eine Ausrede erfinden müssen.

»Und was ist mit Emily?« wandte er ein. »Sie braucht dich hier. Sie hat schreckliche Angst um Jack – aus gutem Grund. Ich finde, du solltest hierbleiben.«

»Ich komme heute noch zurück.« Sie dachte nicht daran, sich von ihrem Vorhaben abbringen zu lassen. Die Szene mit Eudora stand ihr deutlich vor Augen. Wenn sie kämpfen wollte, mußte sie zuerst mit jemandem reden, und der einzige Mensch, der Verständnis hatte, war Vespasia. Sie fühlte sich ebenso verletzlich wie Eudora oder Emily, wenn auch aus ganz anderen Gründen. »Ich bleibe nicht lange«, versprach sie, gab ihm einen flüchtigen Kuß auf die Wange, wandte sich ab und ging.

Emily hatte zu tun – großartig. Charlotte hinterließ bei Gwen eine Nachricht für sie. Nachdem sie kurz mit Gracie gesprochen hatte, ließ sie sich in Emilys zweitbester Kutsche zum Bahnhof bringen, wo sie den nächsten Zug nehmen wollte. Sie erkundigte sich nach den Zügen, die am selben Abend von London zurückfuhren und gab dem Kutscher Anweisung, sie von dem Zug abzuholen, der drei Minuten vor zehn am Bahnhof von Ashworth ankommen sollte.

»Nun, meine Liebe«, sagte Vespasia interessiert und betrachtete sie aufmerksam. Charlotte sah in ihrem jagdgrünen Reisekostüm und dem Cape mit Pelzbesatz, das sie von Emily ausgeliehen hatte, ausgesprochen elegant aus. Obwohl der kalte Wind Charlottes Wangen gerötet hatte, konnte ihr gesundes Aussehen Vespasia nicht über ihre Besorgnis hinwegtäuschen.

»Und wie geht es dir, Tante Vespasia?« fragte Charlotte, während sie das in warmen Farben gehaltene Wohnzimmer betrat, dessen Einrichtung altmodisch wirkte, fast wie aus der Zeit König Georgs. Es war viel heller und viel schlichter, als es die Mode verlangte, seit Königin Viktoria vor dreiundfünfzig Jahren den Thron bestiegen hatte.

»So gut wie heute morgen, als du mich angerufen hast«, gab Vespasia zurück. »Setz dich und wärm dich auf. Daisy kann uns Tee bringen, und dann kannst du mir erzählen, was dich so sehr bedrückt, daß du dir die Mühe machst, für einen einzigen Tag von Ashworth Hall nach London zurückzukehren.« Sie kniff die Augen ein wenig zusammen und sah Charlotte recht ernsthaft an. »Du siehst schrecklich anders aus als sonst. Offenbar ist etwas höchst Unangenehmes geschehen. Berichte mir darüber.«

Charlotte merkte, daß sie bei der Erinnerung an den Vorfall immer noch ein wenig zitterte. Obwohl sie sich während der ganzen Bahnfahrt auf andere Dinge konzentriert hatte, was sie große Anstrengung gekostet hatte, stand mit einem Mal wieder alles so lebhaft vor ihr wie in dem Augenblick, nachdem es geschehen war. Sogar ihre Stimme kam ihr ein wenig schrill vor.

»Heute morgen ist in Jacks Arbeitszimmer eine Bombe explodiert...«

Vespasia erbleichte.

»Wie entsetzlich, meine Liebe.«

Charlotte hätte etwas rücksichtsvoller sein müssen und es Tante Vespasia auf keinen Fall so unvermittelt sagen dürfen. Rasch griff sie nach ihrem Handgelenk.

»Es ist alles in Ordnung! Jack ist nichts geschehen! Er war zu diesem Zeitpunkt nicht dort.«

»Vielen Dank«, sagte Vespasia würdevoll. »Du kannst mich loslassen, meine Liebe. Ich falle schon nicht in Ohnmacht. Ich nehme an, wenn Jack zu Schaden gekommen wäre, hättest du es mir gleich gesagt. Ist jemand anders verletzt worden? Wer hat diesen entsetzlichen Anschlag verübt, und warum?«

»Ein Ire namens Lorcan McGinley ist ums Leben gekommen.« Sie holte tief Luft und brachte es mit großer Willensanstrengung fertig, nicht mehr zu zittern. »Wir wissen nicht, wer dahinter steht. Es ist eine lange Geschichte.«

Tante Vespasia wies auf einen großen Sessel dicht am Kamin, in dem ein gemütliches Feuer brannte und das ganze Zimmer angenehm wärmte.

Charlotte setzte sich dankbar.

Jetzt, in Tante Vespasias Gegenwart, fiel es ihr weniger leicht, ihre Befürchtungen in Worte zu fassen. Wie stets saß Tante Vespasia aufrecht da, den Rücken durchgedrückt, das lockige silberne Haar in einem Zopf hochgesteckt. Ihre silbergrauen Augen unter den schweren Lidern sahen Charlotte klug und aufmerksam an. Lady Vespasia Cumming-Gould stammte aus einer uralten Adelsfamilie mit großem Landbesitz. Als Aristokratin mit vielen gesellschaftlichen Verpflichtungen kannte sie sich in allem aus, was Ehre und Privilegien betraf, konnte eine Unverschämtheit auf ein halbes Dutzend Schritte im Keim ersticken und den Unglückseligen, der sie ausgesprochen hatte, wünschen lassen, er hätte nie den Mund aufgetan. Sie wußte, wie man mit Philosophen, Höflingen und Theaterautoren verkehrte, hatte Herzögen und Prinzen zugelächelt und diese hatten es als Ehre empfunden. Noch mit über achtzig Jahren besaß sie feine Gesichtszüge und einen zarten Teint. Ihre Bewegungen waren zwar nicht mehr annähernd so fließend wie früher, ließen aber nach wie vor den Stolz und die Sicherheit früherer Zeiten erkennen. Man konnte sich gut vorstellen, daß sie vor einem halben Jahrhundert zu den bedeutendsten Schönheiten der Epoche gehört hatte. Jetzt war sie alt und reich genug, sich nicht im geringsten darum scheren zu müssen, was die Gesellschaft von ihr hielt. Sie genoß die herrliche Freiheit, die ihr das gab, und war ganz sie selbst.

Zu Charlottes unermeßlichem Glück war Emilys erster Gatte Lady Vespasias Großneffe gewesen. Diese hatte sich mit beiden Schwestern angefreundet und, was angesichts der unüberbrückbaren gesellschaftlichen Kluft zwischen ihnen noch bemerkenswerter war, auch mit Pitt.

Jetzt sah sie Charlotte voll gespannter Aufmerksamkeit an. »Da es so ernst zu sein scheint«, sagte sie gemessen, »fängst du besser am Anfang an, ganz gleich, wo der deiner Ansicht nach ist.«

Das war nicht schwer. »Es hat damit angefangen, daß wir nach Ashworth Hall gefahren sind, weil Ainsley Greville beschützt werden sollte«, erwiderte Charlotte.

»Ich verstehe«, nickte Tante Vespasia. »Vermutlich aus politischen Gründen? Natürlich. Er gehört zu den bemerkenswerteren katholischen Diplomaten; aber er ist in unauffälliger Weise katholisch. Er gehört nicht zu denen, die zulassen, daß ihre Religion ihrer Karriere in die Quere kommt. Er hat Eudora Doyle geheiratet, eine sehr schöne Frau aus einer der angesehensten katholischen und nationalistischen Familien Irlands, die selbst aber immer hier in England gelebt hat.« Eine Spur Ironie trat auf ihre Züge. »Hat es etwa mit diesem aberwitzigen Fall Parnell-O'Shea zu tun?«

»Das weiß ich nicht«, gab Charlotte zur Antwort. »Ich glaube aber nicht. Mittelbar vielleicht schon. Ich kann es nicht sagen...«

Tante Vespasia legte ihre lange schmale Hand mit den mondsteinbesetzten Ringen sehr sanft auf Charlottes Knie.

»Was ist, meine Liebe? Du scheinst zutiefst aufgewühlt zu sein. Es kann sich nur um jemanden handeln, der dir sehr am Herzen liegt. Danach zu urteilen, wie du mir vom Tod dieses unglückseligen Mr. McGinley berichtet hast, dürfte er es nicht sein, und daß es sich um Mr. Greville handelt, kann ich mir schlechterdings nicht vorstellen. Er ist kein angenehmer Mensch – zwar ist er ausgesprochen charmant, bemerkenswert intelligent und von beachtlicher diplomatischer Begabung, gehört jedoch im großen und ganzen zu denen, die ihre eigenen Ziele verfolgen.«

»Gehörte«, stimmte Charlotte mit dem Anflug eines Lächelns zu.

»Sag mir nicht, daß sich dieser Saulus plötzlich zum Paulus gewandelt hat«, sagte Tante Vespasia ungläubig. »Das müßte ich sehen, um es zu glauben ...«

Wider Willen mußte Charlotte lachen, beherrschte sich aber sofort wieder. »Nein. Man hatte gedroht, Greville zu töten, und Thomas war dort, um ihn zu beschützen. Leider ist ihm das nicht gelungen.« Sie holte tief Luft. »Er wurde ermordet ...«

»Ach je.« Tante Vespasia saß ganz still. »Ich verstehe. Tut mir leid. Und vermutlich weiß man noch nicht, wer der Täter ist.«

»So ist es. Aber es muß einer der Iren sein, die sich zur Zeit dort aufhalten ...«

»Aber deswegen bist du nicht hergekommen.« Tante Vespasia neigte den Kopf ein wenig. »Auch wenn ich mit der irischen Politik recht vertraut bin, kenne ich doch keine einzelnen Attentäter.«

»Nein ... natürlich nicht.« Charlotte hätte bei dem Gedanken fast gelächelt, aber die Wirklichkeit war zu schmerzlich. Noch zu lebhaft stand ihr der Vormittag vor Augen. Sie erinnerte sich an die Druckwelle der Explosion und daran, daß sie schon gleich darauf begriffen hatte, was geschehen war. Nie zuvor hatte sie solche Art Gewalttätigkeit aus der Nähe miterlebt. Es war eine durchaus neue und entsetzliche Erfahrung, mit anzusehen, wie ein ganzes Zimmer in Stücke flog.

»Du solltest vielleicht den Anfang auslassen und mit der Mitte weitermachen.« Tante Vespasia legte ihre Hand auf die Charlottes. »Der Fall scheint wirklich überaus ernst zu sein. Ainsley Greville ist ermordet worden, und jetzt dieser Mr. McGinley, und bisher weiß man nicht, wer es war, außer daß es jemand gewesen sein muß, der sich noch in Ashworth Hall befindet. Ihr habt Erfahrung mit Verbrechen, und Thomas hat einige ausgesprochen schwierige Mordfälle gelöst. Warum bedrückt dich das so sehr, daß du Ashworth Hall verlassen hast und hergekommen bist?«

Charlotte sah auf ihre Hände und auf die ältere, schmalere, blaugeäderte Hand, die Tante Vespasia darauf gelegt hatte.

»Weil Eudora Greville so verletzlich ist«, sagte sie leise. »In wenigen Tagen hat sie alles verloren. Nicht nur ihren Mann, und mit ihm ihre Sicherheit, ihre gesellschaftliche Stellung und seinen Verdienst, sofern das für sie von Bedeutung ist. Was wirklich schmerzt, ist, daß sie auch das verloren hat, was sie in ihm gesehen hatte.« Sie sah Tante Vespasia an. »Mittlerweile hat sich herausgestellt, daß er ein Schürzenjäger war und, schlimmer noch, ein Mann, der andere Menschen selbstsüchtig benutzt hat, ohne Rücksicht auf ihre Empfindungen oder ihr Schicksal zu nehmen.«

»Das muß ausgesprochen unangenehm für sie sein«, stimmte Tante Vespasia zu. »Aber glaubst du wirklich, daß sie nichts davon gewußt hat? Ich kann mir nicht vorstellen, daß sie so naiv sein soll.« Sie schüttelte leicht den Kopf. »Schmerzlich dürfte für sie sein, daß auch die anderen davon erfahren, auf jeden Fall diejenigen unter ihnen, die sie näher kennen. Es wird ihr unmöglich sein, noch länger die Augen vor dieser Wahrheit zu verschließen, wozu wir alle neigen, wenn sie zu quälend ist.«

»Nein, es ist mehr als das.« Charlotte hob den Blick und sah Tante Vespasia in die Augen. In harten, zornigen Worten voller Schmerz berichtete sie ihr in Einzelheiten, was sie über Dolls Schicksal erfahren hatte.

Tante Vespasia blickte düster. Obwohl sie im Laufe eines langen Lebens viel Scheußliches kennengelernt hatte, ging ihr die Geschichte nahe. Sie erinnerte sich daran, wie sie ihre eigenen Kinder im Arm gehalten hatte, mußte an das Wunder des Lebens denken, seine Zerbrechlichkeit und seinen unermeßlichen Wert.

»Demnach muß er wirklich ein Mensch gewesen sein, der das Böse in sich trug«, sagte sie, als Charlotte geendet hatte. »Damit zu leben, wird für Eudora in der Tat sehr schwer sein.«

»Und für seinen Sohn.«

»Wirklich sehr schwer«, stimmte Tante Vespasia zu. »Er scheint mir dein Mitgefühl eher zu verdienen. Warum machst du dir mehr Sorgen um Eudora?«

»Ich nicht.« Charlotte lächelte über ihre eigene Verletzlichkeit. »Aber Thomas. Sie ist die ideale bedrängte Unschuld, die er retten kann.«

Laut tickend zählte die Kaminuhr die Sekunden, wobei ihr schwarzer Filigranzeiger jedes Mal ein Stück weiter vorrückte. Das Mädchen brachte den heißen, herrlich duftenden Tee und zog sich wieder zurück, nachdem sie ihn eingegossen hatte.

»Ich verstehe«, sagte Tante Vespasia schließlich. »Und du wärest also auch gern in der Rolle der bedrängten Unschuld?«

Charlotte hätte gleichzeitig lachen und weinen können. Sie war den Tränen näher, als sie angenommen hatte.

»Nein!« Sie schüttelte den Kopf. »Mich muß man nicht retten. Und ich kann mich nicht gut so stellen, als ob das nötig wäre.«

»Wärest du denn gern in so einer Situation?« Tante Vespasia reichte ihr eine Tasse Tee.

»Natürlich nicht!« Charlotte nahm sie entgegen. »Nein... entschuldige. Ich meine... ich meine, ich bin gegen Spiele, gegen Vortäuschungen. Was nicht stimmt, taugt nichts.«

Tante Vespasia lächelte. »Und was willst du dann von mir?«

Es hatte keinen Sinn, noch länger um den heißen Brei herumzureden. Ihre Besorgnis würde sich nicht dadurch verringern, daß sie sie nicht aussprach.

»Vielleicht würde Thomas sich wünschen, daß ich mehr so wäre wie Eudora? Vielleicht braucht er jemanden, den er retten kann?« Sie suchte in Tante Vespasias Gesicht nach einer Verneinung, hoffte sie zu finden.

»Das ist gut möglich«, sagte diese sanft. »Du erwartest von ihm in eurer Ehe eine ganze Menge. Du willst, daß er sich hohe Ziele setzt. Um all das zu sein, was du von ihm erwartest, um zu erreichen, was du in deiner eigenen Gesellschaftsschicht hättest haben können, darf er nie weniger geben als das Beste, wozu er imstande ist. Für ihn kann es nie eine leichte Entscheidung geben, er darf sich keinen Augenblick der Entspannung gönnen oder sich je mit dem Zweitbesten zufrieden geben. Vielleicht vergißt du das mitunter.« Ihre

Hand schloß sich fest um die von Charlotte. »Vielleicht denkst du mitunter nur an die Opfer, die du selbst gebracht hast, an ein Abendkleid, das du dir nicht leisten kannst, an Dienstboten, die du nicht hast, an Gesellschaften, auf die du nicht gehst. Du denkst daran, daß du an allen Ecken und Enden sparen und rechnen mußt. Aber das ist nicht der Maßstab, mit dem du messen solltest.«

»Das tue ich auch nicht«, sagte Charlotte, von der Vorstellung entsetzt. »Ich bitte Thomas nie um ...«

»Nein, natürlich nicht«, stimmte Tante Vespasia zu. »Aber Ihr haltet euch in Ashworth Hall auf, dem Haus deiner Schwester ... oder genauer gesagt, in einem ihrer Häuser. Vermutlich ist das dem armen Jack auch nicht immer angenehm.«

Die Kohlen im Kamin sanken in sich zusammen, und Flammen loderten auf.

»Aber ich kann doch nichts dafür«, verwahrte sich Charlotte. »Wir sind da, weil man Thomas hingeschickt hat, nicht mich. Er ist beruflich dort.«

»Und es hat nichts damit zu tun, daß Emily deine Schwester ist?«

»Nun ... ja, natürlich ist deshalb die Wahl auf ihn gefallen. Aber trotzdem ...«

»Ich weiß, daß du es dir nicht ausgesucht hast.« Mit feinem Lächeln schüttelte Tante Vespasia den Kopf. »Ich sage nur, daß es weder überraschend ist noch ehrenrührig für Thomas oder Eudora Doyle – ich meine Greville –, wenn sie sich auf ihn stützt und Trost in seiner Stärke findet. Sofern dich das schmerzt oder dir Schwierigkeiten bereitet, kannst du den Anschein erwecken, als wärest du selbst in großer Not, und deine Kraft hinter Schwäche verbergen, damit er dir an ihrer Stelle seine Aufmerksamkeit zuwendet.« Sie senkte ihre Stimme ein wenig. »Willst du das?«

Charlotte wies das Ansinnen mit Nachdruck von sich. »Nein, das wäre verächtlich! Ich müßte mich selbst dafür verabscheuen. Ich könnte ihm nie wieder in die Augen sehen.«

»Dann ist die Frage ja beantwortet«, sagte Tante Vespasia abschließend.

»Aber was ist, wenn… was ist, wenn er… das möchte?« sagte Charlotte verzweifelt. »Wenn ich einen Teil von ihm verliere, weil ich nicht… weil ich… auf so etwas nicht angewiesen bin?«

»Charlotte, meine Liebe, niemand ist einem anderen alles, und man sollte auch nicht danach streben«, sagte Tante Vespasia sanft. »Mäßige von Zeit zu Zeit deine Forderungen, stelle einige deiner weniger guten Eigenschaften zurück, lerne, in bestimmten Dingen deine Meinung für dich zu behalten, lobe hin und wieder ein wenig über Verdienst, aber sei dir im Innersten treu. Manchmal schmerzt weder Schweigen noch Geduld, Lügen aber schmerzen immer. Möchtest du denn, daß er um deinetwillen etwas vortäuscht?«

Charlotte schloß die Augen. »Das wäre mir in tiefster Seele zuwider. Es wäre das Ende jeder wirklichen Beziehung. Wie könnte ich ihm je wieder glauben?«

»Damit hast du deine Frage selbst beantwortet, oder etwa nicht?« Tante Vespasia lehnte sich ein wenig zurück. »Gestatte ihm, andere zu retten. Das ist Teil seines Wesens, möglicherweise das Beste an ihm. Widersetz dich dem nicht. Und unterschätze seine Stärke nicht, dich zu lieben, wie du bist.« Das Feuer sank weiter in sich zusammen, aber sie achtete nicht darauf. »Glaub mir, dann und wann wirst du in dir genug Schwächen entdecken, um ihn zufriedenzustellen.« In ihren Augen blitzte der Schalk auf. »Tu dein Bestes. Mache dich nie geringer, als du bist, weil du meinst, damit die Liebe eines anderen erringen zu können. Wenn er das merkt, wird er dich um der Einschätzung willen, die du von ihm hattest, verachten. Weit schlimmer noch – du selbst wirst dich verachten. Etwas Zerstörerischeres gibt es nicht.«

Charlotte sah sie an.

Tante Vespasia läutete dem Mädchen, damit dieses sich um das Kaminfeuer kümmerte.

»Und jetzt wollen wir essen«, sagte sie und stand auf. Sie lehnte Charlottes angebotenen Arm ab und stützte sich auf ihren Ebenholzstock mit dem Silberknauf. »Ich habe gedünsteten Lachs mit Gemüse, und als Nachtisch Apfelkuchen. Ich hoffe, daß dir das recht ist. Du kannst mir dann diese elende irische Geschichte in allen Einzelheiten schildern und ich werde dir über Mrs. O'Sheas unsinnige Scheidung berichten. Wir können gemeinsam darüber lachen und vielleicht auch ein bißchen weinen.«

»Ist es denn so traurig?« fragte Charlotte, während sie Tante Vespasia zum Frühstückszimmer begleitete, wo diese meist aß, wenn sie allein war. Der Raum hatte einen dunklen Dielenboden und war kleiner und gemütlicher als das Eßzimmer. Die beiden Fenster gingen auf eine mit Steinplatten belegte Ecke des Gartens. An den beiden einander gegenüberliegenden Wänden sah man hinter den Glastüren der Schränke Teller, Schüsseln, Kristallgläser und Vasen. Ein Klapptisch aus Kirschbaumholz war für zwei Personen gedeckt.

»Ich denke schon«, sagte Tante Vespasia, nachdem ihr der Butler den Stuhl zurechtgerückt und sie ihre Leinenserviette entfaltet hatte.

Diese Aussage überraschte Charlotte. Sie hätte nicht gedacht, daß solche Dinge Tante Vespasia nahegingen. Vielleicht kannte sie Vespasia weniger gut, als sie geglaubt hatte. Mehr als siebzig Jahre ihres Lebens waren vergangen, bevor Charlotte sie überhaupt kennengelernt hatte. Die Vorstellung, sich in einen großen Teil davon einfühlen zu können, war vermessen.

Der Butler trug eine leichte Kraftbrühe auf und zog sich dann zurück.

Beim Anblick von Charlottes Gesichtsausdruck lachte Tante Vespasia hell auf.

»Traurig für Irland, meine Liebe«, stellte sie klar. »Die Affäre als solche ist eher lachhaft.« Sie tauchte den Löffel in die Suppe. »Parnell ist bestenfalls ein humorloser Satansbraten. Er nimmt sich fürstlich ernst. Das ist keine irische Schwäche, sondern eine protestantische. Ganz gleich, was man von den Iren hält, Humorlosigkeit kann man ihnen im großen und ganzen nicht vorwerfen. Parnell aber hat sich aufgeführt wie jemand in einem schlechten Boulevardstück. Er begreift immer noch nicht, daß ihn die Öffentlichkeit auslacht und natürlich nicht mehr die Spur ernst nimmt.«

Auch Charlotte begann, ihre Suppe zu löffeln. Sie war köstlich.

»Tatsächlich?« fragte sie. Sie mußte an Carson O'Day und dessen Ehrgeiz denken, überlegte, was seine Angehörigen wohl von ihm erwarteten, sein Vater, und der ältere Bruder, dessen Stelle er zu vertreten hatte.

»Würdest du es denn anders machen, meine Liebe?« Tante Vespasia hob die schmalen Brauen noch höher. »Überleg doch nur, als Hauptmann O'Shea mit seiner Gemahlin ein Haus in Brighton gemietet hat, tauchte zwei oder drei Tage später ein gewisser Mr. Charles Stuart auf. Er trug eine Tuchmütze, die er sich tief in die Stirn gezogen hatte.« Es gelang ihr nur mit Mühe, ernst zu bleiben. »Er kam immer wieder, meist, wenn O'Shea ausgegangen war. Dabei hat er jedesmal den Weg am Strand entlang genossen und ist mit Mrs. O'Shea ausgefahren, und zwar nie am hellen Tag, sondern immer in der Dunkelheit.«

»Mit einer Tuchmütze wie ein einfacher Arbeiter«, sagte Charlotte ungläubig und vergaß ganz ihre Suppe. »Du hast gesagt, er hätte keinen Humor. Mrs. O'Shea kann auch keinen haben!« Mit erhobener Stimme und noch ungläubiger fuhr sie fort: »Wie kann man eine Affäre mit einem Mann haben, der sich unter einem falschen Namen, auf den niemand hereinfällt, bei Dunkelheit ins Haus schleicht, wenn der Gatte ausgegangen ist, und sich überdies mit einer Tuchmütze tarnt. Ich an ihrer Stelle wäre vor Lachen geplatzt.«

»Das ist noch nicht alles«, fuhr Tante Vespasia mit blitzenden Augen fort. »Vor fünf Jahren – die Affäre dauert schon ziemlich lange – hat Parnell unter dem Decknamen Fox einen Auktionator in Deptford aufgesucht, der im Auftrag eines Hausbesitzers in Kent tätig war.« Sie hob die Hand. »Von ihm hat er erfahren, daß das fragliche Haus einem Mr. Preston gehörte. Daraufhin hat er erklärt, er selbst sei Clement Preston. Auf den Einwand des Bevollmächtigten, er habe sich ihm als Mr. Fox vorgestellt, hat Parnell gesagt, er wohne zwar bei einem Mr. Fox, heiße aber Preston und wolle das Haus für ein Jahr mieten. Allerdings hat er sich geweigert, Referenzen zu nennen« – wieder hoben sich ihre Brauen – »und zwar mit der Begründung, von einem Pferdebesitzer könne man dergleichen nicht verlangen.«

»Pferdebesitzer?« Fast hätte Charlotte sich an ihrer Suppe verschluckt. »Was haben Pferde damit zu tun?« wollte sie wissen. »Man kann Pferde verkaufen, sie können krank werden, sich verletzen und sogar sterben.«

»Überhaupt nichts. Bestimmt werden sich die Varietés auf diese Geschichte stürzen«, sagte Tante Vespasia lächelnd. »Die Tuchmütze und die Sache mit der Feuerleiter eignen sich glänzend für eine Komödie. Die ganze Affäre ist unglaublich schmuddelig, und der Mann ist eine völlige Niete.« Ihr Gesicht wurde wieder ernst. »Aber für Irland ist es traurig. Parnell hat es vielleicht noch nicht begriffen, und seine Gefolgsleute mögen ihm ihr Vertrauen aussprechen, sei es aus Anhänglichkeit, oder um nicht den Eindruck zu erwecken, als ließen sie ihn im Stich, aber das Volk als solches wird ihm jetzt nie und nimmer folgen.« Sie seufzte und bedeutete dem Butler, der wieder hereingekommen war, er könne den Rest ihrer Suppe abtragen und den Hauptgang bringen.

Als er wieder fort war, sah sie Charlotte mit ernstem Blick an. »Da Ainsley Greville tot ist, nehme ich an, daß die politischen Fragen, um deretwillen man ihn vermutlich getötet hat, nicht weiterverfolgt werden.«

»Doch. Jack ist an seine Stelle getreten, jedenfalls vorläufig«, gab Charlotte zur Antwort. »Höchstwahrscheinlich galt ihm die Dynamitladung, die heute morgen in seinem Arbeitszimmer hochgegangen ist. Die arme Emily ist völlig verstört, aber Jack muß Grevilles Aufgabe anstandshalber weiterführen, so gut er kann.«

»Wie entsetzlich«, sagte Tante Vespasia, die jetzt doch recht beunruhigt zu sein schien. »Das muß euch alle schrecklich mitgenommen haben. Wie gern würde ich euch helfen! Doch die irische Frage zieht sich bereits durch mehrere Jahrhunderte und wird auf beiden Seiten durch Unwissenheit, Geheimnistuerei und Haß verschärft. Die Zahl der Tragödien in ihrem Gefolge ist Legion.«

»Das weiß ich.« Charlotte sah auf ihren Teller und dachte an die Geschichte, von der ihr Gracie berichtet hatte. »Padraig Doyle und Carson O'Day sind auch in Ashworth Hall.«

Tante Vespasia schüttelte den Kopf, und der Ausdruck von Zorn trat auf ihr Gesicht.

»Diese elende Geschichte der Familien Doyle und O'Day gehört zu den schlimmsten von allen«, sagte sie bitter. »Mit ihren Verrätereien und Gemeinheiten ist sie geradezu typisch für die ganze Situation.«

»Aber der Verrat ist doch von unserer Seite ausgegangen«, gab Charlotte zu bedenken. »Irgendein englischer Soldat namens Chinnery hat Neassa Doyle vergewaltigt und ist nach England geflohen.« Sie gab sich keine Mühe, ihre Wut und ihren Abscheu zu verbergen. »Und dabei war Drystan O'Day sein Freund! Kein Wunder, daß uns die Iren nicht trauen. Wenn ich so etwas höre, schäme ich mich, Engländerin zu sein.«

Matt lehnte sich Tante Vespasia zurück. An ihren Lachs dachte sie nicht mehr.

»Das kannst du dir sparen, Charlotte. Gewiß haben wir im Lauf der Geschichte schreckliches Unrecht auf uns geladen und Taten begangen, bei denen einem übel wird. Hierfür aber brauchen wir die Schuld nicht auf uns zu nehmen.«

Charlotte wartete. Sofern Tante Vespasia die Wahrheit nicht kannte, mußte man die alte Dame vielleicht nicht unbedingt damit belasten. Es würde ohnehin niemandem nützen.

»Du brauchst mich nicht zu schonen«, sagte Tante Vespasia mit dem Anflug eines Lächelns. »Ich habe mehr Dinge als du erlebt, die einem Alpträume verursachen können, meine Liebe. Niemand hat Neassa Doyle vergewaltigt. Ihre leiblichen Brüder haben sie gequält und ihr die Haare abgeschnitten, weil sie sie für eine Dirne hielten, die es noch dazu mit einem Protestanten trieb ...«

Charlotte war entsetzt. Das war so grauenhaft, so gänzlich anders als die Geschichte, die ihr erzählt worden war und die sie geglaubt hatte, daß sie unwillkürlich Luft holte, um diese Darstellung zu bestreiten.

»Sie haben ihre Schwester umgebracht und liegengelassen, so daß Drystan O'Day sie finden mußte«, fuhr Tante Vespasia fort. »Ihrer Ansicht nach hatte sie die Familie vor den anderen Iren verraten und ihren Glauben vor Gott. Daher hatte sie nicht nur den Tod, sondern auch Schande verdient.«

»Weil sie liebte?« Charlotte wußte nicht, was sie denken sollte. Die widerstreitenden, düsteren Empfindungen in ihrer Seele schienen überhaupt nicht in diesen ruhigen, eleganten Raum mit der weißleinenen Tischdecke, dem Tafelsilber und der schweren Kristallvase zu passen. Durch die von geblümten Vorhängen teilweise verdeckten Butzenscheiben, vor denen Geißblatt an der Mauer emporrankte, fiel das Sonnenlicht und spiegelte sich auf den glänzenden Bodendielen.

»Weil sie bereit gewesen war, mit einem Protestanten durchzubrennen«, gab Tante Vespasia zurück. »Man sah in ihr sozusagen eine Überläuferin. Liebe gilt nicht als Entschuldigung, wenn es um die Ehre geht.«

»Wessen Ehre?« wollte Charlotte wissen. »Hatte sie nicht das Recht, sich selbst den Mann auszusuchen, den sie heiraten wollte, und zu entscheiden, ob sie bereit war, ihm zu folgen? Mir ist ebenso wie jedem anderen bekannt, daß man dafür einen Preis zahlen muß, aber wenn die Liebe groß genug ist, zahlt man ihn. Immerhin ist es möglich, daß sie den Glauben der anderen nicht teilte. Hatten sie diesen Gedanken je erwogen?«

Tante Vespasia lächelte, aber ihre blaßsilbernen Augen blickten müde.

»Natürlich nicht, Charlotte. Das weißt du selbst. Auch einer bestimmten Gruppe von Menschen anzugehören, hat seinen Preis. Die Freiheit, der eigenen Familie und Volksgruppe nicht verantwortlich zu sein, wird mit großer Einsamkeit erkauft.

Du hast mehr Glück gehabt als die meisten Frauen. Manchmal kommt es mir vor, als wüßtest du das nicht wirklich zu schätzen. Du hast dir die Freiheit genommen, außerhalb deiner Gesellschaftsschicht zu heiraten und dich nicht weiter darum gekümmert, was deine Familie für richtig gehalten hätte. Aber niemand hat dir deswegen Vorwürfe gemacht oder dich ausgestoßen. Daß du jetzt nicht mehr zu dieser Schicht gehörst, ist eine natürliche Folge deiner Eheschließung, hat aber nichts mit einer Entscheidung deiner Angehörigen zu tun. Sie halten nach wie vor zu dir, haben deine Entscheidung nie kritisiert und auch nie versucht, sie dir auszureden.« Sie sah betrübt und müde aus. Der Blick ihrer Augen war weit in die Ferne gerichtet. »Auch Neassa hatte den Mut zu dieser Entscheidung, aber ihre Angehörigen haben sie nicht verstanden. Nach ihrer Meinung, nach der ihrer Brüder, war es eine Schande, mit der sie nicht zu leben bereit waren.«

»Und was ist mit Alexander Chinnery?« Ihn hatte Charlotte einen Augenblick lang vergessen. »Was hat er getan? Woher weißt du, daß nicht er sie getötet hat, wie man berichtet?«

»Weil er am achten Juni bereits tot war«, sagte Tante Vespasia leise. »Er ist im Hafen von Liverpool ertrunken, als er versuchte, einen Jungen zu retten, der sich mit einem Bein in einem Tau verfangen hatte und unter Wasser gezogen worden war.«

»Wenn das so ist – warum glauben dann Katholiken wie Protestanten, daß er Neassa Doyle getötet hat?« fragte Charlotte weiter. »Und wieso sind sie der Ansicht, sie sei vergewaltigt worden, wenn es gar nicht stimmt?«

»Warum entstehen Gerüchte?« Tante Vespasia nahm ihre Gabel und aß langsam weiter. »Weil jemand eine übereilte Schlußfolgerung zieht... eine, die zu den eigenen Vorstellungen paßt, die man auch in anderen erwecken möchte. Nach einer Weile glaubt es jeder, und wenn schließlich herauskommt, wie es wirklich war, ist es zu spät, das Bild zurechtzurücken. Alle haben zu viel in den Mythos investiert, die Wahrheit würde das Ganze zum Einsturz bringen und sie alle miteinander als Lügner entlarven.«

»Sie sehen es nicht als Lüge an, sondern glauben es wirklich.« Charlotte hob ihr Weinglas, das klares, kaltes Wasser enthielt, zum Mund. »Die Sache dürfte jetzt an die dreißig Jahre zurückliegen, und niemand, der damit zu tun hatte, ist in der Politik tätig. Man wird nicht ausgerechnet jetzt den Leuten sagen, daß man sie damals belogen hat.«

»Das würde ohnehin niemand glauben«, warf Tante Vespasia ein. »Die Macht von Legenden, die uns sagen, wer wir sind und die unsere Handlungen rechtfertigen, ist so groß, daß niemand unbequeme Tatsachen und Zeitangaben zur Kenntnis nehmen möchte.«

»Bist du deiner Sache sicher?« fragte Charlotte, die Gabel erhoben. »Könnte nicht Chinnery später gestorben sein? Beispielsweise zwar an dem Tag, den du genannt hast, aber ein Jahr später? Es fällt schwer, sich vorzustellen, daß ihre eigenen Brüder Neassa kahl geschoren und anschließend getötet haben sollen, und daß die eigenen Leute Drystan eingeredet haben, es seien die Doyles gewesen, woraufhin er diese angegriffen hat und erschossen wurde! Oder wußten seine Leute, daß es die Doyles waren?« Sie merkte, daß ihre Hand die Gabel umklammerte. Ihr Inneres zog sich zusammen.

»Ja, man hat es Drystan so gesagt«, antwortete Tante Vespasia. »Natürlich hat er daraufhin vor Wut und Kummer den Verstand verloren und ist auf sie losgegangen.« Ihre Stimme klang hart. »Das gab den Katholiken die Gelegenheit, den Protestanten vorzuwerfen, einer der Ihren habe eine Katholikin verführt und sich mit einem englischen Verräter verbündet, was zur Vergewaltigung und Tötung der Frau geführt habe. Den Protestanten gab es die Möglichkeit, ihrerseits den Katholiken mehr oder weniger den gleichen Vorwurf zu machen, und beide Seiten konnten die Schuld auf uns abwälzen. Niemand ist am Leben geblieben, der die Wahrheit hätte berichten können.«

»Haben die Leute denn gewußt, daß Chinnery tot war?«

»Das bezweifle ich.« Tante Vespasia schüttelte den Kopf. »Aber ihnen war klar, daß sein Leugnen niemanden überzeugen würde. Später hätte man ihn aus Irland abgezogen, und allein darauf kam es an.«

»Was aber ist mit Chinnerys Angehörigen?« fragte Charlotte. »Liegt ihnen nichts daran, sein Andenken rein zu halten? Die Tat, die man ihm da zur Last legt, ist ungeheuerlich.«

»Was sie betrifft, ist sein Andenken rein. Er ist im Hafen von Liverpool als Held gestorben.«

»Aber niemand weiß das!« begehrte Charlotte ärgerlich auf.

»Doch, sie wissen es. Es stand in Liverpool in der Zeitung, und seine Angehörigen lebten dort.«

»Aber dann kann man es doch beweisen!« Charlotte ließ ihre Gabel sinken.

»Wem?« fragte Tante Vespasia trocken. »Den Leuten, die Geschichten über Drystan und Neassa erzählen? Den Dichtern und Harfnern, die am Feuer und im Mondschein Lieder vortragen, um die Mythen am Leben zu erhalten? Meine Liebe, Macbeth war in Wahrheit der letzte schottische Großkönig, zu einer Zeit, als sich Schottland südwärts bis nach Yorkshire erstreckte, und die siebzehn Jahre seiner Herrschaft waren von Frieden und Wohlstand gekennzeichnet.« Ihre silberglänzenden Augen blickten spöttisch. »Man hat ihn auf der heiligen Insel der Könige begraben. Sein Nachfolger war Lady Macbeths Sohn Lulach, als rechtmäßiger Erbe in der mütterlichen Linie. Lady Macbeth war eine bemerkenswerte Frau, die eine ganze Reihe von Reformen eingeführt hat, um das Los von Witwen und Waisen zu verbessern.« Achselzuckend spießte sie mit der Gabel ein Stück Lachs auf. »Aber das würde den Leuten die Freude an einem von Shakespeares besten Stücken verderben, und deshalb möchte niemand etwas davon wissen.«

»Nun, ich werde mir die betreffende Zeitung besorgen und den Leuten zeigen, daß man in diesem Fall die Tatsachen in aberwitziger Weise verdreht hat«, sagte Charlotte entschlossen. »Macbeth ist inzwischen weit in die Geschichte entrückt, aber das ist nach wie vor wirklich.«

Tante Vespasia sah sie aufmerksam an. »Bist du sicher, daß das klug wäre? Würde es etwas bewirken? Die Menschen werden sehr ärgerlich, wenn man ihnen ihre Träume nimmt. Es kommt ausschließlich auf die Gefühle an, auf die Kraft, mit der ein Traum am Leben erhalten wird. Jeder glaubt, was er glauben muß.«

»Die Täuschung hat den Haß genährt –« setzte Charlotte an.

»Nein, meine Liebe. Der Haß hat den Traum genährt. Nimm ihnen diesen Traum, und ein anderer wird an seine Stelle treten.« Tante Vespasia nahm einen Schluck Wasser. »Du kannst die irische Frage nicht lösen, Charlotte. Natürlich ist es möglich, daß die Sache für ein oder zwei Menschen ein anderes Gesicht bekommt. Allerdings bezweifle ich sehr, daß man dir glauben wird, wenn du dich darauf berufst, was in der Zeitung steht. Mir ist nicht klar, auf welche Weise du diese Menschen überzeugen willst.«

Es war auch Charlotte nicht wirklich klar. Eigentlich hatte sie eine praktischere Lösung im Sinn, wollte aber die alte Dame nicht in die Sache verwickeln, sie nicht einmal zur Mitwisserin dessen machen, was sie plante. Also lächelte sie lediglich und aß weiter.

Als sie am frühen Nachmittag aufbrach, nachdem sie Tante Vespasia für ihre Hilfe und ihren Rat gedankt hatte, vor allem aber für ihre Freundschaft, nahm sie eine Droschke zum Britischen Museum. Dort suchte sie den Lesesaal auf und fragte den mürrischen und ausgesprochen förmlichen Angestellten, ob sie die Liverpooler Zeitungen vom Juni 1860 und anschließend die irischen Zeitungen aus dem gleichen Zeitraum einsehen könne. Glücklicherweise führte sie in ihrem Strickbeutel neben einer Nagelfeile, Nadel und Faden, einem Fingerhut und mehreren Sicherheitsnadeln immer eine kleine Nagelschere mit sich, die ihr schon in einer Reihe von Notfällen nützlich gewesen war.

»Gern, Miss«, sagte der Mann würdevoll. »Bitte folgen Sie mir, Miss.« Er führte sie durch die schmalen Gänge zwischen den gewaltigen Reihen von Büchern und gebundenen Zeitschriftenjahrgängen, bis er einen freien Tisch für sie gefunden hatte. Dann ging er, um die erbetenen Zeitungen zu holen.

Am Nebentisch war ein junger Mann mit einem wilden Schnurrbart und äußerst ernsthafter Miene offenkundig so sehr in eine politische Kampfschrift versunken, daß er kaum atmete.

Ihr gegenüber saß ein älterer Herr von militärischem Aussehen, der sie anblitzte, als wäre sie in einen Herrenklub eingedrungen. Angesichts ihres Vorhabens war sein Mißtrauen mehr als gerechtfertigt.

Der Angestellte kam mit den Zeitungen zurück, und sie dankte ihm mit einem Lächeln, von dem sie hoffte, es würde nicht so bezaubernd sein, daß er sich an sie erinnern konnte.

Nach einer Viertelstunde eifriger Lektüre hatte sie die beiden Artikel gefunden, die sie suchte. Es war gar nicht so einfach, sie unbemerkt auszuschneiden. Soweit ihr bekannt war, beging sie damit eine Straftat. Es wäre äußerst unpassend, wenn man sie festnähme und unter der Anklage von Sachbeschädigung und Diebstahl auf Pitts Polizeiwache schleppte!

Sie wandte sich dem militärisch aussehenden Mann zu und lächelte ihn an.

Unbehaglich drehte er sich zur Seite.

Der angehende Revolutionär schien weder ihn noch sie zur Kenntnis zu nehmen.

Charlotte raschelte so laut mit den Zeitungen, daß der ältere Herr mißbilligend zu ihr hersah.

Sie lächelte ihn strahlend an.

Das schien ihn zutiefst zu beunruhigen, und er suchte mit hochrotem Gesicht nach einem Taschentuch, um sich zu schneuzen.

Sie nahm ein Spitzentuch aus ihrem Strickbeutel und hielt es ihm hin, wobei sie noch gewinnender lächelte.

Mit Entsetzen im Blick erhob er sich und floh.

Charlotte beugte sich tief über die Zeitung, so daß der Revolutionär sie nicht sehen konnte und schnitt nacheinander beide Artikel aus. Dabei zitterte sie, und ihr Gesicht war gerötet. Ihr war klar, daß sie einen Diebstahl beging, aber es gab keine andere Möglichkeit, um zu beweisen, daß sie die Wahrheit sagte.

Sie klappte die schweren Zeitungsbände zu und ließ sie auf dem Tisch liegen. Dann sah sie sich nach dem Angestellten um. Er schien gerade damit beschäftigt zu sein, einer älteren Dame mit fliederfarbenem Hut Vorhaltungen zu machen. Charlotte senkte den Kopf, steckte die Ausschnitte zusammen mit der Schere in ihren Strickbeutel und verließ den Lesesaal rasch und so leise wie möglich. Die Hand hatte sie vor den Mund gehalten, als wäre ihr schlecht.

Ein junger Mann unternahm den halbherzigen Versuch, ihr in den Weg zu treten, ließ dann aber davon ab. Vielleicht wollte er sie auffordern, das ausgeliehene Lesematerial zurückzugeben oder Rechenschaft darüber abzulegen, was sie damit getan hatte – ebenso gut war es aber auch möglich, daß er ihr lediglich seine Hilfe anbieten wollte. Sie würde es nie erfahren.

Die kühle Luft auf der Straße war herrlich, doch noch immer stand ihr das mürrische Gesicht des älteren Angestellten vor Augen, und das Bewußtsein, die Artikel in ihrem Strickbeutel bei sich zu haben, machte sie verlegen. Sie hatte das Bedürfnis, laut über den militärisch aussehenden Mann zu lachen und schnell davonzulaufen, um sich in der Menge zu verlieren. Statt dessen lachte sie leise vor sich hin und schritt nur so rasch aus, wie es möglich war, ohne Aufmerksamkeit zu erregen. Sie hielt die erste Droschke an, die sie entdecken konnte und ließ sich zum Bahnhof bringen.

Als Charlotte wieder in Ashworth Hall eintraf, wo ein schlaftrunkener Lakai auf sie wartete, war es dunkel und bitterkalt. Alle waren früh zu Bett gegangen, von den Ereignissen des Tages erschüttert. Man hatte die Eingangshalle zwar geputzt, doch immer noch senkte sich Staub auf den Boden, und obwohl sich die Mägde mit Besen und Putzlappen jede erdenkliche Mühe gegeben hatten, blieb unübersehbar, wie schwer die inzwischen wieder eingehängte Tür zum Arbeitszimmer beschädigt war.

»Vielen Dank«, sagte Charlotte. Sie war so müde, daß sie den Namen des Mannes vergessen hatte, und das ärgerte sie.

»Kann ich Ihnen etwas bringen?« fragte er pflichtbewußt.

»Danke nein. Sie können abschließen und sich zurückziehen. Ich gehe nach oben.«

»Ihre Zofe wartet auf Sie, Ma'am.«

»Ach ja, natürlich.« Sie hatte gar nicht mehr daran gedacht, daß Gracie ihre Pflichten als Zofe so ernst nahm. Sie hatte weder den Mut noch die Kraft, ihr heute noch mitzuteilen, daß die Geschichte, die Finn Hennessey ihr erzählt hatte, im Kern nicht stimmte. Zwar würde sie es erfahren müssen, doch konnte das bis zum nächsten Tag warten. Sie blieb auf der Treppe stehen und wandte sich um.

»Ist alles in Ordnung?« fragte sie. Wieder wünschte sie, sie könnte sich an den Namen des Mannes erinnern.

»Ja, Ma'am. Es ist seit heute morgen nichts Neues vorgefallen.«

»Vielen Dank und gute Nacht.«

»Gute Nacht, Ma'am.«

Oben lag Gracie zusammengerollt in dem großen Sessel, der im Ankleidezimmer stand, und schlief tief und fest. Sie sah aus wie ein erschöpftes Kind. Die Haut ihres frischen und faltenlosen Gesichts wirkte sogar im Schein der einzelnen Lampe blaß. Sie hatte noch das Häubchen auf, doch es war verrutscht, und ihr feines, glattes Haar, das der Lockenschere beharrlich Widerstand leistete, hatte sich gelöst. Sie war jetzt seit vielen Jahren bei Charlotte und Pitt und stand ihnen so nahe wie eine Angehörige, eigentlich sogar näher als die meisten Angehörigen.

Es war eine Schande, sie zu wecken, aber sie würde es Charlotte nicht danken, wenn sie es unterließ, weil es dann so ausgesehen hätte, als wäre sie ihren Pflichten nicht gewachsen. Außerdem würde sie ohnehin irgendwann in der Nacht wach werden, steif vom unbequemen Liegen, und sich fragen, was geschehen war. Womöglich würde sie annehmen, Charlotte sei nicht zurückgekehrt.

»Gracie«, sagte sie und faßte sie an der Hand, die unter ihrem Kinn ruhte. Sie war so klein wie eine Kinderhand und genauso sauber geschrubbt wie ihr Gesicht. »Gracie.«

Das Mädchen bewegte sich ein wenig und glitt dann gleich wieder in den Schlaf zurück.

»Gracie«, sagte Charlotte etwas lauter. »Du kannst nicht hier liegenbleiben, sonst bist du morgen noch steifer als Mr. Pitt.«

»Oh.« Gracie öffnete die Augen und zeigte sich bei Charlottes Anblick erleichtert. Sie richtete sich auf und kam mühsam auf die Füße. »Wie froh ich bin, daß Ihnen nichts fehlt, Ma'am! Sie hätten nicht ganz allein mit der Bahn fahren sollen! Der gnäd'ge Herr ist zu Bett gegangen, aber ich möchte wetten, daß er auch noch nicht schläft.«

»Danke, daß du auf mich gewartet hast«, gab Charlotte zur Antwort und unterdrückte ein Lächeln, während sie das Cape abnahm und Gracie zum Aufhängen reichte.

»Das ist meine Aufgabe«, sagte Gracie befriedigt. »Möchten Sie etwas heißes Wasser haben, um sich zu waschen?«

»Nein, kaltes genügt.« Charlotte schüttelte den Kopf. Nie im Leben hätte sie Gracie zu dieser späten Stunde noch nach unten geschickt, damit sie Wasser heiß machte und die vollen Kannen nach oben schleppte. »Und mit der Bahn reist man völlig sicher«, fügte sie hinzu. »Du hättest dir keine Sorgen zu machen brauchen. Wie war es hier?«

»Schrecklich.« Gracie half ihr beim Aufschnüren der Stiefel, dann hakte sie ihr das Kleid auf und half ihr beim Ausziehen. Das Stiefelputzen, das Säubern des Rocksaums und das Waschen der Unterwäsche hatten Zeit bis zum nächsten Morgen. »Alle sind verrückt vor Angst«, sagte sie, während sie den schweren Rock an sich nahm. »Ein Lakai hat einen Korken aus der Flasche gezogen, und das Stubenmädchen hat das Haus zusammengeschrien. Es ist ein Wunder, daß die Gaslampenzylinder, die noch heil waren, dabei nicht zu Bruch gegangen sind!«

»Ach je.« Charlotte nahm ihre Haarnadeln heraus und genoß die Erleichterung, die es bedeutete, als sich die schwere Frisur löste und ihr das Haar frei auf die Schultern fiel. Sie fuhr mit den Fingern hindurch.

Gracie schnürte ihr das Mieder auf.

»Ich würde am liebsten bis zehn Uhr schlafen«, sagte Charlotte in dem Bewußtsein, daß das unmöglich war.

»Soll ich Ihnen das Frühstück hier oben servieren?« fragte Gracie eifrig.

»Nein ... nein danke. Ich denke, daß ich aufstehen und nach unten gehen muß, und sei es nur, um mich umzuhören oder Mrs. Radley zu helfen.«

»Mit unserer Detektivarbeit sieht es nicht besonders gut aus, was?« sagte Gracie bedrückt. »Wir haben dem gnäd'gen Herrn bisher noch nicht helfen können.«

»Nein«, stimmte Charlotte unglücklich zu. »Ich habe mich

bislang mehr um Emily und diese verunglückte Gesellschaft gekümmert.« Sie sprach leise, um ihren Mann im Nebenzimmer nicht zu wecken, falls er doch schon schlief. »Ich weiß gar nicht, wo ich anfangen soll.« Sie runzelte die Stirn. »Gewöhnlich sind wir nützlicher, wenn es um Frauen, Angehörige und ganz allgemein menschliche Dinge geht. Von Fragen der Religion und des Nationalismus verstehe ich nicht viel.« Sie goß Wasser in die Schüssel und wusch sich das Gesicht. Es war so kalt, daß ihr der Atem stockte.

»Ich kann verstehen, daß jemand wütend wird, wenn er sieht, was seinen Angehörigen wegen der Religion und dem Nationalismus angetan wird«, sagte Gracie und reichte ihr das Handtuch. »Manchmal ist es wirklich tragisch.«

»Ich weiß«, bestätigte Charlotte rasch. Keinesfalls wollte sie jetzt mitten in der Nacht in die Geschichte mit Neassa und Drystan hineingezogen werden. »Wir werden uns morgen damit beschäftigen. Bestimmt bist du müde, und ich bin es auch. Gute Nacht, Gracie, und noch einmal vielen Dank, daß du aufgeblieben bist.«

»Nichts zu danken, Ma'am«, erwiderte Gracie und unterdrückte ein Gähnen. Sie war mit sich zufrieden.

Pitt war halb hinübergedämmert, er war zu erschöpft, um wach zu bleiben, konnte andererseits aber auch nicht zur Ruhe kommen, solange Charlotte nicht im Hause war. »Wie geht's Tante Vespasia?« murmelte er. Ohne es zu merken, hatte er die Decken so um sich gezogen, daß auf ihrer Seite des Bettes nichts mehr lag.

»Sehr gut«, gab sie zur Antwort, legte sich hin und holte sich ihren Teil der Decken zurück.

Knurrend ließ er los und erschauerte, als ihn die kalte Luft traf. Sie schob sich mit ihren kalten Händen und Füßen näher an ihn.

»Ich habe eine ganze Menge über die alte tragische Liebesgeschichte von Neassa Doyle und Drystan O'Day in Erfahrung gebracht«, fuhr sie fort, obwohl sie wußte, daß er das dringende Bedürfnis hatte, wieder einzuschlafen. Aber vielleicht gab es am nächsten Morgen keine Gelegenheit, bevor sie es Gracie sagte.

Er holte tief Luft. »Ist das von Bedeutung?«

»Möglicherweise. Alexander Chinnery hat Neassa weder vergewaltigt noch getötet. Er ist schon zwei Tage zuvor in Liverpool ums Leben gekommen.«

Pitt sagte nichts.

»Schläfst du?«

»Würde ich gern«, antwortete er. »Das ist lediglich ein weiteres tragisches Element in dieser ganzen Geschichte.«

»Die Scheidung Parnell–O'Shea ist durchgekommen, und Parnell scheint sich wie ein richtiger Dummkopf verhalten zu haben«, fuhr sie fort. »Tante Vespasia sagt, daß ihm die Führung entgleiten wird, wenn nicht sofort, dann bald. Ich nehme an, daß das die Leute hier betrifft?«

Er knurrte.

»Hast du etwas in Erfahrung gebracht?« fragte sie. Die Kälte ihrer Hände und Füße ließ ihn zittern. »Es war ausgesprochen mutig von Lorcan McGinley, daß er versucht hat, die Bombe zu entschärfen. Weißt du inzwischen, woher ihm bekannt war, daß sie sich dort befand?«

»Nein.« Endlich öffnete er die Augen und drehte sich auf den Rücken. »Wir haben unser möglichstes getan, um festzustellen, was er im Laufe des Vormittags gemacht hat, mit wem er gesprochen hat und wohin er gegangen ist. Bisher hat uns nichts davon etwas genützt.«

»Das tut mir leid. Ich hab dir wohl nicht viel geholfen, was?«

»Es würde mir sehr helfen, wenn du still wärst und schlafen würdest«, sagte er lächelnd und legte den Arm um sie. »Bitte!«

Gehorsam schmiegte sie sich noch enger an ihn, legte den Kopf auf das Kissen und sagte kein Wort mehr.

Am nächsten Morgen duldete die Sache keinen Aufschub mehr. Nachdem Charlotte alle nötigen Vorbereitungen für den Tag getroffen hatte, setzte sie sich vor den Spiegel, um sich von Gracie frisieren zu lassen. Sie konnte es nicht länger hinauszögern.

»Ich war gestern in London bei Lady Vespasia ...«, begann sie.

»Wie geht es ihr?« frage Gracie, ohne in ihrer Tätigkeit innezuhalten. Es gehörte zu den Aufgaben einer Zofe, eine angenehme Unterhaltung zu führen, während sie arbeitete. Ohnehin bewunderte sie Lady Vespasia grenzenlos und hatte vor ihr größeren Respekt als vor jedem anderen Menschen, sogar noch mehr als vor dem Oberinspektor. Die einzige Ausnahme war vielleicht die Königin. Die aber hatte sie noch nicht kennengelernt, und würde sie unter Umständen nicht einmal mögen. Sie hatte gehört, daß sie recht kritisch war und kaum jemals lachte.

»Sehr gut, vielen Dank«, sagte Charlotte. »Ich habe ihr natürlich mitgeteilt, was hier vorgefallen ist.«

»Vermutlich hat sie das ziemlich erschüttert«, sagte Gracie und schürzte die Lippen. »Es ist wirklich schrecklich – für den gnäd'gen Herrn, für Mr. Radley und alle anderen.«

»Natürlich war sie erschüttert. Sie weiß übrigens eine ganze Menge über die irische Politik und alles, was im Zusammenhang damit geschehen ist.«

»Wüßte sie doch nur eine Lösung«, sagte Gracie mit Nachdruck. »Manches ist so schrecklich, daß die Engel im Himmel darüber weinen könnten.« Ihr Gesicht verzog sich, während sie das sagte, und tiefe Trauer überkam sie. »Wenn ich an die arme junge Frau denke, die man vergewaltigt und umgebracht hat, weil sie schön war und jemanden von der anderen Seite liebte, und was wir Engländer ihr angetan haben, schäme ich mich in Grund und Boden.«

»Dazu hast du keinen Anlaß«, sagte Charlotte entschieden. »Wir waren das nicht –«

»Das weiß ich doch«, unterbrach Gracie sie mit belegter Stimme. »Aber es waren eben Engländer, also in gewisser Hinsicht wir.«

»Nein, genau das meine ich ja.« Charlotte drehte sich auf dem Hocker herum, so daß sie Gracie ansehen konnte. »Hör mir zu! Wir haben in Irland viel Unrecht getan, das ist unbestritten. Aber mit dem Mord an Neassa Doyle haben wir nichts zu tun. Sieh nur!« Sie stand auf, nahm den Strickbeutel und holte die beiden Zeitungsartikel heraus, die sie in London entwendet hatte. »Lies das, und achte vor allem auf die Datumsangaben. Alexander Chinnery ist in Liverpool ums Leben gekommen, zwei Tage bevor Neassa Doyle von ihren eigenen Brüdern getötet wurde. Und Gott sei Dank hat niemand sie vergewaltigt.«

Gracie sah auf die Ausschnitte und sagte halblaut vor sich hin, was sie las. Sie schaute sie so lange an, daß ihr Charlotte fast angeboten hätte, den Text vorzulesen, für den Fall, daß sie das Gedruckte nicht entziffern konnte oder einige der Wörter für sie zu kompliziert waren.

Schließlich hob Gracie mit weit aufgerissenen, betrübten Augen den Blick.

»Das ist ja entsetzlich«, sagte sie langsam. »Wenn man überlegt, wer diese Lüge alles geglaubt hat. All die Lieder und Geschichten, und all die Leute, die Chinnery hassen, und dabei war er's überhaupt nicht. Was mag wohl mit all den anderen Geschichten sein? Wie viele davon sind gelogen?«

»Ich habe keine Ahnung«, sagte Charlotte. »Wahrscheinlich einige, sicher nicht alle. Das Schlimme an der Sache ist, daß der Haß zur Gewohnheit werden kann, so daß man schließlich um des Hassens willen haßt, nachdem der Grund dafür längst vergessen ist. Man sucht nach Rechtfertigungsgründen für die eigene Haltung und schafft sie sich dann. Laß nicht zu, daß man dir die Verantwortung für etwas zuschiebt, das nichts mit dir zu tun hat, Gracie, und nimm nicht an, daß all die Lieder und Geschichten auf Wahrheit beruhen.«

»Glauben Sie, daß Mr. Doyle und Mr. O'Day anders zueinander stehen würden, wenn sie die Wahrheit wüßten?« fragte Gracie mit einer ganz schwachen Hoffnung in der Stimme.

»Nein«, antwortete Charlotte, ohne zu zögern. »Ihre Familien waren im Unrecht. Niemand fühlt sich besser, wenn er das erfährt.«

»Auch nicht, wenn es die Wahrheit ist?«

»Dann erst recht nicht.«

Diese Aussage hinderte Gracie nicht daran, nach dem Frühstück, als sie Zeit hatte, nach oben in Charlottes Zimmer zu gehen, die beiden Zeitungsausschnitte an sich zu nehmen und sich damit auf die Suche nach Finn Hennessey zu machen. Er würde doch gewiß die Wahrheit wissen wollen? Charlotte mochte recht haben, wenn sie sagte, daß manche Menschen aus Gewohnheit hassen, aber zu denen gehörte Finn nicht. Ihn quälte das wahre Leiden seines Volkes, nicht ein eingebildetes.

Sie fand ihn im Stiefelputzraum, ging aber erst hinein, nachdem Mr. O'Days Diener gegangen und Finn allein war. Er sah noch immer sehr bleich aus und wirkte ausgesprochen ernst. Da er keine Anstellung mehr hatte, gab es für ihn eigentlich keinen Grund, Stiefel zu putzen, Mäntel auszubürsten oder irgendeine der anderen Aufgaben eines Kammerdieners zu erledigen. Er tat es automatisch. Es war besser, als untätig herumzustehen. Jetzt gerade putzte er ein Paar Stiefel. Vermutlich gehörten sie einem anderen der Herren, und er half dessen Diener bei der Arbeit.

»Wie fühlen Sie sich?« fragte sie von der Tür aus und sah ihn besorgt an. »Bestimmt haben Sie entsetzliche Kopfschmerzen.«

Er lächelte kläglich. »Natürlich, Gracie. Es ist, als ob ein Dutzend kleine Männer mit Hämmern in meinem Kopf eingesperrt wären und rauswollten. Aber das legt sich auch wieder. Mir geht es viel besser als manchem anderen.«

»Haben Sie ein Mittel dagegen?« fragte sie mitfühlend. »Ich könnte Ihnen sonst eins besorgen.«

»Nein, danke«, lehnte er ab und schien sich ein wenig zu entspannen. »Ich hab schon was genommen.«

»Das mit Mr. McGinley tut mir schrecklich leid«, sagte sie und sah zu ihm hin. Er stand vor der Stiefelputzbank, und das Licht brach sich in seinen glänzenden dunklen Haaren. Er war von einer Anmut, die sie bisher an niemand anderem kennengelernt hatte. Als ob er sich zu einer Musik bewegen würde, die nur er hören konnte. Und er sorgte sich so um andere Menschen. Nichts an ihm wirkte halbherzig, er machte nicht den Eindruck, den Leiden anderer gleichgültig oder hartherzig gegenüberzustehen. Es mußte entsetzlich sein, zu den Opfern so tiefreichenden Unrechts zu zählen, einem Volk anzugehören, das so viel gelitten hatte. Sie bewunderte ihn wegen seines Mitgefühls, seines Zorns und seines Mutes. Eigentlich war er ein wenig wie Pitt und kämpfte auf seine eigene Weise für Gerechtigkeit. Vielleicht sollte sie sich mehr um ihre eigenen Leute kümmern, sich bemühen, etwas für sie zu erreichen? Aber wer waren ihre eigenen Leute? Die Armen Londons? Die Menschen, die frierend, hungrig und unwissend wie sie selbst aufgewachsen waren, um jeden Bissen hatten kämpfen müssen, um ein Obdach und ein wenig Wärme, darum, überleben zu können, ohne stehlen oder sich prostituieren zu müssen?

Jetzt war sie hier in Ashworth Hall, lebte wie eine Dame und gab sich die größte Mühe, ihresgleichen zu vergessen. Würde Finn sie verachten, wenn er das wüßte? Sie wollte weder nach Clerkenwell zurück, noch zu den Menschen, die sie verlassen hatte. Wie konnte man für die Veränderung von deren Lebensbedingungen kämpfen, wenn man sich nicht selbst änderte?

»Mrs. Pitt war gestern in London, um ihre Großtante zu besuchen«, sagte sie. Der Gedanke an Lady Vespasia erfüllte sie stets mit einer gewissen Freude, wie ein Sonnenstrahl.

Finn sah überrascht drein. »Ach ja? So weit, nach allem, was gestern geschehen ist?« Vermutlich hatte er es nicht beabsichtigt, doch in seiner Stimme schwang eine Art Vorwurf mit, als hätte sie seiner Ansicht nach ihre Pflichten vernachlässigt und als wäre es ihre Aufgabe gewesen, in Ashworth Hall bei den anderen zu bleiben.

Sofort ging Gracie in die Verteidigung.

»Lady Vespasia is' 'n ganz besonderer Mensch! Sie gehört zu den bedeutendsten Damen im ganzen Land. Was sie nich' weiß, lohnt sich nich' zu wissen.«

»Nun, wenn sie weiß, wie sie uns aus dieser verfahrenen Situation befreien kann, hätte Mrs. Pitt sie doch am besten gleich mit hergebracht«, sagte er finster.

»Aus dieser Situation kann uns niemand außer Mr. Pitt befreien«, sagte sie mit mehr Überzeugung, als sie empfand. Zugleich schämte sie sich ihrer Kleingläubigkeit; selbstverständlich würde Pitt früher oder später Erfolg haben. »Er kriegt bestimmt raus, wer Mr. Greville umgebracht hat und wer die Bombe gelegt hat, die den armen Mr. McGinley getötet hat«, sagte sie mit Nachdruck.

Er lächelte. »Sie sind eine treue Seele, Gracie. Etwas anderes hätte ich von Ihnen auch nicht erwartet.«

Sie holte tief Luft. »Aber den Haß zwischen Ihnen allen kann er nicht aus der Welt schaffen. Dazu hat Lady Vespasia ein wenig beigetragen. Sie hat Mrs. Pitt die wahre Geschichte von Neassa Doyle und Drystan O'Day erzählt. Sie sieht aber ganz anders aus, als was man Ihnen all die Jahre erzählt hat.«

Er stand reglos da.

Draußen im Gang ging jemand auf dem Weg zum Silberputzraum vorbei. Leise fluchend hob ein Lakai einen schweren Kohleneimer.

»Und was weiß eine feine englische Dame in London über einen Mord, der vor dreißig Jahren in den Hügeln Irlands stattgefunden hat?« fragte er zurückhaltend mit leiser Stimme und festem Blick.

Zwar kannte sie seinen Starrsinn, doch war Finn nicht so schwach, daß ihm eine Lüge lieber gewesen wäre als die Wahrheit.

»Was jeder weiß, der lesen kann«, gab sie zur Antwort, ohne den Blick von seinen Augen zu nehmen.

»Und das glauben Sie, Gracie? Wo steht das? Wer hat es geschrieben?«

»In der Zeitung«, gab sie unbeirrt zurück. »Es steht in der Zeitung. Ich hab' es selbst gelesen.«

Fast hätte er gelacht. »Was für eine Zeitung? Etwa eine englische?« In seiner Stimme und seinem Gesichtsausdruck lagen Spott und Verachtung. »Glauben Sie wirklich, die würden die Wahrheit drucken? Wenn die darin besteht, daß einer ihrer eigenen Leute, einer ihrer eigenen Offiziere eine Irin vergewaltigt und umgebracht und seinen besten Freund ans Messer geliefert hat. Das würden sie natürlich nie im Leben schreiben! Es tut mir leid, daß die Wahrheit schmerzt, Gracie, aber Sie dürfen nicht die Augen vor ihr verschließen.« Er trat mit sanftem Blick auf sie zu und sprach mit gesenkter Stimme, eher betrübt als zornig, dennoch entschlossen. »Manchmal tun unsere eigenen Leute etwas, wofür wir uns so schrecklich schämen, daß wir es kaum ertragen, auch nur daran zu denken. Es ist, als würde ein Teil von uns sterben, wenn wir zugeben müßten, daß es stimmt. Aber sofern es die Wahrheit ist... hilft kein Bestreiten und kein Weglaufen. Wer nicht den Mut hat, sich der Wahrheit zu stellen, ganz gleich, wie entsetzlich sie ist, macht sich zum Mitschuldigen an der Tat, was auch immer es war. Sie wollen doch bestimmt nicht an einer Lüge beteiligt sein, Gracie. Das sieht Ihnen nicht ähnlich. Wie sehr es auch schmerzt, Sie müssen auf der Seite der Wahrheit stehen. Es bleibt zwar eine Wunde, aber es ist eine saubere Wunde, und die verheilt.«

»Ja«, flüsterte sie. »Aber leicht is' es nich', Finn. Es tut manchmal so weh, als würd' man sich selbst in Stücke reißen.«

»Sie müssen stark sein.« Lächelnd hielt er ihr die Hand hin.

Sie zögerte, sie zu nehmen. Die beiden Zeitungsausschnitte steckten in ihrer Tasche. Sie schloß die Augen. Es fiel ihr leichter zu sagen, was sie sagen mußte, wenn sie ihn dabei nicht ansah, aber sie wandte das Gesicht nicht ab.

»Sie ha'm gesagt, daß Neassa Doyle am Abend des 8. Juni vergewaltigt und ermordet wurde.«

»Ja. Es ist ein Datum, daß keiner von uns je vergessen wird. Warum?«

»Von Alexander Chinnery, einem Engländer, der Drystan O'Days bester Freund war oder so getan hat, als ob er's wär'?«

»Ja. Das wissen Sie doch!«

»So steht es in der Zeitung, die Mrs. Pitt in London gesehen hat.«

»Na also! Was wollen Sie denn noch? Es stimmt! Wir alle wissen es!«

»Ich hab' noch 'nen Ausschnitt.« Jetzt öffnete sie die Augen. Es geschah ohne Absicht. »Aus 'ner Liverpooler Zeitung vom 6. Juni – zwei Tage davor.«

Er sah ein wenig verwirrt drein.

»Und was steht da drin?«

»Daß Leutnant Alexander Chinnery in den Hafen von Liverpool gesprungen is', um 'nen Jungen vor dem Ertrinken zu retten –«

»Das heißt, er war tapfer, wenn es ihm paßte«, sagte Finn rasch. »Ich hab' nie behauptet, er wär ein Feigling gewesen – aber ein Verräter ein Mörder und ein Vergewaltiger.«

»Und 'n verdammtes Wunder.« Fast wäre sie an ihren eigenen Worten erstickt. »Er is' dabei ums Leben gekommen! Er hat den Jungen nich' retten können und sich selber auch nich'! Sie sind beide ertrunken. Sie ha'm die beiden aus'm Wasser geholt, aber es war zu spät. Als Neassa Doyle getötet wurde, war Chinnery seit zwei Tagen tot. Dutzende von Leuten ha'm es geseh'n. Dutzende ha'm versucht, ihn rauszuholen.«

»Das stimmt nicht!« Sein Gesicht war vor Entsetzen ausdruckslos. »Das kann nicht wahr sein! Es ist eine Lüge, mit der man ihn decken will.«

»Wogegen?« fragte sie. »Er hatte nix getan!«

»Das sagen Sie!« Er trat einen Schritt zurück. Seine Wangen waren gerötet, seine Augen glänzten vor Wut. »Es ist typisch, daß die Engländer das sagen. Sie würden ja wohl kaum zugeben, daß einer ihrer Leute das getan hat.«

»Was soll der getan haben?« Gracies Stimme wurde lauter, und sie mußte sich sehr bemühen, nicht zu schreien. »Das war zwei Tage vor dem Mord an Neassa. Es gab nix, wovor man ihn hätte schützen müssen. Woll'n Sie etwa behaupten, man hat ihn im Hafen von Liverpool ertrinken lassen, um ihn gegen den Vorwurf in Schutz zu nehmen, was getan zu haben, was noch gar nich' passiert war?«

»Natürlich nicht. Aber es kann nicht wahr sein. Irgendwo ist da eine Lüge. Eine ganz raffinierte –«

»Es is' keine Lüge, Finn! Die einzigen, die lügen, sind Neassas Brüder, die ihre Schwester kahlgeschoren und getötet ha'm, weil sie mit 'nem Protestanten zusammen und ihrer Ansicht nach deshalb 'ne Hure war. Sie ha'm Chinnery beschuldigt, weil sie zu feige waren, für ihre Überzeugung gradezusteh'n.«

»Nein! So war das nicht –«

»Wie dann? Chinnery jedenfalls hat es nich' getan, außer, er is aus'm Grab aufgestanden und hat das arme Mädchen zu Tode erschreckt.«

»Sprechen Sie nicht so darüber!« schrie er und hob die Hände, als wolle er sie schlagen. »Das ist nicht lustig, verdammt noch mal!« Seine Stimme überschlug sich fast. Er sah so aus, als würde er vor Wut und Verwirrung gleich ersticken. »Haben Sie nicht mal Achtung vor den Toten?«

»Reden Sie nur von den irischen Toten?« schrie sie zurück. Sie war nicht bereit, klein beizugeben. »Natürlich hab ich Achtung vor denen! So viel Achtung, um darauf zu bestehen, daß man die Wahrheit über sie sagt. Aber ich hab' auch Achtung vor den englischen Toten – wenn Chinnery nich' gemordet hat, laß' ich nich' zu, daß jemand das behauptet! Es gehört sich nich'!« Sie sog scharf die Luft ein. Tränen liefen ihr über die Wangen, aber sie konnte nichts dagegen tun. »Sie ha'm gesagt, ich soll mich der Wahrheit stellen, ganz gleich, wie sehr sie schmerzt. Sie ha'm gesagt, wenn wir zugeben müssen, daß einer von unseren Leuten was Schreckliches getan hat, wär' das so, als wenn in uns was abstirbt.« Sie fuchtelte in der Luft herum und wies auf ihn. »Nun, das gilt auch für Sie! Die Doyles ha'm das Mädchen umgebracht und Chinnery die Tat in die Schuhe geschoben, weil sie zu feige waren zuzugeben, daß sie es selbst waren. Sie ha'm geglaubt, Neassa hätte ihre eigenen Leute verraten, weil sie sich in O'Day verliebt hat. Ihre Brüder ha'm das getan, und ob Sie das bestreiten oder nicht, das ändert überhaupt nichts.«

»Es ist eine Lüge«, wiederholte er, aber es klang nicht mehr sehr überzeugt. In seiner Stimme lag nur noch Zorn, Schmerz und Verwirrung. »Es kann nicht stimmen.« Sie holte die Zeitungsausschnitte aus der Tasche und hielt sie ihm hin, ohne sie loszulassen. »Seh'n Sie selbst. Könn' Sie lesen?«

»Selbstverständlich.« Er sah die beiden Ausschnitte an, ohne sie zu berühren. »Wir alle wissen das schon seit Jahren! Jeder weiß es!«

»Davon wird es nich' wahr«, erwiderte sie. »Die Leute wissen nur, was ihnen jemand gesagt hat. Sie war'n schließlich nich' dabei, oder?«

»Natürlich nicht, seien Sie nicht albern!« sagte er mit schneidender Verachtung. »Wie kann man so etwas Blödes sagen –«

»Wie könn' die Leute das dann wissen?« Ihre Argumentation war fehlerlos. »Sie wissen, was ihnen die Brüder Doyle gesagt haben. Drystan O'Day muß angenommen haben, daß sie es selbst war'n, sonst wär' er ja wohl kaum auf sie losgegangen, oder?«

»Er war Protestant«, sagte er mit boshafter Logik. »Da ist es nur natürlich, daß er auf sie losgegangen ist.«

»Unsinn! Das hätt' er nich' getan, wenn er geglaubt hätte, daß es Chinnery war! In dem Fall hätt' er sich den vorgeknöpft. Mal ehrlich – hätten Sie das nicht genauso gemacht?«

»Ich bin kein Protestant!« Er reckte das Kinn, und in seinen Augen lag der Abscheu von Generationen.

»Sie sind keine Spur besser«, gab sie gequält, aber voller Überzeugung zurück. »Es macht keinen Unterschied, ob man sich gegenseitig belügt, haßt oder umbringt –«

Sofort hielt er dagegen. »Das macht einen gewaltigen Unterschied, dummes Kind!« rief er. »Können Sie eigentlich nicht zuhören? Sie sind so... englisch! Sie können Irland überhaupt nicht verstehen!« Er tat einen Schritt nach vorne und wies mit dem Finger auf sie. »Sie sind eine typische überhebliche Engländerin und glauben, daß ganz Irland dazu da ist, von euch ausgeraubt und ausgeplündert zu werden. Anschließend überlaßt ihr das Land seinem Schicksal und kümmert euch nicht darum, wenn die Leute verhungern und der Haß von Generation zu Generation und von Jahrhundert zu Jahrhundert weitergetragen wird! Es ist widerlich! Kein Wunder, daß wir euch alle hassen!«

Mit einem Mal begriff sie, welch tragische Dummheit darin lag, und die Wut wich schlagartig einem Kummer, an dem sie fast erstickt wäre.

»Ich sag' ja gar nich', daß wir recht haben«, sagte sie leise und vernünftig. »Ich sag' nur, daß Alexander Chinnery nich' der Mörder von Neassa Doyle war und daß ihr euch alle über Jahre hinweg was vorgemacht habt, weil euch die Lüge besser in den Kram gepaßt hat wie die Wahrheit. Ihr wolltet die Schuld 'nem anderen zuschieben, am besten 'nem Engländer.« Sie schüttelte den Kopf. »Damit lebt ihr doch neben der Wirklichkeit her. In Irland wird nie Frieden herrschen, solange ihr lieber euren alten Haß schürt, weil ihr euch in 'ner romantischen Opferrolle seht.«

Er setzte zu einer Widerrede an, aber sie holte tief Luft und überschrie ihn. »Ich weiß nich', warum ihr unbedingt das Opfer von anderen sein wollt! Wenn ihr nie an was schuld seid, könnt ihr auch nix dagegen tun! So is' es doch, oder? Ich will nich', daß jemand anders an all meinen Schwierigkeiten schuld is'. Wär' ich dann was anderes als 'n hilfloses kleines Geschöpf, das überall rumgeschubst wird? Ich bin nich' hilflos. Ich mach' meine eigenen Fehler, seh' zu, was richtig is', versuch', meine Fehler auszubügeln oder leb' damit.« Mit diesen Worten machte sie kehrt und rannte hinaus, die Zeitungsausschnitte noch immer in der Hand. Ihre Kehle schmerzte, und vor Tränen konnte sie kaum sehen, wohin sie ihre Füße setzte.

Auf dem Gang zur Treppe für die weiblichen Dienstboten stieß sie in vollem Lauf mit Tellman zusammen. Er hielt sie, damit sie nicht fiel.

»Was gibt's?« fragte er.

»Nix!« gab sie zurück, konnte aber ein leises Schluchzen nicht unterdrücken. Tellman war der letzte, dem sie jetzt begegnen wollte.

»Es is' alles in Ordnung! Lassen Sie mich los!«

Er hielt sie weiter fest und betrachtete aufmerksam ihr Gesicht. »Sie sind ganz durcheinander. Irgendwas ist passiert. Was? Hat Ihnen jemand was getan?« Er klang besorgt.

Sie versuchte, ihre Handgelenke zu befreien, aber er ließ nicht los. Trotz seines festen Griffs hielt er sie ganz sanft.

»Gracie?«

»Niemand hat mir was getan«, sagte sie verzweifelt. Sie spürte, daß ihr die Tränen über die Wangen liefen und konnte ihn kaum noch sehen. Sie war wütend und voll Kummer wegen Finn und der ganzen widerlichen Angelegenheit und fühlte sich schrecklich einsam. Auf keinen Fall sollte Tellman merken, wie verletzlich sie war, und schon gar nicht sollte er sie in diesem Zustand sehen. Er war ein unnützer Mensch, selbst voller Zorn und Groll. »Und es hat nix mit Ihnen zu tun. Die Sache geht die Polizei nix an, falls Sie das meinen.«

»Natürlich nicht«, sagte er unbeholfen. »Haben Sie Angst, Gracie?«

»Nein, ich hab' keine Angst.« Endlich gelang es ihr, ihre Hände aus seinem Griff zu lösen. Sie schniefte laut und schluckte.

Er bot ihr ein sauberes weißes Taschentuch an.

Sie nahm es lediglich, weil sie selbst keines hatte. Sie mußte sich unbedingt schneuzen und ihre Tränen abwischen. Vorher stopfte sie noch rasch die Zeitungsausschnitte in die Tasche.

»Danke«, sagte sie widerwillig. Auf keinen Fall würde sie ausgerechnet Tellman Gelegenheit geben zu glauben, sie könne sich nicht benehmen.

»Wissen Sie etwas, Gracie?« ließ er nicht locker und faßte erneut nach ihr. »In dem Fall müssen Sie mir das unbedingt sagen.«

Sie sah ihn wütend an und schneuzte sich noch einmal. Sie war wütend auf sich selbst, weil sie die Tränen nicht zurückhalten konnte. Es war ihr gar nicht recht, daß er sie so schwach sah.

»Sie müssen!« Seine Stimme hob sich, als hätte er selbst Angst. »Seien Sie nicht dumm!«

»Ich bin nicht dumm!« platzte sie heraus und riß sich los. »Passen Sie auf, wen Sie beschimpfen! Wie können Sie es wagen –«

»Wie kann ich Sie schützen, wenn Sie mir nicht sagen, was los ist und ob Sie in Gefahr sind?« fragte er zornig. Mit einem Mal begriff sie, daß in seiner Stimme Furcht lag, sogar auf seinen Zügen und in den Muskeln seines Körpers, die sich anspannten, als er sich bemühte, sie gegen ihren Willen festzuhalten. »Glauben Sie etwa, die würden nicht auch Sie in die Luft jagen oder eine Treppe runterstoßen oder Ihnen einfach den Hals umdrehen, wenn sie glauben, daß Sie genug wissen, um sie an den Galgen zu bringen?« Er zitterte jetzt selbst.

Schlagartig kam sie zur Besinnung und sah ihn an.

Eine leichte Röte stieg ihm in die Wangen.

»Ich weiß nix, das schwör' ich Ihnen«, sagte sie aufrichtig. »Sonst würd' ich es Mr. Pitt sagen. Wissen Sie das nich'? Und wer is' jetzt dumm?« Sie schneuzte sich ein letztes Mal und sagte mit einem Blick auf das Taschentuch: »Ich wasch es und geb' es Ihnen dann wieder.«

»Nicht nötig …« sagte er großzügig und errötete noch mehr.

Sie holte tief Luft und atmete ein wenig zittrig aus.

»Ich muß an meine Arbeit. Vergessen Sie nich', daß ich mehr tun muß wie sonst, weil Mr. Pitts Diener nix taugt.« Dann steckte sie das Taschentuch ein und ging davon, während er im Gang stehenblieb und ihr nachsah.

KAPITEL ZEHN

Emily wußte, daß sie nach der Explosion weder Pitt noch Charlotte hatte Gerechtigkeit widerfahren lassen. Zum Teil hatte sie das bereits begriffen, während sie noch wild um sich schlug, doch hatte sie in jenem Augenblick soviel Angst, Wut und zugleich auch Erleichterung verspürt, daß sie die Herrschaft über ihre Gefühle verloren hatte. Jetzt, einen Tag später, war ihr klar, daß sie sich entschuldigen mußte.

Als erstes suchte sie Pitt auf. In gewissem Sinne war es bei ihm leichter. Zwar hatte sie ihn angegriffen, doch würde es Charlotte schwerer fallen, ihr zu verzeihen, da sie wußte, wie verletzlich Pitt war, weil er mit seinen Nachforschungen noch nicht weitergekommen war. In dem Gang, der zum Vorratsraum und zur Waschküche führte, wo sich Pitt nach Dilkes' Aussage aufhielt, trat ihr das Küchenmädchen mit einem leeren Korb in den Weg.

»Ich geh' da nich' rein, und wenn es die ganze Woche nix zu essen gibt. Ich geh' da nich' rein, und wenn wir verhungern müssen, Verzeihung, Mylady.« Sie stand breitbeinig da, eine Hand in die Hüfte gestemmt, die Faust geballt, fast, als rechne sie damit, daß man sie mit Gewalt fortschleppen werde.

»Wohin wollen Sie nicht gehen, Mae?« erkundigte sich Emily gelassen. Sie war an die ungenauen Äußerungen von Dienstmädchen gewöhnt. Sicherlich ließ sich die Sache mit einer Portion gesundem Menschenverstand und einem großen Maß an Festigkeit aus der Welt schaffen.

»Ich hol' das Fleisch nicht«, erwiderte Mae entschlossen. »Auf keinen Fall.« Sie sah Emily unverwandt an – ein schlechtes Zeichen. Dienstboten pflegten ihre Herrschaften nicht auf diese Weise herauszufordern, wenn ihnen daran lag, ihren Arbeitsplatz zu behalten.

»Es ist Ihre Aufgabe«, machte ihr Emily klar, »sofern die Köchin Sie geschickt hat. Hat sie das?«

»Mir egal. Und wenn mich der liebe Gott persönlich geschickt hätte – ich geh' da nicht rein!« Mae wich und wankte nicht.

Es war nicht der richtige Augenblick, ein Küchenmädchen entlassen zu müssen, schon gar nicht eines, das seine Arbeit ordentlich machte, was bei Mae bisher der Fall gewesen war. Was, um des Himmels willen, war nur in sie gefahren? Vielleicht kam man mit Vernunft weiter.

»Warum wollen Sie das nicht tun? Sie sind doch früher auch immer hingegangen.«

»Da haben keine Leichen im Eiskeller gelegen«, gab Mae mit belegter Stimme zurück. »Männer, die man ermordet hat und die keine Ruhe geben. Sie sind vor ihrer Zeit gestorben und sinnen auf Rache.«

Emily hatte ganz vergessen, daß man die Toten in den Eiskeller gebracht hatte, der als Vorratsraum für das Frischfleisch diente.

»Nein«, sagte sie, so ruhig sie konnte. »Sie können ja auch gar nicht hinein, denn Sie haben die Schlüssel nicht. Vermutlich hat Oberinspektor Pitt sie. Ich gehe selbst und hole das Fleisch.«

»Das können Sie nicht!« Mae war entsetzt.

»Nun, jemand muß es ja tun«, erwiderte Emily. »Ich habe niemanden umgebracht, also brauche ich auch keine Angst vor Leichen zu haben. Ich muß meinen Gästen etwas vorsetzen. Gehen Sie in die Küche zurück, und sagen Sie Mrs. Williams, daß ich ihr das Fleisch bringen werde.«

Mae blieb reglos stehen.

»So gehen Sie schon«, befahl Emily.

Maes Gesicht war weiß wie ein Laken.

»Sie können das Fleisch nich' tragen, Mylady.« Sie schluckte schwer. »Es gehört sich nicht. Ich komm' mit und trag' es, wenn Sie versprechen, daß Sie mit mir reingehen. Dann hab' ich keine Angst.«

»Vielen Dank«, sagte Emily würdevoll. »Das ist sehr tapfer von Ihnen, Mae. Wir wollen die Schlüssel von Mr. Pitt holen und gemeinsam hingehen.«

Fünf Minuten später stießen sie auf Pitt, der gerade von einem Gespräch mit Padraigs Kammerdiener zurückkehrte und auf der Suche nach Kezia war.

»Thomas, wir haben kein Fleisch mehr in der Küche und müssen etwas aus dem Eiskeller holen«, sagte Emily. Da sie sich bei ihm nicht gut vor dem Küchenmädchen für ihr Verhalten entschuldigen konnte, lächelte sie ihm betont sanftmütig zu und sah die Überraschung in seinen Augen. »Ich glaube, du hast die Schlüssel, da ja…« Sie ließ den Satz unbeendet. »Würdest du bitte mitkommen? Mae möchte nicht gern allein gehen, und ich habe versprochen, sie zu begleiten.«

Pitt sah sie einen Augenblick lang an, ohne etwas zu sagen, dann erwiderte er zögernd ihr Lächeln. »Natürlich. Ich komme gleich mit.«

»Ich danke dir, Thomas«, sagte sie freundlich. Mehr war nicht nötig. Er hatte verstanden, daß sie das als Entschuldigung meinte.

Charlotte zu finden, war schwieriger. Und als Emily sie aufgespürt hatte, war es noch schwieriger, die richtigen Worte zu finden. Charlotte war nach wie vor erkennbar verärgert und aufgewühlt. Sie war in London gewesen, ohne jemandem den Grund dafür zu nennen, und so spät zurückgekehrt, daß alle anderen schon im Bett gewesen waren. Normalerweise würden die Gäste auf einem Herrensitz wie diesem natürlich aufbleiben und sich amüsieren, möglicherweise bis zwei oder drei Uhr morgens. Aber an diesem Wochenende war alles anders als sonst. Niemand wollte sich länger in Gesellschaft der anderen aufhalten, als aus Gründen des Anstands unerläßlich war.

Jetzt standen Emily und Charlotte im Wintergarten zwischen den Topfpflanzen und der Kamelie, von der Fergal einen Zweig abgebrochen hatte, was sie natürlich nicht wußten. Auf ihrem Weg durch die Eingangshalle hatte Emily gesehen, daß sich Charlotte im Wintergarten aufhielt und war zu ihr hineingegangen. Nun wußte sie nicht, wie sie anfangen sollte.

»Guten Morgen«, sagte Charlotte ein wenig steif.

»Was meinst du mit ›guten Morgen‹?« gab Emily zurück. »Wir haben uns doch schon beim Frühstück gesehen.«

»Was soll ich sonst sagen?« fragte Charlotte und hob die Brauen. »Es scheint mir nicht der richtige Zeitpunkt für nettes Geplauder zu sein, und über den Fall will ich mit dir nicht reden. Da streiten wir uns nur wieder. Sollte dir aber nicht klar sein, was ich von deinem Verhalten Thomas gegenüber halte, bin ich gern bereit, es dir zu sagen.« Darin lag eine Drohung; das ließ sich auch an ihrer Körperhaltung und jeder Linie ihres Gesichts erkennen.

Emilys Herz sank. Konnte Charlotte nicht verstehen, welch schreckliche Angst sie um Jack gehabt hatte, nicht nur um sein Leben – das mußte jedem klar sein –, sondern auch davor, daß er sich der Aufgabe, diese Verhandlungen erfolgreich zu Ende zu führen, nicht gewachsen zeigte? Damit wäre seine Karriere zu Ende, bevor sie richtig begonnen hatte. Man hatte zu früh zuviel von ihm verlangt. Das war ausgesprochen ungerecht. Pitt war nicht der einzige, der sich einem Fehlschlag gegenübersah, und dabei trachtete ihm niemand nach dem Leben. Emily konnte gut auf den Zorn ihrer Schwester verzichten, sie wünschte sich von ihr Hilfe, Gesellschaft und Unterstützung. Doch wenn sie darum betteln mußte, hatte es keinen Sinn. Mit einem Mal empfand sie mehr Mitgefühl für Kezia Moynihan, als sie für möglich gehalten hatte.

»Nein danke, das ist nicht nötig«, sagte sie steif. Es war nicht gerade die Entschuldigung, die sie im Sinn gehabt hatte. »Das hast du durch dein Verhalten hinreichend deutlich gezeigt.« Nichts lief so, wie sie es sich vorgenommen hatte.

In kaltem Schweigen standen sie sich gegenüber. Keine von beiden wußte, was sie als nächstes sagen sollte, Stolz und Wut verlangten das eine, die tieferen Empfindungen das andere.

Fünf Meter von ihnen entfernt öffnete sich hinter einem üppig wuchernden Rebengewächs mit gelben, trompetenförmigen Blüten eine der Türen, die von außen in den Wintergarten führten. Emily wandte sich sogleich um, konnte aber durch das Blattwerk niemanden sehen. Doch sie hörte deutlich Schritte.

»Du bist unvernünftig!« hörte man Fergal Moynihan hitzig sagen.

Laut fiel die Tür ins Schloß.

»Weil ich nicht deiner Meinung bin?« gab Iona in ebenso scharfem und erregtem Ton zurück.

»Weil du die Wirklichkeit nicht sehen willst«, antwortete er und senkte die Stimme ein wenig. »Wir müssen beide Zugeständnisse machen.«

»Was für ›Zugeständnisse‹, wie du es nennst, machst du denn?« wollte sie wissen. »Du hörst mir ja nicht mal zu, wenn es um den Kern der Sache geht. Du sagst einfach, daß es sich um Legenden und Volkserzählungen handelt. Du machst dich über das Heiligste lustig.«

»Nicht die Spur«, begehrte er auf.

»Doch! Du spottest darüber. Du legst lediglich Lippenbekenntnisse ab, weil du mich nicht erzürnen willst, aber im tiefsten Herzen glaubst du nicht daran –«

Emily und Charlotte sahen einander mit weit aufgerissenen Augen an.

»Ach, jetzt machst du mir also keine Vorwürfe wegen der Dinge, die ich sage oder tue, sondern wegen solcher, von denen du annimmst, daß ich sie glaube?« fragte Fergal mit wachsendem Zorn. »Man kann es dir unmöglich recht machen! Du suchst einfach Streit. Warum sagst du nicht ganz offen und ehrlich –«

»Das tue ich ja! Du sagst die Unwahrheit, und das nicht nur mir. Du belügst dich auch selbst...«, kam Ionas Stimme schneidend zurück.

»Ich lüge nicht!« rief er. »Ich sage dir die Wahrheit! Genau da liegt das Problem! Du willst die Wahrheit gar nicht, weil sie nicht zu deinen Mythen und Märchen paßt, zu dem Aberglauben, dem du dein Leben unterordnest –«

»Du hast ja keine Ahnung, was Glauben heißt!« schrie sie ihn an. »Du kennst nur deine Vorschriften und weißt, wie

man Menschen verurteilt. Ich hätte es mir denken sollen …«
Man hörte eilige Schritte und eine sich öffnende Tür.

»Iona!« rief Fergal.

Schweigen.

»Was?«

Seine Schritte folgten ihr zur Tür.

»Ich liebe dich.«

»Wirklich?« fragte sie leise.

»Das weißt du. Ich bete dich an.«

Eine Weile herrschte Schweigen, das nur durch Seufzen und das Knistern von Stoff unterbrochen wurde. Schließlich entfernten sich die Schritte von zwei Menschen, und die Tür nach draußen schloß sich.

Emily sah Charlotte an.

»So einfach geht das nicht«, sagte Charlotte ganz ruhig. »Mit Küssen läßt sich ein Streit nicht beilegen, wenn es hart auf hart gegangen ist.«

»Damit läßt sich überhaupt nichts beilegen«, stimmte Emily zu. »Man küßt, wenn einem danach ist, nicht, um Schwierigkeiten aus der Welt zu schaffen. In gewisser Weise trübt das nur den Blick. Es kann sehr schön sein, jemanden zu küssen, aber es kann einen auch am klaren Denken hindern. Was bleibt denn, wenn man sich anschließend voneinander löst?«

»Ich glaube nicht, daß die beiden das schon wissen.« Charlotte schüttelte den Kopf. »Und es wird sehr traurig sein, wenn sie einen zu hohen Preis dafür zahlen, zusammenzusein, und anschließend merken, daß es nicht gut geht und nicht das ist, was sie wollten. Dann bleibt ihnen nichts.«

»Ich glaube nicht, daß sie das hören möchten«, gab Emily zu bedenken.

Charlotte lächelte zum ersten Mal. »Bestimmt nicht. Wie sich Kezia dann wohl fühlen mag? Ich hoffe, sie wird nicht übermäßig zufrieden mit sich selbst sein.«

Emily war überrascht. »Warum? Magst du ihn etwa? Ich hatte gedacht, du hältst nicht viel von ihm.«

»Tu ich auch nicht. Ich finde ihn kalt und aufgeblasen. Aber ich mag sie. Und ganz gleich, wie er ist, sie hat nur ihn.

Er ist ihr einziger Angehöriger. Sie wird sich schrecklich ins eigene Fleisch schneiden, wenn sie ihn nicht wieder ein bißchen freundlicher behandelt, gleichgültig, wie er darauf reagiert.«

»Charlotte...«

»Was?«

Jetzt war es nicht mehr so schwer. Ein besserer Augenblick würde nicht kommen. »Es tut mir leid, daß ich Thomas gestern so angefahren habe. Ich weiß, daß das ungerecht war. Ich habe so schreckliche Angst um Jack.« Da sie schon einmal dabei war, konnte sie gleich alles sagen. »Nicht nur für den Fall, daß sie ihn noch mal umzubringen versuchen, sondern weil man ihm eine unerfüllbare Aufgabe gestellt hat und ihm womöglich Vorhaltungen machen wird, wenn er sie nicht bewältigen kann.«

Charlotte streckte ihr die Hand entgegen. »Das weiß ich. Die ganze Situation ist entsetzlich. Aber mach dir keine Sorgen, wenn Jack die irische Frage nicht lösen kann. Das hat in dreihundert Jahren noch niemand geschafft. Womöglich würde man ihn hassen, wenn er das fertigbrächte!«

Fast hätte Emily darüber gelacht, aber sie befürchtete, daß sie in Tränen ausbrechen würde, wenn sie ihren Gefühlen jetzt die Zügel schießen ließ. So nahm sie lediglich Charlottes Hand und drückte sie fest, dann umarmte sie die Schwester zärtlich.

Nachdem Pitt den beiden Frauen geholfen hatte, das Fleisch aus dem Eiskeller zu holen, suchte er Tellman auf und nicht Kezia, wie er es ursprünglich beabsichtigt hatte. Sie mußten noch einmal von vorn anfangen.

»Sie wollen den Fall Greville wieder aufrollen?« fragte Tellman mit hochgezogenen Brauen. »Ich fände es besser, wenn wir bei Denbigh anfingen, aber vermutlich läßt man uns nicht. Mir sind Verschwörungen zuwider.«

»Gibt es eigentlich etwas, das Ihnen zusagt?« fragte Pitt mit leisem Spott. »Wie wäre es mit einem schönen Mordfall in der Familie? Alle Beteiligten kennen einander seit Jahren, vielleicht sogar schon ihr Leben lang, und haben in offen bekundeter Liebe und heimlichem Haß unter ein und demselben Dach gelebt. Oder was halten Sie von jemandem, den man über das Maß des Erträglichen hinaus drangsaliert hat, bis er es schließlich seinen Peinigern auf die einzige ihm bekannte Weise heimgezahlt hat?«

Sie gingen über den Hof vor den Stallungen und dann den Kiesweg entlang zur großen Rasenfläche. Es roch nach frischem nassen Gras, und die unbewegte Luft war von angenehmer Kühle.

»Warum nicht ein Fall von schlichter Habgier?« kam brummig Tellmans Antwort. »Wenn einer eins über die Rübe kriegt und ausgeraubt wird, kann ich feststellen, wer es war, kauf' ihn mir und seh' zu, wie er gehängt wird. Dann bin ich zwar nicht unbedingt glücklich, aber doch mit meiner Arbeit zufrieden.«

»Ich wäre mehr als zufrieden, wenn wir den zu fassen bekämen, der hier sein Unwesen treibt«, gab Pitt zurück.

»Und, soll er dann hängen?« fragte Tellman mit einem Seitenblick. »Das sieht Ihnen gar nicht ähnlich.«

Pitt schob die Hände in die Taschen. »Bei jemandem, der einen Umsturz plant und dabei wahllos Gewalt anwendet, könnte ich möglicherweise eine Ausnahme machen«, gab er zurück. »Es würde mich nicht freuen, aber ich denke, daß ich die Notwendigkeit einsehen kann.«

»Erst einmal müssen wir ihn haben.« Mit einem leichten Lächeln steckte auch Tellman die Hände in die Taschen.

»Wer hat Greville umgebracht?« fragte Pitt.

»Meiner Ansicht nach war es Doyle«, erwiderte Tellman. »Er hatte das beste Motiv, sowohl auf persönlicher als auch auf politischer Ebene … Zumindest hatte er ein ebenso gutes politisches Motiv wie irgendeiner von denen. Ich kann das alles nicht begreifen.« Er runzelte die Stirn. Der Tau auf dem Gras durchnäßte seine Schuhe, aber das war er gewohnt. »Außerdem ist er von seiner Sache überzeugt, und ihn erfüllt bestimmt genug Leidenschaft, um seine Vorstellungen durchzusetzen.«

»Moynihan wäre dumm genug«, sagte Pitt, wobei er Tellmans Tonfall nachahmte.

Dieser zuckte die Schultern. »Seine Schwester ist kaltblütiger als er.«

»Stimmt«, nickte Pitt, während sie lautlos auf dem weichen Boden an der riesigen Zeder vorbeigingen. »Ich glaube auch nicht, daß er McGinley umgebracht hat. Das dürfte eher ein Zufall gewesen sein, denn zweifellos war die Sprengladung für Mr. Radley bestimmt.«

»Und was ist mit O'Day?« fragte Tellman.

»Er kann Greville nicht auf dem Gewissen haben«, antwortete Pitt. »Sowohl McGinley wie auch sein Kammerdiener haben ihn zur fraglichen Zeit in seinem eigenen Zimmer gesehen. Und er hat gehört, daß sich die beiden über Hemden unterhalten haben.«

»Dann war es Doyle«, sagte Tellman wieder. »Das ergibt durchaus einen Sinn. Auf diese Weise dürfte auch McGinley von dem Dynamit erfahren haben, denn beide stehen auf derselben Seite. Vermutlich hat Doyle sich mit etwas verraten, was er gesagt hat – oder McGinley hatte von Anfang an seine Finger im Spiel und es sich dann anders überlegt ...«

Pitt sagte nichts. Tellman konnte recht haben. Es ergab in der Tat einen Sinn – so sehr er sich um Eudoras willen gegen den Gedanken sträubte. Die Zeder lag jetzt hinter ihnen, und Sonnenstrahlen brachen durch die Wolken und ließen das nasse Gras glänzen.

»Beweisen können wir es aber nicht«, fügte Tellman ärgerlich hinzu. »Es ist ohne weiteres möglich, daß sie einer wie der andere lügen, um sich gegenseitig zu decken. Vielleicht gilt das sogar für Mrs. Greville, obwohl ihr Mann das Opfer ist. Sofern sie von seinem Treiben etwas gewußt hat, dürfte sie ihn kaum besonders geliebt haben. Außerdem ist sie doch wohl Irin, nicht wahr? Katholisch ... und nationalistisch eingestellt.«

»Ich weiß nicht«, sagte Pitt brummig. »Vielleicht liegt ihr ebensoviel am Frieden wie das bei Greville der Fall war.« Er seufzte. »Ich wüßte für mein Leben gern, wer das Mädchen ist, das Gracie oben auf dem Gang gesehen hat.«

»Bis jetzt hab' ich sie nicht gefunden«, sagte Tellman kurz angebunden. »Ich hab' sie alle gefragt, und keine will es gewesen sein.«

»Vielleicht haben sie Angst.« Nachdenklich hielt Pitt den Blick auf das Gras gesenkt. Sie näherten sich inzwischen der Rosenhecke und den dahinterliegenden Feldern. Sie erstreckten sich in sanftem Schwung bis zu einer Gruppe von Ulmen, die den größten Teil ihres Laubes schon verloren hatten. Sonnenstrahlen ließen im Westen die nassen Dächer des Dorfes aufschimmern, und der Kirchturm zeichnete sich als dunkler Umriß vor dem Himmel ab.

»Weil sie etwas gesehen haben?« fragte Tellman und sah Pitt zweifelnd an. »Damals haben sie nichts gesagt, und jetzt haben sie Angst?«

»Möglich. Höchstwahrscheinlich hat keine von ihnen etwas gesehen, aber sie fürchten, in die Sache hineingezogen zu werden. Ich halte den Fall keineswegs für unlösbar. Immerhin kommt nur eine begrenzte Anzahl von Personen in Frage. Wir haben noch mindestens zwei Tage, und wir werden die Lösung finden.«

In dem Lächeln, mit dem Tellman diese Äußerung quittierte, lag nicht der kleinste Anflug von Humor.

Pitt wandte sich um und betrachtete Ashworth Hall, das im Herbstlicht in seiner ganzen Pracht vor ihnen lag. An der Westfassade leuchtete das Weinlaub scharlachrot auf der warmen Farbe des Steins. Es war ein erhebender Anblick. Mit einem Seitenblick zu Tellman erkannte Pitt, daß auch er wider Willen von der Stimmung des Augenblicks gefangengenommen war.

Fast im Gleichschritt kehrten die beiden Männer über die Rasenfläche zum Haus zurück. Sie hatten nasse Füße und froren.

Eine halbe Stunde später fand Pitt Gracie allein in der Bügelstube. »Bitte erinnere dich genau an das, was du an dem Abend, an dem Mr. Greville getötet wurde, oben auf dem Gang gesehen hast«, forderte er sie auf. Gracie hätte sich am liebsten verkrochen, um ganz allein zu sein, wenn ihre Pflichten es ihr erlaubt hätten. Sie machte einen ausgesprochen unglücklichen Eindruck und sah aus, als hätte sie geweint. Pitt nahm an, daß es mit ihren Gefühlen für den jungen irischen

Kammerdiener Finn Hennessey zu tun hatte. Charlotte hatte ihn gebeten, sich Gracie gegenüber mit Kommentaren zurückzuhalten, und es hatte ihn geärgert, daß sie einen solchen Hinweis für nötig hielt. Später ging ihm auf, daß er nicht wirklich begriffen hatte, wovon sie sprach. Er hatte Gracie sehr gern und würde ihr nur ungern weh tun. Es brachte ihn auf, daß Hennessey ihr weh getan haben sollte, und wäre es auch unabsichtlich gewesen. Ihm war nicht recht klar, ob er ihr zeigen sollte, daß ihm ihr Kummer bewußt war, oder ob es taktvoller wäre, so zu tun, als hätte er nichts davon gemerkt.

Sie schniefte und gab sich Mühe, sich zu konzentrieren.

»Ich hab' Mr. Tellman schon gesagt, was ich geseh'n hab'. Hat er es Ihnen nicht erzählt? Daß er als Diener 'n Versager is', weiß ich – is' er als Polizist etwa auch einer?«

»Nein«, gab Pitt zur Antwort. »Allerdings würde ich sagen, daß du die Rolle der Detektivin besser ausfüllst als er die des Dieners.«

»Diesmal nütz' ich Ihnen nix.« Sie hielt den Blick auf das kalte Bügeleisen gesenkt und versuchte nicht einmal den Anschein zu erwecken, als benutze sie es. »Diesmal hat keiner von uns was rausgekriegt. Tut mir richtig leid, Sir.«

»Mach dir keine Sorgen, Gracie. Wir lösen den Fall schon«, sagte er mit einer Sicherheit, die er nicht empfand. »Sag mir mehr über das Mädchen mit den Handtüchern, das du gesehen hast.«

Überrascht sah sie ihn an. Ihre Augen waren rot gerändert. Offenbar hatte sie geweint.

»Hat sie sich etwa noch nicht gemeldet? So 'n dummes Ding aber auch! Was kann ihr denn passieren? Sie hat doch nichts Unrechtes getan ... Nur Handtücher gebracht, wie ich gesagt hab'.«

»Vielleicht hat sie jemanden gesehen oder irgend etwas beobachtet«, gab er zu bedenken. »Sie ist die einzige Person, die wir noch nicht befragen konnten. Versuch dich zu erinnern, Gracie. Wir haben im Augenblick keine weiteren Anhaltspunkte. Fast jeder hätte das Dynamit in Mr. Radleys

Arbeitszimmer schmuggeln können… außer vielleicht Mr. McGinley… oder Hennessey.«

Sie schniefte. »Ja, nehm' ich auch an.« Es schien ihr mit einem Mal bedeutend besser zu gehen. »Ich weiß nicht, wer sie ist, Sir, sonst hätt' ich's schon gesagt.«

»Beschreib sie, so genau du kannst.«

»Nun, sie war größer wie ich. Aber das sind wohl alle. Sie hat sich sehr gerade gehalten, irgendwie stolz, und den Kopf hochgereckt –«

»Welche Haarfarbe hatte sie?«

Sie zog nachdenklich die Stirn in Falten. »Ich weiß gar nicht, ob ich die Haare geseh'n hab'. Sie hatte 'n Spitzenhäubchen auf. Es war viel größer wie meins und hat den ganzen Kopf bedeckt. Für meinen Geschmack zu groß, aber manche Leute mögen das so. Unmöglich zu sagen, welche Haarfarbe sie hatte.«

»Hast du ein solches Häubchen bei einem der anderen Mädchen gesehen?«

»Ja. Mrs. McGinleys Zofe trägt so eins.« Dann erlosch der Eifer auf ihren Zügen. »Aber sie war es nicht. Glaub' ich jedenfalls nicht. Ihre Schultern hängen, sie hat 'ne Figur wie 'ne Flasche, und die andere, die ich gesehen hab', hatte aufrechte Schultern.«

»War sie kräftig oder schmal gebaut, Gracie, schlank oder gedrungen?«

»Ich denk' ja schon nach.« Erneut verzog sie das Gesicht und versuchte, sich mit geschlossenen Augen das Bild vorzustellen.

»Fang oben an«, half er nach. »Was hast du außer dem Spitzenhäubchen und den Schultern gesehen? Eine schmale oder breite Taille? Hast du ihre Hände gesehen? Wie war ihre Schürze gebunden? Irgendwas, woran du dich erinnern kannst.«

»Ihre Hände hab' ich nicht geseh'n.« Sie hielt die Augen nach wie vor geschlossen. »Sie hat ja 'nen Stapel Handtücher getragen. Wahrscheinlich wollte sie zu einem von den Badezimmern. Ihre Taille war nich' besonders breit, aber auch nich' so schmal wie bei andern. Eigentlich war sie nich' gerade schlank. Eher kräftig, würd' ich sagen. Die Schürze hatte sie ziemlich schlampig gebunden. Nich' wie beispielsweise Gwen. Die hat mir gezeigt, wie man das richtig macht. Von jetzt an mach' ich es genauso, auch, wenn wir wieder zu Hause sind.« Sie sah ihn hoffnungsvoll an.

»Gut.« Er lächelte. »Damit werden wir in Bloomsbury Eindruck machen. Sie hat also ihre Schürze nicht ordentlich gebunden.«

»Nein. Mrs. Hunnaker würde jede, die so schlampig ist, in Stücke reißen. Es kann also keins von den Mädchen aus Ashworth Hall gewesen sein.«

»Na bitte«, sagte er munter. »Sehr gut. Was noch?«

Gracie schwieg mit dem Ausdruck angestrengten Nachdenkens auf dem Gesicht. Plötzlich riß sie die Augen weit auf und sah an ihm vorbei in die Ferne.

»Was?« fragte er.

»Schuhe«, flüsterte sie.

»Was ist mit den Schuhen?«

»Sie hatte keine Schuhe an!«

»War sie etwa barfuß?« fragte er ungläubig.

»Natürlich nicht. Aber sie hatte keine gewöhnlichen Schuhe an wie ein Dienstmädchen, sondern Abendschuhe wie 'ne feine Dame.«

»Wie kommst du darauf? Sag mir genau, was du gesehen hast.«

»Sie hat sich von mir weggedreht, wie wenn sie durch eine der Türen gehen wollte. Ich hab' also nur die Seite von einem Fuß und die Ferse von dem andern gesehen.«

»Aber es war ein Abendschuh? Welche Farbe? Woher weißt du, daß es kein gewöhnlicher Schuh war?«

»Weil er bestickt war, und der Absatz war blau.« Ihre Augen wurden noch größer. »Ja, der Absatz war blau.«

Pitt lächelte. »Danke.«

»Hilft das?« fragte sie hoffnungsvoll.

»Ich glaube schon.«

»Gut.«

Pitt verließ die Bügelstube mit dem Gefühl, daß er zum ersten Mal seit dem Auffinden von Ainsley Grevilles Leiche eine wirklich brauchbare Spur hatte. Eine der Damen war an der Verschwörung beteiligt. Das zu glauben, fiel nicht schwer, es paßte nur allzu gut ins Bild. Die Vorstellung belastete ihn. Eudora Greville, geborene Doyle, Irin mit Leib und Seele, unterstützte ihren Bruder Padraig im Kampf für die Freiheit ihres Landes auf eine Weise, von der er annahm, daß sie zum Ziel führen würde. Der Haß, den sie ihrem Mann gegenüber zweifellos empfand, hatte ihr das wohl leicht gemacht. Und wie sollte sie ihn nicht hassen, wenn sie auch nur ansatzweise wußte, wie er Doll behandelt hatte! Pitt konnte sich gut vorstellen, wie es in Charlotte aussähe, wenn jemand Gracie so behandelt hätte! Der Betreffende dürfte sich glücklich schätzen, wenn er damit davonkäme, daß man ihm einen Schlag über den Schädel gab und ihn unter Wasser drückte.

Eudora könnte sich ohne weiteres in Dolls Kleid und Häubchen, die sie vielleicht schon zu einem früheren Zeitpunkt in der Waschküche oder Bügelstube an sich gebracht hatte, aus ihrem Zimmer geschlichen haben.

Für den Fall, daß jemand sie sehen sollte, hätte sie ihr Haar unter einer großen Spitzenhaube verborgen. Allein schon seine Farbe hätte sie leicht verraten. Davon abgesehen, wäre sie praktisch unsichtbar gewesen, wenn sie einen Stapel Handtücher, vielleicht sogar ihre eigenen, über den Gang getragen hätte. Ein reiner Zufall, daß die in höchstem Grade aufmerksame Gracie sie gesehen hatte, ihr dabei die Füße aufgefallen waren und sie sich später daran erinnert hatte.

Vorausgesetzt, Eudora wäre mit abgewandtem Gesicht ins Bad gegangen, hätte Greville erst etwas gemerkt, wenn es zu spät gewesen wäre. Sofern er sie gesehen und erkannte hätte, hätte er sich zwar vielleicht gefragt, warum sie sich als Zofe verkleidet hatte, aber keine Angst gehabt. Also hätte er weder geschrien, die Aufmerksamkeit anderer auf sich gelenkt oder ihren Namen gerufen.

Aber keinesfalls konnte Padraig die Sprengladung in Jacks Arbeitszimmer angebracht haben. Pitts Herz sank. Hatte dabei etwa auch Eudora ihre Hand im Spiel? Warum eigentlich nicht? Körperkraft war dazu nicht erforderlich, lediglich Geschicklichkeit und gute Nerven. Warum sollte sich nicht Eudora ebenso leidenschaftlich oder tapfer für das Schicksal ihres Landes einsetzen wie irgendein Politiker – oder ein Sympathisant der Fenier?

Er mußte unbedingt mit Charlotte sprechen. Ihr wäre es möglich, sich die Abendschuhe der Damen anzusehen, ohne eine davon so mißtrauisch zu machen, daß sie die Schuhe versteckte oder vernichtete. Vielleicht wußte sie ohnehin, wem die fraglichen Abendschuhe gehörten. Sie würde sich bestimmt daran erinnern, was die jeweiligen Damen getragen hatten, bei welcher ihr blaue Absätze aufgefallen waren.

Aber erst eine Stunde vor dem Mittagessen hatte er Gelegenheit, ungestört mit ihr zu sprechen. Sie stand gerade im Begriff, einen kurzen Spaziergang mit Kezia zu machen, die überraschend sanftmütig wirkte, als sei aller Zorn von ihr abgefallen. Er fragte sich, was Charlotte ihr gesagt haben mochte, daß sie Fergal endlich verzieh. Er würde sie später danach fragen.

»Charlotte!«

Sie wandte sich um und wollte etwas sagen, als sie die Besorgnis auf seinem Gesicht und vielleicht auch seine Betrübnis erkannte.

»Was gibt's?«

»Ich hab' etwas entdeckt, worüber ich mit dir reden muß«, sagte er so leise, daß er hoffen konnte, Kezia habe es nicht gehört. Es war immerhin möglich, daß sie das bewußte Dienstmädchen gespielt hatte. Vielleicht stand sie mit Fergal im Bunde. Das andere Geschwisterpaar. Eine gewisse Hoffnung!

Charlotte wandte sich zu Kezia um, die unmittelbar vor der Tür auf der Terrasse stand.

»Bitte entschuldigen Sie mich einen Augenblick«, rief sie ihr zu. »Ich muß unbedingt rasch mit meinem Mann sprechen. Es tut mir wirklich leid!«

Lächelnd hob Kezia die Hand zum Zeichen der Zustimmung und ging dann über den Rasen davon.

»Was gibt es?« fragte Charlotte rasch. »Ich sehe schon, daß es etwas Unangenehmes ist.«

»Wenn man herausfindet, wer ein Verbrechen begangen hat, ist es im allgemeinen unangenehm«, sagte er ein Spur trübselig. Als er sah, daß sich ihre Augen weiteten, fügte er hinzu: »Nein, vollständig haben wir es noch nicht aufgeklärt. Bisher handelt es sich lediglich um eine ausgezeichnete Beobachtung Gracies. Ihr sind noch ein paar Einzelheiten zu dem ›Mädchen‹ eingefallen, das sie zum Zeitpunkt von Grevilles Ermordung oben auf dem Gang gesehen hat.«

»Tatsächlich? Und wer war es?« Sie schluckte und sah mit einem Mal elend aus. »Doch nicht etwa – Doll?«

»Nein«, sagte er rasch. »Doll war es nicht. Die Frau trug bestickte Abendschuhe mit blauen Absätzen.«

»Was sagst du da?« Einen Augenblick lang sah sie verwirrt drein. Dann begriff sie. Ihm war klar, daß auch sie an Eudora dachte. Er sah die widerstreitenden Empfindungen auf ihrem Gesicht, einen Anflug von Erleichterung, beinahe Befriedigung, die sofort von Mitleid verdrängt wurde. Dann war alles verflogen. Er glaubte zu verstehen und war überrascht. War sie bei aller inneren Selbständigkeit verletzlicher, als er angenommen hatte?

»Ach«, sagte sie nüchtern. »Du meinst, es war eine der Damen, die das Kleid eines Dienstmädchens über das eigene gezogen hat? Das kann nur eine Frau gewesen sein, die ein persönliches Interesse an der Sache hatte.«

»Über das eigene Kleid?« Einen Augenblick lang war er verwirrt.

»Was denn sonst?« sagte sie rasch. »Thomas, ein Gesellschaftskleid an- und auszuziehen dauert ewig. Allein schon das Zuhaken! Die Frau konnte sich ohne weiteres ein Dienstmädchenkleid besorgen, daß groß genug war, um es über das eigene Kleid zu ziehen, und lang genug, daß es auch noch über den Saum reichte, denn ein paar Zentimeter Satin, die unten herausgesehen hätten, hätten sie sofort verraten. Es war wohl reiner Zufall, daß Gracie einen Blick auf einen Abendschuh erhascht hat und sich daran erinnern konnte – aber Satin wäre jedem aufgefallen.«

Daran hätte er selbst denken müssen.

»Dann war sie vermutlich schlanker, als sie Gracie erschienen ist«, fuhr Charlotte fort. »Zwei Kleider übereinander tragen stark auf. Blaue Abendschuhe, sagst du?«

»Ja. Kannst du dich erinnern, wer an dem Abend Blau getragen hat?«

Sie lächelte schwach. »Nein, aber vielleicht Emily. Ich frag' sie. Wenn sie es ebenfalls nicht weiß, müssen wir uns umsehen. Wir bekommen es schon heraus.«

»Aber unauffällig«, mahnte er. »Wenn die Betreffende etwas davon merkt, wird sie die Schuhe verstecken oder vernichten. Dann hätten wir keinerlei Beweismittel. Der Kessel für die Heizung des Wintergartens ist mehr oder weniger allgemein zugänglich.«

»Ich frag' zuerst Emily. Mach dir keine Sorgen, ich mach' das so, daß niemand etwas davon merkt. Du weißt, daß ich das kann.«

»Natürlich.« Trotzdem sah er sie beunruhigt an, ohne genau zu wissen, warum. Vielleicht hatte es weniger mit seinen Befürchtungen zu tun, sie könne in bezug auf die Abendschuhe etwas falsch machen und die Sache verderben oder selbst in Gefahr geraten, und mehr mit ihren Empfindungen und damit, daß er sich dieser Empfindungen mit einem Mal bewußt geworden war.

»Abendschuhe mit blauen Absätzen?« sagte Emily überrascht. »Das würde bedeuten, daß es keins von den Mädchen war. In dem Fall hätte ja eine von uns Greville umgebracht! Willst du darauf hinaus?« Trotz ihrer offenkundigen Verwirrung klang sie kühl und sachlich. Charlotte hatte sie abgefangen, als sie aus der Küche kam, wo sie mit Mrs. Williams das Dinner für den folgenden Abend besprochen hatte. Mrs. Williams hatte wissen wollen, wie lange die Gäste wohl noch bleiben würden – wozu Emily natürlich nichts hatte sagen können. Jetzt schritten die Schwestern Seite an Seite durch die Eingangshalle auf die lange Galerie zu. Von dort aus fiel der Blick auf den französischen Teil des Parks, in dem sich zu dieser Stunde des Nachmittags vermutlich sonst niemand aufhielt. Die Herren hatten erneut ihre Gespräche aufgenommen – was auch immer dabei herauskommen mochte –, während die Damen ihrem jeweiligen Zeitvertreib nachgingen. Da zwei von ihnen frisch verwitwet waren, konnte von irgendwelchen geselligen Unternehmungen keine Rede sein.

Emily öffnete die Tür zur Galerie. Durch die nach Süden liegende Fensterreihe des langen Raumes fiel das Licht der Nachmittagssonne herein, von Zeit zu Zeit verdunkelt von den Wolken, die der Wind vorbeitrieb.

»Wer hat an dem Abend Blau getragen?« fragte Charlotte und schloß die Tür hinter ihnen.

»Ich kann mich nicht erinnern«, sagte Emily. »Außerdem ist es ohne weiteres möglich, blaue Abendschuhe unter einem andersfarbigen Kleid zu tragen, wenn sie einigermaßen dazu passen und man nichts anderes hat oder sie gern trägt, weil sie so bequem sind. Eudora vielleicht ausgenommen, hat keine von den hier Anwesenden so viel Geld, daß sie sich zu jedem Gesellschaftskleid passende Schuhe kaufen könnte.«

»Woher willst du das wissen?«

Emily sah sie von der Seite an. »Sei nicht so naiv. Schließlich habe ich Augen im Kopf. Du weißt möglicherweise nicht, was in dieser Saison Mode ist und was aus der vorigen Saison stammt... und vielleicht kennst du auch die Preise nicht. Außerdem kann ich gute von billiger Seide, und Wolle von Bombasin oder Mischgewebe unterscheiden.«

»Und wer hat also Blau getragen?«

»Darüber denke ich ja gerade nach.«

»Ich glaube nicht, daß es Kezia war.«

»Warum? Weil du sie magst? Ich halte sie für kaltblütig genug«, widersprach Emily. »Ganz im Gegensatz zu Iona McGinley. Sie steckt voller Träume und romantischer Ideen. Sie würde eher über so etwas reden und andere dazu aufstacheln, als es selbst zu tun.«

»Das wäre denkbar«, räumte Charlotte ein. »Es ist aber auch möglich, daß sie sich hinter dieser Haltung versteckt. Ich habe allerdings einen einleuchtenden Grund für meine Annahme, daß es nicht Kezia war. Sie ist ziemlich kräftig gebaut und hätte, wenn sie das Kleid eines Dienstmädchens über das eigene gezogen hätte, ziemlich ... nun ja, klobig ausgesehen. Das wäre Gracie bestimmt aufgefallen. Ganz davon abgesehen, wessen Kleid hätte über ihres passen sollen? Hat eine der Zofen eine Art Walkürenfigur?«

»Nein. Vielleicht hast du recht. Dann bliebe Eudora, was mir sehr wahrscheinlich vorkommt, oder Iona.«

»Oder Justine«, fügte Charlotte hinzu.

»Justine? Warum in alles in der Welt hätte sie Ainsley Greville umbringen sollen?« fragte Emily spöttisch und sah sie mit großen Augen an. »Sie ist keine Irin, hatte ihn bis zum Vortag noch nie gesehen und stand immerhin kurz davor, seinen Sohn zu heiraten!«

»Ich kann mir keinen einzigen Grund denken. Wahrscheinlich gibt es da nicht einmal viel Geld zu holen.«

»Sei nicht so boshaft.« Emily zog die Mundwinkel nach unten.

»Es sind durchaus Fälle bekannt, in denen man Menschen um des Geldes willen umgebracht hat«, verteidigte Charlotte ihren Standpunkt.

Emilys Schweigen ließ deutlich erkennen, was sie dachte.

»Ein blaues Abendkleid«, wiederholte Charlotte.

»Ich überlege ja schon! Eudora habe ich nicht in Blau gesehen. Sie trägt lieber Grün oder warme Töne. Ich glaube auch nicht, daß blau ihr stehen würde.« Sie zuckte die Achseln. »Das heißt natürlich nicht unbedingt, daß sie es nicht tragen würde. Manchmal tragen Leute die greulichsten Sachen. Weißt du noch, wie Hetty Appleby, die mit dem mausfarbenen Haar, in Gelb gekommen ist? Sie hat ausgesehen wie ein Käse!«

»Nein.«

»Also wirklich, ich weiß nicht, wo du manchmal deine Augen hast«, sagte Emily entrüstet. »Ich verstehe nicht, wie du Thomas überhaupt von Nutzen sein kannst.«

»Justine hat an dem Abend Beige und Blau getragen«, gab Charlotte zurück.

»Ich dachte, wir hätten uns darauf geeinigt, daß sie nicht das geringste Motiv hatte. Jetzt fällt es mir ein: Iona hat Blau getragen. Dunkelblau wie das Meer. Alles sehr romantisch. Fergal Moynihan konnte kaum den Blick von ihr wenden.«

»Das hätte er so oder so nicht getan, ganz gleich, was sie angehabt hätte. Wir sollten uns besser um die Schuhe kümmern.«

«Jetzt gleich?«

»Warum nicht?«

»Na zum Beispiel, weil Iona bestimmt in ihrem Zimmer ist«, sagte Emily. »Wir können ja nicht gut zu ihr reingehen und sagen: ›Wir suchen ein Paar Abendschuhe mit blauen Absätzen und würden uns gern mal Ihren Kleiderschrank ansehen, weil wir annehmen, daß Sie die anhatten, als Sie Ainsley Greville in seinem Badezimmer umgebracht haben.‹«

»Ich meine nicht –«

»Geh hin, wenn alle beim Essen sind. Du kannst dich mit Kopfschmerzen oder etwas in der Art entschuldigen«, bestimmte Emily. »Ich selbst kann ja nicht gut aufstehen und sagen, daß ich Kopfschmerzen hab', selbst wenn es stimmt. Also werde ich die anderen beschäftigen.«

»Was meinst du mit ›beschäftigen‹?« fragte Charlotte mit einem Anflug von Sarkasmus. »Bei Tisch sind sie doch ohnehin beschäftigt?«

»Ich achte darauf, daß alle dableiben. Was ist, hast du etwa Angst?«

»Natürlich nicht«, erwiderte Charlotte empört. »Um Thomas' willen wünschte ich, daß es nicht Eudora war, und ich hoffe, auch Justine hat nichts damit zu tun, denn ich kann sie gut leiden.«

»Mir wäre es am allerliebsten, wenn es niemand gewesen wäre«, erklärte Emily. »In meinen Augen war Ainsley Greville ein ausgemachter Lump. Aber unsere Wünsche spielen hier keine Rolle.«

»Das weiß ich doch! Ich suche nach den Abendschuhen, während ihr zu Mittag eßt.«

Kaum war Pitt gegangen, als Gracie sich wieder schlechter zu fühlen begann. An der ganzen Sache war nur eines gut: es schien ihr ziemlich sicher, daß nicht Doll Evans das ›Dienstmädchen‹ gewesen war, das sie gesehen hatte. Doll war größer, und ganz davon abgesehen, daß sie kaum die Abendschuhe einer anderen an sich bringen würde, hätte sie mit den hohen Absätzen noch größer gewirkt. Erst jetzt ging Gracie auf, wie sehr sie gefürchtet hatte, Doll könnte diejenige gewesen sein, die ins Badezimmer gegangen war, Greville den Schlag auf den Kopf versetzt und ihn dann unter Wasser gedrückt hatte. Grund dazu hatte sie reichlich gehabt. Gracie brachte für Ainsley Greville nicht das geringste Mitleid auf. Wer sich einem Dienstmädchen und seinem eigenen Kind gegenüber so verhalten konnte, wie er das getan hatte, verdiente eine empfindliche Strafe. Nur schade, daß auch so viele andere Menschen darunter leiden mußten. War es womöglich grundsätzlich so, daß jeder, der litt, automatisch andere mit hineinzog?

Immer wieder mußte sie an Finn Hennessey denken. Es bedrückte sie, daß er so leiden mußte. Der Verlust lange gehegter Illusionen gehörte zum Schlimmsten, was einem Menschen widerfahren konnte. Wenn sich Finn so gründlich geirrt hatte, was den Mord an Neassa Doyle und die Einschätzung seines eigenen Volkes anging, worin mochte er sich dann noch getäuscht haben? Was war darüber hinaus Lüge? Wer und was waren diese Menschen, die es fertigbrachten, ihre eigene Schwester zu töten? Wofür kämpften sie wirklich? Wie würde Finn, sofern er tatsächlich so sehr auf ihrer Seite stand, damit fertig werden, wenn sich herausstellte, daß sie seines Mitgefühls oder dessen anderer Menschen unwürdig waren? Wieviel von all dem war Lüge?

Das fragte er sich inzwischen sicher auch selbst. Wahrscheinlich war er schrecklich allein und verwirrt. In einer kurzen Viertelstunde hatte sie ihm alles genommen, woran er in seinem Leben geglaubt hatte, das Zugehörigkeitsgefühl zu seinem Volk, seine Überzeugung, seinen Zorn, alles, wovon er angenommen hatte, es mache seine Persönlichkeit aus. Das hätte sie nicht tun dürfen. Manche Wahrheiten muß man behutsam aussprechen, vielleicht sogar nur Stückchen für Stückchen.

Es gab für sie nichts Dringendes zu tun. Die Garderobe ihrer Herrin befand sich in einwandfreiem Zustand, und bestimmt wollte sie nicht, daß sich Gracie hinsetzte und ihr etwas vorlas oder mit ihr plauderte, was eine richtige Zofe mitunter tun mußte. Charlotte war immer so beschäftigt, daß die Zeit für derlei Dinge nicht reichte. Allerdings führte sie auch nicht das Leben einer Dame der Gesellschaft. Jetzt, da Gracie das aufregende Leben der Pitts kannte, bereitete ihr die bloße Vorstellung Schrecken, sich um richtig feine Leute kümmern zu müssen. Wie ertrugen Mädchen wie Gwen und Doll ein solches Leben nur?

Es wäre wohl das beste, Finn aufzusuchen und sich mit ihm zu vertragen. Bestimmt konnte er jetzt alle Freundschaft brauchen, die sie ihm zu bieten vermochte. Außerdem wollte sie ihn um Entschuldigung bitten. Sie hatte nicht gründlich genug über ihre Handlungsweise nachgedacht.

Die Entscheidung war gefallen. Sie verließ die Bügelstube und machte sich auf, ihn zu suchen.

Sie fand ihn an keinem der Orte, an denen er üblicherweise seinen Aufgaben nachging. Sie wollte nicht gern nach ihm fragen. Es war schon schlimm genug, daß sie den Eindruck hatte, die anderen wüßten, wie schrecklich sie sich fühlte. Sie wußte, wie sehr sie selbst auf das Verhalten anderer achtete. Es war mit einer ganzen Reihe von Vorteilen verbunden, nicht ständig ein Mädchen im Hause zu haben, sondern von Zeit zu Zeit eine Frau kommen zu lassen, welche die groben Arbeiten erledigte. Auf diese Weise hatte man zwar weniger Gesellschaft und war über das Leben anderer meist nicht sonderlich auf dem laufenden, hatte aber weit mehr Privatleben. Alles in allem war es die bessere Lösung.

Nachdem Gracie eine dreiviertel Stunde lang drinnen und draußen gesucht hatte, blieb als letzte Möglichkeit nur noch Finns Kammer. Selbstverständlich war sie dort noch nie gewesen. Aber vielleicht war es in diesem besonderen Fall das beste, dort mit ihm zu sprechen. Selbst für den Fall, daß man sie ertappte, würde ihr Charlotte bestimmt nicht den Stuhl vor die Tür setzen, wenn sie ihr erklärte, warum sie Finn aufgesucht hatte. Und Finn konnte nicht entlassen werden, weil

McGinley bereits tot war, der Arme. Das schlimmste, was geschehen konnte, war, daß die anderen tuschelten und lachten. Aber selbst das wäre besser, als Finn dem Kummer über den Verlust seiner Arbeit und all seiner Träume und Überzeugungen zu überlassen, ohne ihm zu sagen, wie leid ihr das tat.

Bevor sie die erste Treppe hinauflief, sah sie sich aufmerksam um, ob jemand sie beobachtete. Die zu Ashworth Hall gehörenden Dienstboten bewohnten die der Treppe zunächst liegenden Räume, wobei die höherrangigen unter ihnen natürlich Anspruch auf die besten Räume hatten. Lakaien, Stiefelputzer und Bedienstete in ähnlich niederer Stellung bewohnten die kleineren Kammern, die weiter von der Treppe entfernt lagen. Die von den Gästen mit ins Haus gebrachten Bediensteten waren ein Stockwerk höher untergebracht, gleich unter dem Dach.

Aber in welcher dieser Kammern mochte Finn wohnen? Gracie mußte nachdenken. Auch unter dem Personal wurde streng auf den Rang geachtet, was sich deutlich an der Tischordnung in der Leutestube zeigte. Jeder nahm entsprechend der Bedeutung seiner Herrschaft Platz und bekam in dieser Reihenfolge seine Mahlzeit aufgetischt, bis hin zum Nachtisch. Mithin rangierte hier oben vermutlich Mr. Wheeler an der Spitze, denn er war der Diener Mr. Grevilles, der den Vorsitz bei dieser elenden Zusammenkunft gehabt hatte. Wer kam als nächster? Rasch! Man durfte sie auf keinen Fall hier ertappen. Niemand würde glauben, daß sie sich nur verlaufen hatte.

Mr. Doyle und Mr. O'Day. Also waren Finn und Mr. Moynihans Diener weiter vorne untergebracht, und nach ihnen kam vermutlich Tellman. Die bloße Vorstellung, aus Versehen in Tellmans Kammer zu platzen, bereitete ihr so großes Unbehagen, daß sie kaum noch Luft bekam.

Vielleicht war die Sache doch nicht der Mühe wert?

Vorwärts! Nicht feige sein und einfach nur herumstehen wie eins der Standbilder im Park. Man muß von Zeit zu Zeit auch etwas riskieren. Also mutig angeklopft!

Keine Antwort.

Mit zitternder Hand versuchte Gracie es an der nächsten Tür. Nach kurzer Stille hörte sie Schritte.

Das Herz schlug ihr bis zum Halse.

Die Tür öffnete sich. Es war Finn – Gott sei Dank! Aber was sollte sie jetzt sagen?

»Es tut mir leid!« platzte sie heraus.

»Gracie!« Verblüfft sah er sie an und wirkte einen Augenblick verwirrt, unsicher, was er sagen oder tun sollte.

»Tut mir leid, daß ich Ihnen das mit Chinnery gesagt hab'«, erklärte sie tapfer. Wenn sie es nicht gleich tat, würde sie später vielleicht nicht mehr den Mut dazu aufbringen. »Ich hätt' das nich' einfach so sagen dürfen. Vielleicht hätt' ich es gar nich' sagen dürfen. Wenn man mal die Unwahrheit sagt, heißt das nich' gleich, daß man für die falsche Sache kämpft.«

Er sah sie mit großen Augen verwirrt an.

Es gab nichts, was sie noch hätte sagen können. Es war ihr unmöglich, die Wahrheit zu verdrehen, und das durfte er auch nicht erwarten. Vielleicht war es doch kein so guter Einfall gewesen, zu ihm zu gehen. Aber er sah so elend aus. Gewiß konnte sie etwas für ihn tun? Ihre Herzlichkeit mußte ihm doch etwas bedeuten.

Er lächelte zurückhaltend.

»Sie sollten besser reinkommen.« Er trat beiseite. »Wenn man Sie hier oben sieht, kriegen Sie mit Sicherheit Schwierigkeiten.«

Sie zögerte nur einen Augenblick. Es gab noch so vieles zwischen ihnen, über das sie reden mußten. Außerdem hatte er recht. Zu dieser Nachmittagsstunde konnte jederzeit jemand hier auftauchen. Fände man sie im Männertrakt, wäre das für sie auf jeden Fall in höchstem Maße peinlich. Also trat sie an ihm vorbei in die Kammer. Wie ihre eigene war es ein schlichter Mansardenraum, der beinahe gemütlich warm war und dem man für kurze Zeit mit Baumwollvorhängen am Fenster, einer Tagesdecke auf dem Bett und einem Flickenteppich auf dem Boden eine gewisse Behaglichkeit verliehen hatte. Außer dem Bett standen darin ein hölzerner Stuhl, ein Waschtisch mit Wasserkanne und Waschschüssel, ein kleiner

Kleiderschrank und eine Kommode mit drei Schubladen für die Leibwäsche. An der Wand zur Rechten stand ein kleiner Tisch mit einem weiteren Holzstuhl davor. Auf dem Tisch lag ein beschriebenes Blatt – es mochte ein kurzer Brief sein – sowie ein Umschlag, ein aufgeschlagenes Buch, ein ledernes Täschchen, einige Blätter blaues Papier und mehrere Kerzen.

Reglos sah er sie an.

»Mir ist egal, was die Leute von den Brüdern Doyle behaupten, oder wie sich die Geschichte darstellt«, sagte er ein wenig steif. »Vielleicht haben sie sich geirrt, als sie sagten, daß es Chinnery war, aber sie haben es ehrlich gemeint. Auch der Hunger und die Tragödie in unserem Land sind wirklich.« Mit glänzenden, harten Augen, gerecktem Kinn und angespannten Kiefern sah er sie an, als habe sie die Absicht, das zu bestreiten.

Sie mußte Geduld mit ihm haben. Auf keinen Fall durfte sie vergessen, wie tief er verletzt worden war. Für sie war die Sache einfach. Niemand hatte ihr ihre Träume über die Menschen genommen, die sie am meisten bewunderte und an denen ihr am meisten lag, die Menschen, denen sie nacheiferte und die ihr Zeit und Fürsorge gewidmet hatten.

Sie atmete tief ein. »Natürlich«, stimmte sie zu. »Falls ich was andres gesagt hab', war das übereilt.«

Er entspannte sich ein wenig.

Sie mußte achtgeben, daß sie nicht zu sehr nachgab, damit er sie nicht für schwach hielt oder annahm, sie stehe nicht zu ihren Ansichten. Dafür würde er sie bestimmt nicht bewundern. Das hätte sie allerdings auch niemals getan. Es war sehr schmerzlich, so viel für jemanden zu empfinden, der auf der Gegenseite stand, für einen Menschen, der Überzeugungen vertrat und an Bindungen glaubte, die er nicht ohne weiteres aufgeben konnte. Es gab zu viel Schuld, zu viele gemeinsame Erlebnisse, zu viel Leid, das jetzt nach Trost verlangte. Wie sollten Mr. Moynihan und Mrs. McGinley das je bewältigen?

»Sie verstehen nichts«, sagte er nachdenklich. »Das geht

auch gar nicht, Sie können nichts dafür. Um das Leiden und das Unrecht zu erkennen, müßten Sie Irin sein.«

»Jeder leidet auf die eine oder andere Weise«, sagte sie durchaus vernünftig. »Nich' nur in Irland frieren und hungern die Menschen, sind einsam und haben Angst, werden auf die Straße gesetzt oder für Sachen eingesperrt, die sie nich' getan ha'm oder für die sie nichts konnten. Das passiert überall. Manchmal werden sogar Engländer für das aufgehängt, was sie nich' getan ha'm.«

Er sah sie mit unverhohlener Ungläubigkeit an.

»Doch, ehrlich!« sagte sie mit Nachdruck. »Mein Herr is' bei der Polizei. Ich weiß Sachen, von denen Sie keine Ahnung haben. Ihr habt nich' alles Leiden auf der Welt für euch gepachtet.«

Seine Züge verfinsterten sich.

»Das heißt nich', daß es nich' richtig wär' zu kämpfen, damit es besser wird!« fuhr sie rasch fort. »Oder daß es für Irland nich' wichtig wär', frei zu sein, damit sich das Land um seine eigenen Angelegenheiten kümmern kann. Aber was is' mit Leuten wie Mr. O'Day und Mr. Moynihan? Denen muß man auch gerecht werden, oder etwa nich'?«

»Gerecht sein heißt, Irland die Freiheit geben«, sagte er und bemühte sich, den Zorn in seiner Stimme zu beherrschen. »Hören Sie mir zu!« Er setzte sich auf die Bettkante und wies auf den Stuhl. Gracie folgte der Einladung. »Sie können nicht in einer Woche oder auch in einem Jahr verstehen, warum der Haß so tief verwurzelt ist, und auch nicht begreifen, was im Laufe von Jahrhunderten in Irland passiert ist, Sie wissen nichts vom Diebstahl des Landes und von all den Morden.« Er schüttelte mit angespanntem Gesicht den Kopf. »Ich kann es Ihnen auch nicht sagen. Sie müßten es selbst sehen, um zu glauben, daß man seine Mitmenschen so behandeln kann, Menschen, die ebenso hungern und vor Kälte zittern wie Sie selbst, die ebenso arbeiten, schlafen und ihre Kinder lieben wie ihr Engländer, die sich von der Zukunft dasselbe erträumen und erhoffen wie ihr. Es ist unmenschlich, aber es geschieht seit Jahrhunderten.« Er beugte sich weiter vor. Seine Augen leuchteten, seine

Stimme war eindringlich und zornig. »Wir müssen dem für alle Zeiten und um jeden Preis ein Ende bereiten. Die ganze Vergangenheit schreit danach, daß wir nicht nur uns selbst sehen, sondern auch an die denken, die jetzt Kinder sind oder in der Zukunft unsere Kinder sein werden.«

Wortlos sah sie ihn an.

»Hören Sie zu, Gracie!« Seine Hand zitterte vor innerer Bewegung. »Alles Kostbare hat seinen Preis. Wenn uns die Sache etwas wert ist, müssen wir bereit sein, ihn zu zahlen!«

»Gewiß«, sagte sie leise. Aber seine Worte beunruhigten sie, kaum daß sie ihm zugestimmt hatte.

Er fuhr fort, ohne den zögernden Ausdruck auf ihrem Gesicht zu bemerken.

»Die Geschichte kann grausam sein.« Er lächelte jetzt, ein Teil der Schatten auf seinem Gesicht war verflogen. »Wir müssen den Mut haben, zu dem zu stehen, was wir glauben, und das kann manchmal sehr schwer sein, aber Feiglinge bewirken nun mal keine großen Veränderungen.«

Insgeheim dachte sie, daß sie bisweilen von gewissenlosen Männern bewirkt wurden, aber sie sagte nichts.

»Danke, daß Sie gekommen sind«, sagte er voll Wärme. »Ich habe mich nicht gern mit Ihnen gestritten.« Er hielt ihr die Hand hin.

Sie streckte ihm die ihre entgegen, und kraftvoll, doch zugleich sanft schlossen sich seine Finger darum. Er zog sie an sich, und sie ließ es bereitwillig geschehen. Ganz sacht küßte er sie auf die Lippen, dann ließ er sie los. Ein Gefühl von Frieden und Glück durchströmte sie. Der Streit war nicht beigelegt. Sie war nach wie vor der Ansicht, daß er in manchem unrecht hatte, doch seine Gefühle waren ehrlich, und um das andere konnte man sich später kümmern. Entscheidend war die innere Anteilnahme. Sie erwiderte sein Lächeln, löste ihre Finger und setzte sich wieder.

Als sie sich dabei mit einer Hand am Tisch festhielt, schob sie eher zufällig das blaue Papier und die Kerzen beiseite und warf unwillkürlich einen Blick darauf.

»Hände weg!« Finn sprang auf. Sein Körper war angespannt, seine Züge mit einem Mal hart.

Sie erstarrte und sah ihn erstaunt an. So zornig hatte sie ihn noch nie gesehen. Außerdem war da noch etwas, häßlicher und ihr fremd. Ihre Hand hatte zwei der kerzenähnlichen Gegenstände berührt. Sie hatten sich unterschiedlich angefühlt: der eine wie die Wachskerzen, die sie kannte, der andere irgendwie klebrig.

»Lassen Sie die Finger davon«, stieß er zwischen den Zähnen hervor.

»Entschuldigung«, sagte sie zitternd. »Das hab' ich nich' gewollt.«

»Nein ... nein, natürlich nicht.« Er schien nach Worten zu ringen und zugleich gegen eine alles andere auslöschende Empfindung anzukämpfen – vergebens. »Es ... Sie dürfen ... Sie dürfen nicht ...«

Entsetzen überkam sie. Vielleicht war es gar keine Kerze, wie sie angenommen hatte. Sie hatte keinen Docht gesehen. Konnte es sein, daß eine Dynamitstange so aussah?

Ein Blick auf sein Gesicht zeigte ihr, daß sie mit ihrer Eingebung recht hatte. Hätte es sich um eine Kerze gehandelt, wäre es nie und nimmer zu dieser plötzlichen Entfremdung zwischen ihnen gekommen, nur, weil sie den Gegenstand angesehen und berührt hatte. Die Erkenntnis verursachte ihr Schwindel.

Sie verschränkte die Arme und verbarg, ohne es zu merken, ihre zitternden Hände.

Er sah sie nach wie vor an. Er mußte die Veränderung in ihrem Gesicht erkannt haben. Hatte er erraten, welch schrecklicher Verdacht ihr gekommen war?

»Gracie?«

»Ja!« Ihre Antwort war zu rasch gekommen, das merkte sie, kaum daß sie das Wort ausgesprochen hatte. Sie sah es an seinen Augen. Finn besaß das Material für eine Sprengladung von der Art, wie sie im Arbeitszimmer detoniert war und Lorcan McGinley getötet hatte. Wie hatte er sich an einem solchen Verrat beteiligen können? Hatte der Anschlag etwa von vornherein seinem eigenen Herrn gegolten und nicht Mr. Radley?

Ohne es zu merken, war sie aufgestanden.

»Ich muß jetzt gehen«, sagte sie mit erstickter Stimme. Sie schluckte und rang nach Luft. Sie ging zur Tür und drehte sich erst im letzten Augenblick wieder zu ihm um, als ihre Hand schon auf der Klinge lag. Schließlich mußte sie ihre Flucht erklären. Alles, nur nicht die Wahrheit. »Wenn mich hier jemand findet, kriegen wir beide Ärger«, stieß sie hervor. »Ich wollte nur sagen, daß es mir leid tut. Ich hätte es nich' erzählen sollen.«

»Gracie ...« Er stand auf und kam auf sie zu.

Sie zwang sich zu einem Lächeln. Vermutlich wirkte es kläglich. Er hatte wohl auch begriffen, daß es nicht von Herzen kam. Aber sie mußte hinaus ... sofort ... augenblicklich. Ihre Gedanken überschlugen sich. Sie konnte nicht glauben, was sie gesehen hatte, es war zu entsetzlich. Bestimmt gab es eine andere Erklärung dafür, aber auf keinen Fall konnte sie bleiben, um ihn danach zu fragen.

Mit zitternden Händen riß sie die Tür auf. Sie stolperte und wäre fast gefallen. Als sie hinaustaumelte, stieß sie sich am Türrahmen.

Sie merkte, daß er ihr folgte, und floh, ohne sich umzusehen, polterte die Treppe zum ersten Stock hinab, von dort zum Erdgeschoß, wo sie fast mit Doll zusammengestoßen wäre.

»Entschuldigung«, keuchte sie. »Es war keine Absicht.«

»Fehlt Ihnen etwas, Gracie?« fragte Doll besorgt. »Sie sehen ja schrecklich aus.«

»Ich hab' Kopfschmerzen«, sagte sie und führte die Hand gleichsam als Bestätigung ihrer Worte an den Kopf. Sie hörte Schritte hinter sich. Das mußte Finn sein. Wenn er sie mit Doll zusammen sah, würde er es nicht wagen näherzukommen. »Ich brauch' ... 'n bißchen Lavendelöl ... oder so was. Vielleicht auch 'ne Tasse Tee.«

»Ich hol' Ihnen eine«, machte sich Doll sogleich erbötig. »Bei all dem Trubel ist es kein Wunder, daß Sie Kopfschmerzen kriegen. Kommen Sie mit, ich kümmere mich um Sie.« Sie duldete keine Widerrede.

Widerwillig nahm Gracie das Angebot an. Sie konnte jetzt keine Auseinandersetzung brauchen, und in ihrem Kopf drehte sich alles viel zu sehr, als daß sie einen klaren Gedanken hätte fassen können. So folgte sie Doll gehorsam zur Teeküche für das Personal. Auf dem Gang war niemand zu sehen. Sie ließ sich auf einen Stuhl sinken, während Doll das Wasser aufsetzte.

Was hatte Finn getan? Woher stammte das Dynamit? Hatte er den Sprengsatz eigenhändig hergestellt? Hatte nicht Pitt nachgewiesen, daß Finn sich nicht am Tatort aufgehalten hatte? Bestimmt hatte er die Sache gründlich durchdacht, er dachte an alles. Und Finn konnte unmöglich Mr. Greville getötet haben. Mr. O'Day hatte ihn die ganze Zeit beobachtet oder zumindest gehört.

Das Wasser im Kessel siedete.

Gracie mußte ihre Gedanken ordnen, mußte klar denken. Das Blut hämmerte ihr in den Schläfen. Finn half offenbar jemandem. Am meisten Sinn ergäbe es, wenn es sich dabei um Mr. Doyle handelte. Beide standen auf derselben Seite. In dem Fall hatte Finn nur so getan, als unterstütze er Mr. McGinley.

»Gracie?«

Sie hörte Dolls Stimme nicht. Es mußte eine andere Erklärung geben. Diese Art von kaltblütiger Gewalttätigkeit paßte nicht zu Finn. Irgendein niederträchtiger Mensch benutzte ihn, fütterte ihn mit falschen Geschichten über Leute wie Neassa Doyle und Drystan O'Day und brachte ihn dazu, entsetzliche Dinge zu tun, ohne zu begreifen, was dabei herauskam.

»Gracie?«

Sie hob den Blick. Doll stand mit einer Tasse in der Hand vor ihr. Auf ihren Zügen spiegelte sich Besorgnis.

»Vielen Dank.« Vorsichtig nahm sie die Tasse. Das Getränk war sehr heiß und roch nach Gänseblümchen.

»Es ist Kamille«, sagte Doll. »Das hilft gegen Kopfschmerzen und Aufregung. Sie sehen wirklich mitgenommen aus. Sie sollten sich besser eine Weile hinlegen. Wenn Ihnen das recht ist, helf' ich gern aus, falls Mrs. Pitt was braucht.«

Gracie zwang sich zu lächeln. »Es geht schon wieder. Vielen Dank. Es ist nur… all das… die Art, wie sich die Menschen gegenseitig hassen, macht einen richtig fertig. Man weiß gar nich' mehr, wem man trauen kann und wer womöglich im verborgenen schreckliche Dinge plant.«

»Ich weiß.« Doll setzte sich mit einer Tasse Tee ihr gegenüber. »Am besten wär's wahrscheinlich, keinem zu trauen, außer vielleicht Ihrem Mr. Pitt.«

Gracie nickte, beschloß aber insgeheim, Pitt noch nicht zu sagen, was sie in Finns Kammer zu sehen geglaubt hatte. Immerhin war es möglich, daß sie sich geirrt hatte, denn was verstand sie schon von Dynamit? Vielleicht hatte sie sich den Ausdruck auf Finns Gesicht auch nur eingebildet.

Sie trank in kleinen Schlucken. Der Tee war zu heiß, aber wohltuend, und nach und nach fühlte sie sich wieder ein wenig besser.

Doch den ganzen Nachmittag über wich die Furcht nicht von ihr. Sollte sie es Pitt nicht doch besser sagen? Er konnte sicher entscheiden, ob es sich um Dynamit handelte, ob Finn wußte, was er tat, oder ob ihn ein Dritter für seine Zwecke benutzte. Schließlich hatte Mr. McGinleys Tod bei Finn ebenso großes Entsetzen hervorgerufen wie bei allen anderen, das hatte ihm Gracie angesehen. Jemand, der gewußt hätte, daß der Sprengsatz im Arbeitszimmer detonieren würde, hätte sich doch bestimmt nicht so dicht an die Tür gestellt, daß ihn die Druckwelle erfaßte?

Das alles ergab keinen Sinn.

Einige Zeit später wusch Gracie in der Waschküche Unterröcke und sah Finn in der Tür stehen, als sie den Blick hob. Niemand sonst befand sich in der Nähe. Gwen war schon vor einer ganzen Weile gegangen, und die Waschmägde saßen beim Nachmittagstee. Gracie hatte den Zeitpunkt mit Bedacht gewählt, weil sie mit niemandem reden wollte. Jetzt hätte sie nur allzugern jemanden in der Nähe gehabt, ganz gleich wen.

Finn trat einen Schritt vor. Sein Gesicht war finster, der Blick seiner Augen wirkte beunruhigt. »Wir müssen miteinander reden ...«

»Nicht hier«, sagte sie leise und mußte schlucken. Voll Bestürzung merkte sie, daß sie Angst vor ihm hatte. Das hatte nichts damit zu tun, daß sie sich der Wahrheit nicht stellen wollte oder seine Erklärungen, die sich später vielleicht als Lügen herausstellen würden, nicht hören mochte. Sie hatte buchstäblich körperliche Angst. Mit schriller Stimme sagte sie: »Es kann jeden Augenblick jemand kommen. Die anderen Mädchen sind nur rasch zu ihrem Nachmittagstee gegangen.«

»Nein«, sagte er gleichmütig und trat näher zu ihr. »Die sind erst seit fünf Minuten weg, und sie bleiben bestimmt mindestens 'ne halbe Stunde – noch länger, wenn nicht viel zu tun ist.« Er sah sich um. Sein Blick fiel auf einige Stücke Leibwäsche, die zu flicken waren. Es lagen weder Bettlaken noch Handtücher da. Die große Wäsche war bereits gewaschen worden. Da es ein windiger Tag war, war alles längst getrocknet und hereingebracht worden. Im Raum roch es nach frischgewaschenem Leinen.

»Doch«, log sie und wrang den nassen Unterrock so kräftig wie möglich aus, als könnte sie sich damit irgendwie schützen.

Er kam noch näher. Auf seinem Gesicht lag ein sonderbarer Ausdruck. Es sah so aus, als ob ihm selbst nicht recht wäre, was er tat, er aber keine Möglichkeit hätte, es zu unterlassen.

Ohne den Unterrock loszulassen, wich sie vom hölzernen Waschbottich zurück.

»Gracie«, sagte er mit vernünftig klingender Stimme. »Warten Sie doch …«

»Nicht hier«, wiederholte sie und vergrößerte den Abstand zu ihm. Noch kräftiger als zuvor wrang sie den Unterrock. Vielleicht wäre er ihr naß nützlicher gewesen?

»Ich möchte nur mit Ihnen reden«, sagte Finn ernst.

Sie schob sich an den kupfernen Waschkesseln vorbei, die noch Wärme abstrahlten, und um die Bottiche herum zur gegenüberliegenden Tür.

Er kam immer näher.

Sie ergriff das große Rührholz, mit dem die Waschmägde die Laken im Kessel hin und her stießen.

»Gracie!« Er machte ein Gesicht, als hätte sie ihn bereits geschlagen.

Es war lachhaft! Warum hatte sie nicht einfach so getan, als habe sie nichts gesehen und eine würdevolle Haltung an den Tag gelegt? Was glaubte sie eigentlich? Daß er sie hier in der Waschküche erwürgen würde?

Genau das! Warum eigentlich nicht? Mr. Greville war in seinem eigenen Badezimmer ertränkt worden, und Mr. Radley wäre beinahe mit dem Schreibtisch in seinem Arbeitszimmer in die Luft geflogen, wenn es nicht statt dessen Mr. McGinley erwischt hätte!

Sie schleuderte das schwere Holz nach ihm, wandte sich dann um und rannte davon. Ihre Schritte hallten auf dem Steinboden wider, die langen Röcke schwangen ihr um die Beine und behinderten sie. Bestimmt verfolgte er sie, war schon dicht hinter ihr. Sie konnte ihn hören, seine Schritte, seine Stimme, die ihr nachrief. Was würde er tun, wenn er sie einholte? Er war jetzt wütend und gekränkt. Auch das konnte sie hören.

Sie hatte bisher gar nicht gewußt, daß sie so schnell rennen konnte. Ihre Füße glitten auf dem Linoleum im Gang aus. Sie stürmte um eine Ecke, prallte gegen eine Wand, gewann mit Mühe und wild um sich schlagend das Gleichgewicht wieder. Als sie mit voller Wucht gegen jemanden rannte, stieß sie einen Entsetzensschrei aus.

»He, was ist? Was haben Sie? Man könnte glauben, daß der Teufel hinter Ihnen her ist!« hörte sie eine Männerstimme mit irischem Zungenschlag. Jemand hielt sie an den Handgelenken fest.

Sie hob den Blick. Fast wäre ihr Herz stehengeblieben. Es war Mr. Doyle. Er lächelte sie an.

Sie schlug ihm den nassen Unterrock ins Gesicht und trat ihm mit aller Kraft gegen das Schienbein.

Mit einem Schmerzenslaut ließ er sie verblüfft los.

Sie rannte weiter. So ungestüm eilte sie durch die grünbezogene Tür in die Eingangshalle, daß die Tür in den Angeln hin- und herpendelte.

Ein Lakai sah sie verwundert an.

»Fehlt Ihnen etwas?« fragte er stirnrunzelnd.

Gracie hielt immer noch den nassen Unterrock in der Hand.

Ihr Häubchen hatte sie bei der wilden Flucht verloren, ihr Gesicht war hochrot.

»Nicht die Spur«, sagte sie, so würdevoll sie konnte. »Vielen Dank, Albert.« Sie holte tief Luft und beschloß, nach oben in Charlottes Zimmer zu gehen. Es war für sie vermutlich der einzige sichere Ort.

KAPITEL ELF

Die Suche nach den Abendschuhen mit den blauen Absätzen erwies sich keineswegs als einfach. Charlotte entschuldigte sich mit Unwohlsein von der Mittagstafel. Niemand würde sich erkundigen, was ihr fehlte, und niemand würde sich genötigt fühlen, ihr zu folgen. Allen war klar, daß man in einem solchen Fall vor allem allein sein wollte.

Sobald sie außer Hörweite des Eßzimmers war, lief sie durch die Eingangshalle und nach oben. Ein Lakai schickte ihr einen besorgten Blick nach, als sie im Sturmschritt die Treppe hinaufeilte, sagte aber nichts. Es stand ihm nicht zu, das exzentrische Verhalten von Gästen zu kommentieren.

Kezia konnte kaum das ›Mädchen‹ gewesen sein, das Gracie auf dem Gang gesehen hatte, denn dafür war sie einfach zu kräftig gebaut. Es konnte jedoch jede der drei anderen Damen gewesen sein. Charlotte fürchtete, daß es Eudora war. Schließlich hatte in erster Linie sie ein Motiv, das jede Frau verstehen würde.

Charlotte wußte, wo die weiblichen Gäste untergebracht waren. Beginnen würde sie in Eudoras Zimmer. Gott sei Dank hatte sich Eudora überreden lassen, am gemeinsamen Mittagessen teilzunehmen. Es hätte Charlotte einen kräftigen Strich durch die Rechnung gemacht, wenn eine der beiden kürzlich verwitweten Frauen beschlossen hätte, in ihren Räumen zu bleiben. Das wäre ohne weiteres möglich gewesen, ohne daß sie irgend jemandem dafür hätte Rechenschaft ablegen müssen. Es hatte Emily viel Mühe gekostet, das zu erreichen. Sie war nicht nur eine gute Diplomatin, sondern auch fest davon überzeugt, daß dieses Verbrechen möglichst rasch aufgeklärt werden mußte. Es fiel ihr nach wie vor ausgesprochen schwer, Haltung zu bewahren und ihre Angst um Jack nicht die Oberhand gewinnen zu lassen. Charlottes Plan gab ihr die Gelegenheit, etwas zu tun, ihren körperlichen und geistigen Energien ein Ventil zu verschaffen und gleichzeitig zu helfen.

Für den Fall, daß Doll sich in Eudoras Schlafzimmer aufhielt, klopfte Charlotte an.

Da niemand antwortete, öffnete sie die Tür, trat ein und ging geradewegs zum Ankleidezimmer. Es blieb keine Zeit für irgendwelche Überlegungen, außer der einen, in welchem Schrank Eudora ihre Schuhe hatte. Sie öffnete den ersten und sah eine Reihe von Abendkleidern. Es war ihr ausgesprochen peinlich, die Garderobe einer anderen Frau ohne deren Wissen zu durchsuchen. Eudoras Kleider waren teils aus weicher Wolle und Gabardine, teils aus schwerer Seide und Taft, mit erstklassiger Spitze besetzt, und alle waren wunderschön. In dem Schrank hing außerdem ein Reisecape mit einem üppigen Pelzkragen. Manche der Farben hätten auch Charlotte hervorragend gestanden. Und nichts von all dem war geliehen! Sie spürte den Stachel des Neides.

Grotesk! Welche Frau würde schon eine noch so große Anzahl wunderbarer Kleider haben wollen, wenn der Preis dafür wäre, mit einem Mann wie Ainsley Greville verheiratet zu sein?

Eudoras Schuhe standen auf dem Rost unterhalb der Kleider und in einem Schuhregal an der Seite. Es war genau so, wie Charlotte es sich gedacht hatte: lauter Brauntöne und warme Farben, kein einziges blaues Paar oder eines mit blauen Absätzen.

Sie wußte nicht, ob sie erleichtert sein sollte oder nicht. Jetzt kamen nur noch Iona oder Justine in Frage. Am liebsten hätte sie es gesehen, wenn es Iona gewesen wäre.

Es war schäbig, das Schlafzimmer anderer Menschen zu durchstöbern. Immerhin war das ihre Privatsphäre, der Ort, wohin sie sich mit ihren Geheimnissen und Vorstellungen zurückzogen, wo sie nicht nur schliefen, sondern auch am ehesten ganz sie selbst waren, ungeschützt und verletzlich, nackt und bloß in jedem Sinne des Wortes. Eudoras Zimmer roch nach Lilien und etwas Schwerem, Kräftigerem. Es war wohl ein Parfüm, das sie besonders mochte.

Charlotte ging wieder zur Tür, öffnete sie vorsichtig und spähte hinaus. Im selben Augenblick wurde ihr klar, wie sinnlos das war. Sofern jemand sah, daß sich die Tür bewegte, würde er auch sie sofort sehen. Sie hatte keinerlei Entschuldigung für ihre Anwesenheit dort, konnte nichts vorbringen, um ihr Eindringen in Eudoras Zimmer zu rechtfertigen.

Niemand war zu sehen.

Kaum war sie auf dem Gang, als Doll um die Ecke bog. Sie sah hübscher aus, als Charlotte sie je zuvor gesehen hatte, und zum ersten Mal lächelte sie. Sie trug den Kopf hoch und bewegte sich leicht und anmutig. Was mochte die Veränderung bewirkt haben? Nachdem Charlotte bei Dolls Anblick zuerst zusammengezuckt war, freute sie sich jetzt für sie. Wenn jemand in diesem Hause eine Aufmunterung verdient hatte, dann diese junge Frau.

»Guten Tag, Mrs. Pitt«, sagte Doll munter. »Brauchen Sie etwas? Kann ich etwas für Sie tun?«

Charlotte war ziemlich weit von ihrem eigenen Zimmer entfernt und konnte kaum behaupten, sich im Haus ihrer Schwester verlaufen zu haben. Sie suchte nach einer glaubhaften Notlüge – und fand keine.

»Nein, vielen Dank«, sagte sie einfach und ging an Doll vorbei in Richtung auf den Treppenabsatz. Die Begegnung war ärgerlich. Eigentlich hatte sie die Absicht gehabt, als nächstes Justines Zimmer zu durchsuchen, doch Doll würde sich nach wie vor in der Nähe aufhalten. In der Zeit, in der sie Eudoras Zimmer durchsucht hatte, hatten die Gäste unten bestimmt mindestens einen Gang der Mahlzeit beendet. Womöglich näherte sie sich bereits ihrem Ende, und Emily konnte die Damen keinesfalls endlos festhalten.

Da sich Charlotte kein Zögern erlauben konnte, nahm sie sich Ionas Zimmer vor.

Sicherheitshalber blickte sie sich um, ob vielleicht noch ein anderer Dienstbote in der Nähe war, dann öffnete sie die Tür und trat ein. Die Vorhänge mit dem Blumenmuster waren weit aufgezogen, und der Raum lag im vollen Sonnenschein da. Zwar erinnerte keiner der Gegenstände auf der Kommode an Lorcans Anwesenheit, doch als sie zu den Kleiderschränken trat, sah sie, daß seine Anzüge noch darin hingen und seine Schuhe darunterstanden. Ein unangenehmes Gefühl beschlich sie, das daran gemahnte, wie nahe man mitten im Leben dem Tode war. Der Übergang von einem zum anderen dauerte nur einen Augenblick. Gestern morgen hatte Lorcan noch gelebt. Er war weitaus tapferer und selbstloser gewesen, als sie geglaubt hatte. Jetzt war es zu spät, den Mann näher kennenzulernen, etwas darüber zu erfahren, welche guten Eigenschaften sich hinter der ziemlich spröden Fassade, seinem leidenschaftlichen Haß und seinem Ehrgeiz verbargen. Unmöglich konnte er so kalt gewesen sein, wie er gewirkt hatte.

Was Iona wohl empfinden mochte? War das der Anfang vom Ende ihrer Affäre mit Fergal Moynihan? Es sah ganz so aus, als habe die Liebesbeziehung der beiden eine plötzliche Abkühlung erfahren, als seien sie der Unterschiede gewahr geworden, die zwischen ihnen bestanden und die keine noch so große gegenseitige Anziehung zu überwinden vermochte.

Charlotte öffnete den nächsten Schrank. Zwar enthielt er Abendkleider, aber nicht so viele, wie sie erwartet hatte. Dunkle Blau- und Grüntöne, ein üppiges Lila, das ihren Neid erweckte. Es waren leidenschaftliche Farben, die Ionas dunkles Haar und blaue Augen richtig zur Geltung brachten. Diese Frau wußte, wie sie sich ins beste Licht rücken konnte. Nach ihren Tüchern und Blusen zu urteilen, schien sie auch die Kunst zu beherrschen, eine vergleichsweise kleine Auswahl an Kleidern sehr viel reichhaltiger erscheinen zu lassen.

Charlotte sah drei Paar Straßenschuhe, dunkelbraun, rehbraun und schwarz, und ein Paar jadegrüne Abendschuhe.

Sie schloß die Tür und sah sich noch einmal rasch um. Es gab nichts von Interesse. Dann fiel ihr Blick auf den Papierkorb, eine hübsche Flechtarbeit mit einem Blumenmotiv an der Seite. Einige Papierfetzen lagen darin. Es war unentschuldbar, dennoch ging sie hin und nahm zwei oder drei davon heraus und sah sie sich an. Sie gehörten zu einem Liebesbrief von Fergals Hand. Die wenigen Worte, die sie las, waren unmißverständlich.

Sie ließ die Papierstückchen rasch wieder fallen. Ihr Gesicht war heiß geworden. Kezia würde viel Großmut aufbringen müssen, sofern sie dazu imstande war. Vielleicht hatte Fergal dann etwas über Liebe und Verlust gelernt, über Verblendung und darüber, wie leicht es war, seinen eigenen Wünschen und Begierden zu folgen und wie sehr man auf das Mitgefühl jener angewiesen war, die man vorher nicht so recht ernst genommen hatte, wenn die Zeit der eigenen Einsamkeit und Niedergeschlagenheit kam.

Als sie wieder auf dem Gang stand, blieb ihr nur noch Justines Zimmer aufzusuchen. Sofern nicht doch Kezia das ›Mädchen‹ gewesen war, mußte es Justine sein.

Sie sah vorsichtig nach beiden Seiten. Doll schien glücklicherweise nicht mehr in der Nähe zu sein.

Sie lief den Gang entlang und öffnete die Tür, kaum daß sie der Form halber angeklopft hatte. Dann schlüpfte sie hinein und schloß die Tür hinter sich, so rasch sie konnte.

Der Raum war kleiner als die anderen und in aller Eile für eine unerwartete Besucherin hergerichtet worden. Das Ankleidezimmer war kaum groß genug, um die Kleiderschränke, den Frisiertisch und ein Wandtischchen mit einem Spitzendeckchen aufzunehmen. Vor dem kleinen Kamin stand ein niedriger Sessel. Sie sah in den ersten Schrank. Er enthielt mehrere Kleider, alle von guter Qualität und offensichtlich aus den letzten ein bis zwei Jahren. Sie waren von unterschiedlicher Farbe, paßten aber alle zu einer unverheirateten jungen Frau. Auch wenn Justine nicht aus einer angesehenen Familie kommen mochte, an Geld schien es ihr nicht zu mangeln. Ihre Eltern oder ein anderer Verwandter hatte sie aufs beste versorgt.

Charlotte musterte die Schuhe. Sie waren hochmodisch und von erstklassiger Machart, aber kein Paar war blau oder hatte blaue Absätze. Sie durfte sich keinesfalls noch länger in

Justines Zimmer aufhalten. Jederzeit konnte ein Gast aus einem Dutzend verschiedener Gründe den Tisch verlassen. Was wäre, wenn man sie hier fand? Günstigstenfalls würde man sie für einen unausstehlichen, neugierigen Menschen halten, der die Kleidung und persönliche Habe anderer durchschnüffelte, schlimmstenfalls aber für eine Diebin.

Wenn man es sich recht überlegte, wäre das unter Umständen sogar besser!

Sie trat wieder auf den Gang hinaus und hatte gerade den Treppenabsatz erreicht, als Justine oben ankam.

»Geht es Ihnen besser?« erkundigte sie sich mitfühlend.

Charlotte merkte, daß sie glühend rot wurde. »Ach doch ... ja, vielen Dank«, stotterte sie. »Viel besser. Es ... es war zum Glück nicht so schlimm, wie ich zuerst gedacht hatte. Vielleicht war der Raum nur ein bißchen überheizt. Ein ... ein Schluck Wasser, und es ging schon wieder.« Wie ungeschickt sie log! Im Eßzimmer gab es reichlich Wasser, mehr als in den anderen Räumen. Und warm war es dort keineswegs gewesen. Ihr schlechtes Gewissen mußte so unübersehbar sein wie ein Rotweinfleck auf einer weißen Tischdecke.

Justine lächelte.

»Wie schön. Vermutlich liegt es einfach an der Anspannung der letzten Tage. Wir sind wohl alle auf die eine oder andere Weise davon betroffen.«

»Ja, das wird es wohl sein«, sagte Charlotte dankbar.

Justine ging an ihr vorüber. Sie bewegte sich mit ungewöhnlicher Anmut, hielt den Kopf hoch erhoben, den Rücken gerade, kaum, daß sich ihre Röcke beim Gehen leicht bewegten. Charlotte sah der jungen Frau nach, und als diese mit ihrem Kleid einen der Stühle streifte, die gegenüber dem Treppengeländer auf dem Gang standen, fiel Charlottes Blick auf einen blauen Absatz. Blaue Schuhe paßten hervorragend zu dem in rauchigem Graublau gehaltenen Muster des Kleides. Auch am Abend ihrer Ankunft, an dem Greville ermordet worden war, hatte Justine ein blaues Kleid getragen.

Charlotte fürchtete im nächsten Augenblick in Ohnmacht zu fallen und hielt sich am Treppengeländer fest. Vielleicht hatte sich Gracie geirrt? Sie hatte den Absatz des Schuhs schließlich nur einen kurzen Augenblick gesehen. War er möglicherweise doch grau oder grün gewesen? Das Licht von Gaslampen konnte täuschen. Es änderte die Farben, das war allgemein bekannt. Zumindest Frauen wußten das, denn manche Farben, die einem bei Tageslicht phantastisch zu Gesicht standen, ließen einen im Schein einer Gaslampe mit einem Mal aussehen, als wäre man hundert Jahre alt und obendrein noch gelbsüchtig.

Sie stand immer noch wie angewurzelt an derselben Stelle, als Emily die Treppe emporkam.

»Was hast du?« fragte sie. »Du siehst ja schrecklich aus. Du bist doch nicht etwa wirklich krank, oder?«

»Nein. Aber ich habe die Schuhe gesehen...«

Die unterschiedlichsten Empfindungen zeigten sich auf Emilys Gesicht – Hochgefühl, Angst, Besorgnis. »Gut! Und wem gehören sie?« wollte sie wissen.

»Justine. Sie hat sie gerade an.«

Emily sah zweifelnd zu ihr her. »Bist du sicher?«

»Nein... ja. Nein, ich bin nicht sicher. Eigentlich doch, denn sie gehören keiner anderen.«

Emily sagte nichts. Sie sah mit einem Mal traurig aus, verletzt, so, wie auch Charlotte sich fühlte.

»Ich muß es unbedingt Thomas berichten«, sagte Charlotte einen Augenblick später. »Ach, wäre sie es doch nicht.«

»Warum?« fragte Emily kopfschüttelnd.

»Ich mag sie...« sagte Charlotte kläglich.

»Nein... ich meine, warum hätte sie Greville umbringen sollen«, erläuterte Emily. »Es ergibt keinen Sinn.«

»Das ist auch mir klar.« Endlich regte sich Charlotte. »Aber es sind ihre Schuhe. Genau das will ich Thomas sagen... nur, daß es ihre Schuhe sind.«

Als Charlotte ins Gesellschaftszimmer trat, erhob sich Pitt, entschuldigte sich bei den anderen und kam mit besorgter Miene auf sie zu.

»Ist dir unwohl?« fragte er leise. »Du siehst ziemlich blaß aus. Hast du die Schuhe gefunden?«

»Ja...«

»Nun? Wo sind sie?« Jetzt war auch er blaß. Unter seinen Augen lagen dunkle Ringe, ein Zeichen für seinen Schlafmangel. »Eudora?«

Ihr gelang der Anflug eines Lächelns. Es wäre ihr lieber gewesen, wenn es sich so verhalten hätte.

»Nein ... Justine. Sie hat sie an.«

»Justine?« Er sah sie ungläubig an. »Bist du sicher? Das ergibt doch keinen Sinn. Welchen Grund hätte sie haben sollen, Ainsley Greville zu töten? Sie hatte ihn doch gerade erst kennengelernt –« Er sprach nicht weiter.

Padraig Doyle, der am Kamin gestanden hatte, kam herüber. »Ist Ihnen unwohl, Mrs. Pitt?« fragte er besorgt.

»Kommt mir ganz so vor«, sagte Pitt rasch und legte den Arm um Charlotte. »Es ist vermutlich das beste, sie geht nach oben und legt sich etwas hin. Die lange Fahrt nach London gestern war wohl zuviel für sie. Würden Sie uns bitte entschuldigen?« Mit einem liebenswürdigen Lächeln führte er Charlotte hinaus. Bevor er die Tür schließen konnte, wünschte auch Kezia ihr höflich gute Besserung.

»Wenn man dich reden hört, könnte man meinen, ich sei ein zartes Pflänzchen«, sagte sie heftig, kaum daß sie außer Hörweite waren. »Eine Fahrt mit der Bahn, und ich falle in Ohnmacht. Die Leute werden mich für unsäglich wehleidig halten.«

»Es geht um mehr als das, was die Leute von uns denken«, erwiderte er ungeduldig. »Komm mit nach oben. Wir müssen die Sache in Ruhe durchdenken und herausfinden, was dahintersteckt.«

Gehorsam ging sie mit. Ihr stand nicht der Sinn danach, einen ganzen Nachmittag lang im Gesellschaftszimmer höfliche Konversation zu machen, und falls Justine zurückkehrte, wäre sie ohnehin nicht imstande, ihre Verwirrung oder Betrübtheit zu verbergen. Zwar hatte sie sich immer für schauspielerisch durchaus begabt gehalten und geglaubt, sie könnte ihre wahren Empfindungen verbergen, doch hatte ihr Emily diese Illusion recht bald genommen. Vermutlich hatte ihre Schwester mit dieser Einschätzung sogar recht. Das mußte sie sich eingestehen, wenn sie ehrlich war.

Oben auf dem Gang angekommen, wandte Pitt sich nicht dem eigenen Zimmer zu, sondern schlug die Gegenrichtung ein, auf Grevilles Badezimmer zu. Er öffnete die Tür und trat ein. Während sie ihm folgte, überlief sie ein Schauer, obwohl es nicht kalt war.

»Warum hier?« fragte sie rasch. »Wir können doch auch in unserem Zimmer über die Sache nachdenken.«

»Ich will den Tathergang rekonstruieren«, antwortete er, schloß die Tür und drehte den Schlüssel um.

»Und du meinst, das hilft?« fragte sie.

»Ich weiß nicht. Möglicherweise nicht.« Er sah sie mit hochgezogenen Brauen an. »Hast du einen besseren Vorschlag?«

Sie spürte, daß eine gewisse Verzweiflung in ihr emporstieg. Sie versuchte sich zu beruhigen. Ganz gleich, wie das Ergebnis aussah, es mußte vernünftiger Überlegung standhalten. Hier ging es nicht darum, daß ein geistesgestörter Täter aus nicht nachvollziehbaren irrationalen Motiven heraus handelte, sondern einfach darum, daß sie bisher etwas Wichtiges übersehen haben mußten.

»Sie muß ein Motiv gehabt haben«, sagte sie, ohne unmittelbar auf seine Frage einzugehen. »Ich glaube nicht, daß es etwas mit Irland zu tun hat. Es dürfte eher eine persönliche Angelegenheit sein. Vielleicht stimmt unsere Annahme nicht, daß die beiden einander vorher nicht kannten?«

»Bei Justines Ankunft hat nichts darauf hingewiesen, daß sie einander erkannt hätten«, merkte er an und setzte sich auf den Wannenrand.

»Vielleicht wollten sie sich einfach nur nicht dazu bekennen«, sagte sie. »Das wiederum würde bedeuten, daß es sich nicht um die Art von Beziehung handelte, die man öffentlich eingestehen kann.«

Er runzelte die Stirn. »Aber die Frauen, mit denen er zu tun hatte, waren Dienstboten oder die Gattinnen von Bekannten mit eher lockeren Moralvorstellungen. Justine scheint mir in keine der beiden Kategorien zu gehören.«

»Wie auch immer«, sagte sie erschaudernd. »Falls sie auf dieser Ebene mit ihm bekannt war, hatte sie ein glänzendes

Motiv, denn dann mußte sie wünschen, ihn tot zu sehen, bevor er es Piers erzählen und damit ihre Aussichten auf eine Heirat mit ihm zerstören konnte. Sie scheint Piers aufrichtig zu lieben, und ich bin sicher, er liebt sie auch.«

Pitt seufzte. »Ich zweifle kaum daran, daß Greville es ihm bei nächster Gelegenheit gesagt hätte. Er hätte keinesfalls gewollt, daß sein einziger Sohn eine Frau heiratete, die einmal seine Geliebte war, vorausgesetzt, daß das bei seiner Haltung Frauen gegenüber das richtige Wort ist.«

»Nun, was die arme Doll Evans betrifft, ist es das jedenfalls nicht«, sagte sie bitter. »Und nach dem zu urteilen, was du gesagt hast, wahrscheinlich auch nicht für die eine oder andere, die er fallenließ.«

Er beugte sich vor und schnürte sich die Schuhe auf.

»Was tust du da?« fragte sie.

»Ich stelle nach, was geschehen ist«, antwortete er, »und ich will die Badewanne nicht zerkratzen. Ich bin Greville, und du bist Justine.« Er zog einen Schuh aus und löste den Schnürriemen des anderen.

»Ich komme von der Tür und tue so, als brächte ich Handtücher«, sagte sie. »Ich gehe dafür nicht extra raus.«

Er hob mit trübseligem Lächeln den Blick zu ihr und zog sich den anderen Schuh aus. Dann stieg er in die Wanne. Er legte sich vorsichtig hin und versuchte sich zu erinnern, welche Stellung Greville eingenommen hatte.

Sie sah ihm von der Tür aus zu.

»So«, sagte er nach einer Weile. »Komm jetzt, als wenn du einen Stapel Handtücher hereinbringen würdest.«

Sie hob die Arme und ging auf die Wanne zu. Er sah sie unverwandt an.

»So geht das nicht«, sagte er schließlich. »Hol dir einen Stapel Handtücher und komm richtig rein. Halt sie dabei vor dich. Der Wandschirm hat vor der Wanne gestanden. Alles hier im Raum war so wie jetzt. Er hat mit dem Kopf ein bißchen zur Seite gelegen, glaube ich.«

»Soll ich nicht besser Tellman holen?« fragte sie. »Damit wir sicher sind, daß es genau so war? Vielleicht könnte er Grevilles Rolle übernehmen, und du siehst es dir an.«

»Er ist nicht groß genug«, begann er, stimmte dann aber nach kurzer Überlegung zu. »Schön, sag ihm, er soll kommen. Und besorg dir Handtücher. Wenn unsere Vermutung stimmt, daß die beiden einander kannten, hätte er doch sicher was zu ihr gesagt, wenn sie ins Badezimmer gekommen wäre. Meinst du nicht, daß er geahnt hat, was sie plante?«

»Das bezweifle ich«, sagte sie mit feinem Lächeln. »Er war ziemlich überheblich. Er hatte eine ganze Reihe von Frauen benutzt und fallenlassen. Vielleicht dachte er, sie wollte ihn überreden oder anflehen, Piers nichts zu sagen.«

»In dem Fall wäre sie dümmer, als ich dachte«, sagte Pitt erbittert.

Charlotte ging hinaus, um Tellman zu suchen, während Pitt mit finsterer Miene in der Wanne liegenblieb. Nicht einmal zehn Minuten später kehrte sie mit Tellman zurück, ein halbes Dutzend Handtücher vor sich her tragend.

»Ich versteh' nicht, was Sie damit erreichen wollen«, sagte Tellman achselzuckend mit einem mißtrauischen Blick auf Pitt, der in der Tat einen etwas sonderbaren Eindruck machte. Charlotte hatte ihm die Sache mit Justine und den blauen Abendschuhen erklärt. Die Mitteilung hatte ihn überrascht, und, wie sie meinte, auch ein wenig aus der Fassung gebracht. Letzteres war allerdings eine reine Vermutung, denn er hatte sich nicht dazu geäußert.

Ohne zu antworten, nahm Pitt wieder die Stellung ein, in der sie Greville seiner Erinnerung nach aufgefunden hatten, und bedeutete Charlotte mit einem Blick, noch einmal von vorne anzufangen.

Sie hielt die Handtücher auf einem Arm und schloß die Tür hinter sich, als wäre sie gerade hereingekommen.

»Sie liegen nicht richtig«, kritisierte Tellman. »Der Kopf war ein bißchen mehr zur anderen Seite gedreht.«

»Das würde keinen Unterschied machen«, merkte Charlotte an. »Er könnte mich dann immer noch sehen, es sei denn die Handtücher würden mein Gesicht verdecken.« Sie zeigte, was sie meinte. »Und ich müßte auch gar nicht zu ihm hinsehen.«

»Sie würden das zwangsläufig tun, wenn Sie hinter ihn treten wollten«, korrigierte Tellman sie. Er sah wieder auf Pitt. »Und sie liegen immer noch nicht richtig. Sie liegen zu gerade.«

Gehorsam änderte Pitt seine Lage ein wenig.

Tellman sah ihn an. »Jetzt liegen auch die Schultern anders. Der Kopf war mehr auf einer Seite –«

»Spielt das eine Rolle?« unterbrach ihn Charlotte. »Es würde doch seinen Blickwinkel nicht verändern?«

»Vielleicht war er eingeschlafen?« fragte Tellman. Es klang nicht überzeugt.

»Das wäre eine Erklärung dafür, daß er nicht reagiert und um Hilfe gerufen hat.«

»Darauf konnte sich Justine aber nicht verlassen«, gab Pitt zu bedenken. »Und sie scheint mir nicht die Frau zu sein, die etwas einem solchen Zufall überläßt.«

»Wer auch immer es war, er hat sich einfach eine günstige Gelegenheit zunutze gemacht.« Tellman war nach wie vor streitlustig.

»Ach was«, widersprach ihm Charlotte. »Justine hatte sich als Hausmädchen verkleidet. Das weist darauf hin, daß sie die Sache gründlich geplant hatte. Das Kleid hat sie vielleicht hier irgendwo gefunden, aber das Spitzenhäubchen hat sie mit ziemlicher Sicherheit aus der Waschküche geholt und mit nach oben gebracht. Es war die einzige Art von Kopfbedeckung, unter der sie ihr Haar vollständig verbergen konnte.«

»Sie liegen immer noch nicht richtig.« Tellman war unerbittlich. Er trat zu Pitt und legte ihm eine Hand an die Seite des Kopfes. »Sie müßten noch fünf bis zehn Zentimeter weiter da rüber.« Er drückte vorsichtig.

»Aua!« schrie Pitt auf. »Fünf bis zehn Zentimeter in diese Richtung, und Sie würden mir das Genick brechen!« sagte er vorwurfsvoll.

Tellman erstarrte. Dann richtete er sich langsam und steif auf.

Mit einem Seufzer setzte sich Pitt in der Badewanne auf und sah Charlotte an.

»Sind Sie sicher?« flüsterte sie. »Ganz und gar sicher?«

»Ja!« antwortete Tellman schroff. Es klang, als versuche er hinter der Bockbeinigkeit seine Zweifel zu verstecken.

»Es gibt nur eine Möglichkeit.« Pitt stieg aus der Wanne. »Wir müssen zum Eiskeller und uns die Leiche ansehen.« Er machte sich auf den Weg zur Tür.

»Deine Schuhe«, sagte Charlotte rasch.

»Was?«

»Deine Schuhe«, wiederholte sie und wies auf das Fußende der Wanne.

Pitt ging zurück und zog sich gedankenverloren die Schuhe an. Es war kennzeichnend für ihn, daß er sie vergessen hatte. Dann lächelte er Charlotte kurz zu und folgte Tellman.

Am oberen Ende der Treppe stieß er auf Gracie. Sie hatte kein Häubchen auf, ihre Schürze war zerknittert, und auf ihren Zügen lag ein ängstlicher Ausdruck.

»Ich muß unbedingt mit Ihnen sprechen!« sagte sie verzweifelt. Dabei sah sie Pitt an und achtete weder auf Tellman neben ihm, noch auf Charlotte, die in der Badezimmertür stand. »Unter vier Augen, bitte ...«

Da er merkte, daß ihr die Sache wichtig war, zögerte er nicht lange.

»Natürlich. Wir gehen ins Badezimmer.« Er wandte sich um und ließ Tellman an der Treppe stehen. Charlotte warf er einen kurzen Blick zu, in der Hoffnung, daß sie ihn verstand. Dann schloß er die Tür hinter Gracie. »Was gibt's?«

Sie machte einen völlig verstörten Eindruck. Ihre Finger hatte sie so fest in die Schürze gekrallt, daß diese wie ein zusammengeknüllter Putzlappen aussah.

»Woran erkennt man Dynamit, Sir?«

Es gelang ihm nur mit Mühe, seine Überraschung und die sogleich aufkeimende Hoffnung zu verbergen, in die sich allerdings auch Furcht mischte.

»Es ist weiß, fest, ungefähr so wie Kerzentalg. Nur fühlt es sich etwas anders an.«

»Irgendwie ... schwitzig?« fragte sie mit sich fast überschlagender Stimme.

»Ja ... genau. Manchmal wickelt man es in rotes Papier.«

»Dann hab' ich welches geseh'n. Tut mir leid, Sir, ich bin dahin gegangen, aber ich kann es erklären. Ich hab nix Unrechtes getan.« Sie schien wirklich große Angst zu haben.

»Das hatte ich auch nicht angenommen, Gracie«, sagte er mehr oder weniger aufrichtig. Diese Sache klang so, als ob sie in Charlottes Zuständigkeit fiele. Da würde er sich bestimmt nicht einmischen. »Wo war das?«

»In der Kammer von Finn Hennessey, Sir.« Sie wurde rot. »Ich bin hingegangen, weil ich sagen wollte, wie leid es mir tut, daß ich ihm die Wahrheit über Neassa Doyle, Drystan O'Day und Mr. Chinnery erzählt habe. Ich hab' ihm nämlich die Zeitungsausschnitte gezeigt.«

»Was für Zeitungsausschnitte?«

»Die, wo Mrs. Pitt von London mitgebracht hat. Da steht drin, daß Mr. Chinnery schon tot war. Naja, und deshalb konnte er es nicht getan haben.«

»Aber das ist doch dreißig Jahre her und hat bestimmt nicht gestern in der Zeitung gestanden«, sagte er. »Bist du sicher, daß das stimmt, Gracie?«

»Ja, Sir. Es war 'ne alte Zeitung ... nur Stücke davon.«

»Alte Zeitungsausschnitte?« fragte er ungläubig.

»Ja. Sie hat sie von London mitgebracht.« Ihr Gesichtsausdruck war unschuldig und furchtsam zugleich.

»Tatsächlich? Ich werde später mit Mrs. Pitt darüber reden. Du hast also in Finn Hennesseys Kammer etwas gesehen, das wie Dynamit aussah?«

»Ja, Sir.«

»Weiß er, daß du es gesehen hast?«

»Ich ...« Sie senkte den Blick. Sie wirkte sehr unglücklich. »Ich glaub' schon. Er ist mir nachgerannt und wollte es wohl erklären. Ich ... hab' ihm nicht zugehört ... sondern bin einfach weggelaufen.«

»Wie lange ist es her, daß du das Dynamit gesehen hast, Gracie?«

»Ungefähr zwei Stunden«, flüsterte sie, ohne ihn anzusehen.

Er brauchte ihr nicht zu erklären, daß sie ihm das gleich hätte mitteilen müssen. Sie wußte es auch so.

»Ich verstehe. Dann sollte ich wohl besser zu ihm gehen und mit ihm darüber reden. Du bleibst hier bei Mrs. Pitt. Das ist ein Befehl, Gracie.«

»Ja, Sir.« Sie hielt den Blick nach wie vor gesenkt.

»Gracie ...«

»Ja ...«

»Vielleicht hat er es versteckt, weil er gemerkt hat, daß du es gesehen hast. Aber fortgeschafft haben kann er es nicht.«

Sie hob langsam den Blick.

Er lächelte.

Tränen traten in ihre Augen und liefen ihr über die Wangen.

Ganz sanft legte er ihr eine Hand auf die Schulter. »Ich weiß, daß es schwer für dich ist«, sagte er. »Aber es war das einzig Richtige.«

Sie nickte und schniefte dabei.

Er tätschelte ihr leicht die Schulter, da er nicht wußte, was er sonst hätte tun können. Dann ging er hinaus, um Tellman zu suchen.

Charlotte warf ihm einen fragenden Blick zu.

»Ich glaube, wir müssen Finn Hennessey festnehmen«, sagte er fast im Flüsterton. »Gern tu ich das nicht.«

Ihr Gesicht verzog sich besorgt. Dann wandte sie sich der Badezimmertür zu. Sie wollte mit Gracie sprechen.

»Kommen Sie«, sagte Pitt und ging den Gang entlang, ohne sich umzusehen, ob ihm Tellman folgte. Nach einigem Zögern entschied dieser sich schließlich mitzugehen, doch war ihm jeder Schritt sichtlich zuwider.

Oben an der Haupttreppe stießen sie auf Wheeler. Er sah überraschend munter aus, wenn man bedachte, daß sein Arbeitgeber vor kurzem ermordet worden war und er daher sehr bald ohne Stellung sein würde. Es schien, als verberge er ein Geheimnis, das ihn freute und ihm Zuversicht gab.

»Wissen Sie, wo sich Hennessey aufhält?« fragte ihn Pitt.

»Ja, Sir«, erwiderte Wheeler, ohne daß er überlegen mußte. »Er unterhält sich im Stallhof mit einem der Pferdeknechte, mit dem er sich offenbar angefreundet hat. Jetzt, wo Mr. McGinley tot ist, hat der arme Junge nicht viel zu tun.«

»Ungefähr soviel wie Sie«, merkte Pitt an.

Wheeler wirkte ein wenig überrascht. »Das stimmt wohl.« Es schien ihn jedoch nicht sehr zu stören, und nachdem er sich vergewissert hatte, daß man keine weitere Hilfe von ihm benötigte, ging er seiner Wege.

»Was hat der denn?« fragte Tellman brummig, als er Pitt eingeholt hatte und neben ihm durch den Gang zu der Seitentür schritt, die auf den Stallhof führte. »Der sieht nicht aus wie ein Arbeitsloser, sondern wie einer, der das große Los gezogen hat.«

»Keine Ahnung«, antwortete Pitt. »Vermutlich hängt es mit Doll Evans zusammen. Hoffe ich jedenfalls.« Er lächelte Tellman strahlend an, trat nach draußen und ging, von Tellman gefolgt, auf die Stallungen zu.

Finn Hennessey unterhielt sich, wie Wheeler gesagt hatte, mit einem Pferdeknecht, der lässig an einer der Stalltüren lehnte. Da jene Seite des Stallhofs im Windschatten lag, war es dort am späten Nachmittag recht warm. Pitt verlangsamte den Schritt zu einem gemächlichen Schlendern. Er wollte nicht, daß Finn davonlief, denn es wäre ihm unangenehm gewesen, ihn verfolgen zu müssen. Es würde ohnehin alles schmerzlich genug werden. Er sah, daß Tellman zum anderen Ende des Stallhofes ging, als wolle er zur Auffahrt hinüber.

»Mr. Hennessey«, sagte Pitt und blieb vor dem jungen Mann stehen.

Finn sah sich um. Unwillkürlich reckte er sich und warf den Strohhalm weg, auf dem er gekaut hatte. Der Stallknecht schien nicht zu merken, daß etwas Unangenehmes bevorstand.

»Ja?« sagte Finn. Dann erkannte er an Pitts Augen, seinem Gesicht oder der gespannten Haltung seines Körpers, worum es ging. Auf seine Züge trat der Ausdruck panischer Furcht, und einen Augenblick lang sah es so aus, als wolle er fliehen. Doch er begriff rasch, daß es aussichtslos war, und entspannte sich wieder etwas. Eine sonderbare Starrheit ergriff von ihm Besitz, als rechne er mit einem Schlag, und ein Schleier legte sich vor seine Augen, so daß man nicht mehr darin lesen konnte. »Ja?« sagte er noch einmal.

Diesen Blick kannte Pitt. Er hatte nicht wirklich damit gerechnet, daß ihm Hennessey irgendeine Auskunft geben würde, und seine schwache Hoffnung darauf erstarb im selben Augenblick.

»Finn Hennessey, ich würde gern mit Ihnen über die Sprengladung in Mr. Radleys Arbeitszimmer sprechen, die Mr. McGinley vermutlich bei dem Versuch, sie zu entschärfen, zur Explosion gebracht hat. Haben Sie eine Vorstellung, woher das Dynamit stammt?«

»Nein«, sagte Finn mit leichtem Lächeln.

»Ich habe Grund zu der Annahme, daß sich ein Teil davon noch in Ihrer Kammer befindet«, sagte Pitt entschlossen. »Ich möchte selbst nachsehen. Sollten Sie es allerdings beiseite geschafft haben, wäre es besser, wenn Sie mir sagen würden, wo Sie es versteckt haben, bevor es weiteren Schaden anrichtet... es würde höchstwahrscheinlich einen Unbeteiligten treffen.«

»Von mir erfahren Sie nichts«, antwortete Finn und blieb mit emporgereckten Kopf stocksteif stehen. Seine Augen blickten starr geradeaus.

Tellman, der unbemerkt herangekommen war, trat hinter ihn und legte ihm Handschellen an. Entsetzt riß der Stallknecht den Mund auf, als wolle er etwas sagen. Es schien ihm aber nichts einzufallen.

Pitt wandte sich um und ging zum Haus zurück, um Hennesseys Kammer zu durchsuchen. Für den Fall, daß er etwas fand und später einen Zeugen brauchte, nahm er den Butler Dilkes mit.

Mit finsterem Blick blieb dieser in der Tür des Raumes stehen, offenbar zutiefst unglücklich über die ganze Angelegenheit. Pitt trat ein und machte sich methodisch an die Durchsuchung von Schränken und Schubladen. Er fand die Kerzen und eine Stange Dynamit in einem Stiefel hinten im Kleiderschrank. Zwar waren sie dort nicht sofort zu entdecken, aber eigentlich auch nicht wirklich versteckt. Entweder hatte sich Hennessey vor Gracie in Sicherheit gefühlt oder es nicht der Mühe für wert gehalten, das Dynamit so zu verstecken, daß man nicht ohne weiteres behaupten konnte, es befände sich in seinem Besitz. Vielleicht entsprach es aber auch seiner Art, andere in eine solche Sache nicht mit hineinzuziehen. Er war kein Mörder, der wegen Geld oder zur Befriedigung persönlicher Gelüste tötete, sondern glaubte leidenschaftlich an die Gerechtigkeit der Sache, die er vertrat.

Eine Glasschale enthielt Papierasche. Sie konnte von allem möglichen stammen, zum Beispiel von dem Brief, den Gracie auf dem Tisch gesehen hatte. Zumindest hatte sich Finn die Mühe gemacht, alle Spuren zu beseitigen, die auf eine Verbindung zu anderen hinwiesen. Das verdiente in gewisser Weise Achtung.

Pitt zeigte Dilkes die Stange Dynamit, legte sie dann an Ort und Stelle zurück und bat den Butler, die Tür zu verschließen und ihm den Schlüssel zu geben. Sofern es einen weiteren Schlüssel gab, sollte er ihn herbeischaffen und gleichfalls Pitt geben. Hennessey würde man in einem Lagerraum mit einem vergitterten Fenster und einer festen Tür unterbringen, bis ihn die Ortspolizei am nächsten oder übernächsten Tag abtransportierte.

Pitt ging zurück zu Tellman, der immer noch Finn bewachte, und berichtete ihm von dem Fund.

»Von mir erfahren Sie nichts«, wiederholte Finn und sah Pitt unverwandt an. »Ich kämpfe für eine gerechte Sache. Ich liebe mein Land und seine Menschen, lebe für Irlands Freiheit und bin bereit, dafür zu sterben, wenn es nötig ist. Dann bin ich eben ein Märtyrer mehr.«

»Wer wegen Mordes gehängt wird, ist kein Märtyrer«, gab Pitt in recht schroffem Ton zurück. »Die meisten Menschen dürften den Mord an Ihrem Arbeitgeber, einem Mann, der Ihnen vertraut hat, einem Iren, der für dieselbe Sache gekämpft hat, als ziemlich schäbigen und feigen Verrat ansehen. Außerdem war die Tat sinnlos. Was haben Sie damit erreicht? McGinley hat die gleichen Ziele verfolgt wie Sie.«

»Ich habe ihn nicht getötet«, erwiderte Finn störrisch. »Ich hab' das Dynamit nicht dahin getan.«

»Und das sollen wir glauben?« fragte Pitt verächtlich.

»Mir ist egal, was Sie glauben!« gab Finn zurück. »Sie sind auch nur einer der englischen Unterdrücker, die einem Volk, das sich nicht wehren kann, ihren Willen aufzwingen.«

»Sie sind im Besitz des Dynamits«, hielt ihm Pitt vor. »Sie haben McGinley in die Luft gejagt, nicht ich.«

»Ich hab' das Zeug nicht dahin getan! Außerdem war es nicht für McGinley gedacht«, sagte Finn voll Verachtung. »Es war für Radley! Ich dachte, das wäre Ihnen klar –« Er unterbrach sich.

Pitt lächelte. »Wenn Sie die Sprengladung nicht angebracht haben, woher wollen Sie dann wissen, für wen sie gedacht war?«

»Von mir erfahren Sie nichts«, wiederholte Finn aufgebracht. »Ich verrate keine Freunde. Eher sterbe ich.«

»Darauf wird es wahrscheinlich auch hinauslaufen«, erklärte Pitt. Ihm war klar, daß er aus dem jungen Mann kaum mehr herausbekommen würde, und er zollte ihm widerstrebend Anerkennung wegen seines Mutes. »Sofern es sich so verhält, wie Sie sagen, haben Sie sich benutzen lassen«, fügte er von der Tür aus hinzu.

Finn lächelte. Sein Gesicht war sehr bleich, und auf seiner Oberlippe standen Schweißtropfen, ein Zeichen, daß er Angst hatte. »Aber ich weiß, von wem und wofür, und ich tue es aus freien Stücken. Können Sie dasselbe von sich sagen?«

»Ich denke schon«, gab Pitt zur Antwort. »Sind Sie überzeugt, daß diejenigen, die sich Ihrer bedient haben, sich ihrer Sache ebenso sicher sind?«

Finns Kiefer spannte sich. »Man benutzt, wen man muß. Die Sache rechtfertigt das.«

»Keineswegs«, gab Pitt im Brustton der Überzeugung zurück. »Wenn sie zerstört, was in Ihnen gut ist, handelt es sich um eine unwürdige Sache, oder Sie haben sie falsch verstanden. Alles, was Sie tun, wird Teil dieser Sache und Teil Ihrer selbst. Man kann das nicht von sich werfen wie alte Kleidungsstücke, wenn man sein Ziel erreicht hat. Es handelt sich nicht um Kleidungsstücke, sondern um Fleisch und Blut.«

»Nein!« rief Finn ihm nach, als Pitt die Tür hinter sich schloß und langsam zur Küche und von dort in den Wohntrakt des

Hauses zurückkehrte. Er fühlte sich in seiner Haut nicht recht wohl und war zugleich von heiligem Zorn erfüllt. Finn war vertrauensselig gewesen, wie Tausende vor ihm. Zynische Menschen hatten ihm geschmeichelt und sich seine Empfindungen zunutze gemacht. Gewiß war er bereit gewesen, das Unrecht, das er sah, mit Hilfe von Gewalt aus der Welt zu schaffen, ganz gleich, wen er damit traf. Aber er hatte zu seinen Überzeugungen gestanden, zumindest einen Teil der Gefahren selbst auf sich genommen. Seine Hintermänner, die ihn angestachelt hatten, die ihn mit Hilfe der alten Legenden und Lügen zu seiner Handlungsweise getrieben und dafür gesorgt hatten, daß die Kette der Gewalt nicht abriß, hielten sich im dunkeln verborgen.

Zu gern hätte Pitt gewußt, von wem der Brief stammte, den Finn verbrannt hatte. Mit Sicherheit war der Schreiber der Mann, den er suchte, und vermutlich befand auch er sich in Ashworth Hall. Er fürchtete, daß es sich um Padraig Doyle handelte.

Er suchte die Bibliothek auf, wo die Gespräche recht und schlecht fortgeführt wurden, klopfte an und trat ein. O'Day und Moynihan saßen Jack und Doyle am Verhandlungstisch gegenüber. Alle vier sahen auf, als Pitt eintrat.

»Ich bitte um Entschuldigung, meine Herren«, sagte er. »Ich muß unbedingt mit Mr. Radley sprechen. Es tut mir leid, aber die Sache duldet keinen Aufschub.«

Moynihan warf einen Blick zu O'Day hinüber, der Pitt ansah.

»Gern«, sagte Doyle rasch. »Ich hoffe, daß nicht schon wieder etwas Unangenehmes passiert ist? Es ist hoffentlich niemand verletzt?«

»Rechnen Sie mit etwas in der Richtung?« fragte O'Day.

Doyle quittierte das mit einem herablassenden Lächeln.

Draußen in der Eingangshalle setzte Pitt seinen Schwager von der Entdeckung des Dynamits in Kenntnis und teilte ihm mit, daß er Finn Hennessey festgenommen hatte.

Jack machte ein unglückliches Gesicht. »Was beweist das?« fragte er stirnrunzelnd. »Wer sind seine Hintermänner?«

»Ich weiß es nicht«, räumte Pitt ein.

Jack war verwirrt. »Aber wir haben O'Days Aussage, daß weder McGinley noch Hennessey als Grevilles Mörder in Frage kommen!«

»Ich weiß. Das war Justine –«

Jacks Unterkiefer fiel herab. »Was? Na hör mal, Thomas! Da mußt du dich irren. Das ist völlig unmöglich. Sie soll dahinterstecken? Ist sie etwa Irin?«

»Nein – nein. Es hat nichts mit Politik zu tun«, sagte Pitt seufzend. »Ich kenne die Antwort noch nicht und habe lediglich das Beweismaterial. Gracie hat sie gesehen...« Er sah Jacks Gesicht. »Ich meine, sie hat ihre Schuhe gesehen«, versuchte er zu erklären. »Sie hatte sich als Dienstmädchen verkleidet. Gracie hat sie von hinten gesehen, und heute sind ihr die Schuhe eingefallen...« Er sprach nicht weiter. Jacks Gesichtsausdruck zeigte, daß es nicht nötig war.

»Ich muß Iona und Mrs. Greville mitteilen, daß ich Hennessey festgenommen habe«, sagte er leise. »Wenn du erreichen könntest, daß die Herren noch eine Weile in der Besprechung bleiben, wäre das sehr hilfreich.«

»Doyle?« fragte Jack mit betrübter und zugleich harter Stimme.

»Wahrscheinlich«, sagte Pitt. Er unterließ die Bemerkung, daß es ihm lieber wäre, wenn es sich anders verhielte. Er konnte sehen, daß Jack ebenso empfand. Aber wenn es um Mord ging, waren angenehme Umgangsformen, Humor und Phantasie keine mildernden Umstände, sondern nur zufällige Begleiterscheinungen, die einem die Schwierigkeiten und das Widerwärtige an der ganzen Sache noch mehr vor Augen führten.

Iona befand sich allein in der langen Galerie und sah durch eines der hohen Fenster in die zunehmende Dunkelheit hinaus. Bei Pitts Eintritt wandte sie sich nicht um, und er beobachtete sie eine Weile. Ihre Züge waren starr. Es ließ sich unmöglich sagen, was sie empfand oder dachte. Er fragte sich, was sie so sehr beschäftigen mochte. Sie merkte offenbar weder, daß jemand hereingekommen war, noch daß sie beobachtet wurde.

Anfangs deutete er ihre Haltung als Gelassenheit. Sie wirkte fast gelöst, die bisherige Anspannung auf ihrem Gesicht hatte nachgelassen. Sie erweckte nicht den Eindruck zu leiden, und es kam Pitt nicht so vor, als tobten Empfindungen in ihr – sicherlich nicht der ohnmächtige Zorn, der in so vielen Fällen mit einem Verlust einhergeht. Es gab keinen Hinweis darauf, daß sie den Versuch unternommen hatte, vor der Wirklichkeit in eine glücklichere Vergangenheit zu fliehen und in Erinnerungen zu schwelgen.

Ließ sie der Tod ihres Mannes wirklich unberührt, empfand sie weder Schmerz noch Kummer darüber? War sie trotz all ihrer romantischen Lieder, ihrer Gedichte und Musik im Innersten eine gefühlskalte Frau, empfänglich für die Schönheit der Kunst, aber gleichgültig gegenüber der Wirklichkeit? Der Gedanke erschien ihm abstoßend. Pitt merkte, daß er zitterte, obwohl es in der Galerie nicht kalt war.

Er versuchte, seine Empfindungen zu vertreiben, indem er Iona ansprach. »Mrs. McGinley ...«

Sie wandte sich zu ihm um, nicht aufgeschreckt, sondern lediglich ein wenig überrascht.

»Ja, Mr. Pitt?«

Er sah in ihren Augen Trauer und Unsicherheit. Wie es schien, war sie ihren Gefühlen hilflos ausgeliefert, spürte nichts als Schmerz. Sie empfand wohl keinerlei Begeisterung oder Erleichterung darüber, daß sie jetzt frei für Moynihan war. Man konnte nicht einmal sicher sein, ob sie mit ihm zusammensein wollte. Vielleicht stand hinter dieser Geschichte eher Einsamkeit als Liebe?«

»Es tut mir leid, Mrs. McGinley, aber ich mußte den Kammerdiener Ihres Gatten, Finn Hennessey, festnehmen. Er war im Besitz von Dynamit.«

Sie riß die Augen weit auf. »Dynamit? Finn?«

»Ja. Ich habe es in seiner Kammer gefunden. Er hat es nicht geleugnet, sondern sich lediglich geweigert, eine Erklärung abzugeben oder zu sagen, woher er es hat. Allerdings bestreitet er, den Sprengsatz hergestellt oder im Arbeitszimmer angebracht zu haben.«

»Wer war es dann?«

»Das weiß ich noch nicht. Es ist aber nur noch eine Frage der Zeit.« Das entsprach nicht der Wahrheit, denn er war sich seiner Sache keineswegs sicher, doch er wollte, daß sie es glaubte. Vielleicht stand sie sogar selbst hinter Finn, auch wenn er das bezweifelte. Ganz gewiß hatte sie den Sprengsatz nicht selbst angebracht; sie hatte ein hieb- und stichfestes Alibi, das von Moynihan und auch von Doyle gestützt wurde. »Ich sage Ihnen das lediglich, damit Sie wissen, daß er Ihnen von jetzt an nicht mehr zur Verfügung steht. Ich bedaure das.«

Sie wandte sich ab und sah erneut in die Abenddämmerung hinaus. Regen trommelte gegen die Scheiben.

»Finn hat sich stets voll Leidenschaft für Irland und unsere Freiheit eingesetzt. Daher sollte mich das eigentlich nicht überraschen. Doch wäre ich nie auf den Gedanken gekommen, daß er Lorcan etwas antun könnte. Er hat Irland aus vollem Herzen geliebt.«

Einen Augenblick lang schwieg sie, und als sie fortfuhr, lag in ihrer Stimme ein anderer Schmerz. »Seit ich Lorcan kenne, hat ihm nichts so am Herzen gelegen ... Ich glaube, er hat Irland mehr geliebt als mich. Irlands Freiheit war sein Ein und Alles, davon sprach er, dafür plante er, auf sie hat er sein Leben lang hingearbeitet. Kein Opfer an Zeit und Geld war ihm zu groß. Mir ist klar, daß die Bombe Mr. Radley gegolten hat, aber wenn Finn gewußt hat, daß sie in diesem Raum war, sollte man meinen, daß er Lorcan gehindert hätte, hineinzugehen, um zu ...« Sie schüttelte den Kopf. »Nein, vermutlich nicht. Vielleicht haben sie sich gestritten. Möglicherweise hat er sogar versucht, ihn zurückzuhalten, und Lorcan war entschlossen, den Sprengsatz unter allen Umständen zu entschärfen. Ich weiß es nicht. Ich weiß in letzter Zeit bei so vielen Dingen nicht, was ich von ihnen halten soll ... Dinge, bei denen ich eigentlich sicher zu sein meinte.«

Pitt wußte nicht, was er darauf erwidern sollte. Gern hätte er ihr einige tröstende Worte gesagt, ihr versichert, daß das vorübergehen würde, aber ihm fiel nichts ein.

Sie sah ihn an, und mit einem Mal trat ein leichtes Lächeln auf ihre Züge. »Ich hatte schon befürchtet, Sie würden etwas Banales sagen. Danke, daß Sie es nicht getan haben.«

Er merkte, daß er rot wurde, unendlich erleichtert, daß er nichts gesagt hatte. Er sah sie noch eine Weile an, wandte sich dann um und ging.

Nach dem Abendessen sah Pitt sich genötigt, Ainsley Grevilles Leiche noch einmal genau in Augenschein zu nehmen. Sofern der Mann so in der Wanne gelegen hatte, wie Tellman behauptete, mußte seine Halswirbelsäule gebrochen sein. Möglicherweise hatte der Schlag auf den Hinterkopf das bewirkt, aber er konnte es sich nicht recht vorstellen. Auf jeden Fall mußte der Sache nachgegangen werden. Seinem Verständnis nach hätte der Schlag Greville betäubt, wäre aber keinesfalls tödlich gewesen – es sei denn, man hätte ihn sehr viel härter geführt, als es dem Aufschlagwinkel nach den Anschein hatte. Sofern aber jemand Greville das Genick gebrochen hatte, konnte dieser nicht ertrunken sein. Diesen Punkt mußte Pitt klären. Für die Anklage und das Ausmaß von Justines Schuld mochte der Unterschied keine Rolle spielen, aber er würde nicht eher ruhen, bis er es genau wußte.

Dazu brauchte er Piers' Hilfe. Auch sofern sich eine gründlichere Untersuchung als unumgänglich erwies, konnte von den im Hause Anwesenden ausschließlich Piers sie durchführen. Er konnte es allerdings nicht ohne Eudoras Einwilligung tun. Der Gedanke, sie darum bitten zu müssen, war Pitt zwar zuwider, aber ihm blieb nichts anderes übrig.

Charlotte sah ihn, als er die Treppe emporkam.

»Wohin willst du?« fragte sie. Sie sah ihn besorgt an.

»Piers bitten, daß er mir hilft, die Leiche noch einmal genau zu untersuchen«, antwortete er. «Er ist oben bei seiner Mutter. Ich brauche ohnehin ihre Erlaubnis, oder besser gesagt, ich möchte nicht gern die Zeit und die Mühe aufwenden, die es kostet, bis ich eine gerichtliche Verfügung in Händen halte.«

Ihr Gesicht zog sich zusammen. »Du willst eine Autopsie durchführen lassen?« fragte sie mit Trauer in der Stimme.

»Thomas, du kannst doch nicht von Piers verlangen, daß er an seinem eigenen Vater herumschneidet! Und ... und wann willst du ihm sagen, daß es Justine war? Was wirst du überhaupt in bezug auf sie tun?«

»Erst einmal nichts«, sagte er und sah sie an. Obwohl sie unruhig und verängstigt wirkte, bewahrte sie eine untadelige Haltung. Falls sie Trost wollte oder brauchte, war davon nichts zu merken.

»Soll ich mitkommen?« erbot sie sich. »Falls die Sache Eudora zu sehr mitnimmt? Manche Leute finden den Gedanken an eine Autopsie entsetzlich ... So, als könnte der Mensch, den sie geliebt haben ... spüren, was mit ihm geschieht.«

Sein Instinkt riet ihm, das Angebot abzulehnen.

»Nein, danke. Es ist sicher besser, wenn so wenig andere wie möglich in die Sache hineingezogen werden. Ich nehme nicht einmal Tellman mit.« Er wechselte das Thema. »Wie geht es Gracie? Sie hat sich die Sache mit Hennessey sehr zu Herzen genommen.«

«Ja, das hat sie«, sagte Charlotte leise. Auf ihrem Gesicht spiegelten sich Trauer und Zorn. »Es wird sie eine Weile hart ankommen. Vermutlich ist es das beste, wenn wir möglichst wenig sagen. Es dürfte eine Frage der Zeit sein.«

»Übrigens, Charlotte«, er sah sie offen an. »Woher hast du eigentlich die Zeitungsausschnitte, die Gracie Hennessey gezeigt hat?«

»Ach, die ...« Sie errötete verlegen. »Ich glaube ... alles in allem ... dürfte es dir lieber sein, wenn du das nicht erfährst. Frag mich bitte nicht, dann muß ich es dir auch nicht sagen.«

»Charlotte ...«

Sie schenkte ihm ein strahlendes Lächeln und berührte flüchtig seine Hand. Bevor er den Mund auftun konnte, drehte sie sich um und ging nach unten.

In der Eingangshalle angekommen, wandte sie sich um und sah Pitt nach, der gerade den ersten Treppenabsatz erreicht hatte. Das flüchtige Glücksgefühl, das sie empfunden hatte, schwand dahin. Törichterweise fühlte sie sich so allein, daß sie hätte weinen können. Sie war müde. Es kam ihr vor, als hätte sie sich wochenlang bemüht, dafür zu sorgen, daß alles reibungslos lief, und zu verhindern, daß die Streitigkeiten eine unüberbrückbare Kluft aufrissen. Sie hatte belanglose Gespräche geführt, während alle einander am liebsten angeschrien oder vor Kummer und Angst geweint hätten. Später waren Besorgnis und Verwirrung und schließlich Schmerz und Enttäuschung hinzugekommen, als sich zeigte, daß vor ihren Augen alles in Stücke ging.

Emily hatte nach wie vor Angst um Jack, und das mit gutem Grund. Sie sah von Tag zu Tag bleicher und erschöpfter aus. Es war ohnehin alles sinnlos. Niemand würde die irische Frage lösen. Wahrscheinlich würden die Leute einander noch in fünfzig Jahren hassen. War es die Sache wert, daß noch ein Leben geopfert oder zerstört wurde?

Und was war mit Eudora? Wie sollte sie die Kraft finden, Piers zu trösten, wenn er die Wahrheit über Justine erfuhr ... ganz gleich, wie diese Wahrheit aussah. Würde er je wieder Frieden finden können, wenn er erst einmal wußte, daß die Frau, die er so sehr liebte, ein Verhältnis mit seinem leiblichen Vater gehabt – und ihn dann ermordet hatte? Für ihn würde eine Welt zusammenbrechen.

Und Eudora stand ihm nicht nahe genug, als daß sie in der Lage wäre, ihm den Trost zu spenden und das Verständnis zu geben, derer er bedurfte. Sie hatte an seinen früheren Erlebnissen zuwenig Anteil gehabt, als daß sie einen solchen Schlag mit ihm gemeinsam durchstehen könnte. Er würde es außerdem auch nicht zulassen. Das war Charlotte bereits aus verschiedenen Äußerungen Eudoras klargeworden, noch mehr aber aus der Art, wie sie ihn und Justine beobachtet hatte, ohne zu wissen, wie er reagierte, worüber er lachte, und auf welche Weise man an sein Inneres herankam. Charlotte überlief es mit einem Mal eiskalt, als ihr aufging, daß sie sich genauso ausgeschlossen wie Eudora fühlte.

Sie sah, daß Pitt auf dem obersten Treppenabsatz angekommen war, und fragte sich, ob er sich umdrehen und zu ihr hersehen würde. Bestimmt war ihm bewußt, daß sie noch unten am Fuß der Treppe stand.

Aber offenbar war er mit seinen Gedanken bereits bei Eudora und Piers und bei den Fragen, die er ihnen stellen mußte. Und so mußte es auch sein, wie sie sich widerwillig eingestand. Auch sie war ja mit ihren Gedanken zumindest zum Teil bei Emily.

Tante Vespasias Rat kam ihr jetzt wertlos vor. Gewiß war die von ihr befürwortete Haltung ehrenvoll, sie bot aber wenig Trost. Charlotte wandte sich um und ging zurück ins Gesellschaftszimmer. Kezia war allein. Es war ein Gebot der Höflichkeit, sich um sie zu kümmern und sie nicht einfach sich selbst zu überlassen.

»Warum müssen Sie ihn sich denn noch einmal ansehen?« fragte Piers mit erkennbarem Schaudern. Er sah bleich und müde aus, wie alle anderen, schien aber keine Angst zu haben. Vielleicht war es das letzte Mal, daß er so unbefangen sein konnte.

»Bevor ich Ihnen das sage, wüßte ich gern, ob ich mit meiner Vermutung recht habe«, wich Pitt aus. Er warf Eudora einen entschuldigenden Blick zu, die aufgestanden war und jetzt vor dem Kamin stand. Seit Pitt in ihr Boudoir gekommen war, hatte sie ihn die ganze Zeit unverwandt angesehen. Gott sei Dank war Justine nicht da. Sie hatte sich wohl früh zurückgezogen.

»Nun ja«, sagte sie zögernd. »Ich vermute, es geht nicht anders.«

»Es ist wichtig, Mrs. Greville, sonst würde ich Sie nicht damit belästigen«, versicherte er. »Es tut mir wirklich ausgesprochen leid.« Er entschuldigte sich damit nicht nur für das, was er im Augenblick tat, sondern auch für das, was ihr noch bevorstand.

»Ich weiß.« In dem Lächeln, mit dem sie das sagte, lag eine Wärme, die ihm aufrichtig zu sein schien. Sollte tatsächlich Doyle hinter Finn Hennessey und dem Sprengstoffanschlag stehen, würde sie sich davon nie erholen. Es wäre für sie eine tödliche Wunde. Er war hin und her gerissen zwischen dem Wunsch zu bleiben und ihr zu zeigen, daß er Verständnis und Mitgefühl für sie empfand, und das Bedürfnis, sich davonzumachen, bevor er etwas sagte oder tat oder sie ihm vom Gesicht ablas, was er für sie fürchtete. Er zögerte einen Augenblick.

Sie sah ihn mit wachsender Unruhe an, als hätte sie seine Unentschlossenheit erkannt und die Gründe dafür verstanden.

Er wandte sich an Piers.

»Es ist sinnlos, noch weiter hinauszuzögern, was getan werden muß«, sagte er entschlossen. »Wir sollten also unverzüglich damit beginnen.«

Piers holte tief Luft. »Gewiß.« Er sah zu seiner Mutter hin, als wolle er etwas sagen; es schien ihm jedoch im letzten Moment zu entgleiten. Er ging zur Tür und hielt sie für Pitt auf.

Sie gingen die Treppe hinab, durchquerten die Eingangshalle, und gelangten durch die grün bezogene Tür in den Gang, der zur Küche und zur Leutestube führte. Auf dem ganzen Weg sprachen sie kein Wort. Pitt holte Laternen und ging dem jungen Mann voraus zum Eiskeller, vorbei an den verschiedenen Arbeits- und Vorratsräumen, dem Kohlenkeller, und dem Geräteraum. Vor dem Eiskeller stellte er die Laternen auf den Boden und nahm die Schlüssel heraus. Piers stand stocksteif neben ihm, als wären seine Muskeln erstarrt. Vielleicht hatte Pitt doch zuviel von ihm verlangt? Er zögerte, den Schlüssel bereits in der Hand.

»Was ist?« fragte Piers.

Noch immer konnte Pitt sich nicht entscheiden.

»Stimmt etwas nicht?« fragte Piers.

»Doch, doch, ist schon gut.« Es würde letzten Endes keinen Unterschied bedeuten. Pitt steckte den Schlüssel ins Schloß und drehte ihn um, dann bückte er sich, nahm die Laternen auf und ging hinein. Sogleich spürte er die Kälte des Raumes und nahm den feuchten, leicht süßlichen Geruch wahr. Möglicherweise bildete er sich das auch nur ein, weil er wußte, was sich in dem Raum befand.

»Gibt es Licht?« fragte Piers mit etwas zitternder Stimme.

»Nur die Laternen. Vermutlich holt man das Fleisch bei Tageslicht heraus«, sagte Pitt, »und läßt die Tür offen.«

Piers schloß die Tür und hielt die zweite Laterne hoch. An einer Wand des ziemlich großen Raumes waren Eisblöcke aufeinandergestapelt. Der Boden bestand aus Steinfliesen und wies Abflußlöcher für das Wasser auf. In großen Stücken hing das Fleisch an Haken von der Decke: Rind, Lamm, Kalb und Schwein. Die Innereien wurden in großen Metallgefäßen aufbewahrt, und mehrere Reihen von Würsten bildeten unter der Decke Girlanden.

Man hatte eine große Tischplatte und Böcke herbeigeschafft, und unter einem alten verblaßten Eßzimmervorhang konnte man die Umrisse zweier menschlicher Körper erahnen.

Pitt schlug den Vorhang zurück und sah Ainsley Grevilles weißes und sonderbar wächsernes Gesicht. Das von Lorcan McGinley hatte man, um das Blut und die Verletzungen zu verbergen, so mit Resten des Arbeitszimmervorhangs umwickelt, daß es kaum an das eines Menschen erinnerte.

Piers holte tief Luft und atmete dann langsam aus.

»Wonach soll ich suchen?« fragte er.

»Sehen Sie nach, in welchem Winkel der Kopf zum Oberkörper liegt.«

»Aber man hat ihn auf dem Transport bewegt. Was für eine Rolle spielt das überhaupt? Der Schlag wurde von hinten geführt, das wissen wir bereits.« Piers runzelte die Stirn. »Woran denken Sie, Mr. Pitt? Wissen Sie inzwischen mehr als damals?«

»Untersuchen Sie bitte seine Halswirbelsäule.«

»Ein solcher Schlag würde sie auf keinen Fall brechen.« Piers wußte nicht, was er sagen sollte. »Sofern sie aber doch gebrochen wäre – würde das etwas an der Situation ändern?«

Pitt sah auf die Leiche hinunter und nickte kaum wahrnehmbar.

Piers folgte seiner Aufforderung. Nach kurzem Zögern – immerhin handelte es sich um seinen Vater – legte er seine Finger um den Schädel und bewegte ihn vorsichtig hin und her. Er wirkte jetzt äußerst konzentriert.

Pitt wartete. Die Kälte schien sich geradezu in ihn hineinzufressen. Kein Wunder, daß Fleisch sich hier gut hielt. Die Temperatur lag vermutlich nur knapp über dem Gefrierpunkt, wenn nicht sogar darunter. Die vom Eis aufsteigende Feuchtigkeit schien das Fleisch zu durchdringen. Der Geruch des Todes füllte ihm Mund und Nase.

Die Laternen brannten völlig gleichmäßig. In diesem Raum gab es nicht den geringsten Luftzug. Fast hätte man glauben können, daß es überhaupt keine Luft gab.

»Sie haben recht.« Piers hob den Blick, die Augen geweitet. »Seine Halswirbelsäule ist gebrochen. Ich verstehe das nicht. Der Schlag kann das unmöglich bewirkt haben. Dafür hat er ihn an der falschen Stelle und im falschen Winkel getroffen.«

»Wäre ein solcher Schlag tödlich gewesen?« fragte Pitt.

Piers sah unglücklich drein. »Da bin ich nicht sicher, aber vermutlich nicht. Ich wüßte nicht, wie ein solcher Schlag den Tod herbeiführen sollte.« Er schluckte, und Pitt konnte seinen Adamsapfel zucken sehen. »Wenn er aber schon tot war, als er ins Wasser glitt ...«

Pitt wartete.

»Ich könnte feststellen, ob sich Wasser in der Lunge befindet. Falls nein, war er schon tot, bevor er ins Wasser gesunken ist. In dem Fall hat der Bruch der Halswirbelsäule den Tod herbeigeführt.«

»Und der Schlag auf den Hinterkopf?« fragte Pitt erneut.

»Anhand des Blutes und der Verletzungen könnte ich feststellen, ob er noch lebte oder bereits tot war, als er ihn bekam. Natürlich hat das Wasser in der Wanne das Blut an der Wunde abgewaschen.« Piers schien in sich versunken zu sein. Auf seinem Gesicht lagen im Schein der Laterne tiefe Schatten. »Aber wenn ich ... wenn ich eine Obduktion vornähme ... ich weiß nicht, ob ich ... ob ich wirklich ein Urteil darüber abgeben kann. Vor Gericht würde das selbstverständlich nicht zählen ... Man würde meine Aussage nicht gelten lassen.«

»Dann sollten Sie mit den Beweismitteln äußerst vorsichtig umgehen«, sagte Pitt mit trübem Lächeln. »Es könnte von großer Bedeutung sein, was sich daraus ergibt.«

»Tatsächlich?« Es klang ungläubig.

Pitt dachte an Justine, an Doll und an Lorcan McGinley. »O ja.«

»Hier kann ich allerdings nichts tun«, sagte Piers. »Zum einen kann ich nicht genug sehen, und außerdem ist es so kalt, daß ich meine Hände nicht ruhig halten kann.«

»Wir bringen ihn in einen der Räume neben der Waschküche«, entschied Pitt. »Dort gibt es fließendes Wasser und einen großen Holztisch zum Auslegen der Wäsche. Instrumente haben Sie wohl nicht mit?«

»Ich bin noch Student.« Piers' Stimme klang angespannt und ein wenig schrill. »Aber ich stehe kurz vor dem Examen und werde noch in diesem Jahr approbiert.«

»Können Sie es tun? Ich würde nur ungern den Arzt aus dem Dorf kommen lassen. Er ist für so etwas bestimmt auch nicht ausgebildet. Um zu erreichen, daß jemand aus London geschickt wird, müßte ich erst den stellvertretenden Polizeipräsidenten einschalten, und das würde zu lange dauern.«

»Ich verstehe.« Piers sah ihn im Schein der Laterne unverwandt an. »Sie halten Onkel Padraig für den Täter und wollen den Beweis, bevor er abreist.«

Es hatte keinen Sinn, das abzustreiten.

»Genügen Ihnen die besten Küchenmesser, wenn sie frisch geschliffen werden?« sagte Pitt statt dessen.

Piers zuckte zusammen. »Ja.«

Es erwies sich als ausgesprochen schwierig und unangenehm, die Leiche aus dem Eiskeller zu schaffen. Durch einen zu unsanften Transport würden sie gerade die Beweise vernichten, nach denen sie suchten. Greville war groß und breitschultrig. Wenn man ihn auf eine ausgehängte Tür legte, war die Last für Pitt, Tellman und Piers ohne zusätzliche Hilfe zu schwer.

»Außenstehende können wir nicht einweihen«, sagte Tellman schroff. »Wir müssen uns was anderes ausdenken. Ich hab' genug von diesen Dienstboten gesehen und gehört, um zu wissen, was passieren würde, wenn wir einen Lakaien holten. Man würde uns morgen früh als Leichenschänder oder Leichenfresser hinstellen.«

»Ich fürchte, da hat er recht«, stimmte Piers zu. »Wir könnten es mit Brettern versuchen. In einem der Nebengebäude gibt es bestimmt noch ein paar Bretter, wie die, mit denen man das Fenster des Arbeitszimmers zugenagelt hat.«

»Damit schaffen wir es nie«, wies Pitt den Vorschlag zurück. Die Vorstellung, im Halbdunkeln eine Leiche auf einem Brett zu balancieren, war grotesk. »Die Tür ist die einzige Möglichkeit.«

»Dann wird das Ganze aber zu schwer!« widersprach Tellman.

»Ich hab's«, sagte Piers plötzlich, »wir nehmen einen Wäschekorb. Wenn wir ihn vorsichtig hineinlegen, bleiben die entscheidenden Stellen unangetastet.«

Pitt wie Tellman warfen ihm einen anerkennenden Blick zu.

»Ausgezeichnet«, stimmte Pitt zu. »Ich hole einen. Bereiten Sie inzwischen alles vor.«

Als Tellman an der Waschküchentür, die sich natürlich nicht verschließen ließ, Posten bezog und Pitt zusah, wie Piers Greville mit Mrs. Williams bestem Küchenmesser überaus bedächtig die ersten Schnitte an der Leiche seines Vaters vornahm, war es bereits nach elf Uhr. Um möglichst wenig Schatten zu haben, hatten sie die Gaslampen im Raum so hoch es ging aufgedreht und außerdem noch drei Laternen aufgestellt.

Es schien Stunden zu dauern. Piers arbeitete konzentriert und äußerst vorsichtig, schnitt in Körpergewebe, zögerte, sah prüfend hin, schnitt erneut. Offensichtlich war ihm zuwider, was er tat, obwohl er die Notwendigkeit einsah. Doch als er erst einmal angefangen hatte, siegte die ärztliche Professionalität über seine persönlichen Gefühle. Er schien seinen Beruf zu lieben und die Geschicklichkeit seiner Hände in gewisser Weise zu genießen. Kein einziges Mal beklagte er sich oder gab Pitt zu verstehen, daß man etwas Unmögliches von ihm verlangte. Welche Befürchtungen auch immer er in bezug auf das Ergebnis seines Tuns haben mochte, er ließ sie sich nicht anmerken.

In der Waschküche war es warm und feucht vom Dampf der Kupferkessel, in denen Handtücher sowie leinene Bettbezüge und Laken gekocht wurden. Es roch nach Seife, Karbol und nasser Wäsche.

Tellman stand mit dem Rücken zur Tür. Sie hatten niemandem im Hause gesagt, was sie beabsichtigten. Ohne fremde Hilfe hatten sie die Leiche in die Waschküche geschafft, nachdem sie sich vergewissert hatten, daß sich keiner der Dienstboten im Wirtschaftstrakt aufhielt. Die meisten befanden sich bereits in ihren Kammern. Beim kleinsten Hinweis darauf, daß man in der Waschküche eine Leiche geöffnet hatte, würden die wildesten Gerüchte in Umlauf gesetzt werden, und kein Dienstbote würde je wieder in Ashworth Hall arbeiten wollen.

Es war halb zwölf.

»Können Sie das bitte halten?« fragte Piers und wies auf Grevilles Brustkorb, den er mit Mrs. Williams Metzgerbeil durchtrennt hatte. Pitt gehorchte. Es kam ihm roh und gefühllos vor, ins Innere eines Menschen zu fassen. Obwohl er so gut wie jeder andere wußte, daß der Mann nicht mehr lebte, kam es ihm unrecht vor.

Wieder vergingen zehn Minuten. Kein weiteres Wort fiel.

Man hörte kein Geräusch außer dem Zischen, mit dem das Gas an den Glühstrümpfen der Lampen austrat. Das große Herrenhaus lag so still da, als hielte niemand sonst sich in den Dutzenden von Räumen auf.

»In der Lunge ist kein Wasser«, sagte Piers schließlich und hob den Blick zu Pitt. »Er ist also nicht ertrunken.«

»Hat ihn der Schlag auf den Hinterkopf getötet?«

Ohne zu antworten, verschloß Piers die Brust, so gut er konnte. Er wischte sich das Blut von den Händen, und nachdem ihm Pitt geholfen hatte, die Leiche umzudrehen, damit er nachsehen konnte, wandte er seine Aufmerksamkeit der Verletzung am Hinterkopf zu.

Weitere zwanzig Minuten vergingen.

»Nein«, sagte Piers überrascht. »Es gibt keine Blutung, auch keine wirkliche Verletzung, nur der Knochen ist eingedrückt… da.« Er wies auf die Stelle. »Da… und da.« Er verzog nachdenklich das Gesicht. »Man hat ihn… zweimal getötet ... Wenn Sie verstehen, was ich damit sagen will. Erst hat man ihm das Genick gebrochen, und zwar mit einem einzigen geübten Schlag genau an der richtigen Stelle. Dazu braucht man Kraft und die nötigen Kenntnisse. Nichts weist darauf hin, daß es mehr als diesen einen Schlag gegeben hat.«

Tellman war schon vor einer Weile schweigend hereingekommen. Jetzt trat er näher zu ihnen und sah mit weit aufgerissenen Augen zuerst auf Piers und dann auf seinen Vorgesetzten.

»Anschließend hat ihn jemand auf den Hinterkopf geschlagen und unter Wasser gedrückt«, beendete Piers seine Erklärung. »Ich kann mir beim besten Willen nicht vorstellen, warum. Es kommt mir ... verrückt vor ...« Er sah völlig verwirrt aus.

»Sind Sie Ihrer Sache sicher?« Pitt merkte, daß sich seine Laune in einer Weise besserte, die angesichts der Situation nicht zu rechtfertigen war. »Sind Sie ganz und gar sicher?«

Piers blinzelte. »Ja, ich bin sicher. Selbstverständlich können Sie meine Angaben von einem Polizeiarzt überprüfen lassen. Aber warum hat man das getan? Was hat das zu bedeuten? Wissen Sie, wer der Täter war?«

»Nein«, sagte Pitt mit etwas belegter Stimme. »Nein ... aber ich glaube, ich weiß, wer es nicht war ...«

»Jedenfalls sieht es ganz so aus, als ob es zwei getan haben.« Tellman sah auf den Leichnam hinab. »Oder tun wollten!«

Pitt rührte sich nicht. Wie mochte wohl die Anklage gegen jemanden lauten, der einen Toten auf den Hinterkopf schlug und unter Wasser drückte? Leichenschändung? Würden die Gerichte einen solchen Fall verfolgen? Wollte er das überhaupt?

»Sir?« sprach ihn Tellman an.

Pitt kehrte in die Gegenwart zurück. »Ja ... Ja, räumen Sie hier bitte auf, Tellman. Ich habe oben etwas zu erledigen ... glaube ich. Vielen Dank.« Er sah zu Piers. »Ich danke Ihnen sehr, Mr. Greville. Ich weiß Ihren Mut und Ihr Können zu schätzen. Bringen Sie beide die Leiche bitte in den Eiskeller zurück und schließen Sie um Gottes willen ab. Sorgen Sie auch dafür, daß keine Spuren von dem zurückbleiben, was wir hier getan haben. Gute Nacht.« Damit ging er zur Tür, öffnete sie und kehrte ins Hauptgebäude zurück.

KAPITEL
ZWÖLF

Charlotte schlief bereits, als Pitt ins Zimmer kam, doch ebensowenig wie sie bei ihrer Rückkehr aus London konnte er bis zum nächsten Morgen warten, um ihr mizuteilen, was er in Erfahrung gebracht hatte. So weckte er sie ohne Umstände, indem er einfach hineinging, die Gaslampe in der Mitte des Raumes anzündete und hell aufdrehte.

»Charlotte«, sagte er mit normaler Lautstärke.

Sie knurrte, weil das Licht sie blendete. Dann drehte sie sich um und zog sich die Decke über das Gesicht.

»Charlotte«, wiederholte er, trat zum Bett und setzte sich. Ihm war klar, daß er es an Feingefühl fehlen ließ, doch schien ihm das auch nicht der richtige Zeitpunkt dafür zu sein. »Wach auf. Ich muß mit dir sprechen.«

Noch im Halbschlaf erkannte sie die Eindringlichkeit seiner Worte. Blinzelnd setzte sie sich auf und schirmte die Augen mit einer Hand gegen das Licht ab. Ihr nur lose geflochtener Zopf öffnete sich, und das Haar fiel ihr auf die Schultern.

»Was gibt's? Was ist passiert?« Sie sah ihn ruhig an, da sie an ihm keinerlei Besorgnis wahrnehmen konnte. »Weißt du, wer es war?«

»Nein ... aber Justine war es nicht.«

»Doch, sie muß es gewesen sein.« Sie war mittlerweile vollständig wach, auch wenn sie wegen des grellen Lichts nach wie vor blinzelte. Ihre Wißbegierde gewann die Oberhand. »Warum wäre sie sonst als Zimmermädchen verkleidet durch den Korridor gelaufen? Das ergäbe keinen Sinn.«

»Es stimmt, sie ist ins Bad gegangen, hat ihm den Schlag auf den Kopf versetzt und ihn unter Wasser gedrückt«, bestätigte er. »Aber getötet hat sie ihn nicht ... denn er war bereits tot!«

Sie sah ihn an, als wolle sie sich vergewissern, daß sie seine Worte richtig verstanden hatte.

»Bereits tot? Bist du sicher? Woher weißt du das?«

»Ja, ich bin sicher, und ich weiß es, weil Piers es gesagt hat –«

»Piers?« Sie richtete sich weiter auf. »Warum ist er nicht früher damit herausgerückt?« Ihr Gesicht verfinsterte sich. »Thomas ... vielleicht hat er gewußt, daß es Justine war, und versucht –«

»Nein«, sagte er mit Nachdruck. »Nein, er kennt die Hintergründe nicht. Er hat mir lediglich den Beweis geliefert ...«

»Was für einen Beweis?« fragte sie. »Welchen gibt es denn, der vorher nicht da war?« Sie zitterte vor Kälte, weil die Decken an ihr herabgeglitten waren.

»Wir haben die Leiche in die Waschküche gebracht und eine Art Autopsie vorgenommen ... Unbestritten hatte Justine die Absicht, Ainsley Greville zu töten. Aber irgend jemand muß ihr zuvorgekommen sein und hat ihm das Genick gebrochen ... und zwar mit einem einzigen, ausgesprochen fachmännischen Hieb. Offensichtlich hat dieser Jemand gewußt, worauf es ankommt, wenn man einen Menschen töten will, und er hatte wahrscheinlich Übung darin.«

Charlotte zitterte, schien aber die Decken vergessen zu haben, obwohl sie in Reichweite lagen.

»Du meinst, ein richtiger Mörder«, sagte sie im Flüsterton. »Einer der Iren hier im Hause.«

»Ja, eine andere Erklärung kann ich mir nicht denken«, stimmte er zu.

»Etwa Padraig Doyle?«

»Ich weiß es nicht. Möglich.«

»Darüber kommt Eudora nie hinweg.« Sie sah ihn aufmerksam an. »Thomas ...«

»Was?« Er glaubte zu wissen, was sie sagen wollte: irgend etwas über Mitgefühl und daß er nichts dafür könne; er solle sich um Eudora keine zu großen Sorgen machen und vor allem keine Gewissensbisse. Er irrte sich.

»Mach dich darauf gefaßt, daß sie es bereits weiß«, sagte sie.

Alles an dieser Vorstellung stieß ihn ab – sie war widerwärtig. Unmöglich konnte sich hinter diesen sanften Zügen und verwundet dreinblickenden Augen die Komplizin oder zumindest Mitwisserin eines kaltblütigen, politisch motivierten Mordes verbergen.

Charlotte sah ihn betrübt an. Ihr Kummer galt ihm, nicht Eudora. »Sie und ihr Bruder stehen einander sehr nahe«, fuhr sie mit leiser Stimme fort. »Und niemand ist irischer als sie. Auch wenn sie das nicht zeigt und seit zwanzig Jahren nicht im Lande gelebt hat, kann sie ohne weiteres noch den alten Haß und die alte Leidenschaft in sich tragen, die in diesem Zusammenhang jeden zu befallen scheinen.«

Sie streckte die Hand aus und legte sie sanft auf seine. »Thomas ... du hast die Leute gesehen, hast gehört, wie sie miteinander streiten. Du hast miterlebt, was aus Menschen wird, wenn sie anfangen, über Irland zu reden. Sie sehen in der Freiheit des einen die Ausbeutung und den Nachteil des anderen, den Diebstahl an allem, was seine Familie über Generationen hinweg aufgebaut und, weit schlimmer noch, den Verlust der Glaubensfreiheit. Für diese zu kämpfen, ist ihnen jeder Vorwand recht. Ein nationalistisches unabhängiges Irland wäre automatisch römisch-katholisch. Seine Gesetze würden sich auf die Lehre der katholischen Kirche stützen, ganz gleich, was der einzelne glaubt. Bücher würden nach dem kirchlichen Index zensiert, und alles mögliche wäre verboten.«

Sie griff nach den Decken und zog sie um sich.

»Es hat mir nicht gefallen, als mein eigener Vater mir gesagt hat, was ich lesen durfte und was nicht. Ich würde mich erst recht dagegen auflehnen, wenn der Papst so etwas täte, denn er hat mit mir nichts zu tun. In einem katholischen Irland aber dürfte man manche Bücher nicht lesen, und ich würde nicht einmal wissen, daß es sie gibt ... Ich würde nur das lernen und erfahren, was die Kirche guthieße. Vielleicht würde ich diese Bücher gar nicht lesen wollen ... vielleicht wäre ich sogar mit der Absicht der Kirche einverstanden ... aber ich möchte selbst darüber entscheiden können.«

Er unterbrach sie nicht.

»Ich würde dafür eintreten, daß das Volk über alle seine Gesetze selbst entscheiden darf...« Sie lächelte schief. »Ich als Frau würde auch mit darüber abstimmen dürfen. Auf jeden Fall aber möchte ich mir nicht von einem Haufen Kardinäle in Rom vorschreiben lassen, was ich zu tun und zu lassen habe.«

»Du übertreibst«, unterbrach er sie.

»Nein. In einem katholischen Staat hat die Kirche das letzte Wort.«

»Woher weißt du das?«

»Ich habe mich mit Kezia Moynihan unterhalten. Und sag nicht, daß sie auch übertreibt – sie hat mir Beweise dafür geliefert. Viel von dem, was die Leute reden, halte ich für Unsinn. Man wirft den Katholiken alles mögliche vor, aber in diesem einen Punkt haben ihre Kritiker recht. Wo die römische Kirche die Macht hat, herrscht sie unumschränkt. Man kann niemandem eine Religion aufzwingen, Thomas. Ich denke, daß die Amerikaner mit ihrer Forderung, Kirche und Staat voneinander zu trennen, auf dem richtigen Weg sind.«

»Was weißt du von Amerika?« Er war erstaunt. Er hatte nie angenommen, daß Charlotte das geringste Interesse an solchen Fragen hatte, geschweige denn etwas darüber wußte.

»Emily hat mir davon berichtet. Weißt du, wie viele Iren seit der großen Kartoffel-Hungersnot nach Amerika ausgewandert sind?«

»Nein. Du etwa?«

»Ja... ungefähr drei Millionen«, sagte sie, ohne zu zögern. »Das ist praktisch jeder Dritte der Gesamtbevölkerung. Es waren vorwiegend die jungen und kräftigen Leute. Fast alle sind nach Amerika ausgewandert, weil sie dort Arbeit fanden – und etwas zu essen.«

»Was hat das mit Eudora zu tun?« Was er da von Charlotte erfuhr, erschütterte ihn, vor allem die Tatsache, daß sie solche Dinge wußte. Dennoch vermochte nichts das Bild zu trüben, das er von Eudora hatte.

»Sie hält die Lage wohl für verzweifelt«, gab sie zur Antwort und sah ihn mit der gleichen Sanftmut an wie zuvor. »Viele Leute glauben, daß der Zweck die Mittel heiligt, wenn es um so bedeutende Fragen geht. Damit rechtfertigen sie sogar den Mord an Menschen, die einer ihrer Meinung nach gerechten Lösung im Weg stehen.«

Er sagte nichts.

Sie zögerte. Es sah einen Augenblick lang so aus, als wolle sie sich vorbeugen und ihn umarmen. Dann aber überlegte sie es sich offenbar anders, stand auf und holte ihren Morgenmantel.

»Wohin gehst du?« fragte er überrascht. »Doch nicht etwa zu Eudora?«

»Nein ... zu Justine.«

»Was willst du dort?«

Sie zog den Morgenmantel an und band den Gürtel zu. Sie war jetzt vollständig wach, wusch sich aber weder das Gesicht mit dem kalten Wasser aus der Kanne, noch fuhr sie sich mit der Bürste über das zerzauste Haar.

»Ihr sagen, daß sie Ainsley Greville nicht umgebracht hat. Sie nimmt ja wohl an, daß sie es getan hat.«

Er stand auf. »Charlotte, ich weiß nicht, ob ich möchte, daß Justine das erfährt ...«

»Doch«, sagte sie entschlossen. »Wenn du morgen Padraig Doyle festnehmen mußt, sollte das vorher erledigt werden. Bleib hier. Ich kann besser allein mit ihr sprechen. Wir müssen die Wahrheit erfahren.«

Er blieb reglos auf dem Bett sitzen. Sie hatte recht mit ihrem Hinweis, daß sie die Wahrheit erfahren mußten. Zugleich aber fürchtete er diese Wahrheit.

Leise ging sie durch den Gang, über den Treppenabsatz hinüber in den anderen Gebäudeflügel. Das ganze Haus lag ruhig. Abgesehen von Pitt, Tellman und wohl auch Piers waren alle längst schlafen gegangen. Aber um diese Stunde würde Piers Justines Zimmer sicherlich nicht aufsuchen, schon gar nicht nach dem, was er gerade getan hatte. Gewiß wollte er sie weder dem Geruch noch den in ihm tobenden, widerstreitenden Empfindungen aussetzen.

Man konnte im Gang kaum etwas sehen, denn die Gaslampen waren so stark heruntergedreht, daß ihr Licht gerade genügte, den Weg zu erkennen, falls jemand in der Nacht aufstehen mußte. Sie klopfte einmal kräftig an Justines Tür und trat dann ein, ohne auf eine Antwort zu warten.

Im Zimmer war es dunkel und still.

»Justine«, sagte sie mit gedämpfter Stimme.

Man hörte das leise Rascheln von Bettwäsche.

»Wer ist da?« Justines Stimme klang ängstlich und angespannt.

»Charlotte. Machen Sie bitte Licht. Ich kann nichts sehen.«

»Charlotte?« Nach kurzem Augenblick der Stille raschelte es erneut, und das Licht ging an.

Justine saß aufrecht im Bett und wirkte hellwach. Das schwarze Haar hing ihr auf die Schultern, und auf ihren Zügen mischten sich Besorgnis und Verwirrung.

»Ist etwas geschehen?« fragte sie ruhig. »Schon wieder?«

Charlotte trat zu ihr und setzte sich auf die Bettkante. Sie mußte unbedingt die Wahrheit erfahren, aber ihr fiel kein Vorwand ein, mit dessen Hilfe sie sie der jungen Frau entlocken konnte. Außerdem war ihr auch nicht danach zumute, es auf diese Weise zu tun.

»Eigentlich nicht«, sagte sie und setzte sich bequemer hin. »Aber wir wissen mehr als beim Abendessen, obwohl wir da schon eine ganze Menge wußten.«

Justines Gesicht zeigte außer Erleichterung darüber, daß keine weitere Katastrophe eingetreten war, keine Regung.

»Tatsächlich? Heißt das, Sie wissen jetzt, wer Mr. McGinley umgebracht hat?«

»Nein.« Charlotte lächelte betrübt und ein wenig spöttisch. »Dafür wissen wir aber, wer Mr. Greville nicht umgebracht hat…«

»Das haben Sie doch auch vorher schon gewußt«, sagte Justine mit angesichts der Situation bemerkenswerter Beherrschung. »Es war weder Mr. O'Day, noch Mr. McGinley noch sein Diener Hennessey, für den Fall, daß Sie den in Verdacht hatten. Hoffentlich war Ihnen klar, daß auch Mrs. Greville und Piers nicht als Täter in Frage kommen, aber das konnten Sie vermutlich nicht für selbstverständlich halten. Sind Sie etwa gekommen, um mir zu sagen, … daß es nicht Mrs. Greville war?« Sie legte eine Hand auf die Decken, als wollte sie aufstehen.

Charlotte beugte sich vor und hinderte sie daran.

»Ich weiß nicht, ob Mrs. Greville es getan hat oder nicht.« Sie sah Justine offen in die dunklen Augen. »Allerdings halte ich das für unwahrscheinlich, auch wenn sie den Täter eventuell kennt. Es war jemand, der Erfahrung damit hat, wie man tötet.« Sie sah Justine aufmerksam an, beobachtete ihre Augen und ihre Bewegungen. »Es geschah mit einem einzigen und genau gezielten Schlag.«

Justine saß völlig regungslos da, konnte aber nicht verhindern, daß Entsetzen in ihre Augen trat. Einen kurzen Augenblick erschien ein Anflug von Angst auf ihren Zügen, als frage sie sich, wieviel Charlotte wußte, was sie ihrem Gesicht abgelesen haben mochte. Dann hatte sie sich wieder in der Gewalt.

»Tatsächlich?« fragte sie mit einer Stimme, die nur leicht zitterte. Daß sie belegt klang, konnte man ohne weiteres dem unangenehmen Gesprächsgegenstand zuschreiben, wie auch dem Umstand, daß man sie aus dem ersten, tiefen Schlaf gerissen hatte.

»Ja. Man hat ihm das Genick gebrochen.«

Diesmal gesellte sich Verblüffung zu der Überraschung, und trotz ihres eisernen Willens und der Übung, die sie darin hatte, Haltung zu bewahren, konnte sie das nicht verbergen. Sie nahm sich sofort wieder zusammen, als sie in Charlottes Augen erkannte, daß diese ihre Reaktion richtig gedeutet hatte. Sie erschauerte.

»Wie entsetzlich!«

»Und ausgesprochen kaltblütig«, stimmte ihr Charlotte zu. Sie ballte die Fäuste im Schoß, wo Justine sie nicht sehen konnte. »Dafür läßt sich auf jeden Fall sehr viel weniger Verständnis aufbringen als für die Person, die danach als Zimmermädchen verkleidet das Badezimmer betreten hat, mit einem Glas Badesalz in der Hand hinter Greville getreten ist, ihn damit auf den Kopf geschlagen und dann, weil sie ihn für bewußtlos hielt, unter Wasser gedrückt und dort festgehalten hat.«

Alle Farbe war aus Justines Gesicht gewichen. Sie hielt sich an den Laken fest, als ob diese sie vor dem Ertrinken retten könnten.

»Das ... hat jemand ... getan?«

»Ja.« Charlotte sagte das ohne den geringsten Anflug von Zweifel in der Stimme.

»Woher ...« Justine konnte nicht verhindern, daß sie trotz aller Bemühung, sich zu beherrschen, schlucken mußte. »Woher ... wissen Sie ... das?«

»Jemand hat sie gesehen. Jedenfalls ihre Schuhe«, sagte Charlotte mit dem Anflug eines Lächelns, in dem weder Triumph noch Vorwurf lag. »An den Seiten bestickte blaue Abendschuhe mit blauen Absätzen. So etwas trägt kein Zimmermädchen. Sie hatten sie übrigens heute beim Mittagessen an, zu Ihrem Musselinkleid.«

Justine gab jeden weiteren Versuch auf, Charlotte zu täuschen. Sie war nicht bereit, sich so weit herabzuwürdigen, daß sie weiterkämpfte, wenn die Schlacht verloren war.

»Warum?« fragte Charlotte. »Sie müssen einen sehr guten Grund gehabt haben.«

Justine sah mit einem Mal aus, als sei alles Leben in ihr erloschen. Mit wenigen Worten hatte Charlotte alles zunichte gemacht, wonach sie sich gesehnt und wofür sie gearbeitet hatte, gerade in dem Augenblick, als sie das Ziel dicht vor Augen sah. Nichts von dem, was sie sagen konnte, schien diesen Verlust auch nur teilweise verhindern oder verringern zu können. Sie zeigte nicht den geringsten Zorn, sondern schien sich angesichts der vollständigen Katastrophe in ihr Schicksal zu fügen.

Charlotte wartete.

Leise und langsam begann Justine zu sprechen. Sie sah Charlotte nicht an, sondern richtete statt dessen den Blick auf den bestickten Rand des Lakens, das sie festhielt.

»Meine Mutter war Dienstmädchen und hat einen spanischen Matrosen geheiratet. Er ist auf See umgekommen, als ich noch klein war. Sie hatte kein Geld und mußte ganz allein für sich und mich sorgen. Da sie gegen den Willen ihrer Angehörigen einen Ausländer geheiratet hatte, wollte ihre Familie nichts mehr mit ihr zu tun haben. Sie hat für andere Leute gewaschen und Wäsche geflickt, aber damit konnte sie uns kaum durchbringen. Sie hat nicht wieder geheiratet.«

Sie lächelte sonderbar und halb belustigt. »Schön war ich nie. Dafür war ich zu dunkel. Man hat über meine Nase gespottet und mir alle möglichen Schimpfnamen nachgerufen: Zigeunerkind, Kanakin und Schlimmeres. Doch als ich älter wurde, zeigte sich, daß ich anders war als die anderen. Ich besaß eine gewisse Anmut, und das zog manche Leute an ... vor allem Männer. Ich lernte sie zu umgarnen, ihr Interesse zu erwecken und lebendig zu erhalten. Ich ...« Sie gab sich Mühe, Charlotte nicht anzusehen. »Ich lernte, wie man einem Mann schmeichelt und ihn glücklich macht.« Sie sagte nicht, was sie genau damit meinte.

Charlotte glaubte, auch so zu verstehen.

»Und einer von denen war Ainsley Greville?«

Justine hob abrupt den Kopf. Ihre Augen funkelten aufgebracht.

»Er war der einzige! Aber eine Frau, die nicht weiß, wie sie durchs Leben kommen soll, kann es sich nicht aussuchen. Sie nimmt den, der Geld hat, sie nicht verprügelt und ihr, soweit sie es beurteilen kann, keine Krankheiten anhängt. Glauben Sie, daß mir das Spaß gemacht hat?« Es klang herausfordernd, als hätte Charlotte sie verurteilt.

»Armes Kind«, sagte Charlotte mit leichtem Spott in der Stimme.

Einen Augenblick flammte Zorn in Justines Augen auf, während sie einander ansahen. Keine Sekunde lang kam Charlotte der Gedanke, daß sie in Gefahr schweben könnte. Sie hatte gar nicht mehr daran gedacht, daß Justine erst vor wenigen Tagen versucht hatte, einen Mann zu töten. Es war ihr ausschließlich deshalb mißlungen, weil er bereits tot war. Bis vor wenigen Minuten war sie überzeugt gewesen, ihr Vorhaben verwirklicht zu haben.

Charlotte betrachtete die prächtige Stickerei auf Justines Nachthemd. Es war sehr viel schöner als ihr eigenes und weitaus teurer.

»Mir gefällt Ihr Nachthemd«, sagte sie trocken.

Justine errötete.

Wieder saßen sie eine Weile schweigend da.

Justine hob den Blick. »Schön ... Anfangs habe ich es getan, um überleben zu können. Dann gefiel mir der Luxus, den ich mir leisten konnte. Wer einmal richtig arm war, gehungert und gefroren hat, fühlt sich nie wirklich sicher. Er weiß, daß die Armut jederzeit wiederkommen kann. Ich habe mir immer vorgenommen, damit aufzuhören, etwas Achtbares zu tun. Irgendwie ... schien es nie der richtige Zeitpunkt zu sein.«

»Und warum sollten Sie Ainsley Greville töten? Haben Sie ihn so sehr gehaßt?«

»Nein, eigentlich nicht!« sagte Justine mit dem Ausdruck tiefsten Abscheus in den schwarzen Augen. »Natürlich habe ich ihn gehaßt, weil er mich ebenso verachtet hat wie alle anderen Frauen«, sagte sie scharf. »Außer natürlich, wenn er uns brauchte. In gewisser Weise war er typisch für alle Männer, die Frauen benutzen und gleichzeitig verabscheuen. Aber getan habe ich es, weil er Piers sonst gesagt hätte, was ich bin – was ich war ...«

»Ist das von Bedeutung?« Diesmal meinte Charlotte es nicht als Herausforderung, sondern als einfache Frage.

Justine schloß die Augen. »Ja ... Für mich war es wichtiger als alles andere auf der Welt. Ich liebe ihn ... Es ging mir nicht einfach darum, keine – keine Hure mehr zu sein!« Es kostete sie sichtlich Überwindung, das Wort auszusprechen, und auf ihrem Gesicht war zu sehen, daß es sie zutiefst schmerzte. »Ich liebe ihn, weil er lustig, großzügig und gütig ist. Er hat Hoffnungen und Ängste, die ich verstehen kann, Träume, die ich teilen kann, und den Mut, ihnen zu folgen. Und er liebt mich ... das vor allem.« Das Bemühen um Selbstbeherrschung ließ ihre Stimme so angespannt klingen, daß sie fast überschnappte. »Können Sie sich vorstellen, welche Wirkung das auf ihn gehabt hätte, wenn Ainsley es ihm gesagt hätte? Können Sie es sich ausmalen ... wie er ihn auslacht, während er ihm mitteilt, daß seine Verlobte die Hure seines Vaters war? Das hätte ihm richtig Spaß gemacht. Er konnte unglaublich grausam sein.«

Ihre Finger hatten sich in den Rand des Lakens verkrallt. »Er hat keinem Menschen Glück gegönnt, schon gar nicht denen, die er gut kannte, denn dann hätten sie etwas gehabt, was er nicht besaß. Er konnte bei keiner Frau Erfüllung finden, weil er nicht lieben konnte. Er hat seinen tieferen Empfindungen keine Möglichkeit gegeben, sich zu entfalten, und deshalb konnte er solche Empfindungen auch an anderen Menschen nicht wahrnehmen. Er hat immer nur sein eigenes Spiegelbild gesehen, war unbefriedigt, hat nach schwachen Stellen gesucht, die er sich zunutze machen konnte, hat seine Macht dazu benutzt, andere zu verletzen, bevor ihn jemand verletzen konnte.«

»Sie haben ihn wohl ziemlich gehaßt, was?« fragte Charlotte, die nicht nur spürte, welche Gefühle hinter Justines Worten standen, sondern auch merkte, daß sie wußte, wovon sie sprach und Gründe für ihre Haltung hatte.

Justine sah sie an. »Ja, aber nicht nur, weil er mich auf diese Weise behandelt hat, sondern weil er auch mit allen anderen so umgesprungen ist. Vermutlich habe ich einen Augenblick lang in ihm alle Männer gesehen, die so sind wie er. Was werden Sie jetzt tun?«

Charlotte traf ihre Entscheidung, während sie sprach.

»Sie haben ihn nicht getötet. Das aber war ein reiner Zufall, ein Glücksumstand, wenn Sie so wollen. Ihre Absicht war es, ihn zu töten.«

»Das weiß ich. Was werden Sie tun?« wiederholte Justine.

»Ich weiß nicht, was das Strafrecht zu einem Fall sagt, in dem jemand einen Menschen tätlich angreift, der bereits tot ist. Irgendeine Straftat ist es bestimmt.«

»Falls mich Mr. Pitt festnimmt...« Justine holte zitternd Luft. Sie weinte nicht. Das kam vielleicht später, wenn sie allein war und alles hinter sich hatte, wenn es für sie nichts mehr gab als Bedauern. Sie nahm sich zusammen und setzte erneut an. »Falls mich Mr. Pitt festnimmt, darf ich dann bitte zu Piers gehen und ihm meine Gründe selbst erklären? Ich glaube, daß wäre mir lieber... zumindest...«

Wieder trat Schweigen ein. Außer dem leisen Zischen, mit dem das Gas in der Lampe austrat, hörte man kein Geräusch im ganzen Haus.

»Ich bin nicht sicher, ob ich die Kraft dazu habe!« entfuhr es ihr verzweifelt. Sie saß jetzt starr da. Sie war wirklich sehr schmal. Sie wirkte so angespannt und verkrampft, daß man hätte glauben können, körperliche Schmerzen zerrten an ihren Muskeln.

»Die haben Sie bestimmt«, versicherte ihr Charlotte. »Wie entsetzlich auch immer es sein mag – falls Sie es nicht tun, werden Sie später wünschen, Sie hätten es getan. Auch wenn Ihnen sonst nichts geblieben ist, Sie haben Mut.«

Justine lachte auf. Es klang bitter und fast hysterisch. »Das sagen Sie so leicht dahin. Sie brauchen ja auch nicht vor den einzigen Mann hinzutreten, den Sie je geliebt haben, vielleicht den einzigen Menschen außer der eigenen Mutter, und die lebt nicht mehr, und ihm zu sagen, daß Sie eine Hure sind und im tiefsten Herzen eine Mörderin, wenn auch nicht in Wirklichkeit, weil Ihnen irgendein verrückter Ire zuvorgekommen ist.«

»Wäre es Ihnen lieber, wenn jemand anders ihm das sagen würde?« fragte Charlotte freundlich. »Ich bin dazu bereit, sofern Sie das wünschen, aber nur, wenn Sie mich davon überzeugen, daß Sie dazu nicht selbst imstande sind.«

Reglos saß Justine da und sah sie an.

»Was wollen Sie?« wiederholte Charlotte. »Zeit? Es ändert zwar nichts an der Sache, aber ich leiste Ihnen gern hier Gesellschaft, wenn Sie möchten.«

»Es ist unabänderlich?« fragte Justine nach einem Augenblick. »Ich werde nicht mit einem Mal wach und merke, daß Sie nur ein böser Traum waren?«

Charlotte lächelte. »Vielleicht werde ich wach und stelle fest, daß Kezia oder eines der Mädchen ihm einen Hieb über den Kopf versetzt hat.« Sie zuckte die Schultern. »Oder vielleicht wird der Rote König wach, und wir verschwinden alle.«

»Was?«

»*Alice hinter den Spiegeln*«, erklärte Charlotte. »Alles, was in dieser Geschichte geschah, gehörte zum Traum des Roten Königs.«

»Sie können ihn also nicht aufwecken?«

»Nein.«

»Dann sollte ich besser zu Piers gehen und es ihm sagen«, erklärte Justine.

Charlotte lächelte ein wenig, sagte aber nichts.

Justine stand auf und zögerte, als überlege sie, ob sie sich anziehen sollte oder nicht. Dann legte sie ihren Morgenmantel um, trat an die Frisierkommode und nahm die Haarbürste in die Hand. Unschlüssig stand sie vor dem Spiegel. Sie wirkte müde, war bleich vor Erschöpfung und wohl auch von dem Schock. Ihr Haar war unordentlich, und der Zopf, den sie vor dem Schlafengehen geflochten hatte, hatte sich aufgelöst.

»Ich an Ihrer Stelle täte das nicht«, sagte Charlotte, bevor ihr aufging, daß es ihr nicht zukam, eine solche Entscheidung zu beeinflussen – jetzt schon gar nicht.

Justine legte die Bürste aus der Hand und drehte sich zu ihr um. »Sie haben recht. Es ist nicht der richtige Augenblick für Eitelkeit oder für Dinge, die den Eindruck erwecken können, als handelte ich mit Vorbedacht.« Sie biß sich auf die Lippe. Ihre Hände zitterten ein wenig. »Würden Sie bitte mitkommen?«

Charlotte war überrascht. »Sind Sie sicher, daß Sie das wollen? Das dürfte ungefähr das Privateste sein, was Sie je tun werden.«

»Ja, ganz sicher. Wenn ich eine andere Möglichkeit wüßte, würde ich die wählen. Aber wenn ein Dritter dabei ist, hilft mir das, sachlich zu bleiben, und … und ehrlich. Es ist nicht der richtige Zeitpunkt, Gefühle ins Spiel zu bringen. Ihre Gegenwart wird verhindern, daß er oder ich Dinge sagen, von denen wir später wünschen würden, sie anders oder gar nicht gesagt zu haben.«

»Sind Sie wirklich sicher?«

»Ja. Lassen Sie uns gehen, bevor mich der Mut verläßt.«

Ohne weitere Einwände zu erheben, stand Charlotte auf und folgte ihr auf den Gang und über das kurze Stück bis zur Tür von Piers' Zimmer. Dort blieb Justine stehen, holte tief Luft und klopfte.

Die Tür öffnete sich, und Piers steckte den Kopf heraus. Er war wohl gerade erst ins Bett gegangen und noch nicht eingeschlafen, angesichts der Ereignisse des Abends nicht weiter überraschend. Er sah zuerst Justine.

»Ist etwas passiert?« fragte er sogleich beunruhigt. »Bist du krank?« Im schwachen Licht, das vom Treppenabsatz in den Gang fiel, zeigte sein Gesicht Besorgnis.

»Ja«, sagte sie nicht ohne Ironie. »Ich muß mit dir sprechen. Es tut mir leid, daß es schon so spät ist. Aber morgen müssen wir uns um andere Dinge kümmern ... möglicherweise.«

»Ich zieh' mich sofort an.« Gerade als er sich zurückziehen wollte, sah er Charlotte. »Mrs. Pitt!«

»Es dürfte das beste sein, wenn wir hereinkommen«, sagte Charlotte mit Nachdruck. »Wir können uns ins Ankleidezimmer setzen.«

»Es ist ziemlich klein ... und ich habe auch keine drei Stühle ...«

»Das spielt unter diesen Umständen kaum eine Rolle«, murmelte sie und trat ein. »Wir wollen niemanden wecken, indem wir hier draußen auf dem Gang miteinander reden«, fuhr sie fort. »Oder indem wir mehr herumlaufen, als nötig ist.«

»Was ist denn vorgefallen, Mrs. Pitt?« Er bemühte sich, seine Unruhe zu verbergen. Er war sehr blaß und müde. Um seine Augen lagen tiefe Schatten fast wie Blutergüsse, sein Haar war zerzaust und fiel ihm in die Stirn. »Es ist doch hoffentlich niemand umgekommen ... oder?«

»Nein«, beruhigte sie ihn rasch. Möglicherweise wäre ihm ein weiterer Todesfall lieber als das, was ihm Justine zu sagen hatte. »Setzen Sie sich doch bitte. Ich kann stehen.«

Jetzt hatte er erkennbar Angst. Er folgte ihrer Aufforderung und sah zu Justine hin.

Diese setzte sich auf den anderen Stuhl, während Charlotte nahe der Wand im Schatten stehenblieb. Eine einzige Lampe brannte. Piers mußte sie angezündet haben, bevor er die Tür geöffnet hatte.

Nach einem Blick auf Charlotte begann Justine.

»Piers, wir wissen nicht, wer deinen Vater getötet hat, indem er ihm das Genick gebrochen hat. Vermutlich war es einer der Iren, aber ich weiß nicht, wer.« Ihre Stimme war beinahe fest. Ihre Willensanstrengung mußte geradezu übermenschlich sein. »Aber ich bin diejenige, die ihm das Glas mit dem Badesalz auf den Kopf geschlagen und ihn unter Wasser gedrückt hat –« Sie hörte unvermittelt auf und wartete.

Außer dem Zischen des Gases war nichts zu hören.

Zweimal setzte Piers zum Sprechen an, merkte dann aber, daß er nicht wußte, was er sagen sollte. Also mußte Justine fortfahren. Man hörte ihrer Stimme an, daß es sie quälte. An der Art, wie sie ihren Rücken anspannte, an der Starre ihrer Schultern erkannte Charlotte, daß sie bis zu diesem Augenblick noch eine Art Hoffnung bewahrt hatte, die nunmehr dahingeschwunden war. Sie sprach aus Verzweiflung.

»Ich wollte ihn töten«, fuhr sie tonlos fort. »Ich habe es nur deshalb nicht getan, weil er bereits tot war. Ich war seine Geliebte ... für Geld ... und er wollte es dir sagen.« Sie lächelte mit bitterem Spott über sich selbst. »Ich hatte angenommen, daß ich das nicht ertragen könnte. Ich liebe dich nach wie vor, und mehr als alles auf der Welt wollte ich, daß du mich liebtest. Aber es wäre weit leichter zu ertragen gewesen als das hier ... daß ich es dir selbst sagen muß. Nicht nur, was ich war, sondern auch, was ich getan habe. Es tut mir leid ... es tut mir leid, daß ich dir das angetan habe. Du wirst nie verstehen können, wie sehr ...«

Er blickte sie an, als sähe er sie zum ersten Mal.

Stumm und fast ohne die Lider zu bewegen hielt sie seinem Blick stand.

Charlotte regte sich nicht. Sie wäre sich wie ein Eindringling vorgekommen, wenn sie hätte annehmen müssen, daß einer der beiden sich ihrer Gegenwart im geringsten bewußt war.

»Warum nur?« fragte er schließlich. Entsetzen und die Unfähigkeit zu begreifen, was er gehört hatte, spiegelten sich in seinem Gesicht. Er wirkte, als hätte man ihn geohrfeigt. »Warum hast du ... warum hast du ... so ein Leben geführt?«

Diesmal verwendete Justine das Wort Hure nicht. Sofern sie versucht war, etwas zu ihrer Entschuldigung vorzubringen, gab sie dem nicht nach. Charlotte würde nie erfahren, ob das auf ihre Anwesenheit zurückzuführen war.

»Zuerst, um zu überleben«, antwortete Justine leise und ausdruckslos, so, als wären ihre Gefühle übermächtig und sie dürfe ihnen nicht nachgeben. »Mein Vater war auf See ums Leben gekommen, und meine Mutter und ich hatten nichts. Wegen ihrer Ehe mit einem Ausländer war sie von ihrer

Familie verstoßen worden. Später hatte ich mich an all die Dinge gewöhnt, die ich mir kaufen konnte, an die Sicherheit, die Wärme und im Laufe der Zeit auch daran, wie schön es war, nicht mehr Tag für Tag daran denken zu müssen, woher ich das Geld für das Essen und die Miete für die nächste Woche nehmen sollte.«

Sie holte tief Luft und fuhr fort. »Mir war klar, daß die Sache nicht von Dauer sein konnte. Wenn Frauen älter werden, will sie niemand mehr. Spätestens mit dreißig, fünfunddreißig ist damit Schluß. Bis dahin wollte ich möglichst viel gespart haben, um mir irgendeine Art Geschäft kaufen zu können. Ich wollte immer damit aufhören, aber es war viel einfacher weiterzumachen. Bis ich damals vor dem Theater dich kennengelernt habe. Ich habe mich gleich in dich verliebt, und ich habe begriffen, welch hohen Preis ich für meine materielle Sicherheit gezahlt hatte. Noch am selben Abend habe ich damit aufgehört.« Sie gab sich nicht die Mühe zu beteuern, daß sie die Wahrheit sagte.

Wieder saß er schweigend da, zitterte lediglich ein wenig, als stehe er unter einem körperlichen Schock.

Die Minuten vergingen – fünf, zehn, eine Viertelstunde. Keiner der beiden rührte sich oder gab einen Laut von sich.

Charlotte wurde allmählich steif und begann trotz ihres Morgenmantels zu frieren. Aber sie durfte die beiden auf keinen Fall unterbrechen. Justine hatte nicht ein einziges Mal zu ihr hergesehen. Das hätte sie bestimmt getan, wenn sie wollte, daß sie eingriff.

Schließlich holte Piers Luft und stieß einen langen Seufzer aus. »Ich ...« Er schüttelte leicht den Kopf. »Ich weiß nicht ...« Er sah elend aus, verwirrt, erschüttert, litt offenbar mehr, als er ausdrücken konnte. »Ich weiß nicht, was ich sagen soll ...« gestand er. »Entschuldige ... entschuldige bitte. Ich brauche ein wenig Zeit ... um nachzudenken ...«

»Natürlich«, sagte Justine in sonderbar gleichgültigem Ton. Darin lag das Eingeständnis ihrer Niederlage, es war, als wäre ein Teil von ihr gestorben. Sie stand auf und sah Charlotte an. »Gute Nacht«, sagte sie so förmlich zu Piers, daß es zugleich absurd und völlig normal wirkte. Was hätte sie sonst sagen sollen? Sie wandte sich um und ging zur Tür. Auch er war aufgestanden, stand hilflos da und sah ihr nach.

Charlotte folgte Justine und schloß die Tür hinter sich. Sie kehrten durch den Gang zu Justines Zimmer zurück. Charlotte war nicht sicher, ob Justine vielleicht lieber allein geblieben wäre, doch sie wollte die junge Frau jetzt nicht gern sich selbst überlassen, denn gewiß war sie völlig verzweifelt. Daher folgte sie ihr unaufgefordert in ihr Zimmer.

Justine bewegte sich wie in einem Alptraum, als sei ihr nicht einmal mehr klar, wo sie sich befand. Sie lief gegen die Bettkante, offenbar ohne den Schmerz richtig wahrzunehmen. Dann setzte sie sich unvermittelt hin, war aber so verstört, daß sie nicht einmal weinen konnte.

Charlotte schloß die Tür und trat zu ihr. Sie hätte nicht gewußt, was sie ihr hätte sagen sollen. Es wäre töricht gewesen, über Hoffnung oder Pläne mit ihr zu reden und hätte sie nur unnötig gequält. Soweit es Piers betraf, gab es nichts, das man anders oder besser hätte machen können, und ohnehin war alles vorbei. Sie wußte nicht, ob Justine eine Berührung als tröstlich oder zudringlich empfinden würde, aber sie handelte nach ihrem Gefühl, setzte sich neben sie aufs Bett und legte mitfühlend die Arme um sie.

So saßen sie mehrere Minuten lang reglos da, Justine starr und wie eingesperrt in ihrem Schmerz. Schließlich entspannte sie sich ein wenig und lehnte sich an Charlottes Schulter. Die Wunde schmerzte nicht weniger als zuvor, aber sie war für eine kleine Weile bereit, den Schmerz von einem anderen Menschen mittragen zu lassen.

Charlotte wußte nicht, wie lange sie so saßen. Sie wurde steif und fror noch mehr, außer an den Stellen, an denen sie die Wärme von Justines Körper spürte. Ihr Arm begann einzuschlafen. Als sie es nicht länger ertrug und ihre Muskeln zu zucken anfingen, sagte sie: »Sie könnten vielleicht versuchen, ein wenig zu schlafen. Ich bleibe gern bei Ihnen, wenn Sie das möchten – ich kann aber auch gehen, wenn Ihnen das lieber ist.«

Justine wandte sich langsam zu ihr. »Wie rücksichtslos von mir«, sagte sie. »Ich sitze hier, als gäbe es auf der Welt nichts anderes. Sie müssen völlig erschöpft sein. Bitte entschuldigen Sie.«

»Nicht die Spur«, log Charlotte. »Soll ich bleiben? Ich kann ohne weiteres hier schlafen.«

»Bitte ...« Justine zögerte. »Nein, das ist dumm. Ich kann nicht erwarten, daß Sie ständig bei mir bleiben. Ich habe mir das selbst zuzuschreiben.«

»Jeder von uns ist für einen großen Teil seines Kummers selbst verantwortlich«, sagte Charlotte aufrichtig. »Davon wird er nicht geringer. Legen Sie sich hin und decken Sie sich warm zu. Vielleicht können Sie dann eine Weile schlafen.«

»Wollen Sie sich nicht auch hinlegen? Kommen Sie unter die Decke, es ist sonst viel zu kalt.«

»Ja, gern.« Charlotte ließ den Worten die Tat folgen, und Justine löschte das Licht. Sie lagen schweigend da. Charlotte hätte nicht zu sagen gewußt, wann sie doch vom Schlaf übermannt worden war.

Sie erwachte und fuhr mit einem Ruck hoch, als an die Tür geklopft wurde. Es dauerte eine Weile, bis ihr aufging, daß sie nicht neben Pitt lag, sondern neben Justine, und nach und nach fiel ihr auch ein, warum.

Sie schlüpfte aus dem Bett. Da sie sich hingelegt hatte, wie sie war, hatte sie immer noch den Morgenmantel an. Sie tastete sich im Dunkeln vorsichtig zur Tür, öffnete sie und sah Piers im gelben Licht der Gaslampe, die hinter ihm hing, im Gang stehen. Durch die Fenster am Ende des Ganges drang noch kein Tageslicht. Er sah abgespannt aus, als hätte er die ganze Nacht kein Auge zugetan, doch hielt er ihrem Blick stand.

»Kommen Sie herein«, flüsterte sie und trat beiseite.

Justine setzte sich langsam auf und griff nach der Kerze. Sie entzündete sie, und Charlotte schloß die Tür.

Piers trat zum Bett und setzte sich so, daß er Justine ansehen konnte. Charlotte schien für den Augenblick vergessen zu sein.

»Weißt du, zuerst dachte ich, es könnte Mama gewesen sein«, sagte er mit einem schmerzlichen, schiefen Lächeln. »Sie hätte allen Grund dazu gehabt. Oder die arme Doll Evans. Sie hatte wohl noch mehr Grund.«

Justine sah ihn an, suchte in seinen Augen. Hinter der Verzweiflung regte sich quälend wieder ein wenig Hoffnung.

»Hast du nicht gemerkt, daß Wheeler in sie verliebt ist?« fragte sie leise. »Vielleicht war er es schon immer, aber sie hat wohl angenommen, daß er nach der Geschichte mit Greville nichts mehr mit ihr zu tun haben wollte ...«

»Warum nicht?« sagte er mit gezwungenem Lachen. »Es war doch nicht ihre Schuld. Es ist immerhin möglich, daß einen jemand eine Weile fesselt, und wenn sich zeigt, daß er den Vorstellungen nicht entspricht, die man sich von ihm gemacht hat, fühlt man sich abgestoßen.« Sein Blick ruhte unverwandt auf ihrem Gesicht. »Aber wenn man den anderen liebt, erwartet man, daß er mitten im Leben steht, wie man selbst, man rechnet damit, daß er möglicherweise töricht, zornig und habgierig ist und schreckliche Fehler begeht ... und den Mut hat, es immer wieder neu zu versuchen, und genug Verständnis aufbringt, um zu verzeihen. Damit will ich nicht sagen, daß Wheeler Doll irgend etwas zu verzeihen hätte.«

Sie sah ihn an und in ihrem Blick erwachte die Hoffnung, so wie sich das Licht der Morgendämmerung allmählich über die Dunkelheit erhebt.

»Das sind tapfere Worte«, flüsterte sie. »Glaubst du, wir können nach ihnen leben?«

»Ich weiß nicht«, gab er offen zu. »Hast du den Mut, es zu versuchen? Meinst du, daß es der Mühe wert ist? Oder möchtest du es lieber nicht riskieren und gleich abreisen?«

Zum ersten Mal senkte sie den Blick.

»Das dürfte kaum gehen ... obwohl ich wünschte, ich hätte eine andere Wahl. Ich bin alles mögliche, aber kein Feigling. Ich habe keinen anderen Wunsch, als mit dir zusammenzusein. Eine zweitbeste Möglichkeit gibt es für mich nicht.«

»Dann ...« Er beugte sich vor und ergriff ihre Hände.

Sie zog sie fort.

»Das wird Mr. Pitt nicht zulassen. Ich bin eines Verbrechens schuldig ... Zwar nicht des von mir geplanten, dennoch bleibt es ein Verbrechen. Ich nehme an, daß er mich morgen früh festnehmen wird. Oder später, nachdem er den Fall gelöst und den Mord an Mr. McGinley aufgeklärt hat.«

»Vielleicht auch nicht«, mischte sich Charlotte ein. »Natürlich ist es nach dem Buchstaben des Gesetzes ein Verbrechen, aber kein so schwerwiegendes.« Sie sah zu Piers hin. »Es sei denn, daß Sie als der nächste Verwandte des Toten Anklage wegen Leichenschändung erheben wollen? Ich weiß weder, was mein Mann oder Tellman tun werden, noch, was sie in einem solchen Fall tun müssen.«

Piers wandte sich mit fragendem Blick an Charlotte. »Wie wird ihre Strafe ausfallen? Doch höchstens ein paar Monate Gefängnis?« Er sah erneut zu Justine hin. »Wir können warten ...«

Sie senkte den Kopf. »Sei nicht albern. Was glaubst du, wie deine Arztpraxis aussehen würde, wenn du mit einer Frau verheiratet wärest, die im Gefängnis war, noch dazu wegen Leichenschändung?«

Er sagte nichts. Offenbar bemühte er sich, ein Gegenargument zu finden.

»Sie würden keinen einzigen Patienten bekommen«, stimmte Charlotte realistisch zu, so ungern sie das tat. »Sie müßten auswandern, vielleicht nach Amerika ...« Eigentlich war das keine schlechte Idee. »Dort würden Sie auch nicht Gefahr laufen, jemandem zu begegnen, den Sie von früher kennen.«

Justine wandte den Kopf und sah Charlotte mit leicht spöttischem Lächeln an. »Das nenne ich taktvoll gesprochen.« Dann sah sie erneut zu Piers hin. »Du kannst keine Leichenschänderin heiraten, Liebling, und auch keine Hure.« Sie zuckte bei dem Wort zusammen, das sie nur deshalb verwendet hatte, weil sie nicht wollte, daß er es als erster sagte. »Ganz gleich, wie exklusiv oder wie teuer sie ist.« Sie lachte. »Ich weiß, daß eine ganze Reihe hochachtbarer Damen von Stand und Vermögen einen ausgesprochen lockeren Lebenswandel führen, aber sie tun es für Geschenke, nicht für Geld. Das ist ein gewaltiger Unterschied, wenn ich auch nicht wirklich verstehe, warum. Sie haben viel Geld und tun es nicht, um sich ihren Lebensunterhalt zu verdienen, sondern weil sie sich langweilen. Vermutlich ist es der alte Unterschied zwischen Zeitvertreib und Arbeit.« Ihre Stimme triefte von Spott. »Immerhin ist Arbeit schrecklich ordinär.«

Alle drei lachten, etwas zu laut und fast hysterisch.

»Amerika also«, sagte Piers. Dabei sah er erst Justine und dann Charlotte an.

»Amerika«, stimmte Justine zu.

»Was ist, falls Ihre Mutter Sie braucht?« fragte Charlotte.

»Mich?« Piers sah überrascht drein. »Sie hat mich nie gebraucht.«

»Und wenn nun Ihr Onkel Padraig Ihren Vater und Lorcan McGinley getötet hat?«

Sein Gesicht verfinsterte sich und er senkte erneut den Blick. »Das ist gut möglich, was?«

»Ja. Es hat ganz den Anschein, als wäre er oder Fergal Moynihan der Täter. Offen gestanden traue ich Fergal aber den nötigen Mumm nicht zu.«

Charlottes Offenheit schien Piers ein wenig zu belustigen, allerdings handelte es sich dabei wohl eher um Galgenhumor.

»Nein, ich auch nicht. Onkel Padraig aber traue ich das zu. Außerdem hatte er durchaus Gründe, zumindest, was meinen Vater betrifft. Aber ich bleibe auf keinen Fall hier, und sofern Mama nicht zur Familie Doyle nach Irland zurückkehren will, die sie sicherlich mit offenen Armen aufnehmen würde, kommt sie besser mit uns nach Amerika. Zwar kann ich mir nicht gut vorstellen, daß der Wilde Westen das Richtige für sie ist, aber jeder von uns muß versuchen, das beste aus der Situation zu machen. Zumindest gibt es dort reichlich Bedarf an Ärzten, und man wird nicht groß danach fragen, ob wir Iren, Engländer oder halb und halb sind, und unsere Religion interessiert sicherlich niemanden. Wie Sie gesagt haben, werden wir nicht oft auf alte Bekannte treffen, vorausgesetzt, wir gehen in den Westen.«

Seine Stimme wurde leiser. »Aber wir werden arm sein. Was ich besitze, wird nicht lange vorhalten. Möglicherweise verdienen Ärzte dort nicht besonders gut, und vielleicht dauert es auch lange, bis sich die Leute an mich gewöhnen und mich akzeptieren. Es wird harte Arbeit kosten. Auf den Luxus, den wir hier gewöhnt sind, werden wir dort verzichten müssen. Mit Sicherheit gibt es weder Dienstboten, noch hübsche Kleider, noch Droschken, Theaterabende, Konzerte oder

Bücher. Das Klima wird rauher sein. Vielleicht gibt es sogar feindselige Indianer ... ich weiß es nicht. Bist du nach wie vor bereit?«

Justine schwankte zwischen Hoffnung und Angst vor dem Unbekannten, vor einer Zukunft, die gefährlich und schwierig, aber vielleicht auch glücklich sein mochte. Auf eisbrechende Weise unsicher war sie auf jeden Fall. Doch eine andere Möglichkeit gab es für Justine nicht. Sie nickte langsam, aber entschlossen.

»Wir müssen es deiner Mutter noch sagen.«

Auch er nickte. »Ja, sicher. Aber jetzt noch nicht. Zuerst wollen wir sehen, was Mr. Pitt in bezug auf Onkel Padraig vorhat, und was er ... beschließt.«

Schließlich trat Charlotte aus dem Schatten. »Es wird bald hell. Bestimmt sind die Mädchen schon auf.« Sie sah zu Piers hin. »Ich denke, wir sollten wieder unsere Zimmer aufsuchen und uns für den Tag fertig machen. Wir werden all unsere Kraft brauchen und alles, was wir an Mut und Klugheit aufbringen können.«

»Natürlich.« Piers ging zur Tür und hielt sie ihr auf. Dann wandte er sich um und sah zu Justine hin. Ihre Augen trafen sich. Eine Art Lächeln lag darin.

»Danke«, sagte Justine zu beiden, dann sprach sie zu Piers. »Ich weiß, daß auch dann noch ein schwerer Weg vor uns liegt, auch wenn man mich nicht unter Anklage stellen sollte. Ich muß dir beweisen, daß es mir mit meinem Entschluß völlig ernst ist. Es hat keinen Sinn, daß ich immer wieder sage, wie leid mir alles tut. Ich werde es dadurch beweisen, daß ich da bin, jede Stunde des Tages, jeden Tag, jede Woche, so lange, bis du es glaubst.«

Charlotte und Piers verließen den Raum und sahen einander noch einmal an. Dann trennten sich ihre Wege.

Die kleine Lampe in Charlottes Ankleidezimmer brannte noch, und die Tür zum Schlafzimmer war angelehnt. Drinnen war es dunkel. Gerade wollte sie ihren Morgenmantel ablegen und leise hineinschleichen, als ein Laut sie aufschreckte. Sie fuhr herum und sah, daß Pitt an der Tür stand. Die Spuren der Erschöpfung auf seinem Gesicht waren unübersehbar. »Wo, zum Teufel, kommst du her?« fragte er mit tiefer Sorge in der Stimme.

Das schlechte Gewissen meldete sich bei ihr. Sie hatte nicht einmal daran gedacht, ihm zu sagen, wohin sie gegangen war.

»Entschuldige bitte«, sagte sie, entsetzt über sich selbst. »Ich war bei Justine. Sie war so ... völlig am Ende. Sie hat Piers alles gesagt. Es hat ihn die ganze Nacht gekostet, das zu verdauen. Das ist angesichts der Umstände nicht weiter verwunderlich, aber ich denke, daß sie es schaffen werden.« Sie trat einen Schritt auf ihn zu. »Es tut mir leid, Thomas. Ich habe mir das nicht überlegt.«

»Nein«, stimmte er zu. »Immerhin hat sie versucht, Greville umzubringen. Davor kannst du sie nicht beschützen.«

»Was wirst du tun?« fragte sie. »Sie festnehmen, weil sie jemanden getötet hat, der schon tot war? Bestimmt ist es eine Straftat – aber ist das so wichtig? Ich meine ...« Sie schüttelte den Kopf. »Natürlich weiß ich, daß das wichtig ist, aber würde es irgend jemandem nützen, wenn man sie unter Anklage stellte?«

Er sagte nichts.

»Thomas ... sie kommt auf keinen Fall straflos davon. Sie kann nicht hier im Lande bleiben, und das ist ihr auch klar. Sie möchte ihr altes Leben aufgeben, und sie kann mit Piers nach Amerika gehen, in den Westen, wo niemand sie kennt.«

»Charlotte ...« Er sah mitgenommen aus und wirkte betrübt.

»Du kannst ihn nicht daran hindern, sie zu heiraten ... wenn das sein Wunsch ist«, sagte sie rasch. »Und sie hat es ihm gesagt ...«

»Bist du sicher?«

»Ja. Ich war dabei. Ich weiß nicht, ob die Sache gut ausgeht oder nicht. Es kann Jahre dauern, bis sich das herausstellt, aber er wird sich bestimmt Mühe geben. Kannst du nicht einfach ... darüber hinwegsehen? Bitte?« Sie dachte kurz daran, etwas über Eudora zu sagen und darüber, was es für sie bedeuten würde, doch sie wies den Gedanken als unwürdig von sich. Das mußte sie allein mit Pitt aushandeln, und Eudora Greville hatte nichts damit zu tun. »Es wird für die beiden schwer genug werden«, fügte sie hinzu. »Sie müssen alles aufgeben und können lediglich ihre Liebe, ihren Mut und ihre Schuld mitnehmen.«

Er beugte sich vor und küßte sie lange, dann noch einmal und ein drittes Mal. »Manchmal habe ich nicht die geringste Vorstellung, was in deinem Kopf vor sich geht«, sagte er schließlich und sah dabei sehr verwirrt aus.

Sie lächelte. »Nun, das ist doch immerhin etwas, nehme ich an.«

Als Gracie wach wurde, dauerte es einen Augenblick, bis ihr wieder einfiel, was am Vortag geschehen war. Die sonderbare Kerze in Finns Zimmer, die sich so feucht angefühlt hatte, der Blick in seinen Augen, als sie das Ding angefaßt hatte ... sein Schuldbewußtsein, das ihr gezeigt hatte, worum es sich handelte, sein Zorn, als sie davongelaufen war, und schließlich seine Festnahme. Es fiel ihr schwer, ihre Einstellung ihm gegenüber von einem Augenblick auf den anderen zu ändern. Dazu waren die Erinnerungen zu angenehm. Sie konnte eine tiefgehende Empfindung nicht innerhalb weniger Stunden abschalten.

Sie stand auf, wusch sich und zog sich an. Es war ihr gleich, wie sie aussah. Hauptsache, sauber und ordentlich, so, daß sie ihre Arbeit mit Anstand tun konnte. Hübsch auszusehen war nicht mehr wichtig. Noch am Vortag hatte es eine große Rolle gespielt.

Auf dem Weg nach unten kam sie an Doll vorbei. Zwar schien sie viel zu tun zu haben, aber auf ihrem Gesicht lag ein verträumtes Lächeln, und einen Augenblick lang brachte Gracie es fertig, sich für sie zu freuen.

In der Leutestube traf sie Gwen, die rasch eine Tasse Tee trank, bevor sie Emily heißes Wasser zum Waschen hinaufbrachte.

»Tut mir leid«, sagte Gwen mit leichtem Kopfschütteln. »Er schien so 'n netter Kerl zu sein. Aber besser jetzt als später. Vielleicht finden Sie ja eines Tages 'nen ordentlichen Mann und können die ganze Sache vergessen. Wenigstens haben Sie sich nix vergeben, und niemand kann schlecht von Ihnen denken.«

Es war Gracie klar, daß Gwen es gut meinte, aber die Worte trösteten sie nicht. Die Qual in ihrem Inneren war groß – in gewisser Hinsicht größer als zuvor, weil andere von der Sache erfahren hatten. Auch wenn es wahrscheinlich besser war, daß sie Mitgefühl zeigten anstatt gleichgültig darüber hinwegzugehen, überraschte es Gracie zu spüren, daß Güte so sehr schmerzen konnte. Am liebsten hätte sie sich hingesetzt und geweint.

»Ja, möglich«, sagte sie – nicht, weil sie Gwens Ansicht teilte, sondern weil sie das Gespräch nicht fortführen wollte. Sie goß sich eine Tasse heißen Tee ein. Er wärmte sie und gab ihr Gelegenheit, etwas anderes zu tun, als herumzustehen und zu reden. Vielleicht ging ja Gwen auch bald und trug das Wasser nach oben. Dann konnte Gracie ihre Kanne für Charlotte füllen und hinaufbringen.

»Es wird schon wieder«, fuhr Gwen fort. »Sie sind schließlich 'n vernünftiges Mädchen und ha'm 'ne gute Stellung.«

Vernünftige Mädchen können ebenso leiden wie unvernünftige, dachte Gracie, sagte aber nichts.

»Ja«, stimmte sie abwesend zu und nippte an ihrem Tee. Er war noch zu heiß. »Vielen Dank«, fügte sie hinzu, damit Gwen nicht glaubte, sie sei eingeschnappt.

Gwen stellte ihre Tasse auf den Tisch und ging hinaus. Im Vorübergehen tätschelte sie mitfühlend Gracies Arm.

Gracie nahm wieder einen kleinen Schluck, ohne den Tee richtig zu schmecken. Es war Zeit, daß sie Charlotte das Wasser nach oben brachte. Wahrscheinlich sollte sie gleich so viel mitnehmen, daß es auch für Pitt reichte. Tellman würde vermutlich nicht daran denken.

Ihr Tee war so heiß, daß sie ihn nicht schnell trinken konnte. Sie hatte erst die halbe Tasse geleert, als die Tür aufging und Tellman hereinkam. Er sah entsetzlich aus, als wäre er die ganze Nacht auf gewesen und während der wenigen Zeit, die er im Bett verbracht hatte, von Alpträumen heimgesucht worden. Unter anderen Umständen hätte Gracie wohl Mitleid mit ihm gehabt, jetzt aber quälte ihr eigener Schmerz sie zu sehr.

»Woll'n Se 'ne Tasse Tee?« bot sie ihm an und wies auf die

Kanne. »Er is' frisch gemacht. Sie seh'n ja aus wie die Katze am Bauch.«

»So fühl' ich mich auch«, sagte Tellman und goß sich etwas Tee ein. »Ich hab' kaum Schlaf gekriegt.« Er schien noch mehr sagen zu wollen, überlegte es sich dann aber doch anders.

»Warum?« fragte sie und reichte ihm die Milch. »Sind Sie etwa krank?«

»Nein«, antwortete er und sah von ihr weg.

Trotz ihres eigenen Elends merkte sie, daß etwas vorgefallen sein mußte. Vielleicht hatte es mit Finn zu tun. Das mußte sie unbedingt wissen.

»Und warum war'n Sie dann auf? Is' was passiert?«

Er sah sie aufmerksam an, suchte in ihren Zügen und entschied sich dann zu antworten. »Mr. Pitt war ebenfalls auf. Wir haben versucht, den Fall zu lösen, nichts weiter.«

»Und?«

»Wir sind noch nicht ganz fertig damit.«

»Oh.« Sie wollte lieber nichts weiter über Finn erfahren. Sie hatte so große Furcht vor dem, was es sein konnte, daß ihr ganz elend wurde. Andererseits wollte sie unbedingt, daß Pitt den Fall löste – er mußte einfach! Ihm schuldete sie in erster Linie Treue. Daher auch hatte sie sich gedrängt gefühlt, ihm von dem Dynamit zu berichten. Am liebsten hätte sie nicht davon gesprochen. Noch lieber wäre sie gar nicht dort gewesen. Aber ihr blieb keine Wahl; eigentlich hatte niemand eine Wahl, es sei denn, man drückte sich vor jeder Verantwortung.

»Ich muß Wasser raufbringen«, sagte sie schließlich und trank den Rest ihres Tees, der inzwischen abgekühlt war. »Mrs. Pitt steht bald auf.«

»Das bezweifle ich«, antwortete er. »Wahrscheinlich ist sie aufgewacht, als Mr. Pitt schlafen gegangen ist. Ich könnte mir vorstellen, daß sie ausschlafen will.«

»Möglich, aber ich seh' besser nach.« Sie wollte keinesfalls ausgerechnet mit Tellman allein in einem Raum sein. Sie ging auf die Tür zu.

»Gracie ...«

Es gab keine Möglichkeit, das einfach zu überhören.

»Ja?« sagte sie, ohne sich umzudrehen.

»Wer auch immer Mr. Greville getötet hat, es ist jemand, der Erfahrung damit hat. Es handelt sich nicht um ein Verbrechen aus Leidenschaft oder Rache, und es war auch keine Notwehr oder etwas in der Art. Ich meine... wenn jemand wie Doll oder Mrs. Greville es getan hätte, könnte man es verstehen. Es wäre natürlich nach wie vor ein Verbrechen, aber man könnte es verstehen.«

Sie wandte sich langsam um. »Doll war's nicht. Das weiß ich, denn ich hab' geseh'n, wer's war. Sie war nich' so groß wie Doll. Es könnte Mrs. Greville oder Mrs. McGinley gewesen sein.«

»Es war keine von beiden«, sagte er mit angespanntem Gesicht, die Augen auf Gracie gerichtet. »Die Frau, die Sie gesehen haben, wollte ihn umbringen, aber da war er schon tot. Sie wußte nicht, daß sein Genick gebrochen war. Das haben wir gestern abend herausgefunden.«

»Das Genick gebrochen? Woher wissen Sie das?«

»Es ist besser, wenn Sie es nicht erfahren. Und sagen Sie zu keinem Menschen ein Sterbenswörtchen, verstanden? Das sind vertrauliche Polizeiangelegenheiten. Es ist geheim. Vielleicht hätte ich es Ihnen gar nicht sagen sollen.«

»Und warum ha'm Sie 's dann getan?«

»Ich...« Er zögerte und sah unglücklich drein. »Gracie... es... es... tut mir in der Seele weh zu sehen, wie Sie leiden.« Ihm war erkennbar unbehaglich zumute. Eine leichte Röte trat auf seine eingefallenen Wangen, aber er war nicht bereit, jetzt aufzuhören, nachdem er schon einmal angefangen hatte. »Ich hab' gedacht, es würde Ihnen helfen zu wissen, daß der Täter jemand war, der so etwas gewohnheitsmäßig tut. Es ist nicht so einfach, einen Menschen mit einem Schlag umzubringen, wenn man keine Übung darin hat.« Er wirkte mit jedem Augenblick elender. »Bestimmt sieht der Betreffende seine Tat als gerechtfertigt an, aber nach den in unserem Lande geltenden Maßstäben stimmt das in keiner Weise. Man kann nicht einem Volk die Freiheit verschaffen, indem man andere Menschen umbringt, weil man glaubt, daß sie einem im Weg sind. Überlegen Sie doch nur, was für eine Art Mensch man in einem solchen Fall sein mag!«

Damit hatte er recht. Im tiefsten Herzen wußte sie das bereits. Es war in dem Augenblick, in dem sie das Dynamit gesehen hatte, wie ein leiser Schimmer gewesen, wie eine Tür, die sich öffnet. Seither hatte sie sich immer weiter geöffnet, war die Gewißheit immer stärker geworden. Sie hatte nichts Wirkliches verloren, sondern lediglich einen Traum. Aber Träume können sehr wichtig sein, und es war noch zu früh, als daß sie irgend etwas anderes als Schmerz hätte empfinden können.

»Ich weiß«, sagte sie, ohne ihn anzusehen. »Ich muß trotzdem das Wasser raufbringen.«

»Gracie!«

»Was?«

»Ich wollte… ich wollte, ich könnte etwas tun, damit Sie sich besser fühlen…«

Sie sah ihn an, wie er unbeholfen am Tisch stand. Er war vor Müdigkeit hohlwangig, und seine Augen lagen tief in ihren Höhlen. Niemand hätte ihn gutaussehend genannt oder angenehm im Umgang, aber jetzt ließ er ein Einfühlungsvermögen erkennen, das sie erstaunte. Wäre es nicht so offensichtlich gewesen, sie hätte es nicht geglaubt. Es war nicht zu übersehen, daß er etwas für sie empfand, es stand ihm überdeutlich ins Gesicht geschrieben.

»Ja«, sagte sie leise. »Ja, ich glaub' es Ihnen. Das is' sehr freundlich. Ich… ich muß jetzt das Wasser raufbringen. Vielleicht is' sie schon wach.«

»Ich trag' die Kanne«, machte er sich erbötig. »Sie ist schwer.«

»Vielen Dank.« Es war ohnehin seine Aufgabe, das Wasser für Pitt zumindest hinaufzutragen, aber diesmal verkniff sie es sich, das zu sagen.

Er hielt ihr die Tür auf, füllte dann die Wasserkannen und trug sie ohne ein weiteres Wort nach oben. Er hätte nicht gewußt, was er sagen sollte, und das war ihr klar. Es spielte aber auch keine Rolle.

In der Tat schlief Charlotte noch tief und fest und war weit davon entfernt, schon auf Gracie zu warten, ganz wie Tellman es vorausgesagt hatte. Sie sah so erschöpft aus, daß Gracie es nicht übers Herz brachte, die Vorhänge zurückzuziehen. Sie bemühte sich, nicht das leiseste Geräusch zu machen, während sie das Wasser hinstellte und sich davonschlich. Wenn Pitt aufstehen mußte, war das etwas anderes. Tellman trug die für ihn bestimmte Kanne ins Ankleidezimmer, wo sich Pitt fertig machen konnte, ohne Charlotte zu stören. Sie konnte dann nach Gracie klingeln, sobald sie erwachte.

Gracie ging wieder nach unten, und als sie im Vorbeigehen einen Blick in den Wintergarten warf, sah sie Mr. Moynihan und Mrs. McGinley, die dicht beieinanderstanden und ernst miteinander redeten. Es gehörte sich zwar nicht, aber sie blieb stehen und lauschte.

»... aber, Iona, wir können doch nicht einfach so auseinandergehen!« sagte Fergal mit kläglicher Stimme.

»Wie dann?« fragte sie ruhig und traurig. Als sich Gracie eine Handbreit weit vorbeugte, konnte sie auch Fergals Gesicht sehen. Im Unterschied zu Iona wirkte er elend und verwirrt, fast wie ein trotzendes Kind. In seinem Gesicht stand nicht nur tiefstes Unglück, sondern auch großer Seelenschmerz.

»Macht dir das denn gar nichts aus?« fragte er mit plötzlichem Zorn in der Stimme. »Bedeutet es dir nicht mehr? Du kannst doch nicht einfach fortgehen, ohne um das zu kämpfen, was du haben willst, oder zu weinen, wenn du es verlierst? Kann es sein, daß mir mehr daran liegt als dir?« Er sagte das herausfordernd und keineswegs mit dem Wunsch, daß sie ihm zustimmte. Für den Fall aber, daß sie es doch tat, konnte er ihr vorwerfen, sie sei kalt, kenne weder Leidenschaft noch Träume und liebe ihn nicht wirklich.

»Weißt du überhaupt, was du willst, Fergal?« fragte sie. »Willst du mich oder eine wunderbare Liebesgeschichte, eine verzweifelte Sehnsucht, um derentwillen du leiden kannst und die dir vielleicht sogar einen Vorwand liefert, nicht länger für ein protestantisches Irland kämpfen zu müssen, an das du ohnehin nicht mehr uneingeschränkt glaubst?«

»Wenn du annimmst, daß ich nicht weiß, wofür ich in Irland kämpfe, machst du einen großen Fehler«, sagte er, wobei er den Kopf schüttelte und die dunklen Augen zusammenkniff. »Was das angeht, wird sich bei mir nie etwas ändern. Ich bin nicht bereit, das Knie vor Rom zu beugen, ganz gleich, wen ich liebe oder verliere. Ich verkaufe meine Seele nicht für einen Aberglauben, tausche einen Rosenkranz und Beschwörungen nicht für die Zucht und die Tugenden Gottes ein.«

»Das dachte ich mir«, sagte sie matt. »Aber vermutlich ist dir auch klar, daß ich nie und nimmer bereit wäre, das Lachen und die Liebe aufzugeben, den Glauben meines Volkes, der aus dem Herzen kommt, um dafür das finstere Elend des Nordens mit all seinem Zorn und seinen Selbstvorwürfen, dem Höllenfeuer und den miesepetrigen Predigern einzutauschen. Gerade weil ich dich liebe, weiß ich, daß es am besten ist, wenn wir uns jetzt trennen, solange uns noch angenehme Erinnerungen verbinden und wir darunter leiden, wenn wir einander Schmerzen zufügen, und es nicht voller Freude tun. Ich möchte dich lächelnd in meinem Gedächtnis bewahren.«

Er stand reglos da. Es war deutlich zu sehen, daß er sich nach wie vor scheußlich fühlte. Sie hatte ihm die Entscheidung aus der Hand genommen, und auch das ärgerte ihn.

Iona sah ihn noch einmal an, wandte sich dann um und ging zu der Tür, die in die Eingangshalle führte.

Gracie zog sich hastig zurück, um mit Anstand weggehen und so tun zu können, als hätte sie Fergal und Iona nicht gesehen. Daher hörte sie nichts mehr, mußte aber den ganzen Vormittag über an das Gespräch der beiden denken, während sie ihren Aufgaben nachging. Es war bisweilen so leicht, sich zu verlieben, und so schwer, den Zauber, die Erregung und die Farbe, die das allen Dingen verlieh, wieder aufzugeben. Doch war ein solches Gefühl nicht immer stark genug, um sich, wenn es auf die Probe gestellt wurde, behaupten zu können. Manchmal bewahrte man dem anderen die Treue nur um der Treue willen, nicht aber, weil man es für richtig hielt. Es war so leicht zu verstehen, daß jemand um der Liebe willen liebte. Dieses Gefühl hatte Mr. Moynihan empfunden, und jetzt war er ärgerlich und gekränkt, weil nichts Dauerhaftes daraus geworden war.

Mrs. McGinley hatte das gespürt, und sie war klug genug zu gehen, bevor selbst in der Erinnerung nichts mehr davon blieb.

Vielleicht war es auch für Gracie das beste, Finn Hennessey aufzugeben, solange sie noch an das kühle Gewächshaus mit den Chrysanthemen denken konnte, solange sie sich noch an den Geruch seiner Haut und die Berührung seiner Lippen erinnerte. Es war vielleicht besser, nicht zuviel über all die anderen Dinge und die Kluft, die sie trennte, zu erfahren. Manches ließ sich nicht erklären. Je mehr man wußte, desto schlimmer wurde es. Für eine kurze Zeit hatten sie denselben Traum geträumt, und möglicherweise war das alles.

Charlotte fuhr mit einem Ruck hoch. Die Vorhänge waren noch geschlossen, aber offensichtlich war es bereits später Vormittag. Pitt war schon weg, und sie hörte keine Dienstboten auf dem Gang. Rasch setzte sie sich im Bett auf. In ihrem Kopf pochte es, und ihr Mund war ausgedörrt. Sie hatte zu tief und zu lange geschlafen. Wo, in drei Teufels Namen, steckte Gracie, und warum hatte niemand sie geweckt?

Dann fielen ihr die Ereignisse der letzten Nacht ein. Sie erinnerte sich wieder, daß Pitt hereingekommen war, um ihr zu berichten, was er herausgefunden hatte, sie erinnerte sich an Justine und Piers, das Gespräch in Justinas Zimmer, Pitts Ärger und Sorge, dann später seine Berührung, seine Wärme.

Aber nicht nur für Piers war eine Welt zusammengebrochen, sondern auch für Gracie, wenn auch in weniger spektakulärer Weise. Gern hätte Charlotte ihr geholfen, aber ihr war klar, daß sie nichts für sie tun konnte. Bei dieser Art von Schmerz gab es keine Hilfe. Man konnte höchstens darauf achten, daß man nicht ständig darüber sprach oder darum beschönigende Worte sagte, um den Betreffenden zu überzeugen, daß es nicht wirklich schmerzte und alles ohnedies nur zu seinem Besten war. Vor allem durfte man einem Menschen niemals sagen, man könne sich vorstellen, was er fühle. Selbst wenn man die gleiche Erfahrung bereits gemacht hatte, war man doch nicht derselbe Mensch. Der Schmerz eines jeden ist einzigartig.

Sie stieg langsam und vorsichtig aus dem Bett. Es kam ihr vor, als müsse ihr Kopf herabfallen, wenn sie nicht achtgab. Sie mußte sich anziehen. Nach wie vor wußte sie nicht, wer Ainsley Greville oder Lorcan McGinley getötet hatte, zumindest nicht offiziell. Sie hatte das bedrückende Gefühl, daß an der Täterschaft Padraig Doyles kaum noch Zweifel bestanden, und ihr war klar, welchen Kummer das mit sich bringen würde, wenn es an den Tag kam.

Auch sie würde all ihre Kräfte zusammennehmen müssen, um damit fertig zu werden. Die ganze Sache würde Eudora furchtbar mitnehmen. Pitt würde vor Mitleid für Eudora überquellen, ihr unbedingt helfen wollen und gleichzeitig ein entsetzliches Schuldgefühl mit sich herumschleppen, weil er derjenige war, der die Wahrheit hatte aufdecken und beweisen müssen.

Liebend gern hätte Charlotte Eudora gesagt, daß sie mit diesem Kummer eben leben müsse. Weder trug Pitt die Schuld daran, daß sie es nicht fertiggebracht hatte, ihrem Sohn nahe zu sein, noch war es seine Schuld, daß ihr Mann gewissenlos andere Menschen ausgebeutet hatte und ihr Bruder ein Mörder war.

Doch wenn Charlotte sich selbst gegenüber ehrlich war, mußte sie zugeben, daß Eudora mit Würde litt. Sie beanspruchte allerdings einen Teil von Pitt, der Charlotte ihrer Ansicht nach allein gehörte. Ihr war bewußt, daß das kein sehr freundlicher Gedanke war.

Das Wasser in der Kanne war fast kalt. Sie konnte klingeln, um sich frisches bringen zu lassen, oder mit dem vorlieb nehmen, was da war. Vielleicht weckte das kalte Wasser sie auf.

Die Tür öffnete sich, und Pitt trat ein. Er blieb überrascht stehen. »Du bist ja wach.« Er runzelte die Stirn. »Fehlt dir auch nichts?« Er schloß die Tür und trat zu ihr. »Du siehst ziemlich mitgenommen aus.«

»Vielen Dank«, gab sie giftig zurück, strich das Haar nach hinten und tastete mit geschlossenen Augen nach einem Handtuch.

Er gab es ihr. »Du hast keinen Grund, sarkastisch zu sein«, sagte er. »Du siehst wirklich ziemlich erschöpft aus. Ich glaube, mir ist gar nicht klar gewesen, wie schwer du dich ins Zeug legen mußtest, um zu verhindern, daß die ganze Sache in einer Katastrophe endet, vor allem für Emily.«

»Sie hat schreckliche Angst um Jack…« erwiderte Charlotte.

»Ich weiß.« Er strich ihr das Haar aus dem Gesicht. «Dazu hat sie auch allen Grund.«

Es klopfte. Zögernd ging Pitt an die Tür. Er hatte mit Gracie gerechnet, aber es war Jack.

»Cornwallis möchte dich sprechen«, sagte er.

Seufzend stieß Pitt den Atem aus.

»Ich habe das Gespräch auf den Apparat in der Bibliothek legen lassen«, fügte Jack hinzu. Er sah besorgt aus. Er warf Charlotte ein trübseliges Lächeln zu und folgte dann seinem Schwager.

Pitt ging müde und verzagt die Treppe hinab. Das lag zum einen daran, daß er Cornwallis nicht das sagen konnte, was dieser gern gehört hätte. Doch ihn beschäftigte zudem etwas, was noch wichtiger war. Es hatte tief in seinem Inneren geruht und war nun zum Vorschein gekommen. Etwas, was ihm unklar gewesen war und ihn gequält hatte, war jetzt geklärt. Er hatte begriffen, daß er Charlotte nie völlig verstehen würde. Eigentlich wollte er das auch nicht, denn dann würde seine Ehe mit ihr im Laufe der Zeit langweilig. Es würde immer wieder vorkommen, daß er sich wünschte, sie wäre nicht ganz so robust, abhängiger von seiner Stärke oder seiner Urteilskraft, daß er wünschte, er könnte ihre Reaktionen voraussagen. Dann aber wäre sie auch weniger großzügig, nicht so tapfer und ihm gegenüber nicht so aufrichtig, und das wäre ein zu hoher Preis für ein gewisses Maß an Seelenruhe. Ebensowenig, wie er ihr auf jede Frage eine Antwort geben konnte, war sie umgekehrt dazu imstande. Doch was sie einander geben konnten, war mehr als genug. Die wenigen anderen Dinge spielten da keine Rolle; man konnte sie vergessen oder ohne sie auskommen.

Er ging in die Bibliothek und nahm den Hörer zur Hand.

»Guten Morgen, Sir.«

Er hörte Cornwallis' unverkennbare Stimme am anderen Ende. »Guten Morgen, Pitt. Wie geht es Ihnen? Wie sieht es da draußen aus?«

Pitt traf seine Entscheidung in bezug auf Justine, ohne daß er sich dessen bewußt war.

»Wir haben uns Grevilles Leiche genauer angesehen, Sir. Er ist nicht ertrunken. Die Todesursache war ein sehr fachmännischer, seitlich am Hals angesetzter Schlag. Der Täter muß viel Erfahrung auf dem Gebiet haben. Entweder ist er ein Berufsmörder oder zumindest jemand, der genau weiß, was er zu tun hat und wie.«

»Das ist eigentlich nicht überraschend«, gab Cornwallis enttäuscht zur Antwort. »Damit bestätigt sich nur, was wir bereits vermutet hatten. Wir können die Leute nicht mehr lange in Ashworth Hall festhalten – eigentlich nur bis morgen oder allerhöchstens bis übermorgen. Sogar das übersteigt unter Umständen meine Möglichkeit. Wir können die Sache auf keinen Fall länger geheimhalten, Pitt. Der Bericht über die Gespräche muß morgen vorliegen. Ich kann die Sache äußerstenfalls noch etwa vierundzwanzig Stunden hinauszögern.«

»Das ist mir bekannt«, sagte Pitt bedächtig. »Ich weiß inzwischen auch mehr über die Vorfälle, habe aber noch keinen Beweis, was den Täter betrifft.« Er teilte Cornwallis mit, was er über Finn Hennessey und das Dynamit herausgefunden hatte.

»Und Sie können nichts aus ihm herausbekommen?« fragte Cornwallis. Am Klang seiner Stimme war zu erkennen, daß er mit einer verneinenden Antwort rechnete.

»Bisher nicht«, sagte Pitt. Es gab da einen winzigen Hoffnungsschimmer, aber davon wollte er Cornwallis im Moment noch nichts sagen.

»Und wie werden Sie weiter vorgehen?« wollte Cornwallis wissen. »Nach allem, was Sie mir gesagt haben, kann es ja wohl nur Doyle oder Moynihan gewesen sein. Und mit Moynihan hätte Hennessey wohl kaum zusammengearbeitet. Ihre Ansichten und Ziele könnten nicht gegensätzlicher sein! Wenn es sich anders verhielte, gäbe es die ganze irische Frage nicht.«

»All das ist mir bekannt«, räumte Pitt ein. »Aber ich habe keine Beweise, jedenfalls keine, die vor einem Gericht standhalten würden. Wir werden uns noch einmal mit der Bombe in Jacks Arbeitszimmer beschäftigen und versuchen, mehr darüber herauszufinden, was McGinley an jenem Vormittag getan hat, um festzustellen, woher er wußte, daß sich die Bombe dort befand. Unter Umständen können wir Rückschlüsse aus dem ziehen, was er in Erfahrung gebracht hatte. Vielleicht genügt das ja.«

»Lassen Sie mich bitte noch heute abend das Ergebnis wissen«, wies ihn Cornwallis an. »Auch, wenn nichts dabei herausgekommen sein sollte.«

»Gibt es irgend etwas über den armen Denbigh?« fragte Pitt. Er hatte den Anfang des Falles nicht aus den Augen verloren und weder seine Wut noch seinen Abscheu darüber vergessen.

»Ja. Ich glaube aber nicht, daß es viel weiterhelfen wird.« Cornwallis' Stimme klang sehr weit weg, so, als wären auch seine Gedanken in die Ferne geschweift. »Wir haben für die Ermittlungen in diesem Fall so viele Leute abgestellt, wie wir entbehren können. Wir wissen hier in London jetzt eine ganze Menge mehr über die Fenier als noch vor ein paar Wochen. Aber der Mann, der Denbigh gefolgt ist und von dem wir sicher sind, daß er ihn getötet hat, ist keiner von ihnen.«

»Sie meinen, daß er nach Irland zurückgekehrt ist?«

»Nein … genau das ist der Haken. Auch er hatte die Fenier unterwandert. Er hat ein paar Einzelheiten über ihre Pläne, ihre Mitglieder und dergleichen in Erfahrung gebracht und ist dann verschwunden. Ich würde mich nicht wundern, wenn ihn die Fenier fast ebenso gern fassen würden wie wir.«

Pitt war verwirrt. »Wer ist er dann, und warum hat er Denbigh getötet?«

»In der Antwort auf diese Frage dürfte die Lösung des Falles liegen«, antwortete Cornwallis. »Vielleicht mußte Denbigh sterben, weil er herausbekommen hat, wer der Mann war, und nicht, wie wir anfangs vermutet hatten, um die Fenier zu decken. Aber das hilft Ihnen nicht weiter, denn der Täter befindet sich mit Sicherheit nicht in Ashworth Hall, sonst hätten Sie ihn längst gesehen. Er wäre Ihnen zweifellos aufgefallen. Ihr Mann ist entweder Doyle oder möglicherweise doch Moynihan.«

»Ja«, stimmte ihm Pitt zu. »Das sehe ich ebenso. Vielen Dank, Sir.«

Pitt legte auf und machte sich auf die Suche nach Tellman. Schließlich fand er ihn, wie er mit mürrischem Blick an einem Tisch in der Leutestube lehnte.

»Gibt es Tee?« fragte Pitt.

»Keinen frischen«, antwortete Tellman brummig. Nach kurzem Zögern richtete er sich auf und sagte: »Ich hol' welchen.«

Pitt wollte ihn schon zurückhalten und sagen, daß es Wichtigeres zu tun gebe, überlegte es sich dann aber anders. Auf jeden Fall mußte er erst nachdenken, und das konnte er ebensogut bei einer Tasse heißem Tee tun.

Zehn Minuten später kehrte Tellman mit einem Tablett zurück und stellte es mit einem zufriedenen Knurren auf den Tisch. Auf dem Tablett standen eine Teekanne, ein Milchkrug, Tassen, Zucker und Gebäck.

Pitt goß sich eine Tasse Tee ein und nahm sie zwischen die Hände. Eine Untertasse brauchte er nicht.

»Wir wollen noch einmal alles durchgehen, was wir an Einzelheiten über McGinleys Tun am Vormittag seines Todes in Erfahrung gebracht haben«, sagte er nachdenklich. »Woher wußte er, daß sich das Dynamit im Arbeitszimmer befand? Da Hennessey es ihm nicht gesagt hat, müssen wir annehmen, daß er und sein Arbeitgeber auf verschiedenen Seiten standen ...«

»Wahrscheinlich hat er für Doyle gearbeitet«, sagte Tellman.

»Denbigh wurde aber nicht von den Feniern umgebracht«, sagte Pitt mit Nachdruck. »Das hat mir Cornwallis gerade gesagt.«

Tellmans Gesicht leuchtete sogleich auf. »Haben sie den Kerl endlich?«

»Nein ... nein, ich fürchte nicht. Sie wissen nur, daß es keiner von den Feniern war. Die sind ebenso scharf darauf, den

Kerl zu fassen, wie wir. Er hatte sich genau wie Denbigh bei ihnen eingeschlichen.«

»Und warum hat er dann Denbigh umgebracht?«

»Möglicherweise weil dieser dahintergekommen war, wer er war.«

»Inwiefern hilft uns das?« überlegte Tellman laut und nippte an seinem Tee. Da der noch zu heiß war, nahm er ein Stück Gebäck. »Der Bursche ist nicht hier, sonst hätten wir ihn gesehen. Niemand ist eingebrochen, dafür lege ich meine Hand ins Feuer. Grevilles Mörder ist entweder Doyle oder Moynihan. Und irgendwie muß einer von ihnen auch die Dynamitladung im Schreibtisch angebracht haben – falls es nicht doch Hennessey war. In dem Fall lügt aber jemand.«

Ein anderer Gedanke begann sich in Pitts Kopf zu formen, noch sehr undeutlich und völlig unsicher.

Tellman trank vorsichtig seinen Tee und blies von Zeit zu Zeit in die Tasse.

Pitt nahm ein Stück Gebäck und dann noch eins. Es war köstlich, sehr frisch und kroß. Man konnte sogar die Butter herausschmecken. Dann leerte er seine Tasse.

»Ich nehm' mir Hennessey noch mal vor«, sagte er. »Ich möchte, daß Sie dabei sind, und vielleicht auch ein oder zwei Lakaien. Es könnte unangenehm werden. Ich werde auch Mr. Radley hinzubitten sowie Doyle, Moynihan und O'Day.«

Tellman sah ihn mit aufgerissenen Augen an. Er sah aus, als wollte er Pitt fragen, was er vorhabe, überlegte es sich dann aber anders. Er stellte seine Tasse hin und tat, was ihm aufgetragen war.

Das Verhör fand in der Bibliothek statt. Die Männer saßen in einem Halbkreis. Als Tellman Finn Hennessey hereingebracht und ihm die Handschellen abgenommen hatte, blieb dieser stehen. Er hatte den Kopf hoch erhoben und sah Pitt trotzig an. Die anderen nahm er betont nicht zur Kenntnis.

»Wir wissen, daß Sie das Dynamit mit nach Ashworth Hall gebracht haben«, begann Pitt. »Das zu bestreiten, wäre sinnlos. Zu Ihrer Ehre muß gesagt werden, daß Sie auch keinen Versuch unternommen haben. Andererseits haben Sie behauptet, die Sprengladung in Mr. Radleys Arbeitszimmer hätte jemand anders angebracht, und das glaube ich Ihnen auch, denn es gibt Hinweise darauf, daß Sie dazu keine Gelegenheit hatten. Wer also war es?«

Finn lächelte. »Das sage ich nicht.«

»Wir müßten imstande sein, auch ohne Ihre Hilfe dahinterzukommen.« Pitt ließ den Blick durch den Raum schweifen und sah Fergal Moynihan an, der mit übereinandergeschlagenen Beinen dasaß und auf die Armlehne seines Ledersessels trommelte. Seine helle Haut sah teigig aus, er wirkte gelangweilt und schlecht gelaunt. Carson O'Day, der neben ihm saß, ließ den Blick unablässig zwischen Pitt, Doyle und Hennessey hin und her wandern. Offenkundig dauerte ihm Pitts Vorgehensweise zu lange und schien ihn auch zu ärgern. Er glaubte wohl nicht, daß er damit etwas erreichen würde. Padraig Doyle lehnte sich mit undurchdringlichem Gesicht in seinem Sessel zurück. Jack wirkte besorgt.

»Das ist doch Zeitverschwendung!« brach es aus O'Day heraus. »Bestimmt haben Sie jeden einzelnen längst befragt, wo er war, was er getan hat, wen er gesehen hat und wer ihn gesehen hat? Das liegt doch nahe.«

»So verhält es sich in der Tat«, stimmte Pitt zu. »Und was wir dabei erfahren haben, läßt nur den Schluß zu, daß keiner das Dynamit dort versteckt haben kann. Also muß jemand die Unwahrheit sagen.«

»Eine Möglichkeit scheint Ihnen entgangen zu sein«, sagte O'Day eine Spur herablassend. »Nämlich, daß McGinley es selbst gewesen ist. Vielleicht war er gar nicht der Held, der versucht hat, die Sprengladung zu entschärfen und uns alle zu retten, wie uns Hennessey einreden möchte ... sondern ein Mörder, der sie da angebracht hat, um Radley aus dem Weg zu räumen. Nur hat er sich dabei ungeschickt angestellt und sich selbst in die Luft gejagt. Diese Erklärung würde zu allem passen, was Sie herausbekommen haben – oder etwa nicht?«

»Jedenfalls zu dem, was wir über die Detonation wissen, ja«, sagte Pitt bedächtig. In seiner Magengrube spürte er ein gewisses Kribbeln. Er mußte sehr vorsichtig zu Werke gehen. Der kleinste Fehler, und alles würde ihm entgleiten. »Aber nicht zum Mord an Mr. Greville«, fuhr er fort. »McGinley kann ihn nicht begangen haben, denn Sie selbst haben ihn zur fraglichen Zeit mit Hennessey reden hören.«

O'Day sah ihn mit aufgerissenen Augen an, ohne sich zu rühren.

Auch alle anderen saßen stocksteif da.

»Oder etwa nicht?« fragte Pitt gelassen.

O'Day wirkte, als habe er eine verblüffende Entdeckung gemacht.

»Nein ...«, sagte er fast im Flüsterton. »Nein! Ich habe Hennessey gehört, wie er mit McGinley sprach.« Er wandte sich um und sah zu Finn hin. »Sie habe ich gehört, aber keine von McGinleys Antworten. Ich habe Ihre Stimme gehört, aber nicht ein einziges Mal die von McGinley. Ich weiß nicht mal, ob er da war ... das hab' ich einfach vorausgesetzt. Aber es könnte ja sein, daß Sie lügen, um ihn zu decken, wie bei dem Dynamit. Er –« Er unterbrach sich. Es war auch nicht nötig, daß er weiterredete. Finns gerötete Wangen machten das überflüssig. O'Day wandte sich zu Pitt um. »Da haben Sie Ihren Mörder, Oberinspektor! Lorcan McGinley, im Auftrag der Fenier, denen jedes Mittel recht ist, die Ehre und Würde der Iren zu untergraben, die ihnen nicht nur den Wohlstand nehmen, sondern auch die Freiheit, für sich selbst zu entscheiden, und zwar nicht mit Kugel oder Dynamit, sondern durch eine freie Abstimmung ... die wahre Stimme des ...«

»Lügner!« platzte es aus Finn heraus. »Dieb, Mörder, Lügner! Was hat es mit Freiheit oder Ehre zu tun, daß man Frauen und Kinder verhungern läßt? Daß man ganze Familien von ihrem Grund und Boden vertreibt und das Land in Besitz nimmt? Sie hassen das Volk der Iren! Sie lieben nur sich selbst, Ihre Habsucht, Ihren Grundbesitz, Ihre verschlungenen, heuchlerischen, finsteren Wege, die den Zielen der wahren Kirche Gottes entgegenstehen! Die Fenier sind die wahren Kämpfer für die Freiheit Irlands!«

»Ob sie das sind oder nicht, darum geht es hier nicht, Hennessey«, sagte Pitt laut und deutlich. »Die Fenier stehen nicht hinter den Morden, die wir hier untersuchen.«

O'Day erstarrte.

Doyle fuhr herum und sah Pitt verständnislos an.

Es war Finn Hennessey anzumerken, daß er Pitt nicht glaubte.

»Es war jemand, der die Gespräche sabotieren wollte«, fuhr Pitt fort, »weil er das fürchtete, was dabei herauskommen konnte, weil er sich nicht mit den Empfehlungen abfinden wollte, die man dem Parlament vorlegen würde. Aber den Vorsitz hatte ein liberaler irischer Katholik. Nicht nur Fenier hatten die möglichen Ergebnisse zu fürchten.«

»Es waren aber Fenier!« sagte Hennessey trotzig.

»Nein«, widersprach Pitt heftig. »Fragen Sie Ihre Fenierfreunde in London. Bei denen hat sich ein Mann mit auffällig blauen Augen und stechendem Blick eingeschlichen. Er hatte schon früher den Versuch unternommen, Greville in seiner Kutsche von der Straße abzudrängen, und er hat in London unseren Mann umgebracht, den wir bei den Feniern eingeschleust hatten –«

»Ihren Mann?« fragte Doyle scharf.

»Ein Polizeibeamter namens Denbigh wurde unmittelbar vor Beginn der Gespräche ermordet. Anfangs nahmen wir an, die Tat hänge damit zusammen, daß er von dem Komplott der Fenier zur Ermordung Grevilles erfahren hatte. Inzwischen wissen wir aber, daß der Täter kein Fenier war.« Er sah wieder zu Hennessey. »Man hat Sie benutzt, Finn, und das ist Ihnen auch klar. Es waren nicht Ihre Leute, sondern die Protestanten, die damit ihre eigenen Ziele verfolgten. Die Schuld daran sollte Ihnen und den katholischen Nationalisten in die Schuhe geschoben werden. Die Protestanten waren darauf aus, diese Gespräche scheitern zu lassen, weil sie nicht bereit sind, einen Kompromiß zu akzeptieren, denn in dem Fall würden sie die Unterstützung ihrer eigenen Extremisten einbüßen.«

»Das ist doch Unsinn!« brach es aus Moynihan heraus. »Absoluter Quatsch, und obendrein verantwortungsloses und böswilliges Gewäsch! Natürlich waren es die Fenier. Es paßt haargenau zu ihrer Art des Vorgehens. Wir standen kurz vor einer Einigung, und das konnten sie nicht zulassen. Es war Doyle!«

»Wir standen tatsächlich kurz vor einer Einigung«, mischte sich Jack ein, Gewißheit in der Stimme. »Es war ein Kompromiß ... ein richtiger Kompromiß, bei dem beide Seiten bereit waren, etwas aufzugeben. Aber vielleicht war eine Seite von Anfang an nicht wirklich bereit, die Konsequenzen aus den Gesprächen zu tragen? Was für eine Rolle würde es in diesem Fall spielen, welche Positionen sie aufgaben, um den Anschein der Kompromißbereitschaft zu erwecken? Wenn ihnen von vornherein klar war, daß die Ergebnisse nie umgesetzt würden, ja, daß man außerhalb dieser Mauern nicht einmal darüber sprechen würde?«

»Der Mann mit dem stechenden Blick war kein Fenier?« fragte Finn und sah dabei Pitt an.

»Nein.«

Finn wandte sich an Doyle.

»Nein.« Doyle schüttelte den Kopf. Er lächelte kaum wahrnehmbar. »Wir sind ebenso an ihm interessiert wie die Polizei.« Er sah zu Pitt. »Sollten Sie das außerhalb von Ashworth Hall wiederholen, werde ich Sie als Lügner bezeichnen.« Er sah erneut auf Finn. »Man hat Sie benutzt, Hennessey. Und es waren nicht Ihre eigenen Leute.«

Fergal wandte sich mit entsetztem Gesicht zu O'Day.

Finn riß sich von Tellman los und stürzte sich mit erhobenen Fäusten auf O'Day, wobei dessen Stuhl nach hinten umfiel und beide zu Boden gingen.

Tellman sprang vor.

Doyle hielt ihn zurück.

»Lassen Sie den Jungen«, sagte er grimmig. »Wenn je ein Mann Prügel verdient hat, dann Carson O'Day.« Er sah zu Pitt hin, sein Gesicht zeigte Abscheu. »Mein Gott, es ist widerlich! Sie können ihn nicht mal wegen Anstiftung zum Mord an Greville belangen. Wenn er nicht McGinley zu dem Mordversuch an Jack angestachelt hätte, wäre Lorcan nicht in die Luft geflogen.«

»Nein«, stimmte Pitt mit spöttischer Befriedigung zu. »Aber mit Hennesseys Hilfe werden wir die Beweiskette schließen und O'Day an den Galgen bringen, weil er eine Verschwörung mit dem Ziel der Ermordung Denbighs angezettelt hat. Das ist auch schon etwas.« Er sah auf den Boden, wo sich O'Day nach Kräften gegen Finns maßlose Wut zur Wehr setzte, die Wut eines Mannes, den man benutzt und verraten hatte und jetzt seinem Schicksal überließ. »Ich denke, Mr. Hennessey wird dafür sorgen, daß das gelingt.«

»Das wird er sicher«, sagte Doyle. »Gott helfe Irland.«